KARL MAY'S GESAMMELTE WERKE

BAND 42

DER ALTE DESSAUER

KARL-MAY-VERLAG BAMBERG

DER ALTE DESSAUER

HUMORESKEN

VON

KARL MAY

205. TAUSEND

KARL-MAY-VERLAG BAMBERG

INHALT

DER SCHERENSCHLEIFER
Die Vogelscheuche . . . 7
In der Patsche . . . 45
Herausgebissen . . . 91

EIN FÜRST-MARSCHALL ALS BÄCKER
Beim Alten . . . 113
Eine Auseinandersetzung . . . 138
Inkognitos . . . 149
Hefe und Sauerteig . . . 185
Ein guter Fang . . . 212

DER PFLAUMENDIEB
In der Dorfkirche . . . 234
Kameraden . . . 253
Auf der Kirchweih . . . 273

FÜRST UND LEIERMANN . . . 293

DREI FELDMARSCHALLS
Eine seltsame Order . . . 322
Dreifach gefangen . . . 348

PANDUR UND GRENADIER
Der Pandur . . . 379
Der Grenadier . . . 410

SEELENVERKÄUFER
Bei „Mutter Röse" . . . 441
Im Schloß zu Dessau . . . 450
Die Reitprobe . . . 459
Der Kleidertausch . . . 479
Unter Werbern . . . 488
Im Keller . . . 501
Mamsell Rosine . . . 517

NACHWORT . . . 536

KARTENSKIZZE ZUM ‚ALTEN DESSAUER' . . . 543

Herausgegeben von Roland Schmid

Satz und Druck: Druckerei St. Otto-Verlag, Bamberg

ISBN 3-7802-0042-2

Der Alte Dessauer

(Leopold I., Fürst von Anhalt-Dessau)

*Dessau 3.7.1676 †Dessau 9.4.1747

DER ALTE DESSAUER

Ich will ein Lied euch singen!
Mein Held ist eigner Art:
Ein Zopf vor allen Dingen,
Dreimaster, Knebelbart,
Blitzblank der Rock vom Bürsten
Und jeder Knopf von Gold —
Ihr merkt, es gilt dem Fürsten,
Dem alten Leopold.

All Wissenschaft und Dichtung
Sein Lebtag er vermied,
Und sprach er je von „Richtung“,
Meint' er: in Reih und Glied;
Statt Opern aller Arten
Hatt' er nur einen Marsch,
Und selbst mit Schriftgelahrten,
Verfuhr er etwas barsch.

Nicht mocht er Phrasen türmen
Von Fortschritt, glatt und schön,
Er wußte nur zu stürmen
Die Kesselsdorfer Höhn;
Er hielt nicht viel vom Zweifel
Und wen'ger noch vom Spott,
Er war ein dummer Teufel
Und glaubte noch an Gott.

Ja, ja, er war im Leben
Beschränkt, wie man's so heißt,
Und soll ich Antwort geben,
Warum mein Lied ihn preist?
Nun denn, weil nie mit Worten
Er seine Feinde fraß,
Und weil ihm rechter Orten
So Herz wie Galle saß.

Wir haben viel von Nöten,
Trotz allem guten Rat,
Und sollten schier erröten
Vor solchem Mann der Tat;
Verschnittnes Haar im Schopfe
Macht nicht allein den Mann —
Ich halt es mit dem Zopfe,
Wenn solche Männer dran.

Theodor Fontane

DER SCHERENSCHLEIFER

(1707)

Die Vogelscheuche

Wenn man zu Anfang des achtzehnten Jahrhunderts auf der Straße von Oschersleben nach Halberstadt ging, hatte man einen ausgedehnten Wald zu durchwandern, in dem man wohl häufig einem Stück Wild, selten aber einem Menschen begegnete. Der Wald war sogar ein wenig verrufen, und es galt in der Umgegend als ein Beweis von Mut, wenn einer sich entschloß, die Straße ohne Begleitung zu durchwandern . . .

Eines Tages gab es bereits am frühen Morgen drei solch mutige Personen. Sie wanderten die Straße durch den Wald, jeder für sich allein, jeder von den anderen durch große Entfernung getrennt, so daß jeder von ihnen glaubte, allein zu sein.

Am Straßenrand saß ein junger Mann, so etwa im Anfang der zwanziger Jahre. Er hatte seine riesigen, aber wohlgebauten Glieder bequem ins Gras gestreckt und kaute behaglich an einer trockenen Brotrinde, zu der er hie und da einen Schnitt harten Bauernkäse zwischen die blanken Zähne schob. Seiner Kleidung nach mußte er der Sohn nicht ganz armer Bürgersleute sein. Der Anzug war sauber und aus einem Tuch gefertigt, dessen Preis ein Armer nicht bezahlen konnte. Seine Züge waren ebenmäßig schön; der klare, mutige Blick seines tiefblauen Auges paßte gut zu der kraftvollen Gestalt, und ein schelmischer, unternehmender, fast listiger Zug um die mit einem Schnurrbärtchen geschmückten Lippen gab dem jugendlichen Gesicht einen gewinnenden Ausdruck.

Nicht auf der Straße, sondern tiefer im Wald schritt

eine zweite Person zwischen den Bäumen dahin. Der Mann mochte am Ende der Zwanziger stehen. Er hatte zwar nicht ganz den riesigen Gliederbau wie der erste, doch hätte sein Kopf wohl immer noch um ein Beträchtliches über tausend andere hervorgeragt. Die breitschultrige, sehnige Gestalt steckte in einem ziemlich abgetragenen grauen Tuchwams, in grauen Hosen und in Stiefeln, deren Schäfte bis weit über die Knie heraufgezogen waren. Das Gesicht war von der Sonne braun gebrannt und erhielt durch den scharfen, strengen Blick der tiefschwarzen Augen und durch einen gewaltigen Zwickelbart einen höchst kriegerischen Ausdruck. Dieser Mann trug über der Schulter eine Büchse, an der ein stattlicher Rehbock hing.

Eine gute Strecke auf der Straße zurück kam noch ein dritter, ein Jüngling von vielleicht achtzehn Jahren, dessen Gestalt sich recht gut neben den beiden anderen zeigen konnte. Er trug einen Knotenstock in der Hand und auf dem Rücken ein altes Ränzel, das ihn, im Einklang mit seiner Kleidung, als einen Handwerksgesellen kennzeichnete, der sich auf der Wanderschaft befand.

Der Jäger mitten im Wald hielt mit rüstigen Schritten auf die Straße zu, die er dann in der Richtung nach Halberstadt verfolgte. Seine Gedanken schienen sich mit irgendeinem fesselnden Gegenstand zu beschäftigen, denn er bemerkte den seitwärts im Grase Liegenden nicht eher, als bis er ihn erreicht hatte. Da blieb er halten und musterte ihn mit einem Blick, in dem man zunächst einige Überraschung und dann ein sichtliches Wohlgefallen bemerken konnte.

„Guten Morgen, Freund“, grüßte er. „Was treibt man denn so früh hier im Wald?“

Der andere hatte den scharfen Blick lächelnd ausgehalten.

„Guten Morgen“, erwiderte er. „Was ich treibe, das ist leicht zu sehen. Ich ruhe mich aus und esse.“

„Donnerwetter, das sehe ich allerdings! Aber wer ist man denn?"

„Einer, der nicht ganz so neugierig zu sein scheint wie Er."

Über das Gesicht des Fragers zuckte ein eigentümliches Lächeln:

„Meint er? — Meinetwegen! Aber der Mensch hat seinen Schnabel nicht bloß für Brot und Käse, sondern auch zum Sprechen; also sollen Rede und Antwort richtig zusammenklappen. Sieht Er das ein?"

„Ja. Nur muß Er, wenn ich ihm antworten soll, etwas gescheiter fragen! Was soll ich denn auf die Frage ‚Wer?' antworten, he? Das Wort ist mir zu unbestimmt."

„Ach so! Na, ganz unrecht hat Er freilich nicht, und da will ich Ihm die Schlackwurst deutlicher vorkauen. Wo ist Er denn her?"

„Aus Oschersleben."

„Was treibt Er für ein Handwerk?"

„Ich bin Lohgerber."

„Mache Er mir nichts weis, Er Himmelhund!"

Der Gerber konnte ein befriedigtes Lächeln nicht verbergen. Es zuckte beinahe schalkhaft über seine Züge, als er entgegnete:

„Etwas weismachen! Pah! Er scheint mir nicht der Kerl zu sein, dessentwegen man sich die Mühe geben sollte, eine Lüge an den Mann zu bringen."

„Hoho! Sehe ich denn gar so vagabundisch aus? Er ist ja ein Grobsack der obersten Sorte!"

„Meinetwegen! Wie es in den Wald schallt, so schallt es wieder heraus: Er hat mich einen Lügner genannt."

„Ach so! Nun, hat ein Lohgerber etwa solch feine Hände wie Er da?"

„Ich bin Meister und lasse nur meine Gesellen und Lehrbuben arbeiten."

„Alle Wetter, da ist Er ja ein verteufelt junger Meister und scheint sich nicht ganz schlecht zu stehen!"

Der andere lachte wohlgefällig. „Ja; wir haben, was wir brauchen, und vielleicht auch noch ein bißchen mehr."

„Darf man denn auch Seinen Namen wissen?"

„Warum nicht? Ich heiße Heinrich Silberling."

„Hm, vertrackter Name! Hab ihn nur einmal gehört in Bernburg, wo es auch einen Silberling geben soll."

„Das ist mein Vater", meinte der Gerber mit einem leichten Zucken seiner Bartspitzen.

„Sein Vater? Sapperlot! — So wäre Er ja ein Anhalter Kind?"

„Das bin ich auch. Ich bin erst vor einem halben Jahr nach Oschersleben gezogen."

„Da schlagen doch gleich fünfunddreißigtausend Wetter in diese hundsföttische Geschichte! Das ist ja eine Nachlässigkeit, die ihresgleichen gar nicht finden kann. Na, wartet nur, ihr Halunken, ich werde euch schon lehren, die Augen besser aufzusperren."

„Was denn? Auf wen schimpft Er denn eigentlich?"

„Auf meine We — — na, das braucht Er nicht zu wissen. Wohin will Er denn eigentlich jetzt? Vielleicht nach Halberstadt?"

„Nein, nach Quedlinburg."

„Da muß Er doch über Halberstadt?"

„Fällt mir nicht ein! In Halberstadt sitzt der Dessauer mit seinem Musterregiment, und dieser Spitzbube hat keine größere Freude, als wenn es ihm gelingt, einen Mann von meiner Größe für sein Regiment wegzuschnappen!"

„Wer? Wie sagt Er? Dieser Spitzbube? Mensch, sagt Er dies noch einmal, so werde ich Ihn bespitzbuben, daß — aber, das geht mich ja gar nichts an. Nur laß Er es keinen anderen hören, sonst könnte Er gewaltig in den Käse fliegen. — Und was hat Er in Quedlinburg zu suchen?"

„Ich muß zu einem alten Paten, der im Sterben liegt, und mich noch einmal sehen will. Er hat keine Verwandten und wird mich wohl im Testament bedenken wollen."

„Viel Glück! Er ist besser dran als andere Leute. Mir zuliebe holt der Teufel keinen alten Paten, der auf den löblichen Gedanken kommt, mir seinen Geldsack aufzuzwingen."

„Glaube es Ihm. Nach großen Geldsäcken sieht Er allerdings nicht aus!"

„Nach was denn, he, wenn ich fragen darf?"

„Hm! Er ist doch wohl nichts anderes als ein armer Dorfspitz, der sich hinter dem Rücken des gnädigen Herrn einen Braten gemaust hat?"

„Ein Dorfspitz, also ein Büttel? Braten gemaust? Heiliger Ladestock, ich möchte Ihm den Spitz — aber ein gutes Auge hat Er. Kehrt Er vielleicht in dem Krug ein, der da vorn an der Straße liegt?"

„Möglich."

„So sei Er so gut und verrate Er mich dort nicht. Er braucht mich ja gar nicht ins Maul zu nehmen. Wenn es herauskäme, daß ich mir den Bock geholt habe, so käme ich um mein Amt und müßte ein paar Jährchen brummen. Und dazu habe ich ebensowenig Lust, wie Er zum Soldaten."

„Werde von Ihm gar nicht reden. Aber, weiß Er vielleicht, ob der Dessauer gerade in Halberstadt anwesend ist?"

„Warum?"

„Weil man jetzt so gar nicht weiß, woran man ist. Der schwedische Karl ist in Sachsen eingefallen, hat den Kurfürsten besiegt und ihn im Altranstädter Frieden[1] gezwungen, die polnische Königskrone herauszugeben. Der König von Preußen hat alles in Kriegsbereitschaft gesetzt, und der Dessauer —"

„Der Spitzbube, wie Er ihn vorhin nannte, Er Schwerenöter", fiel ihm der Dorfbüttel in die Rede.

[1] 24. September 1706

„Tut nichts! Er ist ja auch ein Spitzbube, denn er maust im Lande herum wie ein Rabe, und zwar groß gewachsene Leute. Also, der Dessauer steht in Halberstadt auf dem Sprung nach Sachsen hinüber, und dennoch spricht man davon, daß Karl der Zwölfte und unser König eine geheime Friedensunterhandlung im Sinn führten. Das gibt eine Ungewißheit, unter der alle Geschäfte leiden. Darum fragte ich Ihn nach dem Dessauer. Ist er bei seinem Regiment in Halberstadt, so deutet das auf Krieg. Befindet er sich aber in seiner Residenz in Dessau, so gibt das Hoffnung auf Frieden."

„Er ist ja ein äußerst kluger Diplomat! Ich bekomme Achtung vor Ihm. Der Spitzbube ist in Halberstadt. Das kann ich Ihm ganz genau sagen; denn ich selbst habe ihn noch gestern abend dort gesehen. Nehme Er sich nur in acht, daß er Ihn nicht am Ende auch wegfischt und unter seine Buntröcke steckt! Das Maß hat Er ja wohl. Ich glaube, der Dessauer hat noch niemals einen Flügelmann von Seiner Größe gehabt. Stelle Er sich doch einmal in die Höhe!"

Der andere folgte bereitwillig dieser Aufforderung, und der Büttel rief erstaunt:

„Tausend Schock Element! Er ist ja noch größer als ich vorhin dachte. Er muß ja seine sieben Fuß[1] haben. Himmel, Kreuz Bataillon, wenn Ihn der Dessauer zu sehen bekommt, so ist Er geliefert!"

„Wird mir nicht viel anhaben, euer General Schockschwerenöter. Denn wer mich packen wollte, den würde ich zu Mehl zerreiben."

„Nur sachte, sachte! Sein Maul ist noch größer als Er selber. Er tut wahrhaftig, als ob Er der lange Seeström in eigener Person wäre!"

„Der lange Seeström? Wer ist das?"

„Der größte, stärkste und bravste Offizier, den es gibt. Er dient bei dem schwedischen Karl, der große

[1] 2,20 m

Stücke auf ihn hält. — Also, ich bitte Ihn, mich dort im Krug nicht zu verraten. Hat Er's verstanden?"

Der Bursche nickte.

„Gut. So sind wir fertig. Leb Er wohl!"

„Guten Appetit zu dem Bock, den Er geschossen hat!"

Diese Worte waren mit einer Betonung gesprochen, die den Büttel veranlaßte, sich noch einmal umzudrehen.

„Was für einen Bock hat Er da gemeint?"

„Hat Er denn noch einen anderen als diesen geschossen?"

„Hm! Seine Rede klang mir beinahe anzüglich, doch hoffe ich, daß ich mich dabei irrte."

Damit verschwand der Mann mit dem Bock im Wald. Der Lohgerber aber legte sich behaglich wieder nieder.

„Ich tue also, als ob ich der lange Seeström wäre, hahahaha! Und der da ist ein Dorfspitz, der sich einen Bock gestohlen hat! Man müßte dieses Gesicht und diesen Zwickelbart nicht kennen! Und verraten soll ich ihn nicht dort im Krug! Ich wette meinen Goldfuchs gegen ein Heupferd, daß er jetzt selber geradewegs nach dem Krug läuft, um seinen Rekrutenfängern zu sagen, daß sie mich packen sollen."

Wirklich hielt sich der Büttel nicht allzulange im Wald. Er trat nach einiger Zeit wieder auf die Straße hinaus, die er mit raschen Schritten verfolgte, bis er an ein Häuschen gelangte, über dessen Tür ein Tannenzweig andeutete, daß man hier einkehren könne. Er trat in die niedrige, halbdunkle Gaststube. Es standen nur zwei Tische drin. An dem einen saßen vier Männer und würfelten. Der Wirt hockte in der Ecke auf einem niedrigen Schemel.

Der Dorfbüttel warf den Bock zur Erde, lehnte die Büchse an die Wand und setzte sich an den zweiten, leeren Tisch.

„Holla, Wirt! Hast du ein Bier hier in deiner alten Bude?"

„Ja. Es ist mehr als gut genug für dich und deinesgleichen.“

„Bist wahrhaftig nicht aufs Maul gefallen, Alter! So schaff einen Krug Broihahn herbei, aber ohne Zucker und Zitrone!“

Der Wirt brachte das Verlangte. Indem er es auf den Tisch setzte, fragte er:

„Woher des Weges?“

„Das siehst du ja: aus dem Wald.“

„Bist wohl Forstknecht?“

„Fällt mir nicht ein!“

„Ah! Du hast also die Büchse zum Vergnügen?“

„So ähnlich.“

„Und wagst dich hierher in den Krug?“

„Warum nicht? Oder gibt es hier Menschenfresser?“

„Nicht ganz, aber so ziemlich. Sieh dir einmal hier diese Leute an!“

Er zeigte nach den vieren an dem anderen Tisch. Der Büttel blickte gleichgültig zu ihnen hinüber. Er verzog keine Miene, als sich zwei von ihnen erhoben und zu ihm traten.

„Warum?“ fragte er.

„Es sind Freunde von Rehböcken und solchen Kerlen, wie du bist. Mußt einen allerliebsten Grenadier abgeben, Bursche!“

„Meinst du? Bin zu alt und habe auch keine Lust dazu.“

„Papperlapapp, keine Lust!“ meinte einer der Nähertretenden. „Hat man den Rock an, so kommt die Lust ganz von selber. Hör, sieh einmal her, was ich dir zeige! Es ist ein hübsches Sümmchen. Das ist dein, wenn du dir einen Dreispitz aufsetzen läßt!“

„Pech und Schwefel! So seid ihr also Werber! Für wen arbeitet ihr?“

„Für den Dessauer.“

„Der wird seine helle Freude an euch haben! Ihr seid

ja wahre Wunder von Gescheitheit. Wäre ich der Dessauer, so ließ ich euch durchfuchteln, daß euch die Wolle platzte. Ist das eine Art, einem Fremden gleich im ersten Augenblick zu sagen, wer man ist und was man will! Gibt euch der Dessauer nicht genug Moos, daß ihr so einem Vogel erst zutrinken könnt, bis er euch von selbst ins Garn geht? Wo ist Korporal Waldow, der diese Station kommandiert?"

Die Werber machten große Augen, und einer antwortete:

„Draußen im Stall."

„Herein mit ihm!"

Das klang so gebieterisch, so unwiderstehlich, daß der Genannte tatsächlich gerufen wurde. Er trat ein. Kaum hatte er den Büttel erblickt, so warf er sich in dienstlich stramme Haltung. Die anderen vier folgten erschrocken seinem Beispiel.

„Korporal Waldow, weiß Er, was Er ist?"

„Zu Befehl, Exzellenz!"

„Nun, was denn?"

„Korporal der ersten Kompanie von Euer Durchlaucht Regiment Anhalt-Dessau."

„Das wohl. Im übrigen aber ein ganz gewaltiger Esel, ein Ochse, wie er gar nicht dümmer sein kann!"

Der Korporal antwortete nicht. Er war bleich geworden, blickte aber dem Fürsten fest ins Auge, wie es Vorschrift war.

„Exzellenz haben mich bei Namur gesehen, dann bei Kaiserswerth, Venloo, Stephanswerth und Roermonde, nachher bei Höchstädt, am Oglio, bei Cassano und Turin, bei Novara, Mailand, Pizzighettano und so weiter. Da haben der Herr General niemals zu mir gesagt, daß ich ein Esel oder Ochse sei!"

Die finstere Stirn des Fürsten klärte sich wieder auf.

„Hm, ja! Er ist ein Dessauer Kind, hat mich auf allen meinen Feldzügen begleitet und stets seine Pflicht getan. Aber warum nimmt Er diese Schafsköpfe nicht besser in die Schule?"

„Sie sind von den neuen Leuten aus Brandenburg, Exzellenz. Für ihre Köpfe kann ich nicht. Leutnant von Hallau hat sie mir gegeben, weil ich hier nur Leute gebrauchen kann, die der Bevölkerung der Umgegend noch nicht als Soldaten bekannt sind."

„So hat Er ja den Ladestock. Das ist das beste Mittel, ein zusammengedorrtes Gehirn aufzuweichen. Damit macht man einen Brandenburger Ochsen in vierzehn Tagen zum Professor der Weltweisheit. Merke Er sich das, sonst mache ich diesen Versuch an Ihm selber. Doch, jetzt höre Er: In einigen Minuten wird ein Kerl hier vorüberkommen, den ich haben muß. Er ist gewachsen wie eine Eiche und gibt einen Flügelmann, der sich sehen lassen kann. Kehrt er ein, so nehmt Ihr ihn hier, will er aber vorüber, so faßt Ihr ihn draußen. Er spricht, er sei ein Lohgerber aus Oschersleben und wolle nach Quedlinburg. Ich glaube es ihm aber nicht. Vielleicht gibt er sich bei Euch für etwas anderes aus. Verstanden?"

„Zu Befehl, Durchlaucht."

„Wenn Er ihn fest hat, so bringt Er ihn mir selber nach Halberstadt, und hier den Bock dazu, den ich geschossen habe. Der Kerl ist stark genug; er mag ihn tragen. Fangt Ihr mir den, so will ich ein Auge zudrücken über die Dummheit von vorhin. Gott befohlen!"

Er trank sein Bier aus, warf dem Wirt ein Geldstück hin und verließ den Krug. — — —

Der Lohgerber erhob sich aus dem Gras; aber statt seinen Weg auf der Straße fortzusetzen, trat er in den Wald und schlug die Richtung quer durch die Büsche nach Quedlinburg ein.

Unterdessen war der junge Handwerksbursche, der dritte Mann auf der Landstraße, an den Krug gekommen, ohne jemandem begegnet zu sein. Er war wohl von einem langen Weg ermüdet; denn er trat in die Schenke ein und ließ sich auf demselben Stuhl nieder, auf dem kurz zuvor der „Alte Dessauer“ gesessen hatte. Außer dem Wirt befand sich jetzt nur noch der Korporal in der Stube. Er schien den Eingetretenen gar nicht zu bemerken. Dieser öffnete seinen Ranzen und zog eine mächtige Blutwurst daraus hervor, die er ohne Brot zu verzehren begann. Dazu ließ er sich ein Glas Bier geben.

„Woher des Weges?“ fragte der Wirt. „Wohl von Oschersleben?“

Der Fremde nickte.

„Was ist man denn?“

„Sieht Er das nicht, Er Rhinozeros? Ein Handwerksbursche!“

„Hm, Er scheint unter dem wilden Viehzeug sehr bewandert zu sein. Was hat Er denn für ein Handwerk gelernt, he?“

„Bürstenbinder.“

„Glaub es! Grob genug ist Er dazu, und das Saufen hat Er auch gelernt. Schlingt dieser Kerl einen solchen Doppelkrug Braunbier in einem einzigen Zug hinunter! Wo ist man denn geboren, he?“

„Im Bett!“

„Alle Wetter! Nun bin ich so klug wie zuvor. Aber ich möchte doch gern wissen, was für einen Landsmann man vor sich hat.“

„Ich bin ein Lappländer.“

„Das sieht man an den Wurststücken, die Er hinunterlappt! Er hat ein Gefälle wie ein Bulldogge.“

„Wenn Er sich so um mein Gefälle kümmert, so sehe Er zu, daß der Krug nicht in alle Ewigkeit leer stehenbleibt, sonst fahre ich Ihm mit meinem Knotenstock zwischen die Beine, daß sie in Bewegung kommen!“

„Hm, Er ist noch ein junger Kerl, aber man kann von Ihm viel lernen.“

Der Wirt brachte das Bier und ließ sich neben dem angeblichen Bürstenbinder nieder.

„Ist Er nicht vor ganz kurzer Zeit bereits einmal Lohgerber gewesen?"

„Lohgerber? Nein. Aber ich kann es gleich werden. Wenn Er mir noch einmal mit einer solch albernen Frage in die Quere kommt, so gerbe ich Ihm das Fell, daß das Pergament in Fetzen davonfliegen soll!"

„Auch nicht übel! Er hätte bedeutende Anlagen zum Adjutanten beim Fürsten Leopold oder beim Kronprinzen Friedrich Wilhelm, den beiden gröbsten Kerlen, die es gibt."

„Sage Er ihnen dies einmal selber, Er Lausewenzel, Er!"

„Mag von dieser Ehre gar nichts wissen! — Na, na, nehme Er sich nur Zeit. Weiß Gott, der Doppelkrug ist schon wieder leer!"

„Mach Er ihn voll!"

„Das wollte ich wohl. Aber hat Er denn auch Geld?"

„Will Er wohl auf der Stelle einschenken, oder soll ich nachhelfen?"

„Wenn Er Geld hat, werde ich Ihm einschenken, sonst nicht. Zeige Er seinen Beutel her!"

„Erst den Stock, dann das Bier, und zuletzt den Beutel!"

Mit diesen Worten holte der Bursche aus und zog dem Wirt den Stock mit einem kräftigen Jagdhieb über den Rücken. Der Getroffene sprang auf und wollte den anderen fassen, merkte aber sofort, daß er seinen Meister gefunden hatte. Denn der junge Mensch packte ihn bei den Hüften, hob ihn empor und schleuderte ihn zur Erde.

„Waldow, zu Hilfe!" rief der Wirt.

„Schon da!" antwortete der Korporal.

„Zurück!" gebot der Handwerksbursche und hielt den Knotenstock erneut zum Schlag bereit.

„Gibt es nicht bei mir, mein Junge! Wirst wohl folgen müssen."

Der Korporal griff zu, erhielt zwar einen Hieb, den er nicht abzuwehren vermochte, hatte aber auch im nächsten Augenblick seine Arme so um den Jüngling geschlungen, daß dieser trotz aller Anstrengung sich kaum zu regen vermochte.

„Herein, Leute!" rief der Korporal dabei.

Die Nebentür öffnete sich, und die vier Werber traten ein.

„Wir haben ihn. Gebt ihm den Hut auf den Kopf und das Aufgeld in die Tasche!"

Sie setzten dem Handwerksburschen den Dreispitz auf und steckten ihm einige Münzen zu. Dann ließ ihn der Korporal los, entriß ihm aber vorher den Stock.

„So, mein Bürschchen! Weißt du nun, wieviel es geschlagen hat? Wir sind Werber im Dienst Seiner Durchlaucht des Fürsten Leopold von Anhalt-Dessau. Du bist jetzt unser. Dein Stock ist mein, und er kommt erst dann in Anwendung, wenn es dir bekommen sollte, mir Widerstand zu leisten."

„Kerl, hast du Arme! Die sind ja von Eisen!"

„Oh, mit so einem Jüngelchen wird man schon fertig. Aber merke dir: Mit dem ‚Du' ist es nun nichts mehr. Ich bin der Herr Korporal Waldow und werde ‚Er' genannt!"

„Schön, Herr Korporal; ich werde Ihm die gebührende Achtung schenken."

„Na, Er scheint wenigstens gute Anlagen zum Gehorsam zu besitzen und sich in sein Schicksal ergeben zu wollen."

„Das tu ich auch. Es ist ja doch nicht mehr zu ändern."

„Bravo! Glaube Er mir, es gibt keinen besseren Rock als den des Königs. Wenn Er die Kleinigkeit von zwölf bis fünfzehn Jahren abgedient und seine Pflicht dabei getan hat, kann Er gar einmal Korporal werden, so wie ich. Er sieht, daß ich seine Willigkeit anerkenne; denn ich nenne Ihn jetzt noch Er, was allerdings anders wird, sobald Er eingekleidet ist. Er wird auf der Stelle nach Halberstadt geschafft. Entscheide Er, ob Er mir gutwillig folgen will, oder ob ich Ihn binden soll?"

„Ich gehe freiwillig mit."

„Freut mich! Aber denke Er ja nicht, mich anzuschmieren. Diese vier Männer werden uns begleiten. Ein Entkommen ist also unmöglich. Sobald Er versucht, uns durchzubrennen, wird Er geschlossen und als Deserteur betrachtet, der Spießruten laufen muß. Ich meine es gut mit Ihm, also bedenke Er sein Wohl."

„Werde gehorsam sein, Herr Korporal. Doch sagt mir, an welchen Offizier ich abgeliefert werde."

„Ich habe Ihn an Durchlaucht selbst abzugeben. Aber fürchte Er sich nicht. Der Fürst hat ein Gemüt wie ein Kind. Er kann mit ihm reden wie mit einer gebackenen Apfelfrau. Jetzt aber müssen wir einmal sehen, was Er in seinem Ränzel hat."

„Da wird der Herr Korporal nicht viel finden, was er brauchen kann."

„Will gar nichts finden! Wir sind ehrliche Werber und keine Straßenräuber. Was sein ist, das bleibt auch sein. An seinem Eigentum vergreifen wir uns nicht, und wenn Er tausend Taler im Felleisen hätte, was Ihm aber nicht einfallen wird."

Der Rekrut lächelte. Der Korporal untersuchte das Ränzel. Er brachte zunächst ein mächtiges Stück Schinken und dann eine Brieftasche und einen Beutel zum Vorschein. Er beroch den Schinken und nickte.

„Vorzüglich! Echt aus Westfalen! Davon könnte Er mir ein Stück losschneiden!"

„Der Herr Korporal kann ihn ganz behalten."

„Danke! Man sieht schon jetzt, daß Er ein tüchtiger Grenadier wird, mit dem seine Herren Vorgesetzten zufrieden sein werden. Aber, alle Wetter, ist der Beutel schwer! Was ist darin, he?"

„Seh Er nur immer hinein!"

Der Korporal öffnete.

„Donnerwetter! Was ist denn das? Gold, reines Gold, lauter Goldstücke! Kerl, wo hat Er die her?"

„Von meinem Vater als Reisegeld."

„Schnickschnack! Ein Bürstenbinder kriegt nicht so viel Reisegeld mit. Wieviel ist es denn?"

„Gerade tausend Taler."

„Tausend Taler? Himmel Element! Kerl, Er hat das Geld doch nicht etwa gar gestohlen?"

„Warum nicht gar!"

„Hm! Er sieht mir allerdings nicht wie ein Spitzbube aus. Und was ist in der Brieftasche?"

„Seh Er hinein!"

Der Korporal zog zunächst einige Papiere hervor. „Was sind das für Wische? Das ist ja eine fremde Sprache!"

„Es ist Latein und Französisch."

„Versteht Er das?"

„Ja."

„Sapperlot, dann ist Er ja ein verdammt gescheiter Bürstenbinder! Na, ich sehe schon, daß Er Karriere machen wird. Vielleicht bringt Er es bereits in zehn Jahren zum Korporal. Nun weiter, hier! Das ist doch, hol mich der Kuckuck, schon wieder Geld, Papiergeld die schwere Menge! Wieviel ist das, he?"

„Neuntausend Taler."

„Neun — tau — — send — — — Ta — — — — — ler!" rief der Korporal, die Hände zusammenschlagend. „Ein Bürstenbinder, ein Handwerksbursche, und zehntausend bare Taler im Ranzen? Verdammter Kerl, Er ist ein Räuberhauptmann!"

„Meinetwegen! Übergebt das Geld dem Fürsten! Er mag untersuchen, ob ich ein Räuber bin."

„Ja, das werde ich. Der Ranzen wird mit zehn Siegeln versiegelt. Er hat wohl auch in der Tasche Geld?"

„Ein wenig."

„Zeig Er her!"

Der Rekrut zog einen langen, zweizugigen Beutel hervor und gab ihn hin. Der Korporal schüttete den Inhalt auf den Tisch und zählte ihn.

„Gold und Silber! Dreihundertundvierundsechzig Taler, neunzehn Groschen und elf Pfennig! Mensch, wo hat Er das Geld her? Gesteh er es!"

„Von meinem Vater!"

„Na, dieser Vater wird wohl noch herauszubekommen sein! Ich werde Ihn doch noch binden müssen. Solch gefährliche Subjekte läßt man nicht frei in der Welt herumlaufen. Übrigens hat Er hier den Rehbock zu tragen."

„Ich? Fällt mir nicht ein!"

„Fällt Ihm recht sehr ein, merke Er sich das! Wenn Er sich weigert, setzt es fürchterliche Keile. Mit Ihm wird kein Federlesen gemacht!"

Der Beutel wurde in den Tornister getan und dieser versiegelt. Der Rekrut erhielt ihn auf den Rücken geschnallt, seine Hände wurden gefesselt, und nachdem man ihm den Rehbock über die Schulter gehängt hatte, setzte sich der Zug in Bewegung.

Unterdessen war Fürst Leopold in seinem Quartier in Halberstadt eingetroffen. Er fand im Vorzimmer mehrere Offiziere, die sich zum Bericht eingefunden hatten. Auf seinem Schreibtisch lagen einige Briefe, die er sofort öffnete, um sie zu lesen. Der eine war mit dem Königlichen Privatsiegel versehen. Leopold hob ihn bis zuletzt auf und hatte dann außerordentliche Mühe, die sehr unleserliche Schrift zu entziffern. Schreiben und Lesen gehörten für ihn zu den größten und verhaßtesten Anstrengungen. Hier war diese Anstrengung doppelt groß, und nur mit Hilfe einiger hundert Kernflüche brachte er es endlich fertig, den Brief zu lesen. Er lautete mit Auslassung des Datums:

An Unseren Liebwerten, treyen und besunderbarlich geehrten General Leopold, Fürsten und Herrn von Anhalt Dessau usw. zu Halberstatt.

Ew. Lübden diene vürdersammst zur Nachricht, das Wier in Hult Ewer gedenken, zumahlen die politischen Konstellazionen sich dermaaßen präsentuiren, das Wier Unß Ewrer Hülfe zu getrößten gedenken.

Maaßen wir Uns veranlaßt sehen, Unseren viellieben Son, den Kronprinßen Friedrich Wilhelm Euch nag Halwerstatt zu senden, damiet Ew. Lübden des Näheren von Ihme selpst müntlich in Erfarung bringen sol. Wolen auch Ew. Lübden Sich sofort auff Seyne Ankunft forbereidten, da Er nuhr kurze Zeidt nach Dießen bei Euch eintreffen wirdt.

Indeme Wier Unß des Beßten von Euch versehen, hofen wier daß beßte Gelingen und versichern Euch Unßerer ganz besonderbaren, gnädigen Freundschaft und Neigung, um zu seyn

Ewer Bruder und König
Friedrich.

Dieser merkwürdige Brief brachte eine gewaltige Wirkung hervor. Leopold eilte an die Tür und öffnete sie. Die Herren da draußen waren in einer halblauten Unterhaltung begriffen.

„Ruhe!“ donnerte er. „Seine Königliche Hoheit, der Kronprinz Friedrich Wilhelm treffen heute zum Besuch hier ein. Das Regiment exerzierbereit und paradefertig halten, sonst soll euch alle der Teufel holen! Jetzt eintreten zum Rapport! Aber kurz machen! Habe keine Zeit, mich mit Lappalien abzugeben.“

Was noch niemals geschehen und bei seiner Peinlichkeit in militärischen Dingen ein wirkliches Ereignis war, er hatte die Uniform anzulegen vergessen und nahm den Rapport in demselben Anzug entgegen, den er draußen im Wald getragen hatte. Noch aber waren kaum zehn

Minuten vergangen, so wurden die Herren durch den Diensthabenden gestört, der einzutreten wagte, obgleich dies nur bei außerordentlichen Veranlassungen gestattet war.

„Was will Er?“ fuhr ihn Leopold an, erzürnt über die Störung.

„Exzellenz verzeihen! Der Korporal Waldow ist draußen und sagt — —“

„Der Waldow? Ist er allein?“

„Nein. Er hat vier Mann Begleitung bei sich, um Euer Durchlaucht einen soeben erworbenen Rekruten vorzustellen.“

„Mag eintreten. Der Rekrut aber wartet draußen, bis ich ihn befehle!“

Während der Wachhabende abtrat, wandte sich Leopold an die Offiziere:

„Bin neugierig! Werden einen Kerl sehen, wie wir noch keinen gesehen haben.“ Er rieb sich in bester Laune die Hände und fuhr dann fort: „Sieben Schuh hoch, ein Riese unter den Riesen und wohl gebaut! Ein wahrer Simson, ein Koloß zu Rodach oder wie das Nest geheißen hat! Ein Mensch, gerade wie der lange Seeström, für den ich zweitausend Taler geben würde, wenn ich ihn bekommen könnte.“

Der Korporal trat ein.

„Nun, Waldow?“

„Gehorsamst zu melden, wir haben ihn!“

„Wollte es Euch auch geraten haben! Hat er viel Sperenzien gemacht?“

„Gar keine.“

„Wundert mich. Wäre der Kerl dazu, euch alle fünf in Grund und Boden zu stampfen. Scheint kein couragierter Mensch zu sein, werden ihm aber schon den gehörigen Mut einbläuen.“

„Gehorsamst zu vermelden, Durchlaucht, Mut hat der Kerl, und grob war er auch wie — wie der Teufel. Er fing gleich von Anfang Skandal mit dem Wirt an, hieb ihm eins mit dem Knotenstock über und warf ihn zu Boden wie ein Kind. Nachher bekam ich auch eins über den Arm, daß ich lange daran denken werde. Als wir ihm aber das Handgeld und den Hut gaben, war er wie umgewandelt und fügte sich sofort. Muß gern Soldat sein, der Kerl, das war ihm anzusehen."

„Desto besser. Schick ihn herein!"

„Bitte untertänigst noch um eine Bemerkung, Exzellenz! Der Mensch ist entweder ein Spitzbube oder ein Räuberhauptmann."

„Wa — wa — wa — was? Bist du verrückt?"

„Nein, Durchlaucht. Er ist ein Bürstenbinder und — —"

„Ein Lohgerber!"

„Zu mir sagte er, er sei ein Bürstenbinder, und er hatte in seinem Tornister eintausend Taler in Gold und neuntausend Taler in Papier. Und außerdem befanden sich in seinem Beutel mehrere hundert Taler in Gold und Silber. Das Geld hat er zusammengeraubt."

„Alle Teufel! Hat er das gestanden?"

„Nein. Er sagte, er habe es von seinem Vater."

„Immerhin möglich. Werde ihn ausfragen und ihm den Satan auf den Hals bringen, wenn er die Wahrheit verschweigt. Wo ist der Ranzen?"

„Er hat ihn noch auf dem Rücken. Ich habe ihn zehnfach versiegelt."

„Gut! Wie steht es mit meinem Bock?"

„Er hat ihn hierher getragen, wie Eure Durchlaucht befahlen."

„Hast du das Tier in der Küche abgegeben?"

„Nein; er hat ihn noch überhängen."

„So mag er ihn mit hereinbringen. Es ist ein Kapitalbock, den die Herren sehen müssen. Also herein mit dem Kerl!"

Der Korporal trat ab und brachte gleich darauf seinen Rekruten hereingeführt. Dieser war noch immer gefesselt und schleppte seinen Tornister und den Rehbock auf dem Rücken. Trotz dieser Bürde trat er leicht und rüstig vor, nahm Stellung und grüßte:

„Durchlaucht, eingetroffen als Rekrut!"

„Himmel-Kreuz-Bataillon-Schock-Schw — — —!"

Der Fürst war einige Schritte zurückgewichen, hatte vor Schreck die Arme hochgehoben und den Mund aufgerissen, als ob ihm jemand bis in den Magen hinuntersehen solle. Der Fluch blieb ihm diesmal im Mund stekken. Auch die Gesichter der meisten Offiziere zeigten einen Ausdruck, der deutlich von Bestürzung sprach.

Der Rekrut drehte sich zu dem Korporal um:

„Korporal Waldow, Er hat recht: Mit dem Fürsten von Anhalt-Dessau kann man reden wie mit einer gebackenen Apfelfrau. Er sperrt das Maul auf, als hätte er die Apfeldorre im Bauch."

Jetzt bekam Leopold die Sprache wieder:

„Hol mich der Teufel; es ist wirklich wahr! Königliche Hoheit! Alle guten Geister loben ihren Meister! Königliche Hoheit als Rekrut, mit meinem — mit — hahahaha — mit mei — hahahahi — mit meinem — hahihi hahihihi — mit meinem Bock auf — hihihihi auf dem — hihihi — auf dem Buckel — hihihi hihihihi —!"

Er hatte sich bei den ersten Worten alle Mühe gegeben, das Lachen zu unterdrücken. Aber er brachte es nicht fertig. Und aus dem anfänglichen Lachen wurde nach und nach ein wieherndes Gekicher, das schon mehr dem Trompeten eines Elefanten glich und fast in einen Lachkrampf ausartete. Der Fürst mußte sich auf einen Stuhl werfen, schob den Kopf über die Lehne, streckte die Füße weit von sich, legte die Hände auf den Bauch und brüllte nun ein solches Klarinettengelächter hinaus, daß die Wände des Zimmers zu wackeln schienen.

Auch die Mehrzahl der Offiziere hatte den Kronprinzen Friedrich Wilhelm sogleich erkannt. Sie strengten sich tapfer an, sich von dem Lachen des Fürsten nicht anstecken zu lassen, aber auch sie wurden davon ergriffen. Und nun ließ sich der Kronprinz selbst mit schallender Stimme hören:

„Himmeldonnerwetter, Durchlaucht, nur um Gottes willen nicht zerplatzen, hihihihiiiiihhh!“

Da konnte sich keiner von ihnen mehr halten, und es brach ein Lachchor los, der nicht eher endete, als bis die Tür aufgerissen wurde und eine weibliche Gestalt eintrat.

„Was ist denn um Gottes willen hier los, Leopold? Man hört das ja über die ganze Stadt hinweg!“

„Hahahahihihi — was hier — hahihihi — hier los ist, hiiii? Anneliese, hahihihihahaha — komm einmal her, und hihihahaha, und sieh dir den Kerl hier an — hohohohohuuuh!“

Die Fürstin trat näher, blickte dem Rekruten ins Gesicht und schlug die Hände zusammen.

„Königliche Hoheit! Herrgott, als Handwerksbursche und mit diesem Tier da! Wie geht das zu?“

Auch der Kronprinz lachte noch aus vollem Hals.

„Hahahaha — Durchlaucht entschuldigen — hihihohoho diesen Bock — hahahihihohoho — habe ich für Eure Küche herschleppen müssen — hohohohohohooooh!“

„Für — meine Küche? Wie geht das zu?“

„Fragt den da, Durchlaucht! Der hat — hahahihoho — es mir — es mir befohlen — hohohoho!“

„Ist's möglich?“

„Jahahahaha!“

Das gab dem Fürsten auf einmal seinen Ernst wieder. Er erhob sich und trat mit drohender Miene hart an den Korporal heran.

„Kerl, Schlingel, Taugenichts, Halunke, ich lasse Ihn fuchteln, bis es keinen Ladestock im Regiment und keinen Haselzweig mehr in Deutschland gibt! Wie hat Er Himmelhund denn diesen hirnverbrannten Streich zuwege gebracht?“

Der arme Teufel hatte dieses Gewitter längst erwartet und darum war ihm vor lauter Herzensangst nicht das geringste Lächeln angekommen. Er wußte, daß der Kronprinz von Preußen, der nachmals als König Friedrich Wilhelm I. eine solche Strenge und Rücksichtslosigkeit entwickelte, daß er sogar seinen eigenen Sohn, den späteren Friedrich den Großen, erschießen lassen wollte, der barscheste Offizier des ganzen Heeres sei und sich gewöhnt hatte, trotz seiner achtzehn Jahre im Notfall selbst den ältesten und verdientesten Militärs entgegenzutreten. Er hatte diesen Prinzen einen Spitzbuben und Räuberhauptmann genannt! Es war ihm, als sei der jüngste Tag gekommen und er stehe mitten unter den Böcken, die dahin müssen, wo Heulen und Zähneklappern ist.

Trotz dieser entsetzlichen Angst versuchte er sich zu fassen und eine ruhige Antwort zu geben:

„Exzellenz verzeihen allergnädigst! Ich habe handeln müssen, wie mir befohlen war."

„Befohlen? Heiliges Hagelwetter! Hab ich Ihm befohlen, Seine Königliche Hoheit, den Kronprinzen von Preußen zu arretieren und ihm diesen vermaledeiten Rehbock an den Hals zu hängen, he?"

„Exzellenz haben mir befohlen, den Kerl, der gleich danach in den Krug kommen werde, zum Rekruten zu machen und ihn den Bock hierher tragen zu lassen."

„Ich habe ihm allerdings befohlen, daß Er den Kerl festnehmen soll. Aber sind Seine Königliche Hoheit der Kerl, den ich meinte?"

„Ich habe nicht die Ehre, Seine Königliche Hoheit zu kennen, und da Allerhöchstdieselben zuerst kamen und sich für einen Handwerksburschen ausgaben, so mußte ich meine Pflicht erfüllen."

„Der Kerl ist, weiß Gott, unverbesserlich. Er will seine Schuld nicht einsehen! Hoheit, ich gebe ihn in Eure Hände. Tut mit ihm, was Euch gefällt! Er gehört Euch!"

Friedrich Wilhelm, der sich durch das Vergnügen, das er gehabt hatte, zur Milde gestimmt fühlte, lächelte.

„Übergebt Ihr ihn mir wirklich, Durchlaucht?"

„Mit Leib und Leben!"

„Dann habe ich also auch das Recht, ihn wieder zu verschenken?"

„Natürlich!"

„Nun gut, so übergebe ich ihn Euch, liebe Fürstin. Bestraft oder begnadigt ihn, ganz wie es Euch gefällt!"

„Himmelsapperlot, das ist falsch, Hoheit! Die würde ihn begnadigen, und wenn er Euch gefressen hätte. Die Anneliese hat ein Herz wie Butter."

„Ich danke, Königliche Hoheit!" meinte dagegen die Fürstin. „Ich werde nicht entscheiden, ohne vorher gehört zu haben. Erzähle, Leopold!"

„Ich? Erzählen? Etwa ein Verhör anstellen zwischen mir und diesem Schwerenöter? Hm, na meinetwegen, weil du es bist, Anneliese. Also da draußen im Wald liegt ein Mensch, wenn den der Herrgott recht angesehen hätte, so hätte er ihn in den Himmel geholt, um ihn zum Flügelmann in seiner Leibgarde zu machen, ein Mensch, sage ich Euch, der beinah noch einen Kopf länger ist als ich selber. Und ein paar Schultern hat er, wie der Atlas, der früher die Erde auf seinen Achseln getragen hat. Ich renne also nach der Station und befehle diesem Halunken hier, ihn abzufangen, wenn er kommt. Und was tut die Rotte Korah, Nathan und Abraham? Sie fängt mir statt des Kapitalburschen die Königliche Hoheit weg. Ist das nicht geradezu zum Verrücktwerden? He?" —

„Hattest du den Mann näher bezeichnet?"

„Natürlich! Er sagte mir, daß er im Krug einkehren werde, und so gab ich den Befehl, den ersten, der kommen würde, festzunehmen."

„Und wer ist der erste gewesen, Korporal?"

„Seine Königliche Hoheit."

„Leopold, der Korporal ist unschuldig!" sagte die Fürstin. „Er hat sich ganz genau nach deinen Worten gerichtet!"

„Aber wo ist denn nun der Richtige geblieben?"

„Der Richtige? Himmelheiliges Pech, das ist ja wahr! Wo ist er geblieben, Korporal?"

„Halten zu Gnaden, Exzellenz, ich weiß es nicht."

„Was? Er weiß es nicht? Hinaus mit dir! Und wenn du mir den Richtigen nicht bringst, so karbatsche ich dich mit eigener Hand, daß du die Cherubim und Seraphim im Himmel pfeifen und trommeln hörst!"

Nichts konnte dem Korporal so willkommen sein, wie dieser Befehl. An den Nachsatz, der für ihn höchst bedenklich war, dachte er vorläufig nicht weiter. Er machte sich schleunigst aus dem Staube.

„War der Mensch denn wirklich so ausgezeichnet?" fragte der Kronprinz. Friedrich Wilhelm war womöglich ein noch leidenschaftlicherer Liebhaber großer Soldaten als der Fürst. Es ist ja bekannt, daß er als König trotz seiner peinlichen Sparsamkeit bisweilen fünfzehnhundert Taler für einen solchen Mann bezahlte.

„Ausgezeichnet? Geht mir mit diesem Ausgezeichnet! Es sagt noch viel zu wenig. Ein Simson ist er, und wenn ich ein Regiment solcher Kerls hätte, so schlüge ich mit ihm ganz allein an die fünfmalhunderttausend Gegner in die Flucht."

„So müssen wir ihn haben!"

„Ja, wir müssen ihn haben, und wenn er auf den Mond gelaufen wäre! Ist das ein Elend! Wenn man nur wüßte, wo der Kerl steckt! Im Wald ist er längst nicht mehr."

„Wo kam er denn her?"

„Aus Oschersleben. Aber er stammt aus Bernburg. Sein Vater heißt Silberling. Es gibt bloß einen einzigen Silberling dort."

Da trat einer der anwesenden Offiziere vor.

„Pardon, Königliche Hoheit! Pardon, Exzellenz! Der Kerl hat eine Lüge gesagt. Ich kenne den Silberling in Bernburg, denn ich habe bei ihm im Quartier gelegen. Er hat gar keine Kinder und einen zweiten Silberling gibt es nicht."

„Donnerwetter, so hat mich der Mensch geleimt! Wehe ihm, wenn ich ihn bekomme! Dann ist er wohl auch gar nicht aus Oschersleben, und wer weiß, wer er eigentlich ist. Ein solcher Kerl kann gar nicht vom Zivil sein, denn den hätten die Werber längst weggeschnappt. Es wird doch nicht etwa ein Geheimbote des Kurfürsten von Sachsen oder des Schwedenkönigs sein!"

„Möglich!" meinte der Kronprinz. „Oberst Ravenau, der beim König in geheimen Geschäften ist, hat mir geschrieben, daß der lange Seeström auf Urlaub ist. Ich erkundigte mich nach ihm, weil ich ihn gern haben möchte."

„Alle neunundneunzigtausend Teufel! Am Ende ist er es gar gewesen. Ich habe hier die eisernen Ladestöcke, den Gleichschritt und das neue Exerzitium eingeführt, und ich halte es für sehr möglich, daß der Schwede auf den Gedanken kommt, mir diese vorteilhaften Neuerungen ablauschen zu lassen!"

„Wo wollte der Fremde hin?" fragte der Kronprinz.

„Nach Quedlinburg, aber um Halberstadt herum."

„Es ist möglich, daß er Euch auch damit belogen hat."

„Das soll ihm schlecht bekommen; denn ich werde ihn dennoch fangen. Ich lasse die ganze Gegend besetzen und nach ihm absuchen. Ich lasse jedes Haus in der Stadt und auf den Dörfern umwenden, und es müßte mit dem Satan zugehen, wenn er mir entkäme."

Der Kronprinz war für eine solche Rekrutenhetze begeistert und bemerkte:

„Macht Euch keine Sorge, Durchlaucht! Ihr wißt, daß ich überflüssige Schnirkeleien nicht leiden mag. Der Kerl muß gefangen werden, und ich werde selbst mithelfen.

Wenn Ihr Streifscharen in die Gegend von Quedlinburg, Oschersleben und Thale aussendet und die Stadt mit ihrer Umgebung gut absuchen laßt, so werden wir den Urian bekommen, und dann könnt Ihr ja den Preis sagen, für den ich ihn erhalten kann."

„Schön, Hoheit! Werde auch selbst mitsuchen und brauch mich also auch nicht in Gala zu werfen. Anneliese, schaff etwas zum Schlucken und Beißen und laß hier den Bock abholen! Er braucht sich nicht jetzt und in alle Ewigkeit hier herumzusielen!"

„Und meinen Ranzen", fügte der Kronprinz bei, „übergebe ich Euch. Den Inhalt werden wir vielleicht gut brauchen können. Habt Ihr die Zuschrift meines gestrengen Vaters erhalten?"

„Gleich vorhin erst."

„Ich weiß nicht, was er schreibt. Darf ich den Brief einmal sehen?"

„Hier ist er! Hat mir viel Mühe gemacht. Will lieber auf eine Festung Sturm laufen, als solchen Krimskrams enträtseln."

Der Kronprinz las das Schreiben und meinte dann:

„Steht gar nichts drin. Werde Euch alles ausführlich erzählen müssen. Doch das hat noch Zeit. Gebt also Eure Befehle, daß die Hetze losgehen kann!"

Der Gegenstand dieser Unterredung, der angebliche Lohgerber, war unter dem Schutz des Waldes bis auf drei Viertelstunden an die Stadt herangekommen. Am Saum des Forstes blieb er halten, um die Gegend zu erkunden. Vor ihm lag ein niedrig gehügeltes Gelände mit fruchtbaren Feldern und Wiesen, die hier und da durch ein dünnes, durchsichtiges Buschwerk getrennt wurden. „Hm", meinte er halblaut zu sich selbst, „fatale Geschichte! Ich muß den Klas Baldauf unbedingt sprechen. Ich muß also auf alle Fälle in die Stadt. Aber ich komme in Gefahr, wenn man mich sieht. Der Büttel war kein anderer, als der Dessauer selbst. Er wird das Blaue vom

Himmel herunter wettern, wenn er hört, daß sie mich nicht ergriffen haben, und ich setze meinen Kopf zum Pfand, daß er die ganze Gegend nach mir absuchen läßt. Geh ich durch eins der Tore in die Stadt, so bemerkt man mich; denn meine Größe fällt auf. Springe ich irgendwo über die Mauer, so ist das erst recht gefährlich. Was tun? Es bleibt mir nichts anderes übrig, als mich möglichst nahe heranzupirschen und dann zu sehen, was zu machen ist."

Er schritt in der Richtung nach Halberstadt weiter, indem er jede Begegnung sorgfältig zu vermeiden und sich durch die Büsche zu decken versuchte. Hätte er gewußt, daß man gerade damals so fleißig an einem neuen, jenseits der Holtemme gelegenen Stadtteil baute, so wäre er nicht so sehr besorgt gewesen, in die Stadt zu kommen.

Das Gelände brachte es mit sich, daß er nicht in gerader Richtung gehen, sondern einen Bogen um die Stadt schlagen mußte. Da erblickte er die vor der Mauer gelegenen neuen Gebäude, bei denen zahlreiche Arbeiter beschäftigt waren. Ein befriedigtes Lächeln glitt über sein Gesicht. Er ging geradewegs auf einige Zimmerleute zu, die nicht weit von ihm mit dem Behauen von Balken beschäftigt waren. Er grüßte und fragte:

„Könnt ihr mir nicht sagen, wo in der Stadt ein Gastwirt namens Hilarius Wolf zu finden ist?"

„Der Hilarius?" antwortete einer. „Der wohnt gar nicht mehr da drüben. Der wird doch nicht so dumm sein und sich dort hinüber setzen, wo es hier hüben einen Batzen zu verdienen gibt. Sehe Er sich das Haus dort an, das ist der Gasthof ‚Zum Leopold'. Da wohnt der Hilarius Wolf."

„Lebt seine Frau noch?"

„Die lange Margarete? Die lebt noch; die stirbt nimmermehr."

„Haben sie Kinder?"

„Fällt ihnen gar nicht ein. Sie sind ganz allein und

haben nur den schwarzen Klas bei sich, den alten Eulenspiegel. Er will wohl zum Hilarius?"

„Ja."

Mit diesen Worten ging er weiter, gerade auf das bezeichnete Haus zu. Es war noch neu, und über seiner Tür prangte ein riesiges Schild mit einem Reiter. Das Pferd sah eher wie ein Ziegenbock aus, und wen der Mann vorstellen sollte, konnte man nur aus der Unterschrift erraten. Sie lautete „Gasthof zum Leopold", war aber samt Pferd und Reiter vom Regen bereits wieder verwaschen.

Eben, als er eintreten wollte, war ein anderer im Begriff, herauszukommen. Sie stießen zusammen, machten erst erzürnte, dann überraschte Gesichter und faßten sich schließlich bei den Händen.

„Klas!" rief der Fremde.

„Leutnant Erich! Um Gottes willen, wenn man Euch sieht!"

„Kannst du mich verstecken?"

„Ja. Kommt herauf, ich will es wagen."

Er führte ihn die Treppe empor in ein kleines zweifenstriges Stübchen, dessen einfache Möbel erkennen ließen, daß es seine Wohnung sei. Ein Tisch, zwei Stühle, ein Bett und ein Uhrkasten bildeten die ganze Einrichtung. Der aus starkem Eichenholz gefertigte Uhrkasten hatte eine Breite von fast einem und eine Höhe von sicher zwei Metern. Die Uhr fehlte; vielleicht war sie unten in der Gaststube aufgehängt worden.

„Hier herein, Herr Leutnant. Hier seid Ihr sicher."

„Wer wohnt hier?"

„Ich."

„Kommt niemand herein?"

„Niemand, außer des Abends einige Freunde, die wir aber jetzt nicht zu erwarten haben. — Doch erlaubt, daß ich erst noch einmal hinuntergehe, um zu sehen, ob wir sicher sind!"

„Bring mir ein Bier und etwas zu essen mit!"

Es dauerte lange, ehe Klas wiederkam. Man hatte ihn gegen seinen Willen aufgehalten. Er stellte Essen und Trinken vor den Leutnant hin und betrachtete ihn dabei mit Augen, aus denen die innigste Liebe und Anhänglichkeit glänzte.

„Nun sagt, wie kommt Ihr nur nach Halberstadt, gnädiger Junker!"

„Ich war in Stralsund und Stettin."

„Ah, ich denke, Ihr steht beim König in Sachsen!"

„Allerdings. Du weißt, daß wir den Sachsen kleingemacht haben. Der König will nun auch an den Preußen. Der ahnt das und hat ihm den Obersten Ravenau geschickt, um einen Vertrag vorzubereiten. Währenddessen aber rüsten beide. Kommt der Vertrag ja noch zustande, so gibt es nur eine Galgenfrist; der König bricht doch noch los. Daher mußte ich nach Stettin und Stralsund und komm auf dem Rückweg zu dir. Wie steht es mit deiner Aufgabe?"

„Sehr gut. Ich bin fertig."

„Kennst also das neue Exerzitium?"

„Das Reglement?"

„Ja."

„Auch! Hab es hier im Tischkasten."

„Wie kamst du dazu?"

„Sehr leicht. Mit den Papieren, die Ihr mir aushändigtet, fand ich in Halberstadt sofort die Erlaubnis, bleiben zu dürfen. Ich wählte mir einen passenden Dienst und wurde Hausknecht hier beim Hilarius. Zu ihm kommen sehr viele Soldaten, ich trollte oft mit hinaus auf den Exerzierplatz und habe mir die neue Geschichte recht wohl zu Kopf genommen."

„Aber das Reglement?"

„Habe ich von einem guten Freund, der mich oft besucht und hier oben ein Gläschen mit mir trinkt."

„Wer ist er?"

„Korporal Waldow. Er hat die Werbestation da im Oscherslebener Wald."

„Ah! Hätte mich heut beinah in die Hände gekriegt!"

„Nicht möglich! Wieso?"

„Ich traf den Dessauer — —"

„Donnerwetter! Doch nicht?"

„Ja. Eben da draußen im Wald. Er hatte einen Rehbock und fing ein Gespräch mit mir an. Ich gab mich für einen Oscherslebener Lohgerber aus, und er suchte mich zu veranlassen, im Krug, der im Wald liegt, einzukehren."

„Da hätten Euch die Werber gegriffen."

„Glaube es; bin also nicht auf den Leim gegangen. Hast du einen Plan von Halberstadt?"

„Ja. Ist schon längst fertig."

„Gut! Wird aus dem Vertrag nichts, so schlägt der König los. Der nächste und der schlimmste Feind ist der Dessauer. Daher beabsichtigt der König, Halberstadt zu überrumpeln und den Fürsten mit seinem ganzen Regiment auszuheben. Deshalb bist du hierhergeschickt worden, und deshalb steigt auch der Wachtmeister Roller zwischen hier und Merseburg herum, um sich den Weg zu besehen. Es ist jetzt die Zeit der frühen Kirchweihen. Er benutzt das und geht bald als Leiermann, bald als Vogelhändler umher und kundschaftet dabei Dinge aus, die mancher Offizier nicht herausbringen würde."

„Aber wenn man ihn ertappt, so ist er geliefert!"

„Ich und du auch. Diese Art von Vergnügen wird nun einmal Spionage genannt und mit dem Strange bezahlt. Habe übrigens verdammt wenig Lust, dergleichen Geschichten auch fernerhin mitzumachen. Schickt sich nicht für einen ehrlichen Offizier. Weiß gar nicht, warum der König allemal mich auswählt, da ich doch wegen meiner Gestalt in größerer Gefahr bin als jeder andere."

„Er weiß, daß er sich auf Euch verlassen kann."

„Pah, das weniger! Ich habe so meine eigenen Gedanken, beinah einen Verdacht. Ich habe nämlich eine Braut — —"

„Ihr? Eine Braut? Wollt Ihr mich dumm machen?"

„Ich sage die Wahrheit. Sie ist eine sehr reiche Erbin."

„Jung?"

„Achtzehn. Beinah so lang und stark wie ich. Aber dabei ein Gemüt wie Wachs, ein Gesicht wie Milch und Blut und einen kühnen, entschlossenen Sinn."

„Wo wohnt sie?"

„Bei Merseburg. Sie ist eine Waise, und der Herzog von Sachsen-Merseburg ist ihr Vormund. Hole ihn der Teufel!"

„Weshalb?"

„Weil er sie an unseren Obristen Borjesson verschachern will."

„Ah, an den Liebling des Königs."

„Der König ist auch für den Plan eingenommen. Was kann ich als armer, kleiner Leutnant dagegen tun? Der Obrist hat erfahren, daß Anna mich kennt und hat dem König einen Floh ins Ohr gesetzt. Nun bürdet man mir Geschäfte auf, die eine lange Abwesenheit mit sich bringen. Die Zeit wird man wohl benutzen. Vielleicht tritt gar der Fall ein, daß ich irgendwo abgefangen werde, und dann hat der Obrist freie Hand. Wenn sie es mir zu toll machen, werde ich ihnen die Rechnung durchstreichen. Wo hast du den Plan und das Reglement?"

„Hier!"

Der Hausknecht zog den Tischkasten auf und nahm die Papiere heraus. Noch aber hatte Seeström sie nicht geöffnet, als sich unten im Flur eine Stimme hören ließ:

„Wird oben in seiner Stube sein."

„Gut! Steige ich hinauf!"

„Alle Wetter! Herr Leutnant, da kommt dieser verdammte Korporal Waldow!" meinte Klas erschrocken.

„O weh! Wenn man sich nur verstecken könnte!"

„Rasch hinter den Uhrkasten!"

Sie zogen den Kasten von der Wand zurück und Klas schob ihn, nachdem der Leutnant dahintergeschlüpft war, wieder an die Mauer an. Kaum war er damit fertig, so trat der Korporal ein. Dieser warf sich nach einem außerordentlich mürrischen Gruß auf einen Stuhl und schlug mit der Faust auf den Tisch.

„Klas! Ich erschieße mich, denn sonst läßt mich der Fürst bei lebendigem Leib braten. Denk dir, ich habe Seine Königliche Hoheit den Kronprinzen arretiert!"

„Mensch! Wie kommst du dazu, den Kronprinzen zu arretieren?"

„Ja, das ist es ja eben! Eigentlich bin ich nicht schuld, aber schuld bin ich doch! Ich werde es dir erklären, und dann gib mir einen guten Rat!"

Und der Korporal Waldow erzählte seinem Freund die seltsame Geschichte von der gewaltsamen Anwerbung des Kronprinzen, bis zu der Szene, die es im Empfangszimmer des alten Dessauer gegeben hatte.

„Das ist ja eine ganz verdammte Geschichte!" meinte der andere. „Sollst du denn allein nach ihm suchen, oder haben auch andere noch dabei zu tun?"

„Ich habe nur wenig davon gehört. Aber ich denke, daß man die ganze Gegend mit Streifscharen belegen und auch in der Stadt nachsuchen lassen wird."

„So kannst du dich trösten. Vielleicht wird man ihn finden. Kommst du grad vom Fürsten?"

„Nicht ganz. Ich habe erst eine halbe Stunde nach meinen Leuten herumgesucht. Die sind jedenfalls hinaus nach der Station und ich bin — — Donnerwetter, da ist Leutnant Kummer! Er weiß, daß ich hier verkehre, wenn ich in der Stadt bin. Er wird mich doch nicht etwa suchen?"

Unten wurde die Stubentür geöffnet, und man hörte eine Stimme fragen:

„Korporal Waldow heut hier gewesen?"

„Ja“, lautete die Antwort. „Er ging vorhin hinauf zum Hausknecht.“

Der Korporal geriet in die größte Angst. Er fuhr in der Stube herum wie eine Maus, die ihr Loch nicht finden kann.

„Kreuzbataillon, wo verstecke ich mich?“

„Ist nicht notwendig. Er mag dich immer treffen!“

„Nein! Er soll mich zum Fürsten schleppen.“

„Fahr unter das Bett!“

„Da sieht er mich. Ich stelle mich hinter den Uhrkasten. Schieb ihn schnell wieder an die Wand zurück!“

Er faßte den Kasten und zog ihn ab, um in höchster Eile dahinterzuschlüpfen, blieb aber sogleich erstarrt stehen, denn an der Wand lehnte ein Mensch, der einen ganzen Fuß länger war als er selber. Wie ein Blitz durchzuckte ihn der Gedanke: das ist der Kerl, den wir suchen!

In diesem Augenblick trat der Leutnant ein. Der Offizier erblickte den Hausknecht und den Korporal, den schwedischen Leutnant aber nicht, weil diesen der halb verschobene Kasten deckte.

„Korporal Waldow, wo treibt Er sich denn herum?“

„Ich bin von Seiner Exzellenz entlassen, Herr Leutnant!“

„Ja, aus dem Audienzzimmer, aber im Vorzimmer hat Er zu bleiben! Hätte ich nicht gewußt, daß Er immer hier zu finden ist, so hätte ich nach Ihm laufen können bis ans Ende der Welt! Er kennt den Oscherslebener Wald?“

„Ganz und gar.“

„So komme Er! Er soll einer Streife durch den Forst als Wegweiser dienen.“

„Um den — Richtigen zu fangen?“

„Ja.“

„Das ist nicht notwendig, Herr Leutnant. Ich habe ihn bereits!“

„Donnerwetter, ist es wahr? Wo hat Er ihn denn?"

„Hier!"

Er deutete hinter den Kasten. Der Leutnant trat näher, und zu gleicher Zeit trat auch Seeström hervor. Er wurde von dem Leutnant mit erstaunten Blicken betrachtet.

„Mensch, was macht Er denn hier hinter dem Uhrkasten?"

„Ich wollte sehen, was es geschlagen hat."

„Was soll das heißen?"

„Werdet es hören. Ja, ich bin der Richtige, den ihr sucht. Das will ich gern gestehen. Aber wer ich eigentlich bin, das weiß noch keiner von euch. Der Herr Kamerad mag Seiner Durchlaucht dem Fürsten von Dessau und Seiner Königlichen Hoheit dem Kronprinzen von Preußen sagen, es sei nicht so leicht, wie sie es sich denken, den Junker Erich von Seeström, Leutnant in Seiner Schwedischen Majestät Regiment Gustav Adolf unter die preußischen Rekruten zu stecken. Nun weiß Er, wer ich bin. Dieser Hausknecht hier ist der Feldwebel Klas Baldauf in meiner Kompanie. Wir empfehlen uns!"

Ein Schlag seiner Faust traf den Leutnant, daß dieser betäubt niederstürzte, ein zweiter brachte auch den Korporal zu Fall.

„Hast du etwas mitzunehmen, Klas?"

„Die Papiere hat der Herr Junker. Weiter brauche ich nichts."

„Dann vorwärts! Es ist hier nicht mehr recht geheuer."

Sie traten aus dem Zimmer, stiegen die Treppe hinab und verließen ungehindert das Haus. Auch durch die neuen Straßen kamen sie ohne Belästigung. Als sie aber die Stadt im Rücken hatten, sahen sie, daß die Umgebung von zahlreichen militärischen Trupps durchstreift wurde, denen man nur zu Pferde oder unter dem Schutz der Nacht entkommen konnte. Es waren lauter Infanteristen; nur zwei berittene Männer waren dabei. Der eine kam von links und der andere von rechts dahergetrabt, und unweit der Stelle, an der sich die Flüchtigen befanden, mußten sie sich begegnen.

„Der Fürst!" meinte Seeström besorgt.

„Und der Kronprinz!" fügte der Feldwebel hinzu.

„Wir sind verloren!"

„Noch nicht. Wir sind zunächst nur zwei gegen zwei."

„Aber da hinter uns kommt eine Truppe."

„Alle Wetter! Was ist zu tun?"

Da glitt über das sonnenverbrannte Gesicht des Feldwebels ein halb entschlossener, halb lustiger Zug.

„Ich habs! Sieht der Herr Junker die beiden Vogelscheuchen? Schnell hin! Den einen nieder, und der Herr Leutnant an seine Stelle!"

„Ah! Hm! Und du?"

„Der Fürst kennt mich. Der Herr Junker werden schon sehen, was ich will; jetzt ist keine Zeit zu Weitläufigkeiten. Vorwärts!"

Sie standen vor einem umfangreichen Weizenfeld. Die Ähren waren bereits gelb vor Reife. Um die gefräßigen Vögel von ihnen abzuhalten, hatte der Besitzer zwei Vogelscheuchen mitten ins Feld gesetzt. Seeström bückte sich zur Erde nieder und kroch zwischen die Halme hinein, auf die nächste Figur zu. Sie bestand aus einer Strohpuppe, der man einen riesigen Dreispitz aufgesetzt und einen langen Rock mit Bratenschößen angezogen hatte, von dem die Fetzen hingen. Seeström legte seinen eigenen Hut ab, setzte den anderen auf, warf sich den alten Rock über, erhob sich dann langsam und streckte die beiden Arme geradeso wie sein Vorgänger steif von sich.

Der Feldwebel war unterdessen weitergetrollt ...

Leopold und der Kronprinz, beide noch immer in Zivil, hatten sich in der Stadt getrennt, um draußen den Streifscharen schneller Anweisungen geben zu können. Hier trafen sie sich wieder.

„Etwas bemerkt?“ fragte Friedrich Wilhelm.

„Nein.“

„Ich auch nicht. Wer ist der Mensch, der da kommt?“

Leopold drehte sich um.

„Hausknecht im Gasthof ‚Zum Leopold‘. Kommt auf uns zu und macht ein verteufelt wichtiges Gesicht. Heda, Klas, was schnuppert Er hier herum?“

Der Angerufene trat heran und zog den Hut unter einer linkischen Verbeugung, wobei sein Gesicht ein verschmitztes Lächeln versuchte.

„Exzellenz suchen einen Flügelmann, der im Wald davongelaufen ist? Ich hab ihn.“

„Donnerwetter, ist's wahr?“

„Ein Kerl, gerade sieben Fuß hoch, blond, himmelblaue Augen.“

„Stimmt, stimmt! Kerl, du kriegst hundert Taler, wenn es wahr ist, und wenn wir ihn bekommen!“

„Danke! Die hundert Taler sind mein. Aber ehe ich sage, wo er ist, müssen mir Durchlaucht eine Bitte gewähren!“

„Gut, zugestanden! Was ist's?“

„Er steckt in meinem Herrn seinem Feld. Reiten es Durchlaucht doch nicht nieder!“

„Ah, im Feld? Gut, wir werden es schonen. Also, nun heraus damit!“

„Sehen die Herren dort die Vogelscheuche im Weizen? Das ist der Richtige.“

„Kerl, Er ist verrückt!“

„Nein, Exzellenz. Ich bin meiner Sache sicher. Ich war bei den Kartoffeln daneben und hatte mich niedergebückt, um sie zu untersuchen. Da kam er hier den Rain entlang. Er hat die beiden Herren kommen sehen und im Augenblick kein anderes Mittel gewußt, sich zu retten. Er kroch zu der Vogelscheuche hin, setzte sich deren Hut auf, zog ihren Rock an und — nun, da steht er.“

Die Arme Seeströms mochten ermüden. Er ließ den

einen ein wenig sinken, hob ihn aber sofort wieder empor. Der Fürst hatte es bemerkt.

„Gott steh mir bei, es ist wahr! Diese Vogelscheuche ist ein Mensch! Seht Euch einmal sein Gesicht an, Königliche Hoheit, und er hat mit dem Arm gewackelt."

„Wirklich!" meinte der Kronprinz. „Den kriegen wir!"

„Unbegreiflich!" eiferte Leopold. „Der Kerl muß doch Gottstrambach noch weniger Verstand im Kopf haben als sein Vorbild, von dem er sich Hut und Rock geborgt hat. Na, Bursche, warte, ich werde dich bekrautscheuchen! Komm Er einmal her, Klas, und halte Er unsere Pferde! Wir werden nicht in das Feld Seines Herrn reiten. Aber hineinsteigen werden wir doch müssen."

Auch der Kronprinz saß ab und übergab dem Feldwebel die Zügel seines Pferdes.

„Durchlaucht", meinte er dabei zu dem Fürsten gewendet, „wir tun gar nicht, als ob wir etwas ahnten. Wir umgehen das Feld, Ihr rechts und ich links, und dann spazieren wir gerade auf ihn zu. Nachher kann er uns ja gar nicht entkommen."

Sie stiegen von dannen und umgingen, scheinbar müßig Kornblumen pflückend, das Feld, bis sie die unbewegliche Vogelscheuche gerade zwischen sich hatten.

„Los!" rief jetzt der Kronprinz, und rannte vorwärts in den Weizen hinein.

„Hallo, hab ihn!" rief der Fürst, und folgte von der entgegengesetzten Seite seinem Beispiel.

Seeström rührte sich nicht eher, als bis sie beide auf drei Schritte herangekommen waren. Da aber flog dem Prinzen der alte Rock um den Kopf und dem Fürsten der Hut ins Gesicht. Der Schwede raffte den seinigen auf und sprang in mächtigen Sätzen davon. Leopold stand einige Augenblicke ganz verblüfft; auch der Prinz war eine kleine Weile bemüht, seinen Kopf aus dem Rock zu bringen. Inzwischen aber war der Flüchtling bereits über zwanzig Schritte von ihnen entfernt, und bei den gewaltigen Sätzen, die er machte, war keine Hoffnung, ihm zu Fuß nachzukommen.

„Halt ihn auf, halt ihn auf!“ brüllte der Fürst. „Her, schnell her mit den Pferden, Klas!“

„Gleich!“ rief dieser.

Im Nu saß er auf dem einen Tier und im nächsten Augenbick der Leutnant auf dem anderen.

„Gute Verrichtung, meine Herren!“ rief der Offizier lachend. „Seid so gut und vergeßt den Leutnant Seeström nicht!“

„Und auch nicht seinen Feldwebel Klas Baldauf!“ rief der Hausknecht.

Im Galopp, so daß die Ackererde hinter den Hufen der Pferde aufflog, ging es durch dick und dünn davon.

„Donnerwetter! Der Seeström ist’s gewesen!“ knirschte Leopold.

„Hol mich der Kuckuck! Er war es, und sein verdammter schwarzer Feldwebel dazu!“ pflichtete ihm der Kronprinz bei. „Ihr mußtet auch so albern sein und vom Pferde steigen!“

„Seid Ihr klüger gewesen, he?“

„Aber Ihr habt den Vorschlag gemacht!“

„Nicht schimpfen, Hoheit, sonst soll das Donnerwetter dreinschlagen! Mit Maulaffenfeilhalten kriegen wir die Höllenhunde nicht wieder. Still über unseren albernen Streich, und rasch in die Stadt! Alle Pferde, die es dort gibt, müssen her. Tausend Taler dem, der mir diesen schwedischen Satan fängt!“

In der Patsche

In Dankerode war Jahrmarkt. Dies war an sich kein besonderes Ereignis. Aber daß zum Dankeroder Jahrmarkt einmal ein so ausgezeichnetes Wetter war, das hatte man seit Menschengedenken nicht erlebt. Daher wanderte auch alles, was nicht mit Gewalt zu Hause festgehalten wurde, dem Dorf zu.

Dankerode war keine Stadt, nicht einmal ein Marktflecken. Es hatte auch gar keine Gerechtsame zur Abhaltung eines Jahrmarkts. Aber es war nun einmal herkömmlich, daß am 24. Juni jeder, der etwas zu verkaufen hatte oder etwas kaufen wollte, jeder, der sich entschlossen hatte, in Dienst zu gehen oder der einen Dienstboten brauchte, überhaupt jeder, der ein Geschäft irgendwelcher Art abzumachen hatte, nach Dankerode lief, um dort seine Angelegenheit unter freiem Himmel in Ordnung zu bringen.

Da stand denn sehr oft Bude an Bude und Regenschirm an Regenschirm; denn wer am 24. Juni nach Dankerode ging, der wußte, daß er naß wurde, von außen bis auf die Haut und von innen noch tiefer.

Daß es nun heute nicht wie aus Kannen goß, war ein Wunder aller Wunder. Nicht einmal ein Gewitter stand am Himmel, der so hell und rein, so unschuldig aussah, als ob er alle Jahre den Dankerodern ein so freundliches, liebenswürdiges Gesicht gemacht hätte.

Aber das Anfeuchten war man in Dankerode nun einmal gewohnt. Ging es nicht von außen, so geschah es doppelt und dreifach von innen, schon wegen der ungeheuren Hitze, wie man sich entschuldigte.

In keiner Bude aber wurde so viel getrunken wie bei der ehrsamen Witib Veronika Salzmeierin. Das war aber auch eine Frau, bei der man unwillkürlich mit der Zunge schnalzen mußte, geradeso als wenn man etwas Leckeres vorgesetzt bekäme. So sauber, so nett und anmutig gab es in der ganzen Grafschaft Mansfeld kein zweites Frauenzimmer, und dabei hatte sie ein Mäulchen, so fleißig wie ein zwölfgängiges Mühlwerk, und ein Paar Augen, die es jedem antaten, der noch ein Herz im Leibe trug.

Heute hatte sie es besonders auf einen Tisch abgesehen, der da hinten in der Herrenecke stand. Da saßen nämlich sieben oder acht Gäste, von denen jeder wenigstens drei leere Flaschen vor sich stehen hatte. Die Leute hatten so etwas an sich, so etwas Vornehmes, Anziehendes, daß die gute Veronika kein Auge von der Gruppe verwandte und alle drei Minuten herbeigetrippelt kam, um zu fragen, ob vielleicht noch eine Flasche befohlen werde.

Und jetzt kam gar ein Mann herein, der hatte eine Haltung, einen Schritt, ein Auge, einen Zwickelbart! Herrjeh, dem sah es die Wirtin sofort an, daß er noch viel ausgezeichneter und anziehender sein müsse als die anderen. Die erhoben sich auch sofort von ihren Sitzen und machten Gesichter, als ob er sie alle ungefährdet verschlingen dürfe. Er aber gab nur einen kleinen Wink, so setzten sie sich augenblicklich wieder nieder, und er nahm bei ihnen Platz.

Sie kam wie eine Bachstelze herbeigewippt, wischte sich mit der schneeweißen Schürze den Mund ab, schlug wie in jungfräulicher Beschämtheit die Augen nieder und fragte nach den Befehlen des gnädigen Herrn Bergamtmanns. Denn in der Grafschaft Mansfeld war damals der Bergamtmann die angesehenste Persönlichkeit, und weil dieser Herr gar so vornehm aussah, mußte er unbedingt ein Bergamtmann sein, obgleich er für eine solche Stellung eigentlich noch sehr jung war.

„Woher kennt Sie mich denn so genau?“ fragte er mit einem Blick, der eigentlich für einen hohen Herrn viel zu wohlwollend war.

„Von dem letzten Bergaufzug hier“, antwortete sie ganz entzückt, daß sie so scharfsinnig gewesen war, sofort das Richtige zu treffen. „Da schritt der gnädige Herr voran und hatte einen roten Federsturz oben“, antwortete sie, denn so war es bei den Bergamtmännern der Fall.

„Hm, ja! Sie hat ein sehr gutes Gedächtnis. Sage Sie einmal, könnte Sie wohl einen Bergamtmann gut leiden?“

Diese Worte gingen ihr tief in das liebebedürftige und doch verwitwete Herz. Sie machte einen tiefen Knicks.

„Ja!“ flüsterte sie.

„Donnerwetter, das paßt; denn ich habe noch keine Bergamtmännin. Kann man denn einmal mit Ihr über diese Sache reden, Sie kleine Hexe Sie?“

„Zu jeder Zeit, gnädiger Herr!“

„Schön. Ich gebe Ihr mein Wort, daß ich zu keiner anderen gehe, wenn ich mir meine Amtmännin hole.“

„Aber vergeßt es nur nicht, gnädiger Herr!“ lispelte sie.

„Nein. Sie hat mein Wort, und damit basta! Bringe Sie mir auch so eine Flasche!“

Sie schnellte hinter den Schenktisch und suchte einige von den wenigen Flaschen hervor, die sie für ganz besondere Ehrengäste zurückgestellt hatte. Da kostete eine zwanzig Silbergroschen. Aber sie nahm sich vor, ihm nur zwölf abzuverlangen. Das erste Glas goß sie ihm selbst ein und nippte leise davon.

„Zur Gesundheit, gestrenger Herr!“

„Danke, Schatz!“

Er trank das Glas aus, schenkte wieder voll und leerte es nochmals; dann streckte er die Beine von sich und wollte eben ein Gespräch beginnen, als er daran gehindert wurde und sich plötzlich in eine horchende Stellung aufrichtete.

Draußen vor der Bude hielt nämlich ein Schleifer mit seinem Karren. Er hatte sehr viel zu tun; aber nicht nur seine Kunden standen bei ihm, sondern auch eine ganze

Menge anderer Leute. Er war seit einigen Tagen in der Gegend bekannt, und man wußte, daß er gar schöne Schleiferlieder zu singen verstand. Er hatte heute bereits viel gearbeitet, aber noch nicht gesungen. Darum wurde er so dringend um ein Lied gebeten, daß er endlich nachgeben mußte. Er begann:

„Der Schleifer ist allzeit ein Mann,
Den man nicht gut entbehren kann,
Weils vieles gibt, wie ihr ja wißt,
Was abgestumpft und schartig ist,
Und man sich da nur nutzlos quält,
Wo Schärfe, Schnitt und Rundung fehlt.
Der Schleifer findet weit und breit
Gar manche Ungeschliffenheit,
Und wo er nicht selbst helfen kann,
Da packen andere Kräfte an.
Das Schicksal faßt ja manchen Tropf
Mit eisenfestem Griff,
Setzt ihm den widerspenstgen Kopf
Zurecht und gibt ihm Schliff!"

Der Klang dieser Stimme war es, der den zwickelbärtigen Herrn Bergamtmann am Sprechen gehindert hatte. Er hörte die Strophe zu Ende und meinte dann:

„Nicht übel, das Lied, hm; sollte länger sein, nicht, Hauptmann?"

Derjenige, an den die Worte gerichtet waren, beeilte sich beizustimmen:

„Gewiß, Exzellenz! Doch da kommt ja bereits eine zweite Strophe!"

Wirklich erklang es bereits nach dieser kurzen Pause draußen weiter:

„Der Meister und die Meisterin,
Die haben oft gar eignen Sinn.
Der Lehrling ist ein Aschenbrod,
Hat wenig Freud und sehr viel Not,

Er schuftet wie ein Droschkenpferd
Und gilt doch keinen Heller wert.
Der Sündenbock für alle Welt,
Auf halbe Ration gestellt,
Zu spät ins Bett, zu früh heraus,
Das halte doch der Teufel aus!
Und klagt und schimpft und jammert er,
So kommt der Meister Pfiff,
Nimmt Elle oder Knieriem her
Und appliziert ihm Schliff!“

Der Bergamtmann strich schmunzelnd seinen schwarzen Schnurrbart. Der Schleifer aber fing die dritte Strophe an.

„Bei einem wohlbekannten Haus
Fliegt Geld hinein, Papier heraus.
Man sagt, daß es ein Bankhaus sei,
Doch ist's die höhre Schleiferei;
Denn man dreht drinnen dem Hans Tapp
Die schwer ersparten Groschen ab.
Da plötzlich wird die gute Bank
An hoffnungsloser Schwindsucht krank;
Der Prinzipal kniff gerne ex,
Doch faßt ihn ‚Polyp multiplex‘[1].
Jetzt brummt er in der Einsamkeit
Und kaut an seinem Kniff,
Und für das Schleifen früherer Zeit
Bekommt er selbst nun Schliff!“

„Wenn dieser Kerl sich seine Lieder selber macht, so ist er ein ganz vertrackter Pfiffikus!“ meinte der Fürst. „Das schnappt und klappt ja alles ganz vortrefflich! Und das mit der höheren Schleiferei ist ganz richtig; nur will ich ihm nicht raten, einen Namen zu nennen, sonst wird er selber geschliffen. Aber wahrhaftig, der Mann bringt noch mehr. Hört!“

[1] Scherzhafte Bezeichnung für Polizei

Draußen erklang die Fortsetzung des Liedes:

„Im Schulhaus geht für jedermann
Das offizielle Schleifen an.
Und was die liebe Frau Mama
Bisher am Zuckerkind versah,
Wird hier barmherzig und geschickt
Mit Stock und Rute ausgeflickt.
Das niederträchtge Abc
Schmeckt unbedingt nach Aloe,
Und wer das Einmaleins verdaut,
Der stirbt auch nicht an Sauerkraut.
In dieser Art Philosophie
Fährt man mit raschem Griff,
Legt sie gemütlich übers Knie
Und appliziert ihr Schliff."

„Bravo, bravo! Immer übers Knie mit den Rangen, und gehörig aufgewichst. Mir sollte die Anneliese nicht wagen, die Buben und Mädels zu verzärteln! Warum hat man jetzt so gottlose Bengels unter den Rekruten, Hauptmann? Nun?"

„Es liegt an der Erziehung; die Eltern sind schuld!"

„Und darum verdienen sie mehr Prügel als die Jungens. Es ist jetzt eine traurige Zeit, eine Zeit, in der eigentlich hoch und niedrig, jung und alt ganz gehörig durchgeprügelt werden müßten; denn ich sage euch, ihr Herren — — —"

Er war dabei auf eins seiner Lieblingsthemen gekommen, über das er stundenlang zu reden vermocht hätte, wenn er nicht von dem Schleifer gestört worden wäre:

„Wohnt einmal einer in der Stadt,
Der gar zu lange Finger hat.
Bei Tage bleibt er stets zu Haus,
Geht nur im Dunkelmunkel aus,
Ist aller Straßenlampen Feind

Und liebt den Mond, wenn er nicht scheint.
So wandert heimlich er fürbaß,
Denkt bald an dieses, bald an das,
Bis er, Kreuzhimmelelement,
Ein fremdes Portemonnaie umrennt.
Doch leider wird der Schelm ertappt
Bei dem verbotnen Griff;
Ein Gänsedarm[1] hat zugeschnappt
Und sorgt für bessern Schliff!"

„Hm", brummte jetzt der Fürst. „Da fällt mir ja etwas ein, ihr Herren. Ich habe da einen Wisch vom Oberst Ravenau, der beim Schwedenkönig sitzt, erhalten, worin ich benachrichtigt werde, daß ein Wachtmeister, ein gewisser — — Teufel wie heißt doch der Bengel gleich? Major, er hat das Schreiben ja gelesen!"

„Wachtmeister Roller", antwortete der Offizier.

„Roller, ja! Also daß ein gewisser Wachtmeister Roller in der Gegend zwischen Merseburg, Halberstadt und da herum sein — — — Donnerwetter, da geht es wieder los. Hört!"

„Ich kenne ein Amphibium,
Heißt Redakteur und ist nicht dumm.
Im Tintenfasse schwimmt das Tier,
Frißt Federn, Schreib- und Druckpapier,
Hat eine Zunge, spitz und scharf,
Und quakt, was man nicht quaken darf.
Drum bringt den Herrn Amphibius
Das Quaken öfters in Verdruß,
Wobei es hier und da gelingt,
Daß man ihn auf das Trockne bringt.
Denn tritt er in der Setzerei
Etwas zu stark aufs Schiff,
So stürzt ein Paragraph herbei
Und sorgt für bessern Schliff!"

[1] Volkstümlich für Gendarm

„Fertig? Also nun kann ich fortfahren. Der Oberst Ravenau schreibt mir, daß sich da ein Wachtmeister Roller herumtreibe, bald als Brillenmann, bald als Bänkelsänger oder Scherenschleifer, bald als sonst etwas. Was das für einen Zweck hat, kann sich jeder denken, und ich möchte mir den Kerl da draußen doch einmal in Augenschein nehmen. Was meint Er, Major?"

„Ein gewöhnlicher Schleifer hat diese Verse nicht gemacht. Soviel ist sicher, Durchlaucht. Sie stammen nicht bloß von einem witzigen, sondern auch von einem gewandten und erfahrenen Kopf — — ah, noch eine Strophe!"

„Herr Müller und Frau Müller sind
Zuweilen sehr konträr gesinnt.
Er liebt den Skat, sie haßt das Spiel,
Er schweigt gern, und sie plappert viel,
Er ist ein Feind von Tand und Putz,
Und sie hält's mit dem Federstutz.
Der Frau gebührt natürlich Recht;
Sie ist das schönere Geschlecht.
So war es schon zu Adams Zeit,
So bleibt es auch in Ewigkeit.
Und fehlt dazu dem Grobian
Der richtige Begriff,
Faßt sie ihn etwas straffer an
Und sorgt für bessern Schliff!"

Schallender Beifall war der Lohn für den Vortrag dieses Liedes. Auch in der Bude stimmte man ein. Nur die Offiziere verhielten sich zurückhaltend. Auf einen Wink des Fürsten erhob sich der jüngste von ihnen und trat hinaus vor die Bude zu dem Schleifer.

„Hat Er einen Augenblick Zeit?"

Der Gefragte sah ihn forschend an. „Wozu?"

„Da drin am hintersten Tisch sitzen einige Männer,

die Ihn gern sehen möchten, weil er so schöne Lieder singen kann."

„Werde gleich kommen!"

Die Haltung und Ausdrucksweise des Scherenschleifers verrieten dem Kenner allerdings eine nicht vollständig zu verbergende militärische Schulung. Er schliff das Messer, das er in der Hand hielt, vollends fertig und trat dann in die Bude. Als er dort der Wirtin begegnete, fragte er sie: „Wer sind die Leute da hinten?"

Sie kannte ihn jedenfalls schon und nickte ihm aufmunternd zu.

„Sehr vornehme Leute! Da wird es ein Gläschen Guten geben. Der eine, der mit dem schwarzen Zwickelbart, ist der Herr Bergamtmann, der erst eine halbe Stunde hier ist und bereits die dritte Flasche hat."

„Bergamtmann? Sehe nicht viel Vornehmes daran", antwortete er.

Sie warf ihm wegen dieser Rede einen vernichtenden Blick zu. Er aber achtete nicht darauf und schritt nach dem bezeichneten Tisch. Leopold wandte sich ihm zu.

„Er ist der Schleifer von da draußen? Woher hat Er seine Lieder?"

„Die mache ich mir selber."

„Und die Melodie dazu?"

„Auch."

„Kreuzelement, da ist Er ja ein ganz gescheiter Kerl. — Heda, Wirtin!"

Die ehrbare und lobsame Witwe Veronika Salzmeierin kam herbeigeschwippt. „Was gebieten der Herr Bergamtmann?"

„Eine Flasche für den da, aber hinaus an den Karren!"

Sie knickste erst, dann schwippte sie eiligst davon.

„Danke, Herr Amtmann!" meinte der Schleifer.

Der Fürst wehrte mit der Hand. „Wo ist Er denn eigentlich zu Hause?"

„In Treptow."

„Soso! Hat Er seinen Schein bei sich? Zeig Er ihn einmal her!"

Der Schleifer brachte seine Legitimation aus dem Wams und gab sie dem Fürsten. Dieser buchstabierte sie zusammen. Seine Miene verriet dabei einige Bedenklichkeit.

„Dieser Ausweis ist doch nicht in Treptow, sondern in Merseburg ausgestellt worden!"

„Die ursprüngliche Legitimation ist mir verlorengegangen. Da hat man mir an ihrer Stelle diese hier gegeben."

„Ach so! Aber der Verlust der ersteren müßte doch hier vermerkt sein?"

„Das verstehe ich nicht. Vielleicht ist diese Bemerkung vergessen worden."

„Möglich! Doch kann Er dadurch in Verlegenheiten geraten."

Leopold hätte vielleicht noch etwas hinzugefügt, aber es hatte sich ein Mann herbeigedrängt, der dem Schleifer die Hand auf die Achsel legte.

„Nicht wahr, Er ist der Schleifer?"

„Ja."

„Hier ist der Brief, den Er zu besorgen hat. Bezahlt ist Er wohl bereits?"

„Ja. Werde ihn gut besorgen."

Der Mann entfernte sich und Leopold fragte nun weiter:

„Hat Er seine Lieder nur im Kopf oder auch auf Papier geschrieben?"

„Was ich selber dichte, brauche ich doch nicht erst niederzuschreiben!"

„Wohin wird Er von hier aus gehen?"

„Vielleicht nach Querfurt. Da ist in ein paar Tagen auch Jahrmarkt!"

„So! Na, da will ich Ihm gute Geschäfte wünschen. Jetzt kann Er gehen."

Kaum war der Schleifer fort, so begann der Major, der neben Leopold saß:

„Exzellenz, der Mann, der den Brief brachte, war ein Diener des Grafen Johann Georg des Dritten von Mansfeld!"

„Ah! Etwa gar heimliche Intrigen des Grafen! Aber es kann ja auch eine Privatsache des Dieners betreffen."

„Dann hätte der Diener den Mann gekannt und nicht erst gefragt, ob er der Schleifer sei. Dann hätte er sich auch anders ausgedrückt und nicht gesagt: ‚Hier ist der Brief, den Er zu besorgen hat!'"

„Das ist richtig."

„Und dann hätte der Brief wohl auch ein anderes Siegel und eine andere Adresse gehabt. Ich habe beides zwar flüchtig, aber genau gesehen: es war das Siegel des Grafen und die Adresse des Herzogs von Sachsen-Merseburg."

„Dann ist irgendeine Teufelei im Werk. Diese Grafschaft Mansfeld ist nicht mehr selbständig; sie steht unter brandenburgischer und sächsischer Verwaltung. Der Graf erhält bloß die Einkünfte des Bornstädtischen Amtes. Man weiß von sächsischen Umtrieben, denen der Graf nicht fernsteht, und dieser Merseburger Herzog ist ein durchtriebener Bursche, der sich freuen würde, uns einen Streich zu spielen. Ich werde diesem Schleifer doch einmal auf die Finger sehen, und wehe ihm, wenn sie schmutzig sind!"

Während er noch sprach, kam die Wirtin herbei und berichtete mit einem tiefen Knicks:

„Gestrenger Herr Bergamtmann, der Schleifer läßt sich noch einmal für den Wein bedanken."

„So? War nicht notwendig!"

„Vielleicht weil er jetzt fortgeht. Er hat alle Scheren und Messer, die er noch zu schärfen hatte, zurückgegeben und sich auf den Weg gemacht."

„Wohin?" fragte der Fürst.

„Nach Eisleben zu."

„Gut. Ich danke Ihr!"

Sie knickste tief und schwippte davon. Der Fürst wandte sich an den Leutnant Walther:

„Höre Er, diesen Schleifer übergebe ich Ihm. Wir haben denselben Weg mit ihm. Mach Er sich jetzt auf und reite Er so hinter ihm her, daß der Mann nichts merkt. Er läßt ihn nicht aus dem Auge, bis wir nachkommen. Verstanden?"

„Zu Befehl, Exzellenz!"

Der Offizier entfernte sich. Nach einer Viertelstunde verließen auch die anderen die Bude. Der sonst so sparsame Leopold berichtigte die ganze Zeche.

„Also merke Sie es sich", meinte er zur Wirtin. „Wenn ich eine Bergamtmännin brauche, so komme ich zu Ihr!"

„Sehr viel Ehre, gnädiger Herr!"

„Wenn ich Sie aber nun nicht mehr ledig finde?"

„Oh, ich warte so lange, bis Ihr kommt."

„Darauf verlasse ich mich auch; denn zwanzig bis fünfundzwanzig Jahre wird es wohl noch dauern, bis ich komme!"

Sie machte ein höchst erschrockenes Gesicht. Er aber trat mit lächelnder Miene ins Freie.

In einiger Entfernung vor dem Dorf gab es seitwärts von der Straße eine kleine Waldwiese, auf der mehrere Reitknechte mit Pferden standen. Die Herren waren hier im Verborgenen abgesessen.

„Leutnant Walther hiergewesen?" fragte der Fürst.

„Vor einer Viertelstunde", berichtete der Knecht.

Sie stiegen auf und verfolgten den Weg in scharfem Trab, bis sie den Leutnant erreichten.

„Wo ist der Schleifer?"

„Da vor uns hinter der Straßenkrümmung."

„Dann vorwärts!"

Der Schleifer hörte das Pferdegetrappel hinter sich und wandte sich um.

Er wunderte sich merkbar, die Herren auf militärisch aufgeschirrten Pferden zu sehen.

„Was? Er hier?“ meinte der Fürst erstaunt. „Ich denke, Er hatte da oben so viel zu arbeiten?“

„Die Leute wollten nicht viel zahlen, darum bin ich fort.“

„Das mache Er mir nicht weis! In seinem Geschäft wird nicht abgehandelt. Er hat erhalten, was Er verlangte. Ich meine, es gibt einen anderen Grund, weshalb Er den Ort so rasch verlassen hat.“

„Den möchte ich wissen! Es kann anderen überhaupt gleichgültig sein, ob ich bleibe oder gehe. Es gefiel mir nicht mehr, und damit basta!“

„Und damit gar nicht basta, Er Himmelelementer! Mir zum Beispiel ist das, was Er tut, ganz und gar nicht gleichgültig. Er ist nur deshalb so schnell von da oben fort, weil seine Fixfaxerei mit dem Grafen abgetan ist!“

„Mit dem Grafen?“

„Tu Er nicht unschuldig, sonst klatsche ich Ihm seine Heimlichkeit um die Ohren, verstanden? Wo ist der Brief, den Ihm der Diener des Grafen brachte?“

„Das war kein Diener eines Grafen.“

„Mensch, lüge Er nicht! Heraus mit dem Brief!“

„Der gehört mir. Ihr als Bergamtmann habt mir überhaupt gar nicht zu befehlen. Ich mach, was ich will.“

„Schön, sehr schön von Ihm!“ meinte Leopold mit einem gefährlichen Lächeln. „Wer hat Ihm denn gesagt, daß ich ein Bergamtmann bin?“

„Die Wirtin.“

„Die ist dumm und Er noch zehnmal dümmer! Ein Wachtmeister Seiner Schwedischen Majestät sollte sich von einem Weibsen nicht foppen lassen. Aha, Er erbleicht! Habe ich den Nagel auf den Kopf getroffen?“

„Was meint Ihr da mit dem Wachtmeister?“

„Weg mit den Faxen, Kerl! Der Dessauer läßt sich von einem Wachtmeister Roller nicht an der Nase herumführen!"

Der Mann wurde noch bleicher als vorher. „Wer seid Ihr? Der Fürst Leopold von Dessau?"

„Ja, wenn Er nämlich nichts dagegen hat. Komme Er einmal mit seinem Karren hier seitwärts in den Wald herein!"

„Warum?" fragte der Mann trotzig.

„Warum? Weil ich es Ihm befehle, Er Himmelhund! Vorwärts, sonst helfe ich nach!"

Der Schleifer blickte sich um, machte einen Sprung zwischen den Offizieren hindurch und wollte entfliehen. Da riß Leopold sein Pferd in die Höhe, setzte ihm nach und ritt ihn nieder.

„Ich werde Ihn lehren auszureißen! Bindet ihn und schafft ihn mitsamt seinem Karren unter die Bäume! Wir wollen es nicht an die große Glocke hängen, daß der berühmte Schleifer gefangen worden ist. Die Sachsen und Schweden brauchen es nicht zu hören!"

Diesem Gebot wurde schnell Folge geleistet. Die Herren zogen sich mit ihrem Gefangenen so weit unter die Bäume zurück, daß die zu erwartende Verhandlung von einem zufällig Vorübergehenden weder gesehen noch gehört werden konnte.

„Jetzt nehmt ihm einmal ab, was bei ihm zu finden ist!"

Der Major untersuchte die Taschen des Schleifers und brachte zunächst einige Zettel zum Vorschein, auf denen Gedichte standen.

„Was ist das, Major?"

„Schleiferlieder sind es."

„Ah! Ist das auch dabei, das Er vorhin gesungen hat?"

„Ja."

„Sieht Er es, Er Halunke, daß Er mich vorhin belogen hat! Wird Er mir wohl sagen, wer Er ist, he?"

„Durchlaucht haben ja meinen Ausweis gesehen!"

„Unsinn! Ich frage Ihn, ob Er eingestehen will, daß Er der Wachtmeister Roller ist. Wir haben keinen Krieg, und wenn Er auch die Gegend ausgekundschaftet hat, so werde ich Ihn dennoch nicht als Spion betrachten. Seine Vorgesetzten haben es Ihm geheißen, und Er hat gehorchen müssen. Na, also!"

Der Gefragte schwieg verlegen.

„Wenn Er fortfährt, mich zu belügen, so laß ich Ihn durchpeitschen. Stöcke wachsen hier genug. Gesteht Er es aber, so kann Er wählen: Entweder bleibt Er einen Monat als Kriegsgefangener hier bei mir und kann gehen, wohin es Ihm beliebt, oder Er tritt in Seiner gegenwärtigen Eigenschaft als Wachtmeister in preußische Dienste. Also, ist Er der Roller oder nicht?"

„Zu Befehl, Durchlaucht; ich bin es."

„Gut! Wer hat diese Lieder gemacht?"

„Der Herr Leutnant von Seeström."

„Donnerwetter, der Kerl kann doch alles! Sie waren wohl extra für Ihn gemacht, damit Er den Schleifer richtig spielen könne?"

„Ja."

„Und was war Seine Aufgabe?"

„Diese Gegend zu durchforschen, ob die Bevölkerung preußisch oder sächsisch gesinnt ist."

„Nun, wie hat Er es gefunden?"

„Man hält es mehr mit Sachsen."

„So mag der Teufel die ganze Gegend holen! Und Pläne hat Er wohl auch gezeichnet?"

„Ja."

„Wo sind sie?"

„Im Schleifkarren, hier in dem verborgenen Kästchen."

„Heraus damit!"

Der Major öffnete das Schubfach, das ein Fremder wohl schwerlich dort vermutet hätte, und gab die Pläne dem Fürsten hin, der sie prüfte.

„Er ist doch ein ganz verdammter Kerl! Diese Arbeiten sind ausgezeichnet. Er soll es gut haben, wenn Er sich entschließt, zu uns überzugehen. Mit Seinem Schwedenkönig bleibt es nicht so stehen wie jetzt; das kann ich Ihm sagen. Und nun der Brief des Grafen?"

„Im Westenfutter."

Der Brief wurde hervorgeholt; der Fürst öffnete ihn.

„Wie kommt Er zu dem Grafen?"

„Der Herzog von Merseburg gab mir einen Brief an ihn mit auf den Weg."

„Den hat Er abgegeben?"

„Ja. Das hier ist die Antwort."

„Das ist ja eine richtige deutsche Kanzleihand. Man weiß, daß der Graf wie gedruckt schreiben soll. Das ist aber auch alles, was er kann. Will einmal sehen, was er schreibt!"

Der Brief lautete folgendermaßen:

An meynen vielliewen Bruder, Hertzogen zu Sachßen-Merzeburg, zu üwergewen durch Dießen hier.

Auf Ewer werthen Anffrag von wegen dere Sequestrazzion bien Ich bereitt, deß Näheren zu vernehmen und unter den erffahrene Bedingnißen auff Ewer Vorschlägg einzuhalten, maßen Ich weiß, daß Ich Mir von Sachßen deß Besserem zu versehen hawe als von diesem Preußen. Schreybt mir also deß Baldigen wiedder.

Von Errfordernіß der Mamßell Anna von Boberfeld bien ich allerdinge der eintzige Verwantte, dene Selwige annoch besizzen mag, abber sindt so vielle Stuffen der zwischen, daß mann wohlen sehr schwehr finden möchte welchem Grad dieße Verwanttschafft angehören möchte. Gebe alßo gern meyn Permiß zu deren Heyrath mit deme Obrißten von Börjesson, maßen Ich Seyner Mayestät von Schwedten gern rekommandirret bien.

Daß Auffseheramt zu Eißleben hat bereidts Meyn Klagen üwer diesem Leopold von Anhalt empfangen, wasmaßen Ich auf Sonntag nach Merßeburg kommen werdte, um mit Euch zu berathen, auff welch Weisen Wier dießen Uewermuth demüthigen und auch Euch zu dem Eurigen zu verhelffm vermögen.

Damiet Gott beffohlen, obgleych daß Einkommen vom Amdte Bornstädt bey dieße Theyrung faßt nimmer zureichen mag.

Meynes Herrn Hertzogen Bruder und Freundt

Johann Georg III., Graff zu Mannsfeldte.

Leopold hatte diese Zeilen nicht laut gelesen; nur daß sie ihn erzürnten, konnten die Umstehenden an seinem Gesicht sehen. Nun aber donnerte er los:

„Also so schreiben die heiligen Apostel Matthäus, Markus, Luxius und Sankt Paulum? Solch saubere Geschichten haben diese Herren im Kopf? Über den Leopold wollten sie herziehn? Kreuzmohrenelement, das soll ihnen versalzen werden! Ich werde zwischen sie hineinfahren wie damals die Sau unter die — oder vielmehr wie damals der Teufel unter die Säue. — Und eine Verschwörung wollen sie machen gegen die kurbrandenburgische Sequestration?“ fuhr er nach einer Pause fort. „Ich werde ihnen den Sequest um die Nase wischen, daß sie niesen sollen bis zum jüngsten Tag! Dem schwedischen Karl will er sich rekommandieren? Werde ihm zeigen, daß ich auch rekommandieren kann, mit dem spanischen Rohr nämlich! Und was ist denn das mit Der von Boberfeld? Die soll an den Schweden Börjesson verschachert werden? Die Boberfeld, die länger und stärker sein soll als ein Flügelmann? Die kriegt keinen andern als einen Offizier von meinem Regiment. Wir brauchen große Mütter, wenn wir große Rekruten haben wollen. Habe sie in Dresden gesehen. Sie ist ein Prachtweibchen, und mir soll beim Teufel kein Schwede wagen, sie mir wegzuschnappen! Kennt jemand der Herren die Anna von Boberfeld?“

Fast alle bejahten.

„Ihr Vater hat mit mir bei Namur, Kaiserswerth und Venloo gefochten. Da bat er mich, an seine Tochter zu denken. Er hatte zwar in seinem Testament den von Sachsen-Merseburg zum Vormund bestimmt, hatte dies aber nachher bereut, und ich denke, daß ich es ihm schuldig bin, seine Tochter nicht so elend verschachern zu lassen. Weiß jemand, wo sie ist?"

„Exzellenz", antwortete der Major, „ich glaube, daß sie sich jetzt in Allstädt befindet. Das ist eine ihrer vielen Besitzungen, deren Einkommen der Merseburger in seine Tasche steckt."

„Werde ihm einmal auf die Tasche klopfen! Muß sowieso zum Schweden hinunter. Ihr wißt ja, weshalb. Müssen eine kleine Demonstration unternehmen, damit diesem kleinen König die Lust vergeht, die Verhandlungen in die Länge zu ziehn. Hm, Sapperlot! Kommt mir da ein Gedanke, ein lustiger, famoser Gedanke! Höre Er, Roller, wofür wird Er sich entscheiden? Will Er Wachtmeister oder Gefangener sein?"

„Desertion, Durchlaucht!"

„Papperlapapp! Ist Er durchgebrannt? Ist Er freiwillig vom Regiment gelaufen? Er kann ja annehmen und sagen, daß ich Ihn mit Gewalt unter meine Buntröcke gesteckt habe. Ich habe dazu das Recht. Na, entschließe Er sich!"

„Gut, ich trete über."

„Schön! Hier hat Er mein Handgeld und meinen Hut auf Seinen Schädel. Lege Er Seine Hand in meine Patsche und schwör Er, was ich Ihm vorsage!"

Der Wachtmeister tat wie ihm geheißen wurde, obgleich er noch gefesselt war.

„Wie ist Sein vollständiger Name?"

„Jakob Roller."

„Woher?"

„Aus Dresedow."

„Also ein Pommer! Schwör Er: Ich, Jakob Roller aus Dresedow in Pommern — —"

„Ich schwöre: Ich, Jakob Roller aus Dresedow in Pommern —"

„Bisher Wachtmeister in der Kavallerie des Königs Karl von Schweden — —"

„Bisher Wachtmeister in der Kavallerie des Königs Karl von Schweden — —"

„Mag von diesem Schwedenkönig von heute an nichts mehr wissen — —"

„Mag von diesem Schwedenkönig von heute an nichts mehr wissen — —"

„Und trete also hiermit in den Dienst Seiner Majestät des Königs von Preußen über."

„Und trete also hiermit in den Dienst Seiner Majestät des Königs von Preußen über."

„Ich gelobe in die Hand meines nächstobersten Kriegsherrn — —"

„Ich gelobe in die Hand meines nächstobersten Kriegsherrn — —"

„Fürst Leopold von Anhalt-Dessau, Generals der Infanterie — —"

„Fürst Leopold von Anhalt-Dessau, Generals der Infanterie — —"

„Daß mich der leibhaftige Teufel holen soll — —"

„Daß mich der leibhaftige Teufel holen soll — —"

„Wenn es mir beikommen sollte, von meiner neuen Fahne zu desertieren — —"

„Wenn es mir beikommen sollte, von meiner neuen Fahne zu desertieren — —"

„Amen!"

„Amen!"

„So, nun ist Er mein. Nehmt ihm die Stricke fort! Er ist nun mein Soldat und soll frei sein."

Der Wachtmeister wurde von seinen Banden befreit. Dann fragte der Fürst: „Wem gehört die Karre?"

„Der Herzog von Merseburg hat sie mir versorgt.“

„Den werde ich bekarren, daß er an mich denken soll! Ich werde Sein Schleiferlied lernen, und Er hat mir dabei zu helfen. Den Karren bringe ich dem Herzog selber zurück.“

Er hob den Karren in die Höhe und schob ihn eine Strecke fort.

„Es wird gehen, ganz prachtvoll. Jetzt spann Er sich vor. Wir reiten über Hettstadt nach Oschersleben, und Er folgt uns nach. Ich lasse zwei Reitknechte bei Ihm, die mit ihrem Kopf für Ihn haften. Sie haben Pistolen mit. Merke Er sich das!“

Die Herren stiegen zu Pferd und verfolgten ihren Weg weiter. Ihnen nach trollte der Schleifer, von den zwei Knechten zu Fuß begleitet. Er wäre ihnen wohl schwerlich entkommen, wenn er etwa einen Fluchtversuch gemacht hätte. —

Es war einige Tage später, und zwar an einem Sonnabend. Jungfer Zeißig, die Wirtschafterin des Ritterguts Allstädt, hatte sehr viel zu tun. Überall sollte geputzt und gescheuert werden, aber es fehlten die notwendigen Hände dazu. Es gab nämlich auf Feld und Wiese so viel Arbeit, daß alle Knechte und Mägde dabei angestellt werden mußten. Mit Getreide oder Heu hochbeladene Wagen schwankten hintereinander durch das Tor herein, auf die geräumigen Scheuern zu, und Jungfer Zeißig lief aus einer Stube in die andere und ärgerte sich, daß noch nirgends gescheuert war und überall der Staub auf Tischen und Stühlen lag.

Nur in den Zimmern der Herrin war gesäubert worden. Dort gab es nämlich ein Stuben- und ein Kammermädchen, und diese beiden hatten dafür gesorgt, daß alles blitzblank aussah. Konnte Jungfer Zeißig sich dies gefallen lassen? Nein! Sie ging hinauf zu der Herrin, stemmte die Arme in die Seiten und meinte, indem sie sich einige Male um ihre Achse drehte und dabei die Möbel besichtigte:

„Ja, das laß ich mir gefallen, gnädiges Fräulein! So muß es sein; hier gibt es Ordnung und Sauberkeit. Aber unten bei mir, da sieht es grad wie in Polen aus, wie mein Seliger immer sagte."

„Da muß Sie sich gedulden, meine gute Jungfer Zeißig", antworte Anna von Boberfeld. „Die Leute haben keine Zeit. Aber am Spätnachmittag werden sie fertig sein."

„Das ist es ja eben! Wenn ich am Spätnachmittag erst anfange, kann ich ja gar nicht fertig werden, selbst wenn ich bis tief in die Nacht hinein scheuern laß. Es ist ein Kreuz und ein Elend. Sie könnten helfen, gnädiges Fräulein! Wenn Sie mir das Kammermädchen und das Stubenmädchen für einige Stunden ablassen wollten, ginge es."

„Ah! Ich habe Ihr doch bereits oft gesagt, meine gute Jungfer Zeißig, daß das nicht geht."

„Es geht schon, wenn Sie nur wollen, gnädiges Fräulein."

„Nein, es geht nicht! Die beiden haben bei mir zu tun. Die eine ist eben über dem Plätten, und die andere näht an der Garderobe. Und überdies habe ich die Mädchen nicht für den Stall oder für die Wirtschaft gemietet. Sie sind ausschließlich zu meiner Bedienung da und würden sich sehr wundern, wenn ich ihnen zumuten würde, Gesinderäume zu scheuern."

„Oh, dazu sind sie auch nicht zu gut! Aber ich weiß schon, sie bilden sich ein, mehr zu sein als die anderen. Das Näschen steht ihnen hoch, und der Hochmutsteufel steckt ihnen im Leib. Da kann man ihnen freilich nicht zumuten, eine Treppe tiefer zu steigen und zu uns Plebs herunterzukommen. Das ist eine Wirtschaft grad wie in Polen, wie mein Seliger immer sagte. Ich werde am Ende noch selber scheuern müssen! Dann aber lauf ich auf und davon, und wer bleibt dann übrig zum Wischen und Putzen? Das Kammer- und das Stubenkätzchen. Und wenn die nicht wollen, so müssen das gnädige Fräulein endlich selber scheuern, melken und ausmisten. Es ist ein Kreuz und ein Elend hier in Allstädt!"

Damit ging sie zur Tür hinaus.

Unten begegnete ihr ein Soldat, der am Tor abgestiegen war und sein Pferd dort angezäumt hatte.

„Bitte — ist das gnädige Fräulein von Boberfeld zu sprechen?"

Ihr Gesicht heiterte sich bei seinem Anblick schnell auf.

„Ihr seid es, Herr Korporal? Oh, das ist doch einmal eine Erholung in all diesem Jammer und Elend."

„Hat Sie denn schon wieder einen Jammer erlebt?"

„Wie, nur von einem einzigen Jammer redet Ihr? Unzählige Jammer erlebe ich täglich! Denkt Euch nur: es ist bereits zwei Uhr, und ich habe noch nicht mit dem Scheuern anfangen können!"

„Ja, Sie hat gar zu viel auf Ihren Schultern liegen. Als Frau Korporalin hätte Sie es bedeutend besser!"

Sie schlug verschämt die Augen nieder. „Frau Korporalin, oh, das hat einen Klang, einen Klang wie ein Waldhorn oder eine Trompete! Aber wo wäre dann mein Korporal?"

„Wo? Hier steht er, meine schöne Jungfer Zeißig!"

„Hier? Ihr wäret es? Ihr wollt mich nur ein wenig zum Narren halten?"

„Bewahre! Ich rede die reine Wahrheit, aber natürlich nur unter gewissen Umständen."

„Darf man diese Umstände erfahren?"

„Warum nicht! Sie weiß, daß mein Herr, der Oberst Börjesson, Ihr Fräulein liebhat. Sie scheint nicht ganz einverstanden damit zu sein, und leider habe ich den Schwur getan, nur mit meinem Obersten zu heiraten. Dann wird er General und ich werde Feldwebel oder gar Leutnant. Das wäre ein Leben!"

„O mein Gott, wie schön, wie prächtig, wie herrlich, wie entzückend!"

„Nicht wahr? Aber mein Oberst wird nie heiraten, wenn er das Fräulein Boberfeld nicht bekommt, und dann muß ich meinen Schwur halten und ledig bleiben."

„Ach, das ist traurig! Das ist ja eine Wirtschaft, grad wie in Polen, wie mein Seliger immer sagte!"

„So ist es! Wenn nur beim Teufel Ihr Fräulein mit meinem Obersten ein wenig freundlicher sein wollte! Sie könnte dabei helfen! Wie wärs, wenn Sie ein wenig mit Intrige spielte?"

„Oh, das kann ich, darin habe ich gelernt, darin bin ich erfahren wie keine andere. Aber worin soll ich denn Intrigen spielen?"

„Gegen diesen Leutnant von Seeström."

„Ach so! Ja, ich glaube, dem ist sie gut!"

„Versteht sich! Aber dieses Gutsein muß man eben alle machen."

„Ich bin dabei, Herr Korporal. Aber wie kann man das fertigbringen?"

„Das weiß ich noch nicht, aber mein Oberst wird Ihr schon die nötigen Anweisungen geben, und wenn Sie diese ausführt, so ist es sehr leicht möglich, daß Sie Frau Korporalin, Frau Feldwebel und Frau Leutnant wird."

„Oh, ich werde sie ausführen; darauf könnt Ihr Euch verlassen! Aber ist es denn auch wahr, Herr Korporal?"

„Ja."

„Oh!" seufzte sie entzückt. „Frau Korporalin, Frau Feldwebel und gar Frau Leutnant, verwitwete Zeißig, geborene Linde. Wann kommt Ihr Herr Oberst wieder einmal nach Allstädt?"

„Heute, jetzt! Er ist bereits unterwegs, und ich bin vorausgeritten, um ihn dem gnädigen Fräulein anzumelden."

Da schlug sie die Hände erschrocken zusammen.

„Herr, mein Heiland! Der Herr Oberst kommt, und

es ist noch nicht gescheuert! O weh, das ist ja eine Wirtschaft! Grad wie in Polen, wie mein Seliger immer sagte! Geht hinauf, Herr Korporal! Ich muß eilen, ich muß fliegen, ich muß mich sputen!"

Sie rannte in die Küche, und er stieg die Treppe zu der Herrin von Allstädt empor ...

Während dieses Gesprächs schritten zwei Männer dem Gut zu. Es waren kräftige, aufrechte Gestalten, die im Gleichschritt nebeneinander gingen, als ob sie vor dem Dessauer exerzierten.

„Das ist Allstädt, Korporal?" fragte der eine. „Ob er bereits da ist?"

„Abwarten!"

„Verdammte Geschichte! Wenn er uns sieht!"

„Lassen uns eben nicht sehen. Müssen erst auskundschaften. Wollte doch, es käm ihm einmal etwas in die Quere! Dann bissen wir ihn heraus und erhielten vielleicht Pardon!"

„Der Teufel hole diesen verdammten Seeström! Seinetwegen sind wir fortgejagt worden wie alte Hunde, die keine Zähne mehr haben."

„Das ist richtig! Aber muß man denn nun deshalb den Seeström zum Teufel wünschen? Er ist ein prächtiger Kerl. Daß er uns so geleimt hat, ist allerdings eine ganz dumme Geschichte; aber man muß Achtung vor ihm haben. So etwas bringt ein anderer nicht gleich fertig. Aber diesen Feldwebel Baldauf, den mag der Teufel zur Hölle reiten! Gibt sich für einen Hausknecht aus, führt mich an der Nase herum und hat mir nachher gar eins über den Kopf, daß ich niederplumpse wie ein Sack."

„Es wäre am Ende besser, wir gingen zu den Schweden!"

„Warum, Er Elementer?"

„Nun, hat uns der Dessauer nicht fortgejagt, uns alle

fünf, weil wir den Kronprinzen gefangen haben, und weil ihm nachher der Junker entwischt ist."

„Ja, das hat er! Aber muß man nun da grade durch dick und dünn zu den Schweden rennen, he? Hat Er keine Ehre im Leib? Mich, den Korporal Waldow, kann der Leopold tausendmal fortjagen, ich bleib ihm dennoch treu. Er ist ein ganz verfluchter Grobian und schüttet das Kind zuweilen mit dem Bad aus, das ist wahr; aber wenn die Hitze verflogen ist, dann ist er wieder der beste Kerl, den es nur geben kann. Und Er will zu den Schweden? Jetzt, wo der Teufel den Fürsten reitet, daß er durchaus als Scherenschleifer nach Allstädt und Merseburg will?"

„Wißt Ihr es denn gewiß?"

„Ja. Der Wachtmeister Roller, den er neu angeworben hat, hat es mir gesagt. Er hat ihn das Schleifen und auch das Lied dazu lehren müssen. Der Fürst hat etliche fünfzig Messer verschliffen, etliche dreißig Scheren ruiniert und das Lied doch nicht in den Kopf gebracht. Singen kann er nicht, denn der Herrgott hat ihm seinen Bärenbaß grade nur zum Kommandieren gegeben, und die achtundneunzig Zeilen, die das Lied hat, mengt er wie Kraut und Rüben untereinander. Aber er hat sich von seinem Vorhaben nicht abbringen lassen; er ist eben ein Eisenkopf, der alles tut, was er sich einmal vorgenommen hat. Wenn er anfängt zu schleifen und zu singen, so müßte es seltsam zugehen, wenn sie ihn nicht erkennen und festhalten."

„Es ist doch kein Krieg!"

„Ihm fehlt wahrhaftig ein ganzes Rad vom Verstand. Es ist wahr, der Preuße verhandelt mit dem Schweden. Aber das ist auch eine Verhandlung, die keinen Dreier wert ist. Ich sage Ihm, Krieg gibt es allemal. Durch die Verhandlung kann er nur auf einige Jahre oder Monate hinausgeschoben werden. Wird man aber über gar nichts einig, so bricht er sofort los. Darum rüstet der Sachse im stillen, trotz des Altranstädter Friedens, darum hält der Schwede seine Leute schlagbereit, und darum stellt auch der Preuße seine Buntröcke heimlich an die Grenze, so daß sie in einem einzigen Tag in Merseburg sein können. Und wie ich den Dessauer kenne, so ist er nicht so ins Blaue hinein als Schleifer in diese Gegend gegangen. Er weiß, welche Gefahr er dabei läuft, und hat sich sicher einen Hinterhalt für den Fall gelegt, daß sie ihn ertappen. In Allstädt ist er sicher. Denn die Besitzerin ist eine Tochter des Majors von Boberfeld, unter dem ich in den Niederlanden gekämpft habe. Er war mit dem Leopold ein Herz und eine Seele. Das weiß sie, und darum wird sie ihm nichts Übles zufügen."

„Und der Kronprinz?"

„Der ist auch so ein Sapperloter. Ich glaube, er ist gleichfalls inkognito zu den Schweden oder nach Merseburg, und es sollte mich wundern, wenn ich mich täuschte. Warum hat er sich in Halberstadt bei meinem Gevatter Schneider einen gewöhnlichen Anzug und bei einem Tischler einen Kasten machen lassen, wie ihn die Krämer brauchen? Das kann, wenn er erkannt wird, eine ganz heillose Geschichte werden!"

Sie waren inzwischen an das Gutstor gekommen und blieben dort halten. Von da aus konnten sie den ganzen weitläufigen Hof übersehen.

„Ich sehe keinen Schleifer", meinte der Korporal Waldow.

„Und auch keinen Karren", fügte sein Gefährte hinzu. „Was machen wir?"

„Er kommt jedenfalls noch. Dort guckt ein Weibsbild aus dem Fenster. Vorwärts, hin zu ihr!"

Sie stiegen über den Hof hinweg bis an das Fenster, aus dem die Wirtschafterin ihnen entgegenblickte.

„Guten Tag, Jungfer!" grüßte er, indem er den Dreispitz lüftete.

„Guten Tag", entgegnete sie freundlich. Er hatte sie mit seiner Anrede sofort gewonnen. „Was wollt Ihr hier?"

„Nicht wahr, dieses Rittergut heißt Allstädt und gehört dem gnädigen Fräulein von Boberfeld?"

„Ja!" nickte sie.

„Ihr seid gewiß das gnädige Fräulein selbst, nicht wahr, Jungfer?"

Sie lachte vor Entzücken im ganzen Gesicht. Der Korporal verstand es gar nicht so schlecht, sich die Gunst eines weiblichen Herzens im Sturmschritt zu erobern.

„Nein! Das gnädige Fräulein bin ich nicht, aber die Wirtschafterin."

„Tut nichts! Das ist ja beinah ebensoviel. Darf man Euren Namen wissen?"

„Jungfer Zeißig, geborene Linde."

Der Korporal beherrschte sich. Sein Kamerad aber hatte die Kraft nicht dazu. Er machte ein höchst verblüfftes Gesicht, denn er konnte sich nicht erklären, wie eine geborene Linde noch Jungfer Zeißig heißen konnte.

„Schön, Jungfer Zeißig!" meinte der Korporal. „Ich heiße Waldow, und mein Kamerad heißt Hammer. Wir suchen Arbeit. Habt Ihr vielleicht welche?"

„Arbeit? Oh, genug! Was könnt ihr denn?"

„Wir können alles, was zur Landwirtschaft gehört."

„So könnt ihr sofort eintreten. Kommt aber zunächst herein in die Küche; ich will euch zu essen geben. Dann könnt ihr mit dem ersten Knecht, der mit dem Wagen kommt, hinaus aufs Feld oder auf die Wiese fahren."

Diese Einladung war den beiden willkommen. Sie gingen in die Küche und bekamen reichlich vorgesetzt. Sie hatten eben die Messer in die Hand genommen, als der schwedische Korporal eintrat. Er warf einen kurzen, hochmütigen Blick auf die beiden Fremden und meinte dann mißmutig: „Verfluchte Geschichte! Wollte Ihr Fräulein heute ausfahren?"

„Nein!“

„Donnerwetter! Und als ich ihr melde, daß mein Oberst kommt, sagte sie, das tue ihr leid. Sie sei für heute bereits in die Nachbarschaft versprochen und werde gleich abfahren; ich solle das dem Herrn Oberst melden. Sie tut das natürlich nur, um dem Herrn Obersten von Börjesson auszuweichen.“

„Wohin mag sie wollen?“

„Ich nahm mir den Mut und fragte sie. Da fuhr ich aber verteufelt ab. Sie donnerte mich an, daß es eine Art hatte. Wenn es der Oberst nur erst erfahren hätte, daß der Sturm vorüber wäre, den es geben wird. Übrigens weiß ich auch den Weg gar nicht, den er einschlägt. Es ist also sehr unsicher, ob ich ihm begegnen werde. Lebe Sie wohl, Jungfer.“

Er ging, und sie begleitete ihn über den Hof hinweg zu seinem Pferd. Die beiden Zurückbleibenden sahen einander an.

„Ein Schwede!“ sagte Hammer.

„Habs gesehen, daß es kein Mohr war“, antwortete Waldow. „Dieser Oberst Börjesson scheint also mit der von Boberfeld Süßholz raspeln zu wollen, und sie mag nichts von ihm wissen.“

Der andere kam nicht dazu, etwas zu entgegnen, denn die Wirtschafterin trat wieder ein und meldete:

„Draußen hält der Knecht mit dem Wagen. Ich habe es ihm gesagt; er wird euch mitnehmen. Das andere werde ich mit dem Verwalter ausmachen, wenn er nach Hause kommt.“

Sie begleitete sie bis in den Hof. Dort war wohl ein ungeheurer Leiterwagen, aber kein Knecht zu sehen.

Die Wirtschafterin suchte und fand ihn im Wagenschuppen.

„Was tut Er hier? Er muß ja hinaus aufs Feld!“

„Ich habe für das gnädige Fräulein anzuspannen.“

„Wer hat es Ihm befohlen?“

„Das Fräulein selbst. Sie guckte zum Fenster heraus.“

„So, hm! Na, dann mach Er Seine Sache. Sie wird selber fahren, wie gewöhnlich, und Er bringt dann diese beiden Männer hinaus aufs Feld.“

Sie kehrte in die Küche zurück. Waldow und Hammer griffen mit zu, so daß der leichte Wagen bald zur Abfahrt bereit war. Nun kam auch die Herrin in den Hof herab.

Sie war allerdings auffallend groß und kräftig, dabei aber doch so wohlgebaut, daß ihre Körpergröße ihrer ungewöhnlichen Schönheit keinen Abbruch tat. Ihre Bewegungen waren sicher, leicht und anmutig, und der Blick ihres Auges ließ erraten, daß sie neben weiblicher Anmut auch über einen guten Teil männlichen Selbstbewußtseins verfügte.

„Wer seid Ihr?“ fragte sie die beiden ehemaligen Werber.

„Neue Arbeiter“, antwortete der Korporal.

Sie nickte mit dem Kopf, stieg ein und ergriff die Zügel. Und bald darauf war der schnell dahinrollende Wagen nicht mehr zu sehen.

Auch der Leiterwagen verließ den Hof.

Kurze Zeit später sprengte ein Reiter durch das Tor, ließ sein Pferd in kurzen Sätzen über den Hof galoppieren und warf dabei einige verstohlene Blicke nach den Fenstern des herrschaftlichen Stockwerks empor. Als er dort niemand bemerkte, stieg er ab und band sein Pferd an die Angel eines Fensterladens. Seine Miene war finster geworden. Eben wollte er ins Haus treten, als ihm die Wirtschafterin entgegenkam.

„Der Herr Oberst von Börjesson! Willkommen auf Allstädt, gnädiger Herr!“

„Willkommen?“ fragte der Oberst. „Es scheint nicht so! Es gibt hier ja nicht einmal einen Diener, der mir das Pferd abnimmt.“

„Entschuldigen der Herr Oberst! Es sind alle Mann

hinaus aufs Feld, und wir haben erst vor einigen Minuten erfahren, daß wir Euch zu erwarten hatten."

„War der Korporal hier?"

„Ja! Seid Ihr ihm nicht begegnet? Er hatte Auftrag, Euch zu sagen, daß unser gnädiges Fräulein nicht zu Hause ist."

„Wer hat ihm diesen Auftrag erteilt?"

„Das Fräulein selber."

„Also war sie vorher zu Hause? War es denn schon vorher bestimmt, daß sie fort wollte?"

„Mir hatte sie nichts davon gesagt."

„Seit wann ist sie denn fort?"

„Seit einer Viertelstunde."

„Wohin?"

„Sie hat es niemandem gesagt."

Sein Gesicht legte sich in düstere Falten. „Das heißt also, daß sie vor mir geflohen ist und mich nicht wissen lassen will, wo ich sie finden könnte! War der Leutnant Seeström hier?"

„Gestern abend um sechs Uhr kam er."

„Und wann ritt er wieder fort?"

„Vielleicht um Mitternacht."

„Also für ihn hat sie sechs volle Stunden übrig, für mich aber ist sie nicht daheim. Ich werde sie dennoch erwarten."

„Sie wird wohl spät kommen, gnädiger Herr!"

„Tut nichts. Ich hätte auf alle Fälle heut hier über Nacht bleiben müssen. Ich habe sehr angenehmen und hohen Besuch anzumelden, den ich morgen vormittag an der Seite der Herrin des Hauses hier empfangen muß."

„Ists möglich! Herr, mein Heiland, ist das ein Jammer und ein Elend! Hoher Besuch und noch nicht gescheuert! Das ist ja eine Verwirrung und Unordnung, grad wie in Polen, wie mein Seliger immer sagte. Darf ich fragen, wer die hohen Herren oder Damen sind?"

„Nur Herren. Bin auch nicht befugt, die Namen zu

nennen. Es sind ihrer drei oder vier. Zwei kann ich Ihr bezeichnen, nämlich den Herzog von Merseburg, den Vormund Ihrer Herrin, und den Grafen von Mansfeld. Treffe Sie also Ihre Vorbereitungen! Ich will Sie dabei nicht stören und werde darum einen Spazierritt unternehmen. Mit der Dunkelheit bin ich zurück. Aber spute Sie sich, denn es ist immerhin möglich, daß schon heut noch einer der Herren eintrifft."

Er band sein Pferd wieder los, schwang sich auf und ritt davon. Sie aber stand ratlos vor der Tür und schlug die Hände zusammen.

„Was ist zu tun? Was ist anzufangen? Wer hereinkommt, wird festgehalten. Ich lasse keinen Menschen wieder fort. Sie alle, die Knechte und Mägde, müssen putzen und scheuern, daß es kracht!"

Sie hätte ihr Selbstgespräch vielleicht noch weiter fortgesetzt, aber sie wurde darin unterbrochen. Es kam abermals ein Reiter durchs Tor. Er hielt vor ihr an und fragte:

„War das nicht der Oberst Börjesson, der jetzt das Gut verließ?"

„Ja, mein gnädiger Herr Herzog."

„Mein Mündel ist zu Hause?"

„Nein, das gnädige Fräulein sind ausgefahren."

„Wohin?"

„Wir wissen es nicht."

„Wann kommt sie zurück?"

„Auch das wissen wir nicht."

Seine Miene wurde strenger und finsterer als sie schon ohnehin war. „Hat sich der Oberst anmelden lassen?"

„Ja, bei dem gnädigen Fräulein."

„Sie war also noch da?"

„Noch vollständig da."

„War ihre Spazierfahrt bereits geplant und sehr notwendig?"

„Nein, gnädiger Herr."

„So hat sie also dem Obersten ausweichen wollen. Ich werde ihr diese Mucken austreiben! War der Leutnant Seeström hier?“

„Gestern, sechs Stunden lang.“

„Ah, vor ihm reißt sie also nicht aus!“

„Ja, das ist ein Jammer und Elend hier auf Allstädt, mein gestrenger Herr Herzog. Alles geht drunter und drüber. So hoher Besuch, und nicht geputzt, gereinigt und gescheuert, keine Vorbereitung getroffen, nicht gebacken, kein Fleisch gekauft! Oh, das ist eine Wirtschaft, grad wie in Polen, wie mein Seliger immer sagte.“

„Also nicht einmal absteigen kann man? Hat der Oberst den Besuch angemeldet und Ihr gesagt, wie viele Personen Sie zu erwarten hat?“

„Ja, drei oder vier sehr hohe Herren.“

„Oder auch fünf! Denn ich glaube nicht, daß der Kö — — wollte sagen, der eine Herr, ganz ohne Begleitung kommt. Spute Sie sich mit Ihren Vorbereitungen! Ich werde einen Spazierritt machen und versuchen, ob ich den Obersten noch einholen kann. — Wann wollte er wiederkommen?“

„In der Dämmerung.“

„Gut! Da bin ich auch zurück. Kann Sie lesen?“

„Ach nein, mein gestrenger Herr Herzog. Unsereiner hat eine solche Schule — —“

„Schon gut! Hier nehme Sie einmal diese kleine Mappe und trage Sie das Ding hinauf in mein Zimmer. Aber sorge Sie dafür, daß sie kein Mensch in die Hände bekommt!“

Er zog aus der Satteltasche einen mit dem herzoglichen Wappen versehenen Umschlag hervor, in dem mehrere Papiere lagen, die durch einen Gummi zusammengehalten wurden. Nachdem er ihr diese Mappe übergeben hatte, ritt er davon. Sie aber trat in die Küche, legte die Mappe auf den ersten besten Tisch und begab sich in den Vorratsraum.

Noch waren nicht zehn Minuten vergangen, so kam abermals einer durch das Tor. Diesmal war's kein Reiter, sondern ein Fußgänger, der einen Karren vor sich herschob. Er blieb einige Augenblicke halten, besah sich die Gebäude und brachte dann seinen Karren nach dem Wagenschuppen.

Nirgends war ein Mensch zu sehen. Der Mann schritt dem Eingang des Wohnhauses zu und trat in die Küche. In demselben Augenblick kam die Wirtschafterin von ihrem Gang zurück.

„Guten Tag!“ grüßte er mit tiefer Baßstimme, indem er mit der Linken seinen Knebelbart strich. „Gibt es hier Arbeit für mich?“

„Arbeit? Genug! Was ist Er denn?“

„Ein Scherenschleifer.“

„Ah, ich dachte, vielleicht ein Taglöhner. Aber Er kann auch als Schleifer hier Arbeit finden; denn unser ganzes Schneidzeug ist stumpf geworden. Doch ich habe jetzt keine Zeit. Setze Er sich und — — ah, da kommt mir ein Gedanke! Es ist gut, daß Er hier vorspricht. Ich muß hinaus aufs Feld und auf die Wiesen, um die Leute zu rufen. Bleibe Er einstweilen hier. Dort steht Brot, Wurst und Käse. In zehn Minuten bin ich wieder da; das kann Er sagen, wenn jemand kommen sollte.“

„Schön! Wer ist Sie denn eigentlich?“

„Ich bin Jungfer Zeißig, geborne Linde, die Wirtschafterin vom Gut.“

„Hm, Jungfer Zeißig, geborne Linde, wo ist denn Ihre Herrin?“

„Ausgefahren.“

„Sonst kein Besuch hier?“

„O ja, sehr vornehmer Besuch sogar! Der Herzog von Merseburg und der Oberst von Börjesson. Aber ich habe jetzt keine Zeit zum Plaudern. Halte Er aus, bis ich wiederkomme!“

Sie eilte davon. Er blickte ihr durchs Fenster nach.

„Ein ganz verfluchtes Weibsen, das! Wie war nur gleich ihr Name? Es war ein Vogel und ein Baum. Ja, so ist's; Jungfer Finke, geborne Birke, oder nein, Jungfer Wachtel, geborne Erle, so war es. Muß es mir merken, denn sie scheint hier im Hause etwas zu gelten! Aber was ist denn das hier?"

Sein Auge war auf die Mappe gefallen.

„Das Merseburger Siegel! Kreuzschockschwerenot, vielleicht spielt mir da der Zufall gerade das in die Hände, was ich suche! Muß doch einmal nachsehen. Bin nun einmal als Kundschafter unterwegs und wäre wahrhaftig ein riesiger Esel, wenn ich die Gelegenheit nicht benutzte!"

Er öffnete die Mappe und nahm die Papiere heraus. Je weiter er die Schriftzüge überlas, desto gespannter wurde seine Miene, und von Zeit zu Zeit stampfte er mit dem Fuß oder schlug mit der Faust auf den Tisch und stieß dabei einen kräftigen Fluch aus. Als er fertig war, legte er die Papiere wieder in den Umschlag zurück und zog den Gummi darüber.

„Himmeldonnerwetter! Da hab ich ja einmal in einen netten Topf geguckt! Na warte, diesen Braten soll euch der Teufel segnen! Aber essen muß ich noch schnell etwas, sonst merkt diese Jungfer Zippe, geborne Fichte, daß ich spioniert habe."

Er schob sich ein Stück Brot in den Mund und einen halben Käse hinterher. Dann setzte er kauend seine Betrachtungen fort.

„Das ist ja die elendeste, die allerelendeste Schlechtigkeit! Also über uns herfallen wollen sie! Der Mansfeld will die Sequestration los sein, und der Merseburger bekommt einige Hunderttausend in die Schatulle gesteckt. Ihr verdammten Bengels, ich werde euch sequestrieren und schatullieren, daß euch die Augen flimmern sollen! Und den Meißner Kreis kriegt der Merseburger? Nicht auch noch Österreich und Bayern, Frankreich und das

Kaffernland dazu? Das sollte der sächsische Kurfürst wissen! Kommt dieser Schwedenbengel herein nach Deutschland und gebärdet sich, als ob er hier der Herr sei und Herzogtümer verschenken könne!“

Er schob ein riesiges Stück Wurst dem Käse nach.

„Wir haben den Kerl jetzt ungestört schalten und walten lassen, weil er zu unserem Vergnügen einigen von unseren lieben Vettern das Fell ausklopfte, daß die Flöhe davonsprangen. Jetzt hält er uns für Tolpatsche und will auf uns los. Und auch mir, dem Leopold von Dessau, wollen sie die Fingernägel verschneiden, weil ich mir zuweilen einen Rekruten über die Grenze herübergeholt habe. Prosit Mahlzeit! Dazu gehört eine Schere, und jetzt bin ich Schleifer. Ich werde euch die Schere so verschleifen, daß sie euch in die eigenen Tatzen zwackt! Also die Verhandlung mit unserem Oberst von Ravenau wird nur zum Schein, und zwar so lange geführt, bis diese Spitzbuben hier sich geeinigt haben! Hm! Hätte ich nur gleich jemand, der mir hinüber nach Blankenfelde laufen könnte zum Major! Aber halt, da kommt die alte Schachtel! Ich muß mich noch einmal über den Käse hermachen!“

Als die Wirtschafterin atemlos und in großer Eile eintrat, saß er mit dem unschuldigsten Gesicht beim Essen.

„Na, da ist Sie ja wieder! Braucht Sie Ihre Leute denn gar so notwendig, Jungfer Amsel, geborne Erle?“

Sie sah ihn erstaunt an.

„Will Er mich vielleicht schimpfen, he? Das lasse Er nur immer bleiben!“

„Schimpfen? Fällt mir gar nicht ein! Warum denn?“

„Weil Er mir einen so albernen Namen gibt!“

„Das ist ja der Ihrige, den Sie mir selber genannt hat!“

„Jungfer Zeißig, geborne Linde, habe ich gesagt!“

„Bomben und Granaten! Ich wußte wohl, daß es ein

Vogel und ein Baum war. Aber ich habe mir nur nicht die richtigen gemerkt, das ist der Fehler."

„Wenn es so ist, will ich es Ihm für dieses Mal nicht anrechnen, aber für später mag Er es sich besser merken. Jetzt kann Er hinausgehen und sich einen Stand aussuchen. Ich werde wohl so viel Zeit übrig behalten, einige Scheren, Messer und anderes für Ihn auszulesen."

Er verließ die Küche und ging hinaus in den Hof. Dort besah er sich die Stallungen und Scheunen, während die Knechte und Mägde von den Feldern heimkehrten. Zu seinem Karren zurückkehrend, sah er zwei Männer, die davorstanden und ihm den Rücken zukehrten. Als sie seinen Schritt vernahmen, drehten sie sich um. Es gab eine große Verblüffung auf beiden Seiten.

„Waldow, Hammer! Ihr verfluchten Halunken ihr, was habt ihr denn in Allstädt zu suchen?"

„Wir taglöhnern hier, Exzellenz", antwortete Waldow.

„Halt den Schnabel, Kerl! Sagst du noch einmal Exzellenz, so pfeife ich dir eine ins Gesicht, daß du denkst, du hast zweiunddreißig Elefantenzähne im Maul! Was ihr hier wollt, das weiß ich sehr genau: mit den Schweden wollt ihr dunkelmunkeln!"

„Wahrhaftig, das ist nicht wahr! Und da Ihr uns so kommt, so will ich aufrichtig sagen, was wir hier wollen. Wir haben gewußt, daß Ihr als Schleifer nach Allstädt wollt, und weil das gefährlich ist, sind wir Euch nach, damit Ihr doch jemanden habt, auf den Ihr Euch verlassen könnt, wenn etwas schiefgehen sollte."

„Aber ich habe euch doch fortgejagt!"

„Der Kuckuck soll mich holen, wenn Ihr uns nicht auch wieder annehmt!"

„Halunke, du sprichst ja wie einer, der nur zu reden braucht! Na, ich werde euch einmal auf die Probe stellen. Paßt auf, was ich euch sage! Ihr tut jetzt, als ob die Arbeit euch nicht gefällt und macht euch auf die Socken. Ihr lauft hinüber nach Blankenfelde zum Major

Hagen. Morgen abend Punkt halb elf muß er mit fünfzig Mann hier hinter dem Gut stehen. Diese Leute müssen durch feindliches Gebiet. Er wird also für Zivilkleider sorgen, nur lauter zuverlässige Männer nehmen und sie den Weg vereinzelt machen lassen. Wenn der Major auf die Minute hier ist, so habt ihr eure Scharte ausgewetzt, und du, Waldow, magst meinetwegen Feldwebel werden. Jetzt aber packt euch fort, ihr Ungeziefer, sonst merken diese Leute, daß wir uns kennen."

„Aber nehmt Euch in acht bis dahin — —"

„Will Er wohl gleich verduften, he, oder soll ich Ihm Beine machen, daß Er in einem Atem läuft von hier bis nach Konstantinopel?"

Die zwei gingen davon und benutzten die nächste Gelegenheit, das Gut heimlich zu verlassen. Nach einiger Zeit kam der Verwalter zu dem Schleifer.

„Hier bringe ich Ihm Verschiedenes zum Ausbessern. Aber Er braucht sich damit nicht sehr zu beeilen!"

„Wird dennoch heute gemacht. Morgen ist Feiertag, da mag ich nicht arbeiten."

„Ganz wie Er will! Standen nicht die beiden neuen Taglöhner vorhin bei Ihm? Ich sehe sie nicht mehr. Wovon sprachen sie?"

„Davon, daß ihnen das Ding nicht recht gefallen wolle. Es sei keine Ordnung hier auf dem Gut."

„Aha, liederliches Pack! Sie sind auf und davon. Landstreicher, nichts weiter!"

Der Alte begann seine Arbeit.

Gegen Abend kehrte der Herzog von Merseburg an der Seite des Obersten zurück. Ihre Zimmer waren in Ordnung, wie ihnen die Wirtschafterin meldete.

„Das Fräulein zurück?" fragte der Herzog.

„Noch nicht."

„Melde Sie es mir sofort, wenn sie kommt! Und jetzt besorge Sie uns etwas zu essen!"

Eine halbe Stunde später saßen die beiden Herren

bei Tisch und unterhielten sich von den Plänen, die morgen hier zur Sprache kommen sollten. Sie wurden hier und da durch ein schallendes Gelächter unterbrochen, das vom Hof heraufklang.

„Was gibt es da unten?“ fragte der Herzog, als die Wirtschafterin eine neue Schüssel brachte.

„Es ist ein Schleifer da, ein possierlicher Grobsack, mit dem sich das Volk jetzt unterhält. Sie fragen ihn, ob er singen kann. Aber er hat keine rechte Lust dazu.“

In diesem Augenblick erhob sich unten ein Geräusch, wofür man unmöglich einen Namen haben konnte; es war kein Reden, kein Brüllen, kein Singen, und es war doch alles dies zusammen. Die Fenster waren geöffnet, und man konnte jedes Wort deutlich verstehen:

„Der Schleifer ist allzeit ein Mann,
Den man nicht gut entbehren kann.
Er schuftet wie ein Droschkenpferd,
Und gilt doch keinen Heller wert.
Denn man dreht drinnen dem Hans Tapp
Die schwer ersparten Groschen ab.
Das niederträchtige Abc
Schmeckt unbedingt nach Aloe,
Wobei es hier und da gelingt,
Daß man ihn auf das Trockne bringt.
In dieser Art Philosophie
Kaut er an seinem Kniff;
Er legt die Elle übers Knie
Und appliziert ihr Schliff!“

Der Herzog sah den Obersten erstaunt, und dieser ebenso den Herzog an.

„Unser Schleiferlied!“ meinte überrascht der Merseburger. „Aber wie! Das klingt ja, als würde es von einem Hahn, einer Katze, einem Löwen und einer Klarinette einstimmig gekräht, gemiaut, gebrüllt und gepfiffen. Und diese Verse! Hört!“

Unten fuhr der Sänger mit donnernder Stimme fort:

„Wohnt einmal einer in der Stadt,
Der gar zu lange Finger hat.
Im Tintenfasse schwimmt das Tier,
Frißt Federn, Schreib- und Druckpapier.
Und wer das Einmaleins verdaut,
Der stirbt auch nicht an Sauerkraut.
Und wo er selbst nicht helfen kann,
Da packen andre Kräfte an.
Man sagt, daß es ein Bankhaus sei,
Doch ist's die höhre Schleiferei.
Und klagt und schimpft und jammert er
Bei dem verbotnen Griff.
So stürzt ein Paragraph daher
Und kriegt nun selber Schliff!"

Ein grölendes Gelächter war der Lohn für den ungewöhnlichen Vortrag. Droben sahen sich die beiden Herren noch immer erstaunt an. Die Wirtschafterin war wieder fortgegangen und lauschte von der Küche aus gleichfalls auf den Gesang, aus dem kein einziger Mensch klug werden konnte. Eben begann der Schleifer wieder:

„Ich kenne ein Amphibium,
Heißt Redakteur und ist nicht dumm.
Bei Tage bleibt er stets zu Haus,
Geht nur im Dunkelmunkel aus.
So war es schon zu Adams Zeit,
So bleibt es auch in Ewigkeit.
Der Prinzipal kniff gerne ex,
Doch faßt ihn ‚Polyp multiplex'.
Zu spät ins Bett, zu früh heraus,
Das halte doch der Teufel aus!
Jetzt brummt er in der Einsamkeit
Mit eisenfestem Griff,
Und für das Schleifen früherer Zeit
Sorgt er für bessern Schliff!"

„Wahrhaftig, unser Lied, aber zum Tollwerden! Sollte der Leutnant Seeström sich den Spaß gemacht haben, seine Verse einem Menschen zu geben, der sie nicht in der gehörigen Reihenfolge behalten kann?"

„Das ist möglich, aber sehr unwahrscheinlich. Ich traue es ihm nicht zu. Diese Art von Menschen, die sich Dichter nennen, haben ein eigenes Ehrgefühl, das sie sicher abhält, ihre Reime in solche Hände kommen zu lassen. Wahrhaftig, es ist noch nicht alle; der Kerl fängt wieder an. Hört, Oberst!"

„Bei einem wohlbekannten Haus
Fliegt Geld hinein, Papier heraus,
Wobei es hier und da gelingt,
Daß man es auf das Trockne bringt.
Der Frau gebührt natürlich Recht,
Sie ist das schönre Geschlecht,
Ist aller Straßenlampen Feind
Und liebt den Mond, wenn er nicht scheint.
Der Sündenbock für alle Welt,
Auf halbe Ration gestellt,
Hat eine Zunge spitz und scharf,
Und quakt, was man nicht quaken darf.
Doch leider wird sie auch ertappt
Mit ihrem Meister Pfiff;
Ein Gänsedarm hat zugeschnappt
Und kriegt nun selber Schliff!"

In das Lachen, das unten erschallte, stimmten jetzt auch die Herren oben ein.

„Das ist mehr als komisch!" rief der Herzog. „Den Kerl möchte ich sehen."

„Gehen wir einmal hinunter, Hoheit?"

„Wenn Ihr mitwollt, ja. Kommt!"

Sie kamen in den Hof. Es war gerade noch so hell, daß der Schleifer seine Arbeit so leidlich verrichten konnte.

Er drehte den Stein mit dem Fuß und sang dabei:

„Der Meister und die Meisterin,
Die haben oft gar eignen Sinn;
Der Meister findet weit und breit
Gar manche Ungeschliffenheit.
Der Lehrling ist ein Aschenbrod,
Hat wenig Freud und sehr viel Not.
Weil er sich da nur nutzlos quält,
Wo Schärfe, Schnitt und Rundung fehlt,
Bis er, Kreuzhimmelelement,
Ein fremdes Portemonnaie umrennt.
Doch dazu fehlt dem Grobian
Ein widerspenstges Schiff,
Man faßt ihn etwas straffer an
Und gibt ihm bessern Schliff!"

Die zwei Herren waren während der letzten Verse näher hinzugetreten. Da packte der Herzog den Obersten beim Arm.

„Himmel! Wer ist denn das! — Kommt rasch zurück, daß er mich nicht bemerkt!"

Er zog ihn unter den Eingang und flüsterte dann erregt: „Welch ein Fall! Oberst, wir machen hier einen Fang, der den Erfolg aller unserer Pläne und Absichten aufs beste sichert! Dieser Schleifer ist kein anderer als der Fürst Leopold von Anhalt-Dessau, wie er leibt und lebt!"

„Hoheit! Unmöglich!"

„Ganz gewiß! Wir haben einander zwar noch nie gesprochen, aber ich habe ihn dennoch oftmals gesehen und kenne ihn sehr genau."

„Ihr müßt Euch täuschen."

„Nicht im geringsten! Habt Ihr noch nie gehört, wie gern er verkleidet im Land umherzieht, um zu horchen, wie es steht? Habt Ihr noch nie gehört, daß er nicht imstande ist, nur zehn Worte richtig auswendig zu lernen? Habt Ihr noch nie gehört, daß es ihm unmöglich ist, eine Melodie zu merken oder auch nur einen richtigen Ton zu singen?"

„Allerdings habe ich das gehört."

„Nun? Es stimmt alles! Und den Grund könnt Ihr Euch doch auch denken, warum er in dieser Gegend umherschleicht."

Der Oberst nickte. Er schien jetzt überzeugt zu sein, daß sich der Herzog nicht geirrt habe. Dieser fuhr fort:

„Und Ihr erkennt auch den unendlichen Vorteil, der uns erwachsen muß, wenn wir ihn dingfest machen können?"

„Das versteht sich!"

„Aber Ihr begreift, daß ich mich wenigstens offiziell reinhalten muß?"

„Das begreife ich sehr. Die Schweden haben diese Provinz besetzt; der General einer Macht, die uns jetzt nicht eben freundlich gegenübersteht, schleicht sich mitten in unseren Bezirk. Ich habe nicht nur das Recht, sondern sogar die strenge Verpflichtung, ihn gefangenzunehmen."

„Aber ohne alles Aufsehen!"

„Habt da keine Sorge, Hoheit! Ich bin fest überzeugt, daß der Fürst sein Inkognito nicht preisgeben wird. Ich nehme also nur einen verdächtigen Schleifer gefangen, und das übrige wird sich dann von selbst ergeben. Aber wie kommt er zu diesem Lied?"

„Mir ein Rätsel!"

„Ob Seeström eine Abschrift bei seiner Flucht aus Halberstadt bei sich gehabt und verloren hat?"

„Schwerlich. Ich befürchte vielmehr, daß Wachtmeister Roller eine Unvorsichtigkeit begangen hat und dem Dessauer in die Hände gefallen ist."

„Das wäre verdammt! In diesem Fall läßt sich vermuten, daß der Fürst den Karren des Wachtmeisters benutzt. Ich werde mich überzeugen."

„Aber wie greifen wir ihn? Er ist ein verwegener Gesell."

„Das ist einfach. Ich lasse ihn zu mir hinaufkommen, bleibe selbst aber noch eine Weile unten und besehe mir den Karren. Dann bringe ich mir gleich so viel Knechte mit, daß er keinen Widerstand zu leisten vermag. Ihr geht hinauf ins Nebenzimmer, dort könnt Ihr die ganze Verhandlung mit anhören."

„So mag es gehen. Aber wohin stecken wir ihn?"

„Ihr kennt die Räumlichkeiten dieses Hauses besser als ich. Bestimmt Ihr das!"

„Hier im Flur gibt es ein Gewölbe, das ein ganz kleines vergittertes Fenster hat. Die Tür ist aus starkem Eichenholz und mit sicheren Riegeln versehen. Daraus könnte er nicht entkommen. Bis morgen früh steckt er da vollständig sicher."

„Warum bis morgen früh? Ich halte es für vorteilhafter, wenn wir ihn bis zur Ankunft des Königs und des Grafen hierbehalten."

„Ihr habt recht. Also wollen wir beginnen. Ich gehe nach oben. Macht Eure Sache gut!"

Einige Minuten später trat die Wirtschafterin zu dem Schleifer.

„Höre Er, Er könnte nun aufhören. Es ist ja so dunkel, daß Er gar nichts mehr sehen kann!"

„Ja, Sie hat recht, meine gute Jungfer Bachstelze, geborne Akazie. Macht Platz, Jungens, daß ich meinen Karren wieder in den Schuppen bringe!"

„Was fällt Ihm denn ein, he, mich wieder so zu nennen?" rief die Wirtschafterin, indem sie sich breit und drohend vor ihn hinstellte.

„Einfallen? Was denn? Sie hat mir ja gesagt, daß Sie so heißt!"

„So! Na, wie heiße ich denn?"

„Na, glaubt Sie etwa, daß ich mir Ihren Namen nicht merken kann, Jungfer Drossel, geborne Nußbaum!"

Ein dröhnendes Gelächter war die Antwort. Selbst die Wirtschafterin lachte ihren Ärger mit fort.

„Er ist ein Dummrian, wie es keinen zweiten wieder gibt!"

„So? Aaach! Ein Dummrian? Sage Sie das noch einmal, so fahre ich Ihr mit dieser Schinkengabel in das Gesicht, daß Sie auf der Stelle die Maulsperre kriegt, Sie altes Feuereisen, geborne Kachelofen!"

„Schimpfe Er nicht! Das kann ich nicht vertragen, und komme Er mit!"

„Wohin?"

„Hinauf zum gnädigen Herrn Obersten."

„Was soll ich da?"

„Er hat Sein schönes Lied gehört und will Ihm seine Anerkennung aussprechen."

„Seine Anerkennung? Danach frage ich den Teufel. Er mag sie auf Leinwand schmieren und jemandem auflegen, der einen Karfunkel hat. Ich brauche kein solches Pflaster. Ich singe für mich und nicht für Maulaffen."

„Na, meinetwegen! Aber er will Ihm auch ein Messer aushändigen, das Er scharf machen soll."

„Das ist etwas anderes; das hole ich mir. Führe Sie mich zu ihm!"

Sie schritt voran, und er folgte ihr die Treppe empor bis in das Zimmer, in dem die Herren gesessen hatten.

„Warte Er einen Augenblick! Der Herr Oberst wird gleich kommen!"

Sie ging, und er setzte sich auf den nächsten Stuhl. Nach kurzer Zeit trat der Oberst ein. Er betrachtete sich den Schleifer mit einem Blick, dessen Ausdruck nicht zu entziffern war.

„Er ist der Schleifer von da unten?"

„Hm, jetzt bin ich der Schleifer von hier oben!"

Der Oberst lächelte. „Zugestanden! Wo ist Er denn eigentlich zu Hause?"

„Im Bückeburgischen."

„Und wie heißt Er?"

„Friedrich Langer."

„Hat Er eine Legitimation mit?"

„Versteht sich!"

„Zeige Er sie einmal vor!"

„Hm! Wo hat mich denn da diese Jungfer Krähe, geborene Weide, hingeführt? Sie wollte mich doch zum Obersten Börjesson bringen!"

„Der bin ich ja!"

„Der — —? Ach so! Ich dachte, Er wäre der Büttel von Allstädt, weil Er nach meiner Legitimation fragt. — Na, schadet nichts! Er erniedrigt sich wohl auch nicht viel, wenn Er dem Büttel einmal die Arbeit versorgt. Hier ist der Wisch!"

Der Oberst prüfte den Ausweis. Er stimmte genau mit den Angaben des Schleifers überein.

„Stimmt! Woher hat Er denn das Lied, das Er vorhin sang?"

„Gehört! Von einem anderen Schleifer."

„Wo?"

„Weiß ich nicht mehr. Der Teufel mag sich die Namen der ganzen Nester merken, in denen man geschliffen hat!"

„Und woher hat Er den Karren, mit dem Er arbeitet?"

„Von zu Hause."

„Aus dem Bückeburgischen? Er sagt mir die Wahrheit nicht. Diesen Karren hat Er erst seit einigen Tagen."

„Wer hat Ihm das weisgemacht?"

„Niemand. Ich weiß es selbst. Höre Er, mit Ihm hat es keine guten Wege! Der Karren, den Er hat, gehört einem Schleifer, der seit einigen Tagen spurlos verschwunden ist! Man vermutet, daß der Mann ermordet worden ist. Ich muß Ihn verhaften, um die Sache untersuchen zu lassen. Wenn Er sich nicht gutwillig fügt, mache ich kurzen Prozeß mit Ihm!"

„Er mit mir? Wage Er es, mich anzurühren! Her mit meinem Wisch!"

Er riß dem Obersten den Ausweis aus der Hand und

stieß die Tür auf. Draußen standen wohlbewaffnet sämtliche Knechte.

„Was ist denn das, he?“ fragte Leopold, indem er sich zurückwendete. „Das sind wohl die Häscher, die Er Judas Ischariot auf mich hetzen will? Wer hindert mich, Ihm eins auf die Nase zu geben, daß Ihm das große Einmaleins sechs Jahre lang im Kopf herumwirbelt? Aber ich durchschaue Ihn und werde mich hüten, mich mit diesen Christians und Traugotts herumzuschlagen. Gut, ich bin Sein Gefangener. Ein Schleifer macht sich nichts daraus, wenn er einmal in die Patsche gerät; er weiß sich wieder herauszudrehen. Er aber, Er schwedischer Lausewenzel Er, soll sicher nicht gleich wieder herausgeraten, wenn Er einmal bis über die Ohren in der Tinte sitzt. Darauf kann er sich verlassen, jetzt und in alle Ewigkeit!“ — — —

Am anderen Nachmittag ritten zwei Männer auf dem Feldweg dahin, der nach Allstädt führte. Der eine trug einen militärisch geschnittenen Rock. Er mochte ungefähr fünfundzwanzig Jahre zählen. Seine lebhaft blitzenden Augen gaben dem Gesicht einen bedeutsamen Ausdruck. Der andere war wesentlich älter. Er trug Zivil. Seine Züge verrieten auf den ersten Blick den Denker.

„Und was sagst du zu diesem Plan, Pier?“ fragte der Jüngere.

„Wenn er gelingt, Majestät, so macht er Euch zum Herrn des ganzen nördlichen Deutschlands, und Ihr könnt Euren Feinden die Grenzen vorschreiben, hinter die Ihr sie zurückdrängen wollt.“

Der Sprecher war der schwedische Reichsrat Piper, der bekannte Freund und Ratgeber Karls XII. von Schweden.

„Deine Zustimmung freut mich“, meinte der König. „Ich weiß, daß ich diesmal nicht den gewohnten geraden Weg gehe. Aber ich habe mich so entschlossen, weil ich hoffe, auf diese Art am schnellsten zum Ziel zu kommen.“

„Wer hat diesen Plan entworfen?“

„Ich nicht! Er stammt von dem Obersten Börjesson, der sich auch alle mögliche Mühe gegeben hat, ihn zur Ausführung zu bringen. Ich werde seinen Eifer belohnen.“

„Wodurch?“

„Sobald unser Vorhaben geglückt ist, mach ich ihn zum General, und bereits jetzt geb’ ich ihm eine Frau, die er sich von mir erbeten hat.“

„Das klingt, als ob er diese Hand freiwillig nicht erhalten würde.“

„So ist es auch. Sie liebt ihn nicht.“

„Ich könnte ihn auch nicht lieben. Wer ist das Mädchen?“

„Ein Fräulein von Boberfeld; ihr Vater war Oberst in preußischen Diensten."

„So ist der Herzog von Merseburg ihr Vormund?"

„Ja."

„Ist es edel von Börjesson, sich die Hand eines Mädchens zu erzwingen, das ihm ihre Liebe versagt?"

„Ich kann darüber nicht urteilen, denn du weißt, ich hasse die Frauen. Ein Freund, wie du, ist mir mehr wert als alle Frauen der Welt. Und darum hast du mir mit deiner Reise von Schweden hierher eine Freude bereitet, die ich dir hoch anrechnen werde. Übrigens was diese Boberfeld betrifft, so verhält sie sich nur deshalb abweisend zu dem Obersten, weil sie eine kleine Liebelei mit einem meiner niederen Offiziere angesponnen hat."

„Mit wem?"

„Mit Erich Seeström, dem Sohn des Axel Seeström."

„Ein ausgezeichneter junger Mann, der schnell aufsteigen wird, obgleich er einer armen Familie angehört."

„Ich weiß es. Er hat mir bereits verschiedene schwierige Aufgaben gelöst, und ich stehe im Begriff, ihm einen Auftrag zu erteilen, dessen gute Ausführung ihm viel nützen wird. Ich sende ihn morgen nach Warschau."

„Ich verstehe! Dann ist er dem Obersten aus dem Weg geräumt. Majestät, ich würde das nicht tun!"

„Warum nicht? Ich verbinde mir dadurch nicht nur den Obersten, sondern auch den Herzog und den Grafen von Mansfeld. Ich pflege meine Entschlüsse reiflich zu erwägen. Es muß jeder einzelne von ihnen beurteilt werden nach dem Zusammenhang mit den anderen, mit denen er eine geschlossene Kette bildet, die mir dazu dient, meine Feinde zu fesseln. — Doch hier ist Allstädt! Ich hoffe, daß die anderen bereits zur Stelle sind."

Sie ritten in den Gutshof ein. Da ihre Ankunft bemerkt worden war, kam ihnen der Oberst mit dem Herzog und dem Mansfelder, der auch bereits eingetroffen war, entgegen, um sie zu empfangen ...

Kurze Zeit später schritten zwei andere Männer auf demselben Weg. An dem herkulischen Gliederbau war Erich von Seeström, und an dem von einem dunklen Bart bewaldeten Gesicht der schwarze Klas, der Feldwebel Baldauf, leicht zu erkennen.

„Also es ist wirklich wahr von dem Börjesson?" fragte Erich.

„Ja, Herr Leutnant, er ist gestern mittag fort und bis heute noch nicht zurückgekehrt. Sein Bursche sagte, daß er nach Allstädt sei."

„Und ohne Bedienung? Auffällig!"

„Und zwar hat er sich durch den Korporal Malholm dort anmelden lassen. Ich habe es von dem Korporal selbst erfahren."

„Was hat das Fräulein dazu gesagt?"

„Daß ihr der Oberst willkommen sei, sie habe ihn längst mit Sehnsucht erwartet."

„Lüge! Gerade das Gegenteil hat sie gesagt! Dafür will ich mit meinem Leben einstehen. Dieser Malholm weiß, daß du mir alles wiedersagst, und hat mich ärgern oder gar mit dem Fräulein veruneinigen wollen. Ehe wir nach dem Gut gehen, kehren wir erst im Dorf ein. Dort werden wir erfahren, ob sich der Oberst bei dem Fräulein befindet oder nicht."

Das Dörfchen bestand nur aus einigen Bauerngütern und Häusern. Ehe sie es erreichten, sahen sie einen Mann langsam seitwärts vom Feld kommen.

„Der Wirt! Der wird uns Auskunft geben können", bemerkte der Leutnant.

Sie versuchten ihn einzuholen. Es gelang ihnen aber erst, als er seinen Garten bereits erreicht hatte.

„Ah, der Herr Leutnant!" rief er. „Wollt Ihr auch aufs Schloß?"

„Auch? Das klingt ja, als ob bereits jemand dort wäre?"

„Will es meinen!" antwortete der Wirt mit wichtiger

Miene. „Wißt Ihr es wirklich noch nicht, Herr Junker? Der König."

„Der König?" fragte Seeström erstaunt. „Welchen König meint Ihr denn?"

„Wir haben ja jetzt nur einen König hier, Euren König, den König von Schweden."

„Das ist wohl nicht gut möglich. Was will der König in Allstädt?"

„Weiß es nicht."

„Er hat sich eine Unwahrheit aufbinden lassen!"

„Dann müßte ich sie mir selber aufgebunden haben. Ich habe ihn nach dem Gut gehen sehen."

„Wenn das wahr ist, so muß es allerdings etwas höchst Wichtiges geben. Sind noch andere Herren da?"

„Ja. Der Graf von Mansfeld, der Herzog von Sachsen-Merseburg und der Oberst Börjesson. Der Graf ist heute vormittag gekommen, die beiden anderen aber schon gestern."

„Alle Wetter, das Fräulein ist zu Hause?"

„Ja." Und mit gutmütig verschmitzter Miene fuhr der Wirt fort: „Sie ist auch erst heute vormittag gekommen. Gestern ist sie vor dem Herrn Obersten ausgerissen."

„Weiß Er das genau?"

„Sehr! Die Kammerzofe ist meine Base, sie macht mir keine Lügen. Es gibt übrigens auf dem Gut heute noch mehr Sonderbares."

„Er will mich neugierig machen! Nun?"

„Gestern haben sie einen Scherenschleifer gefangengenommen, weil er einen anderen Schleifer totgeschlagen und ihm den Karren und die Lieder abgenommen hat."

„Die Lieder?"

„Ja. Die hat er hier gesungen, und dadurch ist es herausgekommen."

Der Leutnant wurde aufmerksam.

„Weiß Er, was das für Lieder gewesen sind?"

„Es soll seltsames Zeug sein, was er gesungen hat.

Die Base hat alles mit angehört und gar sehr lachen müssen. So hat es zum Beispiel darin geheißen:

Der Frau gebührt natürlich Recht,
Sie ist das schönere Geschlecht.

dann ferner:

Im Tintenfasse schwimmt das Tier,
Frißt Federn, Schreib- und Druckpapier.

und auch:

Denn wer das Einmaleins verdaut,
Der stirbt auch nicht am Sauerkraut.

Klingt das nicht possierlich? Und nun steckt der Schleifer unten im Gewölbe, und ein Knecht muß stets Wache vor der Tür stehen, damit er nicht ausreißen kann. Gehen die Herren einmal mit herein? Ich habe ein frisches Faß angesteckt!"

Da Seeström nickte, führte der Wirt die beiden gleich in die Herrenstube.

Diese war von der gewöhnlichen Gaststube durch eine Glastür getrennt, die keinen Vorhang hatte. Eben wollte sich der Leutnant setzen, als er einen Blick durch die Glasscheibe warf und rasch zurückfuhr.

„Alle Wetter!"

„Was denn?" fragte der Wirt.

„Dieser Krämer dort im Zimmer ist ein Bekannter von uns. Wirt, Er kann mir einen großen Gefallen tun!"

„Sehr gern, wenn es mir möglich ist."

„Sagt diesem Krämer nicht, daß ich hier bin. Verschweigt ihm auch, daß die Herrschaften sich auf dem Gut befinden, und versucht es, ihn nur eine Viertelstunde aufzuhalten, bis ich wiederkomme. Baldauf, beobachte ihn! Daß du ihn mir ja nicht aus den Augen läßt!"

Seeström verließ das Zimmer durch die Küche und eilte mit raschen Schritten nach dem herrschaftlichen Gut.

Dort trat ihm die Wirtschafterin entgegen.

„Der Herr Leutnant!"

„Ja. Ist das gnädige Fräulein zu Hause?"

„Sie ist in der blauen Stube bei den Herren."

„Ich muß hinauf."

„Halt, das ist verboten! Der gestrenge Herr Herzog haben gesagt, daß kein Mensch Zutritt haben soll, er mag heißen, wie er will."

„Das gilt nicht für mich."

„Oh, für Euch auch, denn der Herr Oberst hat das hinzugefügt."

„Ah! Und dennoch gehe ich hinauf!"

„Ihr dürft nicht!"

Sie wollte ihn beim Ärmel zurückhalten, brachte es aber nicht fertig.

„Herr, mein Heiland, ist das eine Not und eine Sorge! Wer soll das aushalten? Da soll er nicht hinauf und tut es dennoch. Über wen wird man dann herfallen? Über mich! Das ist ja eine ganz heillose Geschichte, eine Unordnung, grad wie in Polen, wie mein Seliger immer sagte!"

Oben trat der Leutnant in die blaue Stube. Die Herren saßen um die Tafel, hatten allerlei Karten, Pläne und Schriftstücke vor sich liegen, und bei ihnen stand die Herrin des Hauses in einer Haltung, die sehr kampfbereit aussah. Bei seinem Anblick erhoben sich alle Herren.

„Leutnant Seeström!" rief der König im strengsten Ton. „Weiß Er, daß der Eintritt hier verboten ist?"

„Die Wirtschafterin sagt es."

„Und Er wagt es, meinen Befehl zu übertreten?"

„Majestät, der Grund wird mich entschuldigen."

„Es gibt keinen Grund, der einen solchen Ungehorsam entschuldigen könnte. Ich werde Ihn bestrafen lassen!"

„So mag der Fang zum Teufel gehen, Majestät!"

„Halt! Von welchem Fang spricht Er?"

„Ich habe soeben den Kronprinzen Friedrich Wilhelm von Preußen gesehen."

Es kam eine heftige Bewegung unter die Anwesenden. Der König fragte:

„Wo hat Er ihn gesehen?"

„Hier in der Nähe. In der Schenke."

„Inkognito?"

„Als Krämer."

„Hat Er Seine Maßregeln getroffen, daß er nicht entkommen kann?"

„Feldwebel Baldauf bewacht ihn."

„Wieviel Mann braucht Er, um ihn gefangen herzubringen?"

„Keinen als mich allein."

„Warum hat Er ihn dann nicht gleich gebracht?"

„Einen Kronprinzen? Ohne Euer Majestät Erlaubnis oder Befehl?"

„Er hat recht! Ich vertrau Ihm diesen Auftrag an. Gehe Er und bring Er ihn!"

Der Leutnant trat ab und eilte nach der Schenke. In der Herrenstube angekommen, sah er, daß der Krämer noch anwesend war. Er hatte mehreres an die Gäste abgesetzt und verschloß soeben seinen Kasten, um das Wirtshaus zu verlassen.

„Du folgst mir nachher, Baldauf, daß er nicht fliehen kann!"

Mit diesen Worten trat Seeström in das Gastzimmer und legte dem Krämer, der ihm den Rücken zudrehte, die Hand auf die Achsel.

Der Krämer wandte sich um.

„Donnerwetter, der Seeström!" rief er erschrocken.

„Gewiß, der Seeström", antwortete dieser freundlich. „Willkommen hierzulande! Wie geht der Handel, Kamerad?"

Der Krämer hatte sich bereits wieder gefaßt. „Schlechte Zeiten! Man muß zufrieden sein!"

„Ja, ja! Wenn Er ein besseres Geschäft machen will als hier, so folge Er mir!"

„Wohin?"

„Auf das herrschaftliche Gut."

Das Gesicht des Krämers wurde ernst. „Hab keine Zeit!"

„Und ich habe Befehl, Ihn mitzubringen, tot oder lebendig!" antwortete der Leutnant in scherzhaftem Ton.

Der Krämer aber mußte erkennen, daß der strengste Ernst dahintersteckte. Sollte er es auf einen Kampf ankommen lassen? Der Junker war ihm überlegen, und ein Aufsehen mußte auf alle Fälle vermieden werden.

„Gut, ich gehe mit!"

„So nehm Er Seinen Kasten!"

„Ich bin ermüdet. Ich werde ihn mir tragen lassen!"

„Mir auch recht!"

Gegen eine kleine Belohnung nahm einer der anwesenden Gäste den Kasten auf den Rücken, und die drei brachen auf.

„Seh Er sich einmal um!" meinte Seeström. „Kennt Er den, der hinter uns herkommt?"

Der Händler blickte sich um. „Geht mich nichts an!" erwiderte er.

„Ist der Kasten in Halberstadt gemacht?"

„Halt Er das Maul!"

Sie erreichten das herrschaftliche Gut; der Kasten wurde im Flur niedergesetzt und der Prinz von dem Leutnant nach oben geführt.

„Er tritt ab, bleibt aber zur Verfügung!" bemerkte der König zu Seeström.

Der Leutnant gehorchte. Es war kein Mensch auf dem Flur. Er wagte es, an die Tür zu Annas Wohnzimmer zu gehen und zu klopfen. Sie öffnete.

„Erich!"

„Anna! Was geschieht hier?"

„Ich weiß es nicht. Etwas politisch Wichtiges aber ist es."

„Ihr habt bereits einen Gefangenen? Wer ist es?"

„Ich weiß es nicht."

„Wegen Mordes?"

„Ja! Er hat dein Lied gesungen."

„Ich muß kurz sein, denn der König kann jeden Augenblick rufen. Du hattest eine Szene mit den Herren gehabt? Ich sah es dir an, als ich eintrat. Was war es?"

„Ich habe mich mit aller Kraft gegen die Heirat mit dem Obersten gewehrt. Der König und die anderen wollen mich zwingen."

„Was war der Erfolg?"

„Man gab mir noch zwei Stunden Bedenkzeit."

„Ach! Und wenn du nicht einwilligst?"

„Komm ich in ein Stift für adlige Fräulein."

„Was wirst du tun?"

„Nicht heiraten und auch nicht ins Stift gehen."

„Wohin sonst?"

„Nach Berlin zum König oder nach Dessau zum Fürsten. Beide nehmen sich sicher meiner an. Mein Vermögen soll dann, wenn ich nicht auf die Heirat eingehe, halb dem Herzog, viertels dem Mansfeld und viertels dem Herrn Bräutigam zufallen, abgerechnet die Summe, die das Stift beanspruchen wird."

„Schöner Plan! Sie wollen dich wohl gleich mitnehmen?"

„Ja."

„So willst du fliehen? Ich gehe mit!"

„Wolltest du?" jubelte sie.

„Ja. Zum Dessauer! Ich werde den Kronprinzen wieder befreien. Das ist kein Hoch-, kein Landesverrat und keine Fahnenflucht, das ist nur die einfachste Notwehr. Für meine Treue wollte man mich betrügen; wer weiß, was später noch meiner wartete. Wir besprechen das Weitere noch. Leb wohl einstweilen!"

Kaum hatte er seinen Posten wieder eingenommen, so wurde er gerufen ...

In dem blauen Zimmer hatte sich unterdessen eine eigentümliche Szene abgespielt. Der Kronprinz hielt es unter allen Umständen für geraten, sein Inkognito festzuhalten. Er kannte die Herren alle persönlich und war ebenso allen persönlich bekannt. Sie erhoben sich bei seinem Eintritt, nur Karl blieb sitzen.

„Monseigneur", meinte er mit einem ironischen Lächeln, „es ist eine eigentümliche Audienz, die ich Euch gegenwärtig erteile!"

„Audienz? Alle Teufel, was ist das für ein Ding?"

„Ich hoffe nicht, daß Euch Euer bekannter Starrsinn — — —"

„Herr!" donnerte der Krämer dazwischen. „Wer seid Ihr?"

„Ich bin der König von Schweden!"

„Gut! Und ich bin ein armer Krämer. Ihr habt mich kommen lassen. Was wollt Ihr von mir kaufen?"

„Ich ermahne Euch dringend, Euer Inkognito aufzugeben, da Ihr sonst als derjenige behandelt werdet, für den Ihr Euch ausgebt!"

„Inkognito? Macht Euch nicht lächerlich! Inkognito gibt es nur bei sehr vornehmen Herren. Wäre ich ein solcher, so würde ich nicht stehen bleiben, sondern mich setzen, und Ihr würdet nicht sitzen bleiben, sondern so höflich sein, aufzustehen. Verstanden, Herr König von Schweden?"

„Also Ihr seid ein Krämer? Wie heißt Ihr?"

„Hier ist mein Hausierzettel, da steht alles drauf. Macht es kurz!"

Der König nahm Einsicht in die Zeilen und fragte darauf:

„Was wollt Ihr gerade in dieser Gegend?"

„Seltsame Frage! Ehrlichen Handel treiben! Was aber wollt Ihr in dieser Gegend?"

„Zunächst habe ich hier zu fragen! Er schweigt, bis ich eine Antwort verlange! Ist Er mit Erlaubnis Seines Vaters hier?"

„Geh Er doch dahin, wo mein Vater ist, und frag Er diesen! Ich pflege mich nicht so wie andere den Leuten zum Unfrieden umherzudrücken. Er wird wohl verstehen, wen ich meine!"

„Ein widerspenstiger Kerl! Man wird Ihn aber zu packen wissen und Ihm zeigen, daß Er die Angelegenheiten Seines Herrn Vaters vollständig über den Haufen wirft!"

„Wird kein großer Haufen sein! Ich habe übrigens keine Zeit. Laß Er mich gehen!"

„Daß man ein Tor wäre! Man wird sich Seiner Person versichern. Seeström!"

Auf diesen Ruf trat der Leutnant ein.

„Dieser Krämer wird in dasselbe Gewölbe gebracht, in dem sich bereits der Scherenschleifer befindet. Er kommt dann wieder zu mir!"

Seeström führte den Kronprinzen ab, nahm der Wache den Schlüssel aus der Hand und öffnete. Der Kronprinz trat willig ein.

„Durchlaucht!"

„Hoheit!"

Diese beiden Rufe vernahm der Leutnant, warf einen Blick in das Gewölbe und erkannte den Dessauer. Er hatte aber keine Zeit, seiner Überraschung Ausdruck zu geben; er mußte wieder nach oben.

Als er das blaue Zimmer wieder betrat, winkte ihm der König, näherzutreten.

„Leutnant von Seeström, Eure Umsicht, Tapferkeit und Treue haben mir schon öfters lobenswerte Dienste erwiesen. Ich bin Euch zu Dank verpflichtet und mache Euch hiermit zum Hauptmann!"

„Majestät!"

„Schon gut! Ich bin überzeugt, daß ich mich auch

ferner auf Euch verlassen kann, und will Euch einen Beweis meines unbeschränkten Vertrauens geben, indem ich Euch einen Auftrag erteile, von dessen Erfüllung sehr viel abhängt. Ihr geht nach Warschau, wo Euer voraussichtlich ein längerer Aufenthalt wartet. Eure Anweisung ist bereits ausgefertigt. Ihr geht jetzt sofort zu meinem Sekretär, sie zu holen. Morgen früh müßt Ihr abgereist sein. Die Instruktion habt Ihr erst in Warschau zu öffnen. Lebt wohl!"

Er streckte ihm mit gnädigem Lächeln die Hand entgegen. Seeström aber ergriff sie nicht, sondern verbeugte sich kalt.

„Ja, lebt wohl, Majestät. Ich werde um meinen Abschied einkommen!"

„Warum?" fuhr der König auf.

„Weil ich Euch durchschaue, Majestät. Ich werde niemals ohne Gegenwehr den Ort verlassen, an dem ein gewisser Börjesson nicht am Platz ist."

„Was will Er damit sagen?"

„Daß ich selbst einem König das Recht nicht zugestehe, in das Glück zweier Herzen hindernd einzugreifen. Ich war Eurer Majestät ein treuer, eifriger und furchtloser Soldat. Man belohnt mir diese Treue mit Verrat. Ich nehme meinen Abschied."

Der König schnellte in die Höhe.

„Verrat! Elender, Er ist mein Gefangener. Ich selbst werde Ihn in das Gewölbe bringen, und ich will sehen, ob Er es wagt, sich an der Majestät zu vergreifen!"

Er faßte den Leutnant beim Arm.

Dieser lächelte von oben auf ihn hernieder.

„An der Majestät? Pah! Wo wäre die in diesem Augenblick zu finden? Aber dennoch werde ich mitgehen, und zwar nicht wie der Verbrecher mit der Majestät, sondern wie das starke edle Roß, das sich willig von dem kleinen Buben führen läßt. Vorwärts! Ich bin bereit und werde wieder Fürsten für Euch fangen!" —

Unten im Gewölbe hatte unterdessen eine kernige Auseinandersetzung stattgefunden.

„Durchlaucht!“ hatte der Prinz, und

„Hoheit!“ hatte der Fürst gerufen.

Dann schloß sich die starke Eichentür hinter ihnen. Sie beguckten einander vom Kopf bis zu den Füßen, und dann brachen sie beide in ein schallendes Lachen aus, das zu ihrer Lage allerdings nicht gut stimmen wollte.

„Donnerwetter, nehmt Ihr Euch gut aus, Prinz! Wer hat Euch denn eigentlich abgefangen, he?“

„Dieser verdammte Seeström!“

„Was? Der? Den soll doch ein Donnerwetter neunundneunzig Klafter tief in den Erdboden schlagen! Hat denn den der Teufel überall?“

„Wie es scheint! Und wer hat Euch beim Zopf genommen?“

„Der Herr Börjesson! Diesen verfluchten Kerl laß ich noch Spießruten laufen, und wenn ich die Stöcke dazu barfuß und höchst eigenhändig aus Sibirien herbeischaffen sollte! War da über dem besten Schleifen, habe jedes Messer und jede Schere um eine halbe Elle kürzer gemacht und stets von der verkehrten Seite an den Stein gehalten, sang dazu wie eine Heidelerche mein schönes Lied — da läßt mich dieser Himmelhund zu sich kommen und schickt mir das ganze Gesinde auf den Hals. Hab mich aber nicht gewehrt!“

„Ich auch nicht.“

„Warum sollte man denn Spektakel machen! Das bißchen Holz hier könnte man mit dem Fuß zertreten. Ist aber gar nicht nötig. Jetzt ist es bereits acht Uhr und um halb elf Uhr kommt der Major Hagen mit fünfzig Mann von Blankenfelde herüber, um mir die Tinte, in der ich stecke, abzulecken.“

„Ah! So habt Ihr Euch also vorgesehen?“

„Ja, doch still! Man schließt wieder auf.“

Die Tür wurde geöffnet, und der König in eigener Person steckte den Leutnant herein. Dieser war einigermaßen verlegen, wie er sich benehmen sollte. Aber seine Verlegenheit schwand sofort, als er von einem dröhnenden Gelächter empfangen wurde.

„Oho! Wer kommt denn da? Ich glaube gar, der Herr Urian selber! Auch als Gefangener oder um uns hübsch auszuhorchen?“ fragte der Kronprinz.

„Als Gefangener“, antwortete Seeström einfach.

„Kann Er Sein Wort als Edelmann darauf geben?“

„Ich gebe es!“

„Na, da schlag doch das Donnerwetter drein! Erzähle Er!“ — — —

Während der Leutnant seinen Bericht erstattete, saß Anna von Boberfeld in schweren Sorgen oben in ihrer Stube. Sie hatte erfahren, daß Seeström eingesperrt worden war, und die Zeit, da sie ihren Entscheid geben sollte, rückte heran. Doch als die Stunde gekommen war, wurde sie nicht gerufen. Sie hätte leicht fliehen können, aber sie mochte es nicht tun ohne den Geliebten. Man hatte da drüben im blauen Zimmer gewiß sehr notwendige Beratungen zu pflegen. Es wurde neun Uhr und zehn Uhr und die Dunkelheit des Abends begann, sich über die Gegend zu breiten.

Da kam ein Mann durch das Tor und über den Hof herüber. Im Flur bei der Wache stand die Wirtschafterin, die sich die Bewachung der Gewölbetür angelegentlicher sein ließ, als der Posten selbst. Der Mann trat ein. Es war der Feldwebel Baldauf, der die Rückkehr seines Leutnants in der Schenke vergebens erwartet hatte.

„Wo ist der Herr Junker von Seeström, Jungfer Zeißig?“ fragte er.

„Wo der ist? Da drin steckt er! Er brummt!“

„Was soll das heißen? Weshalb denn?“

„Weiß ich es?“ fragte sie schnippisch.

„Ist das wahr?“ wandte sich Baldauf an den Posten.

„Ja“, antwortete der Knecht treuherzig. „Ich stehe hier Wache. Ich darf das Fräulein nicht herunterlassen und auch die drei nicht hier heraus, sonst werde ich selber eingesteckt.“

„Das Fräulein? Donnerwetter! Und die drei? Wer sind sie?“

„Der Herr Leutnant, der Schleifer und der Krämer.“

„Darf man denn nicht einmal mit dem Herrn Leutnant sprechen?“

„Nein, das ist streng verboten!“ erwiderte die Wirtschafterin.

„Halt Sie Ihr Maul! Sie hat gar nichts dreinzureden! Klaus, ist es wirklich wahr, daß ich nicht mit dem Herrn Leutnant reden darf? Ich habe als Feldwebel ganz notwendig mit ihm zu sprechen.“

„Hm! Mir ist bloß gesagt worden, daß ich eingesteckt werde, wenn sie ausreißen.“

„So mach mir einmal auf!“

„Nein, das darf Er nicht, Klaus!“ warnte die Wirtschafterin. „Ich sage es dem Herrn Obersten!“

„Will Sie wohl stille sein, Sie alte Kanaille, Sie!“

Klaus hatte den Schlüssel bereits angesteckt und öffnete.

„Herr Leutnant!“

„Feldwebel!“

Seeström trat heraus, um sich zu zeigen, da faßte ihn aber die Wirtschafterin am Arm.

„Ihr habt hier drin zu bleiben! Versteht Ihr?“

Der Leutnant war ganz erstaunt über das Frauenzimmer und antwortete ihr nicht. Aber an seiner Stelle antwortete ein anderer.

„Ah, da ist ja Sie mit Ihrem gottvergessenen Plappermaul, Sie Jungfer Star, geborene Kreuzdorn! Sie soll doch gleich der Gottseibeiuns bei Ihren Storchwaden nehmen und durch die Lüfte säuseln!“

„Halt Er Sein großes Maul, Er Tunichtgut! Er ist ja keinen Heller wert! Er hat mir ja lauter Unheil angestiftet! Die Wiegmesser hat Er auf der oberen statt auf der unteren Seite geschliffen, bei den Tischmessern die Hefte statt der Klingen und bei den Scheren die Griffe anstatt der Schneiden. Das war eine schöne Bescherung, das war ja eine Wirtschaft, gerade wie in Polen, wie mein Seliger immer sagte!"

„Warte! Da werde ich Sie auch gleich beim Heft nehmen. Höre Er, wie heißt Er?"

„Klaus."

„Er ist der Posten hier? Hat Er einmal vom Dessauer gehört?"

„Ja."

„Der bin ich, und das ist der Kronprinz von Preußen. Wer jetzt muckst, dem schneid ich den Hals ab. Draußen vor dem Gut stehen meine achttausend Soldaten, die rauben, morden, sengen und brennen, wenn Ihr nicht Order pariert. Herein mit euch zweien! Sie, Jungfer Henne, geborene Balsamine, wag Sie es nicht, einen Laut auszustoßen, und Er, Klaus, bewacht sie drin und sieht drauf, daß sie keinen Skandal macht! Also hinein mit den zwei Sechsern in den Klingelbeutel! So!"

Er schob die beiden hinein, schloß zu und steckte den Schlüssel ein.

„Nun wartet einen Augenblick! Ich will sehen, ob der Hagen da ist!"

Er ging in den Hof und hinter das Gut.

„Hagen!"

„Hier!"

„Alle da?"

„Alle, Durchlaucht!"

„Das Ding wird eingeschlossen, daß niemand heraus kann. Hinein darf aber jeder. Waldow, Er ist Feldwebel; besorg Er das. Die Offiziere aber folgen mir jetzt!"

Als er mit diesem Gefolge den Flur erreichte, trat ihm Baldauf entgegen.

„Exzellenz, der Herr Leutnant von Seeström sagt mir, daß er mit Euch geht. Ich bin sein Feldwebel!"

„Kenn Ihn schon, Er Halunke, von wegen der Vogelscheuche damals!"

„Darf ich mit?"

„Komm Er nur, denn solche Galgenstricke kann ich gut gebrauchen! Jetzt hinauf!"

Die Treppe wurde leise erstiegen, und ebenso leise öffnete Leopold die Tür. Drin stand jetzt Anna von Boberfeld vor den Herren, und der Herzog meinte eben:

„Ihr laßt also nicht von diesem Seeström und habt die Wahl zwischen Börjesson und dem alten Jungfernstift. Entscheidet Euch!"

„Packt Euch selber zu den alten Jungfern, Ihr malefizer, gichtbrüchiger Kuppler Ihr!" klang es da von der Tür her.

Der Fürst, der Kronprinz, Seeström, Baldauf und vier Offiziere vom Halberstädtischen Regiment traten ein. Die Überrumpelten sprangen auf.

„Was ist das? Verrat!" rief der König und suchte die auf der Tafel liegenden Schriftstücke fortzuschaffen.

„Laßt das Zeug in Gottes Namen liegen! Ich hab' die Mappe meines lieben Merseburger Vetters bereits gestern in der Küche gelesen."

„Ihr seid unsere Gefangenen! Was wollt ihr hier oben? Ich werde euch schärfer bewachen lassen!" brauste der König auf.

„Da steckt nur auch meine Buntröcke mit ein, die das ganze Allstädt umzingelt haben, daß keine Maus und keine Laus sich durchbeißen kann! Setzt euch nieder, ihr Herren! Wir haben mit euch zu reden!"

Man folgte seinem Gebot. Er wandte sich nach der Tür:

„Major Hagen, befehlt zehn Mann mit guten Stricken

herauf! Man weiß nicht, wie man den Hanf brauchen kann. Denn ich habe nicht Lust, mir den Schnabel wund zu reden."

Der Major entfernte sich. Leopold wandte sich wieder der Tafel zu.

„Ihr Herren habt vorhin diesem Fräulein von Boberfeld Bedingungen gestellt. Jetzt kommt die Reihe, Bedingungen zu machen, an uns. Ihr alle kennt mich genau und wißt, daß ich kein Faselhans bin. Was ich sage, das gilt, und damit Punktum! Hört ihr die zehn Mann mit den Stricken kommen? Sie bleiben draußen; denn unsere Unterredung brauchen sie nicht zu hören. Unten stehen noch soviel Buntröcke, wie ich brauche. Und nun sage ich euch, entweder werden wir einig, oder ihr alle geht als meine Gefangenen mit mir!"

„Das ist gegen das Völkerrecht! Ich protestiere da —"

„Donnerwetter!" unterbrach Leopold den König. „Wer muckst noch? Habe ich nicht deutlich genug gesagt, daß jetzt ich, nämlich ich, spreche! Ihr habt uns ohne Umstände gefangengenommen. Ich könnte es mit Euch ebenso machen. Aber ich will gnädig sein und Euch Bedingungen stellen, die Euch den Rückzug erleichtern. Geht Ihr nicht darauf ein, so ist es Euer eigener Schaden. Ich schere mich den Teufel um Euer Völkerrecht und um Eure Proteste. Ihr macht es ebenso, wenn Ihr das Heft in den Händen habt. Also hört mein letztes Wort: Ihr habt zu Altranstädt im vorigen Jahr Frieden mit dem Kurfürsten von Sachsen gemacht; Ihr wollt zu Altranstädt in diesem Jahr einen Bund mit dem Kaiser von Österreich schließen; ich verlange, daß Ihr in diesem Jahr und noch vor dieser Konvention ein Bündnis mit Preußen schließt. Ihr habt uns bisher hingehalten und unseren Obersten Ravenau mit schönen Redensarten gefüttert. Ich verlange, daß nun endlich Ernst gemacht wird, und daß der Vertrag bis spätestens den 16. August unterzeichnet ist. Wollt Ihr nicht, dann marsch mit Euch nach Halberstadt! Gebt eine Antwort! Aber kurz und deutlich!“

„Dieser Antrag“, meinte der König vorsichtig, „ist allerdings einer reiflichen Überlegung wert, und ich werde in Zeit von einigen Tagen — —“

„Bombenhagel und Granatenwetter! Ist das eine kurze und deutliche Entscheidung? Ich sehe, daß ich in den Wind rede. Major Hagen, laßt die Leute eintreten! Wir müssen in einer anderen Sprache — —“

„Halt, Herr Major!“ gebot der König, da er sah, daß sich Hagen bereits nach der Tür kehrte. „Ich bin bereit, bis zu dem angegebenen Tag das Bündnis abzuschließen und zu unterzeichnen!“

„Gut! Aber ein Hundsfott, wer sein Wort nicht hält! Weiter, wir haben vorhin unten in unserem Gefängnis Zeit gehabt, die einzelnen Punkte dieses Traktats zu Papier zu bringen. Sie sind sehr gerecht und billig von uns gestellt worden, und wir legen sie Euch hiermit vor. Papier liegt genug hier. Diese Punkte werden in zwei Exemplaren abgeschrieben und unterzeichnet; ein Exemplar bekommt der König und das andere der Kronprinz hier. Das ist der Traktat, der am 16. August öffentlich ausgefertigt wird. Unsere heutige Abmachung bleibt bis dahin geheim, ebenso alles, was in diesen zwei Tagen geschehen ist, und auch die Art und Weise, wie Ihr dazu gekommen seid, uns willfährig zu sein. Ihr seht, daß wir Euch schonen wollen. Die geheimen Ausarbeitungen, die Ihr hier liegen hattet und die gegen uns gerichtet sind, kommen in meinen Gewahrsam. Sie werden Euch aber sofort und vollständig ausgehändigt, sobald das Bündnis abgeschlossen ist. Lest unser Papier durch! Ich gebe Euch zehn Minuten Zeit. Am Schluß der zehn Minuten aber kommandiere ich meine Jungens herein, und wenn Ihr dann zehnmal ‚Ja‘ sagen wollt, — so ist es zu spät. Das schwör ich Euch bei allen Heiligen des Kalenders, bei meiner Seligkeit und beim Teufel und seiner Großmutter, ganz wie Ihr wollt! Heraus also mit dem Wisch! — Hoheit!"

Der Prinz griff in die Tasche und brachte einen Fetzen Papier hervor, den er dem König übergab. Dieser studierte die Punkte.

„Fünf Minuten", zählte der Dessauer, „sechs — — sieben — — acht — — —"

„Ich muß bemerken", meinte der König, dem wirklich der Schweiß auf der Stirn stand, „daß der dritte Punkt von mir nicht — — —"

„Nichts wird bemerkt, Majestät! Ihr sprecht heute mit dem Dessauer. Angenommen oder gefangen! — Neun Minuten — — zehn — — Major Hagen, laßt — —"

„Halt, ich nehme an!"

„Gut! Hagen, laßt die Leute wieder hinuntergehen!"

„Aber, Fürst, Ihr seid ein ganz entsetzlicher Mensch!"

„Gott bewahre! Ich bin ein höchst gemütlicher und verträglicher Bursche. Nur laß ich mir nicht gern die Katzen vor dem Weg herumlaufen. Also schreiben, meine Herren! Ein Exemplar schreibt mein Major und das andere der Herr Graf von Mansfeld!"

„Exzellenz, ich bin mit der Feder nicht so recht — —"

„Papperlapapp! Ihr schreibt eine ganz erträgliche Pfote. Hier seht Euch einmal diesen Brief an! Ich habe ihn dem Wachtmeister Roller abgenommen, der jetzt bei mir in Halberstadt steht. Auch diese beiden gehen über. Der Junker von Seeström wird als Hauptmann mein Adjutant. Könnt ihm gratulieren!"

Mit größtem Ärger sah Mansfeld sein Schreiben in der Hand Leopolds; er mußte sich bequemen und griff zur Feder. In einer halben Stunde waren die beiden Exemplare geschrieben und unterzeichnet und gingen in die Hände des Königs und des Kronprinzen über.

„So!" meinte Leopold. „Ich weiß, das ist nur für kurze Zeit; denn ich kenne die Majestät von Schweden. Aber wenn es losgeht, dann wird der Dessauer mit dem

Säbel ebenso dazwischenfahren, wie heute mit dem Maul. Und nun zu etwas anderem! Herzoglich Merseburgische Durchlaucht wissen, daß mein Freund und Kampfgenosse von Boberfeld in meinen Armen gestorben ist. Der Teufel hol die Kugel, die ihn traf! Er legte mir in seinen letzten Worten das Glück seines Kindes ans Herz, und ich will heute abend an mein damaliges Versprechen denken. Herzogliche Durchlaucht, ich bitte hiermit bei Euch um die Hand Eures hier stehenden Mündels Anna von Boberfeld für meinen Adjutanten, den Hauptmann Erich von Seeström!"

Das kam dem Herzog denn doch zu überraschend.

„Exzellenz, mein Mündel ist bereits versprochen, und übrigens hat der Junker von Seeström seinen Abschied aus dem schwedischen Dienst noch nicht erhalten."

„Richtig, Euer Mündel ist bereits versprochen! Sie selbst hat sich nämlich an meinen Adjutanten versprochen. Ein anderer hat nichts darüber zu bestimmen, sonst laß ich bei der obersten Reichsbehörde die Verwaltung ihres Vermögens untersuchen. Basta, abgemacht und kein Wort mehr! Was den Herrn von Seeström betrifft, so bitte ich Eure Majestät um seinen mündlichen Abschied. Die Erfüllung dieser Bitte würde ich Euch zu aller Zeit gedenken."

Der König mußte schließlich lächeln über die rasche, unwiderstehliche Art, in der der Eisenfresser Bresche zu legen wußte.

„Exzellenz, da Ihr mich bittet, so verabschiede ich ihn hiermit!"

„Auch seinen Feldwebel, den schwarzen Klas, den Halunken, der mich so unverschämt gefoppt hat?"

„Auch ihn!"

„Danke, Majestät! Und nun, Herzogliche Durchlaucht, Eure Antwort!"

„Was soll der Herr Oberst von Börjesson sagen!"

„Der? Der hat gar nichts zu sagen! Der mag sich zum

Kuckuck scheren, und wenn er ihn nicht findet, so will ich ihm gern einen Wegweiser malen! Also, heraus damit!"

„Ich habe nichts dagegen!"

„Gut! Hauptmann, geht hin, nehmt sie bei der Parabel und gebt ihr einen Schmatz, aber einen Zwanzigpfünder!"

Der Hauptmann gehorchte. Dann meinte Leopold lustig:

„Und nun ist heute Verlobung; die Herren sind eingeladen. Und am 16. August, wenn man das Bündnis unterzeichnet, wird die Hochzeit gefeiert. Hier, Hauptmann, hat Er den Schlüssel zum Gewölbe. Laß Er die zwei Gefangenen heraus und bring Er mir die Jungfer Rabe, geborene Eiche, mit herauf!"

In kurzer Zeit trat die Wirtschafterin ein. Leopold zog ihr sein fürchterlichstes Gesicht.

„He, Sie alte Trauerweide, heute abend ist Verlobung, weiß Sie, was das ist? Spute Sie sich und schaffe Sie her, was Sie nur finden kann! Aber bringe Sie um Gottes willen kein Messer von denen, die ich gestern geschliffen habe! Eigentlich sollt ich Ihr verschiedenes um die Ohren pfeifen. Aber da alles ein so gutes Ende nimmt, so will ich mich einmal nicht weiter um Ihre Sünden kümmern, Sie alte Jungfer Stieglitz, geborene Holunder, Sie!" —

EIN FÜRST-MARSCHALL ALS BÄCKER

(1726)

Beim Alten

Es war in Dessau, im Jahre 1726, und zwar am sechzehnten Trinitatissonntag früh halb acht Uhr. Der Feldmarschall Fürst Leopold von Anhalt-Dessau saß in seinem Arbeitszimmer und frühstückte, um sich zum Kirchgang zu stärken.

Er war gewohnt, in der Kirche seinen gewaltigen Baß wie eine Posaune ertönen zu lassen. Leider hatte nun aber sein musikalisches Talent nur für eine einzige Melodie zugereicht, nämlich für die des „Dessauer Marsches“. Und so sang er alle Kirchenlieder rundweg nach dieser tapferen Weise. Dabei kam er stets in Widerstreit mit der Orgel und mit dem Gesang der Gemeinde. Und wenn der Organist alle Register zog, um seine Stimme zu übertäuben, und wenn die versammelten Andächtigen noch so laut sangen, um sein „So leben wir, so leben wir!“ zum Schweigen zu bringen, es gelang doch niemals. Denn dann erhob er seinen Baß zu dreifacher Stärke; seine Gestalt richtete sich siegreich empor, seine Augen blitzten kampfesmutig, und seine unwiderstehlichen Töne schmetterten wie die Posaunen von Jericho jeden Widerstand nieder.

War es da ein Wunder, daß er vor jedem Kirchenbesuch ein ganz besonders kräftiges Frühstück zu sich nahm?

Auch heute lag vor ihm ein festes hausbackenes Brot, ein angeschnittener Schinken, eine riesige geräucherte Schlackwurst, ein Käse von sechs Zoll Höhe und zwei Spannen im Durchmesser, dabei einige frische Zwiebeln, mehrere saure Gurken und allerhand Kleinzeug.

Nach dem leisen, vergnügten Brummen zu urteilen, das er beim Kauen hören ließ, schien es ihm vorzüglich zu munden. Er hatte eine arge Verwüstung unter den Vorräten angerichtet, als er endlich die Reste von sich schob und sich erhob, um zur Förderung der Verdauung das Zimmer einige Male mit langen Schritten zu durchmessen.

Dann klatschte er laut in die Hände. Der Diener erschien. Der Fürst zeigte nach einem auf dem Tisch liegenden Zettel.

„Durchlaucht gestatten, daß ich zunächst die Verabschiedung des Herrn Leutnant von Kosewitz vorlege. Da ist wohl ein Fehler drin?"

„Was? Ein Fehler? Von mir?"

Der Diener reichte ihm die Urkunde und wies auf eine Stelle.

„Hier steht, der Herr Leutnant ist ein ‚feiger' Offizier!"

„Feiger Offizier? Der Kosewitz? Wo soll das stehen? Hier? Buchstabier Er mir das mal vor!"

Der Lakai entzifferte: „F—e—i—g—e—r."

„So, so, sehr richtig. Und wie soll das heißen? Feiger? Buchstabieren kann Er, aber nicht lesen. Das heißt doch ganz deutlich: fä—i—ger. Der Kosewitz ist ein fähiger Offizier. Das weiß ein jedes Kind, Donnerwetter noch einmal! Komm Er mir mit Seiner Tolpatschigkeit nicht noch mal zu nahe, sonst jag ich Ihn zum Teufel! — Nun kümmere Er sich um den Zettel und laß die Leute eintreten!"

Der Diener trat in den Vorraum, blickte im Kreis umher und trat zu einem Herrn, dessen Tracht einen Geistlichen in ihm vermuten ließ.

„Herr Feldprediger, bitte!"

Der Lakai verschwand, und Leopold wandte sich an den Prediger:

„Ich habe Ihn aus Halle hergerufen, daß Er mir heute

einmal eine rechte Extrapredigt halten soll. Versteht Er mich?"

„Haben Exzellenz die Gewogenheit, mich von Dero Absichten gnädigst zu unterrichten!"

„Von Ihm weiß ich, daß er ein guter Redner ist, und daher will ich mir heute einmal einen Spaß antun. Nämlich die Herren Väter von der Stadt scheinen den Gehorsam verlernt zu haben. Es soll ihnen einmal recht tüchtig der Kopf gewaschen werden. Sag Er den Kerls Seine Meinung nur so recht von der Leber herunter!"

„Dann wäre es mir lieb, einige Punkte zu erfahren, in denen die besagten Väter der Stadt sich das Mißfallen Eurer Durchlaucht zugezogen haben."

„Das ist nicht notwendig. Glaubt Er, daß ich wegen einer Kanzelrede Ihm erlaube, Seine Nase in meine Töpfe zu stecken? Er braucht weiter nichts zu wissen, als daß sie schwerhörig und hartmäulig sind. Will ich hüh, so wollen sie hott; sag ich ja, so sagen sie nein; fluch ich, so beten sie; will ich ein Graupelwetter, so wollen sie Sonnenschein. Das ist geradezu zum Aus-der-Haut-Fahren. Was gibt es denn heute für eine Epistel oder für ein Evangelium?"

„Wir haben den sechzehnten Trinitatissonntag. Da wird gepredigt entweder über Epheser 3, Vers 13—21, oder über Lukas 7, Vers 11 — 17."

„Was steht denn in diesem Lukas?"

„Die Auferstehung des Jünglings zu Nain."

„Und in diesem Epheser?"

„Daß Christum liebhaben besser ist als alles Wissen."

„Das ist ganz richtig. Aber Sein Evangelium paßt ebensowenig für meinen Zweck wie Seine heutige Epistel. Eine Strafpredigt muß kräftig sein, und dazu ist auch ein kerniger Text notwendig. Kennt Er die Geschichte von dem Teufel, der unter die Säue gefahren ist, daß sie ins Wasser liefen und alle ersaufen mußten? Predige Er über diese Stelle!"

„Exzellenz erlauben mir gnädigst die Bemerkung, daß diese biblische Erzählung denn doch nicht wohl als Predigttext zu behandeln ist."

„Nicht?" fragte der Fürst, die Stirn runzelnd. „Warum nicht? Hat Er etwa kein Geschick dazu?"

„Sie dürfte wohl etwas zu kräftig sein."

„Mohrenelement! Das ist es ja gerade, was ich haben will! Die Säue, das sind die Halunken, die mir nicht gehorchen wollen, und der Teufel, das bin ich. Ich werde unter sie fahren, daß es eine Art hat."

„Und wer soll da der Besessene sein, Durchlaucht?"

„Der Besessene, aus dem der Teufel eigentlich ausgetrieben wird? Hm, das ist natürlich die Stadt Dessau, das Ratskollegium, der Bürgermeister. Sinn Er sich das weiter aus! Gehe Er jetzt hinaus! Draußen steht mein Page, der Lindow, der Ihn zur Kirche bringen soll. Später darf er bei mir zu Mittag essen. Macht Er Seine Sache gut, so wird es Ihm schmecken; macht Er sie aber nicht gut, so stehe ich für nichts! Er kennt mich. Ich bin die Liebe selbst; man kann mich um den Finger wickeln. Aber versuche Er ja nicht, mich von der anderen Seite kennenzulernen. Denn dann könnte es sehr leicht geschehen, daß ich Ihn als gemeinen Soldaten unter die Grenadiere stecke. Für jetzt sind wir fertig!"

Eben als sich der Prediger, dem nicht ganz wohl zumute war, entfernen wollte, trat der Diener wieder ein.

„Was gibt's?" fragte Leopold. „Kannst du wieder nicht lesen?"

„Ich wollte mir nur die Frage gestatten, ob die auf dem Zettel bezeichnete Reihenfolge beizubehalten ist, da eben jetzt ein Offizier angekommen ist."

„Wer?"

„Der hannöversche Oberleutnant von Hartegg."

„Schick ihn herein und jag die anderen fort. Sie mögen morgen wiederkommen. Ich glaube nicht, daß mir heute viel Zeit für sie übrigbleibt!"

Der Lakai entfernte sich, und gleich trat der Angemeldete ein.

Er war ein junger Mann von vielleicht sechsundzwanzig Jahren, hoch und breit gewachsen, mit blondem Haar und treuen blauen Augen. Er trat drei Schritt vor, schlug die Fersen zusammen, daß die Sporen klirrten, und stand dann kerzengerade und unbeweglich, als sei er aus Stein gehauen.

Die drohend emporgezogenen Brauen des Fürsten senkten sich langsam nieder. Er schien Wohlgefallen an dem Hannoveraner zu finden und musterte ihn mit Kennerblick vom Kopf bis zu den Sohlen. Der Offizier hielt diese Musterung ruhig aus. Keine Wimper zuckte an ihm; kein Fingerglied wich um die Breite eines Haares aus seiner Lage. Seine Uniform saß wie angegossen. Nicht das leiseste Fältchen war daran zu bemerken, und das Metallzeug glänzte, als ob sich der Sonnenstrahl drin spiegelte.

Aber das erste Wort des Fürsten war dennoch ein Tadel:

„Er ist nicht gepudert!“

„Wär ich Offizier in dem berühmtesten Regiment Euer Durchlaucht, so würde ich pudern“, klang die ruhige Antwort.

„Was will Er?“

„Euer Exzellenz Erlaubnis, mich verheiraten zu dürfen.“

Leopold trat einen Schritt zurück.

„Meine Erlaubnis? Meine? Sich verhei — — — Donnerwetter! Wie kommt Er mir vor? Was habe denn ich dabei zu tun, wenn Er, ein Hannoveraner, Seinem Mädchen den Kopf verdreht hat?“

„Sehr viel Durchlaucht! Das Mädchen ist eine Liebau und hier im Land ansässig.“

„Ah! Das ist etwas anderes!“

„Der Vater hat nichts gegen unsere Verbindung. Aber

er will seine Einwilligung nicht eher geben, als bis er überzeugt ist, die Genehmigung Euer Durchlaucht zu besitzen."

„Warum kommt er nicht selbst?"

„Er ist unwohl."

„Unwohl? Ja, dieses Unwohlsein kenne ich! Angst hat er vor mir; das Herz ist ihm in die Hosen gefallen, weiter nichts! Ich wollte sein Gut haben, und er wollte es nicht verkaufen; da zwang ich ihn, es mir für die Taxe zu lassen, und nun mag er nichts mehr mit mir zu tun haben. Der alte Schlucker schmollt wie ein Hamster, dem man die Körner genommen hat. Aber er sollte doch wissen, daß er damit nicht vorwärts kommt. Ich bin sein Herr und frage den Geier danach, was er mir für Gesichter schneidet. Wo hat Er das Mädchen kennengelernt?"

„In Magdeburg."

„Ja, ich weiß, sie ist dort gewesen. Sie hat eine Muhme dort, ein altes Felleisen, dem bereits schon einige Riemen und Schnallen abhanden gekommen sind. Ich glaube, das Weibsen muß bereits über sechzig zählen. Habe sie in Dresden kennengelernt. Stammt aus einem gräflichen Haus und trug deshalb die Nase so hoch, daß sie recht gut als Wetterfahne hätte dienen können. Kann solche Leute sehr gut leiden, sehr gut! — Aber was sagen Seine Vorgesetzten dazu, daß Er sich so jung verheiraten will? Er darf sich als Oberleutnant noch gar keine Frau nehmen! Hat Er Hoffnung, das Hauptmannspatent zu erhalten?"

„Ich nehme den Abschied."

„Was? Ist Er bei Sinnen? Ein Kerl wie Er? Gewachsen wie eine Eiche, gesund wie ein Hecht, und den Abschied!"

„Ich hab' das Ding satt."

„Satt? Wird Er geschurigelt? Will man Ihm nicht wohl?"

„Im Gegenteil! Gerade das zu große Wohlwollen paßt mir nicht!“

„Höre Er, Er hat wohl ein gelindes Fieber?“

„Möglich, denn der Ärger geht ins Blut.“

„Erkläre Er sich!“

„Ich habe mein Mädchen; ich will keine andere und soll doch eine andere nehmen.“

„So nehme Er sie doch in Gottes Namen! Gehauen oder gestochen, das ist ja ganz gleich. Es ist eine so schlimm wie die andere!“

„Dann will ich mir doch die Schlimme nehmen, die ich mir selbst heraussuche!“

„Das klingt allerdings nicht unverständig! Wer ist denn die andere?“

„Die Tochter eines Regimentskommandeurs.“

„Aha! Eine Heirat aus dienstlicher Rücksicht! Alt?“

„Neunundzwanzig.“

„Alle Wetter! Man kennt das! Wenn so eine neunundzwanzig sagt, so ist sie eigentlich achtunddreißig oder sechsundvierzig! Hübsch?“

„Sehr! Uhu oder Schleiereule.“

„Bombenelement, Er scheint sich auf Gleichnisse zu verstehen! Reich?“

„Sie ist seit ihrem vierzehnten Jahr jede Stecknadel schuldig geblieben.“

„So sind viele Geschwister da?“

„Fünf Schwestern und ein Bruder. Sie ist die Jüngste.“

„Er tut mir wirklich leid; aber ich kann Ihm nicht helfen. Ein Hannoveraner bekommt die Liebau nicht!“

„Ich quittiere ja den Dienst!“

„Bleibt sich gleich! Ich kann das Volk da drüben nun einmal nicht leiden. Sein Kurfürst schreit sich heiser um eines armseligen Rekruten willen. Trete Er über!“

„Das ist nicht Euer Exzellenz Ernst!“

„Warum nicht? Er gehört einer guten Familie an, die auch bei uns begütert ist, und hat sich im Dienst bereits einige Verdienste erworben, wie ich gehört habe. Ich glaube, Er würde bei mir nicht lange Oberleutnant bleiben."

Das Auge Harteggs leuchtete auf. Er wußte, welche Ehre es für einen preußischen Offizier war, in dem Musterregiment des Dessauers zu dienen. Dennoch aber antwortete er:

„Ein Überläufer ist unter allen Umständen ehrlos!"

„Freut mich, daß Er diese Ansicht besitzt! Aber so lasse Er sich doch einmal fangen!"

„Wer sich mit Absicht fangen läßt, ist auch ein Überläufer."

„Gut, so mag Er Seinen Willen haben, und ich behalte den meinigen."

Das offene Angesicht des Offiziers wurde um einen Schatten bleicher. Aber er beherrschte sich.

„So ist die private Angelegenheit beendet, und ich bitte um die Erlaubnis, zur dienstlichen schreiten zu dürfen."

„Er ist auch im Dienst hier?"

„Zu Befehl!"

„Und bringt das Dienstliche erst nach dem Privaten vor! Mann, wenn Er zu meinem Regiment gehörte, so fuchtelte ich Ihn!"

„Ich kenne die Sünde, die ich begangen habe, aber ich glaube, Euer Durchlaucht Verzeihung zu erhalten. Ich wollte die Erfüllung meiner Bitte nicht gleich von vornherein unmöglich machen."

„So hat das Dienstliche wohl einen üblen Beigeschmack? Was kann auch aus Hannover Gutes kommen! Schieß Er einmal los!"

„Königliche Hoheit, der Kurfürst Georg Ludwig von Hannover, mein allergnädigster Landesfürst und Kriegsherr, haben geruht, in Sachen des Werbewesens eine Beschwerdeschrift an Kaiserliche Majestät nach Wien gehen zu lassen — —"

„Das danke ihm der Teufel!“

„Kaiserliche Majestät haben geruht, dem Kurfürsten ein freundliches Handschreiben zuzustellen, in dem gemeldet wird, daß an den Königlich Preußischen Hof ernstliche Vorstellungen ergangen sind, die hannöverschen Landesgrenzen in Zukunft zu respektieren und das preußische Heer nur innerhalb der preußischen Länder und Besitzungen zu rekrutieren. Trotz dieser kaiserlichen Verwarnung aber — — —“

„Verwarnung? Himmelelement, beherrsche Er sich!“

„Durchlaucht halten zu Gnaden. Ich muß so sprechen, wie mir befohlen wurde! Also trotz der Vermahnung ist es des öfteren vorgekommen, daß preußische Werber die Grenze überschritten und hannöversche Untertanen belästigt oder gar mitgenommen haben, um sie unter die Fahne zu stecken, und so haben sich Kurfürstliche Hoheit bewogen gefühlt, einen Kurier nach Berlin zu senden mit dem Bescheid, daß von jetzt an Repressalien erhoben werden, wenn weder die Grenze des Landes noch der Wille des Kaisers respektiert wird.“

„Er hat Seine Lektion sehr hübsch auswendig gelernt; das muß ich Ihm bezeugen“, meinte der Fürst ironisch. „Aber warum kommt Er zu mir?“

„Der Kurier hat gar keine Antwort erhalten, und einige Tage nach seiner Rückkehr wurde von den Preußen ein ganzer Trupp Hannoveraner über die Grenze geholt. Da nun Euer Durchlaucht sozusagen der Wächter der besagten Grenze sind — — —“

Leopold unterbrach ihn:

„Wächter der besagten Grenze? Hm! Nicht übel ausgedrückt! Das ist beinah lateinisch und heißt eigentlich zu deutsch ‚Kettenhund‘. Ja, ja, das bin ich auch, mein Herr Oberleutnant. Aber Sein Georg Ludwig mag nur nicht etwa denken, daß ich nur mit dem Schwanz wedle; ich kann auch brummen, beißen, bellen. Versteht Er mich? Nun weiter!“

„So ist mir der Auftrag geworden, Exzellenz in direkter Weise die Entschließung Seiner Kurfürstlichen Hoheit zu übermitteln und vor allen weiteren Eingriffen zu warnen. Derjenige preußische Werber, der auf hannöverschem Gebiet ergriffen wird, wird sofort gehenkt — —"

„Sage Er doch Seinem Georg Ludwig, er möge selber baumeln! Wenn einer unserer Werber sich hinüber verirren sollte, was bei Nacht und Nebel leicht geschehen kann, so habt ihr ihn uns einfach auszuliefern. Wird ihm nur ein einziges Haar gekrümmt, so kommen wir hinüber und treiben euch zu Paaren; darauf könnt ihr euch verlassen!"

„Würden Exzellenz einen ergriffenen hannöverschen Werber auch ausliefern?"

„Ja."

„Euer Durchlaucht haben das noch nie getan, sondern die Leute stets in den preußischen Rock gesteckt."

„So steckt doch auch ihr den Kerl, der so dumm ist, sich von euch erwischen zu lassen, in den hannöverschen Kittel! Übrigens hat Er soeben zugegeben, daß auch eure Werber herüberkommen. Was räsoniert Er denn da über die unsrigen, he? Was dem einen recht ist, das ist dem anderen billig. Noch in der vorigen Woche haben eure Schlingels einen Klempner aus Betzendorf über die Grenze hinübergelockt, und nun muß er drüben exerzieren nach Noten. Und bei einem solchen Stand der Dinge rennt Sein Kurfürst von Pontius zu Pilatus, um sich über uns zu beschweren. Sogar dem Kaiser ist er untertänigst vor die Füße gekrochen. So ein Millionenhund, hat selber Werg genug am Rocken und will wegen eines Lumpazivagabundus, der zu uns herüberläuft, den Kaiser und das Reich auf uns hetzen! Da schlag doch gleich der Blitz die ganze Sippe auseinander!"

Da richtete sich der Offizier höher empor.

„Durchlaucht erlauben mir die Bitte, in meiner Gegenwart nicht in dieser Weise von meinem Monarchen und Feldherrn zu sprechen! Ich als hannöverscher Offizier darf solche Worte nicht hören."

„Mensch, um des Himmels willen, ist Er denn übergeschnappt?"

„Ich glaube vielmehr, daß ich sehr bei Sinnen bin!"

„Ja, das ist eben das Unglück, daß jeder Verrückte denkt, er ist bei Sinnen!"

„Durchlaucht!" donnerte der Oberleutnant und trat einen Schritt weiter vor.

Leopold fuhr empor. Seine Augen funkelten unheimlich, wie die eines Panthers, und seine Lippen öffneten sich, um die weißen Zähne sehen zu lassen.

„Was? Will Er mir etwa drohen?"

„Das kann ich nicht wagen. Aber ich muß mir jede Beleidigung ernstlich verbitten!"

„Verbitten? Er? Er Knirps? Da soll doch gleich ein Himmeltausenddonner und Doria — — — wo habe ich denn nur meinen — meinen Stock hingelegt? Ich werde — — —"

Er rannte wie besessen in der Stube hin und her, um den Stock zu suchen. Er sah ihn nicht liegen, so wurden seine Augen von der Wut geblendet.

„Mir so etwas zu sagen!" rief er. „Hier in meinem eigenen Zimmer! Ein Hannoveraner! Ein Lumpenhund, ein Lausewenzel, der — — —"

„Durchlaucht, meinen Sie mich?"

Hartegg trat abermals einen Schritt vor und legte die Linke an die Scheide seines Säbels.

„Ja, ja, hundertmal ja und tausendmal ja! Luft muß ich haben, Luft, sonst zerplatze ich! — — Ah, endlich! Da ist der Stock!"

Dieser Stock war gar oft mit dem Rücken eines Bürgers, eines Soldaten in Berührung gekommen. Hohe Beamte und selbst Offiziere hatten ihn gefühlt, ohne etwas dagegen machen zu können. Jetzt holte Leopold zum Schlag aus.

„Zurück!“ rief der Oberleutnant und trat beiseite, wobei er nun auch die Rechte an den Griff seines Säbels legte.

„Kerl! Du wagst es, die Hand an die Waffe zu legen! Hundsfott!“

Der Stock sauste nieder.

Der furchtbare Hieb mußte, wenn er traf, den Oberleutnant zu Boden schmettern. Aber in diesem Augenblick fuhr dessen Säbel blitzschnell aus der Scheide und der Stock wurde in zwei Hälften zerhauen, von denen die eine in der Hand des Fürsten blieb, während die andere gegen die Wand flog. Leopold stand erstarrt.

„Durchlaucht, ich werde Sie fordern!“ sagte Hartegg ruhig, während er den Säbel abwehrbereit in der Hand behielt.

Der Fürst warf das Bruchstück seines Stockes zu Boden und ballte die Fäuste. Einen Augenblick lang hatte es den Anschein, als ob er sich auf den Gegner stürzen wolle. Die Stirnadern schienen zerspringen und die Augen aus ihren Höhlen hervortreten zu wollen. Aber plötzlich und ganz unerwartet drehte er sich mit einem raschen Ruck auf der Ferse herum und trat zum Fenster. Sein Blut kochte, und seine Lunge atmete hörbar; aber sein Gesicht glättete sich nach und nach. Endlich drehte er sich wieder herum.

„Er will mich fordern lassen?“

„Ja. Durchlaucht können meine Kartellisten nicht zurückweisen. Ich bin ein Offizier und Edelmann, an dessen Namen kein Makel haftet. Exzellenz haben mich mit Wort und Tat so schwer beleidigt, daß ich darauf bestehen muß!“

„Aber ich schlage Ihn ja in Grund und Boden!“

„Das wird sich finden! Man weiß den Säbel auch zu führen!“

„Den Kuckuck werde ich! Versteht Er mich? Er ist ein ganz prächtiger Himmelelementer, der sich nicht einmal vor mir und vor dem Satan fürchtet! Und es sollte mir leid tun, wenn ich Ihm die Haut ritzen sollte. Wie habe ich Ihn denn genannt, he?"

„Ich mag die Worte nicht wiederholen."

„Na, es wird wohl so etwas gewesen sein wie verrückt, Knirps, Lumpenhund, Lausewenzel und so weiter. Ist Er zufrieden, wenn ich es Ihm jetzt abbitte?"

Der Oberleutnant blickte überrascht empor.

„Das kann ich ja kaum erwarten!"

„Warum nicht? Einen anderen beleidigen, das kann ein jeder. Aber eine übereilte Beleidigung wieder abbitten, das ist ehrenhafter, als mit dem Froschmesser zu renommieren und zu der Beleidigung auch noch den Totschlag fügen. Hier hat Er meine Hand. Verzeihe Er mir und schlage Er ein! Er ist weder ein Lumpenhund noch ein Lausewenzel, sondern ein Heidenkerl, vor dem man Respekt haben muß. Für Seinen Georg Ludwig gebe ich keinen Pfennig. Für Ihn aber würde ich ein schönes Sümmchen zahlen, wenn Er Handgeld nehmen wollte. Doch da Er nicht will, so mag Er es bleiben lassen!"

„Es geht nicht, Durchlaucht!"

„Na, schon gut! Hat Er Hunger?"

„Nein!" antwortete der Oberleutnant lächelnd.

„Sonst hätte Er hier essen können. Aber Er wird wohl noch Appetit bekommen, und so gehe Er her und schneide Er sich ab. Er kann es unterwegs verzehren."

„Exzellenz, es gibt ja unterwegs Schankhäuser genug, um — — —"

„Papperlapapp! Will Er wohl gehorchen! Halte Er Seine paar Groschen zusammen! Komm Er her! Ich will Ihm abschneiden. Das kann Er einstecken. Unterwegs setzt Er sich auf einen Feldrand und lebt unter freiem Himmel wie der Herrgott in Frankreich, das der Teufel holen mag."

Der Fürst trat an den Frühstückstisch und riß mit dem Messer ein Stück Brot herunter, an dem sich zwei

Mann hätten sattessen können. In den dicksten Teil dieser Masse grub er ein Loch, das er mit Butter füllte. Dazu legte er Käse, Schinken und Wurst in Fülle, eine saure Gurke, einen Rettig, eine Zwiebel, eine Knolle Knoblauch und eine tüchtige Portion Salz, Pfeffer und Kümmel. Dann trat er an den Schreibtisch und suchte in den dort befindlichen Papieren.

„Jetzt wollen wir das Futter gehörig einpacken. Da liegen ein paar Schreiben vom Minister von Grumbkow und von dem österreichischen Gesandten General Graf Seckendorf. Diese Wische sind eigentlich viel zu schlecht für die Zwiebel und den Knoblauch. Aber ich will die Geschichte doch damit einwickeln und diese beiden Ehrenmänner in meinem nächsten Brief davon benachrichtigen. So, da hat Er Sein Paket, und nun schere Er sich dahin, wo der Pfeffer wächst!"

„Ich danke, Exzellenz! Auf meine Privatbitte darf ich wohl nicht noch einmal zurückkommen?"

„Das wage Er ja nicht, wenn Er mich nicht wieder in Harnisch bringen will. Ich habe Ihm bereits gesagt, daß ein Hannoveraner die Liebau nicht bekommt, und dabei hat es sein Bewenden. Basta!"

Er winkte mit der Hand, und der Oberleutnant sah sich gezwungen, sich mit seinem Speisepaket unterm Arm zu verabschieden.

Dann öffnete der Fürst die Tür. Das Vorzimmer war jetzt leer. Nur der Lakai befand sich noch da.

„Der Feldwebel Haberkorn hat den Dienst?"

„Zu Befehl, Exzellenz!"

„Soll sofort herkommen!"

Zwei Minuten später trat der Genannte bei ihm ein. Er war einer jener Riesen, die von Friedrich Wilhelm I. oft mit mehreren tausend Talern bezahlt wurden. Er maß sicher seine achtundsiebzig Zoll[1]. Das Auge Leopolds ruhte mit besonderem Wohlgefallen auf ihm. Es war

[1] Ungefähr 2,20 m

beim ersten Blick zu bemerken, daß er ein Liebling des Dessauers war. Auch er trat vorschriftsmäßig drei Schritte vor und stand dann stramm und starr wie eine Bildsäule. Das Auge des Fürsten musterte ihn. Auch ihm wurde sofort ein Tadel, wenn auch nicht in einem harten, beleidigenden Ton.

„Donnerwetter, Feldwebel! Er ist ja ganz ungeheuer liederlich geworden!“

Der Angeredete wurde rot, aber er sagte kein Wort.

„Mit vierundzwanzig Jahren bereits Feldwebel in meinem Regiment, das ist viel! Nicht?“

„Zu Befehl!“

„Das hat Er Seiner Tapferkeit, Seiner Schlauheit bei aller Ehrlichkeit und Seiner Ordnungsliebe zu verdanken. Jetzt aber steht Er vor mir geradeso liederlich und schladdrig wie ein Rekrut!“

Auch jetzt sagte Haberkorn kein Wort.

„Weiß Er warum? Die linke Spitze Seines Schnurrbarts steht wenigstens um einen Messerrücken breit tiefer als die rechte. Dreh er sie sofort in die Höhe!“

Der Feldwebel gehorchte dem Befehl.

„Jetzt ist sie zu hoch“, meinte der Fürst. „Schaffe Er sie um ein Haar breit niedriger!“

Auch dies wurde befolgt.

„So! Jetzt steht er da als ein Muster für — — Alle Wetter, was ist denn das?“ Der Fürst trat näher und besah sich den Schnurrbart genau. „Da rechts ist ein Haar schneller gewachsen als die anderen. Es steht ganz gewiß einen Zehntelzoll hervor, und das sieht Er nicht, Er Schwerenöter! Soll ich Ihn Spießruten laufen lassen? Ich stelle Ihn bei jeder Gelegenheit dem Regiment als Beispiel hin, und da kommt Er herein, so schlendrig und schlumpig wie ein Kesselflicker! Wenn das noch ein einziges Mal geschieht, so nehme ich Ihm das Portepee und gebe Ihm dafür drei Monate Lattenarrest. Verstanden?“

„Zu Befehl!“

„Na, schön! Und damit Er dennoch sieht, daß der Dessauer kein Wüterich ist, werde ich Ihm seinen Bart selbst kurieren.“

Der Fürst ging zum Schreibtisch, holte eine riesige Papierschere, die mehr einem Gartenwerkzeug glich, und knipp mit ihr das vorschriftswidrige Haar weg.

„Jetzt ist er parademäßig hergestellt! So will ich meine Jungens haben; dann schlage ich die Welt mit ihnen tot! Feldwebel, es gibt wieder einmal einen Streich! Will Er?“

„Zu Befehl!“

„Er soll nicht Bef— — — Ah so! Trete Er los und mache Er es sich bequemer! So! Also, es gibt wieder einen Streich auszuführen, bei dem ich Ihn brauche. Will Er?“

Der Feldwebel hatte jetzt die strenge Haltung aufgegeben und konnte daher auch auf die Unterhaltung eingehen. Wenn Leopold bei guter Laune war, so ließ es sich ganz prächtig mit ihm verkehren. Nur mußte man dabei sehr vorsichtig sein. Denn er glich auch dann einem Vulkan, der in jedem Augenblick ausbrechen konnte.

„Und ob, Durchlaucht!“ antwortete der Feldwebel.

„Schön! Ich kenne Ihn und weiß, daß ich mich auf Ihn verlassen kann. Ich will Ihm einmal etwas vorlesen.“

Er langte in die Tasche seiner grauen Leinwandhose und zog ein zu einem Knäuel zusammengeknittertes Papier hervor, das er auseinanderfaltete und auf dem Knie glättete. Er las:

„Liebwerter Serenissimus!

Wie Uns in Erfahrung gekommen, ist von Hannover eine Skriptura nach Wien expediert worden, des Inhaltes, daß Unsere Werber als Raub- und Mordgesellen dahingestellet und konterfeiet werden. Hierauf wurde Uns ein kaiserliches Dokument donnieret, in welchem Wir ermahnet werden, dieses Wesen zu remanieren und dem Kurfürsten Reparation zu leisten. Eine solche Reparation aber können Wir unmöglich goutieren, zumalen ihr Scopus sowohl eine Reprehensio als auch eine Deprimo enthält und Wir zu gleicher Stunde erfahren, daß die hannöverschen Conquisitores einen Klempner aus Betzendorf fortgeführet haben. Daher ersuchen wir Ew. Liebden, Eure Bureaux d'afféage so zu stellen, daß Wir von diesen hannöverschen Bengels gleich eine tüchtige Zahl saisieren und unter Unser Vexillum stecken, wasmaßen Wir Euch ersuchen, Uns zwei oder drei große Kerls zu envoyieren, die Wir notwendig für Unsere Garde nötig haben.

Indem Wir Ew. Exzellenz Unserer Affection und Declination versichern, zeichnen Wir

Euer gnädigster Freund und Bruder
Friedrich Wilhelm.
König von Preußen etc. etc. etc."

Nachdem Leopold dieses Schreiben vorgelesen hatte, ballte er das Papier wieder zusammen und warf es zornig zur Erde.

„Was sagt Er zu diesem Geschreibsel? Kann Er es verstehen?"

„Ja."

„Was? Ist Er etwa auch so ein gelehrter Regenwurm, der sich nur im lateinischen Dreck wohl befindet?"

„Nein! Aber ich sollte Theologe werden und habe einige Klassen durchgemacht. Dann starb der Vater. Er hinterließ nichts, und ich griff zur Muskete."

„Das hat Er gescheit gemacht. Denk Er nicht etwa, daß der König diesen Wisch geschrieben hat. Den hat so ein Federfuchser verfaßt, der an seinem Latein und Französisch gewiß noch einmal ersticken wird. Da patschen diese Menschen in der fremden Tunke herum, als hätte unsere ehrliche deutsche Sprache nicht Worte genug, um mir zu sagen, daß wir dem Kaiser und dem Kurfürsten von Hannover zum Schur nur gerade erst recht auf den Fang gehen werden. Das beste an dem ganzen Kram ist, daß nun der Teufel erst recht losgehen soll, und daß wir dem König sobald wie möglich drei große hannöversche Kerls schaffen müssen. Aber woher nehmen und nicht mausen!"

„Vielleicht ist es leichter, als Euer Durchlaucht denken."

„So? Feldwebel, ich sehe es Ihm an, Er hat einen guten Gedanken. Rede Er!"

„Drei lange Kerls? Durchlaucht, das paßt mir gerade. Ich will sie gern los sein, und Euer Durchlaucht soll sie bekommen."

„Donnerwetter! So hat Er sie schon? Wo sind sie denn?"

„Hm! Etwas weit von hier. Nämlich in Wustrow an der Jeetzel."

„Da unten? Wie alt?"

„Zwanzig, dreiundzwanzig und fünfundzwanzig."

„Wer ist's?"

„Der Vater heißt Hillmann und hat einen Gasthof mit Bäckerei und Fleischerei in Wustrow. Er selbst betreibt die Schenke und überläßt das Backen einem Gesellen."

„Warum nicht einem Sohn?"

„Weil keiner seiner Söhne Bäcker ist. Der Jüngste hat die Schlächterei, und die beiden anderen betreiben den Viehhandel. Übrigens kommen sie mit dem Alten nicht gar zu gut aus. Er gießt gern einen hinter die Binde und ist dann unausstehlich. Und dann gibt es keinen gröberen Kerl im ganzen Deutschen Reich als ihn. Er ist wegen seiner Grobheit weit und breit berühmt, und wenn einmal ein Fremder kommt, der sucht gewiß den alten Hillman auf, um sich von ihm anschnauzen zu lassen."

„Alle Wetter! Er macht mich ja förmlich neugierig!"

„Übrigens kenn ich da unten noch mehrere Riesen, die wir gebrauchen könnten. In Lüchow hat der Schmied Peters einen Jungen, dreizehn Viertel hoch und sechstehalb Viertel breit an den Schultern, und einen Gesellen hat er aus dem Holsteinischen, der den Amboß dreimal um das Haus herumträgt."

„Die müssen wir kriegen! Die Hillmanns und auch die Peters!"

„Das wird nicht leicht sein, Durchlaucht."

„Glaubs schon! Müssen sie aber haben, gerade diesem hannöverschen Georg Ludwig zum Trotz. Weiß Er keinen unter unseren Jungen, der in Lüchow und Wustrow genau Bescheid sagen kann?"

„O ja. Ich selbst, Durchlaucht. Ich stand ein Jahr lang als Gemeiner auf Werbung in Lenzen, und — und habe eine Liebste dort, Exzellenz."

„Eine — eine Liebste? — Wozu braucht Er Himmelhund denn eine Liebste, he? Sieht Er denn nicht ein, daß es für einen braven Blaurock die größte Dummheit ist, sich in eine Weibsenschürze zu verlieben, he?"

„Mit Euer Durchlaucht Verlaub, haben sich Exzellenz nicht auch in eine solche Schürze verliebt?"

„Was? Das wagt Er, mir zuzumuten? Mensch, ich tret Ihn zu Hirsebrei zusammen! Welch ein Weibsbild könnte sich rühmen, daß ich mich in sie verliebt hätte?"

„Ihro Durchlaucht, die gnädige Reichsfürstin Anna Luise von Anhalt-Dessau, die das schönste Mädchen weit und breit war und heutzutage die beste Fürstin ist, die es gibt."

„Die Anneliese? Hm! Ja! Er hat gar kein so übles Geschick, sich herauszureden. Die Anneliese war ein hübsches und braves Mädchen, und eine zweite wie sie gibt's nicht wieder. Ich hätte den Himmel auseinandergerissen, wenn man sie mir nicht endlich doch gelassen hätte. Ihm kann man so etwas sagen, denn Er ist trotz alledem doch ein verständiger Kerl, der ein freundliches Wort nicht zu mißbrauchen pflegt. Aber muß Er nun da auch gleich hinlaufen und sich in ein Gesicht vergucken, he?"

„So ohne weiteres ist es nun gerade nicht geschehen, Durchlaucht. Zwar war ich dem Wettermädel sofort gut, als ich sie sah, aber es hat mich redliche Arbeit gekostet, bis wir einig geworden sind. Das war ja, hol mich der Teufel, geradeso, als ob man eine Festung erobern sollte: Erkundung, Reiterei, Fußvolk, leichte Artillerie, schwere Geschütze, Laufgräben, Minen, Bresche, Sturm, Straßenkampf — holla, hurra, Viktoria! Dann hatte ich sie endlich!"

„Na, na, na, na! Er wird mir wegen des Mädels noch ganz aus Rand und Band geraten! War sie denn gar so spröde?"

„Hm! Sie war mir auch gut; aber sie hielt auf Ehre."

„Das freut mich von ihr!"

„Und befand sich in Verhältnissen, die mir ungünstig waren."

„Wieso?"

„Reich und gebildet!"

„Flunkere Er nicht!"

„Und ist eine Hannoveranerin. Sie soll durchaus keinen Preußen bringen."

„Wer will ihr das verbieten?"

„Ihr Stiefvater und ihr Vormund, der Schloßverwalter Hartig in Lüchow."

„Den soll der Kuckuck reiten! Und der Stiefvater?"

„Das ist eben der Gastwirt und Bäckermeister Hillmann in Wustrow."

„Der? Der Grobsack? Der soll hängen, der Halunke! Aber wie kommt denn der zu der Stiefvaterei, he?"

„Er hat als Witmann mit drei Söhnen die Mutter meines Mädchens geheiratet."

„Das bringt den Kerl vollends an den Galgen! Aber was die Hauptsache ist: was für eine Gestalt hat denn Seine Melusine? Ich hoffe doch, daß Er sich keine einbildet, die Ihm zwischen den Beinen hindurchlaufen oder der man ohne Fernrohr durch die Taille gucken kann!“

„Das wäre mein Geschmack nicht, Durchlaucht. Ich habe sie gemessen. Zweiundsiebzig Zoll.“

„Nicht übel! Dürr?“

„Pausbacken so frisch wie ein Apfel und Arme wie — wie — wie —“

„Na, schon gut! Hat sie Stimme?“

„Gerade keinen Baß wie Euer Durchlaucht, aber zu schämen braucht sie sich doch nicht.“

„Das ist gut. Eine Frau muß es auch verstehen, zuweilen am rechten Ort und zur rechten Zeit ein tüchtiges Hagelwetter loszulassen. Sie muß es verstehen, dem Mann gehörig den Kopf zu waschen, wenn er Dummheiten macht. Wie heißt sie denn?“

„Anna Grunert.“

„Schön. Werde mir den Namen merken. Ist der alte Hillmann auch ein kräftiger Kerl?“

„Ja. Aber faul! Und weil dazu noch seine Grobheit kommt, so hat er seine liebe Not mit der Bäckerei. Er hat noch keinen Gesellen länger als vierzehn Tage gehabt.“

„Hm, das paßt. Ich habe längst schon einmal hinunter nach Lenzen gewollt. Habe unten zu tun; denn dieser Ort ist ein strategisch wichtiger Punkt für den Fall, daß der Krawall mit den Hannoveranern einmal losgeht. Muß die Gegend ansehen und kennenlernen, und da Er mir das Maul nach diesen Prachtkerls wässerig macht, so werde ich zwei Fliegen mit einem Schlag abtun, und mich noch diese Woche aufmachen. Will Er mit?“

„Freilich, geh ich mit! Aber Durchlaucht wollen doch nicht etwa ins Hannöversche gehen?“

„Warum nicht? Soll ich etwa zu den Mongolen laufen, wenn ich die Hillmänner sehen will?“

„Aber die Hannöverschen haben einen Pik auf uns!“

„Weiß es! Es war soeben einer da, der Oberleutnant von Hartegg."

„Der Hartegg —!"

„Kennt Er ihn?"

„Persönlich nicht, aber mein Mädchen ist jetzt als Gesellschafterin bei seiner — seiner Liebsten."

„Was? Bei der Liebau? Wo denn?"

„Auf Schloß Lüchow."

„Himmelelement, das steht ja außerordentlich günstig! Wie kommt denn die Liebau nach Lüchow?"

„Auf Besuch. Vielleicht nur deshalb, weil der Hartegg da leichter mit ihr verkehren kann."

„Das ist jedenfalls richtig. Und wie kommt Seine Anna zu ihr?"

„Der Liebau war es zu einsam auf Lüchow; denn der Besitzer ist nicht da. So suchte sie sich eine Gesellschafterin. Da schlug der Verwalter ihr sein Mündel, die Anna, vor, und diese ging sofort darauf ein, weil sie mit ihrem Stiefvater und den drei Stiefbrüdern keine Seide spinnt."

„Sie hat also einen Ärger auf die Kerls?"

„Ja, und ich einen noch viel größeren."

„Warum?"

„Weil sie mir das Mädchen nicht gönnen. Sie soll durchaus den Schmiedebengel, den Peters, heiraten. Wir sind einigemal arg zusammengeraten, nämlich ich mit den Hillmanns und auch mit dem Peters."

„Einigemal? Er war öfters dort?"

„Allemal, sooft ich Urlaub hatte."

„So! Er Himmelsakermenter läuft mir da hinüber ins Hannöversche auf die Freite! Wenn sie Ihn nun weggefangen hätten?"

„Das geht nicht so leicht, obgleich sie es bereits einigemal darauf angelegt haben."

„So darf Er jetzt nicht mit hin."

„Durchlaucht!"

„Wenigstens nicht gleich. Auch muß ich mir zuvor Sein Mädel ansehen, ob sie mir gefällt. Paßt sie mir nicht, so hat Er sie sich aus dem Kopf zu schlagen. Versteht Er mich? Ist sie aber nach meinem Geschmack, so nehmen wir sie gleich mit. Ist Ihm das recht, he?"

„Ich bin überzeugt, daß sie Euer Durchlaucht gefallen wird!"

„Na, spring Er nur nicht gleich über zwölf Zäune! Ich werde Ihm meinen Plan sagen, den Er aber geheimzuhalten hat. Wir gehen nach Lenzen, wo nächsten Montag Jahrmarkt ist, und nehmen uns so viele Leute mit, wie wir zu dem Fang brauchen. Wieviel denkt Er?"

„Dreißig."

„So viel?"

„Ja! Bedenken Euer Durchlaucht, daß Lüchow und Wustrow ziemlich weit von Lenzen liegen. Von Salzwedel aus hätten wir es näher. Aber da Exzellenz nach Lenzen wollen, so haben wir wenigstens vier Meilen durch ein Land zu marschieren, wo die preußischen Soldaten feindlich behandelt werden."

„So mögen es dreißig sein! Übrigens werden diese Leute nicht in Uniform, sondern in Zivil gehen, um kein Aufsehen zu erregen. Auch mögen sie nicht zusammen in Lenzen eintreffen, sondern einzeln. Treffpunkt ist der Gasthof ‚Zum Mecklenburger'. Dort erwartet Er sie, während ich allein nach Lüchow und Wustrow gehe."

„Auch in Zivil?"

„Natürlich! Mir ist da ein prächtiger Gedanke gekommen. Ich werde mich nämlich als Bäckergesell ausstatten mit Wanderbuch und Ranzen, und bei dem alten Hillmann um Arbeit fragen."

„Aber wenn er Exzellenz nun wirklich behält?"

„So knete ich, was zu kneten ist. Etwas muß doch daraus werden."

„Euer Durchlaucht haben ja keine Kenntnis und Fertigkeit in der Bäckerei."

„Pack Er sich mit Seiner Kenntnis und Fertigkeit zum Geier! Was ist da zu können und zu wissen? Man gießt Wasser ins Mehl, tut Hefe oder Sauerteig dazu, strampelt mit den Fäusten drin herum, kleckst den Teig stückweise auf die Waage, schmeißt ihn in die Backschüssel, schiebt ihn in den Ofen, und der Quatsch ist fertig. Das können wir auch! Übrigens werde ich vorher einmal hier zu meinem Bäcker gehen, um mir das Ding genau anzusehen. Ein Brot bringt man allemal fertig; aber außerdem werde ich diesen Hillmännern noch einen Teig einrühren, in dem sie verteufelt wenig Rosinen finden werden. Darauf kann Er sich verlassen! — Was gibt's?"

Diese letzte Frage galt dem Lakaien, der wieder eingetreten war.

„Korporal Weidauer bittet, vorgelassen zu werden."

„Weidauer? Von der Werbestation in Gardelegen?"

„Ja."

„Mag gleich eintreten!"

Der Diener ging und ließ den Angemeldeten herein.

Der Korporal hatte ein sehr kriegerisches Aussehen. Er war nicht mehr jung, aber äußerst kräftig gebaut.

„Was bringt Er?"

„Diesen Brief, Durchlaucht."

„Von wem?"

„Von Leutnant von Krausigk, der in Köbbelitz auf Werbung steht."

Der Fürst erbrach den Brief und las ihn. Seine Brauen zogen sich zusammen, aber er blieb ruhig und wandte sich an Haberkorn:

„Da sieht Er es! Der Krausigk meldet mir, daß die Hannöverschen gestern in der Nacht über die Grenze herüber nach Germenau gekommen sind und vier Burschen weggeschnappt haben. Diese sind über Steimcke nach Brohme transportiert worden. — Weidauer, ich werde Ihm sogleich eine Order für den Leutnant aufschreiben!"

Der Fürst setzte sich an den Tisch und kratzte mit der Feder über das Papier, daß es klang, als habe er Holz zu sägen. Dann faltete er das Schreiben zusammen, um es zu versiegeln.

„Hier! Diese Order gibt Er dem Leutnant. Weiter hat Er nichts zu tun. Aber das merke Er sich: Wenn ihr mir binnen einer Woche nicht wenigstens fünfzehn Hannoveraner angelt, so geht's euch an den Kragen. Hier hat Er einen Taler, damit Er einmal trinken kann. Und nun mach Er sich schleunigst von dannen!"

Der Korporal ging. Er war jedenfalls froh, mit einem Geschenk und ohne Donnerwetter davongekommen zu sein.

„Nun! Was sagt Er dazu?" fragte Leopold den Feldwebel. „Schickt mir der Georg Ludwig den Hartegg ins Haus, um mir gute Lehren zu erteilen, und bricht zu ganz derselben Zeit durch seine Seelenverkäufer den Landesfrieden. Könnte man da nicht geradezu aus der Haut fahren, he? Antworte Er!"

„Die beste Antwort ist da ein tüchtiger Griff hinüber unter seine Landeskinder, Durchlaucht!"

„Da hat Er recht! Wir werden diesen Griff tun und uns einige Kinderchen von sieben Schuh Länge herüberholen. Der König soll sie haben, so wahr ich Leopold heiße. Jetzt aber geh Er! Es wird gleich zur Kirche läuten, und ein Soldat, der nicht fromm ist und seinem Herrgott nicht pünktlich dient, ist keinen Heller wert. Aber gleich nach Tisch kommt Er wieder. Wir müssen uns noch weiter besprechen, und dann soll Er gleich das nötige Geld erhalten, um den Dreißig, die Er verlangt hat, die Kleider zu beschaffen, die sie in Lenzen tragen sollen. Aber geh Er sparsam damit um! Es braucht nichts Neues zu sein. Wir haben Trödler genug in Dessau, bei denen er alles finden wird, was Er braucht." — — —

Eine Auseinandersetzung

Der Oberleutnant von Hartegg hatte vorhin die Stadt nicht sofort verlassen, sondern war nach einem der besseren Gasthöfe gegangen.

Dort trat er in ein abgelegenes Hinterzimmer. Darin saß ein junger Mann von etwa zwanzig Jahren. Er war schlank, aber kräftig gebaut, hatte angenehme Gesichtszüge, in denen aber ein aufmerksamer Beschauer die Spuren eines herrischen Eigenwillens leicht entdecken konnte, und zeigte in seinem ganzen Äußeren, daß er wohl nicht der Sohn gewöhnlicher Eltern sei, obgleich seine Kleidung so einfach wie möglich gehalten war.

Da er sich bei dem Eintritt des Oberleutnants nicht erhob, so konnte er zu diesem wohl nicht in einem untergeordneten Verhältnis stehen.

„Endlich!" meinte er wie tadelnd. „Ihr habt mich sehr lang warten lassen, Oberleutnant!"

„Es ging schnell genug, Königliche Hoheit", antwortete Hartegg. Sein Ton war mehr abweisend als entschuldigend.

„Oho! Wollt Ihr Euch beleidigt zeigen? Ihr habt Euch noch unterwegs verweilt, wie ich sehe!"

„Woraus vermuten das Hoheit?"

„Ihr habt Einkäufe gemacht, während ich einsam wartete."

„Nein!" erklang es kurz.

„Woher dann dieses Paket?"

„Vom Fürsten."

„Vom Dessauer! Was enthält es?"

„Sehen Sie nach, Hoheit!"

Mit diesen knappen Worten trat Hartegg in ein Nebenzimmer. Dort lehnte er die Stirn an die Scheiben des Fensters und sann.

Er war eine Waise, das einzige Kind vornehmer und reicher Eltern — ein freier Mann, und doch durch dienstliche Rücksichten abhängig fast wie ein Sklave. Die außerordentliche Strenge und Peinlichkeit des Dienstes waren es nicht, die ihn verbitterten. Aber die Gewalttätigkeit, die dieser Dienst auch auf seine privaten Verhältnisse auszuüben begann, machte ihn mißmutig. Er war ein ganzer Soldat und hatte viele Auszeichnungen erfahren; er war sogar Adjutant des jungen Mannes geworden, der da drin in dem anderen Zimmer saß, dieses stolzen, aufgeblähten Jünglings, der nur seinen eignen Willen, sein eignes Ich berücksichtigte und alles andere zu mißachten gewohnt war. Diesem hatte er es zu verdanken, daß er in die Fesseln einer verhaßten Ehe geschlagen werden sollte. Der Prinz war der Gönner des Obersten, dessen Tochter der Adjutant heiraten und somit versorgen sollte. Und weil Hartegg widerstrebte, suchte man mit Zwang auf ihn einzuwirken. Man brachte ihn geflissentlich in schiefe Stellungen und in Lagen, denen sich kaum der Erfahrenste und Tapferste ohne Schädigung seiner Ehre zu entziehen vermochte. Man führte Gelegenheiten herbei, Verantwortlichkeiten über ihn zu bringen, denen auch der Schlaueste nicht gerecht werden konnte.

„Ich habe es satt!" murmelte Hartegg leise vor sich hin. „Dieser alte Kriegsheld, der mit seinem Lobe sicher mehr als sparsam ist, sagt mir offen und rückhaltlos, daß er Tausende zahlen würde, wenn ich übertreten wollte, und hier — peinigt man mich wie einen Rekruten, der den einfachsten Handgriff nicht begreifen will. Ich sollte ihnen wahrhaftig davonlaufen! Verwünscht sei dieser falsche Ehrbegriff, der einem anhängt wie ein Hemmschuh! Was könnte ich sein und werden, wenn ich beim alten Dessauer wäre!"

„Oberleutnant!" rief es da im Nebenzimmer.

Hartegg gehorchte dem Rufe. Der junge Mann blickte ihm hoch aufgerichtet und mit zornigen Augen entgegen.

„Er vergißt wohl, wen Er vor sich hat?"

„Ich weiß es ganz genau: Seine Königliche und Kurfürstliche Hoheit, Prinz Friedrich Ludwig von England, Irland, Schottland und Hannover."

„Dessen Adjutant und Diener Er ist. Wenn Er dies aber so sehr genau weiß, warum verhält Er sich nicht danach?"

„Ich bin mir keiner Respektwidrigkeit bewußt, Hoheit!"

„Nicht? Hat Er den Ton vergessen, in dem Er mir antwortete? Hat Er vergessen, daß Er sich zurückzog, ehe Er von mir die Erlaubnis dazu erhielt? Wie kann Er mir zumuten, dieses Wurst- oder Käsepaket zu öffnen, mir, dem erstgeborenen Sohn des Kronprinzen und ältesten Enkel des Königs von Großbritannien und Hannover?"

„Königliche Hoheit wollen bedenken, daß ich mich keineswegs im Dienst befinde, und daß es Angriffe gibt, denen der Untergeordnete nur dadurch entgehen oder begegnen kann, daß er sich entfernt."

„Meint Er? Aus welchem Grund glaubt Er, daß Er sich nicht im Dienst befindet?"

„Man trägt im Dienst Uniform."

„Die trägt Er ja!"

„Aber Eure Hoheit nicht. Diese Uniform legte ich nur um des Feldmarschalls Leopold von Anhalt-Dessau willen an und werde sie jetzt wieder in die Reisetasche tun."

Der junge Prinz trat ihm einen Schritt näher.

„Hartegg, vergeß Er sich nicht, damit ich mich nicht auch vergesse!"

„Eure Hoheit haben sich bereits vergessen!"

„Was? Er wagt — —!"

„Ich wage nichts. Ich tue nur das, was ein jeder Mann von Selbstachtung tun muß. Eure Hoheit treten mir fortgesetzt und auch vorhin wieder in einer Weise entgegen, die mich mit dem größten Mißmut erfüllen muß. Ich bin Euer Hoheit Adjutant und militärischer

Gehilfe, keineswegs aber Ihr Zivilbedienter, der für Härte und ungerechtfertigtes Mißtrauen keine Empfindung haben darf!"

„Gut, gut! Mein königlicher Vater und Großvater mögen ihr Allerhöchstes Gutachten über diesen Punkt aussprechen; denn meiner Würde dürfte es wohl nicht angemessen sein, mich mit Ihm zu zanken. Jetzt aber hat Er mir von Seiner Unterredung mit dem Dessauer Bericht zu erstatten!"

„Meine Audienz beim ‚Dessauer', wie Euer Hoheit den Fürsten zu nennen belieben, hat ganz das Ergebnis gehabt, das ich vorhersagte. Er empfing mich, wie man den Boten eines Feindes empfängt."

„Wir wissen, daß er keine Sympathie für uns hat. Aber er kann sehr überzeugt sein, daß diese Abneigung gegenseitig ist."

„Ich weiß es. Der Feldmarschall war grob, sehr grob. Er hatte bereits erfahren, daß unsere Werber den Klempner aus Betzendorf weggeführt haben und war ergrimmt darüber, daß wir unter solchen Umständen es wagen, Beschwerde über die Preußen zu führen. Sollten unsere Leute in Brohme Erfolg haben, so wird sein Grimm noch stärker werden. Er griff endlich sogar zum Stock."

„Um zu schlagen?" fragte der Prinz erstaunt. „Ihn zu schlagen? Das hätte er mir bieten sollen!"

„Was hätten Eure Hoheit getan?"

„Ich hätte ihn geohrfeigt."

„Eure Hoheit kennen den Fürsten nicht, haben ihn noch nicht einmal gesehen. Er ist der Mann nicht, der sich ohrfeigen läßt. Eure Hoheit wären bereits beim ersten Schlag eine Leiche gewesen."

„So hat Er sich die Schläge ruhig gefallen lassen?"

„Pah! Ich zog blank, hieb ihm den Stock entzwei und forderte ihn."

„Das, das hätte Er gewagt? Er, als Oberleutnant? Was antwortete er?"

„Er wies die Forderung zurück."

„Da hat Er es! Wenn Er zum Beispiel es wagte, mich zu fordern, so ließ ich Ihn erst Spießruten laufen, dann aber degradieren und lebenslänglich ins Zuchthaus stecken!"

„Ich bin überzeugt davon", antwortete Hartegg mit eisiger Kälte.

„So ist Er also mit Seiner Forderung riesig abgeblitzt!"

„Wohl nicht!"

„Was sonst? Das war wieder einmal eine Seiner jugendlichen Dummheiten, und diesmal ist es um so schlimmer, als Er damit das ganze hannöversche Offizierskorps blamiert hat!"

„Gestatten mir Euer Hoheit eine ganz entgegengesetzte Meinung. Ich bin überzeugt, unsere Ehre nach besten Kräften verfochten zu haben. Der Fürst ist leidenschaftlich, grob und gewalttätig, aber er weiß sehr genau, was ein Offizier seiner Ehre schuldig ist. Er weiß, daß in dieser Beziehung ein Oberleutnant sogar mit einem regierenden Fürsten ganz auf gleicher Linie steht, und würde trotz seiner Gewalttätigkeit eine Forderung niemals mit Spießruten, Kassation und Zuchthaus beantworten. Er hat zwar die Forderung zurückgewiesen, mich aber für seine Übereilung mit der Hand um Verzeihung gebeten."

„Lügner! Das kann er nicht getan haben, denn das ist bei einem Fürsten niemals möglich."

„Bei einem hannöverschen Fürsten, wollen Eure Hoheit wohl sagen!"

„Hartegg!"

„Schon gut! Daß es bei einem Fürsten möglich ist, hat der Feldmarschall bewiesen. Er sagte wörtlich zu mir: ‚Einen anderen beleidigen, das kann ein jeder, aber eine übereilte Beleidigung wieder abbitten, das ist ehrenhafter, als mit dem Froschmesser zu renommieren und zu der

Beleidigung auch noch den Totschlag zu fügen.‘ Und das ist ganz auch meine Ansicht von der Sache. Er hätte es sich gar nicht beikommen lassen, nach dem Stock zu greifen; aber ich erzürnte ihn dadurch, daß ich nicht ungebührlich von meinem Herrn reden lassen wollte.“

„Ah! Was hat er gesagt?“

„Es wird besser sein, dies zu verschweigen.“

„Ich befehle Ihm, es zu sagen!“

„So muß ich es allerdings berichten“, meinte der Oberleutnant mit innerlichem Vergnügen. „Er meinte: Wenn Sein Georg Ludwig nicht aufhört, uns zu verleumden, so reite ich ihm vor die Bude und haue ihn, daß es kracht!“

„Das ist stark!“

„Mir schien es auch so, und daher verbat ich mir dergleichen Ungebührlichkeiten. Er wurde darauf grob gegen mich selbst, und daher forderte ich ihn. Ich meine also, nur recht gehandelt zu haben, und zum Dank dafür werde ich von Euer Hoheit in einer Weise beleidigt, die mich veranlaßt, Hoheit das zu wiederholen, was ich dem Fürsten sagte.“

„Was?“

„Ich werde mir gestatten, Eure Hoheit fordern zu lassen, falls der ‚Lügner‘ nicht augenblicklich widerrufen wird.“

„Mensch! Sein Verhalten ist ja die reine Empörung! Was bildet Er sich eigentlich ein? Weiß Er, wer und was Er ist?“

„Ich weiß es.“

„Ich will noch einmal Nachsicht mit Ihm haben; aber ich verlange dann von Ihm die augenblickliche Erklärung, daß Er eine große Dummheit begangen hat.“

„Diese Erklärung gebe ich nicht!“

„Ich werde Sein Verhalten dem König melden!“

„Und ich werde das Verhalten Eurer Hoheit dem gesamten Offizierkorps zur Kenntnis bringen. Das militärische Ehrengericht mag entscheiden, wer ehrenhaft handelte, Hoheit oder ich."

„Kerl! Hätte ich nur einen Stock, so griff ich auch danach!"

Da richtete sich Hartegg in die Höhe. Seine Lippen zitterten, und seine Stimme klang vor Empörung beinah heiser: „Kerl? Nehmen Sie dieses Wort sofort zurück?"

Der Prinz erblaßte und wich um einige Schritte zurück. Er sah ein, daß er zu weit gegangen war.

„Hartegg!" rief er, halb zornig und halb verlegen. „Was fällt Ihm ein? Ist Er bei Sinnen?"

„Sehr! Es wurde vom Stock gesprochen. Wird das widerrufen, oder soll ich die einzige Antwort geben, die darauf möglich ist?"

„Welche?"

„Ich werde öffentlich erklären, daß mir mit dem Prügel gedroht wurde, und daß ich darauf mit einer — — Ohrfeige antwortete!"

„Mensch!"

„Antwort!?"

Der Oberleutnant folgte dem Prinzen. Dieser sah die hünenhafte Gestalt hart vor sich. Es war kein Entrinnen.

„Hartegg, ich bin Sein General und der Enkel Seines Regenten!"

„Bei diesem Betragen glaube ich das nicht. Also Antwort, augenblicklich!"

„Nun gut! Ich widerrufe!"

„Auch den Lügner?"

„Ja."

„So will ich in Anbetracht der großen Jugend Eurer Hoheit und des Umstandes, daß wir uns unter vier Augen befinden, annehmen, daß die Beleidigung nicht geschehen ist."

Hartegg trat mit einer gemessenen Verbeugung zurück. Der Prinz sah sich nicht mehr eingeengt und verfiel sogleich wieder in seinen gewohnten Hochmut.

„Und ich gebe Ihm auch die Versicherung, daß ich nur deshalb widerrief, weil wir allein waren!"

„Das weiß ich, Hoheit!" antwortete Hartegg mit einem überlegenen Lächeln. „Der Widerruf ist aber geschehen, und so kann ich mich zufrieden geben."

„Meine Freundschaft hat Er sich ein für allemal verscherzt!"

„Ich wußte nicht, daß ich sie besaß."

„Ich sehe immer mehr, welch ein harter Kopf Er ist. Aber man wird Ihn schon noch zu packen wissen. Für jetzt ist diese Sache erledigt, und wir können unser Thema wieder aufnehmen. Er weiß, daß ich nach Dessau gehen will, um mir den Fürsten einmal unerkannt zu betrachten. Wie wird das möglich sein?"

„Gehen Eure Hoheit in die Kirche. Er wird sicherlich kommen. Ich möchte zurückbleiben. Man kennt mich jetzt hier, und Hoheit begeben sich in die Gefahr, erkannt zu werden, wenn ich dabei bin."

„Das ist richtig! Er wird mich also hier erwarten. Nach der Kirche reisen wir sofort ab."

„Nach Hannover?"

„Unterlasse Er solch alberne Fragen! Er weiß, was ich vorhabe."

„Ich muß die Warnung, die ich bereits wiederholt aussprach, festhalten. Bedenken Hoheit, wie außergewöhnlich und auch gefährlich ein solches Beginnen ist!"

„Pah!"

„Seine Majestät vermuten Sie in Celle. Ich habe bereits eine schwere Verantwortung auf mich geladen, daß ich Eure Hoheit mit nach hier nahm!"

„Verantwortung? Er hat mir zu gehorchen!"

„Ich befinde mich dennoch in einer peinlichen Lage, da auch der König Gehorsam von mir fordert. Trifft uns ein Unfall, so wird man nicht Eure Hoheit, sondern allein mich zur Rechenschaft ziehen. Und nun gar der abenteuerliche Gedanke, den Werber spielen zu wollen!"

„Gerade das Abenteuerliche ist es, was mich reizt. Hat Er nicht gehört, daß der ‚Dessauer' oft dergleichen tut? Er geht inkognito im Land umher und soll auch bereits über die Grenze geraten sein, um sich in eigener Person einige Rekruten zu holen."

„So etwas kann auch er nur wagen; er ist der rechte Mann dazu!"

„So! Ich nicht?"

„Das, was für einen gewöhnlichen Mann etwas Ungefährliches ist, kann für einen Prinzen ein Wagnis sein!"

„Für den Fürsten von Anhalt-Dessau ebenso! Was er vermag, das kann ich auch. Verstanden? Und überdies bin ich durch den Dienst so abgespannt, daß mir eine Unterhaltung anderer Art einmal geboten erscheint. Ich werde Ihn nach Lenzen begleiten."

„Ich kann es nicht verantworten! Bedenken Eure Hoheit, daß der Auftrag schon mir nicht angenehm ist. Ich habe den Befehl erhalten, falls sich der ‚Dessauer' nicht gefügig zeigt, sofort ein Exempel zu statuieren und den Lenzener Jahrmarkt zu benutzen, um einen möglichst bedeutenden Fang zu machen. Das ist nicht ungefährlich. Wenn man mich erwischt, so steht es mit mir Matthäi am letzten."

„Ah, Er fürchtet sich!"

„Pah! Solange mir freie Hand bleibt, habe ich nichts zu befürchten. Wenn ich aber auch auf die Sicherheit Eurer Hoheit Rücksichten zu nehmen habe, ist mir die Hand gebunden, und ich kann für nichts stehen."

„Ich werde für meine Sicherheit schon selbst zu sorgen wissen! Übrigens steht Ihm ja Militär zur Verfügung. Wieviel Mann hat Er?"

„Es kommen von Dannenberg vierzig Mann herüber, zwanzig gehen verkleidet in die Stadt, und die anderen zwanzig bleiben nach Gartow zu an der Grenze halten, um uns zu erwarten oder uns nötigenfalls beizuspringen."

„Und mit diesen vierzig fühlt Er sich nicht sicher?"

„Man kann die Verhältnisse nicht vorher berechnen. Ich ersuche Eure Hoheit wirklich allen Ernstes, von dem Vorhaben abzustehen!“

„Unsinn! Ich will ein Abenteuer haben! Aber um Ihn einigermaßen zu beruhigen, werde ich Ihm versprechen, mich nicht viel in Lenzen sehen zu lassen. Wohin sind Seine Leute bestellt?“

„Nach dem Gasthof ‚Zum Mecklenburger‘, wo sie einer nach dem andern ohne Aufsehen in verschiedener Bekleidung erscheinen werden.“

„Dann werde ich mein Absteigequartier in Lüchow nehmen.“

„In Lüchow?“ fragte der Oberleutnant aufmerksam. „Im Gasthof?“

„Nein, auf dem Schloß.“

„Inkognito?“

„Versteht sich!“ Der Prinz warf einen raschen Seitenblick auf Hartegg und fuhr weiter fort: „Ich habe gehört, daß sich die kleine Liebau dort befindet.“

„Möglich!“ meinte der Oberleutnant ruhig.

„Die Liebau nämlich, an der Er soviel Anteil zu nehmen scheint!“

„Es scheint nicht nur so, sondern es ist in Wirklichkeit so, Hoheit.“

„Eine kleine vorübergehende Liebschaft, pah! Er hat, wenn es einmal Ernst sein soll, ganz andere Chancen vor sich. Übrigens hat mir diese Liebau, als wir uns vergangenes Frühjahr zufällig in Uelzen sahen, nicht übel gefallen. Sie ist ein Prachtmädel, der man wohl einmal eine Schäferstunde widmen könnte. Ich werde sehen, was sich auf Lüchow tun läßt!“

„Hoheit dürften auf die erwartete Schäferstunde verzichten müssen. Fräulein von Liebau ist keineswegs die Geeignete für solches Spiel.“

„Das kennt man, Oberleutnant“, lachte der Prinz. „Der Enkel eines Königs ist niemals unwillkommen!“

„Gestatten mir Hoheit die Mitteilung, daß Auguste von Liebau meine Braut ist!“

„Er faselt!“

„Ich spreche sehr im Ernst. Ich habe bereits bei ihrem Vater um sie angehalten und das Jawort bekommen.“

„Das mache Er weis, wem Er will, aber mir nicht! Wenn Er sich wirklich eine Frau nehmen will, so weiß Er, wo Er sie zu suchen hat. Das Hauptmannspatent liegt in diesem Fall schon für Ihn bereit.“

„Ich werde nur das Weib nehmen, das ich mir selbst wähle!“

„Unsinn! Er kennt unsere Wünsche und hat danach zu handeln! Versteht Er?“

„Es gibt nur einen Wunsch, den ich hierbei zu berücksichtigen habe, und das ist der meinige. Ein Mann nimmt sich ein Weib, aber er läßt es sich nicht aufnötigen.“

„Werden sehen! Er wird sich in Beziehung auf Seine Zukunft nicht im Weg stehen wollen. Seine Liebau aber werde ich mir einmal näher begucken.“

„Hoheit!“

„Was?“

„Ich werde den Abschied nehmen!“

„Er wird zusehen, ob Er ihn erhält!“

„Erhalte ich ihn nicht, so gehe ich ohne Abschied!“

„Dann ist Er Deserteur, und Seine in Hannover gelegenen Güter sind für Ihn verloren. Das hat Er sehr wohl zu berücksichtigen. Wozu also das leere Geschwätz? Ich muß gehen. Er erwartet mich und hat also bis zu meiner Rückkehr vollständig Zeit, darüber nachzudenken, welche Veranlassung Er mir heute gegeben hat, Ihn meine Ungnade im vollsten Maß empfinden zu lassen. Sehe Er zu, ob Er Seine Dummheiten wieder gutmachen kann!“

Inkognitos

Über den Schloßhof von Lüchow schritt ein Mann, dessen Aussehen nicht sehr appetitlich war. Langes, wirres, ungekämmtes Haar hing ihm über das Gesicht herein, und ebenso verwahrlost sah der dichte, volle Bart aus, der wohl niemals eine ordentliche Pflege gekannt hatte. Auf dem Kopf klebte eine Mütze, deren ursprüngliche Form und Farbe gar nicht mehr zu erkennen war. Die hohe, breitschultrige Gestalt des Mannes war in ein Röcklein gekleidet, das früher wohl auf einem viel kleineren, schmächtigeren Körper gesessen hatte. Denn die Ärmel reichten nur wenig über die Ellbogen herunter, und die Taille saß beinah oben zwischen den Achseln. Die Hosen bestanden aus lauter zusammengenähten Flicken und Flecken; die Gamaschen hatten Runzeln auf Runzeln, und die Schuhe gestatteten den Zehen, aus ihrer Gefangenschaft einen Ausguck in die freie Welt zu halten. Der Mann trug einen alten, schmierigen Sack auf dem Rücken und ein großes Pflaster quer über der geschwollenen Nase, hatte aber trotz alledem fast etwas Sympathisches an sich.

Vor dem Portal des Schlosses stand der Verwalter Hartig, ein kleines, dünnes Männchen mit spitziger, unangenehmer Vogelphysiognomie.

„Was will Er?“ schnauzte er den Fremden mit hoher Fistelstimme an.

„Verzeihung, Herr Baron! Ich bin — — —“

„Ich bin nicht der Baron“, unterbrach ihn Hartig, „aber Er kann mich dessenungeachtet Euer Gnaden nennen.“

„Sehr schön!“ antwortete der Mann in respektvollem Ton. „Ich bin ein armer Handelsmann, der Euer Gnaden um die Erlaubnis bittet, den Leuten des Schlosses seine Ware zeigen zu dürfen.“

„Womit handelt Er?“

„Mit Wichse, Stiefelschmiere, Pflaster, Schnürsenkeln, Zwirn, Puder, Knöpfen und Nähnadeln."

„Für welche Krankheit hilft Sein Pflaster?"

„Es hilft gegen Magenkrebs, Zahnschmerzen, güldene Ader, Aufreiten, Kolik bei Mensch und Tier, Kopfschmerz, Sommersprossen, Ziegenpeter, alle Arten und Sorten von Fieber, Bandwurm, Feldmäuse, Maulsperre, Wasserkopf, Brüche, krumme Beine, Hieb-, Stich- und Schußwunden, Hühneraugen, Herzwurm, Blasensteine, Warzen, Veitstanz, Mitesser, Rotlauf, Auszehrung, Überbeine, Gicht, böse Augen, Weichselzopf, Spat, Dampf, Klauenseuche, Drehwurm, Pips, Wassersucht, Knochenfraß, Schnecken, Regenwürmer, Verrenkung, Nasenbluten, Beulen und Gartenflöhe."

„Was sagt Er, für das alles hilft Sein Pflaster?"

„Für das alles und für noch viel schrecklichere Krankheiten. Wollen Euer Gnaden eine Probe machen? Haben Euer Gnaden vielleicht den Weichselzopf oder den Ziegenpeter, die Klauenseuche oder den Knochenfraß und — — —"

„Kerl! Was fällt Ihm ein, he? — Ich — und die Klauenseuche! Ist Er vielleicht verrückt?"

„Euer Gnaden haben mich ja nicht ausreden lassen! Ich wollte sagen, den Weichselzopf, den Ziegenpeter, die Klauenseuche oder den Knochenfraß im Schloß. Ich helfe ganz bestimmt. Mein Wunderpflaster wird von dem weltberühmten Doktor, Professor und Wunderkünstler Amadeus Plaustrumus Singultus Promomtorius Paderborniensis verfertigt. Es hilft zu jeder Zeit, zu jeder Stunde, bei jeder Krankheit und bei jeder Wunde."

„Das scheint allerdings ein sehr berühmter Name zu sein; denn er ist lateinisch und sehr lang. Hilft Sein Pflaster auch gegen Leberflecke und gegen das Herzgespann?"

„Oh, sehr schnell sogar, Euer Gnaden."

„Meine Frau hat das Gesicht voller Flecke, und besonders nachmittags spannt es ihr um das Herz herum. Ich werde Sein Pflaster einmal versuchen. Wo hat man es aufzulegen?"

„Gegen die Leberflecke kommt es auf die linke Wade, und gegen das Herzgespann legt man es zwölf Tage lang auf den Magen."

„So gebe Er ein Pflaster her!"

Der Fremde nahm den Sack vom Rücken, griff hinein und zog ein Schächtelchen hervor.

„Hier, Euer Gnaden!"

„Was kostet es?"

„Eigentlich einen Gulden. Aber weil es für eine so hohe Patientin ist und weil Euer Gnaden mir die Erlaubnis erteilen, meine Sachen hier verkaufen zu können, so kann ich unmöglich etwas nehmen. Ich will es der gnädigen Frau schenken."

„Ich danke Ihm! Ich sehe, daß Er Lebensart besitzt, obgleich Er nicht danach aussieht. Was hat Er denn für ein Ding im Gesicht?"

„Das ist eine sehr gefährliche Bremse, die ich von den preußischen Werbern erhalten habe. Sie wollten mir meinen Sack ausräumen, und ich wehrte mich dagegen. Ich habe ihnen den Hieb aber mit Zinseszinsen zurückgegeben."

„Freut mich sehr! Diese Halunken sollte man eigentlich ganz totschlagen. So sehe Er also hier zu, ob Er etwas verkaufen kann. Ich werde Ihm nicht hinderlich sein."

Das kleine Männchen machte sich davon, und der Pflasterhändler stieg die Treppe empor. Droben begegnete er einem Mädchen. Sie war halb wie eine Zofe, halb wie eine Dame gekleidet.

„Was will Er?" fragte sie ihn.

„Guten Tag, schöne Jungfer!" antwortete er. „Der Herr Verwalter hat mir erlaubt, hier im Schloß meine Waren zu verkaufen."

„Ich brauche nichts!"

„Will Sie mir nicht sagen, wo ich jemand finde, der vielleicht etwas kauft?"

„Gehe Er dort in die Küche. Da sind die Mägde."

Sie wollte an ihm vorüber. Er aber vertrat ihr den Weg.

„Warte Sie nur noch einen Augenblick, schöne Jungfer! Ich wollte Sie nur noch fragen, ob sich nicht vielleicht heute ein Handwerksbursch hier hat sehen lassen, der seines Zeichens Bäcker ist?"

„Ich habe nichts bemerkt. Adieu!"

„Halt! Ich habe noch etwas, einen Gruß an ein Mädchen, das Anna Grunert heißt. Wo finde ich sie?"

„Ich bin es selbst."

Er blickte sie erstaunt an.

„Sie? Hm! Hat keinen schlechten Geschmack, der Kerl!"

„Wer?"

Er trat ihr einen Schritt näher und sagte mit gedämpfter Stimme: „Der Feldwebel, der Haberkorn."

Ihre rosigen Wangen wurden noch röter.

„Von dem? Von ihm ist der Gruß? Wo hat Er ihn getroffen?"

„In Lenzen, gestern abend. Ich habe Ihr etwas sehr Wichtiges auszurichten. Hat Sie nicht eine Stube, wo uns niemand hört?"

„Komm Er!"

Sie führte ihn eine Treppe höher und öffnete dort eine Tür. Beide traten in ein zweifenstriges Stübchen, das so nett und sauber gehalten war, daß man seine Freude haben mußte. Der Händler zog die Tür hinter sich zu und schob den Riegel vor.

„Warum verriegelt Er?" fragte sie.

„Weil uns niemand zu überraschen braucht."

„Also, was hat Er mir auszurichten?"

„Das!"

Er legte den Sack auf den Boden, schlang seine Arme um das Mädchen und drückte ihr einen schallenden Kuß auf die kirschroten Lippen.

„Unverschämter!"

Mit einem Ruck hatte sie sich losgewunden; dann holte sie blitzschnell aus und versetzte ihm eine derbe Ohrfeige.

Der Mann fuhr sich mit der Hand nach der Backe.

„Donnerwetter! Das war eine Maulschelle! Anna! Du bist ein Pracht- und Kernmädel. Besser kann ich's auch nicht!"

Sie trat abermals erstaunt zurück.

„Was soll denn das? Wer ist Er?"

Er nahm einen Kieselstein aus dem Mund, die Mütze ab und die falsche Perücke vom Kopf.

„Na, wer wird's denn sein? Schau her, du schlagende Wetterhexe!"

„Wilhelm! Himmel, wie siehst du aus! Wozu diese Verkleidung?"

„Komm, setz dich her zu mir! Ich werde es dir sagen."

„Gut! Aber komm mir ja nicht etwa zu nahe heran! Du siehst aus wie der allerschlimmste Vagabund!"

„Nicht wahr? Ich war neugierig, ob du mich erkennen würdest. Die Probe ist sehr gut ausgefallen, denn ich sehe, daß ich nun vollständig sicher bin. Wenn du mich nicht erkennst, so vermutet auch sicherlich kein anderer den Haberkorn in mir."

„Ich wundere mich selber darüber, daß ich dich nicht sofort erkannte."

„Oh, diese Kleidung, der Bart und die Haare, und schließlich noch der Stein im Mund, der die Sprache vollständig verändert, gar nicht zu rechnen die wunderhübsche Beule, die ich mir über das Gesicht geklebt habe."

„Auch sie ist nicht echt?"

„Nein! Mehl und Leim, weiter nichts."

„So nimm wenigstens diesen Bart für einen Augenblick herunter!“

„Das geht nicht. Er ist mit Mispelleim festgemacht. Laß mich lieber erzählen! War wirklich noch kein Handwerksbursch da?“

„Nein.“

„So wird er bald kommen, der Alte nämlich, der ‚Dessauer‘.“

Sie fuhr in die Höhe. „Was?! Ist's möglich? Was will denn der hier?“

„Dich sehen. Ich habe ihm von dir erzählt, und nun will er einmal unerkannt sehen, was du für ein Mädchen bist. Gefällst du ihm, so heiraten wir uns, gefällst du ihm aber nicht, so — — —“

„So heiraten wir uns wohl nicht, he?“

„O ja, auch, ihm zum Trotz. Aber dann müßte ich meinen Abschied nehmen.“

„Höre, es kommt mir etwas unwahrscheinlich vor, daß der Fürst meinetwegen von Dessau nach Lüchow laufen sollte, noch dazu in der Verkleidung als Handwerksbursch!“

„Er kommt allerdings nicht bloß deinetwegen. Aber das andere ist eigentlich Dienstsache. Du sollst es erfahren, da ich sicher bin, daß du nichts verraten wirst.“

„Fällt mir gar nicht ein!“

„Die Hannöverschen haben uns nämlich in den letzten Tagen mehrere Rekruten weggeführt, und darüber ist der Alte so teufelswild, daß er in höchst eigener Person ausgiebig Vergeltung üben will.“

„Ah! Ihr wollt euch einige Burschen holen? Ich habe nichts dagegen. Tut mir nur den Gefallen und nehmt den Peters mit, der immer aufdringlicher wird!“

„Gerade den nehmen wir. Ich habe dem Fürsten erzählt, daß man dir den Kerl aufdrängen will, und so werden wir ihn unschädlich machen. Auch der große Geselle von Peters muß mit!“

„Du, nehmt euch in acht! Es ist keine Kleinigkeit, solche Leute zu überwältigen und fortzuschleppen."

„Pah! Man ist auch nicht aus Watte gemacht, obgleich ich deine Maulschelle ruhig hingenommen habe. Übrigens stehen uns dreißig Soldaten zur Verfügung. — Wie kommst du mit deinen Angehörigen aus?"

„Schlecht! Es ist wirklich ein Jammer und ein Elend zu Hause. Der Vater trinkt mehr als je zuvor und mißhandelt die Mutter, und die Brüder helfen ihm dabei. Sie will die Scheidung einreichen."

„Das freut mich; das ist gut!"

„Warum?"

Er zog es vor, noch darüber zu schweigen, daß er beabsichtigte, gerade auch ihre drei Stiefbrüder wegzufangen.

„Weil dann das Elend ein Ende hat", antwortete er.

„Die Mutter liegt schwer danieder, so hat er sie gepeinigt!" klagte das Mädchen, dem Tränen in den Augen standen.

„Er wird ausgezahlt; darauf kannst du dich verlassen! Und dein lieber Vormund, der Knirps?"

„Noch immer wie früher. Ich soll und muß den Peters heiraten. Der Vormund scheint dem alten Peters viel Geld schuldig zu sein."

„Ah, ist es so? Da werden wir einmal dazwischenfahren! Willst du uns dabei helfen?"

„Natürlich. Nur fort mit dem Menschen! Wie ist euer Plan?"

„Der Fürst hat sich als Handwerksbursch verkleidet und wird hier in der Gegend nach passenden Burschen suchen. Dabei will er die Gelegenheit benutzen, dich einmal in Augenschein zu nehmen. Aber tu nur beileibe nicht so, als ob du ihn kennst. Ich bin ja nur deshalb von Lenzen herübergelaufen, um dich vorzubereiten. Ich habe meinem Korporal alles übergeben. Er ist ein sehr zuverlässiger Mann. Ich bleibe heimlich hier und gehe nur, wenn es nötig ist, einmal nach Lenzen hinüber. Wir können uns also immer sehen."

„Wo wirst du wohnen?"

„Im Fremdenverkehr! Meine Verkleidung paßt nicht anderswohin."

„Das ist gefährlich! Der Fremdenverkehr ist nicht mehr im ‚Gasthof zum Bären', sondern der Schmied Peters hat ihn übernommen. Er hat eine Bier- und Schnapskneipe errichtet."

„Das soll für mich gefährlich sein?"

„Er kennt dich ja!"

„Hast du mich erkannt? Gerade weil wir seine Jungen und Gesellen wegschnappen wollen, ist es mir lieb, daß ich bei ihm wohnen kann. — Horch! Das muß ein Reiter sein."

Im Schloßhof ließ sich Pferdegetrappel vernehmen.

Haberkorn trat ans Fenster, um in den Schloßhof hinabzublicken.

„Alle Teufel, wer ist denn das? Das ist ja der Hartegg!"

„Der Hartegg?" fragte Anna, indem sie auch zum Fenster trat. „Kennst du ihn?"

„Er war in Dessau beim Fürsten, und da ich gerade Dienst im Schloß hatte, so sah ich ihn kommen und gehen. Kennst du ihn auch?"

„Nein. Ich sehe ihn heute zum erstenmal. Ein schöner Mann! Nicht?"

„Ja. Er will ganz sicherlich zu deiner Herrin. Was mag er wollen?"

„Närrische Frage! Auch das, was du bei mir willst!"

„Das ist möglich!" antwortete er mit eigentümlicher Betonung. „Ich will hier zweierlei: dich sehn und Rekruten angeln. Vielleicht hast du ganz das Rechte getroffen. Auch er will seine Braut sehen und Rekruten fangen."

„Wie kommst du auf diesen Gedanken?"

„Weil mir erstens sein Umweg nach hier verdächtig vorkommt, und weil er zweitens als der geschickteste Werbeoffizier Hannovers bekannt ist. Ich wollte, ich wäre eine Maus, um jetzt lauschen zu können!“

„Was das betrifft, so kannst du ruhig sein. Das gnädige Fräulein wird mir alles sagen.“

„Stehst du so vertraut mit ihr?“

„Ja. Wir klagen einander immer die Not.“

„Natürlich! Ganz so, wie es Weiber zu machen pflegen! Anna, ich muß unbedingt abwarten, ob er hierbleibt oder wieder fortreitet. Geht es?“

„Nein. Man hat dich kommen sehen, und es würde auffallen, wenn du so lange bei mir bist. Wir können uns anderswo treffen, am besten an der hinteren Gartenmauer. Vom Balkon aus kann ich bequem mit dir reden, wenn du draußen vorübergehst.“

„Dann müssen wir aber ein Zeichen verabreden.“

„Wenn ich dir etwas zu sagen habe, lege ich mein weißes Taschentuch hier ans Fenster. Das kannst du von der Stadt aus sehen.“

„Und wenn ich mit dir reden will?“

„Siehst du die Linde da drüben? Neben ihrem Stamm liegt ein Stein. Sobald er auf der anderen Seite liegt, komm ich in den Garten.“

„Gut. Das wird bei Tag ausreichen. Aber abends?“

„Ich bin Punkt elf Uhr im Garten. Und gibt es etwas Außergewöhnliches, so schicke ich nach dem Fremdenverkehr um ein Pflaster.“

„So sind wir einig. Jetzt aber fort. — Anna!“

Er sah sie bittend an.

Sie lachte.

„Na, meinetwegen! Denn sonst werde ich dich in Ewigkeit nicht los!“

Sie reichte ihm mit einiger Vorsicht den Mund. Er schob den Bart beiseite und holte sich zum zweitenmal das, was er vorhin mit einer Ohrfeige bezahlt hatte.

Dann setzte er Perücke und Mütze wieder auf, warf den Sack über den Rücken und reichte ihr die Hand.

„Leb wohl, Anna. Auf Wiedersehen um elf Uhr, wenn bis dahin nicht vielleicht etwas Dringendes geschehen sollte.“

Als er bereits die Tür in der Hand hatte, nahm sie ihn plötzlich freiwillig beim Kopf und küßte ihn auf den falsch bebarteten Mund.

„Nimm dich in acht, Wilhelm! Ich weiß, daß du stark und mutig bist; aber wenn man dich erwischt, so geht es dir nicht gut!“ — — —

Unterdessen war Hartegg vom Pferde gestiegen. Ein Diener eilte herbei, um das Tier in Empfang zu nehmen.

„Ist Fräulein von Liebau zu Hause?“

„Ja. Sie ist auf ihrem Zimmer. Eine Treppe rechts. Die Zofe wird da sein, um den Herrn anzumelden. Soll ich das Pferd in den Stall ziehen?“

„Nein. Führe Er es auf und ab, ich komm bald wieder.“

Er stieg die Treppe empor und trat auf die ihm bezeichnete Tür zu. Aber noch ehe er die Tür erreicht hatte, öffnete sie sich von selbst, und in dem hellen Raum zwischen dem Türgewände erschien ein so reizendes Bild, daß er bezaubert stehenblieb.

Die Dame, die da stand, war vielleicht dreiundzwanzig Jahre, eine wahrhaft königliche Schönheit. Ihr Haar, nach damaliger Sitte weiß gepudert und mit winzigen Goldflimmern besät, war über der Stirn hochgenommen und fiel hinten in langen, weichen, dichten Wellen auf die Schultern herab. An den feinen Schläfen rollten sich kleine, kokette Löckchen ineinander. Tiefschwarze, weit gebogene Brauen überwölbten Augen von strahlendem Blau.

„Ernst!“ rief sie mit frohem Lächeln.

„Auguste!“

Sie fielen einander um den Hals.

„Komm herein!"

„Sahst du mich kommen, Liebste?"

„Ja. Und ich öffnete selbst; denn die Zofe ist zur Stadt gegangen, und die Gesellschafterin scheint beschäftigt zu sein. Setz dich!"

Sie nahmen Hand in Hand nebeneinander Platz.

„Ich hab dich sehr überrascht, nicht wahr, Auguste?"

„Sehr! Ich konnte doch nicht erwarten, dich in Lüchow zu sehen. Eben dachte ich an dich, als ich dich absteigen sah. Wie war es dir denn möglich, zu kommen?"

„Der Dienst führt mich in diese Gegend. Ich war in Dessau beim Fürsten."

„Gewiß wieder etwas Unangenehmes!"

„So ist es. Ich bin das Peinigen nachgerade gewohnt geworden. Man will mich quälen, um mich gefügig zu machen. Man steckt mich mit der Tochter des Obersten zusammen, sooft es nur möglich ist, und fast scheint es mir, als wäre den anderen jedes Mittel recht, mich zu quälen. Erst vorige Woche wieder gab es eine aufgeregte Szene, und um mich dafür zu strafen, schickte man mich nach Dessau."

„In welcher Angelegenheit?"

Hartegg berichtete seiner Braut ausführlich und schloß mit der Bemerkung:

„Leider hat das persönliche Wohlwollen des Fürsten keinen Einfluß auf sein Urteil gehabt. Beim Abschied fragte ich ihn noch einmal, und er blieb dabei, daß du niemals einen Hannoveraner heiraten dürftest."

„So kaufe ich mich in Hannover an. Dann ist es nicht mehr nötig, auf ihn Rücksicht zu nehmen."

„Nein, nein! Alles, nur das nicht! Du weißt, daß Hannover mir verleidet ist."

„So nimm den Abschied und komm nach Preußen!"

Er sah gedankenvoll und finster zur Erde.

„Dieser Gedanke hat für mich immer etwas Anstößiges gehabt; in letzter Zeit aber scheint man mich geradezu zwingen zu wollen, mich mit ihm zu versöhnen. Wenn man eine Saite zu sehr anspannt, so reißt sie. — Ich war nicht allein in Dessau. Prinz Friedrich Ludwig war mit mir."

„Was du sagst! Der eingebildete Geck, den ich in Uelzen traf? Warum ging er mit?"

„Daraus werde ich nicht klug. Es wird ein wenig Abenteuerlust mit im Spiel sein. Er ließ sich in Celle für einige Tage Urlaub nach Braunschweig geben, und während man jetzt meint, er sei bereits wieder zurückgekehrt, hängt er mir wie eine Klette an. Wenn sein Vater, der Kronprinz, oder gar der König das erfährt, wird man mir, obwohl ich ganz unschuldig bin, eine Nase verabreichen, die mir lange in Erinnerung bleiben muß. Und dabei quält er mich auf jede Weise. Ich bin in Dessau fast noch ärger mit ihm zusammengeraten als mit dem Fürsten. Er nannte mich sogar einen Lügner und drohte mit dem Stock."

Auguste erbleichte.

„Was hast du darauf getan?"

„Was das allein Mögliche war: ich habe ihn gefordert."

„Und was antwortete er?"

„Er drohte mit Kassation, Spießruten und Zuchthaus. Das ergrimmte mich vollends, und so bot ich ihm Ohrfeigen an. Das half. Er widerrief, verhieß mir aber, mein Verhalten an oberster Stelle zu melden."

Sie legte ihm die Arme auf die Schultern und küßte ihn auf die Stirn.

„Für diesen Mut muß ich dich belohnen, Ernst! — Nun aber wird es doppelt schlimm für dich!"

„Ich werde sehen, wie lange es zu ertragen ist. Jedenfalls werfe ich so bald wie möglich diese Fesseln ab. Ja, Fesseln sind es, und zwar die schlimmsten, die es gibt. Sogar nach Lenzen ist mir der Prinz gefolgt!"

„Was tatest du in Lenzen?"

„Hm! Du darfst mich nicht verraten, wenn ich dir das sage. Nächsten Montag ist in Lenzen Jahrmarkt, und diese Gelegenheit soll ich benutzen, um eine Anzahl von Rekruten zu fangen. Man vertraut vorzugsweise mir dergleichen heikle Geschäfte an, weil sie geeignet sind, mich in Schwierigkeiten zu bringen. Ich kenne das! Und dieses Mal besteht der Prinz darauf, mit dabei zu sein. Wenn es sich nicht um mich selbst handelte, so wünschte ich, daß er von den Preußen weggefangen würde."

„So ist er in Lenzen?"

„Seit heute morgen nicht mehr. Und das ist es eben, was mich zu dir führt. Ich habe mit ihm von dir gesprochen und ihm offen erklärt, daß ich mich nicht beeinflussen lasse. Darauf hat mir dieser Mensch ganz ruhig erklärt, daß er für die Zeit meines Aufenthalts in Lenzen hier in Lüchow wohnen werde."

„Ich jage ihn fort!"

„Das kannst du nicht! Du bist selbst nur Gast hier, und der Besitzer oder dessen Verwalter können einen solchen Besuch unmöglich fortweisen."

„Was soll ich tun, Ernst?"

„Das darf ich getrost dir selbst überlassen. Aber eins muß ich dir sagen, obgleich ich gern darüber schweigen möchte: er hat nicht nur mich, sondern auch dich beleidigt. Er kommt nicht nach Lüchow, sondern zu dir; er sieht in dir ein Frauenzimmer, mit dem er seinen Spaß haben will."

Sie errötete vor Zorn. „Wann wird er kommen?"

„Er kann jeden Augenblick hier sein. Ich borgte mir ein Pferd, um gleich hinter ihm abzureiten, und schlug einen Feldweg ein, um ihm zuvorzukommen, da ich vor ihm mit dir sprechen wollte. Ich werde aufbrechen müssen."

„Du läßt mich ohne Sorge allein mit ihm?" fragte sie. „Ich danke dir! Wird man dich hier erkannt haben?"

„Ich glaube nicht. Ich war noch niemals hier, bin in Zivil und habe nur mit einem Diener gesprochen."

„So wird niemand erfahren, daß Oberleutnant Hartegg bei mir gewesen ist."

„Können wir uns wiedersehen? Es sind noch mehrere Tage bis Montag, und ich kann zu Pferd ja leicht herüber und wieder zurück."

„Dann müßtest du dich verkleiden, um von dem Prinzen nicht erkannt zu werden, falls er dir begegnen sollte."

„Gewiß. Aber wo treffen wir uns?"

„Es müßte abends sein. Kannst du eine Zeit bestimmen?"

„Nein. Ich weiß nicht, was der Dienst mir bringt. Da drüben sind Steinbrüche, in denen sicher oft gesprengt wird. Ist abends ein Schuß auffällig?"

„Wohl schwerlich. Die Burschen in der Umgegend schießen oft."

„Gut! Sobald da drüben bei der Linde ein Schuß fällt, bin ich da. Wo treffen wir uns dann?"

„Im Garten. An der hinteren Mauer befindet sich ein Balkon. Wenn ich dort stehe und du draußen bist, können wir gut miteinander sprechen."

„Kann man von außen hinaufkommen?"

„Das käme auf meine Gewogenheit an. Vielleicht könnte ich einen Schlüssel mitbringen", lächelte sie, „wenn ich es mit dir wagen dürfte."

„Bring ihn getrost mit, Auguste; ich bitte dich darum! Ich hätte noch viel zu sagen und zu fragen, aber ich darf nicht wagen, von dem Prinzen überrascht zu werden. — Leb wohl, mein Herz, und bleib mir gut!"

Sie verabschiedeten sich mit gleicher Zärtlichkeit wie wenige Minuten früher das Paar eine Treppe über ihnen; dann ritt der Oberleutnant davon.

Hartegg suchte die Stadt möglichst zu umgehen und schlug dann eine Richtung ein, die von der nach Gartow,

Schnakenburg und Lenzen führenden Straße seitlich abging. Er war noch nicht lange auf diesem Weg fortgeritten, so erhob sich einige hundert Schritt vor ihm eine lange, kräftige Gestalt aus dem Gras und trollte sich seitwärts in die Büsche.

„Ein Handwerksbursch", lachte er. „Der arme Teufel konnte getrost liegenbleiben."

Hartegg ritt weiter, ohne sich umzusehen. Der Handwerksbursch aber war hinter den ersten Büschen stehengeblieben und beobachtete ihn, bis er vorüber war, schüttelte unbefriedigt den Kopf und brummte vor sich hin:

„Albernheit! Es war nur eine Ähnlichkeit. Wie käme denn dieser Hartegg nach Lüchow! Auf fünfhundert Schritt kann sich auch ein scharfes Auge täuschen, und die Mähre, die er ritt, war nur ein Karrengaul, aber kein Pferd für einen solchen Schwerenöter, wie der Hartegg ist!"

Der Handwerksbursch trat aus dem Gebüsch wieder hervor und schlug den Weg nach der Stadt ein.

Dieser „arme Reisende" mußte eigentlich über die Wanderjahre hinaus sein. Er mochte mindestens vierzig Jahre zählen, hatte einen gewaltigen Schnurrbart und ein Paar schwarze Augen, die sicherlich auch recht grimmig dreinschauen konnten. Sein gepudertes Haar war in einen faustdicken Zopf gebunden, der unter einem alten, breiten Felbelhut hin und herbaumelte. Der Anzug war zwar alt, aber reinlich und ganz, auf dem Rücken saß ein wohlgefüllter Ranzen, und in der Rechten führte er einen Knotenstock, dessen Astschnitte mit kupfernen Nägeln beschlagen waren.

Als er Lüchow erreichte, trat er gleich auf die erste Person zu, die ihm begegnete. Das war eine alte Frau.

„Grüß Sie Gott, Alte! — Wo ist hier die Herberge für die Handwerksburschen?" fragte er.

„Es gibt zwei Herbergen. Was für ein Gewerbe hat Er?"

„Ich bin Bäcker.“

„Die Bäcker, Schmiede, Schlosser, Klempner, Feilenhauer, Schreiner und Wagner bleiben beim Schmied.“

„Beim Schmied? Wie heißt der Kerl?“

„Peters.“

„Peters? Mohrenelement! Das ist wohl der, der einen Sohn und einen Gesellen hat? Wo wohnt er?“

„Geh Er über den Markt und dann rechts. Dann kommt Er auf die Dannenberger Straße. Dort wohnt der Schmied.“

„Ich danke Ihr, Alte! Hier, da hat Sie etwas!“

Der Handwerksbursch zog einen alten Strumpf heraus, griff hinein und gab der Alten ein Geldstück. Sie sah es an und riß Mund und Augen auf.

„Er ist mir aber doch ein sonderbarer Kerl! Statt daß Er es macht wie andere Handwerksburschen, die fechten gehen, schmeißt Er mit dem Geld um sich wie ein Heide. Sieht Er denn nicht, daß Er mir fünf Silbergroschen gegeben hat!“

„Geht Sie das etwas an, Sie alte Kohlenschaufel, Sie? Soll ich Ihr vielleicht beweisen, daß ich auch fechten kann? Nämlich mit meinem Prügel hier. Wenn Sie nicht sofort macht, daß Sie mir aus dem Kraut geht, so hau ich Ihr noch fünf Groschen, die nicht von Silber sind, um den Kopf herum. Sei Sie doch froh, daß Sie hat, was Sie hat! Gemaust ist es nicht!“

Die Alte machte sich sehr erschrocken aus dem Staub, und der Handwerksbursche schritt dem Markt zu. Als er die Dannenberger Gasse erreichte, hörte er lauten Hammerschlag und erkannte die Herberge an den ausgehängten Handwerkszeichen.

In der räucherigen Stube saßen mehrere Leute, die er gar nicht beachtete, weil sie nach nichts aussahen, und an dem Ofen lehnte die hohe, knochige Gestalt des Schmiedes, dessen Schurzleder von Schmutz starrte.

„Gott zum Gruß, Herr Vater!“ grüßte der alte Bursche

mit dröhnender Stimme. „Ich bin ein wandernder Gesell der ehrbaren Bäckerzunft und werde Ihn bitten, mir ein Glas Bier zu geben."

Der Wirt räusperte sich wichtig, schneuzte sich erst einmal und sagte dann: „Ein Bäcker wär Er? Das mache Er mir nicht weis."

„So! Warum glaubt Er es nicht?"

„Weil Er die Schmiedefarbe im Gesicht hat. So sieht nur ein Schmied oder ein Soldat aus, der viel Pulver gerochen hat."

„Das kann Ihm ganz gleich sein, ob ich Schmied oder Bäcker oder Maulwurfsfänger bin. Ich bleib bei Ihm über Nacht. Schaff Er das Bier und halt Er Sein Maul!"

„Na, na! Er wird doch nicht gleich verdursten und verdampfen!"

Es waren in der Stube nur drei Tische vorhanden, ein runder, der mit einem weißen Linnen belegt war, und zwei lange. An dem einen langen Tisch saßen vier Handwerksgesellen, die den Bäcker wegen seines Auftretens mit offenem Mund anstarrten, und an dem anderen saß nur eine einzige Person. Es war — der Pflasterhändler, Feldwebel Wilhelm Haberkorn.

Diesem war es bei dem Erscheinen des Bäckers nicht sehr wohl zumut. Wenn er von ihm erkannt wurde, mußte es ein fürchterliches Donnerwetter geben; er nahm sich vor, so dreist wie möglich zu sein.

Der Wirt brachte das Bier.

„Da hat Er Sein Teil!"

„Mein Teil? Ist Er bei Sinnen! Wieviel Tropfen gehen denn eigentlich in diesen Fingerhut, he? Und wie sieht das Zeug aus! Ist das Bier?"

Er nahm das Glas an den Mund und tat einen kleinen Zug, zog aber sofort ein Gesicht, als ob er Schwefelsäure verschluckt hätte, und spuckte alles wieder aus.

„Was soll das sein? Bier soll das sein? Weiß Er, was das ist? Ich will es Ihm gleich sagen: Wasser ist es,

Scheuerwasser mit Essig, Aloe, Sauerampfer, Huflattich, Bilsenkraut, guter Heinrich, Teufelsdreck und Stubenkehricht. Hat Er kein besseres Bier?“

„Hm! Kann Er es bezahlen?“

„Das geht Ihn den Teufel an. Aber da guck Er einmal her! Sieht Er diesen Strumpf, he?“

„Alle Wetter! Ist der voll Geld? Hör Er, da versteht Er sich aber ganz ausgezeichnet aufs Fechten!“

„Das will ich wohl meinen. Ich fechte, daß die Schindeln prasseln! Also, was hat Er noch für Bier?“

„Gose und Mumme. Das ist eigentlich nur für die Herren Honoratioren, wenn die mich einmal besuchen.“

„Honoratioren? Wird auch viel Gescheites geben in diesem Nest! Schneider, Schuster, Ofenputzer, Löffelmacher, Ellenreiter, ja! Ist die Gose echt?“

„Natürlich!“

„Gut! Bring Er mir eine!“

Der Schmied hatte sich über den Mann erst ärgern wollen, jetzt aber war er klug geworden und lachte über ihn.

„Hör Er“, sagte er, „Er ist ein Grobian, wie er im Buch steht. Außer Ihm gibt es nur noch zwei, die so was fertigbringen. Mein Freund, der Hillmann in Wustrow, und der Alte Dessauer.“

Da fuhr der Bäcker von seinem Sitz auf.

„Wer? Der Alte Dessauer? Kerl, wie kommt Er auf den?“

„Na, ich dächt doch, daß er wegen seiner Feinheit weit und breit berühmt ist. An den soll ja nicht einmal der Hillmann reichen!“

Der Bäcker besann sich und setzte sich wieder nieder.

„Möglich!“ brummte er. „Geh Er einmal nach Dessau, und guck Er sich ihn an! Vielleicht wird Er vom Dessauer mit Haut und Haar und Schurzleder gefressen. Warum nennt Er ihn den ‚Alten‘ Dessauer, he?“

„Na, seine Jungens sind doch schon groß genug, sind

alle beim Militär, und übrigens ist es nun einmal Sitte, einen solchen Grobian den ‚Alten' zu heißen."

„Schön! Nun aber hat Er genug geschwatzt. Schaff Er die Gose her!"

Der Wirt holte das Bier; der Bäcker trank und schmunzelte.

„Ja, das ist etwas anderes als die Seifenbrühe dort. Ich trink gleich aus. Bring Er noch eine — oder, halt, noch zwei!"

„Für wen?"

Der Bäcker deutete auf den Pflasterhändler.

„Für den da. Er sitzt mit mir an einem Tisch und soll auch mit mir trinken. Das bin ich so gewohnt. Ihm ist's doch recht, he? Oder nicht?"

Diese Frage war an den Händler gerichtet.

„Ich trinke mit!" antwortete er gleichgültig.

„Das will ich Ihm auch geraten haben! Abschlagen laß ich mir nichts. Wer oder was ist Er denn eigentlich?"

„Ich bin ein Handelsmann."

„Womit schachert Er?"

„Mit Schnürsenkeln, Knöpfen, Wichse, Schmiere, Puder und Pflastern!"

„Schönes Geschäft! Paßt ganz gut zusammen! Wenn einer einmal Seine Wichse kriegt, kann er sich gleich mit Seiner Schmiere salben, mit Seinem Puder einreiben und mit Seinem Pflaster umwickeln lassen; die Knöpfe dafür steckt Er dann ein und bindet den Beutel mit Seinen Schnürsenkeln zu."

„Ich treibe auch noch anderes. Ich lese aus der Hand und sage wahr."

„Aha! Er ist also ein Galgenstrick, der anderen das Geld abschwindelt!"

„Ich schwindle nicht. Bei mir hat stets alles zugetroffen."

„Schneid Er nicht auf! Ich wollt Ihn schon auf die Probe stellen, daß Ihm angst und bang würde."

„Das kann Er tun!“

„Was? Er wagt es, mir zu widersprechen?“

„Dabei ist nichts gewagt. Was ich sage, trifft zu und damit Punktum! Es steht einem jeden Menschen in der Hand geschrieben, was er war, was er ist und was er sein wird. Sogar die Gedanken und Absichten lassen sich aus der Hand erkennen.“

„Die Vergangenheit, Gegenwart und Zukunft, die Gedanken und Absichten? Das wird mir zu viel; das ist zu bunt! Wollen wir wetten?“

„Ich wette mit“, antwortete der Händler sehr ruhig.

„Um was?“

„Um die beiden Gosen. Wer verliert, der hat sie zu bezahlen.“

„Er hält mich wohl für einen tüchtigen Esel, he? Die Gosen habe ich bestellt; da stehen sie, und ich werde sie auch bezahlen. So billig kommt Er mir nicht weg. Seine Frechheit soll bestraft werden. Hat Er Geld? Fünf Taler? Oder zehn?“

Der Händler langte in die Tasche und zog ein altes Schnupftuch hervor, in dessen Zipfel er sein Geld eingebunden hatte. Er zählte es.

„Es ist mehr, als ich dachte“, sagte er vergnügt. „Ich habe billig gelebt. Vierzehn Taler zwanzig Silbergroschen und neun Pfennige.“

„Wagt Er, das zu setzen?“

„Ja.“

Mit höchst befriedigter Miene zog der Bäcker seinen Strumpf hervor und zählte die gleiche Summe ab.

Während der Bäcker diese Arbeit verrichtete, holte der Schmied seine Frau, seinen Sohn und den Gesellen herbei. Diese sollten das Wahrsagen mit ansehen; denn so etwas war hier noch gar nicht vorgekommen.

„Hier ist mein Geld!“ sagte der Bäcker. „Ist Er bereit?“

„Versteht sich.“

„Guck Er auf die Hand! Also erst die Vergangenheit!"

Der Handelsmann nahm die Hand und betrachtete sie aufmerksam.

„Nun? Wird's bald? Oder geht Ihm schon jetzt die Klugheit flöten?"

„Nur langsam! Das ist eine Hand, wie ich sie noch nie betrachtet habe. Er ist an einem glücklichen Tag geboren. Am dritten Juli."

„Alle Wetter, Er kann gut raten!"

„Das ist nicht geraten, sondern es steht ganz deutlich in der Hand geschrieben. Das will ich Ihm gleich beweisen, denn hier stehen auch die Namen Seiner Eltern. Sein Vater heißt Hansgörg und Seine Mutter Jette. Oder soll ich die Namen so lesen, wie sie im Kirchenbuch stehen werden?"

„Nein. Er ist ein Teufelskerl, es stimmt!"

„Hier steht auch das Bild von dem Haus, in dem Er geboren wurde. Soll ich es von Seiner Hand weg auf den Tisch abzeichnen?"

„Ja. Bin doch neugierig, denn bisher ist Ihm der Schwindel gelungen."

„Wirt, schaffe Er Kreide!"

Die Kreide wurde gebracht und der Händler begann, indem er die Hand immerfort genau betrachtete, zu zeichnen. Er war sehr vorsichtig und warf nur einige Linien hin, aber der Bäcker merkte bereits bei den ersten Strichen, daß die Zeichnung das Schloß zu Dessau vorstellen würde. Rasch fuhr er mit der Hand darüber hinweg.

„Da schlag doch der Henker drein!" rief er ganz erstaunt. „Auch das stimmt!"

„Nun wollen wir sehen, wie Seine Paten und Schulmeister heißen und bei wem Er das Backen erlernt hat."

„Halt! Davon will ich nichts wissen. Sag Er mir die Gegenwart!"

„Diese fällt gewöhnlich mit den Absichten und Gedanken zusammen. Seine Hand hat so deutliche Züge, wie ich sie noch bei keinem anderen Menschen gesehen habe. Hier finde ich zunächst zwei Männer. Der eine ist Er selber, und der andere, der — der heißt Wilhelm. Hier steht es. Der Zuname ist niemals dabei. Hinter den beiden kommen zwei, fünf, acht, elf, zwanzig, dreißig Männer, wenn ich richtig gezählt habe, und ganz hier hüben, über diese tiefe Grenzlinie hinweg, sehe ich zunächst einen Amboß mit zwei Männern, von denen der eine ein Kalb sticht, während die —"

„Halt! Halt!" unterbrach ihn der Bäcker, der seinen ganzen Plan in der größten Gefahr sah. „Ich mag nichts mehr wissen, gar nichts!"

„Stimmt es?"

„Ja, ja, ganz und gar. Er ist der größte Himmelsappermenter, den ich in meinem Leben gesehen habe! Aber, halt! Wer ist Er? Wie heißt Er, und wo ist Er her? Er kann mich doch bereits einmal gesehen haben, und dann sollte Ihn allerdings der Teufel reiten!"

„Hier hat Er meine Legitimation!"

Der Handelsmann zog das Papier hervor und reichte es dem Bäcker hin. Dieser sah es durch.

„Hm! Stimmt! Und die Ausweise beweisen, daß Er mich nicht gesehen haben kann. Hör Er, so etwas habe ich bei meiner armen Seele für rein unmöglich gehalten. Das bringt mir ja kein Doktor und kein Professor fertig! Wo will Er denn von hier aus hin?"

„Ich gehe über die Grenze nach Preußen hinüber. Zunächst mache ich den Markt in Lenzen mit."

„Es ist möglich, daß ich auch hinüberkomme. Wo wird Er da bleiben?"

„Im Gasthof ‚Zum Mecklenburger', wie ich denke."

„Schön! Vielleicht treffen wir uns dort. Woher hat Er denn die Beule da in Seinem Gesicht?"

„Die haben mir die hannöverschen Werber gehauen."

„Hol sie der Teufel — oder na, meinetwegen auch nicht! Er Himmelelementer hat mir die Wette abgewonnen."

„Das Geld ist mein?"

„Natürlich! Steck Er es ein; denn Er hätte das Seinige auch nicht wiederbekommen. Aber denk Er ja nicht, daß es mich wurmt! Wenn Er nicht genau das Richtige getroffen hätte, daß ich hätte glauben können, Er habe mich betrogen, so würde ich Ihm einmal die Karte schlagen, aber wie! Was kostet die Gose, Wirt?"

„Zwei Silbergroschen."

„Macht zusammen sechs Silbergroschen und fünf Pfennige. Da kostet mich also der Spaß hier über fünfzehn Taler. Ist das hier Sein Sohn?"

„Ja."

„Und das Sein Geselle?"

„Ja."

„Hier hat Er das Geld. Ich wünsche, daß Euch die fünfzehn Taler wohl bekommen! Lebt wohl und vergeßt den Bäcker nicht!"

Er warf den Ranzen wieder über, griff zum Knotenstock und verließ die Herberge, um den Weg nach dem Schloß einzuschlagen.

„Dumme Geschichte!" brummte er mißmutig vor sich hin. „Verwett ich hier vierzehn Taler zwanzig Silbergroschen und neun Pfennige. Wenn das die Anneliese wüßte, die würde ein Gesicht machen! Aber so etwas ist mir auch noch gar nicht vorgekommen. Liest mir der Kerl die Namen, das Datum und sogar auch das Bild von der Hand herunter! Ob nur alles wahr gewesen ist! Es muß wahr sein, obgleich ich es kaum glauben kann. Es gibt in der Welt Dinge, denen man geradezu als Esel gegenübersteht. Wie nun, wenn dieser Handgucker auch den anderen prophezeit? Dann ist mein schöner Plan vollständig futsch, und ich kann in eine schauderhafte Patsche geraten. Na, ich denk, er wird schleunigst daran gehen, den Gewinn zu verjubeln, und da gibt's zum Wahrsagen keine Zeit."

Als er den Schloßhof betrat, stand der Verwalter wieder neben dem Portal, um ein Pferd zu betrachten, das ihm vorgeführt wurde. Droben aber stand Anna lauschend am Fenster, um die Ankunft des Handwerksburschen ja nicht zu versäumen.

Der Bäcker trat mit tiefabgezogenem Hut zu dem Verwalter und bat demütig:

„Herr, ein armer Reisender. Darf ich Sie um eine kleine Gabe bitten?"

Das Männchen sah ihn unwillig an und antwortete mit hoher Stimme: „Was hat Er hier zu betteln? Arbeite Er!"

„Das will ich, Herr. Habt Ihr vielleicht Arbeit für mich? Ich bin Bäcker."

„Hier wird nicht gebacken. Mache Er, daß Er fortkommt!"

Der „arme Reisende" wandte sich von dem Verwalter ab und wollte in das Portal eintreten.

„Halt! Wo will Er hin? Im Schloß hat Er nichts zu suchen!"

„Es wohnen außer Euch auch wohl noch andere Leute da, die einen armen Reisenden nicht abweisen werden."

Er trat ein. Der Verwalter eilte ihm nach, stieß aber auf Anna, die eiligst heruntergekommen war.

„Daß Sie diesem Menschen nichts gibt!" gebot er.

„Warum nicht?"

„Er ist ein Grobian, und ich laß hier nicht betteln."

„Herr Verwalter, seid Ihr ein Christ? Die Bibel sagt: ‚Wohlzutun und mitzuteilen vergesset nicht!' und was die Bibel sagt, das muß gelten!"

„Ich leide es nicht!"

„Vergeßt nicht, Herr Verwalter, daß ich nicht Eure Untergebene bin. Mein gnädiges Fräulein ist Gast Eures Herrn, der es sehr übel vermerken würde, wenn Ihr uns in gleiche Reihe mit Eurer Dienerschaft stellen wollt. Übrigens bin ich keine Dienstmagd, Ihr habt also nicht Sie, sondern Ihr zu mir zu sagen. Verstanden? Man kann höflich sein, selbst wenn man ein Verwalter ist. Merkt Euch das!"

Das Gesicht des kleinen Mannes drückte Grimm und Erstaunen aus.

„Gut! Schön!" rief er. „Ich werde es mir merken. Aber vergeßt es selber auch nicht! Man weiß doch nun, wie man sich zu verhalten hat!"

Der Verwalter ging. Das Mädchen aber streckte dem Handwerksburschen die Hand entgegen und sagte: „Mach Er sich nichts daraus! Der Verwalter ist ein Filz, ein Geizkragen."

Er musterte sie mit leuchtenden Augen und ergriff ihre Hand. „Was, Jüngferchen, Sie gibt einem alten Herumläufer Ihre Patsche?"

„Warum denn nicht? Er sieht ja ganz anständig aus und ist ganz sicher kein Herumbummler. Übrigens habe ich das Verhalten des Verwalters wieder gutzumachen. Hat Er Hunger?"

„Wie ein Wolf!"

„So komm Er!"

Sie führte ihn zwei Treppen empor in ihr eigenes Zimmer, wo vorher der Feldwebel Haberkorn gesessen hatte.

Er blieb an der Tür stehen und blickte sich ganz erstaunt um.

„Was? Sie speist mich nicht vor der Tür ab? Sie führt mich in diese Stube, die so nett und sauber wie ein Schmuckkästchen ist!"

Sie stellte sich aufrecht vor ihn hin, stemmte die Hände in die Seiten und ließ ihr Auge in scherzhafter Musterung von seinem Kopf bis zu seinen Füßen herablaufen.

„Meint Er etwa, daß man kein Herz und kein Auge

hat?“ fragte sie dann. „Einen Vagabunden schickt man mit einem Pfennig oder einem Dreier von dannen. Er aber gehört nicht zu dieser Sorte. Er ist guter Leute Kind; Er trägt sich nicht schlampig und schlottrig, sondern glatt und sauber; Er ist auch kein junger Leichtfuß, sondern ein gesetzter Mann, der wohl nur deshalb noch Geselle ist, weil ihm das Schicksal nicht so gewollt hat wie anderen, die das oft gar nicht verdienen. Solche Leute wie Er muß man achten und ehren; denn sie sehen die Gabe nicht nach der Größe an, sondern nach der Freundlichkeit, mit der sie gegeben wird. Ist's nicht so?“

„Alle Wetter, Jüngferchen, Sie redet ja weiß Gott wie ein Pfarrer. Aber recht hat Sie, vollständig recht.“

„Nun sieht Er! Ich nahm Ihn also gegen den Verwalter in Schutz, der ein geiziger und aufgeblasener Frosch ist, und mochte Ihn auch nicht in die Küche führen, weil da die Mägde sitzen, die einen ehrbaren Wandersmann nicht von einem Herumlungerer zu unterscheiden wissen. Nehm Er in Gottes Namen den Tornister herunter; lege Er ab, und mache Er es sich hier auf dem Kanapee bequem! Ich werde unterdessen gehen, um Ihm einen Imbiß zu holen.“

Sie entfernte sich, und er legte Hut, Knotenstock und Ranzen ab.

„Hm! Das ist ein sauberes, bildhübsches und entschlossenes Weibsen! Wenn das dem Haberkorn seine Liebste ist, so hat der Kerl wahrhaftig in einen Glückstopf gegriffen. Diese Stube ist so ein allerliebstes Nestchen, wie es kaum die Anneliese hat. Kein Stäubchen, kein Fäserchen, sondern alles blitzblank. Kerngesunde Ansichten hat das Ding, und einem den Text zu lesen, versteht sie ganz prächtig. Und neben diesem Verstand hat sie ein wohltätiges Herz und ein frommes Gemüt. Wer die bekommt, den möchte man beneiden.“

Er setzte sich auf das Sofa und machte es sich so bequem, als wäre er hier zu Hause.

Nach kurzer Zeit kehrte Anna mit einem großen Präsentierbrett zurück, auf dem ein reichliches Vesperbrot stand. Sie legte dem Bäcker vor.

„So, nun lang Er nur munter zu! Es ist am Mittag nichts Warmes übriggeblieben, und so habe ich zusammengesucht, was gerade zu finden war. Aber etwas werde ich Ihm noch holen."

Das Mädchen ging noch einmal und kehrte dann mit einer vollen Weinflasche und einem Glas zurück.

„Was! Wein bringt Sie mir?" fragte er verwundert. „Sie hat wohl gar den Keller des Verwalters geplündert? Geschieht ihm recht."

„Da irrt Er sich. Ich werde Ihm doch nicht gestohlenen Wein vorsetzen! Ich habe diese Flasche zum Geburtstag erhalten. Es ist süßer, ungarischer Frauenwein, und ich habe ihn für eine Extragelegenheit aufgehoben."

„Was hat Sie mir da gesagt! Und dieses Geburtstagsgeschenk gibt Sie einem Handwerksburschen? Das ist doch nicht etwa die Extragelegenheit, auf die Sie gewartet hat!"

„Jawohl! Ich will es Ihm aufrichtig sagen: Er gefällt mir."

„So! Gefalle ich Ihr? Hm! Wie meint Sie das! Etwa daß ich Ihr so gefalle, wie einem der Liebste gefällt?"

„Bewahre! Er hat so etwas Festes, Sicheres, so etwas Selbstbewußtes an sich, was meine Achtung und mein Vertrauen erweckt. Es ist mir gerade, als ob mein Vater auf Besuch gekommen wäre. So meine ich es."

„Das freut mich. Hier hat Sie meine Hand; lege Sie Ihre Patschen hinein. Ich muß Ihr danken, denn Ihre Worte schmecken ebensogut wie Ihr Essen. Aber Ihren Geburtstagswein werde ich nicht wegtrinken."

„Warum nicht? Was ich gebe, das gebe ich gern, und wenn Er es nicht annimmt, so beleidigt Er mich. Ich bin gut und freundlich mit Ihm, also muß Er auch geradeso gegen mich sein; das bitte ich mir aus."

„Na, Sie soll Ihren Willen haben. Aber Sie muß mittrinken. Versteht Sie wohl? Und nun: Auf Ihr Wohlsein und das Ihres Liebsten!"

„Danke!"

„Sie wird rot? Habe ich das Richtige getroffen? Hat Sie einen, he?"

„Ja. Aber Ihn geht das doch nichts an."

„Das kann man nicht wissen. Wer ist es denn, he? Was hat er für ein Gewerbe?"

„Keins. Er ist Soldat."

„Habe es gedacht! Zweierlei Farbe ist doch etwas anderes als so ein bloßer Leinwandkittel. Hat er eine Charge?"

„Er ist Feldwebel."

„Hm, nicht übel! Wo steht er denn? In Hannover? Celle? Göttingen?"

„Er ist kein Hannoveraner, sondern ein Preuße."

„Preuße? O weh, adieu Hochzeit!"

„Ja, das ist es eben! Höre Er, hat Er einmal ein Mädchen so recht von Herzen liebgehabt?"

„Donnerwetter, das will ich meinen!"

„Nun denke Er sich, daß Er sie nicht hat bekommen sollen — — —"

„Das war auch gerade der Fall."

„So? Was hat Er da getan?"

„Ich habe mich den Geier an die Einreden gekehrt und meinen Willen durchgesetzt."

„Das mag unter Umständen gehen; aber wenn man nichts machen kann, ist das nicht traurig, he?"

„Höre Sie, Jüngferchen, Sie krankt wohl auch an dem Herzbeutelblasenstein, so was man gewöhnlich unglückliche Liebe zu nennen pflegt?"

„Ach ja! Wir sind ihrer sogar zwei hier im Schloß, die Seinen Herzbeutelblasenstein herumzuschleppen haben."

„Wer ist denn die andere?"

„Mein gnädiges Fräulein von Liebau. Denke Er sich nur, sie ist eine Anhalterin und liebt einen Hannoveraner, ich bin eine Hannoveranerin und bin einem Anhaltschen gut, und wir vier sollen einander nicht haben! Und daran ist nur ein einziger schuld."

„Wer denn?"

„Der Fürst Leopold von Anhalt-Dessau."

„Kennt Sie den Fürsten?"

„Ich hab ihn noch nie gesehen."

„Kennt ihn die Liebau?"

„Ob jetzt noch, das weiß ich nicht, aber sie hat ihn vor acht Jahren einmal gesehen, als sie noch fast ein Kind war."

„Hm! Wer ist denn eigentlich ihr Liebster?"

„Der Oberleutnant von Hartegg, der ein tüchtiger, braver Offizier ist."

„Möglich! Aber der Dessauer wird niemals zugeben, daß sie sich heiraten. Er kann die Hannoveraner nicht leiden. Bei Ihr wird das vielleicht etwas anderes sein. Wenn Sie Ihren Feldwebel heiratet, so ist Sie ja keine Hannoveranerin mehr. Was hat denn der ‚Alte' gegen Sie gehabt?"

„Wohl noch nichts. Mein Feldwebel hat sich bisher gar nicht getraut, ihm etwas zu sagen; denn erstens sieht es der Fürst nicht gern, wenn so einer sich eine Frau nimmt, und zweitens muß die Frau dann auch nach dem Geschmack Seiner Durchlaucht sein."

„Was hat diese Durchlaucht denn für einen Geschmack, he?"

„Das weiß ich nicht."

„Und Sie glaubt wohl, daß Sie nicht nach seinem Geschmack ist?"

„Leider."

„Heiliger Polterabend! Dann wäre der Dessauer bei Gott das allergrößte Rhinozeros, das es nur geben kann. Ich will Ihr einmal einen guten Rat geben: Laufe Sie geschwind nach Dessau und stelle Sie sich dem Fürsten vor. Ich glaube, wenn der Dessauer Sie sieht, so läuft ihm vor Appetit das Wasser im Maul zusammen. Würde Sie wohl dem Dessauer einen tüchtigen Schmatz geben, wenn er Ihr sagte, daß Sie Ihren Feldwebel bekommen soll?"

„Gleich zwei oder drei, und zwar richtige und tüchtige; denn das wäre ja gegen meinen Bräutigam keine Sünde, und wer dem Dessauer einen Kuß geben darf, der kann sich so viel darauf einbilden, als hätte er einen Orden mitsamt der goldenen Kette erhalten."

„Da möchte ich nun allerdings vor Wut zerplatzen, daß ich der Dessauer nicht bin!"

„So?" lachte sie lustig. „Ihm läuft wohl auch das Wasser zusammen? Na, tröste Er sich. Wenn der Dessauer uns erlaubt, uns zu heiraten, und es trifft sich, daß wir uns einmal wiedersehen, so soll Er auch einen Kuß bekommen. Das verspreche ich Ihm."

„Höre Sie, dann ist es besser, Sie gibt ihn mir gleich jetzt!" Er erhob sich und kam hinter dem Kanapee hervor.

„Fällt mir nicht ein! Erst den Feldwebel und dann den Kuß."

„Papperlapapp! Was will Sie machen, wenn ich ihn mir jetzt nehme?"

„Das wage Er ja nicht! Es würde Ihm schlecht bekommen. Ein unerlaubter Kuß ist für ein braves Mädchen ganz dieselbe Beleidigung wie eine Ohrfeige für einen braven Mann!"

„Schrum, schrum, es wird dennoch gewagt!"

Er trat schnell auf sie zu und umfaßte sie, um sie zu küssen; aber in diesem Augenblick schallte eine gewaltige Ohrfeige auf seiner Backe. Der Schlag war so kräftig, daß er sie augenblicklich losließ und sich mit beiden Händen nach der getroffenen Stelle fuhr.

„Schocktausendbombenundgranatenelement! Reitet Sie

denn der lebendige Beelzebub, daß Sie zuhaut wie mit dem Dreschflegel? Gleich gucke Sie mir einmal ins Maul, was Sie mir da für Unheil angerichtet hat! Ich glaube, Sie hat mir alle neunundachtzig Backenzähne eingeschlagen!"

„Suche Er sich Seine Hauer nur selber zusammen! Wenn Er es noch einmal wagt, mich nur anzurühren, so schlage ich Ihm auch noch die übrigen elf hinein, damit das Hundert gleich voll wird, Er Himmelelementer Er!"

„Sie will wohl auch noch schimpfen, he? Traue die Welt nur so einem Weibsen! Das tut so gut und freundlich; das lächelt und fächelt um einen herum; das hat so feine und niedliche Fingerchen, als ob sie von Marzipan gebacken seien, und auf einmal haut sie zu wie ein Dragoner-Wachtmeister, daß einem alle Sonnen, Monde und Laternen vor den Augen flimmern. Mir summt und brummt es vor den Ohren, als ob ich den Kopf in einen Tragkorb voll Maikäfer gesteckt hätte."

„Das ist Ihm ganz recht geschehen, Er, alter Schlingel Er! Jetzt aber ist Er fertig mit dem Essen und kann nun gehen. Ich habe Notwendigeres zu tun, als mich mit Ihm herumzuzanken. Aber was man tut, das muß man ganz tun: ich habe Ihn gespeist und getränkt, aber Er hat noch keinen Zehrpfennig erhalten. Hier hat er noch etwas!"

Sie öffnete ein kleines Geldkästchen, das auf der Kommode stand, nahm einen Taler heraus und legte ihn dem Bäcker in die Hand. Dieser machte ein ganz und gar verblüfftes Gesicht.

„Donnerwetter! Wer soll aus so einem Weibsbild klug werden? Erst haut sie mir eine Backpfeife hinein, daß ich denke, der jüngste Tag ist erschienen, und dann gibt sie mir ein Zehrgeld mit auf den Weg, und noch dazu einen ganzen, harten, vollen Taler! Da müssen einem ja alle fünf Sinne abhanden kommen, selbst wenn sie noch so fest angewachsen sind!"

„Nehme Er den Taler in Gottes Namen! Ich bin nicht arm; ich kann ihn geben. Die Ohrfeige hat Er für den Kuß und den Taler für Sein erstes gutes Verhalten. Wie die Tat, so der Lohn. Nun aber gehe Er! Ich bin keine Prinzessin, die den ganzen Tag die Hände in den Schoß legen kann."

„Nun gut, ich gehe; aber die Ohrfeige, die werde ich Ihr gedenken!"

„Das halte Er, wie Er will!"

„Ja. Sie wird die Maulschelle eines Tages mit einem Kuß einlösen müssen; das will ich Ihr vorher verkünden. Auch Ihren Taler nehme ich an. Er wird Ihr reichliche Zinsen bringen."

Er warf den Tornister über und griff zu Hut und Knotenstock.

„Also nicht einmal mehr anrühren darf ich Sie?"

„Na, eine Hand zum Abschied will ich Ihm nicht verweigern."

„Da gebe Sie dieses verteufelte Händchen her! Lebe Sie wohl, und wenn wir uns einmal wiedersehen, so haue Sie wenigstens nicht gar so derb aufs Leder drauf!"

Er ging. Unten hatte der Verwalter auf ihn gelauert.

„Hat Er nun ausgefochten, he? So mache Er nun aber schnell, daß er uns abhanden kommt!"

„Hat keine Eile!"

„Was! Gut! Ich werde Ihm Eile machen!"

Der Verwalter langte an die Mauer, wo neben einigem Zaum- und Sattelzeug auch eine Reitpeitsche hing.

„Laß Er das Ding in Gottes Namen hängen!" — meinte der Bäcker. „Er weiß doch damit nicht umzugehen."

„Werde Ihm sofort das Gegenteil beweisen! Hinaus, Bursche!"

Der Verwalter holte aus. Der Bäcker fing den Hieb mit seinem Stock auf, griff dann mit der Linken zu und riß dem anderen die Peitsche aus der Hand.

„Sieht Er, daß Er damit nicht umzugehen versteht? Ich werde Ihm zeigen, wie so etwas zu machen ist!"

Der Bäcker faßte das Männchen fest, legte es über das Knie und gebrauchte kräftig die Peitsche. Dann nahm er seinen Stock wieder auf und verschwand. Der Verwalter hatte laut um Hilfe gerufen, aber es erschien niemand. Die Dienstleute hielten sich versteckt, weil sie sich freuten, daß er einmal eine Züchtigung erhielt.

Noch stand er da und rieb sich mit beiden Händen den verprügelten Körperteil, als unter dem Tor ein Reiter erschien, der diesen Bemühungen einige Augenblicke lang zuschaute und dann vollends herbeigeritten kam.

„Heda, was tut Er denn da mit Seinem Hintergebäude?"

Der Verwalter drehte sich um und bemerkte nun erst den Reiter. „Hat Er einen Handwerksburschen gesehen?" fragte er.

„Nur für eine Sekunde. Er verschwand soeben, als ich ihn erblickte, hinter der Ecke der Gartenmauer", antwortete der Reiter.

„Er ist zu Pferd. Reite Er ihm gleich nach und halte Er ihn fest! Der Kerl hat mich gehauen!"

„Das ist Seine Sache; ich bin Sein Büttel nicht", sagte der Reiter, indem er vom Pferd stieg. „Nicht wahr, der Verwalter dieses Schlosses heißt Hartig? Wo ist er?"

„Hier. Ich bin es selbst."

„Er? Er ist Verwalter und läßt sich von einem Herumtreiber prügeln?"

„Was geht das Ihn an?"

„Sei Er höflicher! Kennt Er mich?"

Erst jetzt sah Hartig sich den Ankömmling genauer an, und nun bemerkte er allerdings, daß dieser nicht von gewöhnlichem Stand sein könne.

„Nein. Ich habe Euch noch nie gesehen."

„Da seh Er her! Ich bin Prinz Friedrich Ludwig."

Er öffnete den Überrock so weit, daß der in Silber

gestickte, achtstrahlige Stern des Hosenbandordens sichtbar wurde.

„Königliche Hoheit!“ rief der Verwalter erschrocken.

„Still! Niemand soll mich kennen. Nenne Er mich Baron von Kreutz! Es ist ein Fräulein von Liebau hier auf Besuch?“

„Ja, Herr Baron.“

„Hat Er für einige Tage auch Raum für mich?“

„Ganz wie Sie befehlen!“ antwortete Hartig in tiefer Unterwürfigkeit.

„So führe Er mich. Ich werde meine Kleidung ein wenig in Ordnung bringen, und dann mag Er mich einmal bei der Dame anmelden.“

Ungefähr eine Viertelstunde später trat der Verwalter bei Fräulein Auguste von Liebau ein. Sie wußte, was er wollte; denn sie hatte den Prinzen kommen sehen und ihn sogleich erkannt.

„Gnädiges Fräulein“, meldete Hartig, „es ist ein Kavalier angekommen, der sich einige Tage hier zu verweilen gedenkt. Er wünscht, Ihnen vorgestellt zu werden.“

„Wer ist es?“

„Ein Baron von Kreutz.“

„Er mag kommen.“

Hartig entfernte sich wieder, und auch Anna Grunert, die Gesellschafterin, die sich im Zimmer befand, wollte hinauseilen.

„Bleib!“ befahl das Fräulein.

„Aber der Besuch — — —“

„Wird mich nicht lange stören. Sieh dir den Mann einmal genau an, wenn er kommt.“

Bereits nach kurzer Zeit öffnete die Zofe dem Prinzen die Tür. Er trippelte nach französischer Art bis hart vor Auguste hin und senkte dann seinen Oberkörper zu einer eleganten Verbeugung nieder.

„Gnädiges Fräulein!“

„Herr Baron!“

„Ich hörte von Ihrer Anwesenheit und eilte, Sie zu sehen. Da ich für einige Tage meinen Aufenthalt hier nehme, bin ich ganz glücklich, mich nicht ganz einsam fühlen zu müsen. Wollen wir gute Kameraden sein?"

Auguste von Liebau stand ihm aufrecht und in stolzer Kälte gegenüber.

„Ich hoffe das", antwortete sie. „Und weiß der Herr Baron, woran man eine gute Kameradschaft erkennt?"

„Ich bitte, mich zu belehren!" erwiderte er, indem er sich nach einem Sessel umsah.

„Daran, daß einer den anderen so wenig wie möglich belästigt. Das ist wenigstens meine Ansicht von einer guten Kameradschaft."

„Wir Kavaliere und Offiziere denken uns das anders. Wir fühlen — — —"

„O bitte, Herr Baron", unterbrach sie ihn. „Ich bin weder ein Kavalier noch ein Militär und werde wohl auch schwerlich das von Ihnen gewünschte Verständnis haben, für Ihre Art und Weise zu fühlen. Ich kam nach hier, um für einige Zeit die Einsamkeit zu genießen, und wenn Sie wirklich ein Kavalier sind, so bin ich überzeugt, daß mir dieser Genuß nicht verkürzt oder verleidet wird. Ich würde sonst sofort abreisen."

„Gnädiges Fräulein, womit habe ich diese Zurückweisung verdient? Ich hoffe, Sie erinnern sich, daß wir uns bereits gesehen haben! Es war in Uelzen."

„Ich wurde Ihnen dort vorgestellt."

„Und dennoch verurteilen Sie mich, auf den Duft einer Rose zu verzichten, die in meiner unmittelbaren Nähe blüht?"

„Es steht ja ganz in Ihrer Macht, aus dieser Nähe eine Ferne zu machen, und ich darf Ihnen dabei nicht hinderlich sein."

Er trat zurück. Sein zorniger Blick traf sie. „Mein Fräulein, Sie wissen, wer ich bin?"

„Der Herr Baron von Kreutz."

„Sonst weiter nichts?"

„Hoffentlich ein Ehrenmann und Kavalier!"

„Gut! Aber Sie versäumen, mich dieser Dame vorzustellen!"

„Es ist meine Gesellschafterin."

„Ah! Also ein Verstoß gegen die Höflichkeit, eine Beleidigung!"

Sie verbeugte sich kalt. „Ich widerspreche nicht. Adieu, Herr Baron!"

Er wandte sich mit kurzem Gruß und schritt mit stolz erhobenem Haupt zur Tür hinaus.

„Weißt du, wer dieser vermeintliche Baron war, Anna?"

„Nein."

„Der Prinz Friedrich Ludwig von Großbritannien und Hannover. Komm und laß dir erzählen!" — —

Der verkleidete Fürst war an der Jeetze aufwärts gewandert, um Wustrow zu erreichen. Die Sonne hatte beinahe den Horizont erreicht, als er den Ort vor sich liegen sah. Noch hatte er bis dahin einige hundert Schritt zu gehen, als ihm ein anderer Handwerksbursche entgegenkam. Er trug in einem Schnupftuch ein Päckchen in der Hand, und als er näherkam, sah Leopold, daß sein Gesicht zerkratzt und verschunden war.

„Grüß dich Gott, Bruder!" grüßte der andere, indem er stehenblieb. „Woher heute?"

„Von Lüchow."

„Wohin?"

„Nach Wustrow hier."

„Gute Geschäfte gemacht?"

„Schlechte Zeiten. Man kriegt einen Pfennig oder für einen Heller trockenes Brot."

„Was ist dein Handwerk?"

„Bäcker."

„Bruderherz, da sind wir Kameraden. Hast du nicht einen Schluck bei dir?"

„Nein!"

„Du suchst doch keine Arbeit?"

„O ja."

„Na, da kann ich dir gleich welche zuweisen, hier in Wustrow bei Hillmann im Wirtshaus."

„Ist die Stelle gut?"

„Ausgezeichnet! Der Kerl hat mich soeben durchgeprügelt und zur Tür hinausgeschmissen."

„Auch nicht übel! Man sieht es dir an. Hast du dich gewehrt?"

„Natürlich! Aber einer gegen vier, das ist zuviel!"

„Wer war denn noch dabei?"

„Seine drei Jungens. Starke Kerls. Ich bin froh, daß ich noch lebe!"

„Was hast du denn gemacht, daß sie dich keilten, he?"

„Ich nahm mich der Meisterin an. Sie ist krank, und er schlägt und peinigt sie, daß es einen erbarmt. Ein Wort gab das andere, und endlich erhielt ich mein Wanderbuch und die Wichse dazu."

„Wie lange hast du da gearbeitet?"

„Vier Tage."

„Was für ein Landsmann?"

„Aus Kriwitz in Mecklenburg-Schwerin."

„Hast wohl für die vier Tage einen hübschen Lohn erhalten?"

„Hätte eigentlich noch achtzehn Pfennig drauflegen müssen; denn bei dem Hillmann muß man den Wochenlohn versaufen. Könntest dir da etwas sparen! Und weil ich die achtzehn Pfennige nicht hatte, haben sie mir die anderthalb Silbergroschen im Gesicht und auf dem Rücken abgearbeitet."

„So bist du ohne Geld?"

„Abgebrannt wie eine Kirchenmaus! Bist wohl besser bei Kasse? "

„Es geht!"

„Bruder, hast du nicht einen Sechser für das Nachtlager?"

„Will sehen. Da hast du was!"

Der Mecklenburger sah ihn erstaunt an. „Mensch, das sind ja zehn Silbergroschen!"

„Wirf sie weg, wenn du sie nicht magst!"

„Fällt mir nicht ein! Bruderherz, du bist ein guter Junge. Ich wollte, ich könnte einige Wochen mit dir walzen! Willst du?"

„Pack dich zum Teufel!"

„Gut, ich geh ja schon! Hab Dank, und leb wohl!"

Er machte sich schnell davon, jedenfalls, um baldigst eine Schenke zu erreichen, wo er das reiche Geschenk anbringen konnte.

„Das paßt sich gut!" brummte Leopold. „Es ist sicher,

daß ich angenommen werde, und dann wollen wir sehen, ob ich mich auch so zur Tür hinauswerfen laß."

Er wurde auf seine Fragen nach der Wohnung Hillmanns gewiesen. Als er in das Zimmer trat, fand er dort bereits mehrere Bürger beim Kartenspiel sitzen. Ein langer, starker Kerl saß vor einem Waschtrog, um die Gedärme eines Rindes abzuschäumen; zwei andere von wenigstens eben dieser Länge hatten ihre werten Gliedmaßen über Tische und Bänke ausgestreckt, und auf einem Kanapee, das für gewöhnliche Leute mehr als lang genug gewesen wäre, lag ein alter Riese, dessen Beine über die Lehne des Möbels herunterhingen.

„Gott zum Gruß, und Glück und Segen ins Haus, Herr Meister!" grüßte Leopold. „Ich bin ein — — —"

Er konnte nicht weiterreden; denn der Riese drehte ihm das Gesicht und brüllte ihn an:

„Maul gehalten! Habe das Zeug satt! Höre es täglich sovielmal, daß es mir zum Hals heraushängt!"

Leopold schwieg also, warf Hut, Stock und Ranzen auf den nächsten Tisch und setzte sich auf den Stuhl, der daneben stand. Kein Mensch kümmerte sich um ihn.

„Kann ich ein Glas Bier bekommen?" fragte er nach einer Weile.

Niemand antwortete.

„Gebt mir ein Glas Bier!" gebot er nach längerer Pause zum zweitenmal.

Kein Mensch rührte sich, seinen Wunsch zu erfüllen.

Er wartete noch einige Minuten, dann trat er an den Schenktisch und nahm ein Glas und eine Flasche, auf der das einladende Wort „Zitzemille" zu lesen war. Dieses Bier wurde in Naumburg gebraut und weit und breit gern getrunken. Er kehrte an seinen Platz zurück und schenkte sich ein. Da drehte der Wirt den Kopf abermals herum:

„Hat Er Asche?"

„Geht Ihn einen Dreck an!"

Diese Art zu antworten war dem berühmten Grobian denn doch zu sympathisch, als daß er den Sprecher noch länger hätte unbeachtet lassen können. Er musterte ihn aufmerksam und meinte dann:

„Na, Er hat wenigstens einen vollen Tornister. Der gilt mir als Pfand, wenn Er nicht bezahlen kann."

Leopold fand solchen Geschmack an dem braunen Trank, daß die Flasche bald leer war. Er ging also zum Schenktisch und holte sich eine zweite. Das bemerkte der Wirt:

„Die zweite Pulle? Mache Er zwei Striche an die Tür! Die Kreide hängt dort an dem Strick."

Wirklich hing neben der Tür ein kurzer Strick, an dem ein riesiger Kreideklumpen befestigt war.

„Schmier Er es selber an, wenn Sein Verstand nicht zureicht, eine Zwei zu merken!" antwortete Leopold.

„Ich frage Ihn, ob Er anschreiben wird?"

„Rutsch Er mir doch den Buckel hinunter!" erwiderte der Fürst gleichmütig, indem er ein volles Glas an die Lippen setzte.

Der Wirt erhob sich halb.

„Du, Willem", gebot er seinem Sohn, „brenn doch mal die Lampe an! Den Kerl dort muß ich mir betrachten."

„Hast selber Zeit", war die Antwort des zärtlichen Sohnes.

„Willst du oder willst du nicht, Halunke?"

Bei diesen Worten zog der Wirt das Knie an sich, nahm den Holzpantoffel vom Fuß und warf ihn dem Fleischer an den Kopf. Infolge dieser freundlichen Erinnerung erhob sich dieser, holte das Zunderzeug hinter dem Ofen hervor und setzte eine hohe, zinnerne zweidochtige Öllampe in Brand.

„Leuchte ihn einmal an!" gebot der Wirt.

Sein Sohn trat zum Dessauer und hielt ihm die Lampe unter die Nase, daß der Schnurrbart in Gefahr kam, Feuer zu fangen.

„Weg mit Seiner Funzel!“ rief Leopold und schlug ihm die Lampe aus der Hand, daß sie zur Erde fiel und das Öl verschüttet wurde.

Da legten die Gäste erschrocken die Karten aus den Händen.

„Na“, meinte der Wirt, „das hat mir noch keiner gewagt. Jetzt steh ich selber auf. Willem, gieß Öl ein und brenn wieder an. Bring mir aber erst mal den Pantoffel her!“

„Hol ihn selber!“

„Ob du mir wohl folgen wirst, Lausbub!“

Der Wirt zog den anderen Pantoffel aus und warf ihn nach dem Sohn. Der hob ihn mitsamt dem ersten auf.

„Da sind sie alle beide!“

Er warf sie dem Vater zu. Der eine Pantoffel flog auf das Sofa, der andere dem Alten ins Gesicht.

„Junge!“ grollte er, „ein andermal kommst du her, wenn du nicht besser werfen kannst!“

Er steckte die Pantoffel an die Füße und trat zu Leopold, während sein Sohn die Lampe von neuem anzündete.

„Leuchte her!“

„Macht euch nur auf die Seite“, warnte der Fürst. „Ich laß mich nicht angaffen wie ein Wundertier!“

„Na, nach großen Wundern sieht Er auch nicht aus!“ meinte der Wirt. „Wer ist Er denn eigentlich, Er Grobsack, Er?“

„Der Kaiser von China!“

„Das glaube ich Ihm auf der Stelle; denn ich habe erst vorige Woche gehört, daß dort ein Ochse Kaiser geworden ist. Wie aber kommt Er denn nach Wustrow? — Man hat Ihn wohl fortgejagt, weil Er für sein Amt zu dumm war?“

„Er hat's gleich erraten. Ich habe mich aber verteidigt, daß ich noch nicht der Dümmste sei. Und da ist es dahin entschieden worden, daß ich Kaiser bleibe, wenn ich einen bringen kann, der mich noch übertrifft. Ich komme also nach Wustrow, um Ihn mitzunehmen; denn nur Er ist's, der mich retten kann."

„Auch nicht übel!" schmunzelte Hillmann. „Höre Er, wir passen gar nicht schlecht zusammen. Sage Er einmal im Ernst, was für ein Handwerk Er treibt und was für ein Landsmann Er ist!"

„Als ich's vorhin sagen wollte, hatte Er keine Zeit, die Ohren aufzusperren; jetzt bin ich's, dem es nicht paßt."

„So lasse Er's bleiben! Aber wenn Er nicht reden kann, so trolle Er sich auch von dannen. Ich bin der Hillmann aus Wustrow, der mit solchen Schlingels nicht viel Federlesens macht!"

„Hab's vorhin gesehen an dem Mecklenburger, der mir begegnet ist."

„Ist der mit Ihm zusammengetroffen? Ja, der hat eine Quittung bekommen, die niemand für falsch halten wird! Was sagte er denn?"

„Nichts Böses. Er hat mir sogar geraten, bei Ihm in Arbeit zu treten."

„Was? Ist Er etwa ein Bäcker? Hat Er ein Wanderbuch bei sich?"

„Hier ist es!"

Leopold zog das Buch hervor und reichte es dem Wirt. Dieser durchblätterte es und legte es dann in ein Wandschränkchen.

„Was soll das Buch da drin?" fragte der Fürst. „Ich brauch es weiter!"

„Schnickschnack! Das Buch bleibt dort, und Er bleibt hier. Er soll bei mir Arbeit haben."

„Da fragt Er wohl gar nicht, ob ich auch will?"

„Wozu? Ich brauche augenblicklich einen Gesellen, und da versteht es sich ganz von selbst, daß ich Ihn hier behalte."

„Und wenn das mir nicht paßt?"

„Danach wird Er ebensowenig gefragt. Bäckt Er nur schwarz oder auch weiß?"

„Ich backe alles, sogar blau und grün."

„Was? So ist Er wohl auch Zuckerbäcker?"

„Und wie!"

„Na, das ist bei uns überflüssig. Die Hauptsache ist, daß Er das fertigbringt, was hier am Ort gebraucht wird: Brot, Semmeln, Kuchen. Vom Brot und den Semmeln will ich nicht reden, aber der Kuchen wird in jeder Gegend anders gemacht. Bäckt Er Zwiebelkuchen?"

„Ja."

„Prophetkuchen?"

„Ja."

„Quark-, Käse-, Rosinen-, Grieß- und Mohnkuchen?"

„Ach, halt Er doch den Schnabel! Ich backe einen jeden Kuchen, der verlangt wird. Basta!"

„So wird Er bei mir bleiben?"

„Meinetwegen!"

„Er kann gleich heute noch anfangen und Seine Probe machen. Ich kümmere mich nicht mehr um die Bäkkerei, und der Geselle hat alles selbst zu wissen."

„Was gibt Er denn Wochenlohn?"

„Zwanzig Groschen!"

„Alle Wetter! Da muß ich mir einen Seitenflügel an meinen Geldsack bauen lassen, sonst reicht er nicht zu!"

„Na, viel wird Er nicht fortschleppen; denn die Bäckerei ist ein durstiges Handwerk. Komm Er einmal mit. Ich will Ihm die Gelegenheit zeigen."

Der Wirt brannte eine zweite Lampe an und führte den neuen Gesellen in den Hausflur, wo es inzwischen dunkel geworden war.

„Hier rechts ist die Schlächterei, und da hinten links sieht Er die Fußgrube. Drüben ist die Kammer für die Milch; da kann Er nehmen, was Er braucht. Hier ist die Küche, wo Er jedes notwendige Salz und Gewürz findet. Eine Treppe hoch liegt die Mehlkammer und auch die Fruchtkammer mit dem Backobst, und hier drin ist die Bäckerei."

Der Wirt schloß die Tür auf und führte Leopold in einen wüsten Raum.

„Hier ist der Backofen. Den sieht Er wohl?"

„Na, wenn's schlimm geht, kaufe ich mir eine Brille. Mich wundert's nur, daß Er selber ihn zu finden weiß."

„Dort ist die Beute und drauf die Backtröge und Kuchendeckel, hier der Kuchenschragen und die übrige Geschichte. Er hat also alles schön bequem beisammen, und ich bin froh, daß Er gekommen ist. Ich hätte wahrhaftig morgen selber backen müssen. Seine Zeugnisse sind gut, und Er ist auch alt genug; ich weiß also, daß Er Seine Sache verstehen wird. Was?"

„Na, Er soll sich freuen!"

„Ich hoffe es! Jetzt will ich Ihm gleich sagen, was Er für morgen zu tun hat: um fünf müssen drei Schock Semmeln fertig sein, macht dreißig Zeilen. Versteht Er mich?"

„Er schnauzt mich ja deutlich genug an!"

„Dazu kommt das Brot: zwanzig Achtpfünder, ebensoviel Sechspfünder und dreißig Groschenbrote. Versteht Er mich? Das muß bis acht Uhr fertig sein. Kuchen gibt es nicht, außer drei Prophetenkuchen und acht Pflaumenkuchen, die bestellt sind. Er kann ja gleich hierbleiben, die Pflaumen auskernen, sie liegen oben in der Fruchtkammer."

„Nur sachte, sachte! Gut Ding will Weile haben, und zunächst muß ich gehörig essen und trinken. Wer arbeitet, der soll auch essen."

„Meinetwegen! Ich werde Ihm heute abend ein wenig helfen, weil Er bei mir doch nicht genau Bescheid wissen kann; dann aber muß Er allein fertig werden. Macht Er Seine Sache gut, so bekommt Er Seine zwanzig Silbergroschen; was Er aber verdirbt, das muß Er aus Seiner Tasche bezahlen."

„Bezahle keinen Heller!"

„Schön! Das ist ein Zeichen, daß Er Seinen Kram versteht."

„Den? O ja, den versteh ich; das soll Er wohl bald merken!"

„Kann Er ‚Schafkopf' spielen?"

„Selbstverständlich!"

„Das ist gut. Mit dem Mehlherabschaffen, Auskernen, Hefen- und Sauerteigansetzen und dem Feuermachen im Backofen brauchen wir nicht viel Zeit zu verlieren. So spielen wir bis Mitternacht ‚Schafkopf'; ich gehe schlafen, und wenn ich aufstehe, wird Er dann fertig sein."

Beide kehrten nun nach dem Gastzimmer zurück, wo mittlerweile mehrere Lampen angebrannt worden waren. Es fanden sich später noch weitere Gäste ein, und nach dem Abendessen mußte sich Leopold mit an den Spieltisch setzen. Hier geriet er wiederholt mit dem Meister zusammen, und da er sich von ihm nicht werfen ließ, so flogen die derbsten Kraftausdrücke und Grobheiten herüber und hinüber, denen die anderen gespannt lauschten, um sie dann mit einem wiehernden Gelächter zu begleiten. Dabei wurde wacker getrunken. Die „Zitzemille" mundete dem Fürsten so gut, daß er eine Flasche nach der anderen ausstach. Dieses Bier aber war er nicht gewohnt, und als er gegen zehn Uhr mit dem Meister aufstehen mußte, um die Backstube vorzurichten, hatte sein Gang längst nicht mehr die gewohnte Sicherheit.

„Wieviel Striche hat Er bereits an der Tür?" fragte Hillmann.

„Zwölf oder neunzehn, ich weiß es nicht genau."

„Höre Er, es werden wohl neunzehn sein! Er trinkt einen tüchtigen Stiefel, so daß es mir angst und bange werden könnte, wenn ich nicht beim ‚Schafkopf' Seinen großen Beutel gesehen hätte. Aber Er wird mir doch nicht etwa besoffen werden?"

„Bekümmere Er sich um sich selber, Meister. Er wackelt ja, daß es einen erbarmen möchte!"

„Recht hat Er! Aber wir passen so gut zusammen, daß ich lange keinen so lustigen Abend erlebt habe wie heute. Und dabei vergißt man das Trinken natürlich nicht. Höre Er, wir wollen uns jetzt nicht gar so viel Arbeit machen. Wir holen das Mehl herunter und sieben es rasch ein. Das andere können wir auch später tun. Es ist besser, wir spielen noch ein Stündchen weiter."

„Mir ist's recht! Hat Er denn noch genug Zitzemille oder Mützemille oder Zementzille oben in der Stube?"

„Genug! Wir trinken noch einige. Mach Er nur rasch, daß wir fertig werden!"

Schon in kurzer Zeit saßen sie wieder am Spieltisch. Der Vorrat an vollen Flaschen wurde immer geringer, und eben, als es Mitternacht schlug, war die letzte leer geworden. Das Spiel hörte auf, und die Gäste gingen nach Hause.

„Hat Er nun genug, Er Nimmersatt?" fragte der Meister, indem er sich erheben wollte. Dann sank er sogleich auf den Stuhl zurück. Dem Dessauer ging es ebenso. Die drei Söhne waren inzwischen fortgegangen.

„Ich glaube gar, Er kann nicht mehr auf!" meinte der Meister.

„Ich? Bekümmere Er sich doch einmal um sich selber! Ihn hat die Zietzeblietze oder Grützemütze umgebracht. Er schneidet ja Gesichter wie ein Nußknacker."

„Zupf Er sich an Seiner eigenen Nase! Er wackelt ja herüber und hinüber wie ein armer Galgenvogel."

„Das denkt Er nur, weil Er selber so wackelt! Komm Er doch einmal mit; ich werde Ihn führen. Eins! — Zwei! — Drei! —"

Bei den letzten Worten nahmen beide ihre Kräfte zusammen und kamen auch ganz hübsch in die Höhe. Sofort aber stützte sich einer wie der andere auf die Tischplatte, sonst wären sie wieder niedergefallen.

„Na, vorwärts!" meinte Leopold. „Oder kann Er vielleicht nicht weiter?"

„Wart Er ein bißchen, und steh Er doch einmal still! Er fährt ja in der Stube herum wie eine Wespe, die sich verfangen hat!"

Hillmann arbeitete sich mit aller Anstrengung hinter dem Tisch hervor und wollte nach der Tür, schoß aber „eine Lerche" seitwärts auf den Dessauer zu. Er rannte ihn so derb an, daß beide auseinandertaumelten und sich dann zur Erde setzten.

„Donnerwetter", rief der Dessauer, „da liegen wir! Kann Er sich denn nicht in acht nehmen, Er Esel Er?"

„Maul halten! Geb Er mir Seine Hand, daß ich Ihn mit in die Höhe bringe. Wir wollen machen, daß wir auf den Backofen kommen; dort können wir ausruhen. Hier wird es reineweg alle mit Ihm!"

„Hier hat Er die Hand, aber nicht meinetwegen, sondern um seinetwillen."

Sie faßten sich gegenseitig an den Händen und würgten sich nach einiger Anstrengung wieder hoch.

„Heiliges Elend, wo ist denn die Tür?" fragte der Wirt.

„Na, jetzt hört mir alles und verschiedenes auf! Nicht einmal die Tür kann Er mehr erkennen!"

„Er zerrt mich ja rund in der Stube herum, so daß es mir ganz taumelig wird! Nehme Er die Lampe! Ich warte nicht länger auf Ihn!"

Der Dessauer ergriff die Leuchte. Sie gelangten glücklich hinaus in den Flur und kamen mit Hilfe der Wand, an die sie sich stützten, ohne weitere Unfälle in die dumpfige Backstube.

„Wo ist der Backofen?" fragte Hillmann.

„Aha! Jetzt ist Er es, der die Brille braucht! Komm Er; ich werde Ihn hinaufschaffen. Da drehe Er sich rechts herum, sonst läuft Er in den Backtrog!"

Der Wirt kroch auf allen vieren. Der Dessauer schob

aus Leibeskräften, und so kam der Meister glücklich über die Stufen hinweg, die auf den Backofen führten. Dort streckte sich Hillmann behaglich aus.

„So! Jetzt hat man doch endlich seine gehörige Ordnung. Nun hole er den Sauer zum Brot und die Hefe für den Semmel- und Kuchenteig. Die Milch gießt Er neben das Mehl an, daß sie einstweilen warm wird, und das Gewürz kann Er sich auch gleich in der Küche holen. Es ist besser, Er hat es nachher gleich zur Hand liegen. Dann aber kernt Er die Pflaumen aus. Ich werde zur rechten Zeit aufwachen und genau nachsehen, wie Er Seine Sache macht. Und was ich noch sagen wollte: Hol Er aus der Milchkammer fünf Stückchen Butter, um sie hier auf dem Backofen in einem Topf zerlaufen zu lassen. Er kann auch die Rosinen gleich mit hineintun. So, nun weiß Er alles!"

Mit einem langgezogenen Gähnen schloß er die Augen. Er war so berauscht, daß er sofort einschlief.

Leopold nahm die Lampe und ging in das Gewölbe, um den Sauerteig und die Hefe zu holen. Seine Beine wollten ihm nicht recht gehorchen, aber er nahm sich nach Kräften zusammen. Er fand einen großen Krug und roch daran.

„Das ist die Hefe; das riecht man gleich. Wo aber ist der Sauer? Habe all mein Lebtag solch Zeug noch nicht gesehen. Ah, dort in dem Faß wird es sein."

In der Ecke stand ein großes Faß, dessen dickflüssiger Inhalt einen scharfen, säuerlichen Geruch verbreitete.

„Das ist der richtige Jakob!" brummte er. „Mit solchem Zeug also wird das tägliche Brot gebacken. Das stinkt ja wie Meister Urian! Aber wieviel nehme ich? Ich glaube, der Dessauer Bäcker sagte, daß man auf acht Pfund Brot ein Pfund Sauerteig zu nehmen habe. Das wird hier also ungefähr vier Wasserkannen voll geben."

Er schaffte erst den ganzen Hefenkrug in die Backstube und goß den Inhalt in den Backtrog. Dann nahm er eine Wasserkanne, schöpfte viermal aus dem Faß und goß das duftende Zeug über das Brotmehl in der Beute. Danach wankte er in die Milchkammer, wo er ein großes Tongefäß voll Milch fand.

„Ah, die ist dick. Das wird ein Teig, der sich gewaschen hat!"

Er schleppte die Milch in die Backstube und schüttete sie zu der Hefe in den Backtrog. Dann holte er die Butter herbei, die er in einen Topf tat. Als er damit fertig war, ging er in die Küche, wo auf einem Brett verschiedene Tüten lagen. Er öffnete eine nach der anderen.

„Also Rosinen in die Butter. Ah, da sind die großen. Wo aber stecken die kleinen?"

Er suchte weiter und fand eine Tüte, die er für die richtige hielt, nachdem er ihren Inhalt kurz geprüft hatte.

„Das sind die kleinen Rosinen, die die Anneliese Korinthen nennt. Also das alles kommt in die Butter. Wird das ein feines Fressen sein! Aber die Pflaumen kerne ich jetzt nicht aus. Dazu ist es später auch noch Zeit. Vorderhand werde ich ein kleines Stündchen schlafen, denn diese verteufelte Zipetrippe ist mir auch in den Kopf marschiert."

Er kehrte in die Backstube zurück und schüttete den Inhalt der beiden Tüten in den Buttertopf, den er auf einen warmen Ziegel des Backofens stellte. Dann löschte er die Lampe aus, tappte sich die Stufen hinauf und streckte seine müden Glieder neben seinem Meister aus. Auch er schlief sofort ein.

Nach einiger Zeit war in der Backstube ein eigentümliches leises Knistern zu vernehmen. Schabenkäfer marschierten aus dem Backofen hin und her und kamen dabei den beiden Schläfern in die Kleider. Der Meister ließ ein unwilliges Brummen hören.

„Na!" — meinte er schläfrig. — „Wer sticht mich?"

Er fühlte das Kribbeln und Krabbeln an seinem

Körper, kam aber nicht zum vollständigen Erwachen. Er wälzte sich hin und her, konnte aber den Feind nicht loswerden. Wütend schrie er:

„Schon wieder! — Warte, Halunke!“

Er holte aus und schlug zu. Der Hieb traf den Dessauer. Der fühlte trotz seines festen Schlafes den Schlag und packte den Meister.

Die beiden rangen halb im Traum miteinander. Dann gab es ein lautes Gepolter, dem ein Klatschen und Krachen folgte, das den Dessauer halbwegs zur Besinnung brachte.

„Was ist's?“ fragte er.

„Oh! Ah! Au!“ antwortete es von unten herauf. „Ich bin — bin — bin aus dem Bett — aus dem Bett gefallen. Ah! Au!“

Es kroch und rutschte noch eine kleine Weile unten auf der Diele herum; dann wurde es wieder still. Der Meister war vom Rand des Ofens hinab in den Backtrog gerutscht und hatte diesen mit sich auf die Diele gerissen. Leopold schlief auch wieder ein, doch ließen ihm die Schaben keine Ruhe. Er knurrte und brummte, wälzte sich von einer Seite auf die andere und träumte, daß er von einer Abteilung Kavallerie angefallen werde. Er wehrte sich aus Leibeskräften gegen ihre Säbel, aber er erhielt doch einen fürchterlichen Hieb auf den Kopf und stürzte zu Boden. Er fühlte, daß das aus seinen Wunden fließende Blut eine tiefe Lache um ihn bildete — dann verlor er das Bewußtsein.

Leopold war vom Backofen hinab in die Beute gerollt, und das Blut, das aus seinen vermeintlichen Wunden strömte, bestand aus jener scharfen Brühe, die er für Sauerteig gehalten hatte. — — —

Etwa eine Stunde vorher, abends elf Uhr, verließ der Pflasterhändler seine Herberge bei dem Schmied Peters, um nach dem Schloß zu gehen. Dort schritt er längs der Gartenmauer hin, bis er die Stelle erreichte, die ihm von Anna bezeichnet worden war.

„Wilhelm!“ hörte er eine halblaute Stimme von oben herab rufen.

„Anna, bist du es? Soll ich hinaufkommen?“

„Du kannst ja nicht.“

„Ich kann. Ich hab dem Schmied heimlich ein paar eiserne Krampen weggenommen. Wenn ich die zwischen die Steine einschlage, kann ich in die Höhe steigen.“

„Man wird es hören!“

„Nein! Ich umwinde das Eisen mit meinem Schnupftuch.“

„So versuch es einmal!“

Sie hörte ein gedämpftes Klopfen; dann sah sie den Geliebten zu sich emporsteigen.

Er sprang von der Mauer, die dem Balkon als Brüstung diente.

„Da hast du mich, Anna! Gib mir die Hand.“

„Aber nur die Hand!“

„Natürlich. Ich habe dir bereits gesagt, daß ich keine Ohrfeige mehr verlange.“

„Oh“, lachte sie, „du bist nicht der einzige, der heute eine erhalten hat.“

„Noch einer? Wer denn?“

„Dein Alter, der Dessauer!“

„Du machst nur Spaß!“

„Es ist mein Ernst! Er wollte mir einen Kuß geben, und erhielt dafür eine Maulschelle, die dreimal kräftiger war als die deinige.“

„Mädchen, was hast du getan? Du machst mir wirklich Angst. Was sagte er dazu?“

„Er wetterte fürchterlich, aber ich habe ihm tüchtig geantwortet, und dann sind wir in aller Freundschaft auseinandergegangen.“

„Na, das ist wohl noch zu bezweifeln. Erzähle mir!“

Sie erzählte ihm den ganzen Vorgang.

Als sie zu Ende war, ergriff er ihre beiden Hände.

„Anna, hätte ich den Bart und die Beule nicht, so würde ich dir einen Kuß geben, an dem gewiß nichts fehlen sollte. Bomben und Granaten, hast du deine Sache brav gemacht! Nun hab ich keine Angst mehr, nicht die allergeringste, denn ich bin überzeugt, daß er seinen Narren an dir gefressen hat. Nun können wir vollständig ruhig und ohne Sorge sein."

„In Beziehung auf uns, ja. Aber um den Fürsten bin ich besorgt. Du sagtest doch, daß er hier in der Gegend herumsuchen will. Wenn er nun gefunden wird!"

„Von wem?"

„Friedrich Ludwig ist da. Er logiert hier im Schloß."

„Du bist des Teufels! Kennst du ihn?"

„Ich kannte ihn nie. Er gilt hier für einen Baron von Kreutz."

„Also inkognito! Was will er denn eigentlich hier in Lüchow?"

„Er geht meinem Fräulein zu Gefallen."

„Na, da ist er wohl sehr auf dem Holzweg!"

„Sicherlich! Aber er hat auch noch andere Absichten. Denk dir nur, er ist verkleidet mit dem Hartegg in Dessau gewesen, um den Fürsten einmal zu sehen."

„Was Teufel! Hat er ihn gesehen?"

„Ja, in der Kirche."

„Der Fürst war heute hier. Sind sie einander begegnet?"

„Nein."

„Das ist ein Glück! Aber was meinst du mit den anderen Absichten?"

„Der Hartegg steckt in Lenzen. Dort ist am Montag Jahrmarkt, und da kommen hannöversche Soldaten, um sich Rekruten zu holen. Der Hartegg ist ihr Kommandant, und der Prinz will auch dabei sein."

„Das ist ja eine ganz famose Geschichte, die du mir da erzählst! Wer hat dir das alles mitgeteilt?"

„Mein Fräulein, die es von dem Hartegg hat."

„Dann ist's keine bloße Erfindung. Hm! Das kann schlimm werden, aber auch gut für uns. Wo logiert der Oberleutnant in Lenzen?"

„Ich weiß es nicht."

„Wohin sind die Soldaten bestellt?"

„Das hat er nicht gesagt."

„Wieviel Mann werden es sein?"

„Auch das nicht. Er hat weiter nichts gesagt, als was ich dir bereits berichtet habe."

„Das ist nun freilich sehr wenig. Ich muß sehen, ob sich hier etwas ausforschen läßt. Zunächst aber ist es notwendig, daß ich den Fürsten aufsuche."

„Weißt du, wo er ist?"

„Ich werde ihn schon finden. Ein Stündchen muß ich schlafen; dann aber mache ich mich gleich auf den Weg."

„Nimm deine Eisen aus der Mauer fort!"

„Das wird nicht gehen. Sie sind zu tief eingeschlagen. Übrigens kann man sie nicht gleich bemerken. Es führt ja kein Weg vorüber, und sie werden von dem Gesträuch verdeckt. Gute Nacht, Anna!" — — —

Es war noch früh am Tag; da aber in Wustrow sehr viele Bauern wohnten, die des Morgens zeitig wach sein müssen, so rauchten bereits die Feueressen, und vor dem Haus Hillmanns standen einige Frauen und Mägde, die sich neubackene Semmeln holen wollten. Sie hatten die Tür noch verschlossen gefunden.

„Was muß denn da passiert sein?" fragte die eine. — „Da ist wohl am Ende noch gar nicht gebacken worden?"

„Er hat den Gesellen wieder mal fortgejagt", antwortete eine andere.

„Es ist ein neuer da. Mein Alter sagte es, der ihn gestern gesehen hat. Das mag aber ein Kerl sein, noch zehnmal gröber als der Hillmann selber. Und trinken hat er können wie ein Kellerloch. Ich glaube, sie sind alle beduselt gewesen und liegen noch im Schlaf. Wir wollen einmal pochen!"

Es wurde erst geklopft, dann gepocht, dann gehämmert und endlich gedonnert, bis sich im ersten Stockwerk ein Fenster öffnete. Einer der Söhne sah heraus.

„Was ist denn los, he?"

„Sind die Semmeln fertig?"

„Hm! Will einmal nachsehen."

Er weckte seine beiden Brüder, die nach seiner Meinung nun auch genug geschlafen hätten, und kam mit ihnen herunter. In der Fußgrube war alles dunkel, in der Backstube ebenso. Sie öffneten zunächst die Haustür, um Licht auf den Flur zu lassen, dann zogen sie die Läden in der Wohnstube auf. Sie wollten das auch in der Backstube tun.

Als sie dort eintraten, quoll ihnen ein scharfer, saurer Geruch entgegen. Der vorderste von ihnen prallte sofort zurück.

„Donnerwetter, was ist denn das? Da habe ich ein paar Pfund Teig an den Sohlen kleben!"

Sie blickten in das Dämmerlicht hinein, aus dem sich ein lautes Schnarchen vernehmen ließ.

„Dort liegt, weiß Gott, der Backtrog in der Stube!"

„Und ein Kerl dabei! Wer ist das?"

„Der Alte! Heiliger Schwede, was muß da passiert sein? Nur rasch die Fenster auf!"

Einer patschte über die Stube hin und stieß die Läden auf. Das helle Licht des Tages beleuchtete eine Szene, die wohl kein Maler wiederzugeben vermocht hätte. Die Weiber vor der Tür erhoben ein schallendes Gelächter. Die drei langen Burschen aber standen sprachlos da.

Auf der Diele lag der große Semmeltrog umgestürzt. Sein ganzer Inhalt hatte sich über den Fußboden ergossen, und die weiße, zähe Flut dieses Kleisters wurde vermehrt durch ganze Ströme von Teig, die von dem Kuchentrog herniederflossen. Der Dessauer hatte die ganze Hefe aufgegossen, und so war eine solche Gärung entstanden, daß sich ein wahrer Teigvulkan über dem Trog erhob.

Das Allerbeste aber zeigte sich im Hintergrund der Stube. Dort lag nämlich der neue Geselle, so lang er war, in der Beute, von einer Masse bedeckt, die weder Mehl noch Wasser noch Teig genannt werden konnte.

Die beiden Schläfer schienen sich bisher ganz wohl befunden zu haben. Jetzt aber drang die kalte Morgenluft herein, und der alte Hillmann begann sich leise zu regen.

„Vater!"

„U—ah!"

„Vater!"

„Uuu—aaah!"

Die Söhne faßten ihn bei den Armen und versuchten ihn aufzurichten.

„Vater!"

„Wa—as?"

„Sperrt die Augen auf, ihr Dreckpudels ihr! Was habt ihr denn hier angerichtet, he?"

„An—ge—rich—tet? Wo?"

Der alte Hillmann hatte beide Hände voll Kleister und rieb sich mit diesen Händen die Augen. Natürlich konnte er nun erst recht nichts sehen.

„Mach, daß du zustande kommst! Hurrjesses, ist das eine Sauerei! Seid ihr denn bei Verstand gewesen?"

„Ver—stand! Uuu—aaah!" gähnte der Alte. „Was — — was klebt denn da?"

Seine ganze Gestalt, sein ganzes Gesicht war mit Kleister überzogen. Er hatte jetzt die Augen frei bekommen, streckte alle zehn Finger weit von sich und starrte in der Stube umher.

„Au, mein Kopf! Ich hab eine Knochenmühle drin. Aber — — wo, wo bin ich denn eigentlich? Was ist das für — — — Donnerwetter, da liegt ja der Backtrog!"

„Ja, und du lagst dabei!"

„Ich? Und da läuft ja der Teig über! Himmeltausendsapperment, wo ist denn der Halunke, der neue Geselle?"

„Da guck dir ihn an! Dort liegt er!"

Der alte Hillmann drehte sich nach der angedeuteten Richtung und wich dann einige Schritte zurück. Was er sah, ging ihm über alle Begriffe.

„Dort — dort liegt er — — im Brotteig! O du oberster Schweinigel du! Warte, Halunke, ich werde dir heraushelfen!"

Der Rausch war ihm auf einmal verflogen. Er faßte nach einem der Stühle, auf dem der Backtrog gestanden hatte, und brach ein Bein los. Damit trat er zur Beute, faßte den Schläfer bei den Haaren, riß ihn auf und schlug nach Kräften zu.

„Willst du heraus aus der Schlempe, du elender Lump und Süffel du! Dir will ich den Schlaf schon vertreiben, du Taugenichts, Nichtsnutz und Lumpenkerl!"

Leopold war bereits bei den ersten Hieben emporgefahren.

Schnell griff er zu und hielt das Stuhlbein fest.

„Was ist los? Was trommelt Er auf mich ein?"

„Warum ich Ihn haue? Das fragt Er noch, Er elender Saukerl? Sieht Er nicht, in welcher sauren Tunke ich Ihn gefunden habe?"

Leopold sah um sich.

„In der Beute! Alle neunundneunzigtausend Teufel, wer hat mich im Schlaf da hineingeschmissen? Den Hund schlag ich tot!"

„Ruhig! Nicht gemuckst!" donnerte der Meister. „Er ist von selber hineingefallen; denn Er war ja besoffen wie ein Stier! Und mich, mich hat Er vom Backofen herunter in den Trog geworfen; der ist umgestürzt, und nun läuft die Mahlzeit in der Stube herum!"

Das machte den Fürsten völlig munter. Er sah sich

genauer um und brach dann in ein lautes Gelächter aus, das gar nicht aufhören wollte.

„Hahahaha — — da habe ich — hahahaha — — im Sauerteig — hahaha — im Sauerteig geschlafen, und — — — hahahaha — — der Hillmann — — hihihihi — — — hat sich in die He — — — — hihihihiiih — Hefen — hihihohooooh — in die Hefen gelegt — — hahahihihoooh!"

„Was! Er lacht auch noch dazu, Er Teigaffe, Er? Laß Er gleich das Stuhlbein los! Ich werde Ihn verhauen, daß Ihm das Lachen vergehen soll!"

„Schimpf — — — hahaha — — schimpf Er nicht — — — hihihihi! Komm Er lieber — — — hahaha oh, mein Bauch! Hohohohoooh! — — — Komm Er lieber her, Er — — — hihiiih — — — Er alter Hefenkloß — — hahaha — — — wir wollen einander — — — hihihihihiiih — — einander ablecken!"

„Auch noch ablecken soll ich Ihn! Warte, ich will Ihn ablecken!"

Mit einem kräftigen Ruck riß der Meister das Stuhlbein wieder an sich und versetzte dem Fürsten damit einige Hiebe.

Sofort aber hatte dieser das Bein wieder ergriffen und hielt es fest.

„Hillmann, mäßige Er sich! Die ganze Geschichte ist ja nur zum Lachen!"

„Auch noch! Da liegt der Kerl im Sauerteig! — — — Himmelelement, was ist denn das?"

Er trat näher an die Beute heran und sah hinein.

„Was hat Er denn hier aufgegossen, he?"

„Sauerteig!"

„Wieviel?"

„Vier Wasserkannen voll!"

„Vier Wa — — — Nun steht mir der Verstand still! Wo hat Er denn eine solche Menge hergenommen, he?"

„Aus dem großen Faß im Gewölbe."

Da brachen die drei Söhne des Bäckers in ein schallendes Gelächter aus. Der Alte aber starrte den Gesellen an, als ob er ein Gespenst vor sich sähe.

„Alle guten Geister! — Aus dem großen Faß! — Da ist ja das saure — — — das saure Schweinefutter drin!"

„Das saure Schweinefutter!" lachte Leopold. „Hahahaha — — — Alter, halte — hahahahaha — — — halte mir den — — — — hihihihiiihihiih — — den Bauch, sonst zer — — — hihihihi — — zerplatzt er mir — hohohohooohohooh! Das saure Schweinefutter!"

„Auch noch den Bauch halten, Er — Er — Er!"

Der Bäcker fand in seinem Grimm gar keine Worte mehr. Einer seiner Söhne, der die über die Dielen laufende Brühe untersucht hatte, rief:

„Vater, weißt du, was das ist? Buttermilch! Hahahaha, Buttermilch in die Semmeln!"

„Butterm — — o du neunmal verrückter Lumpenkerl!" brüllte der Alte. „Gießt Er mir Buttermilch in die Semmeln! Und wieviel hat Er denn von der Hefe genommen?"

„Die ganze natürlich", meinte Leopold.

„Die — — ganze!!! — Mensch, mit dem, was draußen war, kann ich ja dreißig Zentner Mehl bis unter das Dach hinaufgären!"

„Und hier in dem Topf", berichtete der Sohn weiter, „da ist zerlassene Butter, da sind Schaben, große Rosinen und Pfefferkörner!"

„Aha", meinte Leopold lachend, „drum waren die kleinen Rosinen so hart!"

„Pfefferkörner?" fragte der Alte ganz außer sich. „Zeig mir den Topf einmal her! Den Topf will ich sehen, jetzt gleich, auf der Stelle!"

Der Sohn brachte das Verlangte. Sein Vater griff hinein, nahm eins der Körner heraus und zerbiß es.

„Bei meiner armen Seele, es sind Pfefferkörner! Kerl,

Mensch, Er will ein Bäcker sein und sieht Pfefferkörner für kleine Rosinen an! Hier, da hat Er die ganze Geschichte an Seinen stocknageldummen Schädel!“

Er holte aus und warf dem Fürsten den Topf mit solcher Gewalt an den Kopf, daß das Gefäß in Scherben zerbrach und die Butter mitsamt dem anderen Inhalt in der Stube umherspritzte. Leopold fuhr sich mit einem Schrei an die Stirn, im nächsten Augenblick aber hatte er den Meister gefaßt.

„Das wagst du? Warte, ich werde dich einwickeln!“

Der Fürst hob den Meister hoch empor, warf ihn in die Beute, daß alles krachte, und knetete ihn in den Teig hinein, daß er in wenigen Augenblicken erstickt wäre, wenn nicht die drei Söhne hinzugesprungen wären. Auch die vor dem Haus stehenden Weiber erhoben ein lautes Geschrei. Im Handumdrehen war der Hausflur voll Menschen.

„Laß ab, Kerl, sonst massakrieren wir dich!“ rief einer der Söhne.

Sie faßten den Dessauer und rissen ihn von der Beute weg. Jetzt kam Leopold in die Gefahr, erwürgt zu werden, denn sechs starke Hände waren bemüht, ihm den Hals zuzuschnüren. Es gelang ihm, sich loszureißen. Schnell bückte er sich und hob das Stuhlbein auf.

„Massakrieren? — Mich? — Kommt her, wenn ihr es wagt!“

Die Söhne drangen von neuem auf ihn ein; er aber schlug einen so nachdrücklichen Kreuzhieb, daß sie ihn nicht fassen konnten. Mittlerweile aber hatte sich der Alte aus dem Teig emporgearbeitet. Er ergriff den Fürsten von hinten bei der Kehle und schnürte ihm den Hals zusammen.

„Schlagt ihn tot! Klopft ihm die Seele aus dem Leib! Holt Stuhlbeine her!“

Dieser Befehl wurde augenblicklich befolgt. Der Stuhl wurde vollends zertreten; die Brüder teilten sich rasch in die drei anderen Beine und schlugen damit blindlings auf den Fürsten los.

Der Grimm und vielleicht auch die Todesangst gaben dem Fürsten übermenschliche Kräfte. Er riß sich abermals los, sprang zur Seite und holte aus. Sein erster Hieb traf den Alten mit solcher Wucht, daß dieser in die Beute zurücksank. Sein zweiter Hieb sauste auf die Achsel des Fleischers herab. Auch der stürzte nieder.

„So!" jubelte Leopold. „Ihr sollt mich kennenlernen!"

Seine Augen leuchteten. Er kannte sich selbst nicht mehr; er überlegte nicht, was aus dieser blutigen Schlägerei für ihn entstehen könne. Er trieb die beiden übrigen Gegner hinaus auf den Flur und schlug dort auch auf die anderen Leute ein. Alles schrie und rief um Hilfe. Es war ein Lärm, wie er in Wustrow wohl noch nie gehört worden war.

„Was geht hier vor?" fragte jetzt draußen eine gebieterische Stimme.

„Er schlägt uns alle tot!" antwortete einer.

„Wer?"

„Der Geselle. Er ist toll geworden!"

„Werden mit ihm schon fertig werden! Tretet her und laßt ihn nicht durch!"

Unter der Tür erschien ein Mann in Zivil, gefolgt von einem Polizeidiener. Er übersah beim ersten Blick die Situation.

„Halt, Kerl! Ist Er verrückt? Er macht sich ja unglücklich!"

„Geht Ihn das etwas an?" antwortete Leopold, der immer noch um sich schlug.

„Im Namen des Gesetzes gebiete ich Ihm, einzuhalten! Ich bin der Bürgermeister!"

„Meinetwegen der Essenkehrer! Vorwärts! Hinaus mit euch Jammersäcken!"

Die Anwesenheit des Bürgermeisters gab den Leuten Mut. Die Männer hielten jetzt stand. Einer drängte den anderen, und Leopold wurde trotz seiner gewaltigen Streiche eingeengt. Der Polizist war ein schlauer Patron; er arbeitete sich durch das Gedränge, bückte sich und ergriff den Fürsten bei einem Bein. Ein kräftiger Ruck warf den Wütenden zu Boden. Nun stürzte alles über ihn her, um ihn unschädlich zu machen.

„Bindet ihn mit Stricken!" gebot der Bürgermeister.

Stricke waren bald zur Stelle, und als der Gefangene gefesselt war, trieb der Beamte die Menge zum Hause hinaus, um ungestört den Tatbestand aufnehmen zu können. Nur die verletzten Personen durften bleiben.

Der alte Hillmann saß jammernd in dem Teig und hielt sich den Kopf. Der Schlag hatte ihn betäubt, und durch die scharfe Kante des abgleitenden Stuhlbeins war ihm das eine Ohr halb abgerissen worden. Sein Sohn, der Fleischer, hatte sich ausgezogen und untersuchte seine Achsel. Und dabei quatschte, quitschte es vor Teig und Kleister an allen Ecken. Der Beamte nahm darauf keine Rücksicht. Die Beteiligten mußten alle in die Stube treten, Leopold auch, und dann begann das Verhör.

Mit dem Augenblick, da er niedergeworfen wurde, war dem Fürsten die Besinnung zurückgekehrt. Er brauchte keine Angst zu haben. Aber peinlich war seine Lage. Konnte er seinen wahren Namen nennen, ohne sich zu blamieren und in die unabsehbarsten Verlegenheiten zu bringen? Er beschloß, der Bäckergeselle zu bleiben und allem, was da kommen würde, die größte Ruhe entgegenzusetzen.

Der Bürgermeister wandte sich an den alten Hillmann: „Hillmann, was ist bei Ihm geschehen? Erzähl Er es mir einmal ausführlich!"

Der Alte erzählte und gebrauchte dabei solche Kraftausdrücke in Beziehung auf Leopold, daß diesem oft die Galle überlaufen wollte; aber er beherrschte sich. Darauf wurden die drei Söhne und die Zeugen vernommen.

Ihre Aussagen stimmten mit der des Meisters überein. Jetzt fragte der Beamte den Angeschuldigten: „Wer ist Er?“

„Das steht in meinem Wanderbuch.“

„Er hat mir aber Rede zu stehen!“

„Hier nicht, nur an Amtsstelle.“

„Schön! Ich werde Ihn an diese Stelle bringen lassen. Wo ist Sein Wanderbuch?“

„Der Alte hat es eingeschlossen.“

„Hat Er sonst noch Sachen?“

„Einen Ranzen.“

„Den werden wir durchsehen. Was hat Er alles einstecken?“

„Nehmt es heraus. Er sieht ja, daß ich gebunden bin!“

Der Bürgermeister winkte dem Schutzmann, und dieser untersuchte die Taschen des Fürsten. Er fand eine alte, dreigehäusige Uhr, ein Taschenmesser und zwei Geldbeutel, nämlich den alten Strumpf mit lauter Silberstücken und einen Perlenbeutel, der voll Gold war. Der Beamte erstaunte.

„Mann, wo hat Er das viele Geld her?“

„Verdient.“

„Das mache Er mir nicht weis! Man wird strenge Maßregeln gegen Ihn ergreifen müssen. Nehme Er sich in acht! Ich halte ihn wegen Körperverletzung oder gar wegen versuchten Totschlags fest. Vielleicht entdecken wir noch etwas anderes, was Ihn noch tiefer in die Tinte bringt.“

„Er sieht mir auch ganz nach großen Entdeckungen aus! Und was die Tinte betrifft, so sehe Er sich nur vor, daß Er sie nicht etwa selber noch auszutunken hat. Übrigens habe ich die Geschichte satt. Ich bin Sein Gefangener; mach Er, daß man mich von hier wegbringt. In diesem Dreck mag ich nicht länger sitzenbleiben!“

„Dieser Wunsch kann Ihm erfüllt werden. Aber denk Er ja nicht etwa an Flucht. Diese Leute gehen alle mit;

ich muß ihre Aussagen zu Protokoll nehmen. Er ist also in sicheren Händen."

„Habe Er nur keine Angst! Vor Ihm und diesen Affen reiße ich noch lange nicht aus, und wenn Er Sein Protokoll recht schön und deutlich machen will, so gebe ich Ihm den Rat, gleich alles, was Er hier sieht, mit hineinzuwickeln, das Mehl, die Buttermilch, die Pfefferkörner, die Hefe und das Schweinefutter!"

„Na, Sein loses Maul wird man Ihm zu stopfen wissen! Nehmt ihn in die Mitte und führt ihn fort!"

Leopold wurde, so wie er war, mit dem ganzen Kleisterüberzug, fortgeschafft. Auch sein Ranzen, sein Rock und sein Wanderbuch wurden mitgenommen. Der Wirt folgte dem Transport durch eine große Menschenmenge, die neugierig war, den Menschen zu sehen, der es mit den vier Hillmännern aufgenommen hatte. — — —

Ungefähr eine Stunde später kam ein Wandersmann auf Wustrow zugeschritten. Es war der Pflasterhändler, der dem Fürsten, ohne von ihm erkannt zu werden, sagen wollte, daß sich der Prinz Friedrich Ludwig in Lüchow befände und einen Streifzug ins Preußische beabsichtige. In der ersten Gasse erkundigte er sich nach dem Wirtshaus des Bäckermeisters Hillmann. Man wies ihn zurecht.

Als er in die Gaststube trat, waren sehr viele Leute da versammelt, denen er ansah, daß sie sich in einer ungewöhnlichen Aufregung befanden. Es mußte etwas geschehen sein; und er brauchte auch nicht lange zu warten, um die Neuigkeit bis ins kleinste zu erfahren.

Als der Wirt endlich mit seinen drei Söhnen erschien, war es bereits Mittag geworden. Er wurde mit hundert Fragen bestürmt, trat aber zunächst an den Schenktisch, um sich vor allen Dingen mit einem Krug Bier zu stärken. Dann setzte er sich.

„Haltet die Mäuler!“ begann er. „Eure Fragen kommen mir so in die Kreuz und Quere, daß ich ganz dumm davon werde. Mein Schädel brummt mir auch schon ohne sie wie eine Baßgeige. Ihr sollt alles erfahren.“

„Erzähle!“

„Da gibt es gar nichts zu erzählen. Die Sache liegt sehr klar; der Kerl hat uns totschlagen wollen; er ist also ein versuchter Mörder, wie es die Gerichte nennen, und wird wohl baumeln müssen. Sodann hat er sehr viel Geld bei sich, wohl an die zweitausend Taler. Das hat er irgendwo gestohlen oder geraubt, und da wird er wieder baumeln müssen. Und endlich hat er während des Protokolls, wie es die Gerichte nennen, auf unseren Kurfürsten und König, auf seine Prinzen und Prinzessinnen und auf das ganze Land Hannover geschimpft, das ist Beleidigung, ein Majestätsverbrechen, wie es die Gerichte nennen, und dafür wird er zum dritten Male baumeln müssen. Ist das genug oder nicht?"

„Wer ersetzt dir denn deinen Verlust?"

„Das bekomm ich von seinem Geld, wenn so viel übrigbleibt. Ich soll alles taxieren und aufschreiben. Und auch die Transportkosten bekommen wir bezahlt."

„Ihr? Warum denn ihr?"

„Weil wir ihn fortschaffen müssen. Der Richter sagte, das sei ein sehr böser und schwieriger Prozeß, wo es sehr viel zu schreiben gäbe. Er hat ausgerechnet, daß er erst nächsten Montagmittag damit fertig wird. Nachmittags wird der Halunke nach Dannenberg in das Obergericht geschafft, und weil er ein sehr starker Mensch ist, kann das der Polizist nicht allein fertigbringen. Da sollen ihm meine drei Jungens helfen, die ja als kräftige Bengels bekannt sind. Bis nach Lüchow wird es nicht gefährlich sein. Dort aber werden wir meinen Gevatter, den Peters, bitten, uns seinen Gesellen und seinen Sohn mitzubringen, der mein Mädel, die Anna, bekommen soll. Das sind zwei starke Burschen, an die nicht gleich einer kommt, und da der Mordversucher geschlossen ist, so wird er sich das Ausreißen wohl vergehen lassen müssen."

Jetzt wußte Haberkorn genug. Er bezahlte sein Bier und ging. Es war ihm darum zu tun, so schnell wie möglich nach Lüchow zu kommen.

Er legte die anderthalb Wegstunde, die er zu gehen hatte, in noch nicht einer Stunde zurück und suchte die Linde auf, wo er den Stein auf die andere Seite des Stammes legte. Anna mußte grad am Fenster gestanden haben; denn er sah das weiße Tuch als Zeichen, daß sie kommen würde. Aus Vorsorge legte er den Stein wieder an seine frühere Stelle zurück und ging dann nach der hintern Gartenmauer. Als er dort ankam, stand das Mädchen bereits auf dem Balkon.

„Ist jemand im Garten?" fragte er.

„Kein Mensch."

„So komm ich hinauf."

Mit Hilfe der gestern eingeschlagenen Krampen kletterte er schnell nach oben.

„Ist etwas Wichtiges passiert, weil du am Tag kommst?" fragte sie.

„Sogar etwas Schlimmes! Der Fürst ist gefangen!"

„Mein Gott! — Ist's wahr? Wo?"

„In Wustrow. Er rechnet ganz sicher auf mich, daß ich ihm aus der Patsche helfe."

„Das kannst du nicht!"

„Oho! Ich muß es mir nur erst mal überlegen, auf welche Weise. Ist der Prinz da?"

„Nein. Er ist nach Lenzen geritten, um mit Hartegg zu reden."

„Hat es sonst noch etwas hier gegeben?"

„Nichts! Nur daß mein Fräulein dem Prinzen heute im Garten begegnet ist. Er hat auf sie eingesprochen, ist aber wieder tüchtig abgeblitzt. Hast du meine Mutter gesehen?"

„Nein. Aber ich werde schon noch mit ihr sprechen können."

„Willst du wieder nach Wustrow?"

„Natürlich! Gleich morgen. Ich werde mich jetzt vorzugsweise dort aufhalten, um keine Gelegenheit zu versäumen, dem Fürsten nützlich zu sein. Am besten ist es, die Mutter zieht aus dem Haus fort, da sie sich doch einmal scheiden lassen will."

„Aber wohin?"

„Zu dir natürlich!"

„Her nach Lüchow? — Das geht ja nicht!"

„Nein! Sie zieht zu dir nach Dessau."

Sie errötete. „Das wird noch lange Weile haben, Wilhelm!"

„Man kann nichts vorhersehen. Wenn der Fürst ‚Ja' sagt, gehst du dann mit nach Dessau, Anna?"

„Sofort!"

„Er sagte zu mir: ‚Wenn sie nicht nach meinem Geschmack ist, so hat Er sie sich aus dem Kopf zu schlagen; gefällt sie mir aber, so nehmen wir sie gleich mit.“

„Du denkst wirklich, daß ich ihm gefallen habe?“

„Ja. Und was der Dessauer sagt, das hält er auch. Wenn ich genau wüßte, daß du mir gewiß folgen wolltest, so sind wir in ganz kurzer Zeit Mann und Frau.“

„Wilhelm, ich tu alles, was du verlangst!“

„Auch schweigen? Gegen deine Herrin?“

„Auch gegen sie, so vertraut wir sonst auch sind.“

„Wenn du wirklich gegen sie schweigen kannst, so bringen wir es vielleicht sogar so weit, daß sie den Hartegg nehmen darf.“

„Wilhelm, wenn das wahr wäre! Wie sollen wir das anfangen?“

Der Feldwebel überlegte und versuchte dann, seiner Anna den geheimen Kriegsplan auseinanderzusetzen.

„Denk dir einmal, der Hartegg würde von mir auf preußischem Gebiet als Werber ertappt und gefangen ——— —“

„Du, das darf nicht sein!“

„Höre erst weiter! Ich fange ihn nicht allein, sondern den Prinzen dazu.“

„Dem gönne ich es!“

„So können wir den Prinzen zwingen, dem Oberleutnant einen ehrenvollen Abschied zu geben. Der Hartegg wird dann preußischer Offizier und heiratet seine Liebau. Ist das nicht prächtig ersonnen? Er und ich, wir stehen dann vielleicht bei einem Regiment, und du kannst ungestört mit seiner Frau verkehren. Was sagst du dazu?“

„Der Plan gefällt mir. Verlaß dich auf mich!“

„Nun gut, so will ich auch volles Vertauen zu dir haben und dir nichts verschweigen. Weiß die Liebau, daß der Dessauer bei dir gewesen ist?“

„Nein.“

„So will ich dir sagen, daß ich nicht nach Lenzen gehe,

wie ich vorhin sagte, sondern nach Wittenberge. Es steht zufällig eine Kompanie Musketiere auf Feldübung dort. Ich werde mir einige zwanzig Mann ausbitten; denn die Leute, die ich in Lenzen erwarte, kann ich dort nicht wegnehmen. Mit diesen Musketieren lege ich mich am nächsten Montag, wenn der Fürst nach Dannenberg transportiert werden soll, zwischen Dannenberg und Lüchow in den Wald und befreie ihn. Dann gehen wir nach Lenzen, um den Prinzen abzufassen."

„Aber wo?"

„Hm, wenn du das erfahren könntest!"

„Vielleicht sagt es mir mein Fräulein, wenn sie es erfährt."

„Sie könnte es doch nur vom Prinzen erfahren, aber mit dem spricht sie ja nicht."

„Oh, es gibt noch einen, den Hartegg."

„Was, der? Kommt sie mit dem zusammen? Freilich, wenn er in Lenzen ist, wird er eine so gute Gelegenheit, seine Braut zu sehen, nicht versäumen. Aber heimlich müßte das geschehen, weil der Prinz da ist, der ihn nicht bemerken darf."

„Es geschieht auch heimlich. Sie hatte Sorge, ihn einmal zu verfehlen, und so hat sie sich mir anvertraut, damit ich mit aufpassen soll. Er kann nur abends kommen und will zum Zeichen, daß er da ist, bei unserer Linde einen Schuß abgeben."

„Aha, die alte, gute Linde! Sie muß auch ihre Vertraute sein."

„Oh, es stimmt auch noch etwas anderes mit unseren eigenen Vorkehrungen überein! Rate, wo sie dann zusammentreffen werden!"

„Doch nicht hier auf dem Balkon?"

„Freilich!"

„Anna, das paßt herrlich! Rechts und links dichtes Gesträuch. Da könntest du sehr leicht lauschen und alles hören, was er sagt!"

„Meinetwegen. So werde ich mich also verstecken."

„Im übrigen bleibt es bei allem, was wir ausgemacht haben. Nun aber muß ich gehen."

Ein Kuß, Haberkorn kletterte über die Mauer herunter und war bald den Blicken der Geliebten entschwunden. —

Anna gelang es bereits am nächsten Tag, Hartegg mit ihrer Herrin zu belauschen, und nun wartete sie mit Sehnsucht auf Haberkorns Wiederkommen. Er mußte aber sehr in Anspruch genommen sein; denn erst am Sonntagabend, als sie sich auf dem Balkon befand, hörte sie des Feldwebels militärischen Schritt.

Er ging langsam vorüber.

Das Mädchen rief ihn an. „Wilhelm! Komm!"

Im nächsten Augenblick stand er schon neben ihr.

„Ich hab sehr auf dich gewartet!" meinte Anna fast vorwurfsvoll.

„Ich konnte nicht eher kommen. Ich wurde in Wittenberge zu lange hingehalten, und dann auch in Lenzen, wohin ich mußte, um meine Vorkehrungen zu treffen. Nachher wurde es vor allen Dingen notwendig, zunächst nach Wustrow zu gehen, um zu sehen, ob dort keine Veränderung eingetreten ist. Das war heute am Nachmittag."

„Wie steht es dort?"

„Alles noch beim alten! Punkt zwölf Uhr geht ein verdeckter Leiterwagen mit dem Gefangenen ab. Vier Personen begleiten ihn und bleiben hier beim Peters halten, um seinen Sohn und seinen Gesellen aufzunehmen. Dann geht es ohne Aufenthalt weiter."

„Hast du in Wittenberge Soldaten bekommen?"

„Ja, zwanzig Mann. Ich habe den Hauptmann gebeten, verkleidet bleiben zu dürfen. Die Soldaten wissen bloß, daß ein Pflasterhändler zu ihnen kommen wird, um ihnen zu sagen, was sie tun sollen. Es ist ihnen ganz genau ein Ort im Wald bezeichnet, wo sie zusammentreffen, und sie haben eine Losung, an der sie auch mich erkennen werden."

„Warum das?"

„Weil ich mir den Spaß machen will, nicht eher von dem Dessauer erkannt zu werden, als bis der Streich vollständig geglückt ist. Ich habe bereits einen Anzug für ihn hier im Sack. Er ließ ihn in Lenzen zurück, als er sich verkleidete. — Und nun, was hast du erfahren?"

„Oh, ich weiß sehr viel! Ich weiß, was morgen abend in Lenzen vor sich gehen soll. Hartegg wollte seine Hannoveraner teilen. Im Gasthof ‚Zum Mecklenburger' ist Jahrmarktstanz, wobei natürlich viele junge, rüstige Burschen anwesend sind. Die Hannoveraner sollen nun alle daran teilnehmen; der Prinz ist auch dabei. Auf ein Zeichen von ihm fallen sie über die Burschen her und führen sie ab."

„Dieser Plan ist unbesonnen und leichtsinnig! Wenn er gelingen sollte, was ich noch sehr bezweifle, muß er doch ein ungeheures Aufsehen erregen. Übrigens, wie sollen die Gefangenen bis an die Grenze gebracht werden, wo doch unsere Leute stehen?"

„Wer sich widersetzt, soll niedergeschossen werden."

„Ach so!"

„Ich wollte, ich könnte dabei sein!"

„Das kannst du, wenn du nur willst. Du und deine Herrin, ihr solltet sogar beide dabei sein; das würde dem ganzen Ding erst die Krone aufsetzen! Willst du?"

„Wenn es ginge!"

„Es geht. Du brauchst nur deiner Herrin zu sagen, daß der Oberleutnant in Gefahr ist. Ich bin hier gewesen und von mir hast du erfahren, daß sein Plan verraten ist. Ich laß mich erschießen, wenn sie nicht sofort anspannen läßt und nach Lenzen fährt, um ihn zu warnen; denn einem anderen kann sie das ja nicht anvertrauen. Leuchtet dir das nicht ein?"

„Hm!" machte sie bedenklich.

„Du dürftest ihr das allerdings nicht zu früh sagen, damit es ihr nicht wirklich gelingt, ihn zu warnen. Nun, willst du?“

„Wenn du es wünschst, ja! Ich möchte gar zu gern mit dabei sein!“

„Na also! Sie wird natürlich schleunigst nach dem ‚Mecklenburger‘ fahren. Der Wirt ist ein guter Bekannter von mir. Ich ziehe ihn mit ins Vertrauen, und so wird dafür gesorgt werden, daß Fräulein von Liebau erst dann auftreten kann, wenn es für uns am besten ist. Sag ja, Anna!“

„Meinetwegen! Wann soll ich ihr meine Mitteilung machen?“

„Sie wird sehr schnell fahren, und vor ein Uhr nach Mitternacht gibt der Prinz sein Zeichen sicherlich nicht. Um acht Uhr kannst du reden. Du mußt so tun, als ob ich soeben erst bei dir gewesen wäre. Bleibt es dabei?“

„Ja.“

„Gut! So werde ich mich jetzt aufmachen. Ich muß nach Lenzen. Leb wohl, und auf Wiedersehen morgen abend!“ — — —

In dem Wald, der sich damals zwischen Lüchow und Dannenberg an dem linken Ufer der Jeetze hinzog, lag ein alter Krug, dessen Besitzer als Wirt nicht eben große Reichtümer sammeln konnte, da der Verkehr dort sehr gering war.

Heute aber hatte der Mann sein freundlichstes Gesicht aufgesteckt, denn er hatte an diesem Tag wohl schon über zwanzig Gäste gezählt, die einer nach dem anderen bei ihm vorgesprochen waren. Und was für Gäste waren das gewesen! Junge, rüstige, hungrige Kerle, von denen jeder etwas gegessen und tüchtig dazu getrunken hatte. Soeben sah er wieder einen auf sein Haus zukommen.

„Siehst du’s, Alte?“ fragte er seine Frau, die am Fenster saß.

„Ja! Heut geht’s bei uns wie bei der Extrapost. Aber

sieh nur! Pfui Teufel, hat der Kerl ein Gesicht! Etwas Gescheites ist das nicht. Höchstens für einen Dreier Dünnbier wird er verlangen."

„Wart's ab! Es ist heut ein Glückstag für uns!"

Der Gast trat ein. Es war der Pflasterhändler.

„Gott zum Gruß! Gibt es hier ein gutes Bier?"

„Das will ich meinen!"

„Und was zu essen?"

„Ja! Schinken, Wurst, Käse!"

„Dann Schinken! Aber eine tüchtige Portion!"

In kurzer Zeit stand das Verlangte vor dem Gast.

Der hatte kaum zu essen begonnen, als sich draußen das Knarren eines Wagens vernehmen ließ. Die Pferde wurden angehalten; ein Mann stieg aus, kam herein und sah sich in der Stube um. Es war der Wustrower Polizist.

„Ist das der einzige Gast?" fragte er den Wirt.

„Ja! Warum?"

„Ich habe einen Gefangenen abzuliefern. In der Stadt durften wir nicht einkehren, und so haben wir gewartet bis hierher. Man muß vorsichtig sein. Der Kerl ist gefährlich, man darf ihm keine Gelegenheit bieten, auszukratzen."

Er ging wieder hinaus und brachte dann sämtliche Insassen des Wagens herein. Leopold war an den Händen gefesselt und trug noch immer seine mit Teig überzogene Kleidung. Er machte ein fürchterliches Gesicht.

„Da, setz Er sich nieder!" gebot ihm der Schutzmann.

Der Pflasterhändler erhob sich und machte eine Geste, als ob er vor Erstaunen ganz starr sei.

„Himmelbataillon!" rief er. „Wer ist denn das?"

„Kennt Er ihn?" fragte der Polizist.

„Freilich! Das ist ja der Bäckergeselle, dem ich bei dem Peters da die schöne Wette abgewonnen habe!"

„Ja", meinte der Peters. „Er kann lachen, daß Er Sein Geld hat. Das andere ist futsch."

„Wer ist denn dieser Mann? Kann man ihm trauen?" forschte der Polizist.

„Vollständig!" antwortete der Schmiedegeselle. „Er wohnt bei uns und handelt mit allerlei hier in der Gegend."

„Eine Wette hat Er dem Gefangenen abgewonnen?"

„Ja. Es fehlte wenig an fünfzehn Talern."

„Ah, da muß Er mit als Zeuge, wie dieser Kerl das Geld verschwendet hat. In einem solch gefährlichen Prozeß kann unsereiner nicht umsichtig genug sein!"

Nichts kam Haberkorn erwünschter als dies Ansinnen.

„Na, meinetwegen. Ich wollte sowieso morgen nach Dannenberg." Er wandte sich an den Dessauer: „Also Dummheiten hat Er gemacht! Soll ich Ihm etwa wieder weissagen, he?"

„Schweig Er, sonst tret ich Ihn auseinander!" herrschte ihn der Gefragte an.

„Sei Er still!" warnte ihn auch der Polizist. „Es hat keiner mit dem Gefangenen zu reden; so verlangt es das hochlöbliche Injurium!"

Es wurde schweigend gegessen und getrunken, und als die Zeche bezahlt war, stieg man in den Wagen, der mit einer großen Plane bedeckt war, so daß man nicht in das Innere sehen konnte.

„Es ist nur der Platz neben dem Gefangenen noch leer", sagte der Polizist zu dem Händler. „Hat Er den Mut, sich dahinzusetzen?"

„Warum nicht? Ihr seid ja alle da!"

Der Pflasterhändler nahm den angewiesenen Platz ein, und der Wagen setzte sich in Bewegung.

Im langsamen Schritt fuhr der Wagen mit dem gefangenen Fürsten, dem Pflasterhändler, dem Schutzmann und den fünf handfesten Begleitern auf der holprigen Straße durch den Wald. Man war bereits eine halbe Stunde gefahren, als der Händler den Finger in den Mund steckte und einen lauten, schrillen Pfiff ausstieß.

Der Schmiedegeselle, der die Zügel führte, hielt unwillkürlich an und wandte sich um.

„Was soll das?“ fragte der Polizist.

Der Händler griff mit beiden Händen in die Seitentaschen seines Rockes. Schnell zog er sein Messer, zerschnitt damit den Strick an den Händen des Dessauers und schob ihm zwei geladene Pistolen zu. Dann langte er auch für sich zwei Pistolen aus seinem Sack.

„Das soll heißen, daß jetzt ihr gefangen seid!“ antwortete er.

„Kerl, ich steche Ihm sogleich den — — —“

Der Schutzmann konnte nicht weitersprechen; denn in diesem Augenblick wurde die Wagenplane fortgerissen, und man sah den Wagen von zwanzig Männern umringt, von denen jeder ein Messer und eine Pistole in den Händen hielt.

„Hurra!“ rief der Dessauer. „Dem Herrgott sei Dank! Ich bin frei!“

Mit einem einzigen Satz sprang er aus dem Wagen. Die Überraschung war so groß, und die verkleideten Musketiere warfen sich mit solcher Schnelligkeit und Kraft auf die Insassen des Wagens, daß diese trotz ihrer Stärke in Zeit von zwei Minuten überwältigt und gebunden waren. Nun verließ auch der Pflasterhändler den Wagen, die Plane wurde wieder aufgezogen, und da die Gefangenen auf dem Boden des Wagens lagen, so blieben sie für jeden Vorübergehenden unsichtbar.

Der Fürst sah sich die Gesichter seiner Retter an.

„Korporal Schröter, Er Himmelhund, Ihn kenne ich. Wem habe ich das zu verdanken, he?“

„Dem da, Durchlaucht!“ Er deutete auf Haberkorn.

„Ihm?! Ihm?“

„Ja“, antwortete der Gefragte bescheiden.

„Aber wer ist Er denn?“

„Ein Pflasterhändler, wie ich Euer Durchlaucht ja bereits schon einmal sagte.“

„Schnickschnack! Ein Pflasterhändler hat kein solches Herz wie Er!“

„Warum nicht? Aber wollen Euer Exzellenz nicht diesen Anzug ablegen?“

„Den? Schofel genug sieht er aus. Aber ich kann doch nicht mit nacktem Leder in der Welt herumlaufen.“

„Ich habe einen Anzug mit.“

„Einen Anzug? So handelt es sich wohl gar um einen vorher überlegten Plan?“

„Allerdings. Hier sind die Kleider!“

Der Fürst griff zu.

„Das ist ja mein richtiger Anzug! Von wem hat Er ihn?“

„Von dem Feldwebel Haberkorn.“

„Der weiß um die Sache? Da brauch ich mich nicht zu wundern. Wartet hier! Ich werde da hinter die Bäume treten und mich umziehen.“

Nach einiger Zeit folgte ihm der Händler.

„Verzeihung, Durchlaucht, daß ich herzutrete, aber ich habe mehreres zu sagen, was sonst niemand zu wissen braucht.“

„Na, schieß Er los!“ meinte Leopold, indem er mit den Armen in die Weste fuhr und dann die Halsbinde umlegte.

„Exzellenz wollten die drei Hillmänner und die zwei Peters fangen. Das ist geschehen. Wir haben sogar noch einen mehr, nämlich den Schutzmann.“

„Ja. Dieser Schuft kommt mir nicht wieder frei! Aber sage Er mir beim Teufel, wer Er ist!“

„Das hat noch Zeit. Jetzt sind andere Dinge notwendiger. Wollen Euer Durchlaucht noch einen Fang tun?“

„Her damit! Ich habe heute grad meine Wut! Wen meint Er?“

„Den Oberleutnant von Hartegg.“

„Den? Wo soll ich den kriegen?“

„Ferner Prinz Friedrich Ludwig von Hannover.“

„Friedrich Lud — — —? Himmel, Schwert und Wolken! Wenn ich den bekommen könnte, gleich zehntausend Taler gäbe ich! Aber auf preußischem Gebiet müßte das sein; anders nicht."

„Das ist es auch! Also den Prinzen, den Hartegg und noch vierzig hannöversche Soldaten dazu."

„Ist Er bei Trost?"

„Wenn Euer Durchlaucht mich bis heute nach Mitternacht nicht mehr fragen wollen, wer ich bin, so werde ich es erklären."

„Potztausend, ist Er ein Geheimniskrämer! Na, sei Er, was Er will, mein Freund ist Er; das hat Er mir ja jetzt bewiesen. Ich werde nicht fragen. Und nun rede Er!"

Der Pflasterhändler erzählte nun dem Fürsten, was ihm Anna mitgeteilt hatte.

„Alle Wetter! Denen will ich aber heimleuchten! Mensch, wenn das wahr ist, so werde ich es Ihm fürstlich lohnen, und wenn Er meinetwegen der Teufel oder des Teufels Großvater ist! Wo ist der Haberkorn?"

„In Lenzen."

„Schön, schön! Wir haben keine Zeit zu verlieren. Fort von hier!"

„Ich denke, Euer Durchlaucht können die Gefangenen hier dem Korporal Schröter anvertrauen. Er ist ein braver Kerl und zuverlässiger Mann."

„Meint Er? Na, meinetwegen! Aber wie ist Er zu diesen Musketieren gekommen, Er Teufelskerl Er?"

„Ich habe sie mir aus Wittenberge geholt."

„So hat also Er den Plan zu meiner Befreiung entworfen?"

„Ja."

„Und Er hat vom Hauptmann von Zörner die zwanzig Kerls sofort auf Seinen Wunsch erhalten?"

„Sofort."

„Das wird ja immer geheimnisvoller! Da ist Er jedenfalls kein Gevatter Schuster oder Nadelmacher! Na, meinetwegen! Jetzt haben wir keine Zeit. Will Er gleich mit mir nach Lenzen?"

„Wenn Exzellenz gestatten!"

„Ja, komm Er nur mit! Ich bin ganz und gar überrascht und überrumpelt worden, und da soll Er mir unterwegs Bericht geben. Den Leuten hier werde ich meine Befehle erteilen. Wir haben nun fünfzig Mann; zwanzig hier und dreißig in Lenzen. Damit sind wir dem Prinzen mit seinen Grenadieren mehr als gewachsen." — — —

Im Gasthof „Zum Mecklenburger" ging es an diesem Abend sehr lebhaft und lustig her. Der große Saal faßte viele Menschen. Alle Jungburschen und Mädels aus der Stadt und ihrer nächsten Umgebung, aus Garz und Mödlich, aus Lanz und Verwitz, aus Mellen und Deibow, vielleicht noch weiter her, waren gekommen. Auch viele Fremde waren da, kernige, gewandte Gestalten, flotte und ausdauernde Tänzer, die man hier noch niemals gesehen hatte.

In einer Ecke des Saales standen zwei junge Männer nebeneinander. Sie tanzten nicht; sie beobachteten nur.

„Hat Er alle Vorkehrungen getroffen, Hartegg?" fragte der jüngere. „Liegen die Kähne bereit? Sind die Gewehre scharf geladen?"

„Wie es Hoheit angeordnet haben. Allerdings hätte ich gewünscht — — —"

„Still! Was Er wünscht, das geht mich nichts an! — Übrigens, weiß Er, daß ich mich in Lüchow köstlich unterhalten habe?"

„Möglich! Mit dem Verwalter Hartig jedenfalls."

„Pah! Mit Seiner Liebau! Donnerwetter, die hat Rasse! Und prüde oder hart ist sie auch nicht; das muß man sagen. Aber seh er einmal dorthin! Wer mag denn der Kerl sein, der dort am Schenktisch steht?"

Harteggs Augen folgten der angegebenen Richtung.

„Kenne ihn nicht. Jedenfalls ein Handelsmann, der auf dem Markt feilgehalten hat. Der Mensch muß einen fürchterlichen Schmiß erhalten haben!"

„Den nehmen wir nicht, soviel steht fest. Er hat beinahe ebenso ein Maulschellengesicht wie der lange Gimpel, der dort am Pfeiler steht. Sehe Er nur diese Nase! Ein leibhaftiger Papagei! Die beiden lassen wir ungeschoren; denn so ein Gesicht kann ein ganzes Regiment zum Spott und Gelächter machen."

„Wollen wir nicht beginnen, Hoheit? Es wird gleich ein Uhr sein!"

„Warte Er noch fünf Minuten. Ich muß erst mit den Musikanten reden. Denen mache ich etwas weis, um uns die Sache zu erleichtern."

Der, den der Prinz einen Gimpel genannt hatte, schlenderte jetzt langsam und gemächlich nach dem Schenktisch hin, wo er neben dem „Maulschellengesicht" stehenblieb.

„Fertig?" fragte er.

„Ja", antwortete der andere.

„Wo?"

„In einer Stube draußen im Gang. Ich darf nur das Zeichen geben."

„Aber die Liebau?"

„Ist soeben gekommen."

„Die Grunert mit?"

„Auch! Der Wirt hat sie in unserer Stube eingeschlossen."

„Der Haberkorn fehlt noch immer. Den laß ich Spießruten laufen! Wenn die Kerle nur endlich einmal anfangen wollten! Mir ist die falsche Nase ganz durchgeschwitzt. Wenn sie mir herunterfällt, stehe ich für nichts. Da, er redet mit den Musikanten! Es ist doch alles in Gewehr und Uniform?"

„Parademäßig."

In diesem Augenblick blies der Trompeter des Musikkorps eine Fanfare. Dann erklärte er der lauschenden Menge, daß jemand den Versammelten eine große Überraschung bereiten wolle. Zu diesem Zweck möchten sich doch die Mädchen links und die Burschen rechts aufstellen.

Dieser Aufforderung wurde lachend und bereitwillig Folge geleistet. Kaum aber waren die Reihen gebildet, so stellte sich der Prinz in eigener Person in die Mitte des Saales.

„Paßt auf, ihr Burschen!" rief er gebieterisch. „Seine Majestät der König von England braucht Soldaten. Ich werde hier auswählen. Wer sich muckst, den schießen wir nieder."

Er hatte plötzlich zwei Pistolen in den Händen, und zu ihm traten seine fremden Tänzer, jeder mit der gleichen Waffe versehen. Es erhob sich ein fürchterlicher Tumult, den aber eine laute, donnerähnliche Stimme durchdrang: „Tür auf! — Vorwärts marsch! — Halt! — Rrrrechts um! — Legt an!"

Drei Mann breit kamen die Preußen hereinmarschiert. Keiner hatte ein Stäubchen auf der Uniform. Alles war sauber wie bei einer Besichtigung. Ehe die verdutzten Hannoveraner sich diese Überraschung erklären konnten, sahen sie die Läufe von fünfzig geladenen Gewehren auf sich gerichtet.

Der, welcher kommandiert hatte, trat auf den Prinzen zu und nahm sich die Nase vom Gesicht. Dann schob er sich das herabhängende Haar aus der Stirn und öffnete den Rock, unter dem mehrere Orden hervorschimmerten.

„Ich bin der Leopold von Dessau; versteht Er mich? Er wird mich kennen; denn Er ist ja eigens herübergekommen, um sich in der Dessauer Kirche meine Fratze zu begucken. Wenn Sein König von England Rekruten braucht, so mag er sich einige Hundert Lüneburger Heidschnucken einexerzieren lassen; die sind geduldig und werden es sich vielleicht gefallen lassen. Zu uns aber komme er ja nicht! Wenn Er seinen Himmelhunden nicht sofort befiehlt, ihre Schlüsselbüchsen einzustecken, so nenne ich allen diesen Leuten Seinen Namen und lasse auf Ihn und die Seinigen Feuer geben. Ich werde euch Halunken lehren, im tiefsten Frieden mit bewaffneter Hand bei uns einzubrechen, um diesen wackeren Mädels ihre Tänzer wegzunehmen! Na, was steht Er da und glotzt mich an? Entscheide Er sich!"

Der Angeredete stand in tiefster Verlegenheit vor der Heldengestalt des erprobten Haudegens.

„Durch—laucht!" stotterte er.

„Na? — Ewig warte ich nicht!"

Da trat Hartegg herzu. Sein Gebieter hatte ihm das Kommando weggenommen; darum war er in der Ecke stehengeblieben. Ein Blick sagte ihm, daß keine Rettung möglich sei, und zugleich fühlte er, daß die Röte einer tiefen Scham sein Gesicht überglühte. Es war für ihn der Augenblick gekommen, wo er handeln konnte. Er war in Zivil, dennoch aber stellte er sich wie im Dienst aufrecht vor dem Dessauer hin.

„Durchlaucht, Exzellenz, glauben Sie, daß ich es bin, der diese Lage verschuldet hat?"

„Nein. Er ist kein solcher Esel!"

„So lassen Durchlaucht es nicht mich und meine Leute entgelten! Es sind wackere, ehrliche Burschen, die ebenso gehorchen mußten wie ich!"

„Höre Er, das ist ein rechtes Wort zur rechten Zeit. Hier hat Er meine Hand, und kommandiere Er: Hahn in Ruh!"

Hartegg winkte. Seine Leute steckten die Pistolen ein.

„Durchlaucht, ich erkläre mich mitsamt diesen vierzig Mann für gefangen!"

„Schön! Und dieser hier?"

„Er geht mich jetzt nichts mehr an!"

„Na, ist Er endlich einmal gescheit geworden? Laß

Er seine Leute antreten. Sie mögen mit den meinigen abmarschieren, und ich verspreche Ihm, daß ich bestens für sie sorgen werde."

„Wo geht es hin?"

„Zunächst in die Stube dahinüber, wo sie ihre Waffen abzuliefern haben. Das Weitere werde ich später mit Ihm besprechen."

Da ermannte sich Prinz Friedrich Ludwig.

„Exzellenz, ich protestiere!"

„Das erlaube ich Ihm gern! Überlege Er sich nur, wie Er das anfangen will! Hartegg, mach Er los!"

Der Oberleutnant ließ seine Leute „Reih und Glied" bilden; die Preußen nahmen sie zwischen sich und marschierten ab. Als der letzte Mann verschwunden und die schwere Gefahr beseitigt war, erhob sich ein stürmischer Jubel. Der Fürst wehrte mit beiden Händen ab.

„Rrrruhe!" kommandierte er mit dröhnender Stimme, der nichts widerstehen konnte. „Hört, Kinder, heute stand euch einmal das Messer an der Kehle, aber der Herrgott hat noch alles gut werden lassen. Seid ihm dafür dankbar, indem ihr euch recht lustig macht. Ich werde fünf Faß ‚alten Kleus' für euch bezahlen. Aber besauft euch nicht, ihr Schwerenöter, sonst reit ich euch aufs Leder und laß euch fuchteln, daß die Haut zerplatzt. Jetzt vorwärts marsch! Wir haben noch mehr zu tun!"

Leopold nahm Friedrich Ludwig beim Arm; Hartegg und der Pflasterhändler folgten.

„Hurra! Hoch der Alte Dessauer! Vivat hoch!" jauchzte es aus allen Kehlen hinter ihnen her.

Die vier Männer überschritten den Vorplatz, und der Händler öffnete eine Tür.

„Hier hinein!" gebot der Dessauer, indem er seinen Gefangenen vor sich herschob.

Das Licht mehrerer Kerzen erleuchtete den Raum, in dem zwei Frauen standen: Auguste von Liebau und Anna Grunert.

„Auguste!“ rief Hartegg überrascht.

„Ernst! Ich kam, dich zu warnen!“

„Ist nicht mehr nötig!“ brummte der Dessauer. „Der Kram ist nun vorbei. Setzt Euch alle! Ich will hier einmal Gericht halten!“

Der Fürst wandte sich zunächst an Auguste.

„Höre Sie, was macht Sie mir denn für Faxen!“

„Durchlaucht, ich bin mir nicht bewußt, irgend — —“

„Papperlapapp! Sie ist eine Preußin und will durchaus diesen Ausländer zum Mann haben! Hat Sie denn gar so viele heimliche Fehler und Gebrechen an sich, daß Sie nur noch in der Fremde zu einem Mann kommen kann? Mit Ihrem Vater hab ich auch ein Wort zu reden! Aber seh Sie sich einmal diesen Schlingel an, der sich für einen Pflasterhändler ausgibt. Der hat ein gutes Wort für Sie eingelegt, und weil ich selber glaube, daß Ihr da einmal Ihr junges Herz einen Streich gespielt hat, so mag Sie den Hartegg heiraten. Will Sie ihn noch haben?“

„Durchlaucht — — —!“

„Schon gut! Aber ich mache eine Bedingung!“

„Sagen Euer Exzellenz, welche Bedingung das ist!“ bat Hartegg.

„Er tritt als Offizier in mein Hallesches Regiment!“

„Ich hab in letzter Zeit einsehen müssen, daß dies ein großes Glück und eine ebenso große Ehre für mich sein würde. Aber es ist mir angedroht worden, daß ich den Abschied nicht erhalte.“

Da wandte sich der Fürst an den Prinzen: „Ist das wahr, Hoheit?“

Dieser nickte.

„Donnerwetter!“ fuhr der Dessauer auf. „Ich will Euch einmal etwas sagen, und davon beißt keine Maus und kein Elefant ein Stück ab. Ihr seid noch ein junges Blut und habt unüberlegt gehandelt. Hättet Ihr dem Hartegg gefolgt, so stecktet Ihr jetzt nicht bis über den Hals im Sirup. Wir werden ein Dokument abfassen, in dem Ihr auf Euer Ehrenwort erklärt, dem Hartegg noch im Lauf dieser Woche einen ehrenvollen Abschied zu erteilen und ihm in Beziehung auf seine hannöverschen Güter und Verbindungen nicht das geringste in den Weg zu legen. Tut Ihr das, so seid Ihr entlassen, und der Hartegg behält das Dokument zu etwa nötigem Gebrauch in seiner Hand. Weigert Ihr Euch aber, so kenne ich Euch nicht und behandle Euch als einen Menschen, der mit bewaffneter Hand hier eingebrochen ist, um Menschen zu rauben. Ich werde das dem Kaiser und dem Reich verkünden, und dann mag Er sehn, was draus wird! Entschließe Er sich kurz. Ich habe keine Zeit!"

„Ich kann mich unmöglich bestimmen lassen, durch irgendeinen — — —"

„Still! Ja oder nein will ich hören, weiter nichts. Nun?"

„Nun wohl, ich weiche der Gewalt und werde unterschreiben!"

„Recht so! Der Gewalttätige muß sich eben auch wieder Gewalt gefallen lassen! Also abgemacht, Hartegg?"

„Abgemacht, Durchlaucht!"

„Mit einem Paar bin ich also fertig. Nun zu Ihr, Sie kleine Hexe mit den Ohrfeigenhändchen. Wo hat Sie denn Ihren Haberkorn?"

„Soll ich ihn heiraten, Durchlaucht?"

„Na, ich denke, Sie will ihn!"

„Freilich! Aber wo ist er denn?"

„Der Kerl ist spurlos verschwunden. Er hat nach Wittenberge gehen wollen, und kommt nicht wieder. Es muß da eine sehr wichtige Abhaltung gegeben haben, da er gerade heute fehlt."

„Durchlaucht, ich hab keine Lust, auf einen Mann zu warten, der mir und seinem Kriegsherrn davonläuft!"

„Wa—wa—was?"

„Ich werde einen anderen heiraten!"

„Bombenelement! Bei Ihr ists wohl nicht mehr geheuer? Sie springt ja ab wie Fensterglas! Wen will Sie denn an seiner Stelle nehmen?"

„Den da!"

„Den? Den Pflasterkasten? Seh Sie sich nur einmal sein Gesicht an!"

„Oh, das macht mich nicht bange. Ich weiß es zu behandeln! Seht, so!"

Dabei zog Anna dem Händler die entstellende Perücke vom Kopf und den Bart behutsam vom Gesicht.

„So, Durchlaucht! Diese Beule und der Vogelleim sind leicht abzuwaschen!"

Fürst Leopold sperrte den Mund auf und stemmte beide Fäuste in die Seiten.

„Haberkorn! Feldwebel! Er ist's? Er hat mich zum Narren gehalten. Er Millionenhund und Hanswurst Er? Das ist mir doch zu toll! Das macht mich bankrott an mir selber! Nun kann ich meinen eigenen Augen nicht mehr trauen. Kleckst sich der Racker eine Beule auf die Nase und klebt sich einen Borstenwisch ums Gesicht, um mich an der Nase herumzuführen! Was tu ich nur mit Ihm, he? Nun allerdings geht mir ein Seifensieder auf! Nun begreif ich, wie alles gekommen ist! Nun glaub ich auch an Seine Weissagerei, mit der Er mich um vierzehn Taler zwanzig Silbergroschen und neun Pfennig geprellt hat, Er Spitzbub Er!"

„Durchlaucht, ich brauchte das Geld! Euer Exzellenz glauben gar nicht, wie ich habe laufen, rennen und jagen müssen, um das alles fertigzubringen. Dabei werden die paar Groschen Löhnung alle und — — —"

„Schon gut; ich schimpfe ja auch gar nicht! Ich weiß, daß Er schier über Sein Vermögen getan hat, und das soll Ihm auch vergolten werden. Aber sag Er mir, ob Er dieses Weibsbild noch haben will!"

„Na, und ob!"

„Das geht aber nicht so leicht! Sie hat mir einen Kuß versprochen, wenn ich ja sage!"

„Donnerwetter, Durchlaucht, das ist freilich schlimm!"

„Warum denn, he?"

„Der Schmatz ist doch nicht meine, sondern ihre Sache. Wenn sie ihn nicht geben will, so werden Euer Exzellenz ihn doch nicht etwa von mir verlangen!"

„Na, Er wär mir der Kerl danach mit Seinem Pflastergesicht! Rede Er einmal ein Wort mit ihr! Wenn ich den Schmatz kriege, so bekommt sie Ihn, sonst aber nicht!"

„Du, Anna, wie meinst du denn?"

„Ich hab es Durchlaucht schon gesagt: Drei für einen!"

„Schön! Ich halte Sie beim Wort. Den ersten nehm ich mir jetzt, den zweiten bei der Hochzeit und den dritten, wenn ich bei eurem ersten Bengel Pate stehe. Abgemacht!"

Der Fürst nahm die Anna Grunert beim Kopf und gab ihr die erste von den drei vereinbarten Raten.

„So, heut geht es wenigstens ohne eine Backpfeife ab, Sie Xantippe oder Brigitte, oder wie das Weibsen damals geheißen hat, als sie dem Weisen aus dem Morgenland das Wasser auf den Kopf goß! Und damit mir unter euch vieren nicht etwa gar eine Verwechslung vorkommt, will ich es einer jeden noch einmal einschärfen, an wen sie sich zu halten hat: Sie, Auguste von Liebau, bekommt den Herrn Hauptmann Ernst von Hartegg, und Sie, Anna Grunert, erhält den Leutnant Wilhelm Haberkorn. Und damit ihr das nicht vergeßt, werde ich schon baldigst für die schriftliche Zufertigung sorgen!"

„Durchlaucht!" riefen die vier zu gleicher Zeit.

„Na, so schreit mich nur nicht über den Haufen! Jedem das, was er verdient! Und damit Er es weiß, Haberkorn, es wird sich schon einer finden, der Sorge trägt für Seine Ausrüstung und für die Ausstattung Seiner Braut. Punktum! Basta!"

DER PFLAUMENDIEB

(1739)

In der Dorfkirche

Die Dorfstraße herauf kam ein alter Mann gegangen. Er trug ein Paar alte, beschmutzte Drellhosen und eine schwarze Kutte; über deren Kragen war ein rot und gelb getüpfeltes Halstuch geschlungen, dessen zwei Zipfel bis über die breite Brust herabhingen. Die grob gearbeiteten Knöchelschuhe hatten sicherlich schon seit Monaten weder Wichse noch Schmiere gesehen; der Zopf war zerzaust; sein riesiger Dreispitz hatte manchen Sturm erlebt, und der stark mit Eisen beschlagene Knotenstock in seiner Hand trug noch dazu bei, den derben, fast kriegerischen Eindruck der ganzen Persönlichkeit zu erhöhen. Der Mann bog in ein Haus, über dessen Tür die Inschrift „Erbschenke zum wilden Mann" zu lesen war, und trat in die niedrige, verräucherte Gaststube, wo er außer der Wirtin in der hintersten Ecke noch einen Mann bemerkte.

„Guten Morgen, Alte", grüßte er mit tiefer Baßstimme, „gebe Sie mir einen Genever!"

„Scheneber? Den haben wir nicht. Ich denke, ein Kornschnaps wird auch gut genug für Ihn sein", antwortete sie mit einem geringschätzenden Blick auf seine staubbedeckte Gestalt.

„So? Meint Sie das wirklich? Ja, Sie scheint sehr klug zu sein, das sieht man ja gleich an Ihrer allerliebsten Nase. Aber Genever hat Sie doch, Sie alte Lügnerin. Her damit!"

Die Frau machte ein zorniges Gesicht.

„Was bin ich, und wie nennt Er mich, Er Grobsack und Landstreicher! Eine Lügnerin? Will Er mir das wohl gleich beweisen, he?"

„Halt Sie Ihr Plappermaul, sonst schlag ich Ihr den Grobsack um die Flattusenhaube, daß Ihr der Landstreicher in alle Ewigkeit vor den Augen flimmert! Steht etwa dort auf der Flasche nicht groß und deutlich genug ‚Wacholder' geschrieben?"

„Ja, Wacholder, aber doch nicht Scheneber, oder wie Sein albernes Zeug heißen soll!"

„Da sperre Sie einmal die Ohren auf und merke Sie sich das, was ich Ihr sagen werde!"

Er faßte sie bei beiden Schultern und brüllte ihr mit einer wahren Donnerstimme in die Ohren:

„Wacholder und Genever ist ganz ein und dasselbe! Hat Sie es verstanden, he? Und nun schenke Sie ein, sonst bewacholdre ich Sie, und zwar gehörig!"

„Herrjesses, hat der Mensch eine Stimme! Das ist ja grad, als hätte man es mit Löwen und Elefanten zu tun! Will Er einen großen oder einen kleinen?"

„Nehm Sie den Stamper da oben herunter; aus Ihren Finkennäpfen trinke ich nicht!"

„Den Stamper dort? Der kostet zwei gute Groschen. Hat Er Geld?"

Sein Auge blitzte halb zornig und halb belustigt.

„Will Sie mir wohl nun endlich einmal den Schnaps geben, oder soll ich nachhelfen!"

Diese Worte waren nicht sehr laut, aber in einem eigentümlichen Ton gesprochen, der kein weiteres Zögern zuließ.

Die Wirtin schenkte das Glas voll und stellte es vor ihn hin.

„So, da! Er ist ein Grobian erster Sorte. Ich glaube kaum, daß sich der Alte Dessauer mit Ihm messen kann, und der hat's doch gewißlich weg!"

„Ah, hat der's wirklich weg? Hab viel von ihm gehört; möchte ihn nur auch mal sehen! Hat Sie ihn denn schon kennengelernt?"

„Nein, ich hab ihn bloß einmal von weitem gesehen,

und ich bin auch ganz froh, daß er mir noch nicht zu nahe gekommen ist. Wer ist Er denn eigentlich, he?"

„Das geht Sie den Teufel an. Aber rate Sie doch einmal! Für wen oder was hält Sie mich?"

„Hm, unsereins kennt seine Leute, wenn sie auch einmal in einem anderen Rock stecken. Euer Schnurrbart und der Soldatenzopf, die verraten Euch. Ihr seid ein Unteroffizier und geht auf Rekrutenfang."

„Alle Wetter, Alte, ist Sie scharfsinnig! Na, wenn ich mich so schlecht verstellen kann, so werde ich verteufelte Geschäfte machen."

Der Mann in der Ecke horchte auf. Seine niedrige und zurückgebogene Stirn, die in eine große Glatze verlief, die weit auseinanderstehenden, stechenden Augen, die scharf geschnittene Habichtsnase, die dünnen, bartlosen Lippen und das kurze, spitze Kinn gaben seinem Gesicht etwas Raubvogelähnliches, was durch den Ausdruck der Salbung, der auf seinen Zügen lag, eher vermehrt als vermindert wurde.

Als jetzt die Wirtin die Stube verließ, erhob er sich von seinem Platz und trat herbei.

„Ist es erlaubt, sich zu Euch zu setzen?"

„Ich werde Ihn nicht fressen!"

„Es ist nicht gut, so allein zu sitzen; ich liebe die Langeweile nicht. Ihr seid Werber?"

„Hm, ja. Warum?"

„Weil ich Euch dann noch etwas zu fragen hätte."

„So frage Er!"

„Sieht Er diesen Gulden hier? Das Geld kann Er sich verdienen, wenn Er mir eine Auskunft gibt."

„Worüber?"

„Über einen Mann, den ich suche, einen Schwindler und Betrüger, der sich für den Grafen Artur von Hellbach ausgibt."

„Ist mir noch nicht begegnet; kenne überhaupt die Hellbachs gar nicht!"

„So! Dann hat er sich wohl einen anderen Namen beigelegt. Ich bin sehr genau unterrichtet, daß er sich hier unter die Soldaten stecken will."

„Ist nicht geschehen; würde ihn sonst kennen; denn ein neuer Offizier spricht sich schnell herum."

„Offizier ist er jedenfalls nicht; denn da hätte er sich beim Fürsten melden und seinen wahren Namen sagen müssen. Er ist sicher als Gemeiner unter die blauen Lumpen gegangen."

„Wohin? Unter die blauen Lumpen? Wird Er mir wohl sagen, wen Er unter diesen blauen Lumpen versteht?"

„Laßt das! Ihr seid Werber, und ich will Euch nicht beleidigen."

„Das will ich Ihm auch nicht geraten haben. Was hat es denn eigentlich mit Seinem Artur von Hellbach für eine Bewandtnis, he?"

„Das ist eigentlich ein Geheimnis. Euch könnte ich es schon anvertrauen; denn wenn Ihr auch noch nichts von ihm gehört und gesehen habt, so ist es doch möglich, daß Ihr ihm noch begegnet. Die Hellbachs sind nämlich österreichisch und eine sehr reiche Familie, die in zwei Linien geteilt war, von denen die eine vor Jahresfrist ausstarb. Das Erbe ist also auf die andere Linie übergegangen. Der verstorbene Hellbach war unverheiratet, und dennoch meldete sich nach seinem Tod ein Mensch, der sich für seinen Sohn ausgab und Anspruch auf die Hinterlassenschaft erhob. Natürlich wurde er als Betrüger hinter Schloß und Riegel gebracht, zerbrach aber die Eisenstäbe vor dem Fenster seines Gefängnisses und entkam. Er wurde zwar von einer aus sechs Mann bestehenden Patrouille erwischt. Aber es war den Leuten unmöglich, ihn zu halten. Vier Mann schlug er nieder, und die andern zwei brachten sich in Sicherheit."

„Sechs Mann? Und die Eisenstäbe zerbrechen? Das muß ja ein ganz prächtiger Schlingel sein!"

„Ja, er ist ungeheuer stark. Seine Spur blieb lange Zeit verloren, bis man sie in Sachsen wiederfand. Er ist jetzt hier im Land und geht ganz sicher unter die Soldaten, um sich unter dem bunten Rock zu verbergen. Ihr habt mir zwar keine Auskunft geben können, aber hier ist der Gulden. Er soll Euer sein; denn ich denke, daß wir einander wiedersehen werden, wo Ihr mir dann vielleicht besser berichten könnt."

„So also ists gemeint! Seh ich denn wirklich so armselig aus, daß Er mir zutraut, ich würde Seinen Spion machen? Er ist wohl ein Wiener Polizist? Da nehm Er sich nur ja in acht; der Dessauer leidet kein solch schleichendes Gewürm in seinem Land."

„Falsch geraten! Wär ich ein Polizist, so würde ich mich an die Behörde wenden."

„Na, was hat Er denn sonst für ein Gewerbe? Heraus damit!"

„Ich bin Seifensieder. Mein Bruder ist Kammerdiener in der Familie Hellbach; daher kenne ich die Sache."

„Hm, ja, ja! Steck Er seinen Gulden nur immer wieder ein; ein Seifensieder hat nichts zu verschenken; und trolle Er sich schleunigst von dannen, sonst richtet Er sich eine Lauge an, die Ihn in die Finger beißt!"

Der Alte zog einen wohlgefüllten Leinwandbeutel aus der Tasche und wandte sich zu der Wirtin, die eben wieder eingetreten war.

„Hier hat Sie Ihre zwei guten Groschen; aber das Zeug hier ist der reine Fusel und keinen Heller wert; hols der Teufel und Sie dazu!" —

Er verließ die Schenke. Unweit davon stand die Kirche. Eben läuteten die Glocken zum Beginn des Gottesdienstes. Er trat ein und nahm in einem Stuhl gegenüber der Kanzel Platz. Die Kirchenbesucher hielten ihre Augen mit ganz absonderlicher Neugierde auf ihn gerichtet; seine Kleidung paßte wenig in die sonntägliche Umgebung.

Das erste Lied war bereits gesungen, ohne daß er sich am Gesang beteiligt hatte.

Da kam ein dicker, vierschrötiger Bauer langsam herbei und blieb vor ihm halten.

„Das ist mein Platz! Weg mit Ihm!"

„Ja, weg mit Ihm!"

„Hat Er mich verstanden? Pack Er sich!"

„Nein, ich pack Ihn!"

Der Fremde erhob sich, faßte den Mann bei den Schultern und drückte ihn nachhaltig auf den Nebensitz nieder, daß das Brett in allen Fugen krachte.

„So, da hat Er einen Sitz. Der Seinige ist jetzt mein, wie Er sieht!"

Der Zurechtgewiesene hielt es um des Kirchenfriedens willen für geraten, sich zu fügen. Er nahm sein Gesangbuch vor und schlug das eben begonnene Lied auf. Kaum aber hatte er das Buch vor sich hingelegt, so griff der Fremde danach.

„Geb Er her!"

Er setzte sich zurecht, strich sich den gewaltigen Zwickelbart und fiel mit einer Stimme ein, die donnerähnlich den Gesang und die Orgelbegleitung überschallte. Die Gemeinde schwieg erschrocken, und der Organist fuhr auf, als ob ihn eine Natter gestochen hätte. Die Donnerstimme sang nämlich das Lied nicht nach der betreffenden Kirchenweise, sondern nach der Melodie des Dessauer Marsches: „So leben wir, so leben wir, so leb'n wir alle Tage, in der allerschönsten Saufkompanie."

Der Organist winkte, die Umsitzenden lachten — doch das war alles vergeblich; denn je größeres Aufsehen sein Gesang erregte, desto lauter sang der Fremde, und selbst als der Orgelspieler alle Register zog und die Melodie mit vier Manualoktaven und doppeltem Pedal unisono anstimmte, war der fürchterliche Baß noch deutlich zu hören nach der Melodie „des Morgens bei dem Branntewein, des Mittags bei dem Bier."

Da kam der Küster herbei und gebot ihm Schweigen. Auch das war vergeblich; er sang weiter, mit einer wahren Wonne im Gesicht und einer Miene, die verriet, daß er sich durch nichts stören lassen werde. Es gab nur ein Mittel, ihn zum Schweigen zu bringen: der Geistliche mußte die Kanzel besteigen und seine Predigt beginnen.

Er tat es. Nach der gebräuchlichen Einleitung kam er zum Thema, das nicht in einem Bibelwort, sondern in dem Vers bestand:

„Die Sünd ist mächtig und ihr Fürst
Droht aller Welt Verderben,
Weil er nach unsern Seelen dürst't,
Der Höll sie zu vererben."

Der Fremde hatte sich beim Beginn der Rede niedergesetzt, jetzt aber fuhr er in die Höhe und blickte mit funkelnden Augen zur Kanzel empor. Das Unerhörte geschah, er mischte sich als Kirchgänger in die Predigt.

„Halt, Ruhe, nicht weiter gemuckst!" erklang der lautschallende Befehl. „Wie kann Er es wagen, von der Kanzel herab gegen Seinen Fürsten zu rebellieren! Was sagt Er, was ich tu? Ich drohe aller Welt Verderben? Ich dürste nach euern Seelen? Ich will sie in die Hölle bringen? Er ist abgesetzt, abgesetzt auf der Stelle und wird krummgeschlossen, daß es knackt! Die Kirche ist aus; packt euch nach Haus!"

Hätte der Blitz mitten in die Versammlung hineingeschlagen, der Schreck wäre nicht größer gewesen als das Entsetzen, das jetzt auf allen Gesichtern zu lesen war. Der Pfarrer faßte sich zuerst.

„Wer ist Er?"

„Wer ich bin? Donnerwetter, ich glaube gar, Er kennt nicht einmal Seinen — Ja so, Er stammt aus Sachsen, wurde vom Konsistorialrat eingesetzt und ist erst eine Woche im Amt; Er kann mich also nicht kennen! Ich heiße Leopold, versteht Er mich? Fürst Leopold von Anhalt-Dessau und so weiter. Ich werde Ihn lehren, mich in der Kirche vor meinen Untertanen zu schimpfieren! Steig Er herab; mit Ihm ists Matthäi am letzten!"[1]

Der Geistliche hatte von den Eigentümlichkeiten des Fürsten gehört; er wußte auch, daß der Dessauer nur eine einzige Melodie zuwege brachte und alle möglichen Lieder nur nach dieser Weise sang — dem Dessauer-Marsch. Er begriff die Sachlage und entgegnete daher:

„Mit dem ‚Fürsten' waren doch nicht Euer Durchlaucht gemeint."

„So? Wer denn?"

„Der Teufel."

„Der Teu — —" Das Wort blieb dem alten Knasterbart im Mund stecken; er stand mit weitgeöffneten Lippen da und staunte über sich selbst.

„Alle Wetter, hab ich da einen Schnitzer gemacht! Es ist ja wahr, daß ihr Pastoren den Satanas mit solchen Titeln beehrt, die der Kerl gar nicht verdient! Na, da bleib Er also oben und fahr Er in Seiner Rede fort. Ich hab Ihn nicht selbst eingewiesen und bin gekommen, um zu sehn, ob Er Seine Sache versteht. Also vorwärts, weiter!"

Er setzte sich wieder nieder und beachtete nicht die fragenden und verwunderten Blicke, die von der Gemeinde auf ihn geworfen wurden.

Der Pfarrer setzte seine Predigt fort. Er bemühte sich, den Anschauungen seines hohen Patrons gerecht zu werden, und das gelang ihm so vollständig, daß die strengen Züge des Fürsten einen immer befriedigteren Ausdruck annahmen, der am Schluß der Rede sogar in ein beifälliges Kopfnicken überging. Zum Schluß des Gottesdienstes winkte Leopold den Organisten zu sich.

„Trete Er einmal hierher; so! Wie hoch beläuft sich Sein Gehalt?"

„Vierzig Gulden für die Schule und fünfzehn für das Orgelspielen."

[1] Der ganze Vorgang ist geschichtlich wahr

„Das ist zu wenig für einen Spielmann, wie Er ist. Er hat Seine Sache besser gemacht als alle, die ich bisher gehört habe. Die Orgel hat ja förmlich gebrüllt, und Seine Begleitung meiner Stimme ist ganz unvergleichlich gewesen. Ich glaub, ich hab noch nie so schön gesungen wie heut. Aber Seine Gemeinde ist nicht weit her; das Volk hat dagesessen und das Maul aufgerissen, aber gesungen hat keiner. Er muß eine bessere Stelle haben. — Melde Er sich bei mir, sobald Er von einer Vakanz hört. Hier hat Er etwas!"

Er zog den Beutel und drückte dem Organisten ein Goldstück in die Hand.

Der Mann war fast noch mehr erstaunt als erfreut, eine Belobigung zu erhalten, wo er gerade das Gegenteil erwartet hatte.

Nun trat er in die Sakristei, die der Pfarrer noch nicht verlassen hatte.

„Höre Er, ich bin zufrieden mit Ihm. Er hat den richtigen Ton, es den Leuten ans Herz zu legen. Und damit Er sieht, daß ich das zu würdigen weiß, werde ich mich bei Ihm zu Mittag laden. Er hat doch was zu essen?"

„Allerdings, Fürstliche Durchlaucht! Ich fühle mich glücklich über die hohe Ehre, aber ich weiß nicht, ob unsere einfache Küche — — —"

„Papperlapapp!" fiel ihm Leopold in die Rede. „Ich verlange keine indischen Schwalbennester; ein Stück Fleisch mit Gemüse oder meinetwegen auch eine Schüssel Hirsebrei genügen mir. Rechts um; vorwärts marsch in die Pfarre!"

Als sie dort ankamen, stand die Schwester des Pfarrers, die als Witwe ihrem Bruder die Wirtschaft versorgte, vor dem Herd und schlug Eier in die Pfanne.

„So ist's recht", meinte der Fürst; „zähle Sie getrost ein Dutzend mehr hinein. Was kocht Sie denn dazu?"

„Gebackene Pflaumen."

„Donnerwetter, das ist mein Leibgericht, das mir die Anneliese wöchentlich wenigstens einmal vorsetzen muß. Ihr Leute von der Geistlichkeit habt gar keinen schlechten Geschmack!"

Die Frau war nicht wenig erstaunt über die ungezwungene Weise, mit der sich der fremde Mann einführte, und sah den Pfarrer fragend an.

Der Pfarrer beeilte sich, das Versäumte nachzuholen.

„Liebe Schwester, unserem Haus widerfährt heut eine besondere Gnade und Ehre. Unser hoher Gast ist — — —"

„Schnickschnack!" unterbrach ihn Leopold. „Ich bin der Dessauer und habe Hunger."

Jetzt erschrak die Frau heftig.

„Mein Gott ists möglich? Da mögen Euer Durchlaucht nur Nachsicht üben, wenn mein Essen — — —"

„Still! Ruhe! Nicht gemuckst! Leckereien mag ich nicht. Nur, wenn Sie mir etwas vorsetzt, muß es genug sein, denn ich schlag keine üble Klinge. Spute Sie sich; ich habe nicht lange Zeit und werde in der Stube warten, bis angerichtet ist."

Der Pfarrer folgte ihm ins Zimmer.

„Er ist ein Sachse, wie ich gehört habe? Woher?"

„Aus Dresden."

„Ah, wo meine guten Freunde wohnen? Der Kuckuck mag sie reiten! Ich werde schon noch einmal über sie kommen, darauf kann Er sich verlassen! Wie ich hörte, war Er bisher Erzieher?"

„Beim Grafen von Glachau, Durchlaucht."

„Warum hat Er diesen Dienst verlassen?"

„Der Graf starb als Witwer, und die beiden Kinder, ein Sohn und eine Tochter, kamen unter die Vormundschaft des Ministers von Brühl, mit dem ich nichts zu tun haben wollte."

„Hör Er, da ist Er mein Mann! Ich mag den Kerl auch nicht leiden. Aber weshalb wandte Er sich denn gerade in das Dessauische?"

„Euer Durchlaucht Gesandter, Geheimrat von Raumer, ist mir verwandt. Von ihm erhoffte ich eine Anstellung. Sie ist mir ja auch geworden.“

„Da hat Er einen gar wackeren Vetter. Ich werde ihm meine Anerkennung ausdrücken dafür, daß er mir einen so guten Kanzelredner ins Land gezogen hat. Ich bin mit Ihm zufrieden, denn Er spricht, wie Ihm der Schnabel gewachsen ist, und redet keinen solchen Sirup, wie man ihn von vielen Geistlichen zu schlucken bekommt. Wer nicht an die Bibel glaubt, der ist ein Hundsfötter, den man hängen sollte, aber deshalb braucht man nicht zu himmeln und die Augen zu verdrehen, als ob sie in einem Leierkasten steckten.“

Er wurde in seinen Betrachtungen durch ein Mädchen unterbrochen, das eintrat, um den Tisch zu decken und einen Vortrunk anzubieten. Sie war ungewöhnlich groß und kräftig und dennoch eine Schönheit, was auch Leopold zu bemerken schien, denn er sagte:

„Himmelelement! Hm, ja, hätte bald etwas gesagt. Aber laß Sie das Dienern und Verbeugen! Sie hat es zwar ganz prächtig geübt, aber ich mag solchen Firlefanz nicht leiden. Komme Sie doch mal näher!“

Sie trat zum Stuhl, auf dem er Platz genommen hatte.

„Hierher! So! Achtung, Arme an den Leib, Kopf in die Höhe, Augen geradeaus! Jetzt ist's richtig. Wer ist denn die Jungfer? He?“

„Sie ist eine — eine — eine Verwandte, Durchlaucht“, antwortete der Pfarrer mit einigem Stocken, „die zur Unterstützung meiner Schwester bei uns ist.“

„Verwandte? Unterstützung? Hm, von so einem Prachtmädel könnte ich mich auch unterstützen lassen. Hat Sie einen Liebsten?“

„Nein, Durchlaucht“, antwortete sie errötend.

„Keinen? So! Hm, das ist schön! Donnerwetter, da fällt mir einer ein, der wie für Sie gewachsen ist, ein stattlicher Kerl, lang, stark, gescheit und mutig. Hm, ja, das gäb ein Paar, über das man seine Freude haben könnte. Sage Sie doch einmal, hat Sie von der Anneliese gehört?"

„Durchlaucht meinen Dero Frau Gemahlin?"

„Ja, meine gute Alte meine ich. Die hat einige Dutzend Jahr mehr auf dem Rücken wie die Schwester des Herrn Pfarrer und braucht also eine Unterstützung nötiger. Hat Sie Lust, zu ihr nach Dessau zu gehn?"

„Durchlaucht!" erklang es mehr erschrocken als erfreut.

„Na, na, na, Sie braucht darüber nicht gleich aus Rand und Band zu fahren. Meine Liese ist ein gutes Weibsen und wird Sie nicht fressen. Also, will Sie?"

„Die Gnade, die Durchlaucht mir zugedenken, ist groß, aber ich möchte meine — meine Muhme doch nicht gern verlassen, weil — weil — —"

„Nun, weil — —?"

„Weil sie zuweilen an Anfällen leidet, die schnelle weibliche Hilfe erfordern."

„Papperlapapp! Meine Anneliese hat auch Anfälle; Ihr Grund fällt also weg. Sie hat keine Lust, das seh ich gar wohl, aber das wird Ihr nicht viel helfen. Ich hab einen Plan mit Ihr. Also Sie geht nach Dessau?"

„Durchlaucht — —!"

Sie vermochte nicht den Ausdruck der Besorgnis, der in ihren Zügen lag, zu beherrschen, und auch das Gesicht des Pfarrers war ernst geworden.

„Sie will nicht? Gut, so muß sie! Punktum, dabei bleibt's! Morgen mittag zwölf Uhr hat Sie sich auf dem Schloß mit Sack und Pack einzufinden; kommt Sie nicht, so laß ich Sie holen. Verstanden? Und nun mache Sie sich an Ihre Arbeit!"

Dieser Zwischenfall wirkte sichtlich niederdrückend auf die drei Bewohner des Pfarrhauses, und auch der Fürst zeigte infolge des Widerstands, den er gefunden hatte, einige Verstimmung, die auch nicht wieder wich, bis er sich zum Aufbruch rüstete.

„Jetzt geht's wieder fort!" sagte er zum Pfarrer.

„Wenn Er einmal nach Dessau kommt, so spreche Er bei mir vor; Er soll auch eine Suppe und ein Dutzend Rühreier haben. Und liegt Ihm einmal etwas am Herzen, so wende Er sich nur getrost an mich. Und Sie, Frau Schwester, lasse Sie Ihre Anfälle und habe Sie Dank für Ihre Gastfreundlichkeit! Ihre Pflaumen waren gut. Das Mädel aber schicke Sie nach Dessau, sonst könnte trotz Ihrer Pflaumen ein Wetter losdonnern, das Ihr monatelang vor den Augen leuchtet. Order pariert, merkts Euch, und damit gehabt Euch wohl!"

Er ging. Bei jedem Gut und jedem Haus, an dem er vorüberkam, fuhren die Köpfe durch die geöffneten Fenster, und die Jugend trollte in achtungsvoller Entfernung hinter ihm her, bis er das Dorf im Rücken hatte.

Bis Dessau waren einige Wegstunden zurückzulegen; die Sonne brannte trotz der vorgerückten Jahreszeit heiß herab; darum mäßigte er seine Schritte, bis er in den Wald gelangte, in dessen Schatten er schneller vorwärts kam. An einer Biegung des Wegs bemerkte er vor sich eine Gestalt, die sofort seine Aufmerksamkeit in Anspruch nahm.

„Sapperlot, ist das ein Kerl! Der könnte ja gleich Flügelmann bei der Potsdamer Garde werden. Achtzig Zoll hat der Kerl wenigstens, Schultern wie Simson, Hüften wie Goliath, und Schenkel wie — wie — na, der Teufel kann wissen, wie die Riesen damals alle geheißen haben. Wer mag der Mensch sein? Jung ist er auch, das sieht man am Gang und der Haltung. Ich werde ihm einmal auf den Zahn fühlen!"

Er verdoppelte seine Schritte und hatte den Mann in kurzer Zeit erreicht. Der war höchstens vierundzwanzig Jahre alt und hatte allerdings eine prächtige Gestalt. Seine offenen, ehrlichen Züge nahmen den Fürsten sofort für ihn ein; es lag fast etwas Militärisches in seinem

Wesen, und seine Bewegungen hatten eine Art vornehmer Sicherheit.

„Guten Tag!“ lautete der leutselige Gruß Leopolds. „Woher des Wegs?“

Der Jüngling warf einen prüfenden Blick auf den Frager.

„Von Sachsen herein.“

„Und wohin?“

„Zunächst nach Dessau. Will mir eine Anstellung suchen, wenns möglich ist.“

„Als was?“

„Hm, als Gärtner oder so dergleichen.“

„Als Gärtner? Gibt's denn nichts Besseres für Ihn? Zum Beispiel Soldat! Darauf muß doch ein Kerl, wie Er ist, ganz von selbst kommen. Ich glaube, der Dessauer würde Ihn mit Freuden in sein Regiment aufnehmen. Hat Er nicht ein Lüstchen, he?“

„Hm, das schon, aber — — —“

„Nun, was aber — —?“

„Ich habe nicht Lust, mich peinigen zu lassen!“

„Peinigen? Von wem denn, wenn ich fragen darf? Was will er damit sagen?“

„Nun, vom Korporal, vom Feldwebel, von den Offizieren bis hinauf zum Obersten, und endlich auch vom Fürsten selbst.“

„Alle Teufel! Und das sagt Er mir so frei und offen ins Gesicht, Er Mohrenelementer Er? Damit verdient Er ja eben, daß man Ihn peinigt.“

Da blitzte es in den Augen des jungen Mannes auf wie ein plötzliches Erkennen. Sein Gesicht nahm aber schnell wieder den vorigen Ausdruck an.

„Wer ist Er denn, daß ich Ihm das nicht sagen soll?“

„Ich? Hm, ich bin — na, ich kann es Ihm ja sagen: ich bin ein Werber. Wie heißt Er denn?“

„Franz Rasch, aus Bautzen. Bin ein Gärtner.“

„Hat Er Papiere bei sich? Zeig Er sie mal her!“

Der junge Mann griff in die Tasche und reichte dem Fürsten das Verlangte hin, der einen Blick hineinwarf.

„Richtig; das stimmt — aber, Donnerwetter, was ist denn das mit der Größe? Da steht ja siebzig Zoll, während Er über achtzig mißt!"

„Siebzig? Steht das wirklich dort? Ich hab das Geschreibsel noch gar nicht so genau angesehen. Das ist offenbar ein Schreibfehler."

„Anders kann es nicht sein; aber bei Seiner Figur eine siebzig für eine achtzig zu machen, dazu gehört eine fürchterliche Dummheit. Die Papiere wird Er mir gleich lassen! Ich werbe Ihn an."

„Ohne mich weiter zu fragen?"

„Ohne! Paß Er auf, wie schnell das geht!"

Der Fürst zog den Beutel, nahm einige Goldstücke heraus, schob sie ihm in die Außentasche seines Rockes, nahm ihm die Mütze vom Kopf und setzte ihm an ihrer Stelle den eigenen Dreispitz auf. Das geschah allerdings mit einer Schnelligkeit, die es dem anderen unmöglich machte, es zu verhindern. Er schien auch gar nicht überrascht und bestürzt zu sein, sondern nahm alles mit lächelnder Miene hin.

„So! Er hat das Handgeld in der Tasche und des Fürsten Hut auf dem Kopf und gehört also von diesem Augenblick an ins blaue Regiment."

„Hopsa, Alter; da hab ich wohl auch ein Wort mitzusprechen! Erstens hab ich das Geld zwar in der Tasche, aber angenommen hab ich es nicht. Wenn Er wirklich Werber ist, so muß Er ja wissen, daß Er mir es in die Hand zu geben hat. Zweitens muß Er mir erst noch beweisen, daß diese alte Mottenschachtel wirklich des Fürsten Hut ist. Drittens ist Er in Zivil und kann also einen gültigen militärischen Handel gar nicht abschließen. Und wenn auch diese drei Punkte nicht wären, so bin ich viertens Manns genug, zu tun, was grad nur mir beliebt."

„Ah! Glaubt Er das wirklich?"

„Ja! Hier hat Er seine Filzquetsche wieder; die drei Dukaten behalte ich als Angebinde; Er muß nämlich wissen, daß heute mein Geburtstag ist! Heraus mit den Papieren!"

„Gratuliere, gratuliere!" lachte Leopold ingrimmig. „Aber die Wische werde ich als Andenken an Seinen Geburtstag doch behalten. Er ist Rekrut und damit basta!"

„Er gibt die Papiere heraus, und damit holla!"

„Hol Er sie sich!" rief der Fürst, den Knotenstock erhebend.

„Tu Er den Prügel weg; Er sieht, daß ich auch so einen Rückenkitzler in der Hand hab!"

„Was, Er will sich also ernstlich zur Wehr setzen, Er Hundsfötter Er? Er ist Rekrut, und wenn Er nicht auf der Stelle den Stock wegtut, so laß ich Ihn erschießen!"

Die Augen des Jünglings leuchteten belustigt auf. Hätte der zornige Fürst auf das Mienenspiel seines Gegners achtgehabt, so hätte er bemerken müssen, daß dieser erriet, wen er vor sich hatte.

„Mich erschießen? Er wäre mir der Rechte dazu! Und den Hundsfötter, den steck Er nur gleich wieder ein; denn mich geht das Schimpfwort nichts an. Er ist der Kuckuck, der seinen eigenen Namen schreit."

„Waaaas? Der Hundsfötter wäre ich selber: Himmel-, Hagel- und Graupelwetter, das ist zu arg, das steigt mir in die Faust; hier — hier hat Er eins, und —"

Er vollendete vor Erstaunen seine Rede nicht. Der erste Hieb war durch eine blitzschnelle Bewegung des Jünglings abgewehrt worden, und bei dem zweiten begegnete dessen Stock dem Angriff Leopolds mit solcher Kraft, daß dem Fürsten der Knüttel aus der Hand und weit fort über die Straße flog.

„Donnerwetter!" schnaubte der Entwaffnete. „Da fliegt der Knüttel zum Teufel; fahr Er mit!"

Er faßte den Gegner, der sofort den Stock fallen ließ, bei den Schultern und versuchte ihn niederzuringen, brachte es aber nicht zustande. Mit ausgespreizten Beinen stand der Jüngling, lächelnden Gesichts, wie eine Mauer, ohne sich zu wehren, ohne jegliche Bewegung. Leopold wandte seine ganze Kraft auf, ihn aus dem Gleichgewicht zu heben, vergebens; er fluchte und tobte; sein Grimm wuchs mit jeder neuen, nutzlosen Anstrengung, bis er völlig vor Wut schäumte.

„Heiliger Sturmbock, der Kerl ist, weiß Gott, der leibhaftige Beelzebub. Aber ich werde ihn doch noch in die Hölle schicken!"

Er trat zurück, um auszuholen; er wollte den jungen Mann mit einem gewaltigen Ansprung niederwerfen, wurde aber, da der andere zur Seite wich, von der Kraft seines Anlaufs selbst zu Boden geworfen. Mit einem Schrei der Wut erhob er sich wieder.

„Bei allen zehntausend Bomben und Granaten, das ist mir noch nie passiert! Aber nun ist's aus, jetzt nimmt's ein Ende mit Ihm!"

Der Grimm verdoppelte seine Kräfte; das Ringen begann von neuem — — mit dem gleichen Erfolg. Da endlich schien dem Jüngling die Geduld abhanden zu kommen.

„Gibt Er die Papiere heraus?"

„Nein, und hundertmal nein!"

„So nehme ich sie!"

Er legte die Arme um den Fürsten, der sich wie zwischen einem Schraubstock fühlte und den Atem verlor; ein rascher Griff, und der junge Mann hatte seine Papiere zurück.

„So, jetzt sieht Er, was ein Hundsfötter zu bedeuten hat, Er Schelm und Spitzbub Er, der ehrliche Leute auf offener Straße anfällt, um ihnen die Legitimation zu rauben! Für einen Werber gibt Er sich aus? Ein Galgenstrick ist Er, ein Erzschlingel, den ich arretieren und nach Dessau liefern werde. Marsch vorwärts! Seinen Prügel werde ich tragen, und wenn Er nur den geringsten Versuch macht zu entfliehn, so ist Ihm Sein letztes Brot gebacken."

„Was will Er? Mich arretieren? Ihm ist wohl der Tollwurm in den Kopf gestiegen? Weiß Er, wer ich bin? Weiß Er, an wem Er sich vergriffen hat?"

„Wer und was Er ist, das wird sich finden. Vorwärts jetzt!"

„Ja, das wird sich finden, und zwar sofort! Sieht Er den Wagen, der dort kommt?"

„Der geht mich nichts an!"

„Der geht Ihn sogar sehr viel an, denn wie ich sehe, sitzt darin der Rittmeister Baron von Wehlen, Gesandter am sächsischen Hof, der Ihm sagen wird, gegen wen Sein Mordanfall gerichtet war."

Wirklich kam in scharfem Trab ein Wagen gefahren, in dem ein einzelner Herr saß. Dieser erkannte den Fürsten und gebot dem Kutscher, zu halten. Erstaunt blickte er auf die beschmutzte Kleidung Leopolds.

„Durchlaucht hier?! Wollen Euer Fürstliche Gnaden vielleicht einzusteigen geruhen?"

„Ja, ich fahre mit; zuvor aber sagt einmal diesem Himmelhund, wer ich bin!"

„Wer anders als Durchlaucht Fürst Leopold von Anhalt-Dessau, Feldmarschall Exzellenz!"

Beim Klang des berühmten Namens hatte sich der Angeredete in eine militärisch stramme Haltung geworfen; er stand da wie ein Soldat vor seinem General, doch war nicht die geringste Verlegenheit in seinen Zügen zu bemerken.

„Ich gebe Durchlaucht frei."

„So! Will Er wirklich so gut sein? Und jetzt denkt Er wohl, daß ich Ihn frei gebe?"

„Ich hoffe es nicht."

„Was? Er hofft es nicht; Er will gefangen sein?"

„Gefangen allerdings nicht; denn so etwas würde selbst Euer Durchlaucht nicht gelingen. Aber ich nehme das Handgeld an. Hier sind die Papiere!“

„Donnerwetter, warum hat Er sich denn da vorhin so heidenmäßig gewehrt?“

„Übertölpeln und zwingen laß ich mich nicht. Was ich tu, das tu ich freiwillig. Hätten mir Euer Durchlaucht gesagt, wer Sie waren, so hätte ich aus eigenem Antrieb um die Erlaubnis gebeten, in Dero glorreich berühmtes Regiment eintreten zu dürfen.“

Das Gesicht des Fürsten nahm einen wohlwollenden Ausdruck an.

„Aber Er hat sich an mir vergriffen!“

„Ich kannte Euer Exzellenz nicht und war nicht derjenige, der den Streit begann. Auch glaube ich beweisen zu können, daß ich mit möglichster Rücksicht verfahren bin.“

„Das ist richtig! Er hat ja eine wirkliche Elefantenstärke und hätte mich zu Brei gemacht, wenn Er gewollt hätte. Kann Er schreiben?“

„Ja.“

„Schön! Er gefällt mir, und es kann etwas aus Ihm werden. Setz Er sich zum Kutscher. Er fährt mit mir nach Dessau; aber ich hoffe, daß Er sich in Zukunft eine ähnliche Paukerei mit mir nicht wieder einfallen läßt. Aufgestiegen, vorwärts marsch!“ — — —

Es war am anderen Morgen. Am Fenster seines Arbeitszimmers stand Fürst Leopold und neben ihm sein Vetter, der regierende Fürst von Anhalt-Bernburg, Viktor Friedrich, ein junger Mann von angenehmem Äußern, der um die Hand Luisens, der Lieblingstochter des Dessauers, angehalten hatte, eine Werbung, die den Beifall der jungen Prinzeß hatte und auch von den Eltern nicht abschlägig beschieden worden war.

Die beiden hatten gerade ein recht lebhaftes Gespräch beendet, da trat ein Diener ein.

„Was willst du?“ fragte Leopold.

„Der Herr Gesandte Geheime Rat von Raumer bittet um Audienz zum Vortrag.“

„Mag kommen! Kannst dableiben, Vetter; wir haben keine Heimlichkeiten zu verhandeln.“

Der Geheime Rat Georg von Raumer trat ein. Er gehörte zu den wenigen Persönlichkeiten, die den Fürsten richtig zu nehmen wußten und sich daher seiner unveränderlichen Gunst erfreuten.

„Setzt Euch nieder, Hansjörg, und beginnt mit Euren Neuigkeiten!“ befahl Leopold.

Der tägliche Morgenvortrag wurde begonnen, und Raumer verstand es, selbst das Unangenehmste so vorzubringen, daß der Fürst ohne besondere Aufregung bis zu Ende zuhörte.

„Fertig für heute, Hansjörg! Ich hab gestern Euren Pastor gehört.“

„Darf ich hoffen, daß er sich der Zufriedenheit Eurer Durchlaucht erfreut?“

„Er ist ein ganzer Mann, und wir haben mit ihm einen guten Fang gemacht. Kennt Ihr das Mädchen, das bei ihm ist?“

„Ja“, antwortete der Geheime Rat, indem sich eine leichte Röte über sein Gesicht zog.

„Ein Prachtmädel! Nicht wahr? Stramm und fest, gewachsen wie ein Grenadier. Sie wird heute mittag kommen, hahahaha, als Stütze für meine Anneliese, hab ich gesagt; aber die Sache wird anders: der Franke soll sie heiraten."

„Der Franke?"

„Ja. Oder habt Ihr etwas dagegen?"

„Was Euer Durchlaucht tun, ist wohlgetan; da es aber so steht, muß ich mir in dieser Angelegenheit eine Bemerkung gestatten. Korporal Franke hat eine Geliebte."

„Ist das wahr? Da soll mir der Kerl durch das ganze Regiment Spießruten laufen und nachher als besondere Strafe das Pastormädel nehmen. Verliebt sich der Mensch, ohne mir ein Wort vorher zu sagen! Wer weiß, in was für eine Drehpuppe sich der Kerl verguckt hat. Wenn meine Blauröcke heiraten, so sollen sie auf tüchtige Rekruten zielen, und dazu ist vor allen Dingen erforderlich, daß ihm die Frau nicht bloß bis an die Hüften reicht."

„Das hat der Korporal jedenfalls im Auge; denn seine Erwählte ist kaum zwei Zoll kleiner als er und dabei brav und wohlhabend wie selten eine."

„So! Das freut mich; da hat er doch Vernunft bewiesen, und ich werde ihm die Spießruten erlassen. Aber das Pfarrermädel nimmt er doch. Ich hab es beschlossen, und dabei bleibt es. Hat sie etwa auch schon einen Liebsten?"

„Ich glaube, nein. Der Pfarrer war heute schon wegen ihr bei mir. Er hat Euer Durchlaucht mitgeteilt, daß er Erzieher bei dem Grafen von Glachau war?"

„Allerdings."

„Dessen beide Kinder kamen nach seinem Tod unter die Vormundschaft des Ministers von Brühl. Eins seiner Geschöpfe, ein Federfuchser und Baron, verlangt für seine Dienste die schöne Tochter des Grafen von Glachau von ihm."

„So wollte ich, daß der Teufel den Kerl in die Hölle ritte! Also für geleistete Dienste? Gegen wen sind sie denn geleistet worden? Doch nur gegen Preußen und mich? Und dafür soll der Halunke eine so vornehme, schöne und brave Frau bekommen? Ist sie lang?"

„So lang und stark wie der Korporal Franke."

„Donnerwetter, wenn man dem Kerl etwas am Zeug flicken könnte!"

„Das könnten Euer Durchlaucht recht gut! Emma von Glachau kann den Federfuchser nicht leiden. Der Minister aber will sie zwingen. — Drum hat sie kurzen Prozeß gemacht und ist entflohen."

„Ausgerissen? Hört, Hansjörg, das ist ein ganzes Weibsen! Ich möchte sie nur einmal sehen!"

„Euer Durchlaucht hat sie bereits gesehen und gesprochen."

„Ich? Wo denn?"

„Sie floh aus dem Land zu ihrem früheren Erzieher, der aus diesem Grund eine Anstellung in Dessau gesucht hatte."

„Himmelbataillon, jetzt geht mir ein Licht auf. Das ist ja eine förmliche Verschwörung gegen mich! Der Hansjörg stellt hinter meinem Rücken einen Pfarrer an, damit ein hartnäckiges Mädel ihrem Vormund entwischen kann."

Der Zorn begann sich in dem Fürsten zu regen. Raumer ergriff das geeignetste Mittel, ihn zu besänftigen.

„Durchlaucht waren abwesend, und ich gab dem Pfarrer die Stelle, ohne von der ganzen Angelegenheit das geringste zu wissen, und weil ich ihn für einen Prediger hielt, mit dem sein fürstlicher Patron zufrieden sein würde. Er entschied sich deshalb für Dessau, weil er wußte, er würde da unter einen starken Schutz kommen. Der Minister fürchtet Durchlaucht und wird es nicht wagen, zu Gewaltmitteln zu greifen, was er in jedem anderen Fall tun würde."

„Wollte es ihm auch nicht raten! Aber wenn das Mädel wirklich so ein großes Vertrauen zu mir hat, so soll es sich nicht täuschen. Es wird bei mir so sicher sein wie in Abrahams Schoß. Aber, alle Teufel — da kann ja aus der Geschichte mit dem Franke nichts werden! Er ist ein ganzer Kerl, das ist richtig, aber eine gräfliche Prinzeß — hm, da hab ich mich in eine schöne Patsche hineingeritten. Helft mir heraus, Hansjörg! Daß ich das Mädel kommen ließ, das macht mir kein Bauchgrimmen; sie wird als Gesellschaftsdame bei meiner Liese bleiben, die ganz glücklich sein wird, so ein armes, verwaistes und gequältes Hühnchen unter ihre Flügel nehmen zu können. Aber ich hab auch den Franke bestellt, um ihm seine Braut zu zeigen. Was tu ich mit ihm?"

„Durchlaucht können ihm ja irgendeinen Auftrag geben."

„Oder ihm die Genehmigung zur Heirat mit seiner Liebsten erteilen", fiel jetzt der Bernburger ein.

„Hm, so, ja, ja! Vetter du hast nicht ganz unrecht; aber ich kenne das Mädel ja nicht."

„Es wird dir nicht schwer sein, es einmal zu sehen."

„Das wohl, aber er hat sich in sie verliebt, ohne mich um Erlaubnis zu fragen; das fordert Strafe, und ich werde — — —"

Er wurde durch den Diener unterbrochen.

„Rittmeister Baron von Wehlen!"

„Herein!"

Der Fürst wandte sich wieder an die beiden Anwesenden.

„Der Rittmeister kehrte gestern aus Dresden zurück; ich hatte keine Zeit, seinen Bericht zu hören und hab ihn für jetzt bestellt. Geht zu den Frauen! Du, Vetter, bring sie mir nachher herüber; ich hab sie heute noch gar nicht gesehen. Und Euch, Hansjörg, werde ich meine Entschließung wegen Eures Schützlings zukommen lassen. Lebt wohl!"

Die beiden entfernten sich, während Wehlen hereinkam.

Er trat drei Schritte vor, schlug die Fersen sporenklirrend zusammen und zog zwei Schreiben hervor, die er Leopold überreichte.

„Aus der Kanzlei des Ministers von Brühl, das zweite von Seiner Exzellenz dem Generalfeldmarschall Prinz Eugenius. Es wurde mir von dem österreichischen Gesandten zur Besorgung anvertraut."

„Was sollte mir dieser Brühl mitzuteilen haben? Weiß Er es vielleicht?"

„Ja; der Minister legte mir persönlich ans Herz, den in seiner Zuschrift ausgesprochenen Wunsch bei Euer Durchlaucht zu befürworten. Es betrifft sein Mündel, die Gräfin Emma von Glachau, die ihm entflohen ist und nach Anhalt gegangen zu sein scheint."

„Kennt Er die Dame persönlich?"

„Ja. Ich wurde ihr vorgestellt."

„Weshalb entfloh sie?"

„Einer ihr mißfälligen Verbindung wegen."

„Wen sollte sie nehmen?"

„Den Sekretär von Sanden."

„Den — —! Ein schöner Kerl! Hab seinem Einfluß auf den Minister manchen Ärger zu verdanken. Er soll des Satans Urgroßmutter heiraten, aber nicht die Glachau. Seine Befürwortung behalt Er für sich, Rittmeister. Rechtsum, kehrt, marsch!"

Eine scharfe Schwenkung auf dem Absatz, und der Offizier schritt zur Tür hinaus.

Kaum hatte er sich entfernt, so erklangen helle Stimmen auf dem Flur; die Tür wurde wieder geöffnet, und lachend flog Prinzeß Luise herein und umschlang den Fürsten.

Ihr folgte die Fürstin am Arm des Bernburgers.

Nach einer herzlichen Begrüßung wendete sich der Dessauer an seine Anneliese:

„Du hast Fräulein von Mittagsheim Urlaub gegeben? Sollst in ihrer Abwesenheit eine andere Gesellschafterin haben, ein braves Frauenzimmer, das bei dir Schutz sucht."

„Wer ist sie?" fragte Anna Luise verwundert, da sich der Fürst nur höchst selten um ihre Damen zu kümmern pflegte.

„Eine Gräfin von Glachau aus Dresden. Brühl will sie zwingen, einen Schreiber zu heiraten; da ist sie entflohen und soll bei dir Hilfe finden. Heut mittag trifft sie hier ein. Da ist der Brief, den der Minister mir schreibt. Ich hab ihn noch gar nicht geöffnet. Lies ihn einmal vor, Luise!"

Die Prinzeß ergriff das Schreiben, brach den Umschlag auf und entfaltete den Bogen.

Der Minister stellte darin die Angelegenheit in seinem Sinn dar, bat um sofortige Auslieferung der Flüchtigen, falls sie, wie sich aus den Spuren vermuten lasse, in den Anhalt-Dessauischen Landen eine Zuflucht suche, und drohte im Verweigerungsfall mit den ernstesten Maßregeln.

Der Fürst hörte den Brief bis zum Ende ruhig an und verzog keine Miene; bei der letzten Wendung aber brauste er zornig auf.

„Der Teufel hole den Kerl! Ich mache mir den Kuckuck aus seinen Maßregeln, und wenn sie so ernst sind, daß ihm selbst die Haare dabei zu Berg stehn! Ich bin selbständiger Fürst des Deutschen Reichs und brauche mir keine Vorschriften vortrommeln zu lassen. Ich nehme bei mir auf, wen ich will, und jage fort, wen ich nicht leiden mag. Die Glachau ist mir willkommen, und die Maßregeln werde ich ruhig abwarten! Hier hab ich noch einen Brief. Er ist vom Prinzen Eugenius. Lies ihn auch gleich vor!"

Das Schreiben war in der eigentümlichen Art des ‚kleinen Kapuziners' abgefaßt und lautete folgendermaßen:

Wien, im Fruchtmonat anno domini 1739.

Ew. Liebden!

Obgleich es in politicis und causa militaris mitnichten etwelche Absonderlichkeit zu vermelden gibt, so seid Ihr mir ein teurer und werter Freund, an den ich eine Bitte donniere, betreffend eine Personnage, welcher ich mein Wohlwollen und Fürwort nicht versagen kann.

Ew. Liebden weiß von unseren ruhmreichen Feldzügen her, daß ein General von Hellbach unter mir diente, dessen Bravour und aimable Conduite ich stets auszuzeichnen hatte. Item verblich derselbe vor Jahresfrist des Todes und hinterließ einen gesetzlichen Erben, dessen Mutter dem Generale in der Stunde ihres Todes allerdings nachträglich angetrauet wurde. Die Hellbachs sind zwei Linien. Die jüngere annoch bestehende erhebt sich gegen den Erben Arthur von Hellbach und bildet eine feine Gegenpartei, so nach seinen Gütern trachtet, ihm seine Papiere und Dokumente entwendet und es ihm impossible macht, seine Beweise zu präsentieren. Dieweilen man ihn des Betruges zeiht, wird er gar gefangen genommen, dabei es ihm gelingt, sich gewaltsam zu retten.

Ew. Liebden können glauben, daß ihn diese Verwandten verfolgen, indem sie ihn sodann in Sachsen gefunden haben. Auch hier ist ihm der Rückzug gelungen, und nun vernimmt man die Mär, er sei nach Preußen gegangen. Item habe ich alle Ursache, mich des Verfolgten anzunehmen und im stillen die Beweise seiner Unschuld und Rechtmäßigkeit zu sammeln, was mir binnen kurzer Zeit vollständig gelungen sein wird. Sollte besagter Hellbach bis dahin Ew. Liebden vor das Gesicht und Gehör kommen, so ersuche ich, ihm allen Vorschub zu leisten und ihn gegen die Ränke seiner Feinde in löblichen Schutz und Schirm zu nehmen, wobei ich nicht verfehle, mich zu dünken

Ew. Liebden vielgetreuer Freund und Kamerad

Eugen.

„Alle Wetter, das ist ja dieselbe Geschichte, die mir gestern der Seifensieder erzählt hat!“ meinte Leopold.

„Welcher Seifensieder?“ fragte die Fürstin.

Ihr Gatte erzählte von dem Zusammentreffen. Die Fürstin wurde nachdenklich.

„Sollte dieser Mann, der sich für einen Seifensieder gibt, vielleicht einer der verwandtschaftlichen Spione sein, die den Hellbach verfolgen?“

„Hm! Kannst recht haben, Anneliese! Ich hab ihm bedeutet, sich zu trollen; läßt er sich wiedersehen, so geht es ihm an den Kragen!“

Die Stirnadern des Fürsten schwollen wieder bedenklich an, und es wäre sicherlich einer seiner Zornausbrüche erfolgt, wenn nicht vom Schloßhof herauf Trommelschlag und Pfeifenklang erschollen wäre.

Gleich darauf trat der Diener ein und meldete, daß die Kapelle von Leopolds Lieblingsregiment soeben eingetroffen und aufmarschiert sei.

Der Kapellmeister war nämlich gestorben, und sein Nachfolger sollte heute seine Probe ablegen. Das war keine leichte Aufgabe, denn der alte, grimmige Fürst verstand von Musik gar nichts und hatte es in seinem ganzen Leben nur zu der einen Melodie des Dessauer Marsches gebracht: „So leben wir, so leben wir, so leb'n wir alle Tage.“

„Ist der neue Pfeifer draußen?“ fragte der Fürst den Diener.

„Ja. Er bittet eintreten zu dürfen“, antwortete der Gefragte.

„Er mag kommen!“

Der Diener ging, und an seiner Stelle trat der Musikus herein, den der Fürst in seiner derben Weise den ‚Pfeifer‘ genannt hatte. Er marschierte drei Schritt vor, schlug die Absätze zusammen und blieb dann in der vorgeschriebenen, strammen, kerzengeraden Haltung stehen.

Der Fürst musterte ihn vom Scheitel bis zur Sohle

herab, trat dann auf den Mann zu und sagte: „Ich bin neugierig, wie Er seine Probe bestehen wird. Was will Er denn blasen, he?“

„Ein Nocturno, ein Lied ohne Worte und ein Andantino.“

Der Fürst zog die Brauen finster zusammen und sagte: „Nocturno? Andantino? Dummes Zeug! Das ist fremder Papperlapapp! Blase Er deutsch, wie Ihm der Schnabel gewachsen ist! Und ein Lied ohne Worte? Ist er verrückt? Ein Lied ohne Worte gibt es gar nicht!“

„Exzellenz verzeihen gnädigst“, wagte der Musikus zu sagen. „Es gibt allerdings Lieder ohne — —“

„Maul halten! Nicht mucksen!“ donnerte ihm Leopold entgegen. „Das muß ich verstehen! Nur ein Verrückter kann behaupten, daß es Ochsen ohne Beine gibt, und so ist es auch mit den Liedern ohne Worte. Packe Er sich hinunter in den Hof und blase Er ein paar lustige Märsche! Ich werde gleich nachkommen, und der Teufel soll Ihn reiten, wenn ich einen Fehler höre!“

Der Mann machte kehrt und marschierte zur Tür hinaus. Es war ihm angst und bange; der Fürst verstand nichts von Musik und hielt sich für einen gewaltigen Kenner; da war es nicht leicht, die Probe zu bestehen.

Nach kurzer Zeit stand der Fürst im Hofe und musterte die Musikanten. Sie kannten den alten Knasterbart zur Genüge und hatten sich die größte Mühe gegeben, fehlerfrei zu erscheinen. Das bemerkte er, und darum ließ er ein tiefes, zufriedenes Knurren hören.

„Alles sauber und ordentlich!“ sagte er. „Ich will es Euch auch geraten haben, Ihr Schwerenöter! Na, so dudelt einmal los, aber einen Marsch! Verstanden?“

Der Dirigent gab das Zeichen, und der Marsch begann. Aber der „Pfeifer“ hatte unglücklicherweise nicht daran gedacht, daß der Dessauer Marsch das Lieblingsstück des Fürsten war; er ließ einen anderen blasen. Da verfinsterten sich die sonnverbrannten Züge Leopolds; er sprang mitten unter die Musikanten hinein und trieb sie mit dem spanischen Rohr, das alle seine Untergebenen kannten und fürchteten, auseinander.

„Halt!“ brüllte er mit einer wahren Donnerstimme, „Still! Augenblicklich fort mit dieser Wimmerei! Was fällt euch ein, ihr Baßgeigenbande, mir solchen dummen Schnickschnack vorzufiedeln! Unsers ‚Herrgotts Dragonermarsch‘ will ich hören, und wenn ihr den nicht blasen könnt, so schert euch zum Teufel! So leben wir, so leben wir, so leb’n wir alle Tage! Vorwärts! Weiter! Wird’s bald oder nicht?“

Die Worte „So leben wir“ sang er mit seinem dröhnenden Baß und schlug mit dem Rohrstock den Takt dazu auf dem breiten Rücken des Posaunisten. Das zog. Sie konnten den Marsch alle auswendig blasen und fielen sofort ein. Es war ein spaßhafter Anblick, zu sehen, wie der Posaunist in kerzengerader Haltung sein Instrument ausschob und einzog nach dem Takt, der auf seinem Rücken geschlagen wurde.

Als die erste Klause des Marsches erklungen war, erheiterten sich die Züge des Fürsten. Er konnte noch so grimmig sein, bei den Klängen dieses Stückes vergaß er allen Ärger. Er hielt an, den Rücken des Posaunisten zu mißhandeln, stampfte aber desto kräftiger den Takt mit den Füßen. Beim Schluß der zweiten Klause zeigte sein Gesicht bereits einen ganz verklärten Ausdruck. Aber plötzlich verschwand dieser wieder; Leopold stand erstaunt da und heftete seine dunklen Augen mit einem Blick auf die beiden Waldhornisten, als ob er etwas ganz Ungeheuerliches sähe. Dann aber brach er los. Mit einem raschen Sprung stand er vor den beiden Männern, faßte sie hüben und drüben bei der Brust, schüttelte sie aus Leibeskräften und schrie:

„Halt, aufgehört, aufgehört. Warum blast ihr nicht mit, ihr Burschen?“

Die Musik schwieg sofort, und so konnte man die Antwort des einen Hornisten hören:

„Exzellenz verzeihen! Wir haben hier sechs Takte Pause."

Bei diesen Worten trat der Fürst ganz erstaunt einen Schritt zurück; dann fragte er in jenem leisen Ton, der bei ihm noch gefährlicher war als das lauteste Zürnen:

„Pause? Ach, Ihr habt zu pausieren, he?"

„Zu Befehl, Exzellenz!"

„Sechs Takte, volle sechs Takte lang?"

„Zu Befehl!"

Da sah er sich die beiden Männer mit wetterleuchtenden Blicken von den Köpfen bis zu den Füßen an, und dann donnerte er los:

„Also pausieren wollt ihr? Da schlage doch gleich auf der Stelle ein kohlpechrabenschwarzes Wetter drein! Diese Hundekerls erhalten ihre Löhnung pünktlich und vollständig ausgezahlt, und wenn es ans Blasen geht, da wollen sie pausieren! Ich werde euch hier mit dem Stock bepausieren, daß euch die Seele wackelt, ihr ewigen Faulenzer! Gleich tretet ihr vor und blast die sechs Takte Pause nach, und zwar dreimal hintereinander! Nun — wird's oder wird's nicht?" rief Leopold.

Da nahm der Dirigent sich seiner Leute an. Er legte die Hand an den Hut und sagte: „Exzellenz verzeihen! Pausen kann kein Mensch blasen."

Leopold fuhr auf ihn zu und schrie im höchsten Zorn:

„Ach, nicht blasen? Keine Pause? Weshalb stehen sie denn da, als um geblasen zu werden! Er Himmelelementer versteht also von den Pausen nichts und von der Musik noch viel weniger! Und Er will Kapellmeister werden? Ich werde Ihn bekapellen und bemeistern, daß Ihm drei Millionen Pausen um die Ohren fliegen. Er erhält mit diesen Leuten Seine Löhnung, Sein Essen und Trinken, Seine Kleider und Gamaschen, und wenn ich unseres Herrgotten Dragonermarsch hören will, so stehen diese Tausendschwerenöter da, halten Maulaffen feil und pausieren, das ist stark, nein, das ist noch stärker als stark; das ist gegen alle Ordnung! Und wenn dann ich, der Kaiserliche und Königliche Feldmarschall, befehle, daß die Pausen geblasen werden sollen, so heißt es: ‚Das können wir nicht!' Warum seid ihr denn Musikanten geworden, wenn ihr nicht einmal eine lumpige Pause blasen könnt, ihr Halunken? Aber ihr sollt das noch lernen; ihr sollt mir schon noch musikalisch werden! Wenn ihr in der Arbeit pausiert, so sollt ihr auch im Essen pausieren. Packt euch auf der Stelle fort und meldet euch zum strengen Arrest! Jeder erhält fünf Tage und der gescheite Herr Musikdirektor zehn Tage, aber bloß bei Wasser und täglich ein Viertelpfund Brot." Leopold mußte eine Verschnaufpause machen. „Dann kommt ihr wieder", fuhr er schließlich fort, „und wenn ich noch eine einzige Pause höre, die nicht geblasen wird, so laß ich euch aufhängen, einen immer an den anderen. Merkt's euch! Achtung! Rechts um! Vorwärts marsch!"

Sie waren ganz unschuldig, aber sie konnten nicht anders, sie mußten diesem Kommando schweigend Folge leisten und marschierten mit niedergeschlagenen Mienen zum Tor hinaus, verfolgt von den grimmigen Blicken des Fürsten.

Als dieser sich in seine Gemächer zurückbegab, fiel sein Blick auf einen Mann in gewöhnlicher ländlicher Tracht und mit einem Stelzfuß. Er verhandelte mit dem Kammerdiener.

„Feldwebel Franke, alter Kriegskamerad, du hier? Komm herein!", und zum Diener meinte er verweisend: „Wenn dieser hier kommt, so wird er eingelassen, und wenn es mitten in der Nacht ist!"

Er schritt voran zum Arbeitszimmer; der Stelzfuß folgte. Als sich die Tür hinter ihm geschlossen hatte, zog er den Mann an sich und klopfte ihm während der Umarmung auf die breite Schulter.

„Willkommen, willkommen! Hab dich seit acht Jahren nicht zu sehen gekriegt. Warum kommst du nicht einmal her, he?“

„Durchlaucht, ich bin kein Lump, der von Eurer Freundschaft Vorteil ziehen will. Ihr seid gut zu mir, und ich hab Euch lieb; das wissen wir beide, und das ist mir genug. Der Teufel hole alle Scharwenzelei! Wenn ich öfters käme, könnten die Leute, weiß Gott, denken, ich raspelte Süßholz mit Euch!“

„So bekomm ich also meinen besten Kriegskameraden nicht zu sehn, weil er sich vor den Leuten fürchtet!“

„Oho, Durchlaucht, macht mir keine dummen Witze! Habt Ihr jemals gesehen oder gehört, daß ich mich fürchte?“

„Nein, alter Schwede; dieses Zeugnis muß ich dir geben, und darum eben halt ich so große Stücke auf den Feldwebel Franke. Hast du schon gefrühstückt?“

„Nein, aber macht Euch deshalb keine Sorge. Ich hab ein Stück Brot und Käse in der Tasche, das hilft gegen den Hunger.“

„Donnerwetter, willst du, daß ich mich blamiere? Soll es etwa heißen, daß der Dessauer nichts für den Schnabel hat, wenn ihn ein guter Freund besucht? — Nein!“

Der Diener erschien.

„Schaff etwas zu essen; aber nichts Schnepferliches, sondern etwas Kräftiges für zwei alte Soldaten! Und einen guten Trunk dazu; das ist die Hauptsache.“

Einige Minuten später saßen die beiden am Tisch und langten tüchtig zu; die Gläser klangen aneinander, und die Erinnerungen wurden wach. Eine halbe Stunde verging nach der anderen; jeder Angemeldete wurde abgewiesen, und die Dienerschaft merkte, daß der einfache Mann mit dem Stelzfuß dem Herrn werter sei als mancher Offizier und Kavalier. Sämtliche Kriegsfahrten und Abenteuer des Dessauers wurden durchgenommen; manches Kraftwort war zu hören, und manches heitere oder dröhnende Lachen ertönte. So wurde es zwölf Uhr, und mit dem Glockenschlag trat der Diener ein.

„Ist ein Mädchen draußen, kommt vom Pastor aus — — —"

„Die?" fiel der Fürst ihm in die Rede. „Die mag hereinkommen, und nachher führst du sie zur Fürstin!"

Die Angemeldete trat ein. Sie trug heute eine Kleidung, die ihre Schönheit noch mehr zur Geltung brachte als gestern das Hausgewand.

„Bravo! Ich sehe, daß Sie pünktlich ist. Wo hat Sie den Pfarrer?"

„Er befindet sich beim Herrn Geheimen Rat von Raumer."

„Habt wohl alle beide Angst vor mir?"

„Angst nicht, Durchlaucht, aber ein wenig Sorge!"

„Ja, das hat man davon, wenn man nicht offenherzig ist. Konntet mir gleich gestern alles sagen! Sie ist eine Glachau?"

„Zu Befehl, Durchlaucht."

„Und der Brühl will Sie zur Heirat zwingen? Der Teufel soll ihn holen, und den Bräutigam dazu!"

„Soldat Rasch!" meldete der Diener.

„Herrrrein!"

Der gestern angeworbene Rekrut trat ein. Er trug bereits die Uniform des Halleschen Regiments und hielt mehrere Papiere in der Hand. Als er Emma von Glachau erblickte, zuckte es wie ein tiefer Schreck über sein offenes Gesicht; auch sie erbleichte sichtlich, doch nahmen sich beide schnell zusammen.

„Ich habe Ihn für jetzt bestellt, um mir Seine Schreibereien anzusehen. Ist es wahr, daß Er gut mit der Feder bewandert ist, wie Er mir gestern sagte, so wirds zu Seinem Nutzen sein. Hab da drei Kerle in der Kanzlei sitzen, die können nicht mal meine Schrift lesen, viel weniger eine andere. Seine Faust versteht Er zu gebrauchen, das hat Er mir bewiesen, und Begriff hat er auch, das seh ich jetzt: gestern erst eingetreten, heute eine Stunde exerziert, und steht nun vor mir, glatt und blank wie ein Alter. Das freut mich, Er kann's schnell vorwärts bringen. Zeig Er die Wische her!"

Leopold überblickte die Bogen.

„Famos, ganz famos! Er ist ein Tausendschwerenöter! Eine Zeile wie die andere, und die Buchstaben in gleicher Höhe und Lage aufmarschiert wie ein Regiment Grenadiere, Augen rechts, richtet euch. Er tritt in meine Kanzlei, und weil es gerade so paßt, so setz Er sich her; ich werde Ihm was diktieren!"

Der Rekrut nahm an dem Seitentisch Platz, auf dem sich alle nötigen Schreibgegenstände befanden.

„Also schreibe Er:

An den Minister Exzellenz Graf von Brühl,

Dresden.

Habe Eure Schrift erhalten und gelesen. Schere mich den Teufel um das, was bei Euch vorgeht; schert Euch doch auch den Teufel um das, was mir zu tun beliebt. Die Gladhau ist ein braves Weibsen; werde sie Euch nicht an das Messer liefern. Wer sie heiraten will, mag sie sich holen. Ab, basta!

Leo — — —"

„Wollen Euer Durchlaucht diese Unterschrift nicht selbst vollziehen?" unterbrach ihn der Schreiber.

„Ja, richtig! Wenn ich einmal im Fluß bin, so läufts wie Wasser. Geb Er die Feder her!"

Während er sich bückte, um seinen Namen unter die höflichen Zeilen zu setzen, begegneten die Augen des Rekruten dem Blick Emmas. In beider Züge leuchtete die Freude. Es war klar, sie mußten bekannt miteinander sein.

„Jetzt kann Er gleich noch einen Brief schreiben", gebot der Fürst. „Wir sind einmal im Zug!"

Der Rekrut nahm wieder Platz, und Leopold diktierte:

„Dessau, im September 1739.
Ew. Liebden
teile ich mit, daß ich auch ganz verdammt ärgerlich bin über die Ruhe im Reich. Wenn der Friede so bleibt, so verfault alles; ein fröhlicher Krieg macht lebendig, alles andere aber ist Larifari. Der Hellbach soll mir willkommen sein, wenn er so gescheit ist, mich aufzusuchen; die Schleicher aber, die ihn suchen, lasse ich aufhängen, sobald ich sie erwische, wobei ich verbleibe
Ew. Exzellenz guter Freund und Kamerad — — —
So, jetzt kommt der Name!"

Er streckte die Hand nach der Feder aus; der Schreiber hielt sie zurück.

„Mit Verlaub, Durchlaucht; an diesem Schreiben wird etwas zu ändern sein."

„Zu ändern?!" Leopold trat einen Schritt zurück und maß den Verwegenen mit zornigem Auge. „Zu ändern? Er wagt es, mein Diktum zu tadeln? Solang ich lebe, ist mir so etwas noch nicht vorgekommen, und Er Himmelbatailloner tut es gleich im ersten Augenblick Seines Dienstes! Kerl, Er ist übergeschnappt! Niemand hat einen Fehler gemacht, und doch soll geändert werden. Will Er mir das wohl erklären!"

„Ich meine die Worte: ‚Der Hellbach soll mir willkommen sein, wenn er so gescheit ist, mich aufzusuchen'. Hier muß es heißen: ‚Der Hellbach ist so gescheit gewesen, mich aufzusuchen, und ich heiße ihn willkommen.' Denn —" er richtete sich auf und fuhr fort: „Der Hellbach steht hier!"

„Er — Er ist der Hellbach? Ich denke, Er heißt Franz Rasch?"

„Ich mußte meinen Namen verschweigen und hab mir die auf Rasch lautenden Papiere geborgt."

„So, so, hm! Also darum stand eine siebzig an Stelle der achtzig. Aber, hm, ja, wie will Er mir denn beweisen, daß Er wirklich der Artur Hellbach ist?"

„Haben Euer Durchlaucht die Güte, sich an Fräulein von Glachau zu wenden, sie kennt mich."

„Ihr kennt euch? Woher denn?"

„Von Dresden aus, wo ich erst Zuflucht fand und dann wieder fliehen mußte."

„Himmeltausendsapperment, jetzt geht mir eine Ahnung auf! Das Fräulein von Glachau hat den Tintenkleckser nicht gemocht, weil — weil — na, weil ihr ein gewisser Hellbach lieber gewesen ist. Ist's so oder nicht, ihr Tausendschwerenöter?"

„Wir können nicht leugnen, Durchlaucht", antwortete Hellbach.

„So! Und was man in Wien und Dresden zerrissen hat, das soll ich hier wieder zusammenflicken?"

„Euer Durchlaucht sind der einzige Schneider, der das fertigbringt! Es hat nicht jeder den Mut, zwei unschuldig Verfolgte in Schutz zu nehmen. Euer Durchlaucht sind der einzige Fürst im Deutschen Reich, vor dessen Willen selbst der Kaiser Respekt hat."

„So! Meint Er das wirklich? Nun, Er soll sich auch nicht getäuscht haben. Ihr bleibt in Dessau, solang es Euch gefällt, und ich will mal den sehen, der etwas dagegen hat! Aber als gemeinen Soldaten kann ich Ihn unmöglich einstellen. Er scheint bereits einige militärische Begriffe zu haben?"

„Ich habe die Militärschule besucht und war, als Vater starb, Oberleutnant beim Regiment Natzmer."

„Natzmer? Sind ganze Leute das; kenn sie von früher her, da ich an der Seite des kleinen Kapuziners focht! Will Er bei mir eintreten?"

„Mit Freuden!"

„Schön, Herr Oberleutnant à la suite. Jetzt aber nehm Er Seine Braut und führ Er sie zu meiner Frau. Die Luise wird sich schön wundern über den Roman, der hier zu spielen scheint."

Hellbach nahm freudestrahlend Emma beim Arm

und marschierte mit ihr zur Tür hinaus. Als sich diese hinter ihnen geschlossen hatte, wandte sich Leopold zu Franke zurück. „Was sagst du, altes Haus?"

„Ein schmuckes Paar, gerade wie mein Junge und seine Anna."

„Ach so, ja, es ist wahr; der Korporal soll eine Liebste haben. Aber ich werde ihn dennoch ganz gehörig bei der Parabel nehmen. Wie kann er es wagen, sich ohne meinen Willen zu verlieben!"

„Die Liebe ist ein seltsames Ding. Als ich meine Alte nahm, hab ich auch nicht viel gefragt, und ich weiß nicht, ob Durchlaucht — — —"

„Hast recht, Alter, hast recht! Na, so wollen wir es für dieses Mal noch hingehen lassen. Wer ist denn das Mädel?"

„Es ist die Nichte vom Amtmann Graul."

„Vom Graul? Ich hörte, der Kerl sei unverheiratet."

„So ist es auch. Die Anna führt ihm die Wirtschaft, und was das bei einem Amtsgut zu bedeuten hat, das wird Durchlaucht wissen."

„Ja, ja; das Gut ist groß, ein wirkliches, richtiges Rittergut. Der Graul war fremd; er kam, glaub ich, aus Österreich oder Bayern, als ich die Pacht ausrufen ließ. Er bot fünfhundert Taler mehr als sein Vorgänger, und darum erhielt er es. Ich war damals im Feld, und — meiner Treu, jetzt fällt es mir erst ein, daß ich ihn noch gar nicht gesehen habe. Der Pacht wurde von der Rentei abgeschlossen, und da die Gelder alle pünktlich eingehen, so hab ich mich nicht weiter nach der Geschichte umgesehen."

„Und dennoch wäre das vielleicht einmal nötig gewesen. Graul wirtschaftet schlecht."

„Und zahlt pünktlich? Wie paßt das zusammen?"

„Wer die Äcker aussaugt und den Wald rodet, der kann gut zahlen. Durchlaucht mögen nur hingehen und sich die saubere Wirtschaft einmal ansehen. Der Wald wird von Tag zu Tag lichter, das Feld magerer, die Wiese gelber, und im Stall stehen die Pferde und Rinder wie die Gespenster. Der Pacht läuft im Frühjahr ab; dann wird der Graul mit dem herausgesaugten Geld verschwinden, und der Nachfolger kann sich zehn Jahre abmühen, ehe er einen gesunden Halm erbaut."

„Wenn das so ist, so werde ich es mit ihm machen, wie er mit der Wirtschaft. Aber das ist doch nicht plötzlich gekommen. Warum wird es mir erst jetzt gemeldet?"

„Der Graul ist Amtmann, ein schlauer Fuchs, und dabei gewalttätig bis zum äußersten. Wer will sich da aufwerfen? Übrigens haben ja Durchlaucht und Dero Beamte selber Augen, um zu sehen, was zu sehen ist; warum soll man da den Angeber machen!"

„Gut, hast recht. Werde nächster Tage in den Sattel steigen, und dann wehe ihm, wenn ich schmutzige Wäsche bei ihm finde!"

„Ist genug davon vorhanden! Ich hätte heute gar nicht von ihm angefangen, wenn nicht die Gemeinde endlich doch zusammengetreten wäre und mich hergeschickt hätte, um mit Durchlaucht über ihn zu sprechen."

„So also steht es? Eine förmliche Beschwerde?"

„Ja, nicht wegen seiner schlechten Wirtschaft, denn das geht uns nichts an, sondern wegen seiner Amtsführung und anderen Dingen. Es muß heraus, obgleich seine Nichte die Liebste von meinem Jungen ist. Wie er die Felder aussaugt, so zieht er auch die Gemeinde aus. Es sollte mich wundern, wenn eine einzige Rechnung stimmte. Im vorigen Jahr hat der Schmied für zwanzig Gulden Arbeit geliefert, in der Rechnung aber steht plötzlich eine Sechzig. Dem Lehrer, der sich plagen muß, aus dummen Jungen brauchbare Rekruten zu machen, hat er von seinen vierzig Gulden, die doch weder vorn noch hinten reichen, fünfzehn abgezwackt. Wenn Euer Durchlaucht rekrutieren lassen, so fertigt er eine Liste, in der die reichen Burschen nicht stehen, weil sie zahlen können; dann muß der Kriegsherr die armen, ausgehungerten Teufel nehmen, deren Angehörige der Gemeinde zur Last fallen."

„Da schlag doch gleich ein sternhageldickes Graupelwetter drein!" rief der Fürst aufspringend. „Das ist genug: ich mag jetzt weiter gar nichts hören! Aber ich komme, du Halunke!"

„Eins aber muß ich doch noch sagen. Etwas, was mir verdächtig vorkommt. Des Nachts verkehren bei ihm seit einiger Zeit fremde Leute. Wer weiß, wo sie herkommen, doch scheinen sie etwas Bestimmtes im Schild zu haben. Manchmal sind wohl an die zehn da. Dann werden des Nachts Beratungen gehalten; man ißt und trinkt und schleicht sich beim grauenden Morgen heimlich wieder davon."

„Woher weißt du das?"

„Von der Anna. Der Amtmann will es nämlich nicht zugeben, daß sie meinen Jungen nimmt, und so kommt sie zuweilen zu mir und meiner Alten, um uns ihre Not zu klagen. Sie soll durchaus einen heiraten, der bei den nächtlichen Zusammenkünften mit zugegen ist; er ist reich, scheint aber immer noch nicht genug Geld im Haus zu haben!"

„So, hm! Höre, Franke, kennen mich die Leute bei euch?"

„Wohl kaum; es sind bereits über zwanzig Jahre her, daß Euer Durchlaucht nicht im Dorf waren."

„Gut, schön. Schreib mir doch mal die Burschen auf, die der Amtmann durch die Liste gelassen hat!"

Franke zog ein Verzeichnis hervor, das ihm der Lehrer geschrieben hatte, und übergab es dem Fürsten.

„Gut, alter Kriegskamerad! Ich werde die Sache so besorgen, daß du zufrieden sein kannst. Aber halte reinen Mund. Und jetzt kommst du mit hinüber zur Anneliese; die wird sich freuen, daß du uns nicht ganz vergessen hast!" — — —

Auf der Kirchweih

Wieder war es Sonntag morgens, da war auf der Leinefelder Straße lauter Marschtritt zu hören.

„Einunddreißig, zweiunddreißig — einunddreißig, zweiunddreißig — Leberwurst und Sauerkraut, — links, rechts — links, rechts — Leberwurst und Sauerkraut — einunddreißig, zweiunddreißig — Brust heraus, Bauch hinein! — Donnerwetter, was macht ihr für Puppengesichter, ihr Halunken! Finster, immer finsterer, noch finsterer, daß die Leinefelder Respekt bekommen! So ist's recht! — — Da ist das Nest. Achtung! Augen rrrrechts! Augen grrrradaus! Tambour, fang an! Einunddreißig, zweiunddreißig — einunddreißig — rrrrumdidum di rrrrumdidum! Über's G'werrrr!"

So schimpfte und kommandierte der alte zwickelbärtige Feldwebel, der eine halbe Kompanie blauröckiger Grenadiere nach dem Dorf führte. Eigentlich hatte er nicht die mindeste Veranlassung zum Schimpfen, denn die kleine Truppe war ausgezeichnet gedrillt. Ein Zopf war auf die Linie so lang wie der andere, ein Riemen lag wie der andere, ein Auge blickte wie das andere, eine Gamasche saß wie die andere, und der Marschschritt klang so kurz, voll und gleichmäßig, daß es gar nicht nötig war, mit dem damals beliebten „Einunddreißig, zweiunddreißig — Leberwurst und Sauerkraut — links, rechts — links, rechts" den Takt anzugeben.

So viele Dorfbewohner aus den Federn waren, so viele kamen auch heraus auf die Gasse, und wer von dem Trommelschlag erwachte, der beeilte sich hinabzukommen, um die Ursache des ungewöhnlichen Lärms zu erfahren. Der Feldwebel ließ seine Truppe bis vor die Front eines großen, hart an der Dorfstraße liegenden Guts marschieren.

„Bataillon, halt! — Frrrront! — Schultert das G'werrrr! — Beim Fuß das G'werrrr! — Augen rrrrechts, rrrricht euch! Augen grrrrad aus!" klang das Kommando; dann wandte sich der Feldwebel an eine Magd, die sich schläfrig an dem Torpfeiler reckte und dehnte.

„Gehört Sie hier zum Gut?"

Sie nickte.

„Wo ist der Amtmann?"

„Im Bett."

„Wecke Sie ihn!"

„Ich darf nicht. Wer den Herrn Amtmann weckt, wird fortgejagt."

„I, der Tausend. Will Sie den Amtmann wecken, he?" donnerte der Feldwebel.

„Ja, Herr Hauptmann!"

„Schön, mein Schatz. Aber spute Sie sich, sonst mach ich Ihr Füße! Soldat Hiller, setz ab! — rrrrechtsum kehrrrt, marrrrsch! — Frrrront! — Beim Fuß das G'werrrr!"

Kaum waren zwei Minuten vergangen, so erschien unter dem Tor eine männliche Gestalt, bloß mit Hose, Jacke und Zipfelmütze bekleidet. Das häßliche, verschlagene Gesicht stieß den Beschauer ab. Der Mann war sicher ebenso listig wie hart und gewalttätig.

„Seid Ihr der Herr Amtmann?"

„Ja. Was soll's denn sein?"

„Ein Befehl der Kriegskanzlei, abzugeben an Euch!"

„Gebt her!"

„Donnerwetter! Glaubt Ihr etwa, daß ein alter, diensterfahrener Feldwebel Euch hier am Tor eine Meldung machen oder gar einem Mann in Schlafmütze und Nachthosen eine Order übergeben wird, die aus der Kriegskanzlei kommt und von dem Feldmarschall Durchlaucht Exzellenz eigenhändig unterzeichnet wurde? Macht Euch schnell hinein und fahrt in einen anderen Gottfried, sonst mach ich Euch Beine wie Euerer Milchchristel, die Euch nicht wecken wollte."

Graul entfernte sich. Der Feldwebel folgte ihm nach einigen Minuten und fand ihn in der Stube am Schreibpult.

„Seid Ihr der Herr Amtmann?“

„Zum Teufel, ich hab Euch doch bereits — — —“

„Rrrruhe, nicht gemuckst!“ donnerte da der alte Soldat mit wahrer Löwenstimme. „Was versteht Ihr vom Dienst! Ich habe Euch zu fragen, und Ihr habt zu antworten, damit basta! Seid Ihr der Herr Amtmann?“

„Ja.“

„Eine Order aus der Kriegskanzlei!“

Er übergab das Schreiben. Graul öffnete und las es. Sein Gesicht zeigte, wenn nicht Bestürzung, so doch einige Verlegenheit.

„Das ist unmöglich!“

Der Feldwebel schwieg.

„Reinweg unmöglich!“

Der Feldwebel antwortete nicht.

„Habt auch Ihr irgendwelche Order?“

„Allerdings. Wenn Ihr nicht binnen einer Stunde schafft, was da drin verlangt wird, so werde ich es mir zu holen wissen. Leinefeld hat fünfundzwanzig Mann zu liefern, und sollte ich diese Zahl mit dem Herrn Amtmann selber voll machen müssen!“

„Eine Stunde ist zu wenig!“

„Für mich nicht. Könnt Ihr aber nicht, dann hab ich die fünfundzwanzig in zehn Minuten. Könnt Ihr?“

„Ja.“

„Schön. Wir haben scharf geladen. Ich lasse das Dorf umzingeln, daß keiner entkommt. Zehn Minuten haben wir bereits verhandelt; in Punkt fünfzig Minuten bin ich hier, um die Rekruten mit einer Namensliste in Empfang zu nehmen!“

Er ging hinaus.

„Bataillon in zwei Zügen abmarschiert! Korporal Fritsche vor!“

Der Korporal trat vor die Front und kommandierte: „Erster Zug, G'werrrr auf! — Rechtsum! — Übers G'werrrr! — Vorwärts marrrrsch!"

„Gefreiter Lange vor!" befahl der Feldwebel.

„Zweiter Zug, G'werrr auf! — Rechtsum! — Übers G'werrrr! — Zweimal links abgeschwenkt, vorwärts marrrrsch!"

Der erste Zug marschierte nach dem niederen, der zweite nach dem oberen Dorf, um die Postenkette zu bilden. Der Feldwebel aber bog in einen schmalen Seitenweg ein, der zwischen zwei Gütern hindurchführte, ging eine Strecke hinter den Gärten fort und stieg dann über einen niederen Zaun; der umschloß ein kleines Gärtchen, das zu einem niedlichen, sauberen Häuschen gehörte. Durch dessen hintere Tür gelangte er in eine Küche, wo er niemanden fand, und von da in die Wohnstube, in der zwei Personen bei der Suppe am Tisch saßen.

Es waren der Feldwebel Franke und seine Frau.

Beim Anblick des Eintretenden erhob sich der Alte überrascht.

„Durchlaucht!"

„Halt Er den Schnabel, Er Sackermenter! Es braucht niemand zu wissen, wer ich bin; für jetzt bin ich Feldwebel, punktum. Habt ihr noch einen Löffel? Ich hab Appetit!"

Die erschrockene Hausfrau erhob sich, um das Verlangte zu holen. Sie machte Miene, sich in Entschuldigungen zu ergehen. Die wurden ihr aber sofort abgeschnitten.

„Still! Jetzt wird gegessen und nicht gesprochen!"

Die Löffel klapperten, bis kein Tropfen mehr in der Schüssel war. Erst jetzt begann der Fürst:

„Ihr habt heute Kirmes! Ich lade mich zu Gast, doch darf jetzt noch kein Mensch was davon wissen. Es hat mich niemand zu euch gehen sehen. Bin gekommen, um dem Graul in den Topf zu gucken. Habe fünfundzwanzig Rekruten von ihm verlangt, und weh ihm, wenn er parteiisch handelt! — Hab euch auch eine Freude gemacht!"

„Allerdings ist es uns die größte Freude, Euer Durchlaucht bei uns zu sehen!"

„Nicht geflunkert! Meine eine andere Freude. Habe euerem Jungen, dem Korporal, Urlaub gegeben, daß er zur Kirmes gehen und seine Anna einmal beim Kopf nehmen kann. Hast du nichts wieder von den heimlichen Brüdern gehört?"

„O ja. Die Anna war gestern abend hier und erzählte, daß heute um acht Uhr im Gartenhaus heimliches Abendessen ist."

„Wieviel Gedecke?"

„Acht."

„Sehr gut. Werde gesegnete Mahlzeit wünschen. Macht mir ein Bett zurecht; werde vielleicht heut nacht hier schlafen. Jetzt lebt wohl! Hört ihr den Lärm draußen? Der Amtmann läßt die Rekruten zusammenschleppen."

Er ging denselben Weg wieder zurück, den er gekommen war. Beim herrschaftlichen Hof fand er wirklich fünfundzwanzig Burschen vor, die mit Paketen auf dem Rücken Abschied von ihren weinenden und jammernden Angehörigen nahmen, und zugleich ertönte der lautschallende Schritt der Soldaten, die wieder anrückten.

„Nun mag's genug sein mit dem Heulen, ihr Jungens! Ihr bekommt des Fürsten Rock angezogen, und wer sich darein fügt und gut gehorcht, aus dem kann mal was Ordentliches werden, vielleicht gar so ein Feldwebel wie ich. Angetreten und eingerückt! So! Wer zu fliehen sucht, wird erschossen! — Kompanie rrrechtsum! — Auf Wiedersehen, Herr Amtmann; viel Vergnügen zur Kirmes! Kann leider nicht hierbleiben, sondern muß weiter, um noch einige Jungens zu holen. — Übers G'werr!"

Die Rekruten in der Mitte, so marschierte die Truppe das Dorf hinab; hinterdrein zogen die jammernden Verwandten.

„Einunddreißig, zweiunddreißig, Leberwurst und Sauerkraut, links, rechts, links, rechts, Tambour, fang an! Einunddreißig, zweiunddreißig, einunddreißig, zweiunddreißig, rrrrumdidum di rrrrumdidum!“

Draußen vor dem Dorf ließ der Feldwebel halten, um die störende Begleitung zurückzuweisen; dann ging der Marsch fort bis in den Wald, wo der Alte in einen Hohlweg einbiegen ließ, der in einen schmalen Pfad verlief und dann auf eine Lichtung mündete.

Hier lagerte sich die Truppe. Der Führer zog das Namensverzeichnis, das er von dem Amtmann erhalten hatte, hervor, um zu verlesen. Es befand sich unter den Burschen kein einziger von denen, die auf Frankes Liste gestanden hatten.

„Jammert nicht, Jungens! Ich geb euch mein Wort: wenn ihr euch ruhig verhaltet und keine Dummheiten macht, so seid ihr heute abend alle wieder frei. Ich bin der Leopold von Dessau und will nur euerem sauberen Amtmann einmal auf die Finger klopfen!“

Diese Rede brachte jubelnde Freude hervor. Der Fürst aber trat zu einem Baum, unter dem zwei Männer standen, die einige Pakete hielten.

Es waren der Oberleutnant von Hellbach und der Korporal Franke, beide an Gestalt und Größe vollständig gleich.

Er wandte sich an den ersteren.

„Er kennt also einige von denen, die ihn verfolgen, persönlich? Vielleicht hat Er das Vergnügen, sie heute abend zu sehen.“

„Korporal, Er kann nach Hause gehen. Ich werde Ihn schon finden, wenn ich Ihn brauche. Jetzt, Hellbach, komm Er zwischen die Büsche. Ich bin neugierig, wen Er aus mir machen wird!“

Nach Verlauf einer halben Stunde hinkte eine lange, tief vornübergebeugte Gestalt dem Dorf zu. Auf dem Kopf saß ein Filz, der weder Form noch Farbe hatte, über das rechte Auge zog sich eine breite, schwarze Binde; ein eisgrauer Bart senkte seine müden Spitzen zu beiden Seiten des Kinns hinab; eine alte, abgeschabte Uniform bedeckte den Körper, und an den Füßen schlappten ein Paar große Schuhe.

Der Alte stand eben im Begriff, hinter dem Dorf zwischen Zäunen und Feldern umzubiegen, als ihm aus derselben Richtung ein Mädchen entgegenkam, bei deren Anblick er unwillkürlich stehenblieb.

„Gott zum Gruß, Jungfer", hüstelte er.

„Schönen Dank. Will Er auf die Kirmes? Zu Verwandten?"

„Nein. Ich hab hier niemanden; aber bei einem solchen Fest gibt wohl jedermann einem alten armen Teufel ein Stückchen Brot."

„Sicher, hier hat Er etwas!" Sie griff in die Tasche und reichte ihm einige Kupfermünzen. „Komm Er nachher zu mir; da soll Er haben, was Er nur essen kann."

„Ja, wer ist denn die Jungfer?"

„Ich gehöre zum herrschaftlichen Gut und bin des Amtmanns Nichte. Frag Er nur nach mir, man wird Ihn schon zurechtweisen."

Sie ging. Er blickte ihr nach, solange er sie sehen konnte.

„Himmelbataillon, das also war die Anna! Hm, wegen der ließe ich mir am Ende auch mal Urlaub geben von der Anneliese. Der Franke soll sie haben, so wahr ich Leopold heiße!"

Er humpelte weiter.

Hinter dem gutsherrlichen Garten blickte er über den Zaun hinüber und gewahrte dort eine Reihe von Pflaumenbäumen, die voll schöner Früchte hingen.

„Sapperlot, sind das Zwetschgen! So reif und süß! Die

Suppe bei Franke war ganz verteufelt gesalzen und hat mir Durst gemacht. Vorwärts, hinüber! Ich muß Pflaumen haben!"

Er schwang sich über den Zaun, setzte sich gleich in das taufrische Gras und begann die am Boden liegenden Früchte aufzulesen und zu verzehren. Er aß und aß und merkte nicht, daß jemand leise herbeigeschlichen kam. Da legte sich eine Hand auf seine Schulter, und eine zornige Stimme fuhr ihn an: „Was tut Er hier?"

Er wandte langsam den Kopf. „Das sieht Er ja; ich esse."

„Das seh ich allerdings. Aber meine Zwetschgen, meine! Was hat Er denn hier im Garten zu suchen?"

„Hm, was sucht denn Er?"

„Ich bin der Amtmann!"

„Ach so, das gibt der Sache allerdings eine andere Wendung." Der Alte erhob sich. „Ich bin ein armer Teufel und muß vorsprechen gehen; da sah ich hier die Pflaumen liegen und hab ein paar davon geholt. Das wird nicht schlimm sein; denn was am Boden liegt, das gehört den Bettlern und Handwerksburschen, das ist alter Brauch."

„Aber bei mir nicht. Komm Er mit hinein! Er ist mein Arrestant!"

„Da muß ich allerdings gehorchen."

Er folgte dem Amtmann durch die Wohnstube in einen Nebenraum, in dem dieser sein Geschäftszimmer zu haben schien. Dort nahm Graul einen Bogen Papier und die Feder zur Hand.

„Ich werde Ihn verhören, und Er hat mir durchaus nur die Wahrheit zu sagen! Wie heißt Er?"

„Werde es nachher sagen."

„Herr Amtmann, heißt es! Verstanden? Wo ist Er her?"

„Aus Dessau."

„Herr Amtmann, soll Er hinzufügen, sag ich!"

„Donnerwetter, wenn Er so genau weiß, wer und was Er ist, warum soll ich es Ihm denn dann bei jedem Wort sagen?“

„Aha, Er ist ein widersetzlicher Kerl, der nicht gestehen will, wie Er heißt! Da wollen wir kurzen Prozeß machen, und ich kann die Schreiberei sparen. Er ist in meinen Garten gestiegen und hat von meinen Pflaumen gegessen. Gesteht Er zu, daß das Diebstahl ist?“

„Meinetwegen; mir alles gleich!“

„So! Also weder Reue noch Aussicht auf Besserung! Für Seinen Einbruch in meinen Garten bekommt Er vier Tage Gefängnis im Ort, und zwar sofort auf der Stelle. Danach wird sich finden, wer Er ist, ich werde ihn weiterliefern.“

„Ich hab höchstens ein halbes Schock Pflaumen gegessen, ich werde sie bezahlen.“

„Ah, Er hat Geld? Ich hab Ihm alles abzunehmen, was Er bei sich führt. Zeig Er her!“

„Fällt mir nicht ein! Ich geb Ihm einen Gulden für die Pflaumen.“

Der Alte zog eine wohlgefüllte Börse hervor und ließ ihren Inhalt klingen.

Die Augen des Amtmanns leuchteten auf.

„Woher hat Er das viele Geld? Ein Landstreicher trägt keine solche Summe bei sich. Ich muß Ihn als dringend verdächtig festhalten. Zahlt Er aber zehn Gulden für Pflaumen, Arretur und Verhör, so kann Er gehen, wohin Er will!“

„Hör Er, Er ist doch ein ganz verdammter Halunke! Von mir erhält Er keinen roten Heller. Steck Er mich in Gottes Namen ein!“

„Dann vorwärts! Der Büttel ist nach der Stadt; ich werde Ihn selbst einsperren; das mit den zehn Gulden war natürlich bloß ein juristischer Kniff, um zu sehen, woran ich mit Ihm bin. Er wird nicht eher wieder frei, als bis Er vollständig ausgewiesen ist.“

Der vermeintliche Landstreicher ging ohne Widerstreben voran, der Amtmann folgte, mit einem riesigen Schlüssel in der Hand, den er von der Wand genommen hatte.

Der Vormittagsgottesdienst war bereits angegangen, darum gelangten sie an das im unteren Teil des Dorfes gelegene Spritzenhaus, ohne daß ihnen jemand begegnet wäre. Der Amtmann hielt seinen Gefangenen für einen schwachen Greis und ahnte nicht das geringste von der Gefahr, in die er sich begeben hatte. Er steckte den Schlüssel ins Schloß und öffnete.

„Hier trete Er ein!“

„Er ist Amtmann, Er hat den Vortritt!“ meinte der andere. Und plötzlich richtete er sich hoch auf, faßte Graul bei den Hüften und schleuderte ihn in den dunklen Raum. Schnell hatte er die Tür ins Schloß geworfen, drehte den Schlüssel zweimal herum, zog ihn ab und steckte ihn ein.

„Werde Er nicht auch widersetzlich, Herr Amtmann!“ klang es lustig; dann schritt der Alte davon.

Trotz des Gottesdienstes befanden sich einige Gäste hier, besonders Fremde, von denen das Ereignis des heutigen Morgens eingehend besprochen wurde. Das ganze Dorf befand sich in Aufregung darüber, daß kein einziger der reicheren Bauernsöhne mit abgeführt worden war, und es wurden sogar die Summen genannt, die der Amtmann für diese Ungerechtigkeit eingenommen haben sollte.

Im Laufe des Gesprächs kam vieles zum Vorschein, was ein schlechtes Licht auf diesen Mann warf, und als endlich erwähnt wurde, daß der Fürst benachrichtigt sei, sprachen alle die Überzeugung aus, daß dieser ganz sicher wie ein Wetter dazwischenfahren und der Sache ein Ende machen werde. Leopold konnte so in aller Gemütlichkeit vernehmen, wie beliebt er trotz seiner vielen Härten im Land war.

So verging die Zeit, und der Gottesdienst war beendet. Da kam einer und erzählte, daß der Amtmann im Spritzenhaus eingeschlossen sei. Einige vorübergehende Kirchgänger hatten sein Rufen gehört und nach der Schmiede geschickt, um das Schloß zu öffnen.

Jetzt war es Zeit für Leopold, den Ort zu verlassen. Im Freien warf er den alten Hut von sich, strich sich die Farbe vom Bart und schritt in seiner gewöhnlichen energischen Haltung dem Wald zu, um zu den Seinigen zu gelangen.

Da kam ein Mann langsam ihm entgegen und blickte ihn aufmerksam an. Dann rief er herüber:

„Das ist ja der Werber von voriger Woche! Woher des Wegs?"

„Ist ihm kein Kerl begegnet, ungefähr in derselben Kleidung, wie ich sie trage?" fragte Leopold zurück.

„Nein. Warum?"

„Weil der Lump mir einen ganz verteufelten Streich gespielt hat. Will ich da ins Dorf, um einen alten Bekannten zu besuchen, den ich wohl an die zehn Jahre nicht gesehen hab, und setze mich, dieweil es mir zu heiß wird, ein wenig ins Gras. Aus Unvorsichtigkeit ziehe ich auch meinen Rock aus und schlafe am Ende ein. Als ich erwache, ist mein Dreispitz weg samt dem Rock, und statt ihrer liegt hier dieser Gottfried dort. Ders getan hat, muß ein Bettler oder Vagabund gewesen sein. Ins Dorf hinein ist er jedenfalls nicht; nun such ich seine Spur."

„Es ist mir niemand dergleichen begegnet. Aber da wir uns so zufälligerweise treffen, so könnte Er mir wohl sagen, ob Er vielleicht etwas von dem Hellbach gemerkt hat."

„Hab keine Zeit! Leb Er wohl!"

Leopold tat, als ob er fort wolle; der andere aber ergriff ihn am Arm.

„So bleibe Er doch! Sein Rock wird wohl noch zu ersetzen sein! Wenn Er mir gute Botschaft gibt, kommt es mir auf zehn Gulden nicht an."

„Erst das Geld!"

„Hier ist es! Aber nun will ich auch etwas hören!"

Der Fürst steckte die zehn Gulden schmunzelnd ein.

„Ich hab ihn gesehen. Mehr Wert noch hätte es für Ihn, wenn ich ihn sogar gesprochen hätte. Aber das würde wieder zehn Gulden kosten."

„Er ist ein Gauner und Erzschelm! Hier sind noch zehn. Nun ist's aber gut!"

„Ich hab mit ihm gesprochen, und zwar öfters."

„Was denn?"

„Ja, nun ist's aber gut!"

„Ich soll doch nicht etwa noch zehn Gulden zahlen, um zu erfahren, was Er mit ihm geredet hat?"

„Das überlaß ich Ihm!"

„Er ist wirklich ein Spitzbub! Aber Er soll Seinen Willen haben. Hier sind noch zehn Gulden! Aber mehr bekommt Er auf keinen Fall! Also, was hat Er mit ihm gesprochen! Was hat Ihm der Hellbach mitgeteilt?"

„Alles! Reinweg alles!"

„Weiter!"

„Ja, mehr sag ich auf keinen Fall!"

Es machte Leopold innerlich Spaß, den Mann auf die Folter zu spannen; der aber konnte nur mit Mühe seinen Ärger und die Begierde, etwas zu erfahren, verbergen.

„Er ist ein schlechter Mensch, ein Galgenstrick —"

„Schön; ich kann geh'n; dann mag Er sehn, von wem Er etwas erfährt. Der Hellbach ist nur heut noch zu haben, und zwar auf die leichteste Weise, die es nur geben kann."

„Donnerwetter! Ihr seid unser Mann! Ihr verdient Euch gern etwas und werdet ein gutes Geschäft machen. Der Hellbach muß verschwinden, versteht Er? Verschwinden auf immer und spurlos. Was will Er haben, wenn Er ihn uns heut bringt?"

„Was gibt Er?"

„Hundert Gulden!"

„Papperlapapp! Wieviel erbt die jüngere Linie seiner Verwandten, wenn Er verschwindet?"

„Wer hat Ihm das gesagt?"

„Da sieht Er wenigstens, daß ich den Hellbach im Sack und nach allem ausgeforscht habe!"

„Gut, gut! Sag Er mir kurz und bündig, wieviel Er haben will!"

„Tausend Gulden. Jetzt die Hälfte und heut abend die Hälfte, wenn ich ihn bringe."

„Das geht nicht! Es ist zu viel!"

„So sind wir fertig. Leb Er wohl!"

„Ich hab das Geld nicht bei mir."

„So hol Er es sich. Ich warte grad eine halbe Stunde."

„Er geht also nicht herunter?"

„Keinen Heller!"

„Er ist ein Filz; aber Er soll das Geld haben! Ich kann Ihn gleich bezahlen; da sieht Er, daß Er um die andere Hälfte nicht besorgt sein braucht!"

„Werde sie mir schon holen!" lachte der Fürst grimmig vergnügt.

„Hier hat Er! Seh Er nach; es sind zehn Fünfzigguldenscheine! Nun hält Er aber auch Wort!"

„Der Teufel soll mich holen, wenn ich Euch den Hellbach nicht bringe!"

„Schön! Aber Er weiß ja noch gar nicht wohin!"

„Punkt acht Uhr hier an diesen Ort."

Sie trennten sich. —

Am Nachmittag strich der Korporal Franke einmal längs des herrschaftlichen Gartens hin. Anna hatte bereits von seiner Anwesenheit gehört, und da sie sich früher bei ähnlichen Veranlassungen im Garten gesehen hatten, so war sie herausgegangen, um ihn vielleicht zu treffen. Er erblickte sie und sprang zu ihr herüber.

„Anna, meine liebe, liebe Anna!“

„Komm hinter den Holunder, damit uns niemand sieht!“

Aber den ersten Kuß erhielt er doch noch vor dem Holunder. Hinter dem Busch nahm sie der Korporal in seine Arme und fragte:

„Kommst du heut zum Tanz?“

„Am Nachmittag nicht, sondern nur zum Abend. Ich hab für den Abend viel vorzubereiten, denn wir bekommen das Haus voll Gäste. Ich weiß nicht, was es für Leute sind; aber der Herr hat mir Heimlichkeit anbefohlen. Es muß etwas Ungutes dabei sein, denn er überläßt sie sich selbst und geht mit unseren übrigen Gästen nach dem Saal. Erst später will er zu ihnen, wenn alles schläft.“

„Darf ich denn mit dir tanzen, wenn der Oheim dabei ist?“

„Tu es immer. Ich laß mirs nicht verbieten.“

„So will ich jetzt wieder gehn, da du's so eilig hast.“

„Ja, geh! Der Oheim hat so schlimme Laune, weil er heut von einem Strolch eingesperrt worden ist. Ich glaube, ich bin dem Mann auch begegnet; er sah gar nicht so bös aus, und doch hat er nach seiner Flucht einen Hut und einen Stock gestohlen, wie der Oheim erfahren hat.“ —

Der Korporal sprang wieder über den Zaun und schritt dem Wald zu; er hielt es für notwendig, dem Fürsten zu melden, daß der Amtmann auf dem Saal zu treffen sein werde. —

Es war bereits dunkel, als es vom Turm die achte Stunde schlug, und niemand konnte die beiden Männer sehen, die vom Wald her dem Dorf zuschritten.

„Getraut Er sich also wirklich allein mit dem Kerl zu gehen?“ fragte der Fürst.

„Warum nicht, Durchlaucht?“ antwortete Hellbach.

„Ich kann mich auf mich verlassen und weiß doch auch Euer Exzellenz in der Nähe."

„Werde Ihn auch nicht umbringen lassen!"

Als sie die Stelle erreichten, wo Leopold die Unterredung mit dem Seifensieder gehabt hatte, fanden sie diesen bereits wartend.

„Da ist Er ja. Seh Er sich diesen Herrn einmal näher an!"

Trotz der Dunkelheit erkannte der Seifensieder den Gesuchten, der aber auch ihn, freilich ohne es sich merken zu lassen.

„Der Herr Oberleutnant von Hellbach!"

Jetzt nahm dieser das Wort. „Er kennt meine Verhältnisse?"

„Ja."

„Dieser Mann hier, der sich bisher freundlich meiner angenommen hat, hat Ihn als Führer empfohlen. Er wird von meinen Absichten unterrichtet sein, und wir können also die Worte sparen. Vorwärts, und leb Er wohl!"

Leopold hielt bereits die zweiten fünfhundert Gulden, die ihm der Seifensieder zugesteckt hatte, zwischen den Fingern.

„Kein übles Geschäft! Soll mich verlangen, ob die Schufte noch mehr solches Papier haben. Kann es gut gebrauchen!"

Er wartete, bis die Schritte der beiden verklungen waren und folgte ihnen dann vorsichtig. Als er nach einigen Minuten in den gutsherrlichen Garten kam, fand er das Gartenhäuschen bereits von seinen Soldaten besetzt. Die Tür war von innen verschlossen, doch vernahm er deutlich die Stimme Hellbachs, obgleich er die einzelnen Worte nicht verstehen konnte. Er befahl zwei Mann herbei, um im notwendigen Augenblick auf seinen Befehl den Eingang mit dem Kolben zu erzwingen. Die Verhandlung dauerte über eine Viertelstunde;

da erscholl drin ein vielstimmiger Schrei und gleich darauf von Hellbachs Stimme der donnernde Ruf:

„Herein!"

„Auf mit der Bude!" befahl der Fürst.

Zwei Kolbenstöße genügten, die leicht gearbeitete Tür zu zersprengen. Leopold trat ein.

Der Raum war hell erleuchtet; die geschlossenen Läden ließen das Licht nicht nach außen dringen. An mehreren Tischen hatten acht Männer gesessen, die überrascht aufgesprungen waren und ihre Augen jetzt auf den Eintretenden richteten. Hellbach hatte in einer Ecke Schutz gesucht und hielt in der Linken einen Pack Papiere, während seine Rechte den Griff eines Messers umschloß.

„Keine Furcht!" rief der Seifensieder. „Dieser Mann ist der Werber, der ihn mir ausgeliefert hat." Und sich auf Hellbach werfend, gebot er: „Also her mit den Dokumenten!"

„Halt!" donnerte da der Fürst. „Will Er Halunke wohl Seine Hand von diesem Mann lassen? Hab ich Ihm nicht im ‚Wilden Mann' gesagt, daß Er sich eine Lauge einrühren werde, in der Er sich die Finger verbrennt? Hellbach, sag Er diesen Schurken, wer ich bin!"

„Durchlaucht Fürst Leopold von Anhalt-Dessau!"

Die Männer erbleichten. Keiner wagte ein Wort zu sagen.

„Was für Papiere hat Er da?"

„Jedenfalls die Beweise meiner Legitimität. Sie glaubten mich in der Falle und hatten den Mut, sie mir zu zeigen. Dieses Gartenhaus scheint jetzt der Hauptversammlungsort meiner mir nachspionierenden Verwandten zu sein, und dort der Schrank enthält zeitweilig ihr Archiv."

Leopold wandte sich zurück. „Herein mit euch!"

Im Nu füllte sich der Raum mit den Soldaten.

„Korporal Fritsche, die Stricke her! Jungens, bindet

mir diese acht Schufte, aber fest, und wenn die Haut platzt!"

„Durchlaucht, ich muß gegen ein solches Verfahren Einspruch erheben!" meinte jetzt der angebliche Seifensieder. „Wir sind nicht Untertanen Eurer Durchlaucht, sondern — — —"

„Rrrruhe, Er Halunke, Oberleutnant von Hellbach, wessen klagt Er sie an?"

„Der Fälschung und des Mordversuchs. In fünf Minuten hätte ich nicht mehr gelebt!"

„Schön, schön, ausgezeichnet! Das liefert sie mir ans Messer; denn dieser Versuch wurde innerhalb meines Landes gemacht, ich bin ja selber Zeuge. Wurde auch gut bezahlt dafür. Die zärtlichen Verwandten haben sich verrechnet, und werden hängen, alle miteinander. Werde die Sache genau untersuchen. Ihr bleibt da, Jungens, bis ich wiederkomme. Vorwärts, Hellbach; wir haben noch ein Nest auszunehmen!" — — —

Unterdessen ging es im Wirtshaus recht lebhaft zu. Das Jungvolk drehte sich wacker im Kreis, und die Alten saßen im Nebenzimmer beim Bier, um zu politisieren und ganz besonders die Ereignisse des heutigen Tages zu besprechen.

Der Amtmann, der sich mit seinen Kirchweihgästen unter ihnen befand, war sehr kleinlaut. Er mußte auf manchem Gesicht eine schwere Anklage wegen seiner ungerechten Rekrutenaushebung lesen, und noch mehr als das ärgerte ihn der Reinfall, der ihm heut der Bettler bereitet hatte. Er suchte nach einem Gegenstand, an dem er seinen Grimm auslassen könnte. Da fiel sein Blick auf die geöffnete Tür im Saal, und sofort erhob er sich. Er hatte den Korporal Franke gesehen, der mit Anna tanzte, und eilte auf das Paar zu, faßte seine Nichte und riß sie aus den Armen ihres Tänzers.

„Hast du vergessen, was ich dir befohlen habe? Fort, nach Hause!"

Sofort schwieg die Musik, und die drehenden Paare standen still. Franke ergriff Anna von neuem.

„Was fällt Ihm ein, Amtmann, mir meine Tänzerin zu nehmen! Solange ich mit ihr tanze, geht sie Ihn nichts an. Er wäre mir der Rechte, einen wohlverdienten Korporal Seiner Fürstlichen Durchlaucht zu beschimpfen!"

„Ich werde Ihm beweisen, daß ich doch der Rechte bin, Er Grünschnabel! Ich werde Ihm — — —"

Er hielt mitten in der Rede inne. Sein Blick war zufälligerweise auf den Eingang gefallen und hatte dort den Bettler von heut morgen bemerkt. Dieser lehnte sich behaglich an den Pfeiler, ganz unbekümmert darum, daß sich der Dorfbüttel ganz in seiner Nähe befand.

„Halt, heda! Wer ist denn das?" fragte der Amtmann ganz erstaunt darüber, daß der Mensch es wagte, hier zu erscheinen. „Das ist der Kerl, der mir heut entflohen ist, der Spitzbub, der Pflaumendieb! Polizei, bring ihn doch einmal her!"

„Diesen da?" fragte der Büttel, auf den Fürsten deutend. „Vorwärts, Alter!"

Leopold ließ sich willig bis in die Mitte des Saales führen, wo der Amtmann stand.

„Wie kann Er es wagen, wiederzukommen? Ich werde Ihm Seine Strafe verdoppeln. Er ist mir in den Garten eingebrochen, hat mir die Pflaumen gestohlen, sich gar an mir vergriffen und ist dann entflohen. Auch den Schlüssel zum Gefängnis hat Er gestohlen; ich werde Ihm vier Wochen diktieren."

„Herr Amtmann, ich bin kein Dieb", meinte Leopold kleinlaut. „Ich hab die Pflaumen von Ihm zu bekommen!"

„Von mir? Er hat wohl ein Rad zuviel im Kopf?"

„Hat Er mir außer der Pacht nicht jährlich einen halben Scheffel von jeder Sorte zu liefern? Die paar Pflaumen hab ich mir auf Abschlag genommen."

„Er hält sich wohl gar für den Fürsten, he?"

„Nein", donnerte da der Gefragte, indem er sich hoch aufrichtete und den alten Rock öffnete, unter dem eine besternte Uniform sichtbar wurde! „Ich halte mich nicht für ihn, sondern ich bin es wirklich, Er Erzschelm und Halunke!"

Die Überraschung der Anwesenden und der Schreck des Amtmanns waren unbeschreiblich. Leopold achtete gar nicht darauf, sondern fuhr fort:

„Er wollte mich heut zwingen, Ihn ‚Herr Amtmann' zu titulieren. Schön, es soll geschehn! Ich hab meine ausgemergelten Felder gesehn; es ist aus mit Ihm, Herr Amtmann! Im Wald steht kein gescheiter Baum mehr; es ist aus mit Ihm, Herr Amtmann! Ich werde Seine Amtsführung und die Gemeinderechnungen prüfen; es ist aus mit Ihm, Herr Amtmann! Gefreiter Lange!"

Auf diesen Ruf marschierte der Genannte, hinter ihm seine Leute, zur Tür herein. Sie hatten still auf der Treppe und im Haus gestanden.

„Zu Befehl, Durchlaucht!"

„Dieser Mensch ist Sein Gefangener. Steck Er ihn ins Spritzenhaus! Hier ist der Schlüssel dazu! Und stell Er zwei Posten davor! Ab, vorwärts marsch!"

Der Amtmann war so niedergeschmettert, daß er keinen Laut wagte. Er sah sich verloren und wankte mit gesenktem Haupt zur Tür hinaus, die von den Soldaten hinter ihm streng besetzt wurde.

„Korporal Franke!"

„Zu Befehl, Durchlaucht!"

„Er sieht, ich brauche einen neuen Amtmann! Will Er es sein?"

„Durchlaucht, ich weiß nicht, ob — — —"

„Maul halten! Er ist ein tüchtiger Kerl, und wo Er nicht durchkommt, wird Ihm Sein Vater mit Rat und Tat beistehen, abgemacht, basta! Hol Er mir einmal Seine Frau Amtmännin her!"

Der verblüffte Korporal brachte die errötende Anna herbei.

„Will Sie ihn nehmen, Sie Blitzhexe, he?"

„Ja!" antwortete sie beherzt.

„Korporal, so geb Er ihr auf der Stelle einen Schmatz! Eins, zwei, drei! So war's gut! Ich werde heut bei Seinem Vater bleiben, da können wir das Nötige besprechen, vorderhand aber lade ich mich zur Hochzeit ein, versteht Er mich? Ich bin Sein Pate, und wenn ich für Ihn sorge, darf Er mich nicht übergehen!"

Jetzt drehte er sich nach der Tür um.

„Herein mit den Rekruten!"

Die heut gepreßten Burschen traten ein.

„Ihr seid frei, geht zu euren Mädels!"

Unter beifälligem Jubel der ganzen Versammlung hatten sie sich im Nu zerstreut. Jetzt zog der Fürst Frankes Zettel hervor.

„Aufgepaßt! Die ich jetzt vorlese, haben vorzutreten!"

Alle einundzwanzig waren anwesend und standen bald vor ihm.

„So! Also das sind die Himmelhunde, für die armer Leute Söhne büßen sollen? Euch soll ein hageldickes Donnerwetter treffen! Ich will euch heute den Spaß nicht verderben; aber nächsten Sonnabend habt ihr euch in Halle zu melden, verstanden? Und wenn mir einer fehlt, so stecke ich seinen Alten in die Montur oder den ersten besten männlichen Verwandten, der mir in die Hände kommt. Das tu ich, so wahr ich Leopold heiße! Jetzt aber, Kinder, macht wieder Musik und singt mir einmal dazu unseres Herrgotts Dragonermarsch!"

FÜRST UND LEIERMANN

(1740)

Es war kurz nach dem Ausbruch des Ersten Schlesischen Krieges[1]. Auf der Straße, die nahe an der hannoverschen Grenze von Arendsee nach Ziemendorf führte, schritten zwei Männer dahin. Sie trugen die Kleidung gewöhnlicher Land- oder Bürgersleute; ein scharfsinniger Beschauer aber würde leicht einiges bemerkt haben, was damit nicht so recht übereinstimmte. Die großen, steilgewichsten Schnurrbärte, ihre stramme, kerzengerade Haltung, die straffe, militärische Art ihrer Bewegungen und besonders das kriegerische Äußere des einen, älteren von ihnen, standen gerade jetzt, wo sie sich unbeobachtet wußten, zu dem friedlichen Rock in einem Gegensatz. Und dieser Eindruck wurde durch die derben, stacheligen Knotenstöcke, die sie in den Händen trugen, noch erhöht.

„Papperlapapp, Hauptmann; lasse Er das unnütze Reden!" meinte der Ältere. „Ich bin kein Schuljunge, sondern regierender Reichsfürst und kommandierender Feldmarschall. Als solcher werde ich wohl wissen, was ich tu! Selbst ist der Mann, und was ich mit meinen eigenen Augen seh, das ist mir mehr wert als der Bericht von hundert Spionen."

„Aber wenn Euer Durchlaucht durch irgendeinen Zufall erkannt werden!" bemerkte trotz dieser Zurechtweisung der andere.

„So mag man nur erst sehen, ob man mich bekommt! Ich hätte heut gerade Lust, mir einmal ein bißchen Bewegung zu machen; man wird bei dieser ewigen Faulenzerei von innen und von außen sauer, und läuft

[1] 1740—42

schließlich gar wie alter Käse auseinander. Während der Teufelskerl, der Fritz, dem man das gar nicht zugetraut hätte, die Österreicher trotz ihrer vielgerühmten Kavallerie nach Noten walkt, muß ich als Kettenhund auf der Bärenhaut liegen und den Jörg von Hannover anknurren, wenn er mit den Pantoffeln klappert. Könnte ich mich doch nur einmal so nach Herzenslust über ihn hermachen! Denn weiß Er, Hauptmann, ich habe eine ganz verteufelte Wut auf ihn, noch von dazumal her, wo wir ihm Anno neunundzwanzig einige dumme Rekruten weggeschnappt und er darüber einen Spektakel verübte, der das ganze Heilige Römische Reich in Aufruhr brachte."

„Vielleicht geht es auch hier noch los, Durchlaucht!"

„Das gebe Gott! Das mag sündhaft klingen, aber bei dieser Langeweile fahr ich entweder aus der Haut oder schrumpfe vor Ärger zusammen wie eine gebackene Pflaume. Ein fröhliches Dreinschlagen hat auch sein Gutes, man weiß dann wenigstens, woran man ist. Aber pst! Was ist denn das?"

Er blieb stehn, faßte seinen Begleiter am Arm und deutete nach seitwärts, wo eine schmale Öffnung des Gebüschs eine kleine Lichtung freigab, die rings von dichten Sträuchern eingefaßt war. Mitten auf dem freien Platz kniete mit gefalteten Händen ein Mädchen. Das um den Kopf geschlungene Tuch war zurückgefallen und ließ das abgelöste dunkle Haar sehen, das in dichten Ringen über die Schultern herabquoll. Das feine, von innerer Erregung gerötete Gesicht war mit einer Inbrunst aufwärts gerichtet, die nur dem tiefsten Grund des Herzens entstammen konnte; die Augen schwammen in Tränen, und die Lippen bewegten sich zuckend wie im Schmerz.

„Sie betet!" flüsterte der Fürst. „Hauptmann, hat Er vielleicht meine Anneliese einmal gesehen, als sie noch jung war?"

„Nein, Durchlaucht!"

„So seh Er sich das Mädchen da einmal recht genau an! Solch eine Ähnlichkeit ist mir fast noch nie vorgekommen." Er fuhr sich nachdenklich und sichtbar ergriffen mit der Hand über das alte, wetterharte Gesicht. „Was ihr nur fehlen mag?"

„Das könnten wir ja leicht erfahren."

„Da hat Er recht! Ich hab das Plappern und Frommtun niemals leiden mögen, aber dieses Gebet da kommt aus einer reinen und gläubigen Seele und sollte darum wohl Erhörung finden. Freilich kommt der liebe Herrgott nicht vom Himmel herunter, um gleich eigenhändig zuzugreifen, sondern er schickt seine Leute, die, wie zum Beispiel wir jetzt eben, das Ding beim rechten Zipfel anzufassen haben. Komm Er! Sie ist aufgestanden."

Mit raschen Schritten eilte er zwischen den Büschen hindurch und stand nach wenigen Augenblicken vor dem Mädchen, das sich beim Anblick der beiden unbekannten Männer ängstlich hinter einen mit Waldstreu halb gefüllten Korb zurückzog.

„Brauchst dich nicht zu fürchten, Kleine!" suchte sie der Fürst mit seinem mildesten Ton zu beruhigen. „Wir haben dich von der Straße aus beten sehen, und weil du ein frommes und braves Kind zu sein scheinst, so schickt uns der da droben, um dir zu helfen. Welcher Halunke ist denn schuld, daß du weinst, he?"

Sie stand fast zitternd vor dem Mann, der sie mit seinen dunklen Augen so eigentümlich anblitzte, daß sie ihre Fassung vollends schwinden fühlte. Noch hingen ihr die Tränen in den Wimpern, und die zuckenden Lippen verrieten, daß die Flut von neuem hervorzubrechen drohte.

„Weine nicht, sondern sage, was dir fehlt! Wenn es uns möglich ist, so werden wir dir helfen."

Langsam und unsicher suchte ihr Blick den seinen,

und mit zitternder Stimme klang es leise. „Ihr könnt nicht helfen! Wer seid ihr?"

„Papperlapapp, nicht helfen! Das wird sich finden! Und wer wir sind? Nun, wir sind zwei Kerle, die schon manches fertiggebracht haben, was anderen Menschenkindern niemals gelungen wäre. Also, nur immer heraus mit der Antwort! Wie heißest du?"

„Ich heiße Emma, und mein Vater ist der Schulmeister Brehmer in Ziemendorf."

„Brehmer? Hm, hm! Stammt er von hier?"

„Nein; er ist gebürtig aus Ottersleben bei Magdeburg."

„Brehmer — hm! Ottersleben — hm!" brummte der Frager nachdenklich. „Ist er stets Schulmeister gewesen?"

„O nein! Er hat lange, lange Jahr beim Militär gestanden, wurde aber verwundet und mußte infolgedessen seinen Abschied nehmen."

„Dachte es mir doch; konnte mich nur nicht gleich besinnen! Nicht wahr, er bekam eine Kugel in die Achsel?"

„Ja", antwortete sie, ihn überrascht anblickend. „Kennt Ihr ihn?"

„Ein wenig. Wenn ich mir das Ding richtig betrachte, so sind wir eigentlich Kriegskameraden."

„Ist es wahr? Habt Ihr vielleicht auch mit dem Alten Dessauer gegen die Schweden gefochten?"

„Mit dem Alten Dessauer? Da muß doch gleich — na ja, du kannst nichts dafür, und ich hab wirklich einmal mit dem alten Grobian zu tun gehabt. Wer den zum General gemacht hat, kann es auch in seinem ganzen Leben nicht verantworten."

„Oho!" antwortete sie, und es schien auf einmal alle Furcht von ihr gewichen zu sein. „Das solltet Ihr in Gegenwart meines Vaters sagen; der würde Euch eine Antwort geben, die sich gewaschen hätte."

„So! Würde mich auch ganz gewaltig vor ihm entsetzen! Muß den Mann nur einmal aufsuchen, wenn wir jetzt nach Ziemendorf kommen. Ist er zu Haus?"

„Nein“, entgegnete sie, indem ihre Züge in den früheren, traurigen Ausdruck zurückfielen. „Er ist gefangen.“

„Gefangen? Alle Wetter, was hat er denn verbrochen, daß er eingesponnen werden mußte?“

„Nichts hat er verbrochen, gar nichts; er wollte nur den Paul zurückbringen, und da hat man auch ihn festgehalten.“

„Den Paul? Wer ist denn der?“

„Das ist — das ist — —“

„Aha, weiß schon, das ist dein Schatz? Na, na, brauchst dich nicht zu schämen. Hab auch einen Schatz gehabt, und was für einen! Also der Paul ist gefangen? Wo denn? Erzähl uns doch die Geschichte einmal ausführlich!“

„Ja, das ist so: Der Paul ist der einzige Sohn einer armen Witfrau und Oberknecht beim Wiesenbauer, der ein Gut hat, größer als manche herrschaftliche Domäne. Und weil er gar so brav und immer meines Vaters bester Schüler gewesen ist, so haben die Eltern es gern gesehen, daß er viel auf mich hält und mich — mich am Ende gar — noch heiraten will. Da aber ist der rote David aus Prezelle gekommen und mir auf Schritt und Tritt nachgelaufen, bis ihn der Paul einmal gehörig heimgeschickt hat. Aus Wut darüber hat er ihm gestern in der Nacht die hannoverschen Seelenverkäufer über den Hals geschickt, und die — die — — —“

Sie konnte nicht weiter, die Tränen erstickten ihre Stimme.

„Mord und Teufel! Die Lumpenröcke von da drüben hätten es gewagt, über die Grenze herüberzukommen und den Untertan eines fremden Souveräns zu pressen? Da sollen ihnen doch gleich neunundneunzigtausend Hagelwetter auf den Hals fahren! Und dein Vater ist ihnen nachgegangen, um den armen Tropf aus der Tinte wieder herauszuangeln?“

„Ja; er hat bloß gute Worte geben wollen, aber sie sind auch über ihn hergefallen und haben ihn hinter Schloß und Riegel gesteckt."

„Was? Einen alten, wohlverabschiedeten Soldaten und ehrlichen Schulmeister wie einen Spitzbuben und Strauchdieb um die Freiheit zu betrügen! Wartet, ich werde hinter euch herfahren, wie die Watte hinter den Flöhen und euch das Kurfürstentum Hannover um die Köpfe schlagen, daß die lieben Englein im Himmel darüber singen, pfeifen und trompeten sollen! Wo stecken denn die Millionenhunde?"

„Das Regiment steht in Dannenberg, die Abteilung aber, die hier in Ziemendorf gewesen ist, befindet sich noch in Prezelle, wo heut Kirchweih gehalten wird."

„Aha, da wollen sie fressen, saufen, tanzen und dick tun, während die beiden armen Teufel bei Wasser und Brot verschimmeln können! Gut, sie sollen eine Kirmes haben, von der es ihnen noch zehn Jahr lang hinter den Ohren jucken wird. Wie heißt denn der Paul mit seinem Familiennamen?"

„Schubert."

„Schön! Jetzt will ich dir nur eins sagen, meine Tochter! Bleib immer so fromm und gut, wie du jetzt bist, dann wird dich der liebe Herrgott in keiner Not verlassen. Du sollst deinen Paul wiederhaben, und deinen Vater obendrein!"

Er drehte sich scharf auf dem Absatz herum und ging. Nach wenigen Schritten aber blieb er wieder stehen und wandte sich noch einmal zurück.

„Muß dich noch etwas fragen! Sag mir doch, wie stark die Hannoverschen ungefähr gewesen sind?"

„So an die fünfzehn oder zwanzig Mann."

„Da werden sie den Himmel nicht einreißen! Leb wohl!"

Er schritt auf die Straße hinaus, wo er stehenblieb.

„Hör Er, Hauptmann, ich will Ihm mal was sagen:

die beiden Männer müssen wir wiederhaben und dem Jörg seine zwanzig Kriegspudel dazu. Darum muß Er unverzüglich nach Leppin, wo wir unsere dreißig Eisenfresser gelassen haben. Mit denen kommt Er so schnell wie möglich nach Ziemendorf, wo Er mich vielleicht im Krug findet; bin ich aber dort nicht mehr anzutreffen, so marschiert Er im Schnellschritt nach Prezelle, und dort wird sich dann das übrige ganz von selbst ergeben."

Bei den letzten Worten drehte er sich kurz um und ließ seinen Begleiter stehen.

Er folgte weiter der Straße, bis in einer Entfernung von wenig mehr als dreißig Minuten Ziemendorf vor ihm lag. Kein Mensch war ringsumher zu bemerken außer einem einsamen Fußgänger, der seitwärts auf einem Feldweg dahergeschritten kam und allem Anschein nach die Straße zu erreichen suchte. Das rechte Unterbein war ihm nach hinten gebogen und der Schenkel vom Knie an in eine lederne Hülse geschnallt, an der sich eine hölzerne Stelze befand. Auf dem Rücken trug er einen in eine alte Wachsleinwand gehüllten Kasten. Sobald er die Straße betreten hatte, blieb er stehen, um den Fürsten herankommen zu lassen, zog dann seine Mütze und bat in demütigem Ton: „Gebt einem armen Krüppel eine kleine Münze, Herr! Die Zeiten sind schlecht, und ich hab fünf Kinder daheim."

„So? Fünf Kinder, und das nennt Er schlechte Zeiten? Was für ein Gebrechen ist Ihm denn ins Bein gefahren?"

„Die Gicht hat mir's so krumm gezogen."

„Die Gicht — schlechte Zeiten — fünf Kinder — und da guckt Ihm die Schnapspulle aus dem Sack! Kerl, Er ist ein ganz unverschämter Lügner, und ich hätte fast Lust, Ihn hier nach meinem Stock tanzen zu lassen. Aber Er kommt mir gerade gelegen. Will Er sich einige Taler Geld verdienen?"

„Herr, für Geld tut man alles, was sich tun läßt. Was verlangt Ihr von mir?"

„Zunächst die Wahrheit. Er trägt diesen Stelzfuß nur aus Geschäftsrücksichten; ich hab es gleich an Seinem Gang gesehen, was?“

„Hm, wir sind hier unter uns zweien. Ihr mögt recht haben; man muß sich helfen, so gut man kann.“

„Er will mit Seinem Leierkasten gewiß hinüber nach Prezelle zur Kirmes?“

„Ihr könnt gut raten!“

„Wo ist Er her?“

„Aus der Gegend von Soltau!“

„Also ein Hannoveraner! Hat Er Seine Papiere bei sich?“

„Freilich. Die muß ich ja allerorten vorzeigen, ehe ich meine Orgel drehen darf!“

„Schön! Ich möchte mir einmal bis ungefähr morgen früh Seinen Kasten, Seine Papiere und Sein hölzernes Bein borgen. Wieviel will Er dafür haben?“

„Sapperlot, Herr, das ist eine bedenkliche Geschichte. Ich kenne Euch nicht, und wenn Ihr mir mit diesen drei notwendigen Dingen durchbrennt, so sitz ich mit den paar Pfennigen, die Ihr mir bieten werdet, in einer sauberen Patsche.“

„Schwatz Er kein albernes Zeug! Ich geb Ihm zehn Taler, und zwar jetzt gleich, und bring Ihm die Sachen morgen vormittag in den Ziemendorfer Krug.“

„Das ließe sich hören. Solch schönes Stück Geld bekommt man nicht alle Tag zu sehen. Wenn ich nur wüßte, ob Ihr auch Wort haltet mit dem Wiederbringen!“

„Na, was soll ich denn sonst mit Seiner alten Wimmerlade und mit dem unglückseligen Humpelfuß machen? Glaubt Er etwa, daß ich das Gelump braten und verzehren werde? Was ist die Leiermühle denn eigentlich noch wert?“

„Zwanzig Taler unter Brüdern.“

„Das ist vielleicht möglich; ich versteh mich auf solche musikalische Seltenheiten schlecht. Weiß Er was? Ich werde Ihm die zwanzig Taler geben, und wenn ich Ihm morgen den Hausrat wiederbringe, so zahlt Er mir zehn davon zurück. Ist Er damit zufrieden?"

„Auf diese Weise läßt sichs machen. Aber wer Ihr seid, das möchte ich doch wohl wissen!"

„Das geht Ihn gerade soviel an, wie mich Seine krumme Gicht angeht! Hier hat Er das Geld, und nun schnalle Er den Menuettfuß herunter; ich hab eine ganz absonderliche Sehnsucht, einmal den Stelzfuß zu spielen. So! Da steht auch der Kasten; und nun die Papiere her! Und dann noch eins: Er erzählt keinem Menschen etwas von unserem Handel! Wenn Er reinen Mund hält, kommt es mir auf einen Extrataler auch nicht an; schlabbert Er aber nur ein Wort von der Sache aus, so ist es Sein eigener Schaden! Und nun mach Er sich schleunigst aus dem Staub, wir haben für heut nichts mehr miteinander zu schaffen!"

Obgleich der Mann sehr gern der in Aussicht stehenden Verwandlung beigewohnt hätte, zog er es doch vor, diesem Gebot Folge zu leisten, und entfernte sich in der Richtung auf Ziemendorf zu. Mit einiger Mühe gelang es Leopold, den Stelzfuß am Bein zu befestigen; dann hängte er sich die Drehorgel um, griff zum Knotenstock und hinkte langsam und stolpernd von dannen.

„Heiliger Mephistopheles", knurrte er mit zusammengekniffenem Gesicht; „muß mich da der Teufel reiten, daß ich mir die vermaledeite Sperlingswade anschnalle! Das ist ja ein Gefühl, als ob mein Korpus aus neunmalhunderttausend Hühneraugen zusammengedoktert wäre!"

Trotz der Ungeduld, mit der Fürst Leopold von Anhalt-Dessau die Ausführung seiner Pläne zu betreiben pflegte, kam er wegen des künstlichen Beines doch nur langsam vorwärts. Den Stelzfuß einstweilen wieder abzuschnallen, war nicht geraten, da er sehr leicht unterwegs auf jemand stoßen konnte, der ihn dann in Prezelle wiedersehn mußte, und so arbeitete er sich denn unter den kräftigsten Kernsprüchen stundenlang vorwärts, bis er endlich das Kirchdorf vor sich liegen sah. Da blieb er stehen und versetzte dem hölzernen Bein einen krachenden Hieb mit dem Knotenstock.

„Da hast du eins, du satanischer Höllenknüppel, du! Einmal gehinkt im Leben und nicht wieder, vorausgesetzt, daß mich unser Herrgott vor dem Elend bewahrt, in der Schlacht eine Kugel auf den Stiefel zu bekommen! Aber jeden Druck und jeden Stich und jeden Zwick, den ich auf diesem Leidensweg gefühlt hab und noch fühlen werde, sollen mir die Gelbschnäbel des tapferen Jörg bezahlen! — Hm! Werde mit meiner Dudelei unter dem jungen Volk Freude anrichten! Hätte doch fragen sollen, was für Stücke eigentlich in dem alten Flötenschrank stecken. Es wundert mich nur, daß der Kerl ihn mir gegeben hat, ohne mich im richtigen Gebrauch zu unterweisen. Seh ich denn wirklich so fürchterlich drein, wie die Leute immer sagen, daß selbst so einem Galgenstrick die Gedanken abhanden kommen, wenn ich ihn angucke? Glücklicherweise versteh ich es ein wenig, mit dem Ding umzugehen."

Bald hatte er die ersten Häuser des Dorfes erreicht, wo ihm eine Schar Kinder jubelnd entgegengesprungen kam.

„Ein Orgelmann! Ein Orgelmann!" rief es aus allen Kehlen. „Mach los, mach los; einen Tanz wollen wir hören!"

„Werdet ihr mich wohl in Ruhe lassen, ihr Affenbrut, ihr! Ich muß doch erst die Erlaubnis dazu haben! Wo wohnt der Schulze?"

„Da oben wohnt er. Wir gehen mit!"

Er hinkte weiter und trat nach kurzer Zeit durch ein weit offenstehendes Tor in den Schulzenhof. Die Bewohner des Guts, die nebst den anwesenden Kirchweihgästen gerade bei Tisch saßen, fuhren erschrocken über den Lärm der Kinderschar mit den Köpfen an die Fenster, fühlten sich jedoch beim Anblick des unerwarteten Musikanten nicht nur vollständig beruhigt, sondern gaben ihre Freude über seine Ankunft dadurch zu erkennen, daß sie ihm die Tür öffneten und ihn zum Eintritt aufforderten. Nur das Oberhaupt des Dorfes war im Bewußtsein seiner amtlichen Würde ruhig auf dem Großvaterstuhl sitzengeblieben und nickte dem Ankömmling kaum eine Entgegnung seines achtungsvollen Grußes zu.

„Wer ist man? Wie heißt man? Wo kommt man her? Was will man?“ fragte er.

„Man ist das und das! Man heißt soundso. Man kommt da und da her! Und man will dieses oder jenes!“ lautete die Antwort.

Da zogen sich die kleinen Augen des Schulzen noch mehr zusammen, und das Gesicht wurde noch um einige Töne röter.

„Weiß Er, mit wem Er spricht? Ich bin der Schulze von Prezelle!“

„Ach so! Und weiß Er, mit wem Er gesprochen hat? Er hat mit niemand gesprochen, denn ‚Man‘ ist niemand. Will Er so gut sein, sich einmal diese Papiere anzusehen!“

Er gab die geliehenen Ausweise und Erlaubnisscheine hin. Der Schulze nahm sie in Empfang und beguckte einen nach dem anderen mit einer Miene, die möglichst gelehrt sein sollte, den Fürsten aber sofort erkennen ließ, daß der gute Mann mit dem Alphabet auf einem nicht allzu vertrauten Fuß stand.

„Also, wie heißt Er? Wo ist Er her?“

„Steht alles da drin! Seh Er nur richtig nach!“

„Aber ich will es aus Seinem Mund hören! Übrigens sagt man zu einem Beamten nicht ‚Er‘, sondern ‚Ihr‘; weiß Er das?“

„Da stehen wir auf gleichem Fuß, denn ich bin auch Beamter.“

„Wieso?“ fragte der Dorfschulze erstaunt.

„Weil ich kaiserlicher, königlicher, kurfürstlicher und landgräflicher Drehorgelmarschall bin. Ich hab dem Deutschen Kaiser, den Königen von Schweden, den Kurfürsten von Hannover und hundert anderen Potentaten vorgespielt, und all die Herren haben einen gewaltigen Respekt vor mir gehabt. Seht Euch nur die Papiere an, wenn Ihr es nicht glaubt!"

Der dicke Schulze unterwarf die Urkunden einer neuen Prüfung.

„Richtig, da steht es; Schweden — Hannover — Deutscher Kaiser! Hundert Potentaten! Ihr seid ein ganzer Kerl!"

„Das will ich meinen! Wenn Ihr neben die Potentaten kommen wollt, so dürft Ihr nur Eueren Namen zu den anderen Potentaten setzen. Ich werde nächstens den Kurfürsten Georg wieder ein Stücklein hören lassen, und da wird es Euch große Ehre machen, wenn er von Euch zu lesen bekommt."

„Eure Meinung ist gut und löblich, und Ihr sollt dafür ein tüchtiges Stück Apfelkuchen haben. Aber solchen Herren gegenüber bin ich immer gern bescheiden gewesen. Hereinschreiben werde ich mich also nicht, aber wenn Ihr zu ihm kommt, so könnt Ihr es ihm durch die Blume zu verstehen geben, daß hier auch Leute wohnen, die zu regieren wissen und Musik im Kopf haben."

„Gut. Ich weiß nur heut noch nicht genau, von welcher Art die Blume sein wird, durch die ich mit ihm reden werde; aber verstehn wird er mich, das kann ich Euch versprechen. Und nun gebt Ihr mir wohl die Erlaubnis, hier im Ort meine Orgel hören zu lassen?"

„Natürlich! Ihr könnt vor allen Häusern und in allen Stuben spielen. Es ist sogar recht gut, daß Ihr gekommen seid; denn der Schulmeister, der immer zum Tanz fiedelt, liegt krank im Bett, und unser junges Volk hat sich schon schwer geärgert, daß es zur Kirchweih auf das gewohnte Vergnügen verzichten soll. Zuerst aber werdet Ihr natürlich Euer Stück hier in meiner Stube loslassen!"

„Das will ich Euch gern zu Gefallen tun. Aber da ist ja offenbar hier der Teufel einmal so recht tüchtig in die Schulmeisterei gefahren. Ich bin von Ziemendorf gekommen, hab aber denen über der Grenze da drüben nichts vorspielen wollen; denn wie Ihr in den Papieren gelesen habt, ist mein Kasten ein echter Hannoveraner, und da hab ich gehört, daß ihnen der Schulmeister reinweg davongelaufen ist!"

„Davongelaufen? Da hat man Euch schlecht berichtet! Er ist herübergekommen, um einen Kerl loszubringen, den unsere Buntröcke mitgehen geheißen haben. Ist ihm aber schlecht bekommen; denn nun stecken beide bei dem David Petermann im Gewölbe. Der eine wird morgen früh nach Dannenberg geschafft, und der andere, — ja, wir wissen noch gar nicht, was wir mit dem anfangen. Er hat einen Rekruten befreien wollen und gehört also vor ein Kriegsgericht, wie der Korporal sagte, und dann hat er auf uns und den Kurfürsten geschimpft. Da gehört er vor unser Amt und vor die Landdrostei. Wir werden uns die Sache heute noch überlegen. Ich möchte ihn zuerst vors Amt und dann nachher vors Kriegsgericht schaffen lassen; denn eine kurfürstliche Beleidigung geht vor. Ich wollte die Geschichte ganz geheim halten, aber Ihr sollt sie erfahren, weil Ihr es Euch vorgenommen habt, meine Gesinnung dem Kurfürsten durch die Blume zu verstehen zu geben!"

„Daran tut Ihr recht! Und der Jör — — der Kurfürst wird es Euch großen Dank wissen, daß Ihr so aufrichtig mit mir gewesen seid. Aber jetzt will ich einmal losmachen!"

Er stellte die Orgel auf einen Stuhl, schlug die Decke zurück, stellte die Walze und begann zu drehen. Gleich bei den ersten Tönen fuhr der Schulze erschrocken vom Stuhl empor.

„Halt, halt! Das Ding dürft Ihr hier nicht hören lassen; das ist ja der Dessauer Marsch!“

Der Fürst war selbst erschrocken, als er seine Lieblingsmelodie, die einzige, die er zu singen verstand, erklingen hörte: „So leben wir, so leben wir, so leb'n wir alle Tage!“ Schnell gab er der Walze eine andere Stellung. Nun wurden die munteren Tonweisen mit lebhaftem Beifall aufgenommen, und als das letzte Stück verklang, war der unangenehme Eindruck, den das erste Stück hervorgebracht hatte, völlig vergessen.

„So! Weiter steckt keins mehr drin, und nun will ich machen, daß ich fortkomme; die anderen wollen auch was haben!“

Der Schulze gab ihm seine Papiere zurück, und reichlich beschenkt verließ er den Hof.

Nun machte er zur Freude der Gassenjugend eine Konzertrunde durch das ganze Dorf. Seine Hauptaufgabe war dabei, sich im Petermannschen Haus möglichst umzusehen. Von den Jungens erfuhr er leicht, wo Petermann wohnte. Er schritt dort gleich durch Hof und Flur in die Wohnstube. Hier saßen mehrere Soldaten bei Schnaps und Bier am Tisch und würfelten. Ein ungewöhnlich langer und stämmiger, rothaariger Bursche erhob sich beim Eintritt des Musikanten vom Stuhl und trat ihm entgegen.

„Was will Er hier? In meinem Haus wird nicht gebettelt, und Seine Dudelei brauchen wir erst recht nicht zu hören!“

„Was? Nicht hören?“ rief einer der Soldaten. „Freilich wollen wir einen lustigen Tanz haben! Mach los, Spielmann, du sollst auch trinken, soviel du vertragen kannst!“

„Ihr habt nur zu befehlen, nicht wahr?! Wenn dieser Kerl da etwa denkt, daß ich ihn anbetteln will, so mag er seine schlechten Dreier behalten! Er ist wohl der rote David, he?“

„Wie kann Er es wagen, mich zu schimpfen, Er armseliger Strolch, Er! Wenn Er nicht auf der Stelle verduftet, so gerbe ich Ihm Sein altes Leder, daß man Stiefelsohlen daraus schneiden kann! Vorwärts marsch, hinaus!"

„Dazu wäre Er mir der Rechte, Er Windbeutel, Er! Ich quetsche Ihn doch gleich mit den bloßen Händen zu Brei! So ein ungezogener Flegel ist mir doch all mein Lebtag nicht vor die Augen gekommen!"

„So ist's recht!" lachten die Kriegsleute, die sich gern an einer Katzbalgerei vergnügt hätten. „Laß dir nichts gefallen, Alter! Der David ist kein solcher Riese, wie er tut!"

„Das braucht ihr mir gar nicht erst zu sagen! Wird euch auch nicht viel besser gehen als ihm!"

„Wie meinst du das, he?"

„Gerade so, wie ich gesagt hab. Denkt nur nicht, daß ich euch den Gefallen tu, mich mit dem dummen Jungen hier herumzuwalken!"

„Was bin ich? Ein dummer Junge?" rief der Rote und faßte den alten Haudegen beim Rock. „Das soll Er mir noch einmal sagen, und noch dazu in meiner eigenen Stube!"

„Laß er um Tausend willen meinen Gottfried fahren, wenn Er nicht auf der Stelle an die Wand genagelt sein will!"

„Gibt's ihm, David!" ermunterten die anderen jetzt den Wirt, um auf alle Fälle ihren Zweck zu erreichen. Da aber flog dieser auch schon über die Stube hinweg und krachte mit solcher Kraft an die Wand, daß ihm Hören und Sehen verging.

„So! Den wäre man los! Und ihr da, haltet eure Gänseschnäbel, sonst klopf ich euch euer hannoversches Gewissen, daß die Preußen nichts weiter von euch finden als die mausigen Schnurrbartfedern, die euch unter der Nase flattern!"

„Was? Gänseschnäbel? Hannoversches Gewissen? Der Kerl ist ein Preuße! Wart einmal, Alter; dich müssen wir uns genauer besehen!"

Im Nu war er umringt. Auch Petermann hatte sich wieder aufgerafft und kam auf ihn zu.

„Er hat sich an mir vergriffen, er muß seine Hiebe bekommen!" schrie er wütend.

„Und er hat den Rock unseres Kurfürsten beleidigt! Er ist ein Preuße, ein Spion! Er wird gehängt!" riefen die anderen. „Hast du Papiere? Her damit!"

„Ihr wärt die Kerls danach, mir meine Papiere abzuverlangen! Die kriegt bloß der Schulze in die Hände!"

„Wieder ein Schimpf!" meinte einer. „Nehmt ihm die Wische und schlagt ihn auf das lose Maul!"

„Halt!" warnte ein Besonnenerer. „Die Papiere haben wir hier nicht zu verlangen! Schickt nach dem Schulzen und steckt den Grobian einstweilen hinter zu den beiden anderen!"

„Hast recht, Kamerad! Vorwärts, Mann; du wirst arretiert!"

„So? Das wäre mir — —" er unterbrach sich, denn es leuchtete ihm sofort ein, daß diese Wendung der Dinge seinen Zwecken gut zustatten kam. „Na, dagegen kann ich nichts haben. Gegen Gewalt darf man sich wehren, wenn ihr mich aber rechtmäßig arretiert, so werde ich mich fügen. Ob ich ein Spion bin, das wird sich finden, sobald der Schulze kommt. Ihr brockt euch da eine Suppe ein, die euch schlecht bekommen kann!"

Er folgte den Leuten willig hinaus in den Flur, wo man eine Tür öffnete, die in starken, eisernen Angeln ging und mittels dicker Krampen und Vorstecker verschlossen war. Sie führte in ein Gewölbe, das seiner Kühle wegen zur Aufbewahrung von allerlei landwirtschaftlichen Erzeugnissen zu dienen pflegte, jetzt aber als Gefängnis benutzt wurde. Eine einzige kleine, vergitterte Maueröffnung gestattete dem Tageslicht Zutritt.

Zwei Männer hockten hier auf einer Bank.

„Guten Tag, ihr Leute!“ grüßte der Leiermann, als die Tür hinter ihm wieder verschlossen war. „Da kommt noch einer, den sie hängen wollen!“

„Hängen?“ fragte der ältere der zwei Gefangenen. „Weshalb denn?“

„Weshalb? Hm! Weil ich von einer gewissen Emma geschickt worden bin, um zweien aus der Patsche zu helfen, die gern nach Ziemendorf zurück möchten!“

Bei diesen Worten sprangen beide von ihren Sitzen auf und traten freudig überrascht zu ihm heran.

„Emma?“ rief Paul Schubert lauter, als es die Vorsicht erlaubte. „Wer seid Ihr, und wo habt Ihr sie getroffen?“

„Leise, leise, junger Mann! Die da draußen brauchen nicht zu hören, was ich euch zu sagen habe. Wer ich bin? Hm! Nicht wahr, Er ist der Schulmeister Brehmer und stammt aus Ottersleben?“

„Ja, woher kennt Ihr mich?“

„Komm Er doch mal her unter das Fenster und seh Er mir ordentlich ins Gesicht. So! Hat Er mich nicht schon einmal gesehn?“

Brehmer trat erschrocken einen Schritt zurück.

„Mein Gott, ist’s möglich?! Durchl — — —“

„Pst! Schrei Er nicht, als stecke Er am Spieß, sondern nehm Er mir den Kasten ab! So! Wir wollen ihn dort in die Ecke stellen. Und nun setzt euch her und hört hübsch ruhig zu!“

Es war eine höchst ungewöhnliche Lage, in der sich die drei Männer befanden, und ebenso wundersam war die Unterhaltung, die zwischen ihnen geführt wurde. Brehmer befand sich wie im Traum über das Glück, seinen vielbewunderten Feldherrn in solcher Gestalt und aus solchen Gründen neben sich zu sehen. — Schon die bloße Anwesenheit des Dessauers beruhigte ihn vollständig über seine Lage.

Da rasselten die Vorstecker, und die Tür öffnete sich.

„Orgelmann, kommt doch mal heraus! Bringt aber den Kasten mit!“ befahl einer der Soldaten, hinter dem der Schulze sichtbar wurde.

„Hab jetzt keine Zeit. Macht die Bude wieder zu!“

„Was habt Ihr denn da drin so notwendig zu tun?“

„Das geht Ihn den Kuckuck an! Ich bleibe hier! Nun weiß Er wohl, wieviel es geschlagen hat? Wer voreilig handelt, muß auf Unannehmlichkeiten gefaßt sein!“

„Wir haben ja nun gesehn, daß Ihr kein Spion seid!“

„Das zu untersuchen seid ihr Kerls alle zu dumm. Seine Durchlaucht und Königliche Hoheit der Kurfürst Georg mag das selbst entscheiden! Ich bleibe hier!“

„Herr Orgelmann“, bat jetzt der Schulze, „Ihr werdet Euch doch nicht auf die schlechte Seite legen wollen! Kommt heraus! Die Jungen und Mädels wollen gern tanzen und liegen draußen wie vor einer Festung. Wenn Ihr nicht kommt, so wird wahrhaftig Revolution im Dorf!“

„Das wäre schon recht! Warum steckt man einen kaiserlich-königlich-kurfürstlich-landgräflichen Leiermann mit solchem Gesindel zusammen, wie hier auf der Bank sitzt! Aber Euretwegen, Schulze, will ich einstweilen die Beleidigung vergessen. Ihr seid ein tüchtiger Kerl und gescheiter als das ganze übrige Hannover zusammengenommen. Nun kennt Ihr meine politische Meinung und laßt mir dafür hier das Musikgehäuse nach dem Saal schaffen; ich hab die krumme Gicht im Stelzfuß, und hier in dem naßkalten Loch ist er mir beinah wieder gerade geworden!“

Der Schulze rief einige stämmige Jungens herbei, die es sich zur Lust machten, die vielbegehrte Orgel an Ort und Stelle zu schaffen, sodann nahm er den Alten brüderlich beim Arm und wanderte mit ihm das Dorf hinauf, dem Wirtshaus zu. Die Belagerungsmannschaften hatten es für sicherer gehalten, das musikalische Instrument gar nicht aus den Augen zu lassen; sie waren also samt und sonders hinter diesem hergezogen, und als Leopold den niedrigen Tanzsaal betrat, fand er ein zahlreiches Publikum versammelt.

„Laßt mich in Ruh, ihr Teufelszeug", wehrte er ab, als man ihm unter aufmunternden Zurufen von allen Seiten Flaschen und Gläser entgegenbrachte. „Bin ich denn ein Haifisch, daß ihr mir zumutet, so eine Überschwemmung hinunterzuschlingen? Schafft mir ein paar Stühle da hinten in die Ecke, dann sollt ihr springen, daß Hannover wackelt!"

Er stellte sich an den angegebenen Ort, und bald war das ersehnte Vergnügen in vollem Gang. Mittlerweile brach der Abend herein, und der Fürst zählte die Viertelstunden, die bis zum Eintreffen des Hauptmanns noch verfließen mußten. Wenn dieser sich sputete, so konnte er in zwei Stunden hier sein. Deshalb erschrak Leopold fast, als er den Erwarteten in der Tür stehen und mit unruhigem Blick den Saal absuchen sah.

„Da muß etwas geschehen sein, was ihn verhindert hat, nach Leppin zu gehn", brummte er besorgt in den Bart, „und nun sucht er mich. Mord und Totschlag! Es wird mir hier doch nicht gar etwas in die Quere kommen, da bisher alles so schön gegangen ist! Aha, jetzt sieht er mich; was er für Augen macht! Gerade als ob ihm ein Gespenst erschienen sei! Ja, ja, der Feldmarschall dreht die Trompetennudel!"

Der Hauptmann, noch in seinen landläufigen Anzug gekleidet und den Knotenstock in der Hand, hatte schnell seine Überraschung bemeistert und näherte sich so unauffällig wie möglich seinem Vorgesetzten. In dessen Nähe blieb er erst eine kleine Weile stehen; dem Anschein nach wandte er seine ganze Aufmerksamkeit dem Tanz zu; dann trat er wie absichtslos an den Musikanten heran, der eben eins seiner Stücke beendet hatte und flüsterte: „Alles in Ordnung, Durchlaucht!"

„Was? In Ordnung? Ich denke, es ist Ihm irgend was zugestoßen, weil Er schon hier ist."

„Ich hab mir unterwegs ein Pferd genommen, um so schnell wie möglich nach Leppin zu kommen. Dort ließ ich einige Wagen requirieren, auf denen ich die Mannschaft immer Trab und Galopp bis nach Ziemendorf brachte, wo Exzellenz nicht zu finden waren. Nun halten sie draußen vor dem Dorf, seitwärts im Feld, und ich bitte um weitere Befehle."

„Gut! Er ist kein unebener Kerl! Die Gefangenen hab ich gefunden. Sie stecken bei dem David Petermann, vier Güter von hier rechts an der Straße, in einem Gewölbe, das sich im Hausflur befindet. Wir müssen jetzt noch warten, bis die Buntröcke sich alle hier eingefunden haben; dann sind sie uns am sichersten. Die Wagen mögen stehenbleiben; wir brauchen sie wieder; die Leute aber bringe Er vorsichtig in den Obstgarten, der hier gerade gegenüberliegt, und wenn ich unseres Herrgotts Dragonermarsch aufspiele — so kommt Er mit ihnen herauf. Einige Mann aber mögen zu gleicher Zeit zu Petermann eilen, um die Gefangenen und mit ihnen den roten David herbeizubringen. Hat Er mich verstanden?"

„Zu Befehl, Durchlaucht!"

„So scher Er sich wieder vorsichtig von dannen!"

Der Offizier befolgte diesen Befehl, und Leopold steckte ein neues Stück auf. Die Zeit des Abendbrotes ging vorüber, und infolgedessen mehrten sich die Gäste zusehends, auch die Soldaten stellten sich alle bis auf einen ein, der jedenfalls zur Bewachung der Gefangenen beim roten David zurückgeblieben war.

Nun erhob sich ein reges Treiben. Das Bier tat seine Wirkung und der Übermut war endlich so toll, daß er sich auf allerlei Spitzfindigkeiten und Händel zu legen begann. Zuletzt band man sogar mit dem Spielmann an. Er antwortete nach seiner derben Art und Weise, und es dauerte gar nicht lange, so stand fast das ganze

Militär um ihn herum, in der Absicht, sich über ihn lustig zu machen.

„Laßt ihn gehn! Er ist der Generalleiermann, und wir müssen alle vor ihm präsentieren!" meinte einer von ihnen.

„Dann ist er auch ein Preuße; denn im ganzen Reich ist dieser Rang beim Stab nicht zu finden."

„Nein, das glaub ich nicht; für einen Preußen ist er zu alt; die sterben alle frühzeitig an der Dummheit. Aber zu so einem Rang können wir es auch bringen; das will ich euch zeigen. Geh Er einmal weg; ich will ein Stück zum besten geben!"

„Pack Er sich zum Teufel, sonst geb ich Ihm einen Klaps auf seine Klugheit, daß Ihm alle Rangstufen vor den Augen flimmern sollen!"

Er wollte nach dem Stock greifen, schnell aber kam ihm einer zuvor und nahm diesen von der Orgel weg, auf der er gelegen hatte.

„Ich werde dich schon beklopfen! Da sind mir schon ganz andre Kerle unter die Fäuste gekommen, als du bist! Fort von dem Kasten, jetzt sind wir da!"

„Ja, fort!" rief es im Kreis. „Jetzt drehn wir!"

„Laßt meine Orgel in Ruh, sonst wird es bös, sag ich euch! Zum Tanzen will ich euch vorspielen, soviel ihr wollt, an meinem Eigentum aber darf sich keiner vergreifen!"

„Oho! Da werden wir uns auch ganz schrecklich vor dir fürchten. Vorwärts marsch, beiseite!"

Einer faßte den Fürsten beim Arm, dieser aber nahm ihn in der Mitte des Leibes, hob ihn hoch empor, und schleuderte ihn mitten unter die andern hinein, so daß sie auseinanderflogen. Im nächsten Augenblick jedoch war er umzingelt und wurde von allen Seiten gepackt. Er suchte die Dränger von sich abzuwehren, was ihm aber nicht gelingen wollte; denn es fehlte ihm der feste Halt. Eine Schnalle des Stelzfußes war aufgegangen.

Der wackelte an dem zurückgebogenen Bein herum. Das erhöhte den Ärger des Fürsten, und schnell entschlossen machte er sich für einen Augenblick frei und bückte sich nieder, um auch die andere Schnalle zu öffnen. Dann riß er das falsche Bein herunter und schwang es hoch in der Luft.

„Gebt Raum, sonst schlag ich euch das Spazierholz um die Köpfe, daß euch die Beulen wie die Bomben platzen!"

„Er hat einen falschen Fuß, der Betrüger!" johlte es ihm entgegen. „Der Kerl ist kerngesund. Haut ihn durch, haut ihn durch!"

Sie warfen sich auf ihn, er aber empfing sie mit so wuchtigen Hieben, daß sie gar nicht heran konnten. Der Stelzfuß mit seiner schweren Kniescheibe war eine furchtbare Waffe in der Hand eines solchen Mannes; doch für die Dauer hätte Leopold dem Andrang so zahlreicher Gegner wohl kaum widerstehen können, wenn nicht ein glücklicher Umstand eingetreten wäre. Der Wirt nämlich, der einsah, daß eine Balgerei ihm großen Schaden machen könne, war schleunigst herbeigeeilt und zu dem Leierkasten getreten. In der Absicht, durch das Erklingen einer verführerischen Weise die Streitenden auseinander und zum Tanz zu bringen, ergriff er die Kurbel und setzte sie in Bewegung. Zufälligerweise war das letzte auf der Walze punktierte Stück abgespielt worden, es konnte folglich kein anderes als das erste ertönen, und so brauste denn mitten in das Getümmel der damalige Lieblingsmarsch der Preußen: „So leben wir, so leben wir, so leben wir alle Tage!" Im Nu hielten die Kämpfenden inne. Die Hannoveraner aber nur, um sich gleich darauf desto wütender auf den Fürsten zu stürzen.

„Seht ihr es, daß er ein Spion ist? Er hat den ‚Dessauer', den alten Spitzbuben, in der Orgel!"

„Ja, ihr Himmelhunde, den Dessauer hab ich drin,

und ihr werdet den alten Spitzbuben noch diese Stunde so gut kennenlernen, daß ihr an ihn denken sollt bis an euer seliges Ende!"

Der Fürst machte sich mit dem Holzbein aus Leibeskräften über ihre Köpfe her; zu gleicher Zeit wurde der noch geschlossene zweite Türflügel aufgerissen und eins, zwei —, eins, zwei — marschierte die erwartete Abteilung preußischer Grenadiere, lauter zweiundsiebzigzöllige, bärtige Burschen mit ellenhohen Mützen, in den Saal. Der Schreck über diese unerwarteten Gäste machte den Lärm gänzlich verstummen; Totenstille trat ein, und diejenigen, die bisher die lautesten gewesen waren, standen am verblüfftesten da und starrten mit aufgerissenen Augen den ungebetenen Zuspruch an.

„Nun, was steht ihr denn da und sperrt die Mäuler auf, so weit wie die Scheunentore? Jetzt ist euch der Mut wohl in die Gamaschen gefahren, daß ihr den hellen Wadenkrampf verspürt? Der Dessauer steckt nicht bloß in der Heulbudike, sondern er steht auch noch wo anders, der alte Spitzbub wird euch zeitlebens im Bauch grimmen."

Er warf den Rock von sich, und nun kam eine Uniform zum Vorschein, an der die Anwesenden sehr leicht den eigentlichen Charakter des seltsamen Orgelmanns erkennen konnten.

„Gewehr auf!" kommandierte er. „Legt an! — So! Und nun, ihr Millionenracker, sag ich euch: wer nur einen Mucks von sich gibt, der mir nicht gefällt, der bekommt eine Kugel vor den Kopf! Korporal Weidauer, ich sehe, daß Er eine Handvoll Stricke mitgebracht hat; Er ist immer ein Kerl, der an alles denkt. Trete Er vor und binde Er die Erzhalunken, aber fest, es ist von wegen dem Wadenkrampf!"

Auch der Hauptmann ließ seinen Waffenrock sehen, und die Persönlichkeit des Fürsten, sowie das feste Auftreten seiner Untergebenen machten einen so überwältigenden Eindruck, daß die kurfürstlichen Soldaten sich binden ließen, ohne den geringsten Widerstand zu versuchen.

Noch war der Korporal mit dieser Arbeit nicht ganz fertig, als neue Ankömmlinge erschienen. Es waren die zu Petermann beorderten Leute mit den befreiten Gefangenen, dem roten David und dem dort zurückgebliebenen Posten.

„Nun, Brehmer", rief Leopold dem Schulmeister entgegen, „hab ich Wort gehalten?"

„Durchlaucht, ich danke! Das war nicht anders zu erwarten!"

„Ja, Er kennt mich! Natürlich seid ihr beide nun frei und werdet nachher mit mir nach Ziemendorf fahren. Vorher aber müssen wir noch ein Wort mit unsern Kirmesleuten reden. Wo ist der Schulze?"

Der Gesuchte wurde aus einem Winkel herbeigeschoben; er zitterte vor Angst an allen Gliedern.

„Tret Er einmal näher, Er großer Potentat, Er! Ich will Ihm etwas sagen, aber nicht durch die Blume. Was klappert Er denn vor Furcht? Ich werde Ihn nicht totbeißen! Hör Er, Seine Prezeller sind Galgenschwengel, wie sie niederträchtiger gar nicht gefunden werden können; weil Er aber einen so leckern Apfelkuchen backt, will ich einmal gnädiger sein, als ihr es eigentlich verdient habt. Eigentlich müßte ich das ganze armselige Nest mit Kind und Kegel aufspießen oder totschießen lassen, und beim nächsten Mal werde ich es auch tun; für heut aber sollt ihr mit einem blauen Auge davonkommen, indem ihr dem Mann da, den ihr erst der Landdrostei und dann dem Kriegsgericht übergeben wolltet, aus dem Gemeindesäckel zwanzig Taler Schmerzensgeld auszahlt."

„Herr Orgelmarschall — — —"

„Ruhig! Die zwanzig Taler hat Er auf der Stelle herbeizuschaffen! Ich werde Ihm ein Pikett mitgeben, und die Quittung hab ich Ihm heut zur Genüge vorgeorgelt. Was ich Ihm dabei versprochen hab, das werde ich halten! Sobald ich nächstens den Jörg wieder mal tanzen lasse, werd ich ihm liebevoll von dem dicken Prezeller Schulzen erzählen. Jetzt kann Er gehn, aber in zehn Minuten ist Er wieder hier! Korporal Weidauer, helf Er dem Mann zählen!"

Der Korporal machte kehrt und marschierte hinter dem Vater des Dorfes zur Tür hinaus. Jetzt wandte sich Leopold zu Petermann.

„Und nun kommt Er dran! Wie kann Er sich denn eigentlich unterstehn, als so ein schandbarer Seelen- und Menschenverkäufer über die Grenze zu kommen, um Seine armselige Rache zu kühlen, Er zehnfaches Galgenfutter Er! Und mich nennt Er heut einen Strolch und will mir mein Leder gerben, daß man Stiefelsohlen daraus schneiden kann, Er Millionen- und Zinnoberfuchs! Ich werde Ihn beledern und besohlen, daß Er die vier großen samt den zwölf kleinen Propheten zu Hilfe rufen soll. Denn weiß Er, Er wird in dieselbe Grube gesetzt, die er dem Schubert da gegraben hat. Er marschiert nachher mit uns hinüber und wird in des Königs Rock gesteckt. Tut Er da gut, so will ich Ihm Seine Schlechtigkeit nicht anrechnen, bleibt Er aber ein Lump, so mach Er sich auf den Strick gefaßt!"

„Durchlaucht, ich kann doch nicht von meiner Wirtschaft — — —"

„Maul halten und gehorchen! Hier hab bloß ich zu reden! Für Seine zwei dummen Ackerfurchen wird sich wohl ein Esel finden, der sie mit den langen Ohren bewackelt, bis Er einmal Seinen Abschied bekommt. Er mag die Sache von drüben aus in Ordnung bringen."

Er wandte sich von dem Zerknirschten ab und zu den gebundenen Soldaten.

„Na, was sagt ihr denn, ihr Heidenvolk, he? Nichts? Da will ich euch was sagen: Wir brauchen jetzt da drüben

Kanonenfutter, und weil unsre jungen Leute alle vor Dummheit sterben, so fehlt es uns ganz außerordentlich an gelehrten Pudels, die wir dem Wiener Thereserl auf den Reifrock hetzen können, und darum will ich mir vom Jörgen von Hannover heut einmal eine Probe mitnehmen. Ihr werdet des Königs Soldaten, und wenn ich solche Ausbunde von Klugheit auf unsre vernagelten Brandenburger pfropfe, so wird wohl ein Gewächs zustande kommen, das zu gebrauchen ist. Aber merkt euch eins: Bei uns zu Haus gedeiht der Haselstock verteufelt besser als in der kurfürstlichen Heide, und wen der lieb hat, der darf sich um zu wenig nicht beklagen! He, Wirt, schaff Er einmal etwas Ordentliches zu essen und zu trinken her für meine bunten Jungens; sie haben einen tüchtigen Schluck verdient, und Prezelle wird bezahlen!"

In diesem Augenblick brachte der Korporal den Schulzen zurück, der dem Fürsten mit süßsaurer Miene einen alten, schmutzigen Leinwandbeutel entgegenhielt.

„Der Sack gehört dem Brehmer. Tragt ihn hin! So! Und nun, Schulze, komm Er mal her zu meiner Fagottmühle! Meine Jungens möchten gern ein wenig Tafelmusik haben, und weil ich des Guten schon genug getan habe, so ernenne ich Ihn zum Fürstlich Anhalt-Dessauischen Leiergriffel. Das ist ein Amt, das Ihm viel Ehre bei Seinem Monarchen eintragen wird, wenn er die Nachricht davon durch die Blume bekommt. Und weil Er heut des alten Spitzbuben Leibmarsch so gern hat hören wollen, so will ich extra für Ihn die Walze stellen, und Er soll die Freude genießen, sich das Ding eigenhändig vorzuorgeln. Da; jetzt kann es losgehn! Na, wie wird's? Oder soll ich etwa nachhelfen?"

Der Dorfregent mußte wohl oder übel die hochverräterische Melodie hervorarbeiten, und was das schlimmste war, der Fürst fand seine Freude so an ihr, daß er die Walze immer wieder zurückstellte, sobald der Marsch zu

Ende war. Auf diese Weise wurde „So leben wir" so oft wiederholt, bis die Preußen zum Aufbruch rüsteten; da benutzte der schweißtriefende Schulze den ersten unbewachten Augenblick, sich ungesehen aus dem Staub zu machen.

Der Abschied Leopolds war kurz, aber in so kräftigen Worten abgefaßt, daß er den Prezellern ganz gewiß für lange Zeit in heilsamer Erinnerung blieb. Die Preußen und Hannoveraner stiegen auf den im freien Feld harrenden Wagen, und im scharfen Trab ging es nach Ziemendorf.

Während der Fürst dort den anderen gebot, ihren Weg fortzusetzen, fuhr er bis vor die Tür des Schulhauses, unter der die Frau und Tochter Brehmers erschienen. Er trat sogleich auf die beiden Frauen zu.

„Na, das ist ja die Emma! Guten Abend! Da guck dir mal die beiden Männer an, die ich mitbringe, ob es auch die rechten sind!"

Mit einem lauten Freudenschrei eilte das Mädchen zunächst zum Vater, dem es jubelnd die Arme um den Nacken schlang. Auch die Mutter konnte die Gefühle ihres Herzens bei dem unverhofften Wiedersehen der Verlorengeglaubten nicht verbergen, und beide gaben sich ihrem Entzücken so rückhaltlos hin, daß Brehmer selbst sie an ihre häuslichen Pflichten mahnen mußte. Einige leise geflüsterte Worte genügten, ihnen zu sagen, was für ein hoher Gast vor ihrer bescheidenen Wohnung stehe, und nun begann allerdings eine Verlegenheit für sie, die ihren Höhepunkt erreichte, als der Fürst ihnen voran nach der Stube schritt und sich dort gemütlich auf das alte, knackende Kanapee fallen ließ.

„So, hier sitz ich, und nun stellt euch einmal alle in Reih und Glied hierher. Ich hab nur einige Minuten Zeit und werde meine Sache kurz machen. Brehmer, nach dem, was heut geschehen ist, kann Seines Bleibens hier nicht länger mehr sein, und Er soll deshalb eine hübsche Schulmeisterstelle bei mir im Dessauischen haben. Ist Er damit einverstanden?"

„Durchlaucht, das wäre ja ein Glück, das ich — — —"

„Papperlapapp! Ich werde doch für einen alten Kriegskameraden sorgen, und Er, Schubert, ist Oberknecht auf einem großen Gut! Versteht Er sich denn auch ordentlich auf Sein Fach?"

„Mein Herr kümmert sich fast gar nicht um die Bewirtschaftung seines Besitztums und überläßt alles ganz meinem Ermessen. Die Leute sagen, unsre Felder seien weitaus im besten Stand, und mit unserm Vieh könne sich kein andres messen."

„So? Hm! Da wird Er wohl nur schwer fortzubringen sein? Ich werde Ihn auf die Probe stellen, und wenn Er Seine Sache versteht, so soll Er an demselben Ort wohnen, wo der Brehmer seine Stelle bekommt. Ich brauche einen Inspektor dort. Seine Mutter bringt Er natürlich auch mit!"

Dem jungen Mann standen die Freudentränen in den Augen.

Leopold aber wehrte seine Dankeserweisungen von sich ab.

„Schon gut! Laß Er das jetzt, ich muß fort!"

Dann erhob er sich und hielt der Hausfrau die Hand entgegen.

„Ihren Mann kenn ich von langer Zeit her schon, Sie aber hab ich noch nicht gesehn. Sie scheint mir eine brave und tüchtige Hausfrau zu sein, grad wie meine gute Anneliese es immer gewesen ist. Das sieht man hier ja deutlich in der saubern, blitzblanken Wirtschaft. Und eine Mutter ist Sie dazu, vor der man Respekt haben muß, das hab ich heut an Ihrem frommen, herzigen Kind bemerkt. Wenn alle Weiber ihre Pflicht so treu erfüllten, so gäb es viel weniger Unglück und Herzeleid im Land. Da, schlag Sie ein; wir wollen gute Freundschaft halten! Und wenn Sie mit Ihrem Mann nach dem

Dessauischen kommt, so werde ich Sie schon einmal aufzusuchen wissen!“

Es war eine ungewöhnliche Rührung über den alten, strengen Knasterbart gekommen. Aber es dauerte nur einige Augenblicke, so war er Herr seiner Weichheit geworden und trat lächelnd zu dem Mädchen.

„Also mein Wort hab ich gehalten, und was die Folgen davon sind, das wird man ja später erfahren dürfen. In den jetzigen Kriegsläuften will es einem nur selten einmal fröhlich um das alte Herz werden. Aber wenn sie vorüber sind, so würde ich gern einmal bei einer lustigen Hochzeit sein, um doch wenigstens zu sehn, daß der liebe Herrgott da droben mich heut nicht umsonst von der Straße weg in den Busch geschickt hat. — Jetzt aber lebt wohl, ihr Leute! Ihr werdet bald eine Entscheidung von mir erfahren, und dann wird es vielleicht nicht lange dauern, bis wir uns wiedersehn!“

Er schritt, von ihnen begleitet, zur Tür hinaus. Der Fuhrknecht hatte unterdessen die Drehorgel abgeladen und in die Nähe des Eingangs gestellt.

„Hier steht der Orgelmarschallkasten, Brehmer. Der Eigentümer befindet sich hier im Krug und hat zehn Taler Leihgebühren bekommen. Ich hab ihm als Kaution zwanzig gegeben, und er mag sie behalten, weil sein Unglücksbein in Prezelle liegengeblieben ist. Such Er ihn auf und geb Er ihm dabei diese Papiere zurück.“

Er stieg auf den Wagen und reichte den vieren von oben herab noch einmal die Hand. Unter herzlichen Dankesworten traten sie zurück; die Pferde zogen an, und der Wagen rollte von dannen.

DREI FELDMARSCHALLS

(1741)

Eine seltsame Order

Es war eine schlimme Zeit für Deutschland und ganz besonders auch für die Bewohner der brandenburgisch-hannoverschen Grenze. Im Dezember 1740 hatte Friedrich der Große gegen Maria Theresia von Österreich losgeschlagen; Kurfürst Georg August von Hannover, der als Georg II. zugleich auch König von Großbritannien war, erachtete es als Reichsfürst und Mitunterzeichner der Pragmatischen Sanktion für seine Pflicht, gegen Preußen Front zu machen. Darum erhielt der Feldmarschall Fürst Leopold von Anhalt-Dessau von Friedrich den Befehl, Brandenburg gegen einen Einfall Georgs zu schützen; dieser legte längs der Scheidelinie zwischen den beiden Ländern seine „Buntröcke“ auf die Lauer, die, in einer langen Kriegsschule gestählt und abgehärtet, nichts sehnlicher wünschten, als hinüberzuströmen und neuen Ruhm zu dem alten erwerben zu dürfen.

Leider ging das nicht so schnell, wie sie es erwarteten. Der Befehl lautete nicht auf Angriff, sondern auf den Schutz der Grenze. Fürst Leopold durfte also nicht, wie er gern wollte; das wußten die Hannoveraner sehr wohl, und darum fühlten sie sich sicher, blinzelten lustig hinter den Marksteinen herüber, huschten zuweilen auch etwas weiter, als es ratsam war, in das feindliche Gebiet hinein und trieben allerlei Schabernack, der ganz geeignet war, die Geduld der Preußen auf eine harte Probe zu stellen.

In der an der Löcknitz und ungefähr eine halbe Stunde von der Elbe gelegenen Stadt Lenzen, im Kreis Westpriegnitz des Regierungsbezirks Potsdam, war heute

Wochenmarkt, und die Bauern der Umgebung strömten schon am frühen Morgen herbei, um den Erlös für ihre Feld- und Gartenfrüchte zum Ankauf derjenigen Notwendigkeiten zu verwenden, die ihnen auf ihren Dörfern nicht geboten wurden.

Sämtliche Gasthöfe und Schenkwirtschaften des Ortes waren stark besucht, nirgends waren die Tische so besetzt, wie im „Blauen Stern"; dort verkehrten die Landbewohner am liebsten, weil Döring, der Wirt, stets für ordentliche Stallung und gutes Futter sorgte, alle Neuigkeiten zu erzählen wußte und neben den besten Speisen und Getränken auch dieses und jenes zum Vorschein brachte, was einem klugen und verschwiegenen Menschen von Nutzen sein konnte. Er stammte aus dem hannoverschen Lüchow, hatte noch viele alte Beziehungen und galt unter seinen näheren Bekannten für einen Mann, dem die berühmte Streusandbüchse des Heiligen Römischen Reiches Deutscher Nation nicht gar so sehr an das Herz gewachsen sei.

In der hintersten Ecke der Schenkstube, da, wo der Familientisch des Gastgebers stand, saß ganz allein eine kurze, dicke Gestalt, die mit gelangweiltem Blick den Bewegungen Dörings folgte, der es sehr eilig hatte, die zahlreichen Gäste zu befriedigen. Schon einige Male hatte er beruhigend herübergewinkt oder im Vorbeistreifen ein halblautes „Ich komme gleich!" gerufen, war aber zu sehr in Anspruch genommen, um bald Wort halten zu können. Da endlich erhob sich der Dicke, griff nach Stock und Kopfbedeckung und rief: „Wirt, zahlen!"

Da holte Döring seine Frau zur Stellvertretung aus der Küche und trat dann herbei.

„Ist's denn gar so eilig zumal?" zürnte er laut. „Könnt doch wohl warten, bis man die Hand frei hat!" Leise aber setzte er, das Geld in Empfang nehmend, hinzu: „Hast Neuigkeiten?"

„Ja."

„Geh in die Scheune, da ist's sicher! Ich komme gleich nach!"

Der Dicke verließ grüßend die Stube. Döring ließ einige Minuten vergehen, ehe er ihm durch die Küche folgte. Kaum aber hatte er die Tür hinter sich, so bewegte sich auf dem Kanapee hinter dem Tisch eine Gestalt, die bisher laut schnarchend dort gelegen hatte, rieb sich gähnend die Augen, erhob sich langsam und unsicher, und stolperte dann wie noch halb schlaftrunken durch die Reihe der Gäste hinaus auf den Flur. Dort lugte sie vorsichtig umher. Es war ein junger, hochgewachsener und breitschultriger Mann von ungewöhnlich kräftiger Körperbildung. Er sah sich unbeobachtet. Sofort verschwand der schläfrige Ausdruck in seinem Gesicht, und die munteren Augen leuchteten lebhaft auf. Mit einigen raschen Schritten trat er in den Hof und von da in den Pferdestall. Er schien zu wissen, daß dieser durch eine wenig oder gar nicht gebrauchte Tür mit der Scheune in Verbindung stand.

Es befand sich kein Mensch im Stall. Leise und vorsichtig zog er die Tür auf und lauschte. Ein kaum vernehmliches Geflüster überzeugte ihn, daß die heimliche Unterredung auf der Tenne stattfand, und er also ungesehen in den Teil der Scheune treten konnte, der von der Tenne gewöhnlich durch eine Bretterwand getrennt wird und den Namen Pansen zu führen pflegt. Er tat es, zog die Tür hinter sich zu und schlich sich mit unhörbaren Schritten an den Verschlag, hinter dem die beiden standen. Er konnte jedes Wort vernehmen.

„Hier hast du das Geld, Döring! Einundzwanzig Taler für einundzwanzig Rekruten, die du uns zugeschwenkt hast. Zähle sie durch; es geht im Finstern!"

Das Scheunentor war geschlossen, so daß es ziemlich dunkel in dem Raum war. Ein leises, silbernes Klingen ließ sich vernehmen; dann klang die gedämpfte Stimme des Wirtes:

„Das Geld ist richtig. Soll ich fortfahren mit der Sendung?“

„Das versteht sich! Der Major von Zachwitz, der auf dem Schloß liegt, ist sehr zufrieden mit den Kerls, die er von dir bekommen hat. Er will mehr haben und zahlt gern zwei Taler für den Kopf, die wir dann teilen, du und ich. Das ist ein gutes Geschäft, von dem wir, wie es eingerichtet ist, keinen Schaden, sondern nur Gewinn haben können. Am liebsten sind ihm natürlich ausgebildete Leute, für die er das Doppelte bietet. Kannst du denn nicht zuweilen auch so etwas schicken?“

„Will's versuchen; wir haben ja gerade jetzt die ganze Stadt voll solcher Kerls, denen es gar nichts schaden kann, wenn sie des Königs Rock mit dem kurfürstlichen vertauschen.“

„Und was ich dir noch sagen muß: könnten wir zuweilen einen Offizier im stillen kapern, so gäbe es ein Gaudium, von dem dein Beutel auch seinen Teil bekommen würde. Man kann so einen Herrn zwar nicht in der Weise zur Verwendung bringen wie einen Gemeinen, aber gefangen ist er doch und wird gezwungen, Neutralität zu schwören.“

„Das geht nicht, Hämmerlein. Ich kann doch unmöglich einen Offizier mit einem Auftrag zu dir über die Grenze hinüberschicken. Ich möchte nur sehn, wie der mich zumal andonnern würde!“

„Hast recht; aber geht's nicht so, dann geht's auf andere Weise. Es schleichen sich genug dieser Herrn die Grenze auf und ab, um die Patrouillen zu überwachen und zu rekognoszieren, wie sie es nennen. Wie du es anfängst, das ist deine Sache, aber du könntest sicher manches erlauschen und uns sofort Nachricht senden. Meinst du nicht?“

„Hm, will's versuchen. Die Hauptsache ist, daß es auch etwas abwirft!“

„Darüber mach dir nur keine Sorgen. Und überdies

solltest du schon um der Grete willen gut zu mir halten. Sie ist das einzige Kind, und dein Ludwig findet sicher im ganzen Land keine bessere Gelegenheit."

„Das möcht ich gelten lassen; aber das Mädchen scheint sich zumal nicht viel aus ihm zu machen. Der Bellheimer, oder wie der Mensch heißt, liegt ihr im Kopf."

„Laß das gut sein, Döring. Ich will ihr den preußischen Wachtmeister schon versauern, daß ihr der Appetit nach ihm vergeht! Sie ist ja sonst nicht ohne Verstand und Einsicht und wird sich gewiß noch geben."

„Ist er denn gar so ein ansehnlicher Kerl, daß er einem Mädchen wie der Grete den Sinn so ganz und gar verdrehn kann?"

„Hübsch ist er, das muß man ihm lassen; lang, breit, stark wie ein Goliath, und dazu zehntausend Teufel im Leib. Er soll auch beim Alten Dessauer gewaltig gut angeschrieben sein und zu allerlei Dienst benutzt werden, wozu Mut und Körperkraft erforderlich sind. Das hat er beides in gutem Maß, und ist noch obendrein schlau und listig wie ein Fuchs, das hab ich ja selbst schon oft erfahren."

„Wieso?"

„Ja, das ist eben mein Ärger. Denk dir nur, er weiß, daß ich ihm nach dem Leder trachte; und kennt auch die sonstigen Gefahren sehr genau, die es drüben für ihn gibt, und doch wagt er sich öfters hinüber, wo er dann nicht nur hinter meinem Rücken mit dem Mädchen scharmiert, sondern auch schon so dreist ist, bei mir einzukehren und ein Bier zu verlangen."

„So laß ihn doch festnehmen! Das gäb zumal gleich einen Ausexerzierten und schaffte ihn dir sofort vom Hals."

„Das ist bald gesagt, aber nicht so leicht getan, wie du denkst. Er ist so stark, daß er es mit einem halben Dutzend kräftiger Kerls gern und gut aufnimmt, und kommt nur dann herein, wenn er sicher ist, keine Übermacht zu finden. Schick ich dann heimlich nach Hilfe, so ist er plötzlich wie weggeblasen, und ich hab den Ärger und das Nachsehn."

„So laß ihn doch mal verfolgen!"

„Hab's öfters versucht, hilft aber nichts, denn er ist in Wustrow zu Haus und kennt die Gegend wie seine eigne Tasche. Ist er einmal fort, so will ich den sehn, der ihn findet! Ein einziges Mal nur ist er von einem Korporal und noch zweien auf dem Heimweg gefaßt worden. Und was war die Folge? Er hat die drei durchgebläut, daß ihnen der Verstand vergangen ist, und sie dann mit ihren eignen Waffen vor sich her über die Grenze getrieben, wo man sie in preußisches Tuch gesteckt hat."

„Da ist er ja ein ganz verteufelter Kerl, zumal ich ihn wahrhaftig einmal sehn möchte! Aber jetzt muß ich hinein. Hast du noch etwas zu sagen?"

Der Lauscher fand es geraten, sich jetzt zurückzuziehen. Er schlug denselben Weg ein, den er gekommen war, gelangte glücklich wieder in den Flur und trat mit verschlafenem Gesicht in die Stube, wo er einen müden Schluck aus seinem Glas nahm und dann wie vorhin in abgewendeter Lage, das Gesicht unter die vorgeschützte Hand verbergend, sich auf das Kanapee streckte.

Der Wirt, der gleichfalls bald zurückkehrte, schenkte ihm nicht die mindeste Aufmerksamkeit; er war gewohnt, dergleichen verschlafene Gesellen bei sich zu sehen und hatte mit den anderen Gästen genug zu tun.

Da öffnete sich die Tür, und es trat ein Mann ein, der mit raschem Blick den Raum überflog und den hintersten Tisch als einzigen erkannte, an dem noch Platz zu finden war. Mit langen Schritten wand er sich durch die Menge der Gäste und ließ sich auf demselben Stuhl nieder, den der geheimnisvolle Dicke vorher eingenommen hatte.

Die Anwesenden konnten nicht umhin, ihm ihre Aufmerksamkeit zu schenken, deren Grund in der überraschenden Ähnlichkeit lag, die er mit dem Wirt hatte. Beide waren lang und hager, aber sehnig gebaut; beide hatten die Sechzig jedenfalls überschritten, trugen den nämlichen dunklen Schnurrwichs und konnten infolge ihrer gleichartigen Gesichtszüge leicht für Brüder gehalten werden. Der Neuangekommene war mit einem blauleinenen Kittel bekleidet, hatte eine dickstielige Lederpeitsche über die Schulter geschnallt und mußte so zu früher Tageszeit schon einen ansehnlichen Weg zu Fuß zurückgelegt haben, denn die wohlgeschmierten Aufziehestiefel, die die ganze Länge seiner Beine bedeckten, waren bis über die Knie herauf bestaubt und beschmutzt.

„Heda, Wirtschaft!" rief er, als er nicht sofort nach seinem Begehr gefragt wurde. „Soll man etwa hier im ‚Blauen Stern' verdursten?"

„Nur sachte dahinten", antwortete Döring, „oder glaubt Er vielleicht, daß ich nur auf Ihn gewartet habe?"

„Schimpf Er nicht, sondern spute Er sich ein wenig, daß ich einen Krug Frisches bekomme!"

Bei dem Klang dieser tiefen, dröhnenden Stimme war der auf dem Kanapee Liegende zusammengezuckt, hatte aber seine Stellung ruhig beibehalten.

„Da hat Er sein Bier", meinte Döring, den Krug vor den Gast hinstellend, „und nun wird Er wohl zufrieden sein!"

„Wenn der Trunk gut ist, ja, sonst aber kann Er Seine Brühe selber trinken!"

Er kostete, schnalzte wohlgefällig mit der Zunge und leerte das Gefäß mit einem Zug.

„Noch einen!" befahl er schmunzelnd.

„Nun, schmeckt's?"

„Besser, als man es bei Ihm denken sollte!"

Döring holte das Verlangte und nahm sich dann Zeit zu einigen neugierigen Fragen.

Der Unbekannte schien ihm Interesse einzuflößen.

„Er muß schon weit gelaufen sein, daß Er einen solchen Durst hat. Man sieht's auch an Seinen Stiefeln. Woher des Wegs, he?"

„Weither!"

„So, da ist man zumal so klug wie zuvor! Und wohin die Reise?"

„Weiterhin!"

„Alle Wetter, Alter, Er ist verteufelt kurz angebunden!"

„Kann Ihm nicht schaden!"

„Meint Er? Ihm wär's vielleicht auch mehr von Nutzen, wenn Er zumal auf eine gut gemeinte Frage etwas höflicher antwortete. Man sieht und hört es Ihm doch gleich an, womit Er umgeht!"

„Ach? Nun, womit denn?"

„Doch nur mit dem lieben Vieh!"

„Da hat Er recht, denn grad eben jetzt hab ich diesen lieben Umgang. Er besitzt großen Scharfsinn, höre Er!"

„Pah! Wer täglich einige hundert Gäste bei sich sieht, der kennt den Viehhändler schon auf eine halbe Stunde weit. Er will wohl nach der Lenzerwische, um Pferde oder Rinder einzukaufen?"

„Fällt mir gar nicht ein! Hab eine ganze Herde in Perleburg losgeschlagen und will nun ledig hinüber nach Clenze, wo ich zu Haus bin", antwortete er mit einem eigentümlichen Zucken der Bartspitzen.

„So ist Er also ein Hannoveraner?" fragte Döring, indem er sich einen Stuhl herbeizog und seinem soeben eingetretnen Sohn ein Zeichen gab, sich einstweilen der andern Gäste anzunehmen. „Und in Clenze daheim? Da stammen wir ja gar nicht weit auseinander, denn meine Heimat ist Lüchow. Hat Er einen guten Paß, um zumal unangefochten durch die Sperre zu kommen?"

„Paß? Hm, woher soll ich ihn haben? Werde auch ohne ihn hinüberkommen!"

„Da täuscht Er sich aber gewaltig!" Er senkte den Kopf etwas tiefer herab, um von keinem andern gehört zu werden, und flüsterte, nachdem er sich mit einem Blick auf das Kanapee überzeugt hatte, daß der dort Liegende fest schlafe: „Wäre Er eher gekommen, so hätte sich Ihm eine Gelegenheit geboten, glücklich zu passieren."

„Wieso?"

„Es war einer da bei mir, der alle Schliche kennt und Ihn gern mitgenommen hätte. Ich sag Ihm das, weil Er mein Landsmann ist und den Potsdamer Flötenspieler gewiß auch nicht leiden mag."

„Hm. Er ist ja ein ganz verflucht guter Patriot! Wer ist es denn, der hier gewesen ist? Vielleicht ist mir der Mann auch bekannt; ich kenne die Sorte, zu der er gehört, so ziemlich genau."

„Wirklich? Ja, die kurfürstlichen sind brave Leute und halten immer zusammen. Ich kann Ihn gleich mal auf Seine politische Ansicht prüfen, und wenn Er den Mann kennt, den ich zumal meine, so darf man Vertrauen zu Ihm haben. Er ist ein Gastwirt aus einem Ort an der Zehre. Nun?"

„Himmelelement, wohl gar der Hämmerlein aus Gartow, he?"

„Wer soll's denn anders sein? Er kennt Ihn? Woher denn, wenn ich fragen darf?"

„Hm, ich weiß nicht, ob ich es Ihm sagen kann!"

„Warum denn nicht, he?"

„Weil's gefährlich ist. Der Hämmerlein hat so ein kleines Geschäft mit Leuten, die für einen hübsch gewachsnen Burschen immer ein gutes Auge haben, und ich bin gar oft — hm, versteht Er mich?"

„Vollkommen. Und da es so steht, will ich Ihm einen Weg beschreiben, auf dem Er bequem hinüberkommt, ohne belästigt zu werden."

Er griff in die Tasche und versuchte, seine Beschreibung durch eine auf die Tischplatte geworfene Zeichnung anschaulicher zu machen, die er mit Kreide so geläufig ausführte, daß man annehmen mußte, er sei den betreffenden Weg schon selbst oft gegangen.

„So! Nun ist Er sicher, daß Ihm die Leute des alten Grobians nicht in die Quere kommen."

„Des alten Grobians? Wen meint Er denn da?"

„Nun, den alten Dessauer, der voller Flüche und Grobheiten steckt."

„Ach so", klang es unter dem gewaltig zuckenden Schnurrbart hervor. „Wenn Er ihn so gut kennt, so nehm Er sich nur in acht, daß Er ihm nicht einmal in die Tatzen läuft."

„Pah, vor dem alten Teufelsbraten fürcht ich mich noch lange nicht!"

„Gut für Ihn! Jetzt aber adjes und schönen Dank für Seinen guten Rat!"

Er erhob sich, bezahlte seine Zeche und schritt zur Tür hinaus. Draußen schlug er die Richtung nach dem Marktplatz ein. Dort begegnete ihm ein junger Kornett, der den einfach gekleideten und beschmutzten Mann gar nicht beachtete und sporenklirrend an ihm vorüber wollte. Mit einem raschen Griff hatte er ihn bei der Achselschnur.

„Halt! Front! Augen gradaus!" kommandierte er. „Sag Er mir einmal, wo der Herr Oberstwachtmeister von Dennau in Quartier liegt!"

„Wer ist Er denn, Er Flegel, daß Er es wagt, einen Offizier —"

„Maul halten! Order pariert!" donnerte es da dem erzürnten Kriegshelden entgegen. „Will Er Himmelelementer mir wohl auf der Stelle meine Frage beantworten?"

Die Stimme des alten Viehhändlers klang so unwiderstehlich, daß der Angeschmetterte unwillkürlich den Arm erhob, und nordwärts zeigend, in kleinlautem Ton beschied: „Dort um die Ecke, das zweite Haus links eine Treppe!"

„Schön! Augen rechts! Rechts abgeschwenkt! Marsch!"

An der Tür der beschriebenen Wohnung stand ein Schilderhaus und ließ sie als das Quartier des Platzkommandanten erkennen. Der Händler schritt an der Schildwache vorbei, stieg die Treppe empor und öffnete die erste beste Tür, die sich ihm entgegenstellte. Zwei Unteroffiziere befanden sich in dem Raum, den er betrat.

„Wer ist Er und was will Er?" fragte ihn der eine mit barscher Stimme.

„Ist der Herr Oberstwachtmeister von Dennau zu Hause?"

„Was will Er von dem Herrn?"

„Das geht Ihn wohl nichts an. Ich frage, ob der Herr Oberstwachtmeister zu Hause ist!"

„Und ich frage, was —"

„Will Er wohl sofort Seinen naseweisen Schnabel zuklappen, Er Tausendschwerenöter, Er? Ich —"

„Schnabel? Naseweis?" unterbrach ihn der Unteroffizier, auf ihn zutretend und ihn beim Arm packend. „Sofort komm Er mit herunter auf die Wache! Ich werde Ihm den naseweisen Schnabel mit dem Stock auf das Leder zeichnen lassen, daß —"

„Was ist denn das für ein heidenmäßiger Skandal hier außen?" fragte es da mit scharfem Ton in das Gezänk hinein. Es war der Oberstwachtmeister selbst, der sich in seinem Zimmer mit einigen Offizieren im Gespräch befunden hatte und zornig die Tür aufriß. „Wer ist denn der Störenfried, der sich untersteht, hier in —"

„Der Störenfried?" meinte der Viehhändler, indem er sich herumdrehte. „Seht ihn Euch doch einmal an, Herr Oberstwachtmeister!"

„Himmeldonnerw — wollte sagen, bitte tausendmal um Verzeihung, Durchlaucht, Exzellenz! Konnte unmöglich wissen, daß —"

„Schon gut, schon gut! Macht aber ein andermal die Augen auf, ehe Ihr schimpft!"

Er trat in das Zimmer, wo ihn die überraschten Herren in strammer und vorschriftsmäßiger Haltung empfingen.

„Guten Morgen! Habt wohl nicht gedacht, daß heut solcher Besuch nach Lenzen kommt? Na, wollte doch auch mal seh'n, wie's hier geht und steht. Habt doch gestern meine Order empfangen, Herr Oberstwachtmeister, was?"

Der Gefragte stand vor ihm, die kleinen Finger an den Hosennähten und steif wie ein Ladestock. „Zu Befehl, Exzellenz, ja!"

„Habt Ihr den Kerl?"

„Darf ich gehorsamst fragen, welchen?"

„Welchen Kerl? Na, wen anders als den Hämmerlein?"

„Hämmerlein? Hab den Namen noch nie gehört. Ich bitte untertänigst, mich zu informieren, wer —"

„Hämmerlein — nie gehört — zu informieren?! Da sollen doch gleich zehn Millionen Granaten dreinschlagen! Ihr habt meine Order erhalten und bittet untertänigst um Auskunft über den Hämmerlein?"

„Exzellenz halten zu Gnaden, ich erlaubte mir, nach Empfang der Order sofort den Leutnant von Wrede in das Hauptquartier zu senden, um zu sagen, daß die Order —"

„Wrede — Hauptquartier — Order? Warum schickt Ihr mir eine Ordonnanz, da ich doch geschrieben hab, daß ich heut selbst kommen werde? Ich wollte die Untersuchung in eigener Person führen und frage jetzt zum zweitenmal, ob Ihr den Hämmerlein habt!"

Das Gesicht des Platzkommandanten war vor Verlegenheit hochrot geworden, und die anderen Offiziere warfen sich verstohlene Blicke zu, in denen sich die lebhafteste Besorgnis nicht verkennen ließ.

„Exzellenz gestatten mir gütigst“ — er trat zum Schreibtisch und zog ein beschriebenes Blatt aus einem dort liegenden Umschlag — „um Durchsicht dieser Zeilen zu bitten!“

Fürst Leopold griff nach dem Papier, trat an das Fenster und studierte eine ganze Weile an den schauderhaften Hieroglyphen herum, die sich seinem Blick boten. Er war nie ein Freund und Bewunderer der edlen Schreibkunst gewesen, und Meldungen zu lesen oder gar selbst zu führen, gehörte für ihn zu den größten Strapazen des Erdenlebens. Aber so eine Schrift, wie er sie hier sah, war nach seiner Ansicht gar keine menschliche, war ihm geradezu noch niemals vor die Augen gekommen.

„Was ist denn das für ein dummer Wisch, he?“ fragte er endlich. „Das sieht ja grad aus, als hätte einer die Hände und Füße in einen Tintenbottich gesteckt und wäre dann mit allen vieren auf dem Papier herumgekrochen. Und so eine heillose Sudelei wagt Ihr mir zum Lesen zu geben!“ Seine Stirnadern begannen zu schwellen und seine Augen blitzten zornig im Kreis herum. „Da kann ja kein Mensch einen richtigen Buchstaben herausfinden. Werdet Ihr mir wohl sagen, welcher Esel das geschrieben hat?“

„Exzellenz, darf ich gehorsamst bitten, mir zu sagen, was diese Zeilen enthalten?“

„Was — diese — Zeilen — enthalten? Seid Ihr denn verrückt geworden, verrückt einer wie der andre? Ich hab Euch ja gesagt, daß kein Mensch imstande ist, unter diesen schmierigen Klecksen einen vernünftigen Buchstaben zu erkennen. Oder könnt Ihr's vielleicht?“

„Nein.“

„Nicht! Und ich, der Fürst Leopold von Anhalt-Dessau, Feldmarschall des Deutschen Reichs und Preußens, soll Schreiberdienste verrichten und Euch den schwarzen Schlamm zurechtkratzen?“

Sein Zorn war im steten Wachsen begriffen.

Er trat hart an den Oberstwachtmeister heran.

„Also welcher Essenkehrer hat sich auf dem Wisch herumgewälzt, und was hat der Fetzen hier mit meiner gestrigen Order zu schaffen?"

„Durchlaucht, dieses Schriftstück —"

„Schriftstück? Eine Kleckserei ists! Nun also diese Kleckserei?"

„Ist von Exzellenz höchsteigner Hand geschrieben worden."

Der Fürst trat einige Schritte zurück, riß vor Erstaunen den Mund weit auf und sah dem Sprecher mit starrem Auge in das angstvolle Gesicht. Es dauerte eine ganze Zeit, ehe er zu sprechen vermochte.

„Ich selbst — mit höchsteigner Hand geschrieben! Mensch, Herr Oberstwachtmeister, meine Herren, wollt ihr euch über euern Feldherrn lustig machen? Glaubt vielleicht einer von euch, daß ich nicht schreiben oder gar mein Geschriebnes nicht lesen kann?"

„Exzellenz, niemand wird wagen, so etwas auch nur leise zu denken: aber —"

„Das will ich euch allen auch geraten haben!"

„— aber ich bitte, gütigst die Unterschrift zu bemerken. Und hier ist der Umschlag!"

„Die Unterschrift? Ich unterschreibe mich doch ‚Leopold', aber hier ist weder L noch e noch o zu erkennen, und das ‚pold' ist ganz und gar in der Tinte ersoffen. Zeigt einmal den Umschlag! Hm, hm, — was soll denn eigentlich die Geschichte vorstellen?"

„Es ist die Order, die Eure Exzellenz mir gestern sandte."

„Was? Meine Order ist's? Und die kann der Oberstwachtmeister nicht lesen, die gibt Er mir zurück, daß ich Ihm sagen soll, was sie enthält? Alle Sternhagel-, Blitz- und Granatensplitter, jetzt geht mir endlich einmal die Geduld flöten, jetzt steigt mir's in den Kopf, jetzt — was tu ich nur mit Euch, mit — mit —"

Mit dem Zeichen der höchsten Erregung stürmte er im Zimmer auf und ab, stampfte mit den Füßen und focht mit den Armen in der Luft.

„Exzellenz, diese Schrift ist durch die Hände des ganzen Offizierskorps gegangen —"

„Offizierskorps geg — — Wa — wa — wa was?! Des ganzen Offizierskorps? Was sagt Ihr da! Eine Order, die nur an den Oberstwachtmeister von Dennau gerichtet war, ist durch die Hände — Himmel — des ganzen — Millionen — Offizierskorps gegangen — Donnerwetter! Und das nennt man militärische Verschwiegenheit! Na, macht Euch gefaßt, Ihr — Ihr — Ihr —"

„Und keiner —"

„Was noch, he?"

„Hat sie lesen können."

„Keiner, kein einziger? Das wird immer toller!"

„Und da der Order doch Gehorsam geleistet werden muß —"

„Schwerebrett, das ist Euer Glück, das will ich mir auch ausgebeten haben!"

„So sandte ich den Leutnant sofort in das Hauptquartier, um —"

„Ach so, um die Order noch einmal schreiben zu lassen! Herr Oberstwachtmeister, nichts für ungut, aber — aber — aber — na, da ist der Befehl also noch gar nicht ausgeführt?"

„Halten zu Gnaden, nein!"

„Und das sagt Ihr mir — wirklich mir? Hundert Hagelwetter, wo nehm ich nur heut diese übermenschliche Geduld her! Geb ich da einen Befehl — und dieser Befehl wird nicht befolgt — weil man nicht lesen kann — und nun soll ich meine eigne Order buchstabieren! Sagt mir doch in aller Welt, für wen sie geschrieben ist!"

„Für mich."

„Gut. Wer hat sie also zu lesen?“

„Ich.“

„Sehr gut! Bin ich etwa der Herr Oberstwachtmeister von Dennau?“

„Nein.“

„Vortrefflich! Hab ich sie also zu lesen?“

„Nein.“

„Gut — sehr gut — vortrefflich! Merkt euch das, ihr Herren! Ich schreibe meine Order nicht für mich und hab also gar nicht notwendig, sie lesen zu können. Wer aber eine Order von mir bekommt und sie nicht lesen kann, der soll — der soll — hm, ja, ich bin heut nun mal ausnahmsweise so unendlich nachsichtig und will annehmen, daß ich gestern nichts geschrieben hab. Also sollt ihr —“

In diesem Augenblick öffnete der diensthabende Korporal die Tür und meldete:

„Exzellenz entschuldigen, ich soll sagen, der Heinz ist da!“

„Gut. Tret Er einmal näher!“

Der Mann folgte mit niedergeschlagenen Augen dem Befehl.

„Nun, Er Himmelhund, wie steht es denn mit dem naseweisen Schnabel? Will Er ihn mir den noch auf das Leder zeichnen lassen?“

„Durchlaucht — Exzellenz — ich ahnte nicht — ich — ich —“

„Na, jetzt kennt Er mich und wird's wohl nicht wieder machen. Hier hat Er einen Gulden, und trink Er ein paar Krüge, um sich den Schnabel naß zu machen! Der Heinz soll eintreten!“

Der Soldat zog sich freudig dankend zurück und hielt den Eingang für einen Mann offen, der in parademäßiger Haltung hereinmarschierte, drei Schritte von der Schwelle entfernt die Fersen aneinanderschlug und mit der Hand grüßend in tiefstem Baß grollte:

„Eingetroffen zur Bedienung, Dorchlaucht!"

„Schön, Heinz! War eher da als du. Wie kommt das?"

„Der alte Bagagewagen ging auseinander. Hol der Teufel das Gerümpel, Dorchlaucht!"

„Nicht räsonnieren, Heinz! Laß dir ein Zimmer anweisen! Werde bald nachkommen."

„Zu Befehl, Dorchlaucht!"

Er machte kehrt und marschierte ab. Der Fürst wendete sich wieder an die Offiziere:

„Meine Herren, die Kurfürstlichen werden von Tag zu Tag dreister und gebärden sich gradso, als ob wir nur zum Spaß an der Grenze ständen. Sie haben unter unsern Augen Werbestationen errichtet, die ihre Fangarme sogar herüber in das Brandenburgische strecken, und zu meinem Bedauern muß ich hören, daß eure Wachsamkeit sich von den Galgenvögeln täuschen läßt. Es muß einmal ein Exempel statuiert werden, ein ganz gewaltiges Exempel, und darauf bezog sich die gestrige Order, die ... die der Oberstwachtmeister samt seinem ganzen Offizierskorps nicht lesen konnte. Ich hab erfahren, daß die rührigste Station im Haus des Gastwirts Hämmerlein zu Gartow zu suchen sei, und werde, da ... da meine Order nicht gelesen werden konnte, die Sache einmal in die eigne Hand nehmen. Ich geh heut nach Gartow und —"

„Exzellenz", wagte Dennau ihn zu unterbrechen, „bedenken doch gütigst die Gefahren, die —"

„Papperlapapp! Ich gehe; abgemacht und nicht gemuckst! Wenn meine Offiziere sich täuschen lassen, so muß ich einmal die eignen Augen offenhalten, und überdies geh ich in hinlänglicher Begleitung. Man lasse sofort den Wachtmeister Bellheimer von der Schwadron des Rittmeisters von Galen rufen!"

„Bellheimer! Entschuldigen, Exzellenz, der hat heut morgen auf zwei Tage Urlaub erhalten."

„Urlaub? In welcher Angelegenheit?"

„Auch uns ist das Treiben jenseits der Grenze und besonders zwischen hier und Gartow aufgefallen, obgleich unsere Nachforschungen leider bisher ohne Ergebnis geblieben sind. Bellheimer nun meldete sich gestern bei mir und versicherte, der Sache ganz gewiß auf die richtige Spur zu kommen, wenn ich ihn auf zwei Tage entlassen wolle. Ich entsprach natürlich seinem Wunsch und glaube, daß er sich nun längst schon unterwegs befindet."

„Ah — hm — braver Kerl, der Bellheimer! Kenn ihn — wird Wort zu halten suchen! Werde aber dennoch meinen Plan ausführen und ohne Begleitung gehn. — Herr Oberstwachtmeister!"

„Exzellenz?"

„Bin ich heut abend Punkt neun nicht zurück, so reitet Rittmeister von Galen mit seiner Schwadron hier ab und direkt nach Gartow, besetzt sofort das Schloß und den Gasthof des Wirts Hämmerlein, wo er mich an einem der beiden Orte wohl finden wird. Verstanden?"

„Zu Befehl, Exzellenz; doch gestatte ich mir eine Wiederholung meiner dringenden Bitte um —"

„Keinen Widerspruch", klang es scharf und kurz; „weiß ganz allein, was ich tu!" Dann fügte er in freundlicherem Ton hinzu: „Haben die Herren schon gefrühstückt?"

„Nein."

„Dann laden wir uns bei dem Herrn Oberstwachtmeister zu Gast, doch nur auf Brot und Bier!"

Die Offiziere waren über diese Wendung der für sie so ungünstig begonnenen Unterhaltung hocherfreut, und bald saßen die Anwesenden in respektvoller Haltung mit ihrem Feldherrn am Tisch.

Unterdessen machte sich Heinz in dem ihm zugewiesenen Zimmer mit dem wenigen Gepäck zu schaffen, das er für seinen Herrn mitgebracht hatte. Er war Leib-

und Kammerhusar des Fürsten und eine wegen seiner derben Gutmütigkeit und Eigenart ebenso wie durch seinen oft bewiesenen Mut nicht nur in der nächsten Umgebung des Fürsten, sondern in allen Dessauer Landen und der ganzen Armee bekannte, geachtete und geliebte Persönlichkeit. In der Stadt Dessau geboren, war er mit Leopold in den Niederlanden, am Rhein, in Bayern, Österreich und Italien gewesen, hatte dessen sämtliche Feldzüge und Reisen mitgemacht und war ihm so lieb geworden und mit ihm verwachsen, daß er dem strengen Herrn und Gebieter gegenüber sich manches erlauben konnte, was ein anderer bei Leib und Leben nicht hätte wagen dürfen. Dafür war er ihm auch mit ungewöhnlicher Treue ergeben, hatte um dieser Treue willen nicht geheiratet und wäre für ihn täglich hundertmal mit Freuden in den Tod gegangen.

Alle, denen der Fürst gewogen war, konnten auch auf die Freundschaft Heinrich Balzers, wie sein voller Name lautete, rechnen, und da der Fürst schon immer eine gewisse Gönnerschaft für den Wachtmeister Bellheimer gehegt, so hatte auch Heinz ihn in sein altes Herz geschlossen und sich heute gleich nach seiner Ankunft nach ihm erkundigt. Leopold war ihm in allen Stücken ein nacheifernswertes Vorbild, und darum hielt er sich auch in seinem Äußeren ganz seinem Herrn entsprechend. Er trug Haar und Bart geradeso wie dieser, hatte ganz dessen Gang, Haltung und Ausdrucksweise angenommen und hätte von einem, der wohl von dem „Alten Dessauer“ gehört, ihn aber noch nicht gesehen hatte, recht gut für diesen gehalten werden können. Er erzählte unendlich gern von seinen Erlebnissen und fand, wenn es keinen anderen Zuhörer gab, für seine Geschichten doch stets zwei willige Ohren — seine eigenen, denen er stundenlang mit einem Eifer, als hätte er einen zahlreichen Hörerkreis um sich, vorplaudern konnte.

Und ebenso war es eine seiner Haupteigentümlichkeiten, daß er nie Durchlaucht sagte, sondern ein für allemal das u in ein o verwandelt hatte.

Jetzt befand sich der zweite diensthabende Korporal bei Heinz, um ihm beim Ordnen des mitgebrachten Gepäcks hilfreich an die Hand zu gehen.

„Also der Bellheimer ist wirklich auf Urlaub?"

„Ja, zwei Tage."

„Weiß Er vielleicht, weshalb?"

„Nein."

„Hm, ja, er macht nie viele Worte, der brave Junge. Mordelement, hab ihn fast ein wenig lieb und hätte ihn fürs Leben gern einmal wieder gesehn. Kann Er mir wohl sagen, ob der Wachtmeister irgendwo eine Liebste hat?"

„Nein."

„Hm, könnte möglich sein, daß er eines Mädels wegen den Dienst im Stich ließe. Traue ihm aber eine solche Dummheit eigentlich gar nicht zu. Hab auch nie daran gedacht, selbst nicht in meinen jungen Jahren. Ein einziges Mal nur hatte ich mich beinah in ein rundes Lärvchen verguckt, und das war dazumal, als wir in Bayern Anno vier an der Donau standen, um bei Hochstätt dreinzuschlagen. Wir lagen bei einer jungen Witfrau in Quartier, ich und die Dorchlaucht nämlich; ich sage, bei einer jungen Witfrau, die ganz verteufelt hübsch war, und, Mordelement, es ist Wort für Wort wahr, sogar ein Auge auf mich geworfen hatte. Das war eigentlich auch gar nicht anders zu erwarten; denn wir waren zwei Kerls, nämlich ich und die Dorchlaucht, zwei Kerls sag ich Ihm, lang und schlank, drall und schmuck, wie gemalt, und dazu jung, gesund und voll Rasse, wie ein arabischer Schimmel. Eines Tags nun stehe ich unter der Tür und putze gerade mein Lederzeug, da kommt sie die Treppe herab und stellt sich mit einem Blick vor mich hin, als ob ich nur rasch zugreifen und meinen Schnurrwichs an ihr rotes Mäulchen zu wischen hätte. Korporal, ich sage Ihm, drei Finger breit über dem Magen fing es wirklich an, zur Attacke zu trommeln, und wer weiß, was alles geschehen wäre; aber da kommt es plötzlich die Straße heraufgaloppiert, hält vor dem Haus, und wer steigt ab? — eine Ordonnanz vom Prinzen Eugenius, die den Befehl bringt, daß —"

„Heinz!" erscholl es da hinter dem Erzähler.

Er fuhr herum, erblickte den Fürsten, der vom beendigten Frühstück kam, und streckte sich sofort in die vorschriftsmäßige stramme Haltung. Der Korporal war bei dem Klang der tiefen Stimme augenblicklich aus der Stube verschwunden.

„Dorchlaucht?"

„Ich geh hinüber nach Gartow."

„Hinüber nach Gartow? Donnerwetter, Dorchlaucht, das ist ja hannoversch!"

„Tut nichts! Zum Abend bin ich wieder hier. Hast Urlaub bis dahin!"

„Urlaub? Fällt mir nicht ein. Ich geh mit!"

„Kann dich nicht brauchen!"

„Was? Hm, möglich; aber ich kann Dorchlaucht brauchen!"

„Geht nicht; basta, abgemacht! Will einmal nachsehn, was für Vogelbauer die Kurfürstlichen haben, weiß einen Weg, auf dem ich sicher hinüber- und herüberkomme, und treffe dabei vielleicht gar auf den Bellheimer, der auch hinüber ist."

„Soll ich die Pistolen hervorsuchen, Dorchlaucht?"

„Nein, hab genug an der Peitsche, die mit Blei ausgegossen ist. Kannst aufsitzen und mit dem Rittmeister von Galen nachkommen, wenn ich um neun noch nicht zurück bin!"

„Dorchlaucht, ich hab niemandem was zu befehlen; aber Schockschwerenot, viele Hunde sind des Hasen Tod, und wenn sie Euch packen, dann — na, dann komm ich hinüber, und Gott gnade dem, der mir vor den Säbel kommt! Besser aber ist's, ich geh jetzt gleich mit."

„Du bleibst!"

Der Ton, in dem diese Worte gesprochen wurden, war entscheidend. Der Fürst ging, und Heinz verfolgte vom Fenster aus seine hohe Gestalt, bis sie hinter der Ecke des Marktes verschwand. Er hatte das Gefühl, als gehe sein Gebieter einer großen Gefahr entgegen, und mußte an sich halten, ihm nicht unbemerkt zu folgen.

So stand er noch lange Zeit am Fenster und blickte mit düsterem Auge auf die Straße hinab; da zuckte es plötzlich überrascht durch seine alten treuen Züge.

„Tausend Schock — wer ist denn das? Ich glaube gar — ja, wahrhaftig da kommt der Bellheimer gelaufen, der über die Grenze hinüber sein soll, und macht Beine, als müsse er in zwei Stunden die Lüneburger Heide messen. Der hat etwas auf dem Herzen und will damit zum Oberstwachtmeister. Warte, ich fang ihn ab!"

Er öffnete die Tür, an welcher der Kommende vorüber mußte.

„Links abgeschwenkt; zu mir herein, Wachtmeister!" kommandierte er. „Hab mit Ihm einiges zu reden."

„Heinz!" rief der Angeredete mit froher Miene. „Ihr hier im Haus? Da ist Seine Durchlaucht wohl noch nicht fort?"

„Warum?"

„Weil ich auf der Stelle mit dem Fürsten sprechen muß."

„Da kommt Er um eine Viertelstunde zu spät."

„Also doch schon fort! Wohin? Nicht wahr, nach Gartow hinüber?"

„Ja. Woher weiß denn Er das?"

„Nachher, Heinz! Jetzt muß ich vor allen Dingen zum Oberstwachtmeister, sonst wird der Fürst von den Kurfürstlichen gefangen. Komme auf dem Rückweg wieder herein!"

Der Kammerhusar ergriff ihn beim Arm und hielt ihn fest.

„Halt, Bellheimer; nicht von der Stelle! Wenn der Feldmarschall sich in Gefahr befindet, so steht der Heinz über dem Oberstwachtmeister und über allen Generalen. Heraus also mit Seiner Meldung! Wer will den Herrn fangen?"

„Der Döring und der Hämmerlein."

„Döring — Hämmerlein? Bombenelement, wer sind denn diese beiden Halunken?"

„Döring heißt der Wirt zum ‚Blauen Stern' hier, und der Hämmerlein ist aus Gartow, ebenfalls ein Gastwirt."

„Zwei Wirte? Und diese beiden Bierschlingels wollen sich an meine Dorchlaucht machen? Himmel-, Donner-, Hagel-, Graupel- und — und — na, alle Wetter, da werde ich zwischen sie hineinfahren, daß die Fetzen auseinanderfliegen! Wo hat Er denn die Kunde her?"

„Nachher, Heinz, nachher! Die Zeit ist kostbar; ich muß zum Platzkommandanten!"

Die Gelegenheit nützend, daß Heinz seinen Arm losgelassen hatte, war er zur Tür hinaus. Der Leibhusar wollte ihm nach, besann sich jedoch anders, riß einen Mantelsack auf, dem er zwei geladene Reiterpistolen entnahm.

„Zwei Schnapssieder — und die Dorchlaucht fangen, den Fürsten und Feldmarschall Leopold von Anhalt-Dessau Exzellenz? Das ist verrückt, das ist wahnsinnig, das ist Mord, Raub, Hochverrat und Majestätsüberfall. Ich laufe ihnen nach und schieße sie über den Haufen, die Halunken, die Mordbrenner und Brand — Brand — Br —; aber warten muß ich doch, bis der Bellheimer wiederkommt. Hm, verteufelte Geschichte. So ist's, wenn man dem Heinz bis neun Uhr Urlaub gibt, statt ihn mitzunehmen, wie sichs von Rechts wegen schickt und gehört!"

Er stieg mit langen, schweren Schritten im Zimmer hin und her, lauschte ungeduldig auf jedes Geräusch, das sich draußen vernehmen ließ, und wühlte dazwischen ratlos in seinen Siebensachen herum nach Waffen und anderen Gegenständen, die ihm bei der Verfolgung der beiden „Schnapssieder" vonnöten schienen. So war wohl eine Viertelstunde verflossen. Da endlich trat Bellheimer ein.

„Gott sei Dank, da ist Er ja endlich wieder! Nun schieß Er aber schleunigst los!"

„Muß es kurz machen, Heinz, hab keine Zeit; muß sofort mit nach dem ‚Blauen Stern'!"

„Nun?"

„Der Hämmerlein in Gartow macht den Seelenverkäufer, und der Döring schickt ihm jeden hübschen Burschen zu, dessen er habhaft werden kann. Er gibt ihm zum Schein einen Auftrag an Hämmerlein, verspricht ihm einen guten Botenlohn, und wenn der Betrogene dann hinüberkommt, so wird er festgehalten und muß die Muskete tragen."

„Da soll doch gleich ein dickes Prasselwetter —!"

„Der Hämmerlein hat eine Tochter, ein Mädchen wie ein Husar, und die ist meine Liebste. Ich bin also oft hinüber und hab da so manches beobachtet, was mir verdächtig schien und mich auf die richtige Spur brachte. Gestern nahm ich Urlaub auf heut und morgen, um das Ding einmal genau zu untersuchen. Ich ging heute in den ‚Blauen Stern', tat vertrunken und verschlafen und legte mich aufs Kanapee, um unerkannt zu bleiben. Da erschien der Hämmerlein aus Gartow und bestellte sich beim Wirt neue Burschen, ausgebildete, und sogar Offiziere. Hab alles gehört und belauscht. Nachher kam der Fürst und setzte sich an meinen Tisch."

„Die Dorchlaucht? Donner und Doria, davon weiß ich kein Sterbenswort! Er hat Ihn doch sofort erkannt?"

„Nein, ich trug keine Uniform und verdeckte das Gesicht mit der Hand. Hatte meine Gründe dazu. Der Wirt hielt ihn für einen Viehhändler aus Clenze, wurde gesprächig und beschrieb ihm einen Schleichweg nach Gartow. Einer von den Gästen hatte die Exzellenz erkannt und sagte es nachher. Der Wirt erschrak, besann sich aber bald und schickte heimlich seinen Sohn zum Major von Zachwitz, um den Fürsten aufgreifen zu lassen. Hab alles beobachtet und belauscht. Dann tat ich, als erwachte ich. Döring schien mich für einen verlaufenen Strolch zu halten, der gut in den kurfürstlichen Rock passe, setzte sich zu mir und bat mich endlich, ihm ein paar Zeilen nach Gartow zu Hämmerlein zu tragen. Ich sagte zu, bekam das Papier und ging, aber nicht nach Gartow, sondern zum Platzkommandanten."

„Millionen Donnerwetter, das ist ja eine ganz und gar heidenmäßige Geschichte! Wie geht denn der Weg, den der Döring beschrieben hat?"

„Hab ihn schon dem Herrn Oberstwachtmeister beschrieben. Jetzt muß ich fort; der Korporal ruft vor der Tür!"

„Wohin denn wieder?"

„Zum ‚Blauen Stern'. Der Döring wird arretiert. Und eine Kompanie Grenadiere ist schon unterwegs, um sich an der Grenze zu zerstreuen und den Fürsten womöglich noch aufzuhalten."

Mit der letzten Erklärung eilte er hinaus. Heinz starrte mit offenem Mund die Tür an.

„Da hat man die Bescherung! Die Dorchlaucht in die Wicken, die Kurfürstlichen über sie her, und die Grenadiere, die nutzen nichts, reinweg gar nichts, denn der Fürst hat Beine wie ein Strolch und läuft noch über den jüngsten Schneidergesellen hinweg. Der ist schon längst über die Berge, und der Heinz, Donnerwetter, der steht da und hält Maulaffen feil! Vorwärts marsch, alter Esel, hinüber nach Gartow und die Exzellenz heraushauen! Ich hab Urlaub und kann gehen, wohin es mir beliebt."

Er griff wieder nach den Pistolen, in deren mit Silber beschlagenen Schäften die fürstlich dessauische Krone eingraviert war.

„Hm, aber so kann ich doch unmöglich fort! Die Dorchlaucht ist als Viehhändler hinüber; das ist das beste; das kann ich auch. Herunter mit den Gamaschen; ich zieh die langen Stiefel an; einen blauen Kittel hab ich auch, und eine Peitsche, die kann ich in jedem Seilerladen haben. Also vorwärts, Heinz, und drauf auf die Halunken, wie damals auf die Bayern und Franzosen, nämlich ich und die Dorchlaucht Anno vier!" —

Im Speisezimmer seines Schlosses zu Gartow saß der hannoversche Landrat Andreas Gottlieb Freiherr von Bernstorff an der Seite des Majors von Zachwitz. Die beiden Herren pflegten nach Tisch, wenn die Dame des Hauses sich mit ihren beiden Söhnen, von denen der jüngere später als Diplomat berühmt wurde, zurückgezogen hatte, noch eine Flasche alten Rebensaftes auszustechen, einen guten Knaster zu dampfen und sich über Krieg und Frieden und die Ereignisse des Tags zu unterhalten.

So auch heute. Die Streitigkeit mit Preußen bildete natürlich den Hauptgegenstand ihres Gesprächs, das ruhig und ohne den geringsten Zwiespalt vonstatten ging, da die beiden Männer sich zu der gleichen politischen Farbe bekannten und auch sonst eng befreundet waren.

„Gestern erhielt ich die Kunde“, meinte der Major, „daß der Fürst von Dessau im Begriff stehe, die Besetzung der Grenzlinie in eigener Person zu inspizieren.“

„Ah! Das wird ein lebhaftes Hallo unter der Bevölkerung der Linie geben, denn das Gefolge eines Feldmarschalls des Deutschen Reichs und Preußens muß sicher zahlreich und glänzend sein.“

„Da irrt Ihr Euch sehr in dem alten Knasterbart! Zwar muß ich gestehen, daß ich ihn noch nicht gesehen habe; doch nach dem, was man von ihm hört, ist ihm sehr zuzutrauen, daß er inkognito von Posten zu Posten schleicht, um die Säumigen zu überraschen und nach Herzenslust anschwerenötern zu können. Kennt Ihr ihn, Baron?“

„Von Ansehn, ja. Hab ihn vor zwanzig Jahren einigemal in Halle und auch in Magdeburg gesehen, und dieses Gesicht kennt man unter Tausenden heraus. Er wird gewaltig donnerwettern, wenn er drüben hört, was für gute Geschäfte Eure Werber machen.“

„Will's glauben. Und es wird vielleicht noch besser werden mit diesen Geschäften. Es ist ja das einzige, was man tun kann, um sich und den Leuten die Langeweile zu verkürzen. Ich lob mir einen frischen, fröhlichen Krieg. Dieses abspannende Zuwarten und Grenzwachen aber macht die Knochen mürbe und nudelt den Mut in die Breite wie einen Kuchenteig."

„Ging es nach dem Dessauer, so hätte er schon längst dreingeschlagen, und wir könnten ihm herzlich dankbar dafür sein. Ich wollte, ich bekäm ihn einmal von Angesicht zu Angesicht zu sehen! Er ist ein alter, wackerer Degenknopf, dem man, ob Freund oder Feind, doch sicher gut sein muß."

„So laßt die Euern die Augen offenhalten! Es wäre ja vielleicht möglich, daß er einige Schritte zu weit zur Seite liefe und dabei die Farben der Grenzpfähle verwechselte."

„Das wäre allerdings ein Fang, wie's keinen zweiten gibt; aber so wohl wird es uns nicht werden, dafür ist gesorgt."

„Der Gastwirt Hämmerlein wünscht den Herrn Major zu sprechen!" meldete der eintretende Diener.

„Soll kommen!"

Die kurze, dicke Gestalt des Wirts schob sich unter tiefen Referenzen durch den Eingang.

„Was bringt Er Neues, Hämmerlein?"

„Darf ich sprechen, gnädigster Herr Major?"

„Warum nicht? Der Herr Baron kann immerhin hören, was Er zu sagen hat!"

„Ich war heute früh in Lenzen."

„Wirklich? Hat Er den Döring mit aufgesucht?"

„Ja. Er hat seine Bezahlung erhalten und wird mit den Sendungen in der jetzigen Weise fortfahren."

„Das ist ja schön! Ist er auf den weiteren Vorschlag eingegangen?"

„Auch das. Ich kenn ihn und weiß, daß er gut aufpassen und die Streifpatrouillen nach Möglichkeit melden wird."

„Soll mir lieb sein, wenn er Wort hält, und Euer Schaden ist's dann sicher auch nicht; jeder Arbeit ihren Lohn! Hat Er noch etwas?"

„Nein. Ich hielt es nur für meine Pflicht, das Ergebnis der heutigen Unterredung ergebenst zu melden."

„Danke. Er kann also abtreten!"

Hämmerlein ging. Er hatte ein sehr bewegtes Leben geführt und manchen harten Taler auf eine Weise verdient, von der niemand etwas zu erfahren brauchte. Sein anfangs kleines Heimwesen hatte sich dadurch nach und nach vergrößert; er war ein anerkannt wohlhabender Mann geworden und hatte nur den Wunsch, seine Tochter, die sein einziges Kind war, möglichst gut an den Mann zu bringen, seine Liegenschaften in flüssiges Kapital zu verwandeln und von dessen Zinsen ein ruhiges und gemächliches Leben zu führen. Vor dieser Ruhe aber wollte er seine Tätigkeit einmal verdoppeln, um zu guter Letzt noch so viel wie möglich zum Bisherigen hinzuzufügen. Die moralische Natur des Geschäfts war ihm dabei vollständig gleichgültig; Geld hieß sein Zweck, und erreichte er ihn, so war alles andere Nebensache.

Zu Hause stand ihm eine Überraschung bevor. Der wohlbekannte Braune Dörings hing gesattelt und gezäumt an dem Ring neben der Tür, und in der Stube saß Ludwig, der soeben erst angekommen war, um sich seines wichtigen Auftrags zu entledigen.

„Was der Tausend, du bist's, Ludwig? Das ist ja die reine Hetzjagd. Kaum bin ich von euch in Lenzen fort und einen Augenblick daheim, so finde ich dich schon hier! Dem muß etwas ganz Besonderes zugrunde liegen! Was führt dich denn so schnell herüber?"

„Sind wir allein?"

„Wie du siehst, ja. Die Grete weiß alles und kann wohl hören, was du sagst."

„Es ist eine äußerst wichtige und verschwiegene Sache!"

Das Mädchen, das nähend am Fenster gesessen hatte, erhob sich und schickte sich an, die Stube zu verlassen.

„Wenn der Herr Döring glaubt, daß ich mich für seine Rede interessiere, so kann ich ihm das Gegenteil beweisen! Ich gehe!"

„Bleib!" befahl der Vater. „Zwischen euch soll's keine Heimlichkeiten geben!"

Sie setzte sich, von den beiden abgewendet, wieder nieder und fuhr in ihrer Beschäftigung fort.

„Ich dachte Euch noch einholen zu können", nahm der Bursche das Wort wieder auf; „aber Ihr müßt derb gelaufen sein, und an der Grenze hatte ich allerlei Scherereien zu erleiden, die mich aufgehalten haben. Es hat sich nämlich gleich nach Eurem Weggang etwas ereignet, was äußerst vorteilhaft für uns ausfallen kann, und wenn Ihr Euch billig finden laßt, so bin ich bereit, es Euch mitzuteilen."

„Du tust ja ganz ungeheuer wichtig. Was ist denn vorgefallen?"

„Das nachher erst; zuvor aber muß ich Euch eine Frage vorlegen."

„Nun?"

„Ihr habt mir und dem Vater wegen der Grete Versprechungen gemacht, die bis heute noch nicht in Erfüllung gegangen sind, und wenn es bleibt, wie es ist, so kann ich ewig warten, bis ich sie zur Frau bekomme!"

„Das klingt deutlich. Was hast du denn eigentlich an uns auszusetzen, he?"

„An Euch weniger, desto mehr aber an der Grete. Ihr habt sie mir versprochen, und ich komme trotz der Gefahr, die ein lediger und gesunder Bursche bei Euch läuft, wöchentlich herüber, um sie zu sehen und mit ihr zu verkehren. Sie aber tut nicht dergleichen, läßt mich sitzen, wo ich sitze, und zieht mir, wenn ich ihr ja einmal nachgehe, ein Gesicht, als hätte sie Essig getrunken. Ihr ist der Bellheimer, der widrige Kerl, lieber als ich, und Ihr laßt Gottes Wasser über Gottes Land laufen, obgleich es nur auf ein Wort von Euch ankommt, um der Sache ein Ende zu machen. Ich kann der Mädels genug bekommen und brauche keiner nachzulaufen und gute Worte zu geben. Macht's kurz, Hämmerlein: Soll ich sie haben oder nicht?"

„Hopp, hopp! Das geht ja über Stock und Stein, als ob kein Augenblick mehr zu verlieren sei! Brennt dir's denn gar so unter den Nägeln?"

„Das nicht, im Gegenteil, ich hab Zeit und kann mich auch einmal anderwärts umsehen. Aber mich an der Nase herumführen zu lassen, dazu hab ich keine Lust. Und wenn wir Euch solche Dienste leisten, wie der jetzige ist, so dürfen wir auch auf ein verständiges Einsehn rechnen."

„So! Welchen Dienst meinst du denn?"

„Ihr habt heute zum Vater gemeint, daß es dem Major ein großer Gefallen wäre, auch einmal einen Offizier von drüben wegschnappen zu können!"

„So ist's. Was weiter?"

„Ihr könnt gleich heute schon einen haben, und zwar was für einen!"

„Wirklich? Das geht ja recht schnell! Was ist's? Ein Leutnant?"

„Höher!"

„Ein Hauptmann oder Rittmeister?"

„Höher!"

„Ein Major?"

„Immer höher!"

„Dummheit! Doch nicht etwa gar ein Oberst?"

„Nein, noch höher!"

„Dann wär's ein General! Aber das ist unmöglich, und der General bist du, nämlich ein Generalschwindler!"

„Was ich sage, das ist wahr. Es ist ein wundervoller, seltener Fang!"

„Also wirklich ein General?"

„Noch höher!“

„Donnerwetter! Junge, du hast entweder den Verstand verloren oder willst mich foppen; denn höher gibt es bloß noch einen, und das ist der Dessauer selbst!“

„Der ist's auch!“

„Der? Wie soll denn der in unsere Hände kommen? Ich glaube, du hast das Fieber oder den Sonnenstich!“

„Keins von beiden! Übrigens ist die Sache von großer Eile, so daß ich keine Zeit für Euern Zweifel habe. Wollt Ihr ihn fangen oder nicht?“

„Halt, Junge! Erzähl es einmal ausführlicher!“

„Da hab ich erst eine Bedingung zu machen!“

„Welche?“

„Gebt mir Gewißheit und Handschlag wegen der Grete, und Ihr sollt ihn fangen, sonst aber nicht!“

„Gut! Hier die Hand; das Mädel ist dein, und in acht Wochen ist Hochzeit, wenn wir den Dessauer bekommen. Aber das Fanggeld gehört dann mir allein!“

„Zugestanden!“

„Grete, geh her und gib dem Bräutigam die Hand!“

Das Mädchen erhob sich. Sie war fast um einen Kopf länger als ihr Vater, und Bellheimer hatte ganz recht gehabt, als er zu Heinz sagte: „Ein Mädel wie ein Husar.“ Ihr Gesicht war hochgerötet, und ihr Auge blitzte, als sie zu den beiden trat. Ludwig legte den Arm um sie; im nächsten Augenblick aber fiel ihre Rechte laut klatschend auf seine Wange und fuhr ihm dann mit so unerwarteter Stärke vor die Brust, daß er zurücktaumelte und auf einen Stuhl niedersank.

„Das ist mein Bescheid!“ rief sie mit zornig erregter Stimme. „Wenn der Vater den Menschenhändler macht, so muß ich es leiden, weil ich nicht anders kann; wenn er mich aber an einen Spion und Seelenverräter verschachern will, so geb ich zuerst gute Worte, und helfen die nicht, so zeige ich, daß ich auch einen Willen habe. Ich bin versehen und brauche den Lenzener nicht!“

Die letzten beiden Worte klangen nur noch unter dem Eingang, dann fiel die Tür hinter ihr zu.

Ludwig sprang wieder auf und hielt die Hand an das brennende Gesicht.

„Hämmerlein, was tätet Ihr an meiner Stelle?"

Der Gefragte war selbst so erstaunt und erschrocken über das Verhalten des mutigen Kindes, daß es eine Weile dauerte, ehe er sich auf die Antwort besinnen konnte.

„Ich würde darüber lachen, Ludwig. Die Grete hat ihre Mucken, sie hält dich für verzagt. Hättest du sie unter vier Augen vorgenommen, so wäre die Antwort anders ausgefallen. Im übrigen aber bin ich der Vater und werde mein Wort halten. Ist's dir recht?"

„Hm, die Schelle ist nicht überzuckert gewesen, und mit einer Frau, die so dreinzuschlagen weiß, ist's besser, man bedenkt sich vorher ein wenig. Aber Hämmerlein, ich kann nichts dafür; ich bin einmal vernarrt in sie und will's versuchen. Hab ich sie fest, so soll ihr das Beohrfeigen schon vergehn!"

„So ist's recht. Also wenn wir den Dessauer fangen, ist in acht Wochen Hochzeit; hier noch einmal meine Hand darauf. Und nun erzähl!"

„Das war nämlich so: Als Ihr kaum fort wart, kam einer als Viehhändler gekleidet und hat nach einem Schleichweg zu Euch gefragt. Der Vater hat geglaubt, daß er aus Clenze sei, und ihm den Weg bezeichnet. Ein Gast aber hat erkannt, daß es der Dessauer war, der sich ja so gern verkleidet im Volk herumzuschleichen pflegt, und nun ist gewiß, daß er Lunte von unserem Handel bekommen hat und uns einmal belauschen will. Er wird kommen, und ganz sicher allein. Der Vater hat mich sofort herübergeschickt, um Euch Nachricht zu geben, und ist nach dem Markt geeilt, um ihn zu beobachten, denn der Alte ist erst zum Stadtkommandanten gegangen, dem er doch seine Ankunft sagen muß."

„Also ist's noch unsicher, ob er kommt."

„Nein, er kommt gewiß; denn was er sich einmal vorgenommen hat, das führt er auch durch. Ich bin fort, noch ehe der Vater zurück war; aber wir haben ausgemacht, daß er über die Elbe fahren und dem ersten hannoverschen Posten Bescheid sagen soll."

„Wie war der Fürst gekleidet?"

Der Gastwirtssohn beschrieb ihn so genau wie möglich.

„Da ist er ja ganz außerordentlich leicht zu erkennen, und ich muß gleich wieder zurück, zum Major, der schöne Augen machen wird, wenn ich ihm eine solche Botschaft bringe. Du bleibst doch hier, bis ich zurückkomme?"

„Nein, ich darf's nicht wagen. Der Vater und ich nicht daheim, das könnte auffallen, da es sicher nicht verschwiegen bleibt, daß der Dessauer bei uns gewesen ist. Zudem machten sie mir schon vorhin an der Grenze große Schwierigkeiten. Ich hab gesagt, ich muß nach Schneckenburg, und bin auch gezwungen, dorthin zu reiten; ich werde jenseits über Lenzen und Wustrow heimkehren. Botschaft braucht Ihr uns nicht besonders zu geben, denn wir werden von selbst erfahren, wie's gegangen ist. Lebt wohl und setzt dem Mädchen nur ganz gehörig den Kopf zurecht!"

„Keine Sorge, mein Junge, sie ist dein, dabei bleibt's!"

Ludwig stieg auf und trabte von dannen. Hämmerlein aber schritt eilends nach dem Schloß zu. Die beiden Herren saßen noch immer plaudernd beisammen, als er gemeldet wurde.

„Der Hämmerlein wieder?" fragte Major von Zachwitz. „Hat er etwas vergessen? Er mag eintreten!"

Der Wirt tat dies mit einer so vergnügten und verheißungsvollen Miene, daß Zachwitz sofort fragte:

„Nun, habt Ihr wieder einen?"

„Noch nicht; aber es will wieder einer ins Garn. Der

Döring hat in so kurzer Zeit ganz prächtig Wort gehalten."

„So!" rief der Offizier sich erhebend. „Also etwas Höheres?"

„Nicht nur Höheres, sondern sogar der Dessauer selber!"

„Kerl, ich laß Ihn Spießruten laufen, wenn Er glaubt, Seinen Spaß mit mir treiben zu dürfen!"

„Ich rede im vollen Ernst!"

„Dann ist Er übergeschnappt!"

„Das sagte ich zu dem jungen Döring auch, als ich jetzt nach Hause kam und von ihm die Botschaft hörte."

„Der junge Döring? So ist also wirklich ein Fang angekündigt worden?"

„Ja, und ein Hauptfang, ein Kapitalfang. Was bekomme ich, Herr Major, wenn ich Euch wirklich noch heut den Dessauer in die Hände liefre?"

„Hm, dem alten Schwerenöter ist es wirklich zuzutraun, daß er einmal inkognito einen kleinen Abstecher herüber wagt! Was meint Ihr, Baron?"

„Sagtet Ihr nicht vorhin erst, daß er inspizieren wolle und dies wohl auf seine bekannte Weise tun werde?"

„Richtig! Hämmerlein, ich zahle Ihm fünfzig, hundert, ja zweihundert Taler, wenn Er mir zu diesem Fang verhilft!"

„Dreihundert, Herr Major, dreihundert rund, wenn er fest sitzt, und jetzt außerdem zehn für den Boten, dem ich sie vorgeschossen hab!"

„Er ist ein Jude, Hämmerlein!"

„Ich bin ein guter Christ und Hannoveraner. Gilt's? Ich spreche nicht eher!"

„So mag es sein!" Er griff in die Tasche und zählte die verlangte Summe vor. „Hier sind die zehn Taler. Die dreihundert zahle ich Ihm aus, sobald ich den Alten hab. Nun rede Er!"

Der Wirt begann seinen Bericht, ließ weg, was ihm

die Klugheit zu verschweigen gebot, und sprach ausführlicher als Ludwig, wo er es für nötig hielt. Der Offizier folgte seinen Worten mit immer wachsender Spannung und wurde am Ende des Vortrags von seiner Aufregung im Zimmer auf und ab getrieben.

Es war nichts Kleines, was sich ihm da zur Ausführung bot. Er stand im Begriff, sich für ein Unternehmen zu entscheiden, dessen mögliche Folgen gar nicht abgesehen werden konnten, und wobei er jedenfalls einen nicht geringen Grad von Verantwortung auf sich lud. Bald aber war er mit sich einig und drehte sich mit einer scharfen, raschen Schwenkung auf dem Absatz herum.

„Ich tu es! Er kann gehn, Hämmerlein, bleibe Er aber zur Hand. Es ist möglich, daß ich Ihn noch brauche. Und Ihr, Baron, erlaubt mir, die begonnene Unterhaltung später fortzusetzen! Ich muß meine Vorkehrungen treffen!“

Der Wirt befand sich kaum einige Minuten daheim, so sah er eine Menge Ordonnanzen vor dem Quartier des Majors, das zum Schloß gehörte, auf die Pferde steigen, nach verschiedenen Richtungen auseinandereilen und der Grenze zusprengen. —

Ungefähr halbwegs zwischen Lenzen und Gartow steht mitten im Wald an dem damals nur schwer fahrbaren Feldweg ein einsamer Krug, der sich gegenwärtig allerdings etwas behäbiger darstellt, als zur Zeit, da während der schlesischen Kriege und des Siebenjährigen Krieges die ausgedehnten Föhrenbestände dieser Gegend die Unwegsamkeit erhöhten und den Verkehr erschwerten.

Der Krüger war ein finsterer, verschlossener Mann, der jedem Gast gab, was er verlangte, und sich dann außer der Zahlung nicht weiter um ihn kümmerte. Er war nicht auf Rosen gebettet in seinem abgelegenen Haus, und konnte erst seit kurzer Zeit von einer wesentlichen Einnahme erzählen, die er den soldatischen Gestalten zu verdanken hatte, die vom frühen Morgen bis zum späten Abend jetzt in seiner niedrigen und verräucherten Stube saßen, aßen, tranken, rauchten, spielten und trotz ihrer immerwährenden Lustigkeit jeden, der ein bestimmtes Alter überschritten hatte, unangefochten ließen. Kam aber einer, der noch frisch ins Leben schaute, der saß gar bald, er wußte selbst nicht wie, mitten unter ihnen und war dann plötzlich verschwunden, ohne daß ihn jemand wieder zu sehen bekam.

Doch das ging den Krüger nichts an. Die Zeche wurde stets ordentlich entrichtet, und für das andere hatte er keine Augen.

Es war kurz nach Mittag, als ein Mann gemächlich die Straße dahergeschritten kam, dessen Gesicht sich beim Anblick des Krugs bedeutend aufheiterte. Sein Oberkörper war in einen blauleinenen Kittel eingehüllt; die Beine steckten in zwei weit heraufgezogenen Aufschlagestiefeln, und über die Schulter war eine wuchtige Peitsche geschnallt. Er mochte die Sechzig längst überschritten haben, doch stand ihm der schwarze Schnurrwichs gar martialisch zu Gesicht, und seine Bewegungen zeugten trotz ihrer Gemächlichkeit von Kraft und einer in diesem Alter nicht mehr häufigen Gewandtheit.

„Hm!", brummte er schmunzelnd, „endlich finde ich so eine Hundebude, in der man sich den Straßenstaub hinunterspülen kann. Ich gehe hinein!"

Seine Schritte wurden länger und schneller, und schon hatte er das Haus fast erreicht, als ein Bedenken in ihm aufzusteigen schien.

„Wer wohl in der Hütte stecken mag? Sie sieht mir ganz verdächtig aus! Vielleicht haben gar die kurfürstlichen Jacken hier Station und fragen mich nach dem und jenem, was sie nicht zu wissen brauchen. Mordelement, da fällt mir etwas ein! Der Döring im ‚Blauen Stern" hat ganz meine Statur, mein Alter und auch sonst noch einige Ähnlichkeit. Wenn der herüberkommt, den fressen sie nicht. Hallo, ich bin der Döring aus Lenzen, und der Satan soll den reiten, der's nicht glaubt!"

Er trat ein. Ein Dutzend kräftiger Gestalten saß um eine lange Tafel herum und war teils mit Pfeife und Krug, teils auch mit einer schmutzigen Karte beschäftigt. Der Wirt hockte gähnend in der Ecke und hatte bei dem Lärm, den die Gäste vollführten, den Eintritt des neuen Ankömmlings nicht gehört.

Dieser schritt an einen leeren Tisch, ließ sich auf einen der einfachen Sessel fallen, nahm die Peitsche herab und klopfte mit ihrem Griff auf die Platte, daß es krachte.

„Heda, alte Schlafmütze, schaff Bier!"

„Na — na — na — na —, schlag Er mir nur den Tisch nicht entzwei. Wer so schreien kann wie Er, der ist noch lange nicht am Verdursten!"

„Brrrr, nicht gezankt, sondern eingeschenkt, wenn Sein Regenwasser zu trinken ist!"

„Für Ihn ist's gut genug!"

„Meint Er? Hm, so zeig Er einmal her!"

Er setzte den Krug an den Mund und kostete, zog aber sofort ein Gesicht, als hätte er einen Igel verschluckt.

„Mohrenelement, was ist denn das für eine Seifensiederlauge? Schaff Er schnell einen Schnaps, sonst zerrt mich's auseinander!"

„Er scheint auch den Geier von einem guten Schluck zu verstehn. Den Schnaps soll Er noch haben, sonst aber nichts weiter. Wer meine Getränke tadelt, der kann gehn, wohin es ihm beliebt, und sich meinetwegen die Gurgel mit Wagenschmiere einreiben!"

„Den Teufel auch, hat Er ein Mundwerk! Wer da hineingerät, der hat am längsten gepfiffen! Sag Er mir doch einmal, wie lange man noch bis Gartow zu gehn hat?"

„Gradso lange wie von Gartow bis hierher!"

„So! Da will ich Ihm einen guten Rat geben: Geh

Er doch zu Seinem Kurfürsten und laß Er sich von ihm als Oberlandeswegweiser anstellen. Er wird damit Ehre einlegen, Er alter Bullenbeißer, Er! Hier hat Er Sein Geld, und nun —"

Er hielt mitten in der Rede inne. Draußen vor dem Haus hielt ein kleiner Trupp Dragoner. Der Offizier war abgesessen und stand, die letzten Worte vernehmend und den Sprecher mit scharfem Blick musternd, bereits unter der Tür. Die anderen Gäste hatten sich bei seinem Eintritt respektvoll erhoben.

„Wer spricht hier in dieser Weise von Seiner Königlichen Majestät, unserm gestrengen und gnädigen Herrn Kurfürsten?"

„Ich, wenn's Euch beliebt, Herr Leutnant!"

„Und wer seid Ihr?"

„Wer hat das Recht, danach zu fragen?"

„Jetzt und zunächst ich. Darf ich um Antwort bitten?"

„Warum nicht? Der Gastwirt Döring aus Lenzen gibt sie Euch gern!"

„Der ... Gastwirt ... Döring ... aus Lenzen?" fragte der Offizier lächelnd. „Und was hat dieser hier zu suchen? Für einen Untertan des Königs von Preußen ist es in den gegenwärtigen Zeitläufen gefährlich, die Grenze zu überschreiten. Habt Ihr einen von dem hiesigen Grenzkommando unterzeichneten Erlaubnisschein?"

„Hab gar nicht an so ein Ding gedacht!"

„So! Dem Gastwirt Döring wäre eine solche Nachlässigkeit nicht zu verzeihen; der Feldmarschall Fürst Leopold von Anhalt-Dessau Durchlaucht und Exzellenz aber kann sich unmöglich zu solchen Kleinigkeiten bequemen. Exzellenz, darf ich bitten, sich mir bis Gartow anzuschließen?"

„Hundert Hagelwetter, Leutnant, was soll das heißen?"

„Das soll heißen, daß die sämtliche Grenzmannschaft sich in Alarm befindet, um den hohen Gast, der uns angezeigt, ist, würdig zu empfangen. Ich habe die Ehre, Exzellenz mein Pferd zur Verfügung zu stellen."

„Das soll wohl heißen, daß ich gefangen bin, Er Schwerenöter?" brauste es unter dem Schnurrwichs hervor. „Wie kann Er sich denn einfallen lassen, den Gastwirt Döring für den ... den ... den ... "

„Durchlaucht", erwiderte der Angedonnerte fest, aber mit leise zuckendem Mund, „ein Gastwirt pflegt nicht einen Siegelring mit fürstlicher Krone und von solchem Wert zu tragen, wie ich ihn hier an diesem Finger bemerke; und der Schwerenöter, den ich soeben hörte, ist mir ein fast noch sicherer Beweis, daß ich mich nicht irre, denn dieses Ausdrucks bedient sich gewöhnlich der, den wir suchen."

„Hölle, Pech und Teufel!" brummte der Bedrängte. Er griff nach der Peitsche und warf einen Blick durchs Fenster, wo das Pferd des Leutnants ungeduldig mit den Hufen scharrte. „Zur Seite mit euch, ihr Halunken!"

Er faßte mit gewaltigen Armen den Leutnant, der eines so plötzlichen Angriffs nicht gewärtig war, und schleuderte ihn zwischen zwei Tischen zu Boden. Im nächsten Augenblick schon hatte er das Freie erreicht, entriß dem Dragoner, der das Pferd des Offiziers hielt, die Zügel, schwang sich auf und galoppierte davon.

Das war alles so schnell und mit solcher Sicherheit geschehen, daß er gar keinen Widerstand gefunden hatte. Jetzt aber hatte sich der Leutnant wieder emporgerafft und kam herausgeeilt.

„Vorwärts, ihr Schlingel, was haltet ihr noch da! Ihm nach, schnell, schnell!"

Er zog einen der Leute vom Pferd, stieg auf und jagte mit den anderen hinter dem Flüchtling her.

Der seines Tieres beraubte Dragoner trat zu den Gästen, die auf die Straße geeilt waren und unter lebhaftem Schreien, Fluchen und Schimpfen die tolle Jagd beobachteten, bis eine Biegung der Straße sie ihren Augen entzog.

„Wißt ihr, wer das war? Kein andrer als der Dessauer, der bei uns als Spion rumschleicht. Lange Stiefel, blauer Kittel, Treiberpeitsche, so ist er uns angesagt, und wir kamen eben her, um euch Order zu bringen, jeden, der in dieser Kleidung hier einkehrt, festzunehmen und nach Schloß Gartow zu schaffen."

Diese Kunde vergrößerte die Aufregung nur, statt sie zu dämpfen. Man trat in die Stube zurück, um die unerhörte Neuigkeit durch einige frische Krüge verdaulicher zu machen, und es dauerte lange, ehe die Stimmen in gemäßigterem Ton durch die rissigen Fenster drangen.

Da nahte ein Zweiter dem Haus. Er trug einen blauleinenen Kittel, ging in lang heraufgezogenen Stiefeln und hatte eine zusammengenestelte Peitsche von der linken Achsel auf die rechte Hüfte niederhängen. Er mochte die Sechzig überschritten haben, doch zeigte der gewaltige Schnurrwichs noch seine volle Schwärze, und die dunklen Augen blitzten gar munter auf den einladenden Zweig, der über der Tür des Kruges befestigt war.

„Hm," brummte er, „hier könnte man sich den Urlaub anfeuchten, wenn man die gehörige Zeit dazu hätte; aber ich muß nach Gartow zu dem Hämmerlein, dem Galgenstrick, um meine Dorchlaucht herauszuhauen, und da — hm, zu einem Krug bleibt mir doch wohl Zeit. Ich geh hinein!"

Als er in die Stube trat, richteten sich sofort aller Augen auf ihn, und sämtliche Köpfe fuhren in unheilverkündendem Geflüster zusammen.

„Rasch, Wirt, einen Krug!" befahl er und trat dann an das Fenster.

Die Eile, die er hatte, ließ ihn nicht ans Niedersetzen denken.

„Werber! Hol mich der Kuckuck, das sind Werber!" murmelte er in den Bart. „Das Gelichter kennt man auf den ersten Blick. Wer aber bin ich denn eigentlich, wenn mich einer fragt? Hm? Da kann ich in eine ganz verteufelte Patsche geraten. Wenn ich wüßte, daß sie den Döring, der gewiß in gutem Ruf bei ihnen steht, nicht grad persönlich — Mordelement, ich bin der Wirt zum ‚Blauen Stern'; basta, punktum. Sie mögen mir nur kommen!"

Statt des Wirts brachte einer der Werber den vollen Krug und setzte sich so in seine Nähe, daß er die Tür deckte.

„Woher des Wegs, Herr?" fragte er mit einem Tonfall, der sich zwischen Respekt und Strenge hin und her bewegte.

„Von Lenzen", klang es kurz.

„Das ist bös; wer da herüberkommt, wird angehalten. Wir sind wohl da zu Haus?"

„Wir? Wer denn?"

„Nun, Ihr."

„Ach so! Ja."

„Was für ein Zeichen habt Ihr?"

„Gastwirt."

„Und der Name?"

„Döring, Gastwirt im ‚Blauen Stern' zu Lenzen. Nun aber laß Er mich ungeschoren. Ich habe mehr zu tun, als Ihm den Katechismus vorzubeten!"

Er trank seinen Krug leer, zog den Mund bis an die Ohren und langte in die Tasche.

„Was bekommt Er für das Bier?"

Jetzt traten die anderen herbei.

„So weit sind wir noch nicht! Habt Ihr einen Passierschein aufzuweisen?"

„Passierschein? Er hat wohl nicht recht ausgeschlafen? Ich bin passiert, wozu brauch ich da jetzt noch einen solchen Wisch?"

„So beweist uns nur wenigstens, daß Ihr wirklich der Gastwirt Döring seid!“

„Beweisen? Wozu?“

„Weil der Döring schon einmal dagewesen ist!“

„Schon einmal — hm, der Halun — hm, das ist nicht wahr! Bin ich's gewesen?“

„Nein.“

„Na, also, folglich war ich's nicht. Macht Platz, ihr Schwerenöter, ich kann —“

„Schwerenöter? Exzellenz, ich muß mir ganz gehorsamst die Waffen ausbitten! Euer Durchlaucht —“

„Exzellenz — Dorchlaucht — Waffen ausbitten? Den Henker sollt ihr haben, ihr Höllenpack, aber nicht meine Waffen. Gebt Raum!“

Er machte Miene die Tür zu gewinnen, sah sich aber augenblicklich umringt und festgehalten. Mit einem gewaltigen Ruck riß er sich los und zog die beiden Pistolen hervor; schnell aber war er wieder gepackt, es entstand ein angestrengtes Ringen; die Schüsse entluden sich, einige Schreie zeigten, daß sie getroffen hatten — aber, wie Heinz heut zum Fürsten gesagt hatte: viele Hunde sind des Hasen Tod, er wurde übermannt und gefesselt. Die aufgeregten Männer nahmen wegen der Schüsse auf seinen vermeintlichen hohen Stand keine Rücksicht.

Nach kaum einer Viertelstunde saß er auf dem Holzwagen des Wirts und wurde, von einer alten, mageren Mähre gezogen, unter gehöriger Bedeckung nach Gartow gebracht.

Der Wagen konnte noch gar nicht weit gekommen sein, da kam ein Dritter auf das Haus zu. Über dem blauen Leinwandkittel trug er eine Peitsche, und die langen Stiefel waren bis nahe an den Unterleib herangezogen. Er konnte die Sechzig überschritten haben, doch schien nicht dieses Alter, sondern ein anderer Umstand schuld an dem trüben, müden Ausdruck seines Gesichts zu sein.

„Hm," brummte er, indem er die Spitzen seines matt niederhängenden Schnurrbarts in die Höhe zog, „das nenne ich noch Glück im Unglück. Wäre ich daheim gewesen, so hätten sie mich weggeholt, und ich hinge vielleicht schon jetzt drei Ellen hoch am Strick, so aber bin ich dem Dessauer nachgeschlichen, um Gewißheit zu haben, daß er auch wirklich herüber ist, und wurde bei der Heimkehr unterwegs gewarnt. Hätte ich nicht noch Zeit gefunden, beim Schwäher die Kleidung zu wechseln, so hätte man mich erkannt und ich wäre gar nicht durchgekommen; denn so eng wie heut ist die Linie noch nie besetzt gewesen. Nun aber weiß ich weder Rat noch Tat. Ich muß zum Hämmerlein; der wird zu helfen wissen. Vorher aber einen Trunk! Bin zwar noch nie in diesem Loch eingekehrt, aber Durst geht über Geschmack!"

Er trat ein und bestellte sich einen Krug Bier.

Die Anwesenden sahen sich beinahe verblüfft an und berieten leise über die Maßregeln, die sie zu nehmen hatten. Endlich erhob sich einer und trat herbei.

„Gut Wetter heut, nicht?"

„Hm, ja."

„Seid wohl schon weit gegangen?"

„Nicht gar sehr weit."

„Woher?"

„Von Lenzen."

„Seid wohl da bekannt?"

„Bin da zu Haus."

„Ist Euch der Döring aus dem ‚Blauen Stern' bekannt?"

„Den kenn ich ganz genau, denn ich bin es zumal selber."

„Aha! Habt Ihr einen Passierschein bei Euch?"

„Nein."

„Warum nicht?"

„Weil mein Geschäft so eilig war, daß ich mir zumal keinen besorgen konnte."

„Wißt Ihr schon von dem Dessauer?"

„Was? Daß er heimlich herüber ist?"

„Aha! Aber das wißt Ihr noch nicht, daß seit einer Stunde schon zwei Döringe aus dem ‚Blauen Stern' hier eingekehrt sind?"

„Das ist nicht möglich!"

„Und Ihr seid der dritte. Wie kommt es denn, daß Euch Euer Dreispitz zu klein und der Kittel zu kurz und zu weit ist, he?"

„Da müßt Ihr meinen Schneider fragen, ich kann zumal nichts dafür!"

„Wollt wohl auch nach Gartow, wie die andern?"

„Ja, nach Gartow will ich."

„Das ist ja schön. Wir gehn mit!"

Während dieser Verhandlung kam ein Vierter die Straße entlang. Er hielt sich stets am Saum des Waldes, als sei er jeden Augenblick bereit, sich hinter das Gebüsch zurückzuziehen. In der Nähe des Krugs angekommen, schlug er sich in das Dickicht, bis er auf einen schmalen Waldpfad stieß, den er mit eiligen Schritten verfolgte.

Es war Bellheimer, den es nicht in Lenzen gelitten hatte. Er war über die Elbe gegangen und schlug nun den kürzesten Weg nach Gartow ein, wo seine Gegenwart seiner Meinung nach von Nutzen sein konnte. Der Pfad war ein schnurgerader Richtweg, der die gewöhnliche Gehzeit fast um die Hälfte kürzte, so daß der kühne Wachtmeister gar bald den Waldessaum erreichte und nun den Flecken mit seinem Schloß Gartow vor sich liegen sah.

Ein scharfer Blick über die Gegend zeigte ihm, daß er seinen gewöhnlichen Weg ohne Gefahr verfolgen könne; er benützte nur die unbetretenen Raine und gab seiner Gestalt die gebückte Haltung eines alten, müden Mannes. So schob er, der Vielverfolgte, dem bei einer etwaigen Erkennung Kampf und Gefangenschaft, vielleicht gar der Tod eines Spions drohte, sich zwischen den bereits abgeernteten Feldern hindurch bis an die hinteren Gartenzäune des Ortes. An ihnen entlang schlich er weiter, bis er eine Pforte erreichte, durch die er nach vorherigem Spähen vorsichtig schlüpfte. Eine hochgewachsene Mädchengestalt war mit Trocknen der Wäsche beschäftigt.

„Pst, Grete!" klang es leise aus dem Buchengebüsch an ihr Ohr.

Sie drehte sich um.

Eine Hand winkte zwischen den Blättern hervor.

Erschrocken und erfreut zugleich trat sie näher.

„Heinrich, um Gottes willen, du hier? Heut und am hellen Tag!"

„Ich konnte nicht anders, Grete! Wo ist dein Vater?"

„Ach Gott, der liegt im Bett, ohne Verstand und Besinnung!"

„Was ist mit ihm?"

„Ich weiß nicht. Als sie den ersten Dessauer brachten —"

„Dessauer? Den ersten?"

„Ja. Sie haben zwei gefangen und wissen nicht, welcher der richtige ist."

„Gefangen? Alle Wetter, wirklich? — Nun also, dein Vater — — —?"

„Der wurde zum Major gerufen, und kurze Zeit darauf brachten sie ihn getragen. Ich hörte nur, daß er einen fürchterlichen Faustschlag erhalten hat."

„Ah — so! Sind Gäste drin?"

„Kein Mensch."

„Knecht und Magd?"

„In den Wald nach Streu gefahren."

„Der Ludwig aus dem ‚Stern' war hier?"

„Das weißt du? Er hat den Fürsten verraten und vom Vater dafür die Zusage, von mir aber eine gute Ohrfeige erhalten. Ach, Heinrich, was tu ich nur?"

„Bist du mir wirklich gut, Grete?"

„Ach, von Herzen!"

„So tue heut, was ich dir sage!"

„Ich will's!"

„Auch wenn's schwer ist?"

„Auch dann. Es kann nicht mehr so fortgehn wie jetzt. Ich laß lieber alles im Stich und geh fort, so weit mich meine Füße tragen."

„So soll es heut fest werden. Komm mit hinein zum Vater!"

„Heinrich, das geht nicht! Wenn man dich —"

„Vorwärts, Grete, ich weiß schon, was ich tu."

Er konnte getrost das Haus betreten; es war niemand vorhanden, der ihn hätte verraten können. Sämtliche Bewohner Gartows, die nicht durch Arbeit gebunden waren, befanden sich in der Nähe des Schlosses, um das unerhörte Ereignis zu betrachten, daß zwei Fürsten von Dessau gefangen seien, von denen doch nur einer der richtige sein konnte. —

Der Major, dem zwei Schwadronen zur Verfügung standen, hatte seine Vorkehrungen so gut getroffen, daß ihm der Erwartete nicht entgehen konnte. Als nun der betreffende Posten von Döring die Nachricht brachte, daß der Fürst wirklich unterwegs sei, war er seiner Sache ganz gewiß gewesen und zum Baron zurückgekehrt, um in seiner Gesellschaft den hohen Arrestanten zu erwarten.

Da erklang Pferdegetrappel vom Hof herauf; sporenklirrende Schritte ließen sich auf dem Flur vernehmen, und unangemeldet trat ein schweißtriefender Offizier ein.

„Leutnant Helmerding, woher so eilig?"

„Herr Major, wir haben ihn!"

„Wo?" rief dieser aufspringend. —

„Unten im Hof — auf der Treppe — nein, ich höre ihn schon draußen vor der Tür!"

„Laßt ihn eintreten. Das Nähere werde ich nachher wohl erfahren!"

Der Leutnant stieß die Tür auf und ließ den Gefangenen herein.

Der Major trat diesem respektvoll entgegen.

„Durchlaucht, ich habe die höchst schätzenswerte Ehre —"

„Dummheit!" donnerte es ihm entgegen. „Verdammt große Ehre, einen Gastwirt aufzugreifen und für einen Fürsten zu halten!"

Der Offizier trat betroffen zurück.

„Einen Gastwirt? Hör ich recht?"

„Frag Er nur Seine Leute! Wenn Er sich blamieren will, mich geht die Sache nichts mehr an!"

Rasch war er an der Tür zum Erkerzimmer, stieß diese auf, trat hinein, und im nächsten Augenblick bewies das Klirren von Schlüssel und Riegel, daß er sich eingeschlossen habe.

Diese entschlossene und unvorhergesehene Art und Weise, sich einem unangenehmen Verhör zu entziehen, war dem Major höchst unwillkommen. Er riß schnell das Fenster auf, befahl zwei Mann Wache mit scharf geladenem Gewehr unter das Zimmer und ließ dann den Leutnant wieder eintreten, der einen ausführlichen Bericht abstatten mußte. Der Hengst war gestolpert und war unter seinem Reiter gestürzt, wodurch dieser in die Hände seiner Verfolger geraten war.

Zachwitz befand sich in der größten Ratlosigkeit. Er konnte den Gefangenen weder vernehmen noch untersuchen lassen, da bei der Gewalttätigkeit, die dieser während des Transportes bewiesen hatte, von einem Aufsprengen der Tür nichts Gutes zu erwarten war. Und für den Fall, daß es der Fürst doch sei, war ja die möglichste Rücksicht und Schonung geboten.

„Baron," fragte er diesen, „habt Ihr ihn wiedererkannt?"

„Hm, bin mir darüber noch sehr im Zweifel!"

„Herr Leutnant, Ihr seid für jetzt entlassen. Der Hämmerlein soll kommen, aber schleunigst!"

Der Verlangte erschien nach kurzer Zeit.

„Er kennt doch den Döring ganz genau?"

„Das will ich meinen!"

„Beschreibe Er ihn mir!"

Er tat es. Die Angaben paßten genau auf den Gefangenen.

„Laß Er sich eine Leiter geben", befahl der Major mit gedämpfter Stimme, „und steig Er einmal vorsichtig zum Erkerfenster empor, um einen Blick auf den Mann zu werfen. Das soll entscheiden!"

Der Wirt folgte dem Gebot; kaum aber hatte er mit der Stirn die Fensterhöhe erreicht, so wurde ein Flügel schnell aufgerissen, und eine geballte Faust sauste mit solcher Wucht auf seinen Kopf hernieder, daß er an der Leiter herabrutschte und besinnungslos zur Erde stürzte.

Zachwitz wollte eben den Befehl erteilen, die Tür nun doch aufzusprengen, als der verabschiedete Leutnant wieder erschien.

„Halten zu Gnaden, Herr Major, ein zweiter Gefangener! Darf er eintreten?"

„Ein zweiter? Herein mit ihm!"

Heinz trat ein. Er war an den Armen gebunden. Hinter ihm erschienen seine Begleiter mit den beiden Pistolen.

„Einstweilen abtreten!" befahl ihnen der Major und wendete sich mit sichtlicher Unsicherheit an den Gefangenen. „Wie kommt es, daß man Euch gefesselt hat?"

Heinz warf einen raschen Blick im Zimmer umher. Er sah die Tür zur Erkerstube sich bewegen, in der, vom Major unbemerkt, der Fürst erschien. Dieser hatte seinen Kammerhusaren durch das Fenster erblickt. Er winkte ihm hinter dem Rücken der Anwesenden, zu ihm hinauszutreten.

„Ja", antwortete Heinz, „wie kommt es, daß man einen Gastwirt für einen Feldmarschall hält und ihn doch in schimpfliche Bande schlägt? Beantworte Er sich Seine kluge Frage selber!"

Mit zwei Schritten war er draußen beim Fürsten, und im Nu klirrte das Schloß hinter ihm. Zachwitz stand vollständig steif vor dem Baron, der ebenfalls das Öffnen des Nebenraums zu spät bemerkt hatte.

„Was sagt Ihr dazu, Herr von Bernstorff?" stieß er endlich hervor.

„Gar nichts, gar nichts; ich glaube, ich träume. Vernehmt einmal die Leute!"

Es geschah. Auch die Pistolen, die Heinz bei sich getragen hatte, wurden untersucht und als Eigentum des Fürsten erkannt. Welcher von beiden Gefangenen war nun der echte Leopold, wenn einer von ihnen es überhaupt war? Der Major beschloß, die Ankunft seiner beiden Rittmeister, die auf Inspektion geritten waren, abzuwarten und dann mit ihnen das Nötige zu beraten. Noch aber war keiner von ihnen zurückgekehrt, als der dritte Gefangene gemeldet wurde.

„Ein dritter? Das wird immer toller! Herein mit ihm!"

Döring trat ein, Zachwitz stellte sich vorsichtig zwischen ihn und die Nebenzimmertür.

„Wollt Ihr mir wohl —"

Er konnte nicht weitersprechen. Zwei Fäuste faßten ihn von hinten, während er sah, daß der Arrestant von zwei anderen blitzschnell weggezogen wurde. Dann fühlte er sich wieder frei, und als er sich umwendete, war die Tür wieder verschlossen und auch der dritte Gefangene im Erkerzimmer verschwunden.

Jetzt war es Zachwitz wirklich unmöglich, ein schallendes Gelächter zurückzuhalten. Der Baron stimmte ein. Die Lage hatte trotz ihres Ernstes auch eine so komische Seite, daß sie unbedingt zum Lachen hinriß.

In dieser Lustigkeit wurden die beiden Männer durch die Rückkehr des einen Rittmeisters, dem bald auch der andere folgte, überrascht. Der sofort gebildete Rat verhörte zunächst die Begleiter des Sternwirts und beschloß dann, die Tür mit Gewalt zu öffnen und die Gefangenen, wenn ihre Vernehmung zu keinem Ergebnis führe, unter hinreichender Bedeckung noch heute an das Hauptquartier abzuliefern.

Schon erhob sich der Major, um diesem Beschluß gemäß zu handeln, als die Tochter Hämmerleins gemeldet wurde. Sie konnte nur etwas zur Sache zu melden haben, und wurde sofort vorgelassen.

„Herr Major", bat sie, „der Vater läßt um eine sofortige geheime Unterredung ersuchen. Er hat bezüglich der Gefangenen eine wichtige Entdeckung zu machen!"

„Gut, mein Kind! Hat er sich erholt?"

„So, daß er sprechen kann, ja."

„So sag, ich komme gleich! Meine Herren, ich kehre jedenfalls bald zurück und bitte, mit den beschlossenen Maßregeln bis dahin zu warten!"

Die Unterredung mußte sehr wichtig sein; denn statt des Majors kam nach kurzer Zeit Grete wieder und bestellte in dessen Auftrag den älteren Rittmeister, dann nach einer Pause den jüngeren und endlich auch den Leutnant von Helmerding. Sie gingen nacheinander und überließen die Aufsicht über das Gefangenenzimmer zuletzt dem Baron allein, der außerordentlich gespannt auf den Ausgang der Sache war und die Rückkehr der Offiziere mit Ungeduld erwartete.

Nach und nach wurde er unruhig. Die Besatzung stand an der Grenze auf Posten oder war auf Patrouille abwesend; sämtliche dienstfreien Offiziere waren nacheinander zu Hämmerlein gegangen, und im Schloß selbst gab es kaum ein Dutzend Soldaten, auf deren Beistand er rechnen konnte, wenn es den Gefangenen einfiele, ihr Zimmer zu verlassen.

Da klangen rasche Schritte auf dem Flur; die Tür ging auf, und ein junger Offizier in der Uniform eines Dragonermajors trat ein. Den Schloßherrn erblickend, fragte er, sich verbeugend: „Herr Baron von Bernstorff?"

„Derselbe! Und wer gibt mir die Ehre?"

„Der Wachtmeister Heinrich Bellheimer, Herr Baron, der sich nur einstweilen in die Kleidung des gefangenen Majors von Zachwitz geworfen hat, um Euch zu bedeuten, daß Ihr ein Kind des Todes seid, wenn Ihr zu mucksen wagt!"

Er zog eine Pistole hervor, schritt an dem erbleichenden und vor Schreck sprachlosen Mann vorüber und schlug an die Nebenzimmertür.

„Aufgemacht!"

„Wer da?" brummte es von innen.

„Wachtmeister Bellheimer von Lenzen herüber!"

Das Schloß klang; es wurde vorsichtig geöffnet, und hinter einer kleinen Spalte erschien der Schnurrbart Heinzens.

„Mordelement, er ist's wirklich! Auf mit dem Loch!"

Er trat in das Zimmer, hinter ihm der Fürst. Bellheimer wendete sich an diesen:

„Er ist der Lieferant Hillmann?"

„Wenn Er nichts dagegen hat!" klang es schnell entschlossen. „Was will Er?"

„Seine Durchlaucht der Herr Feldmarschall Exzellenz hat erfahren, welche Gefahr Ihm einer eingebildeten Ähnlichkeit wegen droht, und mich mit einer Abteilung herübergesandt, um Ihm aus der Klemme zu helfen. Nehm Er die geborgten Pistolen, die der Major von Zachwitz hier liegengelassen hat, und komm Er mit mir. Vorwärts, Döring, heraus aus der Bude!"

Der Fürst und Heinz hatten sich in die Lage, auch ohne sie vollständig zu begreifen, sofort gefunden und verließen das Gemach, ohne den Baron mit einem einzigen Blick zu beachten. Döring wäre jedenfalls lieber zurückgeblieben, hegte aber viel zu großen Respekt vor Bellheimers Pistole, als daß er sich hätte weigern mögen.

„Herr Baron, Ihr bleibt hier an dieser Stelle, bis ich wiederkehre!“ befahl der Wachtmeister kurz und folgte dann den Voranschreitenden nach.

Unten standen, von zwei Soldaten gehalten, vier gesattelte Pferde.

Der Fürst machte dem Wachtmeister Augen, als wollte er ihn mit ihrem Blick in Flammen setzen, saß aber mit Heinz sofort im Sattel.

„Kann Er reiten?“ fragte Bellheimer den Sternwirt.

„Ja“, erwiderte dieser kleinlaut.

„So steig Er auf! Ich voran, Er in der Mitte, und die beiden da hinter Ihm!“

In scharfem Trab ging es vom Schloß fort, durch den Flecken und hinaus ins freie Feld. Am Weg stand Grete mit einem Bündel in der Hand.

„Komm herauf zu mir!“ meinte der Wachtmeister, indem er ihr die Hand herniederstreckte.

„Was soll das Mädchen?“ fragte Leopold.

„Werd's nachher sagen!“

Wieder vorwärts ging es, so scharf wie möglich durch die Felder und den Wald, an der einsamen Schenke vorüber und immer weiter, ohne daß sich ein feindliches Wesen sehen ließ. So erreichte man endlich die Elbe unterhalb Mödlich. Ein Kahn lag hart am Wasser, es wurde abgestiegen. Bellheimer trat zum Fürsten.

„Darf Döring wissen, mit wem er gefangen war?“

„Nein.“

„So bitte ich vorauszufahren. Ich komme mit ihm nach und werde ihn dem Herrn Oberstwachtmeister von Dennau abliefern.“

„Und das Mädchen?“

„Wird jetzt mit rudern und mir dann den Kahn herüberbringen.“

So geschah es.

Auch hier ließ sich kein Hannoveraner sehen. Drüben stand ein preußischer Posten. Er rief den Kahn an, bekam die Losung, und ließ die beiden Männer passieren. Grete brachte das Fahrzeug zurück. Die Pferde wurden an den Stern gekoppelt, wo Bellheimer, das Steuer führend, sie beaufsichtigte. Döring mußte mit zum Ruder greifen; so gelangte man glücklich hinüber. Hier wurden die Tiere an das Gesträuch gebunden, um später abgeholt zu werden; dann nahm Bellheimer seinen Gefangenen fest am Arm und schritt mit ihm und dem treuen Mädchen dem nahen Lenzen zu.

Dort angekommen, fanden sie die Schwadron des Rittmeisters von Galen, die zum Ausrücken bereit gewesen war, soeben aber den Befehl erhalten hatte, wieder abzusitzen.

Kaum hatte er den Sternwirt abgeliefert, so wurde er zum Fürsten beordert. Er fand ihn allein.

„Bellheimer, Er Himmeltausendschwerenöter, wie hat Er denn aber das alles fertiggebracht?" wurde er von ihm empfangen. „Er hat ja alle neunundneunzigtausend Teufel im Leib!"

Der Wachtmeister erstattete eingehend Bericht. Grete hatte sich am Schloß nach der Lage der Gefangenen erkundigen und dann die Offiziere holen müssen. Diese waren einzeln, wie sie kamen, von Bellheimer überwältigt worden. Den Major, der eine ihm ähnliche Gestalt besaß, hatte er zum Kleiderwechsel gezwungen, ihn und seine Kameraden durch Fesseln unschädlich gemacht und sich dann auf das Schloß begeben. Dort hatten die in diesem Augenblick herrenlosen Soldaten seine Befehle in der Meinung, er sei vom Hauptquartier gesandt, sofort befolgt. Es waren ihrer nur wenige gewesen, deren Mehrzahl er mit Befehlen an die Außenposten schickte, um sich den Rückweg frei zu machen; die anderen hatten ihm die Pferde der vier mit Hämmerlein eingeschlossenen Offiziere satteln müssen.

Der Fürst hörte mit immer wachsender Bewunderung zu.

„Bellheimer, Er ist ein ganzer Kerl, Er ist ein ganz gefährlicher Halunke, vor dem man sich in acht zu nehmen hat. Darum soll Er von heut an stets in meiner Nähe sein. Will Er Leutnant werden?"

„Exzellenz —"

„Schon gut! Er tritt aus dem Regiment und wird als Offizier mein Zeltmeister. Verstanden?"

„Zu Befehl, Exzellenz! Ich weiß nicht, wie ich —"

„Maul gehalten, Er Schwerenöter! Und Sein Mädchen, das um Seinetwillen den Vater im Stich gelassen, der allerdings den Strick verdient, soll auch mit mir zufrieden sein. Was sie heut verloren hat, das soll ihr die Ausstattung wiederbringen, für die ich Sorge tragen werde. Schick Er sie bis zur Hochzeit nach Dessau! Ich will ihr ein paar Worte an meine alte Anneliese mitgeben, die für sie sorgen wird. Den Sternwirt hat Er doch richtig abgeliefert?"

„Zu Befehl, ja!"

„Schön! Den will ich lehren, unsre Landeskinder an den Feind zu verkaufen! Wart, er soll den feinsten Strick bekommen, der zu finden ist, und seinen Jungen, den Verräter, den werde ich bei der Parabel nehmen, daß ihm die Grete vergehn soll! Jetzt aber mach Er, daß Er fortkommt; sonst sitzt und schwitzt und wartet Seine Grete auf Ihn bis zum jüngsten Tag, gleich wie der Bernstorff in Gartow."

Die Frau des Oberstwachtmeisters hatte sich der Grete liebreich angenommen und ihr für jetzt ein Obdach bei sich eröffnet; Bellheimer mußte sich bei der freundlichen Dame bedanken.

Dann aber ging's zu Heinz, der schon mit Ungeduld und längst auf ihn gewartet hatte.

„Mordelement, läßt Er mich ewig sitzen! Gleich komm

Er her hier neben mich und erzähl Er, wie es Ihm gelungen ist, uns aus der Tinte herauszufischen!"

Der Bericht begann von neuem, und der alte, brave Leibhusar war ein ebenso aufmerksamer Zuhörer wie der Fürst.

„Bomben und Granaten, ist Er ein Mordskerl, Bellheimer! Ich bin Ihm immer gut gewesen; jetzt aber muß ich Ihn gradzu umarmen. So! Und nun will ich Ihm nur eins noch sagen, Wachtmeister —"

„Halt; es hat sich ausgewachtmeistert, Heinz!"

„Wieso?"

„Weil ich von jetzt an Zeltmeister Seiner Durchlaucht mit Leutnantsrang bin."

„Ist's wahr, Goldjunge? Viktoria, der Knoten ist gerissen; wer weiß, was nun noch alles aus Ihm wird! Aber freilich verdient hat Er's reichlich, denn kein Mensch darf wissen, in welch ein saubres Loch wir uns geritten haben, und die Sache muß Geheimnis bleiben."

„Ich werde zu schweigen wissen!"

„Ja, ja, das weiß ich; aber das Mädel, die Grete?"

„Die ebenso wie ich!"

„Will's hoffen! Er hat sich da etwas ganz Extrafeines herausgelesen, das muß man sagen. Das Mädel ist verteufelt nett und sauber, grad wie — wie die junge Witfrau, bei der wir damals Anno vier im Quartier lagen, nämlich ich und die Dorchlaucht. Es ging damals gegen die Bayern und Franzosen, und sie hatte wahrhaftig ein Auge auf mich geworfen, so daß ich oft kaum wußte, wohin ich sehn sollte. Eines Tags nun steh ich unter der Tür und putze grad mein Lederzeug, da kommt sie die Treppe herab und macht mir ein Gesicht, als ob es gleich zum Altar gehn sollte. Ich streckte auch schon alle zehn Finger nach ihr aus, da galoppiert es die Straße herauf, hält vor dem Haus, und wer steigt ab? — Eine Ordonnanz vom Prinzen Eugenius, die den Befehl bringt, daß —"

„Darf ich eintreten?“ fragte es da schüchtern am Eingang. Es war Grete, die den Geliebten suchte.

Heinz hatte rechtes Unglück mit seiner Lieblingsgeschichte. Er brachte sie nie weiter als bis zu dem Befehl des Prinzen Eugenius. Doch war er auch jetzt zu gutmütig, als daß er dem Störenfried hätte zürnen können. Er nickte Grete vielmehr freundlich zu und meinte:

„Ja, komme Sie nur immer herein, Jüngferchen; dem Wachtm — wollte sagen, dem Herrn Leutnant wird's heut abend lieber sein als mir damals Anno vier; und Ihr kleines Plapperment hört er gewiß zehnmal lieber als die Beschreibung von meiner jungen Witfrau — die sich allerdings auch sehn lassen konnte!“

PANDUR UND GRENADIER

(1742)

Der Pandur

Erblüht die Blume im Gefild
  Und in des Haines tiefer Ruh.
Es treibt in ihr, es glüht und schwillt;
  Es strebt ihr Haupt dem Himmel zu.
Sie sendet Grüße dir empor,
  Maria, Himmelskönigin,
Und leise klingt es mir ins Ohr,
  Daß ich auch deine Blume bin.
Es tönt im dunklen Waldeshag
  Und an des Baches grünem Rand
Der Vögel heller Frühlingsschlag
  Allüberall durchs weite Land.
Sie senden Grüße dir empor,
  Maria, Himmelskönigin,
Und leise klingt es mir ins Ohr,
  Daß ich auch so ein Vöglein bin.
Es ziehen Pilger zum Gebet
  Den schattenreichen Weg entlang,
Und dort, wo die Kapelle steht,
  Ertönt des Glöckleins heller Klang.
Sie senden Grüße dir empor,
  Maria, Himmelskönigin,
Und leise klingt es mir ins Ohr,
  Daß ich auch so ein Pilger bin!

So klangen die Worte des bekannten, einfach schönen Wallfahrtsgesanges zweistimmig aus dem Nachbargarten herüber, wo sich heute am Sonntag die jungen, hübschen Mädchen von Studenetz bei Schneeglöckchen und Märzviolen zusammengefunden hatten. Sie alle, im Frühling ihres Lebens stehend, glichen selbst jenen Blumen, die verkünden wollen, daß die große Erdenfreundin Sonne ihre Herrschaft nun wieder antreten werde, um die Starrheit des Winters zu lösen und den schlafenden Fluren ein neues Gewand anzulegen.

Am Gartenzaun der Erlenmühle stand einer, der diesem Gesang mit sichtbarer, inniger Rührung lauschte. Sein Anzug war sehr bescheiden zu nennen, und der Spieß, den er in seiner Hand hielt, ließ in ihm den Biric, den Wächter oder Büttel des Dorfes erkennen. Er hatte einen hölzernen Stelzfuß, und über die Stirn lief ihm die Narbe eines Säbelhiebes; sie verlieh seinen guten, ehrlichen Zügen einen sehr streitbaren Ausdruck. Als die Mädchen ihr Lied beendet hatten, fuhr er sich mit der Hand nach dem Auge und murmelte:

„Hm, ich glaube gar, das hat mein altes Herz ergriffen! Ja, dieses Lied sang meine Emilka, als wir uns zum erstenmal sahen, wo sie mir dann gleich so kurz entschlossen sagte, daß ich sie heiraten solle. Ich hätte das nicht gewagt! Sie muß mir doch sofort außerordentlich gut gewesen sein! Aber der Müller klatscht mir, er hat mich bemerkt, und da muß ich hinein!“

In der Erlenmühle standen die Fenster der Wohnstube offen, und der Müller saß in einem Lehnstuhl, dessen Beine mit kleinen Rädern versehen waren. Er war eine ungeschlachte, roh zugehackte Gestalt, deren Gesichtszüge von ungeübter Hand aus Holz geschnitzt zu sein schienen. Eine Lähmung hatte infolge einer Erkältung seine Beine ergriffen, so daß er nur mit Mühe zu gehen vermochte; so war er gezwungen, sich eines Rollstuhls zu bedienen. In der Rechten hielt er eine Peitsche. Sie war der Schrecken aller Leute, die in untergeordneter Stellung mit ihm verkehren mußten.

Er war reich, dieser Erlenmüller, nach den Verhältnissen seiner Umgebung sogar sehr reich, und er verachtete alle, die mit dem kargen Leben um ihres Leibes Nahrung und Notdurft zu ringen hatten. Diese Geringschätzung traf zunächst natürlich diejenigen, die persönlich mit ihm in Verkehr oder sogar in seinem Dienst standen. Der Zustand seiner Beine verhinderte ihn, sie in der gewöhnlichen Weise zu beaufsichtigen, aber seine scharfen Sinne, seine Augen und Ohren waren stets bei ihnen, und es gelang selten einem seiner Untergebenen, ihn zu täuschen. Er herrschte unbeschränkt, und sein Zepter war — die Peitsche. Wer sich diese nicht gefallen lassen wollte, konnte gehen; es kamen um des hohen Lohnes willen, den er zahlte, genug andere, die sich mit süß-sauerer Miene diesem Zepter unterwarfen.

Er hatte jetzt einsam und allein in der Stube gesessen und den Gesang vernommen, dessen Töne durch die geöffneten Fenster zu ihm hereingedrungen waren; er hatte auch den Büttel am Zaun stehen sehen und gab ihm nun durch ein Peitschenknallen das Zeichen, daß er mit ihm sprechen wolle. Der Büttel kannte dieses Zeichen; er hatte mit dem Müller, der Ortsrichter war, in amtlichen Angelegenheiten öfters zu verkehren und war daher gezwungen, sich in die Eigentümlichkeiten seines Vorgesetzten zu schicken.

Als er eintrat und grüßte, deutete der Müller mit der Spitze seines Peitschenstiels auf einen ihm nahen Punkt der Diele und gebot:

„Stell dich hierher, Matthias! Hast du die Mädchen singen hören?“

„Ja“, lautete die Antwort.

„Wer sang den schönen Baß dazu?“

Der Richter hatte weder Harmonielehre noch Kontrapunkt studiert; er verwechselte ganz ohne Verletzung seines unmusikalischen Gewissens den Alt mit dem Baß.

„Agnes Engelmann ist es gewesen“, berichtete der Büttel.

„Sie war mit dabei?“ brauste der Müller auf, indem

er mit der Peitsche klatschte, als wolle er einem störrischen Zugtier einen Hieb erteilen. „Das soll sie doch nicht! Ich hab ihr verboten, dergleichen Kindereien mitzumachen. Sind etwa junge Burschen mit drüben?“

„Kein einziger! Ihr wißt ja, Richter, daß sie sich bei einer solchen Zusammenkunft niemals beteiligt. Sie ist das schönste und bravste Mädchen im Dorf und, wenn sie auch arm ist, so braucht sie doch keinem Burschen nachzulaufen.“

„Nein, das braucht sie nicht, und das darf sie auch nicht! Ich bin ihr Pate und will doch sehn, ob ich ihr nicht gradso zu befehlen hab wie ihr Vater, der ihr so vieles zuläßt, was sich für ein ordentliches Mädchen nicht schickt.“

Der Wächter räusperte sich und meinte in bescheidener Entgegnung:

„Ich wüßte nicht, was sie für eine Unschicklichkeit begangen — — —“

„Schweig!“ unterbrach ihn der Müller, indem er ihm die Peitsche zornig um die Beine knallte. Der Büttel schien an diese Art Liebkosung gewöhnt zu sein und fing den Hieb gewandt mit seinem hölzernen Stelzfuß auf.

„Ist es für sie etwa schicklich, zum Tanz zu gehn, und mit dem Jungvolk wie unsinnig herumzuspringen?“

„Ist es denn eine gar so große Sünde, einmal —“

„Schweig!“ gebot der Richter abermals, indem er ihm einen zweiten Hieb versetzte. „Sie weiß, daß sie nicht dorthin gehört, denn es gibt gesetzte Männer, an die sie sich zu halten hat, und die eine solche Kinderei nicht vertragen können.“

„Darf ich wohl fragen, wer diese gesetzten Männer sind?“ erkundigte sich Schulazek im unterwürfigsten Ton, jedoch mit einer Miene, in der eine kleine Ironie nicht ganz zu verkennen war.

„Schweig!“ befahl der Erlenmüller zum drittenmal,

und jetzt traf seine Peitsche den Frager an einer empfindlichen Stelle. „Pack dich hinaus, und schicke sie mir einmal her! Ich hab mit ihr zu reden."

Der Büttel gehorchte, drehte sich aber unter der Tür, wo ihn die Peitsche nicht mehr erreichen konnte, um und fragte:

„Wenn sie nun wissen will, was Ihr mit ihr zu reden habt, was soll ich da sagen?"

„Kerl, willst du gehn oder nicht?" brauste der Gefragte auf, und da die Peitsche zu einem seinem Zorn angemessenen Hieb zu kurz war, so warf er sie ihm nach. Sie traf nur die Tür, die der Wächter schnell hinter sich zugezogen hatte.

Dieser humpelte zur Mühle hinaus und wandte sich nach dem Zaun des Nachbargartens. Dort saßen die plaudernden Mädchen in der Fliederlaube, die sich bereits mit dem Grün des Frühlings geschmückt hatte. Auf seinen Ruf kam eins von ihnen herbei; er grüßte freundlich und reichte die Hand hinüber.

„Grüß Gott, Agnes! So ist's recht; wenn man des Werktags brav geschafft hat, so darf man des Sonntags lustig sein. Was macht der Vater?"

„Der hat noch keinen Sonntag. Er arbeitet."

„Er arbeitet? Ist's denn so eilig?"

„Ja, der Erlenmüller will noch heut die neue Jacke haben, die ihm der Vater zu machen hat."

„Ich konnte mir denken, daß dieser es ist. Ein andrer würde deinen Vater nicht zwingen, am heiligen Sonntag zu arbeiten. Ich war jetzt drüben bei ihm. Er hat euern Gesang gehört und schickt mich zu dir, daß du sogleich einmal zu ihm kommen sollst."

„Was soll ich denn bei ihm?"

„Ich weiß es nicht. Er war zornig darüber, daß du gesungen hast."

Über das Angesicht des Mädchens zog ein tiefer Schatten, und es bemerkte im unmutigen Ton:

„Ja, wenn es nach dem Herrn Paten ginge, so würde ich bei ihm eingeschlossen, und er hielt noch obendrein die Wache vor der Tür. Ich werde einmal sehn, was er mir zu sagen hat."

„Viel Kluges ist es nicht, Agnes; das kann ich mir leicht denken", meinte der Veteran. „Schau, die alte selige Muhme deiner Mutter ist die Großmutter von meines Schwagers Base gewesen, und darum gehörst du in meine Verwandtschaft, und ich meine es gut und aufrichtig mit dir. Der Erlenmüller möchte gern eine junge Frau, die ihn pflegen soll, und wen er damit meint, das wirst du wissen. Die Müllerin wird eine reiche Frau sein, glücklich aber nicht. Das sag ich, und das sagt auch meine Emilka, und was die sagt, das hat guten Grund und Nachdruck. Und daher meine ich, daß es besser ist, arm zu bleiben, als elend und unglücklich zu werden. Merk dir das!"

„Du hast recht, Vetter Schulazek! Aber weißt du nicht, daß mein Vater dem Richter über zweihundert Gulden schuldig ist?"

„Ich weiß es. Willst du dich verschachern lassen?"

„Wie kannst du so fragen, da du den Vater kennst! Der Müller ist mein Pate und meines Vaters Gläubiger, aber das wird weder mich noch den Vater zwingen, etwas zu tun, was wir später bereuen könnten."

Sie reichte ihm die Hand und ging.

Er sah ihr nach, als sie den Garten verließ und nach der Mühle schritt.

„Hm", meinte er für sich, „an der wird sich der Richter verrechnen. Die ist gradso herzhaft wie meine Emilka. Schade wär's aber auch um sie, jammerschade! Die sollte eigentlich einen Mann bekommen, einen — ei — nen — hm, so einen Unteroffizier, einen Feldwebel; eigentlich brauchte sich sogar ein Hauptmann nicht mit ihr zu schämen. Ein Blitzmädel! Das liegt so im Blut und in der Verwandtschaft; unsere Freundschaft hat lauter tüchtige Männer und lauter tapfre Weiber aufzuweisen."

Wer das hoch und kräftig gewachsene Mädchen so leicht und doch so sicher dahinschreiten sah, der konnte allerdings vermuten, daß sie das notwendige Maß von Selbstbewußtsein besitze. Ihre jugendlich frische Schönheit bedurfte keiner künstlichen Mittel, um zur Geltung zu kommen, und wenn ihr Inneres mit diesem Äußeren übereinstimmte, so war der Mann, der sie sich zu erringen verstand, gar wohl glücklich zu nennen.

Sie trat beim Müller ein und grüßte.

„Gib mir einmal die Peitsche her!" befahl er, anstatt den freundlichen Gruß zu erwidern. „Schade, daß ich den Wächter nicht getroffen habe; er hatte sie verdient."

Sie hob die Peitsche auf und lehnte sie in die Ecke.

„Her damit!" gebot er. „Was soll sie dort?"

„Und was soll sie in Eurer Hand, Pate?" fragte sie ruhig. „Oder habt Ihr etwa vor, hier in der Stube Gänse zu hüten?"

„Schweig!" rief er ihr zu. „Du weißt, daß ich sie brauche. Dieses Gesindevolk ist nur mit der Karbatsche zu bemeistern!"

„Jetzt ist keiner von den Leuten da, und für mich braucht Ihr hoffentlich die Peitsche nicht! Ihr habt mich rufen lassen, Pate. Was soll ich hier bei Euch?"

„Was du sollst?" fragte er mit gemachtem Erstaunen. „Das fragst du noch? Ja, der Pate muß hier in Schmerz und Jammer sitzen, während da draußen der Bruder Lustig herrscht. Da wird gesungen und jubiliert, als ob es in der ganzen Welt keinen Kranken gäbe, und wer eine Pflicht hat, der muß erst durch den Wächter an sie erinnert werden!"

Agnes nahm auf einem Stuhl Platz und antwortete ruhig:

„Mit dieser Strafrede werde wohl ich gemeint sein; aber wenn der Herr Pate einmal nachdenken will, so wird er finden, daß er unrecht hat. Einen Bruder Lustig hab ich da draußen nicht gesehn; wir haben ein frommes Wallfahrtslied gesungen, und das ist keine Sünde. Und meine Pflicht kenn ich so genau, daß niemand notwendig hat, mir ihretwegen den Wächter zu senden. Ich muß für die Eltern sorgen und hab wohl auch den Herrn Paten zu ehren, aber seine Dienstmagd bin ich nicht. Ich war heut bereits schon einmal da; was gibt es so Notwendiges zu tun?"

„Nichts gibt's zu tun; aber hier bei mir sitzen sollst du und nicht da draußen bei den Schreihälsen, die sich doch nur ihre Burschen herbeisingen wollen!" erklärte der Müller.

„Davon ist keine Rede gewesen", antwortete Agnes. „Aber wenn Ihr Euch zu einsam fühlt, so bleibe ich gern ein Stündchen da; nachher muß ich wieder bei der Mutter sein."

Sie erhob sich von ihrem Sitz und trat an ein kleines Wandschränkchen, das sie öffnete.

„Was suchst du dort?" fragte der Müller hastig.

„Das Legendenbuch; ich will Euch etwas vorlesen."

„Das laß nur bleiben! Du fürchtest dich wohl gar vor mir, da du dich hinter die Legende verbarrikadieren willst?"

„Ich fürchte mich vor keinem, auch vor Euch nicht, obgleich Ihr es versteht, die Leute scheu zu machen. Und die Legende, die Ihr nicht haben wollt, die lese ich Euch dennoch vor. Ihr seid nicht in der Kirche gewesen, und da ist es grad recht, daß Ihr etwas Frommes zu hören bekommt!"

Das entschlossene Mädchen setzte sich wieder nieder und schlug das Buch auf, der Müller aber wehrte mit beiden Händen ab.

„Ich mag aber diese Geschichten nicht hören! Wenn du anfängst, so rufe ich den Knecht; der muß dich hinauswerfen!"

„So kann ich ja lieber gleich vorher gehn!" erwiderte Agnes. Sie schlug das Buch zu und stand auf, um sich zu entfernen.

„Bleib!" gebot er. „Ich hab dich rufen lassen nicht der Legenden wegen, sondern um mit dir zu reden. Weißt du, daß heut abend Tanz gehalten wird?"

„Ja."

„Wirst du gehn?"

„Ja."

„Also wirklich? Gehn willst du?" rief er. „Ich sage dir aber, daß du nicht gehn wirst. Ich verbiete es dir!"

Sie schüttelte lächelnd den Kopf und antwortete:

„Da hat sich der Herr Pate doch gar sehr verändert. Er ist früher der flotteste Tänzer gewesen und hat sogar drei Wochen nach dem Tod der Frau Patin bereits wieder getanzt. Warum ist denn nun jetzt so plötzlich das Tanzen ein so schlimmes Ding geworden? Es ist bereits über ein Jahr vergangen, seit ich von meinem Dienst in Halberstadt wieder daheim bin, und in dieser Zeit hab ich nur zweimal den Tanzboden betreten. Auch heut wollt ich nicht gehn, aber die Eltern sagten, daß ich mir auch eine Freude machen und mich nicht immer vor den Leuten verstecken soll wie eine, die kein gutes Gewissen hat. Da sieht der Herr Pate wohl ein, daß ich es dem Vater nicht abschlagen kann, wenn er mich mitnehmen will."

„Ah, dein Vater will gehn?"

„Ja, mir zuliebe, denn ohne ihn tu ich es nicht."

„Also, um in das Wirtshaus zu gehn, hat er Geld? Er mag zuvor kommen und mich bezahlen, der Lump! Er darf — — —"

„Hört, Pate", unterbrach ihn das Mädchen schnell, „wenn Ihr den Vater schimpft, so habt Ihr es mit mir zu tun! Meine Eltern sind wenigstens ebenso brav wie der reiche Erlenmüller, und ich leid es nimmermehr, daß Ihr ein solches Wort gegen sie gebraucht!"

„So!“ dehnte der Müller. „Was willst du denn dagegen tun?“

„Wenn es ein andrer wäre, so würde ich ihn heimzuschicken wissen, obgleich ich kein Raufbold, sondern ein Mädchen bin; da es aber der Herr Pate ist, so kann ich nichts tun als gehn.“

„Bleib!“ gebot er ihr. „Wenn du die Widerspenstige spielst, so sollst du sehn, was ich tu! Oder denkst du etwa, daß ich nicht die Macht hab, dich gehorsam zu machen?“

Jetzt nahm ihr Gesicht einen sehr ernsten Ausdruck an; sie trat nahe an ihn heran, legte ihm die Hand schwer auf den Arm und sagte:

„Ich weiß, welche Macht Ihr meint; es ist keine gute. Schämt Euch, Pate, auf eine solche Weise den Tyrannen zu spielen! Mein Vater hat ein weniges zurückgelegt, und ich hab meinen sauer verdienten Lohn dazugetan; auf diese Weise sind hundertfünfzig Gulden zusammengekommen. Der Vater hat sie Euch geben wollen; Ihr aber habt sie nicht genommen, sondern die ganze Summe verlangt. Das ist nicht der richtige Weg, sich Liebe und Achtung zu erwerben. Ich müßte blind sein, wenn ich nicht bemerken sollte, welchen Zweck Ihr verfolgt; auf diese Weise aber kommt Ihr nicht zum Ziel; das sag ich Euch!“

„Nicht?“ höhnte er. „Und wenn ich nun deinen Vater einsperren lasse? Ich hab den Wechselbrief in der Hand.“

„Ja, das ist auch so eine rechte Bosheit von Euch gewesen. Der Vater hat geglaubt, er unterschreibe einen gewöhnlichen Schuldschein, und anstatt dessen ist es ein Wechsel gewesen; er hat das nicht gekannt, und nun er die Summe nicht bezahlen kann, soll er in Arrest kommen. Ihr seid der Pate, und darum will ich nicht sagen, was ich denke, aber der liebe Gott wird schon noch in Euer Gewissen greifen, und dann — — —“

„Schweig!“ donnerte er. „Mein Gewissen ist mein,

und darein soll mir niemand greifen. Dein Vater wird heut kommen, um mir die Jacke zu bringen, und da werde ich einmal ernstlich mit ihm reden. Wenn du heut abend den Tanz besuchst, so ist es aus mit euch; das merke dir!“

Noch ehe das Mädchen antworten konnte, entstand draußen ein Geräusch von Waffen; die Stubentür wurde aufgerissen, und es traten drei Männer herein, die in die überall gefürchtete rote Pandurenuniform gekleidet waren.

„Wohnt hier Stephan Noak, der Richter von Studenetz?“ fragte einer von ihnen, der die Abzeichen eines Unteroffiziers trug. Er hatte es gar nicht nötig gefunden, vor seiner Frage einen Gruß auszusprechen.

„Der bin ich“, antwortete der Müller.

„So! Könnt Ihr nicht aufstehn, wenn man mit Euch spricht?“

Der sonst so gewalttätige Müller schien diesen Leuten gegenüber seinen ganzen Mut verloren zu haben. Er versuchte, sich auf die Füße zu stellen, sank aber unter einem schmerzhaften Stöhnen sofort wieder nieder.

„Ich kann ja nicht“, antwortete er. „Ich habe das Kalte in den Beinen!“

„So seht Euch vor, daß wir es Euch nicht warm machen! Verstanden?“ bemerkte der Unteroffizier in barschem Ton. „Wer ist der vornehmste Mann in diesem Dorf?“

„Ich!“ lautete die einigermaßen selbstbewußte Antwort.

„So werden wir zu Euch den Herrn Oberst legen müssen.“

„Welchen Oberst?“

„Kennt Ihr unsre Uniform denn nicht? Ich meine den Panduren-Oberst Freiherrn von der Trenck.“

Die Augen des Müllers wurden größer, und auch sein Mund öffnete sich vor Schreck.

„Den Trenck?“ rief er. „Gott sei uns gnädig!“

„Ja“, lachte der Unteroffizier, „Gott mag Euch gnädig sein, wenn Ihr Euch nur das geringste zuschulden kommen laßt. Ihr habt doch wohl schon von dem Trenck gehört? Der fackelt nicht!“

„Ich denke, der ist in Bayern“, wagte der Richter zu bemerken.

„Da ist er gewesen. Nun aber hat er einen kleinen Spaziergang nach Böhmen gemacht, um auch Euch einmal eine Freude zu bereiten. Heut gilt's nur einer Erkundung, die der Oberst in eigner Person zu unternehmen geruht. Er kommt mit nur zwei Leutnants und der nötigen Dienerschaft; morgen geht's wieder fort. Aber das ist Geheimnis. Wenn es verraten wird, so kostet's Euch den Kopf. Ich hoffe, daß Ihr gut kaiserlich seid und nicht etwa mit den Preußen Verbindung habt! Wer ist denn das Jüngferchen hier?“

„Sie ist mein Patenkind.“

„Von hier?“

„Ja.“

„Was ist ihr Vater?“

„Er ist Schneider.“

„Pfui Teufel, wie könnte ich nur ein Schneider werden! Aber eine hübsche Tochter hat er, und ich werde mich zu ihm einquartieren.“

Dies paßte dem Richter nicht in das Spiel; er bemerkte daher:

„Die Eltern sind blutarme Leute, Herr Unteroffizier; es gibt ja reiche Bauern genug, bei denen Ihr viel besser aufgehoben seid!“

„Das geht Euch nichts an! Verstanden? Ich werde mir jetzt das Dorf betrachten, und dann soll es sich finden, wo die Herren Leutnants und die übrigen wohnen. Aber das sag ich Euch, Richter, laßt es an nichts fehlen; der Trenck macht keinen Spaß!“

Er warf sein Zeug ab und entfernte sich mit den beiden. Jetzt schlug der Müller die Hände zusammen und jammerte:

„Ist's möglich? Der Trenck! Der ist ja schlimmer als der Teufel selbst! Und ich kann nicht auf, ich kann nicht laufen! Mein Haus, mein Vieh, mein Geld! Agnes, spring rasch und hol den Wächter; ruf meine Leute zusammen und komm dann wieder! Du darfst heute nicht fort; ich kann dich ganz unmöglich entbehren!"

Das Mädchen knüpfte ihr Vortuch fester und antwortete:

„Den Wächter sollt Ihr haben und das Gesinde auch, was aber mich anbetrifft, so kann ich nicht wiederkommen. Ihr habt ja gehört, daß sich der Unteroffizier zu uns gemeldet hat, und da kann die kranke Mutter ohne mich nicht auskommen. Ich werde schnell laufen!"

„Schweig!" gebot er ihr. „Wenn ich dir befehle —"

Sie hörte seine weiteren Worte nicht mehr; sie eilte hinaus, um den ersten Teil seines Auftrages zu erfüllen. Als dies erledigt war, schritt sie ihrer Wohnung zu, die am äußersten Ende des Dorfes lag. In einiger Entfernung vor sich erblickte sie einen Mann; in langsamen Schritten spazierte er durch das Dorf. Es mußte ein Fremder sein, obgleich er die Tracht der dortigen Gegend trug. Seine Gestalt war beinahe riesig zu nennen, fiel aber gar nicht unangenehm in die Augen, da der Gliederbau harmonisch war. In der Rechten schwang er wie spielend einen Knotenstock, dessen Gewicht einem anderen gewiß mehr zu schaffen gemacht hätte, und wer ihn so langsam, sicher und gewichtig dahinschreiten sah, der konnte sich leicht sagen, daß dieser Enaksohn eine wahre Bärenkraft besitzen müsse.

Da Agnes eilte, so kam sie ihm immer näher. Im Vorübergehen wollte sie ihn grüßen, und auch er wandte sich ihr zu, da er ihre nahenden Schritte vernommen hatte. Beider Blicke fielen aufeinander, und beide blieben sogleich in höchster Überraschung stehen.

„Agnes!“ rief er.

„Wilhelm!“ rief sie, und zwar unter einem freudigen Leuchten ihrer großen, schönen Augen. „Herrgott, wie kommst du nach Studenetz?“

„Weil ich Sehnsucht nach dir hatte, meine Agnes“, antwortete er mit einem Lächeln des Glücks in seinem treuen, aufrichtigen Gesicht. „Ich hab mir Urlaub genommen und — — —“

„Urlaub?“ unterbrach sie ihn. „In Jesu Namen, ich hab gehört, die Preußen sind in Böhmen eingedrungen. Bist du etwa mit dabei?“

„Freilich“, antwortete er.

„Wo steht ihr denn bereits?“

„Hm! Das darf ich dir leider nicht sagen. Es ist Krieg!“

„Oh, welche Angst ich da bekomme! Wenn man dich hier sieht, bist du verloren!“

„Wohl nicht sogleich“, meinte er mit einem lächelnden Blick an seiner Herkulesgestalt hernieder. „Man kennt mich ja hier nicht, und ich hoffe auch, daß keine Feinde in Studenetz stehn.“

„Sie sind noch nicht da, aber sie kommen“, bemerkte sie voller Angst.

„Wer denn? Reiter? Infanterie?“

„Die Panduren — — —“

„Ah!“ machte er erstaunt. „Stehn diese Kerls bereits hier oben? Aber komm schnell! Man hat uns noch nicht bemerkt, und unter solchen Umständen ist es besser, wenn unser Gespräch unbeobachtet bleibt.“

Sie hatten sich allerdings zufälligerweise an einem menschenleeren Teil der Dorfstraße getroffen. Er nahm sie bei der Hand und schlüpfte mit ihr in einen schmalen Heckenweg hinein, der zwischen zwei Gärten hinaus auf die Felder führte. Da draußen fanden sie hinter einem dichten Holundergebüsch einen Platz, wo sie unbemerkt plaudern konnten.

Erst dort war ein herzlicheres Willkommen möglich, und dann meinte der Fremde:

„Agnes, ich hab mir unser Wiedersehn ganz anders gedacht, aber da du von Panduren redest, so hab ich zunächst auf meine Sicherheit zu sehn. Wann werden sie kommen?"

„Heut, sehr bald."

„Wie viele?"

„Der Trenck, zwei Leutnants und die Bedienung."

„Der Trenck!" rief der Fremde fast zu laut für ihre gegenwärtige Lage. „Der Trenck? Der wilde Trenck selbst? Ah, und mit so wenig Gefolge? Entweder ist das eine einfache Erkundung, oder es steckt irgendeine Teufelei dahinter! Wo wird er wohnen?"

„Bei meinem Paten, dem Richter. Er ist bis morgen da."

„Beim Richter, von dem du mir so wunderschöne Sachen geschrieben hast? Den muß ich mir einmal ansehn!"

„Um Gottes willen, tu das nicht!" bat das Mädchen. „Du weißt gar nicht, wie gefährlich das für dich ist."

Sie gab ihm nun ein deutliches Bild von dem Charakter und dem Verhalten des Richters, und merkte dabei nicht, daß sie durch die Beantwortung seiner dabei eingestreuten Fragen gewissen Zwecken diente, von denen sie gar keine Ahnung hatte. Sie schloß endlich:

„Du weißt, wie sehr ich mich nach dir gesehnt hab, aber da du hier so große Gefahr läufst, so bitte ich dich, ja nicht länger hierzubleiben. Ich würde vor Angst sterben, wenn die Panduren dich in ihre Hand bekämen. Du würdest sicherlich als Spion aufgeknüpft!"

Er zog lächelnd seine Uhr und schien in Gedanken nachzurechnen.

„Ich will dir den Willen tun", sagte er dann, „aber nur in dem Fall, daß du mir auch einen Gefallen tust."

„Welchen?"

„Du gehst heut abend unbedingt zum Tanz!“

„Aber der Pandur, der bei uns wohnt, wird dann auch mitgehn!“

„Was schadet das? Willst du?“

„Ja.“

„Im letzten Haus wohnst du?“

„Im letzten dort.“

„Und wo ist die Mühle?“

„Da rechts hinter den vier hohen Erlen; daher heißt sie ja auch die Erlenmühle.“

„Also du gehst zum Tanz, tanzest aber mit keinem Menschen! Verstehst du wohl! Ich hab meinen Grund dabei. Und wenn ich ja nicht bald wiederkommen sollte und der Müller macht euch Sorge, so nimm hier das und bezahle den Menschen. Ich hab es von meinem Gehalt gespart; du kannst es mit gutem Gewissen annehmen.“

Sie wollte ein Wort der Erwiderung sagen; er jedoch schloß ihr den Mund mit einem Kuß und sprang davon. Sich später umdrehend, winkte er ihr noch einmal mit dem Taschentuch zu; dann verschwand er hinter den Weiden, die den Bach umsäumten. Dort blieb er halten und zog die Uhr abermals.

„Hm! Ich hab sechs Stunden zu laufen“, überlegte er. „Mein Plan ist nur dann zu ermöglichen, wenn ich ein Pferd bekommen kann.“

Er eilte im Rücken des Dorfes weiter und kam auch so an dem Garten der Mühle vorüber, in dem zwei braune, stämmige Ackerpferde weideten. Er warf einen forschenden Blick umher, um sich zu überzeugen, daß er unbeobachtet sei; dann öffnete er das Pförtchen, das aus dem Garten ins Freie führte, bestieg eins der Pferde und war damit bereits nach einigen Minuten jenseits des eng gezogenen Horizonts verschwunden. Das Gesinde des Müllers hatte keine Zeit, an die Pferde zu denken; sie waren damit beschäftigt, das wertvollere Eigentum ihres Herrn der Habsucht der Panduren zu entziehen. —

Es war für das liebe, schöne Österreich eine gar schlimme Zeit. Mit Kaiser Karl VI. war der habsburgische Mannesstamm erloschen, und als seine Tochter Maria Theresia den Thron bestieg, sah sie trotz der Pragmatischen Sanktion die Schwerter von Preußen, Spaniern, Neapolitanern, Franzosen, Bayern und Sachsen gegen sich gerichtet. Die heldenmütige Herrscherin verzagte nicht; sie wendete sich an ihre Ungarn, die ihr mit dem begeisterten „Moriamur pro rege nostro Maria Theresia!" antworteten. Ihr Heer war in Bayern unter dem wackeren Khevenhüller glücklich; aber in Böhmen stand der tatendurstige Preußenkönig, um das der Kaiserin abgenommene Schlesien zu behaupten. Gegen ihn zog unter Karl von Lothringen der Feldmarschall Königsegg heran; ein Zusammenstoß war unvermeidlich.

In der böhmischen Bezirksstadt Humpoletz ging es um die Mitte des Monats Mai im Jahr 1742 sehr lebhaft und lärmend zu. Wem es vergönnt gewesen wäre, aus einem Luftballon auf die Stadt herabzublicken, der hätte diese sehr leicht für ein Nest voll roter Ameisen halten können, deren Regsamkeit sich ganz besonders gegen den Ringplatz zu konzentrieren schien. Diese Ameisen waren rot gekleidete Panduren, die Angehörigen jener berüchtigten Truppe, von der damals Tausende beteten: „Herrgott, behüte uns vor Teuerung und Hagelschlag, vor Pestilenz und Ungewitter, vor Kroaten und Panduren!"

Der Führer jener blutrot gekleideten Schar war gewohnt, die Seinen in steter Bewegung zu erhalten. Bei ihm gab es keine Ruhe und Stille, kein gemütliches Rasten und kein geduldiges Harren. Er, der selbst von inneren und äußeren Mächten ruhelos hin und her getrieben wurde, ließ die Wogen seiner heißen, rücksichtslosen Natur auch hinaus auf seine Umgebung branden, und so kam es, daß der Ringplatz einem wirren Ameisennest und nicht dem Ruheplatz einer vom Marsch ermüdeten Truppe glich.

In einem Zimmer seines Quartiers lag der Panduren-Oberst Freiherr Franz von der Trenck auf einem Sofa, dessen Überzug er mit den Sporenrädern ganz unbedenklich bereits in Fetzen gerissen hatte. Auf dem Boden trieben sich beschmutzte Karten, zerstampfte Schreibfedern, zerbrochene Weingläser, verbogene Löffel und Gabeln, Bruchstücke von Tellern und Tassen umher, übersät von Streusand und Tabakasche, und auf dem Tisch, der vor dem Sofa stand, sah es beinahe noch wüster aus. Die umgeworfenen Schüsseln hatten ihren Inhalt mit dem verschütteten Wein vermischt, so daß die Überreste der teuren Mahlzeit in breiten, bunten Streifen am Tafeltuch herabliefen und dann auf die Diele tropften.

Dem Obersten gegenüber saßen zwei Männer, die einzigen, die mit ihm gespeist hatten. Der eine trug die Uniform eines Majors und der andere die eines Hauptmanns. Das Gesicht eines jeden von ihnen hätte zu interessanten psychologischen Studien veranlassen können, wenn nicht die Person Trencks die ganze Aufmerksamkeit für sich in Anspruch genommen hätte. Trenck war ein auffallend schöner, kräftiger Mann, der jetzt das Alter von dreißig Jahren erst wenig überschritten hatte. Ebenso berühmt wie seine Körperstärke war auch seine Befähigung, die härtesten Strapazen mit größter Leichtigkeit zu ertragen. Bekannt war es, daß er sieben Sprachen vollständig beherrschte und ausgezeichnete militärische Kenntnisse besaß; aber in moralischer Beziehung ließ sich über ihn kaum ein nur einigermaßen schonendes Urteil fällen. Jähzornig, rücksichtslos, im höchsten Grad habsüchtig, zeichnete er sich ebenso durch verwegenen Mut und wilde Tapferkeit wie durch eine nur zu oft barbarische Grausamkeit aus, die ihn später doch endlich in das Verderben führte.

Er war als Sohn eines kaiserlichen Oberstleutnants,

der aus Preußen stammte, in Reggio in Kalabrien geboren, wurde von den Jesuiten in Ödenburg erzogen und trat im Alter von sechzehn Jahren in kaiserliche Dienste, die er aber seiner Händelsucht wegen bald wieder verlassen mußte. Er wandte sich später nach Rußland, wo er als Rittmeister in ein Husarenregiment eintrat. Wegen grober Verletzung der Subordination zweimal zum Tod verurteilt, wurde er auf Verwendung des Feldmarschalls Münnich zwar begnadigt, aber zu Schanzarbeit verurteilt. Er kehrte auf seine in Slawonien gelegenen Güter zurück, wo er sich besonders mit der Unterdrückung der zahlreichen Räuberscharen, die jene Gegenden beunruhigten, beschäftigte, dabei aber bei weitem mehr grausam als menschlich verfuhr. Bei dem Ausbruch des Österreichischen Erbfolgekrieges erhielt er die Erlaubnis, ein Korps von tausend Panduren auf eigene Kosten auszurüsten. Dieses wurde zuletzt gegen fünftausend Mann stark und bildete stets die Vorhut, zeigte dabei zwar die gleiche Tapferkeit, doch auch jene Gewalttätigkeit, durch die sein Führer berüchtigt war. Die Kaiserin mußte seine kriegerischen Verdienste anerkennen, konnte ihn aber ganz unmöglich in seiner Stellung belassen, Er weigerte sich, abzutreten und wurde endlich wegen unaufhörlicher Greueltaten und Subordinationsvergehen zu lebenslänglicher Gefangenschaft auf dem Spielberg bei Brünn verurteilt, wo er auch starb.

Jetzt also lag er mit seinen Panduren in Humpoletz, und der Zustand seiner Wohnung bewies, daß er mit den beiden Offizieren ein wüstes Gelage abgehalten hatte. Sie lagen betrunken in ihren Sesseln, während der Oberst sie mit höhnischer Schadenfreude betrachtete; er hatte schon manchen starken Trinker unter den Tisch gebracht, war selbst aber noch niemals dabei besiegt worden.

Die schnarchenden Seufzer der beiden Betrunkenen wurden von dem Wirt des Hauses unterbrochen, der nach einem lauten Klopfen in das Zimmer trat.

„Was will Er?“ rief ihm der Oberst zornig entgegen. „Wie kann Er es wagen einzutreten, ohne vorher angemeldet zu sein!“

„Verzeihung, Herr Oberst!“ bat der Mann mit demütiger Gebärde. „Man wollte mich nicht anmelden, und da hab ich mir erlauben müssen — — —“

„Erlauben müssen?“ unterbrach ihn Trenck, indem er das letzte Wort besonders betonte. „Ist es etwas so sehr Notwendiges, daß man sich hier stören lassen muß?“

„Für mich ist es notwendig, gnädigster Herr. Es betrifft meine Uhr.“

„Seine Uhr!“ brauste Trenck auf. „Hält Er mich etwa für einen Uhrmacher, he?“

Er erhob sich drohend aus seiner liegenden Stellung, wobei der Inhalt seiner türkischen Tabakspfeife auf das Sofa fiel, dessen Überzug sofort zu glimmen begann. Der Wirt sah das, hatte aber nicht den Mut, ein Wort darüber zu erwähnen; er fuhr fort:

„Es war eine Schwarzwälder Spieluhr, ein teures Andenken meiner Voreltern. Man hat sie von der Wand gerissen und zerschlagen, um im Ofen Feuer damit zu machen. Und als ich mich dagegen sträubte, hat man mich mit der flachen Klinge blutig geprügelt.“

Trenck stieß ein rohes Lachen aus und fragte:

„Hat die Uhr gut gebrannt?“

„Leider!“

„Das ist Sein Glück! Er hat uns brauchbares Brennholz zu schaffen, und wenn die Uhr nicht gut gebrannt hätte, so wäre Er schlecht davongekommen; das versichere ich Ihm. Sei Er also froh, daß die Sache für Ihn so gut abgelaufen ist, und mach Er, daß Er sofort verschwindet!“

„Aber, gnädigster Herr, ich denke doch, daß — — —“

„Nichts hat Er zu denken!“ rief der Oberst. „Hinaus, sonst — — —“

Der Wirt wartete die Fortsetzung der Drohung gar nicht ab, denn Trenck hatte an die Wand nach seiner

Pistole gegriffen; er zog sich in höchster Eile aus dem Zimmer zurück.

Der Oberst leerte ein volles Glas auf einen Zug und schenkte auch den beiden anderen, die von dem lauten Gespräch geweckt worden waren, ein.

„Trinkt, ihr Herren!“ forderte er sie auf. „Solange man uns zu Ehren Spieluhren verfeuert, brauchen wir keinen Durst zu leiden.“

Sie stießen an und leerten die Gläser; eben sollten sie nochmals gefüllt werden, als eine abermalige Störung erfolgte. Jedoch schien diese dem Obersten nicht unlieb zu sein, denn er erhob sich mit gespannter Miene und fragte den Eintretenden:

„Slugaksch! Schon wieder eingetroffen? Konntest wohl nicht weit kommen?“

Der Gefragte war ein noch ziemlich junger Mann in gewöhnlicher Bauernkleidung, doch ließ seine ganze Gestalt und Haltung erraten, daß er eigentlich zum Militär gehöre.

„Wenn mich mein Oberst schickt, komme ich so weit, wie er will“, antwortete er mit selbstgefälliger Miene. „Ich war bis Skutsch und Richenburg.“

„Unmöglich in dieser kurzen Zeit!“

„Sehr leicht möglich, wenn man es richtig anfängt! Ich hab einem Bauern seinen zweispännigen Wagen abgenommen.“

„Teufelskerl! Bringst du Nachrichten mit?“

„Genug.“

„So setz dich her, rauch, trink und erzähle!“

Die Vertraulichkeit, mit der Trenck den Mann behandelte, ließ vermuten, daß dieser ein ganz besonderer Günstling von ihm sei. Er setzte sich, nachdem er die beiden Offiziere mit gebotener Ehrerbietung gegrüßt hatte, an den Tisch, schenkte sich ein Glas ein und brannte sich eine der gestopften Pfeifen an. Nachdem er dann von dem Wein getrunken hatte, begann er:

„Also bis Skutsch und Richenburg bin ich gekommen; weiter ab ging es nicht, da die Preußen in der Nähe waren."

„Wo stehn sie?"

„Der König kam von Olmütz über Leitomischl und steht jetzt in Chrudim, hat über zehn Bataillone und gegen zwanzig Schwadronen in Leitomischl und Umgegend zurückgelassen, die er jedenfalls noch an sich ziehn wird. In und um Kuttenberg steht ein noch größres Korps. Der Herr Oberst wissen bereits, daß sich Glatz ergeben hat; von dort aus wird der General Derschau dem König wohl acht Bataillone und dreißig Schwadronen zuführen."

„Alle Wetter! Woher weißt du das so genau?"

„Oh, ich weiß noch mehr! Ich fand in Richenburg einen schlesischen Juden, den der König als Spion benutzt. Unsereiner hat einen Blick für solche Leute; ich ahnte sofort, welch ein Handwerk er treibe, ließ ihm gehörig einschenken und nahm ihn ins Gebet; er beichtete aber erst dann, als er betrunken war. Er war mit dem Lohn, den ihm die Preußen geben, nicht zufrieden, und wurde gleich mein Mann, als ich ihm einen bessern Lohn versprach."

„Den Kerl können wir brauchen! Hast du ihn mitgebracht?"

„Das versteht sich! Aber nicht ihn allein."

„Wen noch?"

„Als ich ihn aufforderte, mit mir zu gehn, gestand er mir, daß er nicht allein sei. Er war nämlich einem adligen Herrn nebst dessen Tochter, die er nach Moldauthein zu bringen hat, als Führer beigegeben."

„Wer sind diese Leute?"

„Es ist ein alter Herr von Bodtmann, dessen Anwesenheit auf Schloß Moldauthein so notwendig ist, daß er nicht daran denken darf, wie sehr der Krieg das Reisen erschwert."

„Und dieser Mann reist in Begleitung eines Spions?" fragte der Oberst finster.

„Ohne es zu wissen, wie mir der Jude selbst versicherte. Man hat gehofft, daß wir diesem Herrn von Bodtmann nichts in den Weg legen und dem Spion also seine Aufgabe erleichtern werden."

„So kommt der alte Kerl also aus dem feindlichen Hauptquartier?"

„Geradewegs aus Chrudim. In Richenburg konnten sie weder Pferde noch Wagen bekommen, und als ich ihnen mein Fuhrwerk anbot, wurde es mit größtem Dank angenommen. Es waren vier Plätze vorhanden, und so sind wir denn wohlbehalten soeben hier angekommen."

„Er reist ohne Diener?"

„Ja. Er scheint ein alter Haudegen zu sein, der gewohnt ist, sich selbst zu bedienen."

„Ging er freiwillig mit nach Humpoletz? Sein Weg hätte doch näher über Chotebor geführt."

„Er verließ sich auf den Juden, und den hatte ich gewonnen. Ich sagte natürlich kein Wort dazu, daß er in Humpoletz Panduren finden werde. Da er so glücklich durch die Preußen gekommen ist, so glaubte er, auch auf dieser Seite keine Schwierigkeiten zu finden."

„Hat er Papiere?"

„Ja. Sie sind gut; ich hab sie gesehn. Bei den Preußen hat er sie gar nicht gebraucht, da er unter einem mächtigen Schutz gereist ist."

„Mit einem Offizier etwa?"

„Mit einem Feldmarschall sogar."

„Ah! Doch nicht mit dem Buddenbrock?"

„Nein, sondern mit dem alten Schwerenöter!"

„Mit — mit wem?" rief Trenck, vor Überraschung aufspringend. „Mit dem alten Dessauer? Der ist hier? Wirklich?"

„Ja, in Chrudim beim König."

„Ich denke, er ist in Zittau!"

„Friedrich hat ihn nach Böhmen gerufen. Die beiden sind stets bei der Vorhut. Sie suchen von morgens bis abends die Geländeverhältnisse ab, was mich vermuten läßt, daß sie die Schlacht bei Chrudim, Czaslau und Kuttenberg zu schlagen beabsichtigen. Man sollte die beiden Kerls wegfangen; da wäre der ganze Krieg zu Ende!"

Die Augen Trencks leuchteten auf.

„Oh", knirschte Trenck, „ich hab mit dem Dessauer noch ein Schaf zu scheren; er hat es an meinem Vater verdient, daß ich ihn einmal fest beim Schopf nehme. Tausend Gulden gäb ich sofort demjenigen, der mir sagen könnte, wie und wo ich den Kerl erwische."

Slugaksch blickte erwartungsvoll zur mächtigen Gestalt seines Obersten empor und fragte:

„Bekomm ich sie?"

„Augenblicklich, sobald er sich in meiner Hand befindet!"

„Hm! Mit ein wenig List kann es doch nicht so schwer sein, dem Alten eine Falle zu stellen. Er liebt die Abenteuer wie die Mäuse den Speck. Wollen wir ihm eins bieten?"

„Welches?" fragte Trenck hastig. „Du bist der richtige Kopf dazu. Sinne dir etwas aus, aber schnell!"

„Hm! Übermorgen ist Jahrmarkt in Chotebor. Wollen wir ihn hinlocken?"

„Ich bin sofort bereit; aber wie?"

„Wir machen ihm weis, daß der Herr Oberst den Markt verkleidet besuchen und dabei im ‚Goldenen Rad' einkehren werden. Wie ich ihn vom Hörensagen kenne, so kommt er sofort auch inkognito mit nur wenig Begleitung, um Euch zu fangen."

„Ganz gewiß!" rief Trenck erfreut. „Er wird keinem andern die Ehre gönnen, den Franz Trenck gefangen zu haben. Aber wie machen wir es ihm weis, he? Das ist das Schwierigste!"

„Es ist nicht so schwierig, wie es scheint. Der Tlasco versteht es ausgezeichnet, Handschriften nachzumachen."

„Was soll uns die nützen?"

„Wie ich aus der Unterhaltung dieses Herrn von Bodtmann gehört hab, ist er ein alter Kriegskamerad des Fürsten Leopold; sie schreiben sich zuweilen, und es ist große Freude gewesen, als sie sich unterwegs getroffen haben. Wie nun, wenn dieser Bodtmann dem Fürsten schreibt, daß er hier durchgekommen ist und dabei erfahren hat, daß der Herr Oberst den Jahrmarkt besuchen werden?"

„Verstehe! Aber wir haben seine Handschrift nicht ..."

„Es sollte mich wundern, wenn er nicht eine Brieftasche oder ein Notizbuch bei sich führte. Man nimmt es ihm ganz einfach ab. Einen Siegelring trägt er auch."

„Vortrefflich! Man wird mit ihm nicht viel Federlesens machen! Aber wer soll das Schreiben nach Chrudim tragen? Etwa der Jude, wenn er sich zuverläßlich erweist?"

„Nein! Es muß ein andrer Bote gefunden werden. Wenn es dem Herrn Obersten lieb und recht ist, werde ich das übernehmen. Den Juden brauchen wir als zweiten Boten. Wenn der alte Fürst dem Brief ja nicht ganz trauen sollte, so muß der Jude die Tatsache mit dem Jahrmarkt bekräftigen."

„Mensch, du bist ein wahrer Advokat! Aber bedenke, daß es dir an Hals und Kragen geht, wenn man dich in Chrudim als Pandur erkennt!"

„Pah, aus dem Kragen mach ich mir nichts, und für den Hals ist mir noch niemals bange gewesen. Drunten halten die Leute noch. Wen soll ich zuerst bringen, den Edelmann oder den Juden?"

„Den Edelmann, dann den Juden und dann den Tlasco."

Slugaksch erhob sich, trank sein Glas aus, legte die Pfeife fort und entfernte sich.

„Ein Teufelskerl! Nicht?“ meinte Trenck zu den beiden andern.

Diese waren durch die Erwartung eines Abenteuers ein wenig ernüchtert worden und stimmten seinem Urteil bei. Der Hauptmann war sogar so gütig, die vier Zipfel des Tafeltuchs empor- und über den Tisch hinwegzuschlagen, damit das Auge der Eintretenden nicht gar zu sehr beleidigt würde; er schien gar nicht zu ahnen, daß er damit das Übel nur vergrößert hatte. Die drei nahmen neue Pfeifen zur Hand, und als diese eben in Brand gesteckt waren, wurde Herr von Bodtmann gemeldet.

Er trat mit seiner Tochter ein, hinter ihnen Slugaksch, der an der Tür stehenblieb.

Der alte Herr hatte das Aussehen eines wackeren, ehrwürdigen Veteranen. Seine Haltung war stramm, und sein Auge blickte in furchtloser Erwartung auf den Obersten. Seine Tochter war eine sympathische Erscheinung; man sah, daß die Unordnung in dem Raum sie erschrecken ließ. Sie senkte errötend den Blick.

Trenck gab sich nicht die Mühe, einen Gruß auszusprechen. Er begann in kurzem, barschem Ton:

„Ihr nennt Euch von Bodtmann?“

„Ja. Baron Karl von Bodtmann. Diese Dame ist meine Tochter.“

Trenck hielt es nicht der Mühe wert, sich nur einen Zoll tief vor der Dame zu verneigen oder gar den beiden einen Sitz anzuweisen. Er fuhr fort:

„Seid Ihr mit Ausweisen versehn, Baron?“

„Hier sind sie!“

Der alte Herr zog seine Brieftasche hervor und entnahm ihr zwei Papiere, die er dem Obersten überreichte. Dieser warf einen Blick auf sie und meinte dann gleichmütig:

„Ah, hier steht, daß Ihr in kaiserlichen Diensten gestanden habt. Ist das wahr?“

Die Stirn des Barons legte sich in Falten, und er trat schnell einen Schritt vor, indem er antwortete:

„Herr von der Trenck, halten Sie diese Papiere für unecht und mich für einen Schwindler? Ich bin als Oberst verabschiedet, also sind sich unsre Degen wohl ebenbürtig!"

„Pah, ich fragte, weil ich Veranlassung dazu habe. Es wird mir schwer, zu denken, daß ein ehrenvoll verabschiedeter kaiserlicher Oberst mit einem preußischen General zu konspirieren vermag!"

„Zu konspirieren? Welcher General ist gemeint?"

„Der Fürst von Dessau."

„Ich glaube nicht, daß der Oberst von der Trenck das Recht besitzt, mein Verhältnis zu einem alten Waffengefährten zu kritisieren. Ich hab mit dem Fürsten unter Prinz Eugen gefochten; es gereicht mir zur hohen Ehre, daß er das nicht vergißt, und wenn ich einem Waffenbruder meine Freundschaft und Hochachtung bewahre, so ist das wohl nicht ein Konspirieren zu nennen. Es ist bekannt, daß die Sympathie des Feldmarschalls Leopold von Dessau noch heut dem Kaiserstaat gehört, und daß er sich beinah die Gunst des Königs verscherzte, als er gegen einen Krieg mit Österreich riet; ich ersuche also den Herrn Obersten von der Trenck, sich gütigst dem Umstand anzubequemen, daß ein Offizier und Edelmann vor ihm steht!"

„Pah!" antwortete der Angeredete. „Diese Papiere können ja verlorengegangen und aufgefunden oder gar gestohlen worden sein!"

„Herr!" donnerte Bodtmann, indem seine Hand unwillkürlich nach der Stelle fuhr, wo man den Griff des Degens zu finden pflegt. „Glaubt Ihr, mich ungestraft beleidigen zu können, weil ich graues Haar besitze? Ich hoffe, daß man nicht so feig sein wird, mir die Genugtuung zu verweigern!"

„Von Genugtuung kann hier keine Rede sein", meinte

Trenck im kältesten Ton. „Man bringt mir einen Arrestanten, und ich hab für die Sicherheit meiner Truppen zu sorgen. Beantwortet mir ruhig meine Fragen, und dann wird es sich finden, was zu tun ist. Wo wollt Ihr hin?"

Der alte Edelmann wandte sich seitwärts; er schien entschlossen, nicht zu antworten. Seine Tochter tat es an seiner Stelle.

„Wir gehn nach Moldauthein, wo ein Oheim von mir sehr krank darniederliegt."

„Wo kommt ihr her?"

„Von Liegnitz."

„Wie lange habt ihr euch im Hauptquartier des Königs von Preußen aufgehalten?"

„Kaum eine Stunde. Die Rücksicht auf unsern Verwandten treibt uns zur höchsten Eile."

„Ich will es glauben. Mademoiselle, wenn Euer Vater mein letztes Verlangen erfüllt, so sollt ihr in zwei Stunden mit einem sichern Führer von hier abfahren dürfen!"

„Welcher Wunsch ist dies?"

„Ich begehr, seine Brieftasche und seinen Siegelring zu sehn."

Er sprach in einem beinah höflichen Ton; die Anwesenheit der Dame war doch nicht ganz ohne alle Wirkung auf den sonst so rücksichtslosen Mann, und auch die beiden Offiziere suchten ihren gläsernen Augen und vertrunkenen Mienen einen gefälligeren Ausdruck zu geben. Die Tochter warf einen bittenden Blick auf den Vater. Dieser zog wortlos den Ring ab und gab ihn ihr samt seiner Brieftasche; sie reichte beides dem Obersten dar.

Trenck öffnete die Brieftasche, und als er bemerkte, daß sie einen Notizkalender mit der Handschrift des Barons enthielt, lächelte er befriedigt und meinte:

„Ihr werdet diese Gegenstände bei eurer Abreise unversehrt zurückerhalten; bis dahin wird man euch ein Zimmer anweisen."

Die beiden Fremden entfernten sich, und an ihrer Stelle trat der Jude ein. Er war ein kleiner, hagerer Mann mit scharfen Gesichtszügen und tiefliegenden, lauernden Augen; er verneigte sich fast bis zur Erde herab vor Trenck.

„Wie heißest du?" fragte ihn der Oberst.

„Ich heiße Lesser Wolf, mein Herr großmächtiger Pandurengeneral."

„Du willst in meine Dienste treten?"

„Mit großer Freude; denn ich hab vernommen, daß der Herr General von der Trenck nicht gehört zu den geizigen Leuten, denen man muß arbeiten die Hälfte umsonst und die andre Hälfte schlecht bezahlt."

„Du wirst bei mir bekommen, was du verdienst. Du warst in Chrudim?"

„Ja, ich hab daselbst gesehn große Generale und Marschälle und hab auch gesprochen mit dem König, welcher ist der Friedrich von Preußen!"

„Hast du auch den Dessauer gesehn?"

„Werde ich ihn doch haben gesehn, da ich hab sogar mit ihm geredet."

„Wie lange Zeit warst du in Chrudim und woher stammst du?"

„Ich hab gewohnt in Reichenstein, welches liegt nicht weit von Glatz, und haben mich gezwungen die Preußen zu gehn mit ihnen, um zu machen den Kundschafter für einen Bettlerlohn."

„Wie lange hast du ihnen bereits gedient?"

„Noch gar nicht. Ich hab sollen begleiten den Baron von Bodtmann bis Moldauthein und mich dabei umsehn, um zu erforschen den Feind. Wenn ich zurückkomme, soll ich sagen, was ich hab erfahren, und dafür erhalten drei Gulden für den Tag."

„Das ist ganz preußisch", lachte Trenck. „Drei Gulden

für den Tag, um sich doch früher oder später hängen zu lassen! Kerl, ich geb dir zehn Gulden für den Tag und noch obendrein hundert Gulden, wenn du das ausführst, was ich von dir verlange."

„Herr meiner Väter, ist das ein vieles Geld. Da werde ich gehn für den Herrn Pandurengeneral durch das Feuer und werde alles tun, was nicht ist zu schwer für einen armen Juden, der sich muß nehmen sehr in acht vor den Preußen."

„Du hast dich gar nicht zu fürchten, weder vor uns, noch vor den Preußen. Sie werden dir nichts tun, denn sie halten dich für den Ihrigen, und von uns hast du auch nichts Schlimmes zu erwarten, solange du uns treu dienst. Ist dies aber nicht der Fall, so möchte ich allerdings nicht in deiner Haut stecken; ich bezahle gut, aber ich bestrafe auch streng. Du kehrst jetzt zurück und gehst zum Dessauer. Ihm kannst du erzählen, daß du mich hier gefunden hast. Dabei aber sagst du ihm, daß du erfahren hast, ich werde übermorgen ganz allein und verkleidet den Jahrmarkt zu Chotebor besuchen und da im ‚Goldnen Rad' einkehren. Du gibst dir Mühe, den Alten dahin zu bringen, daß er kommt, um mich zu fangen. Verstanden?"

Der Jude nickte unter einem listigen Lächeln mit dem Kopf und sagte:

„Ich werde doch verstehn, daß der Herr Pandurengeneral will selber fangen den Dessauer, und werde mich freuen, wenn er bekommt den alten Filz, der mir bietet nur drei Gulden für den Tag."

„Gut, wir wollen sehn! Ich werde dir für fünf Tage fünfzig Gulden vorher auszahlen. Du sollst bei mir viel Geld verdienen, aber wenn du mich betrügst, so laß ich dich nicht etwa hängen, sondern ich schinde dich bei lebendigem Leib und laß dir die Haut über den Kopf herunterziehen. Jetzt geh, und warte; du wirst noch weitere Anweisungen erhalten!"

Nach dem Juden wurde Tlasco vorgelassen. Es war derselbe Unteroffizier, der einen Tag später in Studenetz das Quartiermacheramt verwaltete. Als er die Handschrift des Barons geprüft hatte, erklärte er, in denselben Zügen jeden ihm vom Obersten diktierten Brief schreiben zu können. Dies geschah sofort; das erstemal gelang es nicht vollständig, aber mit dem zweiten Versuch erklärte sich Trenck zufrieden. Das Schreiben wurde zusammengefaltet, mit Bodtmanns Siegelring verschlossen und dann von dem Unteroffizier sorgfältig adressiert. Dann erhielt dieser die Weisung, am nächsten Morgen mit zwei Mann nach Studenetz zu gehn, um für den Obersten, zwei Leutnants und drei Mann Bedienung Quartier zu machen.

Nach seiner Entfernung gab Trenck seine weiteren Befehle. Der Major sollte übermorgen, am Montag, mit drei Kompanien so heimlich wie möglich nach Steindorf bei Chotebor aufbrechen, in den ersten Nachmittagsstunden dort eintreffen und heimlich in dem Wald, der damals zwischen den beiden Orten lag, Stellung nehmen, um auf Trencks Boten zu warten und dann den Dessauer in Chotebor auszuheben. Der Oberst selbst wollte bereits morgen nach Studenetz gehn, um beizeiten verkleidet auf dem Jahrmarkt sein zu können.

„So muß alles klappen", meinte er, „und wenn wir den Alten bekommen, so sollen meine Kerls einen Feiertag haben, wie sie noch keinen erlebt haben!"

Der Grenadier

Durch die Straßen von Chrudim ritten im scharfen Trab zwei Reiter. Sie trugen keine äußeren Abzeichen, an denen ihr Rang zu erkennen war; aber wenn sie an einer der vielen Soldatengruppen, die die lebensvolle Staffage der Gassen bildeten, vorüberkamen, so wurden ihnen überall tiefe Ehrenbezeigungen gemacht.

Der eine, der zur Rechten ritt und auf einem Schimmel saß, war von nicht hoher, schmächtiger Gestalt und trug anstatt der Reitpeitsche einen hölzernen Krückstock in der Rechten. Der andere ritt einen starkknochigen Rapphengst, dessen Feuer er kaum zu bändigen vermochte. Seine kraftvolle, sehnige Gestalt war sehr einfach bekleidet. Er trug graubraune Gamaschen, einen ebensolchen Überrock und einen Dreispitz ohne Zierat. Zwei dunkle, scharfblickende Augen und ein mächtiger Zwickelbart gaben seinem gebräunten Angesicht ein höchst kriegerisches Aussehen. Er mochte das sechzigste Lebensjahr bereits überschritten haben, während sein Begleiter nahe den Dreißig zu stehen schien.

Diese beiden Männer waren Friedrich II., König von Preußen, und der berühmte Feldmarschall Fürst Leopold von Anhalt-Dessau, gewöhnlich nur der Alte Dessauer genannt. Sie kehrten von einem Erkundungsritt zurück und trennten sich in der Nähe der Domkirche.

„Also, was ratet Ihr, Durchlaucht", fragte der König, indem er seinen Schimmel zügelte, „soll ich mir hinter der Elbe eine feste Stellung suchen oder dem Feind entgegengehn?"

„Ihm entgegengehn, Majestät", antwortete der Gefragte. „Das ist nicht nur rühmlicher, sondern auch nützlicher, da der Friede auf diese Weise schneller herbeigeführt wird. Der gegenwärtige Stand der Unterhandlungen verlangt, daß von seiten Euer Majestät etwas Entscheidendes geschehe."

„Werde sehn! Guten Morgen!"

Er ritt mit einem kurzen, aber gnädigen Kopfnicken davon, während der Fürst an der Tür eines naheliegenden Hauses, in dem er sein Quartier genommen hatte, halten blieb. Die hier aufgestellte Schildwache präsentierte, und ein herbeieilender Diener nahm ihm das Pferd ab. Er beachtete beide nicht, stieg ab und trat in den weiten Flur des Hauses.

Dort stand eine Frau mit einem weiß zugedeckten Korb auf dem Rücken. Sie kannte den Nahenden wohl nicht, machte aber dennoch einen tiefen Knicks vor ihm. Er blieb vor ihr stehen und funkelte sie mit seinen dunklen Augen zornig an.

„Was hat Sie denn hier zu suchen?" fragte er mit einer Baßstimme, die so scharf und gebieterisch klang, daß die Frau vor Schreck zusammenzuckte.

„Ich bin die Butterfrau", antwortete sie demütig.

„Die Butterfrau? So, so, hm! Von wem denn, he?"

„Von der Hauswirtin."

„Das ist etwas anderes. Butterweiber werden auch im Hauptquartier geduldet, aber nur von wegen der Butter, wenn sie gut ist; die Weiber selber, die taugen nichts. Verstanden?"

Die Frau machte vor Angst einen noch tieferen Knicks als vorher, und dieses unwillkürliche Zeichen der Zustimmung befriedigte den alten Knasterbart.

„Hat Sie auch Käse?" erkundigte er sich.

„Ja."

„Sind etwa Maden drin?"

„Keine einzige!" beteuerte sie. „Es ist jetzt noch nicht Zeit für die Maden. Wo sollen denn jetzt im Mai und bei der naßkalten Witterung die Fliegen herkommen?"

„Na, auf den Kopf ist Sie nicht gefallen! Sie versteht es, Ihren Käse und Ihre Maden mit triftigen Gründen zu belegen. Komme Sie einmal mit. Ich will sehn, ob ich etwas von Ihr gebrauchen kann! Aber wie kommt es denn, daß Sie Ihren Butterhandel am lieben Sonntag treibt, he? Der Sonntag gehört dem Herrgott. Mag Sie etwa nichts von ihm wissen?"

Die Frau zuckte abermals ängstlich zusammen und antwortete verlegen:

„Ich hab die Butter Montags zu bringen, aber weil die Einquartierung da ist, so schickte die Madame zu mir, daß ich heut schon kommen sollte, weil die Herren Offiziere so viel Butter gebraucht haben."

„So, so, ei der Tausend, also viel Butter haben wir gebraucht?" lachte der Feldmarschall.

„Ja. Das Dienstmädchen sagte, erst hätten sie täglich nur ein Stückchen gebraucht, jetzt aber wollen drei fast nicht reichen."

„Alle Wetter, das ist ja gradzu zum Fettwerden. Was kostet denn die Butter?"

„Fünfzehn Kreuzer das Stückchen."

„Und der Käse?"

„Einer vier Kreuzer; es ist guter Ziegenkäse, recht hübsch laufig und sehr gut gesalzen und gekümmelt."

„Na, da komme Sie mit! Ich werde mir Ihre Ware einmal ansehn."

Er stieg die Treppe empor, und sie folgte ihm mit dem Korb auf dem Rücken. Droben standen ein Posten und ein Diener. Jener präsentierte, und dieser riß dienstbeflissen eine Tür auf. Sie traten in eine Art Vorzimmer, in dem sich mehrere Offiziere befanden, die sich in die strammste Haltung warfen, um zu grüßen. Der Frau wurde es jetzt angst und bange; sie begriff, daß sie es nicht mit einem gewöhnlichen Mann zu tun hatte.

Der Fürst winkte ihr, zu folgen. Er schritt durch den Raum, ohne die Offiziere zu beachten, die hinter ihm ein Lächeln über sein eigentümliches Gefolge nicht zu unterdrücken vermochten, und trat in ein größeres Zimmer, wo mehrere Tische standen, voll von Karten,

Plänen und allerlei Schriftstücken. Auch Waffen und Ausrüstungsstücke lagen auf den Stühlen herum.

„So!“ meinte der Alte. „Mache Sie die Tür zu und dreh Sie sich herum, ich will Ihr den Korb abhelfen!“

Er nahm ihr den schweren Korb vom Rücken, setzte ihn nieder und zog das Tuch hinweg.

„Der Käse ist hier in der Schachtel“, meinte sie.

„Schön; zeige Sie einmal!“

Er nahm einen der großen, runden Käse heraus, besah ihn von allen Seiten, hielt ihn prüfend unter die Nase und meinte dann:

„Ja, das ist grad meine Sorte. Weiß Sie, ich kaufe Ihr gleich den ganzen Kram hier ab.“

„Nein, nein, das geht nicht!“ rief sie. „Zwei Käse und ein Stückchen Butter könnt Ihr allenfalls kriegen, mehr aber nicht.“

„Nicht? Warum denn?“

„Die Madame unten hat das alles bestellt. Wo soll sie denn andre Ware hernehmen, jetzt, wo die Soldaten alles wegessen!“

„Na, mache Sie keine unnötigen Sperenzchen! Ich bezahle Sie gleich, und unsereiner ist nicht gewohnt, wegen ein paar Ziegenkäse lange herumzutrödeln!“

Das gab der Frau ihr Selbstbewußtsein wieder.

„So!“ antwortete sie. „Wegen ein paar Ziegenkäse macht man schon Trödel; ich lebe davon, und die da unten kauft mir ganz sicher für keinen Kreuzer wieder ab, wenn ich die Ware einem andern ließe. Wer seid Ihr denn, daß Ihr so kurzen Trödel machen wollt!“

„Ich? Hm, ich bin der Alte Dessauer, verstanden?“

Bei diesen mit der ernsthaftesten Miene gesprochenen Worten trat sie um einige Schritte zurück; sie schlug die Hände zusammen und rief:

„Der Alte Dessauer? Der alte Itzeblitz? Ist's möglich? Jesus, Maria und Joseph, wenn das mein Alter wüßte!“

„Ihr Alter? Hat Sie denn auch einen Alten?"

„Na, und was für einen! Der kennt Euch so, wie ich meine Tasche kenne, und erzählt den ganzen Tag von dem Schwerenöter. Er hat unter Euch bei Cassano und Turin gefochten, er und mit ihm auch sein Bruder, beide nebeneinander."

„So? Wie heißt er denn!"

„Engelmann."

„Engelmann? Der Tausend, Korporal Franz Engelmann, der mich bei Cassano aus dem Kanal herausfischte?"

„Nein, das ist sein Bruder, der Schneider in Studenetz; wir aber wohnen in Rossitz, wo mein Mann Schulmeister ist, und ich hab einen Butter-, Käse-, Eier- und Seifenhandel."

„Auch Seife?" schmunzelte der Fürst vergnügt. „Da gibt es ja in Rossitz recht reinliche Leute."

„Ja, meine fünf bis sechs Pfund verkaufe ich alle Wochen, die gute Sorte gar nicht mitgerechnet, die so nach Veilchen oder Knoblauch riecht."

„Wieviel Gehalt bekommt denn Ihr Mann?"

„Einen und einen halben Gulden für jedes Mädchen und zwei Gulden für jeden Jungen jährlich, ein halbes Fuder Stöcke und alle zwei Jahr einen neuen Rock und einen Hut; die Würste beim Schweineschlachten sind extra."

„Könnt ihr denn davon leben?"

„I nun, wir haben unser leidliches Auskommen, denn ich verdiene mir an fünf Stückchen Butter auch zwei Kreuzer; das hilft mit wirtschaften."

„Habt ihr Kinder?"

„Drei."

„Und der Franz, der in Studenetz wohnt, wie Sie sagte?"

„Eins, eine Tochter, die da draußen in Halberstadt gedient hat, jetzt aber wieder daheim ist. Das ist ein

Mädchen, über das er seine Freude haben kann, obgleich es ihm sonst nicht gar so gut geht."

„Ich danke Ihr für die Auskunft; ich werde Sie einmal aufsuchen. Verstanden? Jetzt aber, wie steht es mit der Ware hier? Will Sie mir die ablassen?"

„Hm, gern nicht, denn ich verderbe mir die Kundschaft, aber weil es der Herr Dessauer ist, so will ich einmal ein Auge zudrücken."

„Das ist sehr hübsch von Ihr. Wieviel ist es denn?"

„Zwanzig Stückchen Butter und zwölf Käse; das macht — — na, mit dem Rechnen, da hab ich allemal meine liebe Not. Seht Ihr doch lieber, wieviel es zusammen macht! Mein Alter hat es mir gesagt, aber ich hab es wieder vergessen."

Der Fürst schmunzelte immer vergnügter; er hatte sich seit langer Zeit nicht so amüsiert wie jetzt, darum meinte er:

„Ich denke, wir werden uns darüber den Kopf nicht zerbrechen. Hier, nehme Sie!"

Er zog einen Tischkasten heraus, langte hinein und gab ihr ein Papier.

„Das sind ja fünfzig Gulden!" meinte sie bestürzt. „Da kann ich gar nicht herausgeben. Ich hab nur acht Kreuzer einstecken!"

„Ich will auch gar nichts heraus haben. Behalte Sie das Geld, weil Sie einen Alten hat, der mit mir bei Cassano war. Grüße Sie ihn von mir, und jetzt nehme Sie die Butter und den Käse wieder auf den Rücken und schaffe alles hinunter zur Madame! Ich will ihr die ganze Ladung schenken, weil die Offiziere schon so viel Butter gegessen haben! Verstanden? Lebe Sie wohl!"

Er ließ die Erstaunte gar nicht zu Wort kommen, sondern hob ihr den Korb wieder auf und schob sie zur Tür hinaus, wo ihr verblüfftes Gesicht den Anwesenden, die des Fürsten Art kannten, Veranlassung zu einem weiteren vergnügten Lächeln gab.

Sie durchschritt die Reihe unter tiefen Knicksen und hatte das Vorzimmer kaum verlassen, als der Fürst das Zeichen gab, daß er nun auch für die anderen zu sprechen sei.

Der Diensthabende trat hinaus und schob den Boten herein. Es war kein anderer als Slugaksch, der Pandur, jetzt aber in der Kleidung eines Knechts.

„Was will Er?“ fragte der Fürst.

Der Bote verbeugte sich auf eine absichtlich linkische Weise und antwortete:

„Ich hab dem Herrn Feldmarschall diesen Brief zu überbringen.“

„Von wem?“

„Von einem vornehmen Herrn, den ich nicht kenne; er hatte eine Dame bei sich und kehrte in dem Gasthaus ein, wo ich diene.“

„Zeig Er her!“

Der Fürst öffnete das Schreiben, ohne das Siegel zu verletzen, und las den Inhalt. Während des Lesens schweifte sein Auge ganz zufällig einmal vom Papier hinweg auf den Boten hinüber und begegnete dabei einem Blick von solch eigentümlich forschender Schärfe, daß sofort ein Argwohn in ihm erwachte. Darum gab er sich Mühe, von dem Eindruck, den der Brief auf ihn hervorbrachte, durch keine Miene etwas zu verraten und erkundigte sich dann:

„Er ist also Hausknecht?“

„Ja.“

„Wie viele Mannschaften hat der Trenck in Humpoletz bei sich?“

„Vierhundert, hab ich gehört.“

Das war eine offenbare Lüge, doch hütete sich Leopold, seinen Argwohn zu verraten.

„Erzähle Er mir kurz und bündig, wie Er mit dem Herrn, von dem Er diesen Brief empfangen hat, zusammengetroffen ist!“

„Er kam mit einer Dame, einem Kutscher und einem Juden. Sie spannten bei uns aus, und dann wurde er zu dem Trenck geholt, der seinen Paß sehn wollte. Dann hat er den ganzen gestrigen Abend bei den Offizieren gesessen und mir heut früh, ehe er abfuhr, diesen Brief gegeben. Ich mußte gleich fort, und hab den Weg gut bezahlt erhalten.“

Er hatte dies im gleichgültigsten Ton und mit einer unbeweglichen Miene gesprochen, die mit dem beobachtenden Blick nicht im Einklang stand.

„Ist auch alles wahr, was Er mir da vormacht?“ fragte der Fürst.

„Wie soll es denn anders sein?“ entgegnete dumm der Fremde.

„Das wäre Sein Glück! Aber Er sieht mir mehr nach dem Kalbsfell als nach dem Heckerling aus, und so wollen wir die Sache denn einmal untersuchen, bevor wir auf den Leim gehn!“

Er klingelte, und als der Diensthabende eintrat, befahl er ihm:

„Dieser Mann ist in festen Arrest zu legen. Er gibt sich für einen Stallknecht aus, ich aber halte ihn für einen Panduren. Wer ihn entkommen läßt, muß Spießruten laufen. Schick Er mir den Leutnant Pollau herein!“

Der Wachhabende faßte den Boten beim Kragen und schob ihn hinaus, worauf der genannte Offizier eintrat.

„Was will Er bei mir? Ist es sehr notwendig?“ wurde er gefragt.

„Wenn Euer Exzellenz dringend beschäftigt sind, so kann ich warten“, antwortete er.

„Gut. Er ist ein ganz leidlicher Reiter. Reite Er sofort hinüber nach Hermanmestetz, wo der Hauptmann von Werden steht, und bringe Er diesem die Zeilen, die ich ihm jetzt schreiben werde.“

„Zu Befehl, Durchlaucht!“

Der Feldmarschall setzte sich an einen der Tische und

führte den Gänsekiel unter lautem Knirschen und Kratzen über das Papier, das er dann zusammenfaltete und versiegelte, ehe es trocken geworden war. Der Offizier entfernte sich damit, und Leopold ließ nun die übrigen Wartenden einen nach dem anderen zur Audienz. Darüber verging mehr als eine Stunde, und als endlich der Fürst dachte, fertig zu sein, wurde ihm noch der Jude Lesser Wolf gemeldet.

„Herein, sofort herein!" gebot der Fürst, denn der Name dieses Mannes ließ Aufklärung über den Brief erwarten. „Schon wieder da?" rief er dem Eintretenden entgegen, „und zwar mit heiler Haut! Wie weit konntest du dich dem Baron anschließen?"

„Bis Humpoletz, Herr Feldmarschall Exzellenz!" antwortete der Jude, indem sich sein Mund zu einem breiten, vergnügten Lachen verzog.

„Nun, ist's wahr, daß der Trenck dort liegt?"

„Es ist so wahr, wie ich hier in diesem Zimmer stehe!"

„Wie stark ist er?"

„Weit über tausend Mann."

„Ah, so bin ich also doch belogen worden!"

„Von wem, Durchlaucht? War ein Mann mit einem Brief hier?"

„Ja."

„In diesem Brief steht, daß der Trenck verkleidet auf den Jahrmarkt gehn wolle?"

„Ja."

„Das ist eine Falle, eine großmächtige Falle, worin soll werden gefangen unser guter Herr Feldmarschall. Werd ich gleich erzählen, wie mich hat wollen verführen der Trenck, und wie ich hab betrogen den Panduren, daß er auch noch hat bezahlt fünfzig Gulden im voraus."

Lesser Wolf stammte nicht aus der Gegend von Glatz, wie er Trenck erzählt hatte, sondern er war einer jener Juden, die, aus anderen Ländern vertrieben, von Leopold die Erlaubnis erhalten hatten, sich innerhalb seiner

Landesgrenzen niederzulassen. Er hing daher mit Dankbarkeit an seinem Fürsten und hätte ihn keinesfalls an Trenck verraten.

Leopold ging während des Berichts, den Lesser Wolf lieferte, in höchster Erregung im Zimmer auf und ab.

„Also fangen will er mich!“ rief er endlich. „Mich fangen, mich, den Feldmarschall Fürst Leopold von Anhalt-Dessau, er, der Kroat, der Nichtsnutz? Lächerlich! Aber ich, ich werde ihn fangen! Wart, Bursche! Ich werde deine drei Kompanien Panduren so zwischen die Presse nehmen, daß sie an den Choteborer Jahrmarkt denken sollen in alle Ewigkeit!“

Er hätte seinem Grimm noch weiter Luft gemacht, aber der Wachthabende trat ein und meldete:

„Feldwebel Bode in einer höchst dringenden Angelegenheit!“

Der Angemeldete erschien.

„Was, in Zivil!“ rief ihm der Fürst entgegen. „Woher kommt Er denn?“

„Entschuldigung, wenn ich eilig bin und ohne weitere Erklärung vor allen Dingen frage: Wollen Euer Exzellenz den Trenck fangen?“

„Den Trenck? Versteht sich! Hat Er denn auch bereits davon gehört?“

„So wissen Exzellenz bereits — — —“

„Daß er nach Chotebor zum Jahrmarkt kommen will.“

„Ach, nach Chotebor! Ist das so gemeint? Nein, Exzellenz, wir können ihn bereits heut abend haben.“

„Heut abend? Wie denn?“

„Darf ich erzählen, Durchlaucht?“

„Heraus damit, aber schnell!“

Wilhelm Bode berichtete nun ausführlich über sein Erlebnis mit Agnes Engelmann und schloß mit der Bemerkung, daß er das Pferd des Müllers fast totgeritten habe, um so bald als möglich in Chrudim einzutreffen.

Der Fürst war in einer Aufregung, die gar nicht freudiger sein konnte. Während Bode erzählte, lief Leopold unter allerlei Armbewegungen im Zimmer auf und ab; er rieb sich die Hände; er fuchtelte mit den Armen in der Luft, und endlich, als Bode geendet hatte, rief er:

„Feldwebel, Herzenskerl, der Trenck wird unser! Macht Er wieder mit nach Studenetz?"

„Versteht sich, Durchlaucht!"

„Schön! Aber der König darf vorher nichts erfahren. Wir werden Müller; wir ziehen graue Röcke an; wir platzen diesem Erlenmüller in die Bude wie zwei Bomben. Wir gehn auf den Tanzboden; wir sehn uns seine Agnes an, oder wie das Mädel heißt; wir tanzen mit ihr; wir machen allerhand Streiche und treiben allerhand Allotria, und zuletzt nehmen wir den Trenck bei der Parabel und befreien das gute Österreich von einem Menschen, der dem Kaiserstaat nur Schaden bringt. Ich seh auch meinen alten Korporal Engelmann wieder, den — —"

„Was, Euer Durchlaucht kennen den Vater meiner Agnes?"

„Versteht sich! Er hat mich bei Cassano aus den Nudeln gezogen. Weiß er, daß du seine Tochter magst, Junge?"

„Nein."

„Schön, so werde ich deinen Freiwerber machen. Auf so ein Amt versteh ich mich. Und in den Wald von Steindorf werde ich ein Bataillon Grenadiere legen, das die Panduren bei ihrer Ankunft empfangen soll. So einen Jahrmarkt soll Chotebor noch nicht erlebt haben! Wir reiten sogleich ab, bis Labitz oder Stipanow; zwei Schwadronen Husaren mögen uns folgen, und wir nehmen den Korporal Tannert mit, der uns die Husaren herbeiholt, sobald wir sie brauchen. Lauf, Junge, und besorge die Kleider und Wanderbündel, damit der Spaß bald anfangen kann!" —

Die Dämmerung hatte bereits begonnen, als sechs Panduren zu Pferd in Studenetz einrückten, voran drei Offiziere, und hinter ihnen drei Diener. Zwei der ersteren waren Leutnants; der dritte, der in ihrer Mitte ritt, war Trenck selbst. Seine Gestalt zog die Aufmerksamkeit aller hinter den Türen, Mauern und Hecken versteckten Dorfbewohner auf sich. Die Reiter wurden von den drei Quartiermachern erwartet, von denen je einer sich einem der Offiziere beigesellte, um ihm seine Wohnung zu zeigen.

Als der Oberst mit seinem Diener und Tlasco, dem Unteroffizier, in den Hof der Mühle einritt, waren die Knechte und die zwei Mühlknappen dort aufgestellt, um den unwillkommenen Gästen zu Diensten zu sein.

Trenck sprang vom Pferd und trat sogleich in den Stall, um zu sehen, wie man für seine Tiere vorgesorgt habe.

Im Stall standen vier Pferde; neben ihnen war aber noch Platz für drei.

„Wem gehören diese Ziegenböcke?" fragte er die Burschen.

„Diese Pferde? Uns!"

„Und da sollen auch die meinigen stehn? Hinaus damit!"

„Wir haben nur diesen einen Pferdestall", klang die demütige Entgegnung.

Trenck erhob die Hand und gab dem Sprecher eine schallende Ohrfeige.

„Wenn ich befehle, so hat man ohne Widerrede zu gehorchen! Heraus mit euern Tieren!"

Die Knechte schickten sich an, diesem Befehl Folge zu leisten, doch geschah dies dem Obersten nicht schnell genug; er zog daher den Säbel und versetzte dem einen Mühlknappen mit der flachen Klinge einen Schlag über den Rücken.

„Könnt ihr nicht auch mit zugreifen!" gebot er. „Ich

werde euch dienstwillig machen! Tlasco, wo ist der Müller?"

Der Unteroffizier führte ihn nach der Stube; dort saß der Richter ganz allein, die Peitsche in der Hand.

„Er ist der Müller?" fragte ihn Trenck.

„Ja, der Müller und Richter von Studenetz."

„Wozu hat Er die Peitsche da?"

„Zum Kommandieren. Ohne sie folgt mir keiner."

„So! Warum steht Er nicht auf, he?"

„Ich hab das Kalte in den Beinen; ich kann nicht stehn."

„So will ich Ihm gleich einmal zeigen, wie gut Seine Peitsche zum Kommandieren ist. Paß Er einmal auf!"

Er nahm ihm die Peitsche aus der Hand, trat einige Schritte zurück, um Raum zum Hieb zu erhalten, und fuhr dann fort:

„Steh Er auf! Eins — zwei — drei!"

Er versetzte dem Müller drei so kräftige Hiebe, daß dieser laut schreiend emporfuhr und die Hände vorstreckte, um die Peitsche zu ergreifen.

„Sieht Er, wie das hilft! Jetzt marschiere Er einmal durch die Stube, ich werde den Takt dazu schlagen!"

Was man nicht für möglich gehalten hätte, das geschah: der Richter hinkte durch das Zimmer, bei jedem Schritt einen Hieb in die Beine erhaltend. Er verbiß seine Schmerzen und auch seine Wut, der er einem so gewalttätigen Mann gegenüber keinen Ausdruck geben durfte.

„So, jetzt ist Er geheilt. Wenn sich ein Rückfall einstellt, so laß Er mich rufen; ich kuriere Ihn unentgeltlich, hoffe aber auch, daß ich keine Not bei Ihm leide! Wo sind meine Zimmer?"

Der Unteroffizier führte ihn nach oben, wo sich bald ein vielseitiges Poltern erhob, zum Zeichen, daß der Herr Oberst beginne, sich in seinem Quartier nach gewohnter Gemütlichkeit einzurichten. Als es still geworden war, erschien die Magd, die als Wirtschafterin angestellt war, und jammerte, daß man ihr die Rauchkammer geplündert und auch die wenigen Flaschen Wein genommen habe, die allein für den Herrn Richter bestimmt seien. Der Gebieter, der jetzt wieder in seinem Rollstuhl saß, erklärte ihr sehr kleinlaut, daß sie sich schweigsam in alles fügen und ja nicht zanken solle.

Während dieses kurzen Gesprächs trat ein Mann ein, dessen Äußres einen jeden guten Menschen sympathisch berühren mußte. Er war ein Greis, aber ein schöner, kraftvoller Greis, wie man sie im Arbeiterstand selten findet. Er trug ein Kleidungsstück unter dem Arm und begrüßte den Müller mit Höflichkeit, was dieser aber nicht erwiderte.

„Endlich bringst du die Jacke", meinte er. „Niemand ist so faul wie die Schneider; sie haben niemals viel Arbeit, und werden dennoch niemals fertig. Wird sie passen?"

„Sie paßt", erwiderte Engelmann einfach.

„Willst du den Lohn gleich haben?"

„Es hat Zeit."

„Ich denke, du brauchst ihn, um heut zum Tanz gehn zu können!"

„Was ich dazu brauche, das ist vorhanden."

„So! Aber um mich zu bezahlen, ist nichts vorhanden."

„Es sind hundertfünfzig Gulden vorhanden, die du aber nicht genommen hast. Das Fehlende werde ich auch noch ersparen."

„Du wirst zum Sparen keine Zeit mehr haben, denn wenn du heut mit der Agnes zum Tanz gehst, so komm ich morgen mit dem Wechsel."

„Diese Schlechtigkeit ist dir zuzutraun, aber die Agnes eroberst du dir nicht damit. Denn wenn es wirklich zum Schuldgefängnis kommen sollte, so wird sich wohl ein barmherziger Jemand finden, der mich von dir erlöst."

„Bleib!“ rief der Müller und knallte mit der Peitsche hinter ihm her, jedoch vergeblich. Er war von Zorn und Eifersucht erfüllt; er wollte das Mädchen um jeden Preis gewinnen, und — jetzt kam ihm ein Gedanke, dem auch sogleich die Ausführung folgte; denn der Pandurenunteroffizier trat ein, um zu melden, daß er sich nach seinem Quartier begeben werde, da der Oberst gegenwärtig seiner nicht mehr bedürfe.

„Ihr quartiert also wirklich bei Engelmann?“ fragte ihn der Müller.

„Jawohl.“

„Ich bin der Pate des Mädchens. Wenn Ihr Euch fern von ihr halten wolltet, so würde ich Euch unter vier Augen ein wertvolles Geheimnis anvertraun.“

„So!“ lachte der Pandur. „Ihr alter Sünder habt wohl selbst ein Auge auf das Mädchen? Wieviel ist denn das Geheimnis wert?“

„Hundertfünfzig blanke Gulden! Laßt mir das Mädchen in Ruh, so sollt Ihr sie haben.“

„Für eine solche Summe tut man schon etwas, gebt sie her!“

„Nein, ich zahle sie nicht, sondern das Geheimnis ist so viel wert. Habt Ihr bei Engelmann das Tellerbrett hinter dem Ofen bemerkt?“

„Ja.“

„Es sind zwei kleine Zugkästen daran.“

„Ich weiß es.“

„In dem Kästchen liegen rechts blanke hundertfünfzig Gulden, Herr Unteroffizier. Jetzt kennt Ihr das Geheimnis. Werdet Ihr Wort halten?“

Der Pandur stieß ein zynisches Lachen aus.

„Ich werde erst sehn, ob das Geld wirklich zu haben ist, gehabt Euch wohl, Richter, Ihr werdet morgen Bescheid hören.“

Er ging. An seiner Stelle kam der Wächter hereingehumpelt.

„Kommst du endlich einmal!“ schallte es ihm entgegen. „Da kann man sterben und verderben, wenn man sich auf dich verlassen soll!“

„Ich bin nicht bloß für den Richter, sondern für die ganze Gemeinde da“, entschuldigte sich Matthias Schulazek. „Der Lärchenhofbauer schickt mich zu Euch um Hilfe. Der Offizier, den er erhalten hat, schlägt alles entzwei, weil ihm nichts gut genug ist, was er empfängt.“

„Sag ihm, er soll es sich gradso gefallen lassen wie ich selber. Der Trenck hat mich gleich beim Willkommen mit meiner eigenen Peitsche traktiert.“

„So hat doch meine Emilka wieder recht. Sie sagt immer, daß ein jeder seinen Mann findet. Der Eurige, Erlenmüller, das ist der Trenck. Das muß ich gleich der Emilka wiedererzählen.“

„Bleib!“ gebot der Richter, indem er zum Schlag ausholte.

Der Büttel fing den Hieb kunstgerecht mit seinem hölzernen Bein auf und stampfte hinaus. Für heute war es um das Ansehen des Richters geschehen. —

Droben in dem Zimmer, in dem sich der Oberst befand, wurde jetzt wieder ein längeres Schelten und Lärmen laut und kurze Zeit später traten die beiden Mühlknappen herein.

„Was wollt ihr?“ fuhr ihr Meister sie an.

„Herr“, meinte der eine, „wir haben bisher geglaubt, daß wir nur für die Mühle zu arbeiten haben, für das Haus und die Wirtschaft sind doch wohl die Knechte da!“

„Es wird kein Unterschied gemacht. Ihr arbeitet, wo ihr gebraucht werdet!“ lautete der Bescheid.

„Aber den Trenck haben wir nicht zu bedienen!“

„Und doch, ich habe es euch befohlen, und damit ist’s genug!“

Um seinen Worten den gewohnten Nachdruck zu geben, knallte er ihnen die Peitsche um die Beine.

„So wissen wir, woran wir sind", sagte der Sprecher wieder. „Wir gehören zu Euch und wollen Euch dienen, aber mit dem Trenck mögen wir nichts zu tun haben. Mir hat er vorhin den Säbel über den Rücken gezogen, daß die Haut aufgesprungen ist, und der Kamerad hat eben jetzt da oben eine ganze Schüssel mit Eiern an den Kopf bekommen; ein Glück noch, daß sie gesotten waren, sonst würde er ein schönes Aussehen haben. Wir gehn fort und kommen erst wieder, wenn der Pandur nicht mehr zu sehn ist!"

„Halt! Bleibt!" gebot der Müller mit einem kräftigen Peitschenknall; aber sie waren beide bereits zur Tür hinaus.

Er fühlte große Lust, seinen Gefühlen durch einige Kernworte Luft zu machen, als er draußen im Flur fragen hörte, ob hier die Erlenmühle sei; und auf die bejahende Antwort der entweichenden Mühlknappen wurde bescheiden an die Tür geklopft, und es traten zwei Menschen herein, denen man das staubige Müllerhandwerk auf den ersten Blick ansehen konnte.

„Gelobt sei Jesus Christus!" grüßte der ältere von ihnen.

„In Ewigkeit, Amen!" antwortete der Müller. „Wer seid ihr?"

„Gott zum Gruß, und dem Herrn Meister zu Ehren!" lautete der Handwerksspruch. „Wir sind zwei wandernde Gesellen des ehrsamen Müllerhandwerks und der löblichen Zeugarbeiterkunst und kommen, den Meister zu fragen, ob er nicht ein Nachtlager oder gar eine gute Arbeit für uns hat."

„Habt ihr eure Bücher bei euch?"

„Jawohl!" ertönte die Antwort im tiefsten Baß, wobei sich der Sprecher seinen martialischen Zwickelbart strich. Es war der Dessauer.

„Zeigt sie her!"

Sie legten beide ihre wohlgefüllten Ranzen ab, öffneten und nahmen die Bücher heraus. Es waren zwei französische Arbeitsbücher, die der Feldwebel Bode in der Eile bei zwei Soldaten aufgetrieben hatte, die geborene Franzosen waren, vom Dessauer aber sich hatten anwerben lassen. Der Müller öffnete sie und warf einen Blick hinein.

„Was für eine Sprache ist das?“ fragte er. „Die kenne ich nicht.“

„Es ist französische Schrift“, antwortete Bode. „Ich stamme aus Linz und mein Kamerad aus dem Preßburgischen. Aber wir haben jahrelang in Frankreich gearbeitet, wo man als Müller etwas lernen kann, und da mußten wir uns auch französische Bücher anschaffen.“

Das leuchtete dem Richter ein. Sie waren zwei ungewöhnlich kraftvolle Gestalten, hatten gute Sachen, gefüllte Felleisen und waren gar in Frankreich gewesen; das wären gewiß zwei tätige, solide Arbeiter, mit denen er Ehre einlegen konnte; dazu kam, daß seine beiden Knappen ihn verlassen hatten, und so antwortete er:

„Ihr könnt hier gute Arbeit haben. Ruht euch heute aus; die Mühle steht, und morgen könnt ihr euch die Sache ansehn. Drüben in der Mühle stehen zwei Betten, und in der Küche gibt es Essen genug. Wie heißt ihr?“

„Ich heiße Naumann“, antwortete der Fürst.

„Und ich Baumann“, erklärte der Feldwebel; „das merkt sich gut!“

„Schön! Ich hoffe, daß ich mit euch zufrieden sein kann. Jetzt geht!“ —

Unterdessen war der Unteroffizier Tlasco das Dorf hinabgeschritten, an der Schenke vorüber, wo soeben die Tanzmusik begann, bis zu seinem Quartier am Ende des Orts. Er fand die drei Leute, Vater, Tochter und die kränkliche Mutter, wegen des Abendbrots seiner wartend und setzte sich an den Tisch. Als er seinen Blick auf das kärgliche Essen warf, fragte er drohend:

„Soll das für mich sein?"

„Ja", antwortete Engelmann gleichgültig.

„Wo denkt ihr hin! Das ist nichts für unsereinen!"

„So geht dahin, wo Ihr etwas Besseres findet. Ihr seid aus eigenem Antrieb zu uns gekommen, und wir sind arme Leute."

Er erhob sich mit den Seinen, um das Tischgebet zu sprechen. Der Pandur lachte roh und verließ die Stube. Er trat erst wieder herein, als sie satt waren, und setzte sich nieder, um das übrige zu verzehren, erklärte aber, daß er gewohnt sei, ohne Zuschauer zu essen. Engelmanns verließen infolgedessen die Stube. Kaum aber waren sie hinaus, so sprang er auf, trat zu dem Tellerbrett, öffnete das Kästchen und fühlte auch sofort den gefüllten Beutel. Er steckte ihn zu sich und setzte dann die Mahlzeit fort. Als er fertig war und der Wirt wieder hereintrat, erklärte er ihm, daß er jetzt zum Bier gehen und wohl erst spät heimkommen werde.

Nun machte sich auch Engelmann bereit, mit Agnes nach dem Saal zu eilen; da aber hörten sie draußen Schritte und sahen einen Augenblick später beim Schein der Lampe zwei hohe, grau gekleidete Gestalten unter der Tür stehen.

„Gott grüß Euch, Korporal Engelmann!" sagte eine tiefe, kräftige Baßstimme, der man die Gewohnheit des Befehlens anhörte.

„Herr Jesu!" rief dieser, als er in das kräftige, dunkel gebräunte Gesicht des Sprechers blickte. „Das ist unmöglich!"

„Was ist unmöglich, Korporal Engelmann?"

„Daß Ihr es seid, Durchlaucht! Ich muß mich irren!"

„Wahrhaftig, kennt mich der Engelmann nach siebenunddreißig Jahren wieder!" schmunzelte der Fürst. „Und noch dazu in diesem Rock! Muß doch ein rechtes Spießrutengesicht haben, weil es gar nicht zu vergessen ist!"

„Also wirklich!" rief der Schneider. „O welch eine

Freude, welch eine Überraschung! Tretet näher, Durchlauchtigste Exzellenz!"

„Schrei Er nicht so, und laß Er die Durchlauchtigste Exzellenz beiseite! Wir sind in Feindesland, und da braucht es nicht mit Kanonen in die Welt hinausgeschossen zu werden, wer ich bin. Komm Er herein, Feldwebel Bode! Wir sind hier bei braven Leuten, die uns nicht verraten werden."

„Soll mich Gott bewahren, gnädigster Herr! Frau, Tochter, das ist Seine Durchlaucht, mein einstiger Generalissimus. Holt herbei, was das Haus vermag! Wir sind arm, aber Exzellenz werden fürliebnehmen."

„Schnickschnack!" meinte der Fürst. „Hier muß nicht gleich gegessen und getrunken werden. Setzt euch jetzt hübsch nieder! Das übrige wird sich finden. Feldwebel, Er gehört dorthin zur Jungfer, und ich setze mich zu den beiden Alten. So! Und nun sag Er mir einmal, Korporal Engelmann, ob Er ein guter Österreicher ist!"

„Das versteht sich, Durchlaucht. Ich sag es aufrichtig, obgleich — — —"

„Papperlapapp, red Er nicht! Es ist Seine Pflicht und Schuldigkeit, auf Seine Königin etwas zu halten. Versteht Er mich? Ich bin ihr auch nicht gram. Also wollen wir die Politik und den Krieg einmal beiseite lassen und von unsern eigenen Angelegenheiten reden."

„Aber die Panduren, Exzellenz!" warnte Engelmann. „Ich hab auch einen!"

„Pah! Ich werde sie bald alle haben! Was gehen mich die Panduren an. Ich hab eine andre Sorge, und die kann Er von mir nehmen, Engelmann."

„Wenn ich es doch könnte."

„Ich hab mir nämlich da im Anhaltischen ein neues, schönes Gut gekauft, zu dem ich einen tüchtigen Pächter brauche. Den Pächter hätte ich, da sitzt er vor mir, der Feldwebel Bode, mein Leibgrenadier, der bei allen meinen Streichen dabei sein muß."

„Durchlaucht!“ rief Bode überrascht.

„Halt Er den Mund, Feldwebel, und red Er dann, wenn man Ihn fragt! Also der Pächter wäre gefunden, aber mit der Pächterin, da hapert es noch gewaltig. Nämlich die soll und muß ausgerechnet Agnes heißen oder so ähnlich, und ihr Vater muß Korporal gewesen sein und den jungen Dessauer damals aus dem Kanal gezogen haben; anders tut es der Feldwebel, der Schwerenöter nicht. Was meint Er dazu, Engelmann?“

Der Gefragte wußte vor Überraschung gar nicht, was er antworten sollte; darum fuhr der Fürst fort:

„Da guck Er sich einmal Seine Agnes an, ob sie nicht rot wie Blut geworden ist! Nämlich dieses hinterlistige Volk kennt sich bereits von Halberstadt her und hat sich durchaus eingebildet, als Mann und Frau mir eins meiner besten Güter hinwegzupachten. Es ist gradzu unerhört. Aber was will man machen? Das Gut ist einmal da, sie beide selbst auch, und nun fehlt bloß noch, daß die Eltern nichts dagegen haben. Ich denke, es wird am besten sein, Er streckt das Gewehr und macht, daß Er bald Schwiegervater wird!“

„Exzellenz, das kommt so unerwartet, so überraschend, daß ich mich noch nicht zu fassen vermag!“

„Schockschwerenot! Er soll s i c h ja auch gar nicht fassen! Was Er zu fassen hat, das sind hier diese beiden Hände; die legt Er ineinander und sagt sein Ja und Amen. Vorwärts und abgemacht! Wenn sich zwei richtig gut sind, so muß man sie zusammentun; das hab ich an meiner alten Anneliese erfahren. Also macht, und tut eure Schuldigkeit, ihr beiden Alten, sonst nehm ich euch bei den Ohren!“

„Das heißt ja, die Festung ohne Belagerung gleich mit einem Handstreich genommen!“

„Bin es so gewohnt. Also, wie wird's?“

„Ist's denn wahr, Agnes, daß ihr euch kennt?“

Sie nickte glühend.

„So! Ich hab kein Wort davon gewußt!"

„Aber die Mutter!"

„So! Die Mutter! Na, Herr Feldwebel, ich kenn Ihn nicht, aber Sein Kriegsherr achtet Ihn, und da muß Er ein braver Kerl sein. Ich bin arm und kann Ihm nichts geben; aber meinen einzigen Reichtum, mein Kind, das soll Er haben. Der Herrgott mag herniederblicken und sein Ja und Amen dazu sagen. Komm, Mutter, gib auch du den Kindern deine Hand!"

Das war so recht ein Streich, wie Leopold ihn liebte. Noch keine fünf Minuten anwesend, hatte er eine Verlobung zustande gebracht und vier Menschen glücklich gemacht.

„Also, es bleibt dabei", meinte er fröhlich, „wenn der liebe Herrgott uns diesen Krieg überleben läßt, so ist der Pächter fertig, und die Schwiegereltern kommen mit zu uns! Für Seinen Bruder, Engelmann, den Schulmeister mit dem Seifenhandel, wird sich auch etwas finden. Ich habe seiner Alten einen ganzen Korb voll Butter und Käse abgekauft. Das ist ein blitzmäßiges Weibsbild; die hat Haare auf den Zähnen! Und, Korporal, wie steht Er denn eigentlich mit dem Richter? Der Feldwebel hat mir erzählt, daß Er dem Kerl etwas schuldig ist?"

„Das wird gleich morgen bezahlt", antwortete Agnes schnell.

„Hast du denn Geld?" fragte ihr Vater verwundert.

„Ja, genug! Der Wilhelm hier hat mir heute am Vormittag vierhundert Gulden gegeben."

„Vierhundert Gulden!" rief Engelmann erstaunt. „Ist das ein Geld! Also habt ihr schon heut am Vormittag miteinander gesprochen."

„Ja", antwortete der Fürst an des Mädchens Stelle. „Doch davon braucht Er nichts zu wissen. Er ist ein guter Österreicher, und so ist es besser, Er fragt heut gar nicht, was wir hier wollen. Wir beide sind Mühlknappen beim Richter, basta, abgemacht! Und nun, Korporal, geh Er mit der Agnes in den Saal; wir zwei werden gleich nachkommen!"

„Aber die Panduren, Durchlaucht!"

„Panduren hin, Panduren her! Ich heiße Naumann, und dieser hier heißt Baumann, und diese Nau- und Baumänner wollen mit der Agnes einen Hopser tanzen. Versteht Er mich? Rechtsum; vorwärts marsch!" —

Unterdessen ging es in der Schenke lustig zu. Das Jungvolk tanzte im Saal, und die Alten saßen in den beiden Nebenstuben, von wo aus sie auch zuweilen einen Blick in den Saal werfen konnten. Auch die Niederstube war gefüllt von Gästen, doch gab es hier einige verdrossene Gesichter. Sie gehörten den Honoratioren des Dorfes an. Diese hatten ihr Hinterstübchen räumen müssen, denn der Trenck war mit seinen zwei Leutnants gekommen, hatte sich dort zwischen einer Batterie von Weinflaschen festgesetzt und litt keinen Dörfler in der Herrenstube.

Es trug sich heute überhaupt manch Ungewöhnliches zu; das Erstaunlichste aber war, daß man den Richter auf dem Rollstuhl gebracht hatte. Zwei seiner Knechte hatten ihn hinauf in den Saal schaffen müssen; da saß er nun in einer Ecke und sah dem Tanz zu.

Nach kurzer Zeit setzten sich zwei fremde Müllerburschen zu ihm, von denen er den Nachbarn erzählte, daß sie aus Frankreich gekommen seien und bei ihm in Arbeit treten würden. Sie sahen recht wohlanständig aus und mußten sich Geld erspart haben, denn sie litten nicht, daß der Meister für sie bezahlte. Einer war freilich bereits in die Sechzig, aber es gab ja genug solcher, die das Wandern einem seßhaften Leben vorziehen und es doch zu etwas bringen.

Noch später kam auch der alte Engelmann mit seiner Tochter, was gar selten geschah und daher einiges Aufsehen erregte.

Der Pandurenunteroffizier, der ebenfalls zugegen war, ging gleich auf Agnes zu, um sie zum Tanz zu holen, wurde aber von ihr zurückgewiesen.

Und nun begab sich noch etwas Auffälliges: der jüngere der beiden Müller, der um einen Kopf länger und um eine Achsel breiter war als alle Männer im Saal, forderte Agnes auch zum Tanz auf, und mit diesem tanzte sie. Während dieses Tanzes erzählte Agnes dem Feldwebel, der mit dem Fürsten doch noch eher von Engelmanns aufgebrochen war als sie mit ihrem Vater, daß die hundertfünfzig Gulden aus dem Kästchen verschwunden seien. Sie hatte die vierhundert Gulden hineinlegen wollen und dabei bemerkt, daß der Beutel fort sei. Kurz vor dem Abendessen war er noch dagewesen. Kein anderer als der Pandur konnte ihn haben, der ganz allein in der Stube gesessen hatte.

„Du bekommst das Geld wieder", tröstete Bode. „Dafür werden wir sorgen, der Fürst und ich!"

Den nächsten Tanz schlug sie dem Panduren abermals ab, der darüber vor Zorn blutrot wurde, tanzte ihn aber mit dem alten Müller, der einen so großen Zwickelbart trug. Als dieser sich nachher wieder zu dem Richter setzte, meinte dieser:

„Hört, Leute, die Agnes ist nichts für euch! Ich bin der Pate und leide nicht, daß sie tanzt. Laßt es also sein, wenn wir gute Freunde bleiben wollen!"

„Wenn wir den Vater fragen und er erlaubt es uns, so ists genug!" hatte da der jüngere Müller gesagt und war gleich beim nächsten Tanz wieder mit ihr angetreten. Dann tanzte der Alte abermals mit ihr, nachdem sie den Panduren zum drittenmal abgewiesen hatte.

Dieser stellte sich ergrimmt hart an die Reihe der Tanzenden, und als das Paar an ihm vorüber wollte, hielt er das Bein vor, damit es darüber stürzen solle. Der Alte aber mochte so etwas erwartet haben; er hielt an, stieß dem Panduren die Faust unter das Kinn, daß dieser nach hintenüber flog, und tanzte dann weiter, als ob gar nichts geschehen sei.

Auch die drei Diener Trencks und seiner Offiziere und die anderen Quartiermacher waren da. Sie rotteten sich zusammen, und als der Tanz vorüber war, traten sie an den Tisch, an dem die beiden Müller saßen.

„Wie kann Er mich schlagen!" meinte der Unteroffizier. „Sofort verläßt Er den Saal, oder wir leuchten Ihm hinab!"

„Pack dich fort, Kerl" lachte der Fürst. „Sonst klopf ich euch sechs Pfefferkuchenmänner zu Mehl! Aber eh du gehst, gibst du das Geld heraus, das du deinem Wirt gestohlen hast!"

„Ich? Gestohlen? Mensch, das sag noch einmal!"

„Nein, sagen werde ich es nicht; aber nehmen werde ich es!"

Im Nu hatte er den Panduren gepackt; der riesige Feldwebel hielt diesen so fest, daß er kein Glied zu rühren vermochte, und ehe seine fünf Kameraden nur Zeit gefunden hatten, ihm zu helfen, zog der Fürst ihm den Beutel aus der Tasche.

„Ist das Sein Beutel, Engelmann?" fragte der Fürst.

„Ja, er ist's!" rief dieser erfreut.

„Hier, nehm Er ihn!"

„Halt, das Geld ist mein!" brüllte der Pandur und faßte den alten Engelmann bei der Gurgel.

In diesem Augenblick aber standen auch bereits die beiden Müller dabei; eine Minute lang bildeten sie mit den sechs Panduren einen Knäuel, und dann flogen diese einer nach dem anderen zur Tür hinaus und zur Treppe hinunter. Der riesige Feldwebel hatte gleich zwei auf einmal genommen.

Die anwesenden Dörfler verhielten sich vollständig ruhig bei diesem Auftritt, nach dem die Musikanten sofort einen neuen Tanz aufspielten. Währenddessen trat ein Fremder in den Saal, der bisher in der Niederstube gesessen hatte. Er trat auf den älteren Müller zu und flüsterte ihm ins Ohr:

„Exzellenz, die Kerls sind unten beim Trenck; er wird mit den Leutnants gleich nach oben kommen.“

„Gut, Korporal Tannert“, lautete die Antwort. „Es ist hohe Zeit, hol Er die Husaren! Sie mögen sogleich nach ihrer Ankunft die Mühle und die Schenke besetzen!“

Der Korporal hatte kaum den Saal verlassen, und der Tanz war ausgespielt, so wurde die Tür aufgerissen, und die gewaltige Gestalt Trencks trat in den Saal, hinter ihm die beiden Leutnants und drei Panduren. Die übrigen drei hatten sich beim Sturz zur Treppe hinunter Schaden getan.

Er warf sein Auge wild im Kreis umher und fragte mit dröhnender Stimme:

„Wo sind die Halunken, die sich an meinen Leuten vergriffen haben?“

Als keine Antwort erfolgte, trat er an den Tisch, wo die beiden Männer saßen.

„Ihr wart es! Müller sind es gewesen. Ihr habt — —“

Er hielt mitten in der Rede inne. Sein Blick war schärfer auf Leopold gefallen, und obgleich er ihm persönlich noch nicht begegnet war, so hatte er doch sein Bild gesehen. Er fragte daher:

„Wer ist Er, he?“

Leopold erhob sich, und der Feldwebel mit ihm. Sie konnten es nicht wagen, inmitten dieser feindlichen Bevölkerung sich zu erkennen zu geben; darum antwortete der Fürst:

„Kein Räuber und Pandur!“

„Mensch!“ rief Trenck, „das zahlst du mit dem Leben!“

Er riß eine Pistole hervor, stürzte aber sofort steif wie ein Klotz zur Erde nieder; die gewaltige Faust des Grenadierfeldwebels hatte ihn an die Schläfe getroffen. Im nächsten Augenblick lagen auch die beiden Leutnants am Boden, noch ehe sie ihre Waffen hatten gebrauchen können; dem Unteroffizier ging es ebenso, und nur die beiden Panduren entkamen.

Das war schneller gegangen, als es erzählt werden kann. Die Anwesenden waren vor Schreck und Erstaunen ganz sprachlos, und nur der Richter hatte seine Fassung behalten.

„Um Gottes willen, was tut ihr da!“ rief er. „Ich muß euch verhaften!“

„Er? Uns? Was fällt Ihm ein? Er will Richter sein und kennt Seine Generalität nicht besser?“ donnerte der Fürst ihn an. „Da seh Er her! Und wenn Er es wagt, nur mit einem einzigen Wort zu mucksen, so laß ich Ihn krummschließen!“

Er hatte seinen grauen Rock um ein weniges geöffnet, so daß man einen großen, goldenen Ordensstern, nicht aber die Farbe seines Unterrocks zu sehen vermochte.

„Ich bin gekommen, den Trenck festzunehmen, und werde ihn jetzt nach der Mühle schaffen lassen. Beordre Er zwei Mann dazu! — Und Ihr, Herr Oberstwachtmeister“, wandte er sich an den Feldwebel, „bleibt hier zurück, um die andern zu überwachen, bis unsre Szekler Husaren kommen. Wer den Saal oder die Schenke ohne Eure Erlaubnis verläßt, dem wird der Prozeß gemacht. Der Richter ist für alles verantwortlich!“

Der Richter war über alle Maßen betreten, als er in seinen neuen Mahlburschen so unerwartet zwei hochgestellte Offiziere erkennen mußte. Er beorderte zwei Männer, die Trenck, nachdem ihm die Waffen abgenommen worden waren, vom Boden emporhoben und forttrugen.

Der Fürst folgte ihnen.

Der Pandur war noch besinnungslos und so schwer, daß die beiden Träger alle ihre Kräfte anstrengen mußten. — So hatte man die Mühle beinahe erreicht, als ihnen der Wächter begegnete.

„Was geht hier vor? Wer ist das?“ fragte er.

„Es ist der Trenck", antwortete der Fürst. „Pack Er sich Seiner Wege!"

„Na, na, nur nicht grob! Der Trenck! So betrunken! Hm, wenn das die Emilka hört; die wird sich wundern!"

Damit ging er weiter.

Sie schritten jetzt am Mühlteich vorüber, da stieß der eine Träger einen Schrei aus und lief davon; der andere folgte ihm, und — Trenck stand gerade und hoch vor Leopold.

„Ah, hat Er sich betrügen lassen!" spottete er. „Er hat wohl nicht geglaubt, daß mir die Besinnung unterwegs kommen könnte. Jetzt ist es aus mit Ihm!"

Er warf sich auf den Fürsten. Dieser trat zur Seite und wollte ihn von hinten packen; so drehten sie sich einigemale umeinander herum, bis sie, das Wasser nicht beachtend, in den Teich stürzten. Hier wendete Trenck seine ganze Kraft an, den Gegner unterzutauchen, aber es gelang ihm nicht, denn die Verzweiflung gab dem Fürsten doppelte Kräfte. Leopold war dem Panduren nicht gewachsen; er mußte sein Heil in der Flucht suchen, aber er mußte auch so fliehen, daß Trenck ihm nicht entgehen konnte; das wäre nach der Richtung gewesen, aus der er seine Husaren erwartete; er aber machte es anders. Es gelang ihm, loszukommen und sich am Ufer emporzuschnellen. Er sprang, von dem Panduren verfolgt, nach der Mühle hin, erreichte deren Eingang und auch den Mühlenraum; aber der Pandur war immer so nah hinter ihm, daß es ihm nicht gelang, eine Tür zwischen sich und ihn zu bringen.

In dem unheimlichen und gefährlichen Raum war es vollständig finster. Der Fürst hatte, als er mit dem Feldwebel sich die Lagerstelle betrachtet hatte, eine Tür bemerkt, die von hier aus hinaus nach dem Mühlendamm führte; dieser wandte er sich zu. Leider aber hatte er nicht gemerkt, daß in derselben Richtung ein großer, breiter Kasten stand, der beinahe bis oben heran mit Aftermehl angefüllt war. Er rannte mit Macht dagegen an und stürzte hinein. Trenck hatte den Fall gehört, griff im Dunkel zu und erkannte durch das Gefühl augenblicklich die Lage.

„Jetzt hab ich dich!" rief er. „Nun magst du ersticken, Kerl!"

Er strengte sich an, den Kopf des Fürsten unter die Oberfläche des Mehls zu bringen. Dieser aber hielt sich mit Händen und Füßen am Rand des Kastens fest. Hätte Trenck die Hände des Gegners gelöst, so wäre es um diesen geschehen gewesen. Es war ein fürchterlicher Kampf, lautlos, heimtückisch; und fast wäre Leopold noch unterlegen, als auf einmal draußen lautes Pferdegetrappel erscholl und preußische Kommandorufe ertönten. Trenck stieß einen Schrei der Wut aus und machte eine letzte, aber auch vergebliche Anstrengung. Es gelang Leopold, den Mund vom anklebenden Mehl zu befreien und einen laut schallenden Hilferuf auszustoßen.

„Man ruft um Hilfe", ertönte draußen eine Stimme. „Abgesessen und hinein!"

Von den Bewohnern der Mühle war niemand daheim; sie waren alle auf den Tanz gegangen. Doch fanden sich die wackeren Husaren schnell zurecht. Beim zweiten Schrei Leopolds standen sie bereits an der offenen Tür, und nun erst ließ Trenck von seinem Gegner ab. Auch er mochte die betreffende Tür gesehen haben; er eilte darauf zu, öffnete und sprang hinaus auf den Damm. Leopold merkte es, warf sich aus dem Kasten heraus und folgte ihm. Draußen sah er ihn bereits hinter den Weiden, die den Teich umsäumten, verschwinden.

„Hierher! Mir nach!" rief er, indem er der Richtung folgte, in der er Trenck hatte fliehen sehn.

Er flog über eine Wiese und dann über frisch besäte Felder. Nun hörte er auch Hufschlag hinter sich, und bald war er von Reitern umgeben.

„Da vorn flieht er!“ rief er ihnen zu.

„Wer?“

„Der Trenck!“

„Und wer ist denn Er?“

„Alle Wetter, Rittmeister, nehm Er mich gefangen, aber laß Er Seine Schwadron sich entwickeln! Da vorn flieht der Trenck; er darf uns nicht entgehn!“

Der Rittmeister hatte diese Stimme erkannt; er gab den Befehl zum Streuen und nahm den Fürsten dann unter seinen Schutz, um ihn möglichst unbemerkt zur Mühle zurückzubringen.

Leopold konnte sich vor keinem Menschen sehen lassen. Das Bad im Teich hatte seine Kleidung vollständig durchweicht, und durch den Kampf im Mehlkasten war ein förmlicher Teig entstanden, in dem der Fürst steckte wie der Kern in der Zuckermandel. Er mußte sich bis auf weiteres mit dem Kleidervorrat des Müllers begnügen und, wenn auch zähneknirschend, Stubenarrest halten.

Trenck war entkommen, aber die anderen alle hatte man festgehalten; die Husaren ritten mit ihnen ab, während Leopold in geliehenen Kleidern mit dem Feldwebel später folgte.

Der alte Korporal Engelmann begleitete sie eine Strecke weit und nahm dann Abschied von ihnen — nicht für immer. Auf dem Rückweg traf er den Wächter.

„Weißt du nicht, wer gestern die preußischen Offiziere waren?“ fragte ihn dieser.

„Nein.“

„Hm! Auch meine Emilka weiß es nicht, und die bekommt doch sonst alles heraus, ich muß weiter fragen!“

Sein Fragen hat kein Ergebnis gehabt. Noch Jahrzehnte später erzählten die Bewohner von Studenetz, daß Trenck bei ihnen von den Preußen überfallen worden sei, aber niemand wußte zu sagen, wer die Müller gewesen waren.

Kurze Zeit nach jenem Ereignis, am 17. Mai 1742, wurde die Schlacht von Chotusitz geschlagen, auf die der Breslauer Friedensschluß[1] folgte, und wenige Wochen später zog die schöne Agnes mit ihren Eltern nach dem Anhaltischen; auch ihr Oheim bekam dort eine Stelle, die so besoldet war, daß seine „Alte" nicht mehr mit Butter, Käse und Seife zu handeln brauchte.

Slugaksch soll standrechtlich erschossen worden sein, doch läßt sich dies nicht genau feststellen.

In den Papieren der Familie Bode befindet sich noch heute ein in wunderlicher Orthographie geschriebener Brief des alten Wächters Matthias Schulazek, in dem er sagt, daß seine Emilka noch immer nicht erfahren habe, durch wen damals das ganze Aftermehl aus dem Kasten geworfen worden sei. — — —

[1] Am 11. Juni 1742; durch ihn wurde Schlesien mit Ausnahme von Teschen, Troppau und Jägerndorf an Preußen abgetreten

SEELENVERKÄUFER

(1745)

Bei „Mutter Röse"

Obgleich es noch früh am Tag war, ging es auf den Gassen, Straßen und Plätzen der Haupt- und Residenzstadt Dessau doch schon lebhaft zu. Es war heute ja Wochenmarkt, an dem die Bewohner der Umgegend herbeiströmten, entweder um die Erzeugnisse ihres Gewerbefleißes in Angebot zu bringen oder einzukaufen, was zur Befriedigung ihrer wirtschaftlichen, häuslichen und persönlichen Bedürfnisse notwendig war.

Durch die Alt-, Neu- und Vorstadt-auf-dem-Sande bewegten sich die Wagen, Karren und Fußgänger der von dem Fürsten Leopold erst neu angelegten Kavalierstraße zu, die noch heute mit ihren Rasenplätzen und dem unvergleichlichen Blick auf die Johanniskirche eine der größten Zierden der Stadt ist. Dorthin zog es die Neugierigen, und gruppenweise standen sie vor den Ladenfenstern oder wagten sich scheu und einzeln in eines der „grausam vornehmen" Gasthäuser, wo es zu sehen, zu hören, zu essen und zu trinken gab, was noch keinem der biederen Landbewohner vorgekommen war.

Die meisten von ihnen aber kehrten doch schließlich nach dem engen, an der Mulde gelegenen Stadtteil zurück, in dem „Mutter Röse", die dickste und zugleich beste Wirtin des ganzen anhaltischen Landes, residierte; denn sie verstand es ganz besonders gut, ihre Gäste gegen die beiden Erbübel der Menschheit, den Hunger und den Durst, in nachdrücklichen Schutz zu nehmen.

Wie eine Königin thronte sie zwischen zahllosen Flaschen, Gläsern und Krügen hinter dem langen, schweren Schenktisch, hatte für jeden einen freundlichen Gruß, ein vertrauliches Kopfnicken oder wohl gar einen kräftigen Händedruck und ließ wie eine Sonne die Strahlen ihres vollen und stets lächelnden Gesichts bis in die entfernteste Ecke fallen. Nirgends war das Bier so frisch und erquickend, nirgends der Braten so saftig und nirgends die Bedienung so aufmerksam wie bei „Mutter Röse", und wem es gar widerfuhr, von ihr selbst bedient zu werden, der konnte sich diesen Vorzug für eine wirkliche Ehre anrechnen und wurde darüber von den anderen groß angesehen. Aber ebenso kräftig und entschieden konnte sie auch gegen den auftreten, der es wagte, sie aus ihrem Gleichgewicht zu bringen und gar mancher Gast schon hatte ein solches Beginnen mit einem blitzschnellen „An-die-Luft-Setzen" büßen müssen.

Auch jetzt hatte sie sich mühsam zwischen den vielen anwesenden Marktgästen hindurchgedrängt, um am hintern Tisch einen der erwähnten Bevorzugten mit ihrer Aufmerksamkeit zu beglücken, als sich die Tür öffnete und ein Mann eintrat, der sich tief bücken mußte, um seinem Kopf eine unliebsame Berührung mit dem Querbalken zu ersparen. Obgleich er die Sechzig längst zurückgelegt haben mußte, trug er sich noch stramm und kräftig, und das dunkle, scharfe Auge hatte in jugendlicher Lebhaftigkeit das Zimmer mit einem einzigen kurzen Blick überflogen.

Er schritt zu einem noch unbesetzten Tisch, ließ sich auf den laut krachenden Stuhl fallen, zog die bestaubten Gamaschen in die Höhe, warf den Dreispitz von dem zierlich bezopften Kopf und wartete nun augenscheinlich auf irgendeinen dienstbaren Geist, um sich mit dessen Hilfe von einem der obengenannten Erbübel zu befreien.

Zufälligerweise aber war sein Kommen nicht bemerkt worden, und so zupfte er zunächst etliche Male ungeduldig an dem blauen Leinwandsack herum, der seinen breitschultrigen Oberkörper bedeckte, wirbelte sodann mit unmutiger Miene die Spitzen seines Schnurrwichses um den Zeigefinger, und als auch dies erfolglos blieb, erhob er endlich den dicken Knotenstock, der mittels eines Lederriemens an seinem Handgelenk hing, und ließ ihn lautdröhnend auf die eichene Platte des Tisches fallen.

„Heda, alte Klatschmaschine, mach, daß du bald vorkommst, sonst werde ich dir Beine machen!"

Auf diese mit kräftiger Baßstimme hervorgedonnerten Worte trat augenblicklich tiefe Stille ein, und aller Augen wandten sich nach dem Mann, der es wagte, die zwar gute, aber streng auf ihr Ansehen haltende Wirtin in dieser Weise zu beleidigen. Jedermann war überzeugt, daß der Sprecher in wenigen Sekunden draußen vor der Tür stehen werde, zumal Mutter Röse, schnell herumfahrend die beiden Hände in die Hüften stemmte, was bei ihrer Beleibtheit allerdings ein gewagtes und höchst schwieriges Unternehmen war, und mit vor Zorn hochrotem Gesicht über die Häupter der Sitzenden hinweg rief:

„Wer ist denn der unverschämte Kerl, he, der da vorn so dick tut? Wart mal, Bürschchen, wir werden gleich sehn, wer von uns beiden dem andern Beine macht!" Und sich nach dem Schenktisch wendend, wo eben ein vierschrötiger Hausknecht ein Faß auf das Gestell hob, setzte sie befehlend hinzu: „Christian, nimm ihn doch mal bei der Perücke und zeig ihm, wo der Zimmermann das Loch gelassen hat!"

„Laß dich nicht auslachen, alte Bierliese, und halt den Schnabel. Ihr wärt mir die Rechten von wegen dem Zimmermannsloch!"

Das war der Wirtin doch zu stark, zumal nun auch der Ärger über den Hausknecht dazukam, denn dieser machte nicht die geringste Miene, dem Befehl seiner Herrin Folge zu leisten, sondern lehnte in höchster Verlegenheit an der Küchentür. Mit raschen Schritten wand sie sich zwischen den Gästen hindurch, um den Angekommenen in Augenschein zu nehmen.

„Was wären wir? Die Rechten? Ja, das sind wir auch, und das will ich Ihm sofort beweisen, Er Grobian! Glaubt Er denn, daß man eine ehrsame und tugendhafte Witwe — — Herrjeh!“ unterbrach sie sich, als sie ins Gesicht des Ausgescholtenen blickte. „Bitte hunderttausendmal um Verzeihung, Durchl — —“

„Will Sie wohl endlich ruhig sein und mir einen Krug Zerbster Bitterbier bringen und was dazu gehört!“ unterbrach er sie schnell. „Oder glaubt Sie etwa gar, daß ich hereingekommen bin, nur um Ihre schönen Redensarten anzuhören?“

„Ja, freilich, einen Krug Zerbster“, wiederholte sie eilfertig, „und was dazu gehört, gleich, gleich sollen Durchl — —“

Das Wort blieb ihr bei dem fürchterlichen Blick, der sie traf, im Mund stecken; sprachlos vor Verlegenheit eilte sie nach dem Schenktisch, brachte den vollen Tonkrug herbei, stellte ihn auf den höchst eigenhändig mit ihrer weißen Schürze abgewischten Tisch, und bald lag neben dem Trunk auch ein mächtiges hausbackenes Roggenbrot, ein Stück gelber Butter und ein großer, appetitlicher Landkäse.

Der Gast leerte den Krug auf einen Zug und gab ihn der Wirtin zum Füllen zurück. Sodann griff er zum Messer und beschäftigte sich eifrig und erfolgreich mit dem Imbiß, während die Anwesenden die Köpfe zusammensteckten und sich nicht genug über das eigentümliche Vorkommnis wundern konnten, bis ein Name leise von Stuhl zu Stuhl, von Tisch zu Tisch geflüstert wurde und die Fremden dann mit halb scheuen, halb ehrfurchtsvollen Blicken die hohe Gestalt des Essenden musterten.

Dieser bekümmerte sich nicht im geringsten um die anderen und war so sehr in seine Arbeit vertieft, daß er den Eintritt eines neuen Gastes gar nicht bemerkte, der, als er ihn erblickte, ein Zeichen der Überraschung nicht unterdrücken konnte, dann aber wie infolge eines raschen Entschlusses auf ihn zuschritt und nach einem Stuhl griff.

„Ist der Stuhl erlaubt?" fragte er kurz.

„Warum nicht?" antwortete mit einem tiefen Brummen der Káuende. „Ich hab ihn nicht gemietet!"

Der also Berichtete setzte sich und meinte:

„Wünsch guten Appetit!"

„Danke", brummte es wieder; „aber laßt mich jetzt ungeschoren! Ich hab mehr zu tun, als mir Eure Höflichkeiten gefallen zu lassen."

„Ist mir auch recht!" klang die Antwort unter einem belustigten Lächeln des Sprechenden. „Heda, Mutter Röse, habt Ihr nicht noch ein Messer bei der Hand? Der Mann da wird die ganze Portion wohl nicht für sich allein brauchen!"

Jetzt erst blickte der Essende auf und überflog mit einem erstaunten Blick sein Gegenüber. Das Ergebnis mußte zufriedenstellend sein, denn als die Wirtin antwortete:

„Ich hab schon noch das Nötige für Euch übrig", entgegnete er in befehlendem Ton:

„Mache Sie keine Faxen und lasse Sie ihn immer hier mit zugreifen!"

Mit einem raschen Griff schwang er dem jungen Mann das schwere Brot hinüber, schob ihm Butter und Käse zu und nahm dann die unterbrochene Beschäftigung mit erneutem Nachdruck auf. Der andere griff ebenso fleißig zu, und als die beiden Hungrigen endlich ihre Arbeit beendigten, war außer einem bescheidenen Brotrest nichts Genießbares mehr auf dem Tisch zu bemerken.

Die leeren Krüge wurden wieder gefüllt, und sich mit einem behaglichen Laut die Magengegend streichend, begann der zuerst Angekommene:

„So, das wäre abgemacht, und nun kann man auch wieder sprechen. Ihr schlagt keine schlechte Klinge!"

„Hm, so was lernt sich schon, und der Käse war gut!"

„Meint Ihr? Ja, bei der Mutter Röse weiß man, was man bekommt. Ihr seid wohl kein Dessauer Kind?"

„Nein."

„So seid Ihr wohl in Geschäften hier?"

„Ja und nein, je nachdem man's nimmt."

„Ja und nein — so sprecht doch deutlicher, wie es einem vernünftigen Menschen zukommt!"

„Warum?"

„Warum, fragt Ihr noch? Na, zum Tausendsapperlot, wenn wir nicht hier sitzen und Maulaffen feilhalten wollen, so müssen wir doch etwas reden. Und auf eine gutgemeinte Frage gehört doch wohl eine ehrliche Antwort!"

„Da habt Ihr wohl recht; nur weiß ich nicht, was es Euch und mir nützen soll, wenn wir über meine Angelegenheiten verhandeln!"

„Mir wird's freilich nicht viel nützen, aber für Euch kann's vielleicht gut sein. Ich bin hier bekannt, und wenn es auch weiter gar nichts wäre, so kann doch wenigstens ein guter Rat nie Schaden bringen."

„Ihr sprecht wahrhaftig grad wie ein Buch; aber wahr ist's trotzdem, was Ihr sagt. So sollt Ihr denn meinetwegen wissen, daß ich hier eine Stelle suchen will."

„Eine Stelle? Was denn für eine?"

„Beim Alten!"

„Beim Alten? Bei was für einem Alten denn, he, wenn's gefällig ist?"

„Na, beim Fürsten."

„Beim Fürsten? Bei dem wollt Ihr eine Stelle haben und nennt ihn doch den Alten?" fuhr er zornig auf. „Da schlag doch ein Himmelmillionenschock — na, ich seh da gar nicht ein, warum ich mich ärgern soll. Eure Stelle kann mir ja ganz gleichgültig sein!"

„Ich hab nichts dagegen, aber wer neugierig ist, muß auch die Antworten nehmen, wie sie kommen."

„Hört mal, Ihr seid ein verteufelt aufrichtiger Kerl, und ich glaube, das Flunkern habt Ihr nicht gelernt!"

„Das will ich wohl zugeben. Man kommt mit der Ehrlichkeit immer noch weiter als mit der Flunkerei."

„So? Da habt Ihr es wohl schon weit gebracht?"

„O ja, bis zum Reitknecht."

„Alle Wetter! Kann Er denn wirklich ein Pferd reiten?"

„E i n Pferd? Hm! Sprecht lieber, j e d e s Pferd!"

„Jedes? Hör Er mal, dazu gehört mehr als Brot essen! Der ‚Alte' zum Beispiel, wie Er den Fürsten nennt, hat einen Rapphengst, der noch niemanden im Sattel gelitten hat. Das ist eine Bestie, wie es in der ganzen Welt weiter keine gibt!"

„Wer, der Alte oder der Rapphengst?"

„Mohrenelement, mache Er keine schlechten Witze! Was glaubt Er denn, was ich bin?"

„Ihr? Ja na, ich hab so einen Blick, so einen gewissen Geruch, um zu sagen, was einer ist, und ich irre mich selten. Ich glaube, Ihr — Ihr — handelt mit — mit — na, mit Zwiebeln!"

„Ich hand — le — mit — Zwie — wie — wie — beln — hahahaha — mit Zwie — Zwie—wie—wie—beln!" brach der Alte mit einem Lachen los, das fast in einen Lachkrampf ausartete und die Wände des Zimmers zu erschüttern schien. „Oh, Er ist ein weiser Salomo; aber erraten hat Er es doch: ich handle — hahaha — mit Zwie — wie — wie — beln — hahahaha — ja, und ich hab schon manchen in eine Zwiebel beißen lassen, daß ihm die Augen übergegangen sind! Hör Er, Er ist kein unebner Kerl, und ich möchte Ihm gern einen Gefallen erweisen. Will Er wirklich zum Fürsten?"

„Freilich! Ich hab gehört, daß der Leibknecht abgegangen ist, und wollte fragen —"

„Halt da! Er versteht wohl von der Sache noch gar nichts? Leibknecht kann nicht jeder hergelaufene Fremde werden, sondern zu einem solchen Posten kommt nur einer, der erstens sein Fach aus dem Effeff versteht, und zweitens vom Stalljungen auf gedient und sich das Vertrauen des Fürsten erworben hat. Das ist ein Vertrauensposten, auf den sich ein Unbekannter nicht spitzen darf."

„Das ist mir alles gar wohl bekannt; aber man weiß doch manchmal nicht, wie der Hase läuft, und ein Fremder ist zuweilen ebenso brauchbar wie einer, der sich von Stelle zu Stelle emporgeschwenzelt hat."

„Ich will da nicht mit Ihm streiten, aber der Leibknecht des Fürsten muß, soviel ich weiß, nicht nur ein ausgezeichneter Reiter sein, sondern auch nach der Schnur fahren können, denn der ‚Alte', wie Er den Fürsten nennt, ist etwas mürbe geworden, und das Fahren fällt ihm leichter als das Reiten, da er seine Achtundsechzig auf dem Rücken hat. Er steht jetzt mit seinen Buntröcken in Magdeburg und muß auch zuweilen hier in Dessau sein; da geht es denn oft herüber und hinüber, und der Leibknecht ist dabei meist seine einzige Begleitung. Versteht Er nun, was ich meine?"

„Warum denn nicht? Ihr macht es einem ja so deutlich, als wenn Ihr gar auf Schulmeister gelernt hättet. Aber Ihr sollt mir doch keine Angst machen, und ich werde mein Heil versuchen! Der Fürst soll jetzt in Dessau sein, und ich werde mich noch heut vormittag erkundigen, wie man es anzufangen hat, um mit ihm sprechen zu können."

„Da braucht Er gar nicht erst ewig herumzufragen, denn ich kann es Ihm ebensogut berichten wie jeder andre. Ich muß nachher aufs Schloß; hab dort mit dem Hofgärtner so einiges abzumachen und werde wegen Ihm einmal zuhorchen. Bin auch nicht ganz so ohne alle Verbindungen. Wollen doch mal sehn, ob ich Ihn nicht bis zum Kammerlakaien hinaufschieben kann; das andre ist dann Seine Sache."

„Ich hab volles Vertrauen zu Euch. Wenn Ihr ein Wort für mich sprechen wollt, so werde ich es Euch herzlich zu danken wissen; aber wie hab ich mich denn sonst noch verhalten?"

„Das ist sehr einfach. Geh Er einmal so in anderthalb Stunden aufs Schloß; da steht unter dem Tor einer, der muß jeden fragen, was er dort zu suchen hat, und dem kann Er es einmal im Vertrauen sagen, daß Er den Zwie — hahahaha — den Zwie — wie — wiebelhändler sucht. Er wird ihm sagen, wo ich stecke, und dann wird sich ja zeigen, ob ich derweil etwas für Ihn hab tun können."

„Gut, ich werde mich pünktlich einfinden und Euch Ehre zu machen suchen!"

„Das will ich auch hoffen. Heda, Mutter Röse, hier ist Geld!"

Die Wirtin kam so eilig herbei, als ihr Körperumfang es ihr gestattete, und nahm von ihm die Bezahlung für beide Gäste in Empfang.

„Hab Seine Zeche mit abgemacht! Er hat mit mir gegessen und getrunken und war also mein Gast. Leb Er wohl und verbummle Er die richtige Zeit nicht!"

„Habt keine Sorge. Danke für das Zahlen!"

Die Wirtin begleitete den Fortgehenden bis an die Tür, während der Zurückbleibende ihm mit einem listigen und befriedigten Lächeln nachblickte.

„Der alte Knasterbart", wie der Feldmarschall des Heiligen Römischen Reiches Deutscher Nation und Preußens, Leopold von Anhalt-Dessau, gern von seinen Soldaten genannt wurde, saß in seinem Arbeitszimmer. Die kleinen Fältchen an den äußeren Augenwinkeln waren zusammengezogen, und die tiefen Furchen der Stirn senkten sich nieder fast bis auf die Nasenwurzel — ein Zeichen, daß er sich mit unangenehmen Gedanken beschäftigte.

Früher war es seine treue Lebensgefährtin, die einstige Apothekerstochter Anna Luise Föse gewesen, die mit mildem Zuspruch so manche Wolke verscheucht, so manche Sorge mit ihm geteilt hatte, aber die lag nun im Grab, die alte, liebe, gute Anneliese[1], und er mußte nun allen Ärger, alle Kränkung allein tragen, und das wollte ihm doch gar nicht in den harten Trotzkopf, der die lange Reihe von Jahren bis auf den heutigen Tag kein anderes Gesetz gekannt hatte als seinen eigenen Willen.

Ärgerlich schob er den Stuhl zurück, riß einige Knöpfe des Uniformrocks auf und maß mit langen, raschen Schritten das Zimmer.

„Das ist doch, um bei lebendigem Leib aus der Haut zu fahren!" murmelte er. „Da hat der König am dreißigsten September[2] bei Sorr die Österreicher mit seinen achtzehntausend gegen volle vierzigtausend aufs Haupt geschlagen, ihnen zweiundzwanzig Kanonen, zwölf Fahnen und zweitausend Gefangene abgenommen und glaubt nun, daß sie sich auf eine solche Schlappe heuer nicht wieder hinauswagen werden. Die Armee kantoniert bei Schweidnitz, und General du Moulin soll sie mit seinem Kordon an der Grenze schützen. Der König ist nach Ber-

[1] Gestorben 1745
[2] 1745 (Schlacht im Zweiten Schlesischen Krieg 1741—45)

lin gegangen und spielt Flöte, seine Soldaten liegen in ihren Baracken und rauchen Tabak, und keiner merkt, daß man unterdessen da hinter dem Gebirge einen Trank zusammenbraut, der ganz verteufelt nach Schwefel und Salpeter schmecken wird."

Dem alten Kriegshelden schien es wohlzutun, sich immer weiter in seinen Grimm hineinzureden.

„Ja, ja, mich macht die österreichische Therese nicht dumm, und der Kaunitz, na, der taugt so wenig, daß ich ihn für zehntausend Taler nicht in eine Kompanie stecken möchte. Der Kerl ist ja die reine Flaumfeder und zieht zehn Röcke, zwanzig Überröcke und dreißig Pelze an, wenn er sich in den Hundstagen einmal an die Luft fahren läßt, und so einem Ofenhocker sollte der Dessauer nicht in die Karte gucken können? Prost Mahlzeit! Aber was hilft's denn, he? Einen Brief nach dem andern schick ich nach Berlin, warne, mahne, bitte, drohe, kurz und gut, ziehe alle möglichen Saiten auf — und was ist die Folge? Man antwortet mir nicht einmal, lacht mich vielleicht gar noch dazu aus. Da muß doch gleich ein hundsmiserables Graupelwetter dreinschlagen, mich auch noch auszulachen! Wenn ich nur ein einziges Wort davon höre, so nehm ich meine zwölftausend Buntröcke, marschiere auf Berlin und laß das ganze armselige Nest Spießruten laufen, vom König an bis herunter zum letzten Schusterjungen!"

Jetzt befand sich der Sprecher in voller Wut. Bei den letzten Worten war er stehengeblieben und hatte drohend den Arm erhoben. Er dachte gar nicht daran, daß er sich in der schönsten Revolution gegen seinen Feldobersten befinde, und als habe jemand einen Einspruch gegen seine Rede erhoben, fuhr er plötzlich auf den Absätzen herum und rief:

„Was, das tät ich nicht? Warum denn nicht, he? Wer will mirs denn verwehren, mir, dem Sieger in den Niederlanden, am Rhein, in Bayern, in Italien, in Schweden und so weiter? Aber was ich getan hab, das hat man vergessen, und wenn ich warne, da lacht man und — bläst Flöte dazu. I, da spielt meinetwegen Rumpelbaß oder Brummeisen, aber auslachen laß ich mich nicht, und Antwort will ich haben, wenn ich schreibe! Aber ich weiß wohl, der Fritz ist mir nicht gut, weil ich bei seinem Alten, der Herrgott hab ihn selig samt seinem Tabakskollegium, einen Stein im Brett hatte. Ja, der kannte seine Leute, und wenn er auch manchmal ein wenig unbequem werden konnte, so — — Na, was will Er denn, Er Schockschwerenöter?" unterbrach er sich, als in diesem Augenblick ein Diener unter der Tür erschien.

„Oberleutnant von Polenz. Meldung aus Halle!"

„Herrrein!"

In der nächsten Sekunde stand der Genannte gerade und steif wie ein Ladestock vor dem Fürsten, diesem mit der Rechten ein versiegeltes Schreiben hinreichend. Leopold trat damit ans Fenster, erbrach den Umschlag und begann, den Inhalt zu buchstabieren. Er war nie ein Freund und Bewunderer der edlen Schreibkunst gewesen, und Meldungen lesen oder gar selbst die Feder führen, gehörte für ihn zu den größten Strapazen des Erdenlebens. Die Zeilen konnten nichts Gutes enthalten, denn seine Miene verfinsterte sich immer mehr, und als er fertig war, ballte er das Schreiben ärgerlich zusammen und trat mit unheilverkündender Miene auf den Offizier zu.

„Weiß Er, was in dem Wisch steht?"

„Zu Befehl, Exzellenz!"

„Weiß Er auch, was draus wird, wenn das so fortgeht?"

„Zu Befehl, nein, Exzellenz."

„So! Oberleutnant will Er sein und weiß das nicht, was sich ein jeder Tambour denken kann? Wenn das Desertieren und Ausreißen so fortgeht, steht Er zuletzt ganz allein im Standquartier und sperrt das Maul auf, oder kann sich auch so nach und nach verduften wie die andern. Da schlag doch gleich das Wetter in die Disziplin! Kein Tag vergeht, wo ich nicht vom Durchbrennen höre, und allemal sind's die besten Kerls, die sich davonmachen, während die Taugenichtse kleben bleiben. Heute wieder der Korporal Nauheimer, der bravste Unteroffizier in der ganzen Armee. Auf den hätte ich Häuser gebaut! Warum hat sich der beiseite gemacht, he? Das muß doch einen Grund haben, denn ohne Grund desertiert kein Nauheimer!"

„Halten zu Gnaden, Exzellenz, ich weiß es nicht; der Korporal Nauheimer hat sich einen Urlaub von drei Tagen genommen und ist nicht wieder eingetroffen."

„So! Und da zetert Ihr gleich über Desertion? Es kann doch dem Mann sonstwas zugestoßen sein. Werde die Sache untersuchen! — Aber was ist denn nun das andre, he? Da wagen sich die sächsischen Werber herüber über die Grenze und schnappen uns nicht nur die besten Bauernburschen, sondern auch die eignen Soldaten weg! Nun hört mir aber alles auf! Zwölftausend Preußen stehn da, ziehen die Nachtmützen über die Ohren und lassen sich die feindlichen Werber gradzu zwischen den Beinen hindurchkriechen — will Ihm denn da Sein bißchen Verstand nicht stillstehn, he? Na, ich werde die guten Herren beim Schopf nehmen, daß es ihnen grün und gelb vor den Augen funkeln soll! Wie weit ist Er denn mit Seiner Liebsten?"

„Exzellenz, immer noch auf demselben Fleck."

„Kann mir's denken! Tabak rauchen, Karten spielen, mit dem Säbel rasseln, den Verstand vertrinken, einem braven Bürgermädchen den Kopf verdrehen, Schulden machen, Schlägereien anzetteln, das könnt ihr alle; aber wenn es endlich einmal ernstlich einem gescheiten und anständigen Frauenzimmer gilt, da klebt ihr in der Buttermilch und wißt kein Geschick dran zu machen!"

„Exzellenz, halten zu Gnaden, das Fräulein von Naubitz hat die Marotte, nur mit einem Offizier anzuknüpfen, der eine Kompanie hat, und da —"

„Papperlapapp! Meine Anneliese hat auch nicht nach der Kompanie gefragt! Wenn man so ein Mädchen nur zu packen weiß, dann fällt sie einem ganz von selbst um den Hals; ich weiß das genau. Aber da scheint es Ihm am Besten, nämlich an der Anstelligkeit zu fehlen. Die Naubitz ist meine Pate; Sein Vater schreibt mir und bittet mich um Förderung, und ihm zuliebe, der ein alter Kriegskamerad von mir ist, tu ich auch alles mögliche, um die Sache zustande zu bringen, aber wenn Er selbst den Brei immer wieder anbrennen läßt, so mag Er zusehn, wenn ein anderer kommt und sie Ihm vor der Nase wegschnappt."

„Verzeihen, Exzellenz, das glaube ich nicht befürchten zu müssen!"

„Nicht? Da weiß ich mehr als Er. Das Teufelsmädel ist schön, reich und klug, und ich glaube, sie hat bei ihrem letzten Besuch in Berlin einen gefunden, der es geschickter anzudrehen weiß als Er. Es ist ein Rittmeister bei den Zietenhusaren, und die sind in allen Dingen gewohnt, frisch dreinzuschlagen. Da ihre Eltern tot sind, so hat der Mann kurz und bündig mich um das Jawort gebeten, und wahrhaftig, er hätte es mit Freuden bekommen, wenn mir nicht noch zur rechten Zeit Sein Vater eingefallen wäre."

„Gestatten, Exzellenz, die Frage nach dem Namen des Rittmeisters?"

„Meinetwegen; es ist der Herr von Platen, derselbe von dem man sich so manches lustige Reiterstückchen erzählt. Der König scheint ihn sehr zu bevorzugen. Er kann sehn, wie Er ihn aus dem Sattel bringt!"

„Werde es versuchen und sage Exzellenz meinen schuldigen Dank für gnädige Auskunft."

„Schon gut! Das Mädel ist grad noch hier im Schloß, geht aber schon in einigen Stunden auf ihr Gut nach

Beyersdorf. Er ist noch im letzten Augenblick gekommen; geh Er zu ihr und mach Er Seine Sache besser als bisher!"

Während des letzten Teils der Unterredung hatte sich der Unmut des Fürsten etwas gelegt und einer freundlicheren Stimmung Platz gemacht, ein Umstand, aus dem sich schließen ließ, daß der Vater des vor ihm stehenden Offiziers bei ihm in gutem Andenken stehen müsse. Am Schluß der Endermahnung gab er mit der Hand das Entlassungszeichen und wandte sich zurück.

Mit militärischem Gruß trat Polenz ab und schritt so schnell durch das Vorzimmer und über den Flur, daß er fast mit einer jungen Dame zusammengerannt wäre, die sich eben anschickte, die Treppe hinabzusteigen. Erschreckt fuhr er zurück, verbeugte sich errötend und stammelte:

„Entschuldigung, Fräulein von Naubitz, ich befinde mich so sehr in Eile — —"

„Daß ich den Herrn Oberleutnant keinen Augenblick aufhalten, sondern ihm gern den Vortritt lassen werde", fiel sie ihm mit stolzer Haltung und mit einem feinen, überlegenen Lächeln in die Rede, indem sie mit einer abweisenden Handbewegung zurücktrat.

„Oh, meine Gnädige — so groß ist diese Eile denn doch nicht, — daß ich nicht einige Worte — —"

„Danke, danke! Der Dienst geht vor, und Ihr befindet Euch im Dienst. Bitte voranzutreten!"

„Ich werde gehorchen; aber zuvor bitte ich, mir zu sagen, warum Ihr gegen meine Person eine so große Abneigung hegt!"

„Ich muß bemerken, Herr von Polenz, daß hier nicht der geeignete Ort ist, von Zu- oder Abneigung zu sprechen."

„Dann ersuche ich ganz ergebenst um die Erlaubnis, einige kurze Minuten beim Fräulein eintreten zu dürfen!"

„Ich steh eben im Begriff, der Einladung einer Freundin Folge zu leisten. Es ist ein Abschiedsbesuch, der sich unmöglich aufschieben läßt!“

Polenz wollte gerade eine Entgegnung aussprechen, als sich unten eine tiefe, wohlklingende Stimme vernehmen ließ: „Hör Er, guter Freund, ist im Lauf des Vormittags nicht ein Zwiebelhändler hier gewesen?“

Die Sonderbarkeit der Frage ebenso wie der Wohllaut der sonoren Stimme, aus der trotz der in den Worten liegenden Erkundigung doch etwas Befehlendes klang, erregte die Aufmerksamkeit der Obenstehenden so, daß sie ihre eigenen Angelegenheiten vergaßen.

„Ein Zwiebelhändler? O ja“, tönte unter einem leisen Lachen die Antwort. „Er will wohl mit ihm sprechen?“

„Ja.“

„Dann ist Er wohl der Fremde, der bei Mutter Röse mit ihm gesessen hat?“

„Ja.“

„Gut, so geh Er diese Treppe hinauf. Hinter der Tür, die Ihm links entgegensteht, wird man Ihm Bescheid sagen.“

Das war die Tür des fürstlichen Vorzimmers; es handelte sich also vielleicht um eines jener spaßhaften Vorkommnisse, die zuweilen einzutreten pflegten, wenn der Fürst die Stadt oder deren Umgegend einmal verkleidet durchstrichen hatte. Die beiden an der Treppe sahen infolgedessen dem Erscheinen des Fragers mit einer gewissen Neugier entgegen.

Jetzt kam er langsam und gemächlich die Stufen heraufgestiegen. Es war ein noch junger Mann, der vielleicht dreißig Jahre zählen mochte. Von nicht zu hoher Gestalt, war er breitschultrig gebaut, von kräftigen Formen und gewandten Bewegungen. Wie er so mit über den Rücken gelegten Armen den Fuß von Stufe zu Stufe setzte, war es fast, als sei er hier zu Haus oder finde ganz und gar nichts Besonderes in einem Besuch bei dem strengen Souverän des Deutschen Reiches.

Oben angekommen, erhob er mit einem raschen und offenen Aufschlag den bis jetzt zu Boden gerichteten Blick. Als er die Dame erkannte, leuchtete es überrascht aus dem großen, dunklen Auge, aber so schnell, so kurz, daß Polenz es gar nicht bemerkte, und dann klang es in gleichgültig fragendem Ton unter dem sorgfältig gepflegten Bärtchen hervor:

„Wo ist die Tür, die einem hier links entgegensteht?"

Fräulein von Naubitz war bei seinem Anblick bis tief in den Nacken hinab errötet und schien durch die seltsame Frage ganz außer Fassung gebracht zu werden. Desto mehr aber bewahrte der Oberleutnant seine Würde.

„Kerl", rief er, „ist Er denn wirklich so heidenmäßig dumm, daß Er nicht weiß, was links und was eine Tür ist?"

„Freilich! Ich hielt Sein großes Maul für das Loch, durch das ich kriechen soll. Er reißt es ja sperrangelweit auf."

Damit drehte sich der Fremde nach links und trat in das Vorzimmer. Polenz hob schon den Fuß, ihm nachzueilen, um ihn für die Beleidigung zu züchtigen, aber die Gegenwart der Angebeteten veranlaßte ihn, seinen Zorn zu beherrschen.

„Freches Subjekt!" brummte er. „Solches Volk darf man aber gar nicht beachten! — Also das gnädige Fräulein steht im Begriff, auszugehn? Und doch läßt mich der Dienst keine spätere Stunde erwarten."

„Nun, so teilt mir schnell mit, was Ihr von mir wollt!"

„Was ich will, fragt Ihr? Nichts weiter, als eine endgültige Entscheidung. Ihr kennt mich und meine Verhältnisse und wißt auch, daß ich nicht ohne Vorsprache bin."

„So wißt Ihr desto weniger, daß die Vorsprache der Liebe nur schadet. Diese läßt sich nicht kommandieren, sie handelt nach eignem Ermessen und ist nur für den Preis zu haben, den sie selbst bestimmt."

„So nennt mir diesen Preis!" bat der Offizier, indem sein Blick sich mit verlangender Glut an die Sprecherin heftete.

Mit träumerisch glücklichem Ausdruck suchte ihr Auge die Tür, hinter der vor wenigen Sekunden der Fremde verschwunden war, und leise klang es von ihren Lippen:

„Ich kann nur einem Mann angehören, der neben Körper- und Geisteskraft auch einen Sinn für die feineren Gefühle des Herzens besitzt. Das gemeine, alltägliche Leben muß mit den Strahlen der Romantik übersponnen werden, wenn die Liebe heimisch werden soll, und ich kann mir nichts Entzückenderes denken, als wenn zum Beispiel ein stolzer Ritter die Zeichen seines Standes von sich legt, um im unscheinbaren Kleid nach dem Besitz der Geliebten zu ringen."

In süßer Vergessenheit haftete ihr Auge noch immer an der Tür, als könne sie durch diese das Wesen erblikken, von dem ihre Worte redeten; dann aber richtete sie sich stolz empor, grüßte den Oberleutnant mit einem kurzen Nicken des weißgepuderten Lockenköpfchens und rauschte die Stufen hinab.

„Die Zeichen seines Standes von sich legt — also inkognito — in unscheinbarem Kleid — stolzer Ritter — Besitz der Geliebten ringen —" murmelte Polenz. „Hm, hab noch gar nicht gewußt, daß sie an solchen alten Burg- und Rittergeschichten Wohlgefallen findet. Mir soll's recht sein — da bin ich mit dabei. Nach Beyersdorf geht sie? Gut, ich komme auch nach Beyersdorf — — aber natürlich inkognito. Da gibt's dann vielleicht Eduard und Kunigunde, und nachher zur Abwechslung Kunigunde und Eduard."

Unter diesen Gedanken stieg auch er jetzt mit nachdenklicher Miene nach unten.

Währenddessen war der junge Mann, den wir zuerst bei Mutter Röse trafen, in das Vorzimmer des Fürsten getreten. Dort wandte er sich an den diensttuenden Lakaien mit der Frage:

„Hat Er nicht vielleicht heut einen Zwiebelhändler hier herumlaufen sehn?“

Der Gefragte lachte über das ganze Gesicht.

„Wie kommt Er denn dazu, einen Zwiebelhändler hier zu suchen?“

„Nun, der Mann hat mich herbestellt, und da unten an der Tür stand einer, der hat mich hier heraufgewiesen.“

„So, na, da geh Er nur immer da hinein! Vielleicht findet Er da Seinen guten Freund von der Mutter Röse her.“ —

Noch immer rollte der Ärger seine Wogen durch die Adern des Fürsten, der unter dem Einfluß der gehabten Aufregung mit langen Schritten im Zimmer auf und ab spazierte. Als er den Eintretenden bemerkte, glättete sich sein faltenreiches Gesicht zusehends, trotzdem aber klang es kurz und barsch: „Wen sucht Er hier?“

„Den Zwiebelhändler!“

„Den Zwiebelhändler?“ Und sich breitspurig vor ihn hinstellend rief er ihm lachend zu: „Will Er mich wohl einmal recht genau angucken?“

„Warum denn nicht, wenn's Euch solchen Spaß macht!“

„Gut! Was sieht er denn nun da, he?“

„Was ich seh? Nun, was denn anders als Euch!“

„Hör Er mal, das versteht sich ja von selber! Aber ich meine, ob Er nicht so etwas bemerkt von wegen einer gewissen Ähnlichkeit.“

„Ähnlichkeit?“ und dabei musterte er mit der größten Aufmerksamkeit die Gestalt des Fürsten. „Nein, davon seh ich nichts.“

„Was? Er sieht gar nichts in Beziehung auf mich und den Zwiebelhändler? Ich hätte wahrhaftig nicht gedacht, daß Er so wenig Grütze im Kopf hat!"

Bei diesen Worten richtete sich der Fremde einige Zoll höher empor.

„Grütze? Hör Er, wem es von uns beiden an Grütze fehlt, das wird sich finden, aber beleidigen laß ich mich nicht, versteht Er wohl? Daß Er ein Zwiebelhändler ist, das sieht wohl jedes Kind, und wer man selbst ist, dem kann man doch nicht ähnlich sehn. Also frag Er ein andermal gescheiter, wenn Er keine dumme Antwort haben will!"

„Alle Wetter", lachte der Fürst, daß ihm die Tränen über die Backen liefen, „ist Er denn nicht bei Trost, hier an diesem Ort so aufzutreten!"

„Ich bin den ganzen Tag bei Trost, und abends und des Nachts erst recht, am allermeisten aber jetzt eben! Hat Er's verstanden? Er denkt wohl, weil Er seine Zwiebeln vielleicht in dem fürstlichen Garten bauen und also auch diese alte, speckige Livree tragen darf, oder weil Er ein Glas Bier und ein Stück Käse für mich bezahlt hat, so soll ich mirs gefallen lassen, daß Er mich mit Grütze aufzieht? Da kommt Er bei mir an den Rechten, denn grad bei Grütze bin ich am allerempfindlichsten!"

Leopolds Ärger war vollständig verschwunden und hatte der besten Laune Platz gemacht. Er bemerkte nicht, daß es hier und da wie helle Belustigung über das Gesicht des Sprechers zuckte.

„Ja, lach Er nur! Ich kann meinen Käse schon noch selber bezahlen und brauch auch Seine Fürsprache gar nicht, denn ich werde auch ohne Ihn mit dem Fürsten reden können!"

„Ohne mich? Hahahaha! Das möchte ich doch einmal sehn, wie das zuginge! — Sieht Er denn wirklich nicht, daß ich der Fürst selber bin?"

„Er? Na, Er wäre mir der Rechte!"

„So, Er glaubt es mir nicht?“

„Nein, nicht eher, als bis Er mir Sein Wort gibt, daß es wahr ist.“

„Gut, hier hat Er meine Hand darauf, daß ich Leopold heiße!“

„Jaaa — Leopold heißen viele!“

„Na, und daß ich der Fürst bin!“

Der Fremde hatte bisher in bequemer und gemütlicher Haltung dagestanden, jetzt aber reckte sich seine Gestalt in stramme Haltung, und selbst das Auge des strengsten Exerziermeisters hätte nicht die leiseste Veranlassung zu irgendeinem Tadel wahrgenommen. Wohlgefällig überflog Leopold den kraftvollen und dabei doch so geschmeidigen Gliederbau und meinte dann in freundlichem Ton:

„Also eine Stelle sucht Er bei den Pferden?“

„Durchlaucht, nicht bei den Pferden, sondern bei Euch!“

„Das ist hüben wie drüben; die Pferde sind mein und mein sind die Pferde; wenn Er also eine Stelle bei meinen Pferden hat, da — na, was lacht Er denn?“

„Entschuldigung, Durchlaucht — da hab ich bei den Pferden eine Stelle!“ antwortete der Gefragte rasch, der Logik des Fürsten absichtlich eine verblüffende Wendung gebend.

Verdutzt sah ihn dieser an, bis ihm endlich ein Licht darüber aufging, wie das gemeint und gedacht war; er lachte selbst darüber und rief:

„Ja, so geht's einem, wenn man sein Abc mit dem Säbel schreibt und seine Verse mit den Kanonen singt! Der Dessauer ist eben nicht zum Schulmeister geboren. Aber bleiben wir doch bei der Fahne! Also Er getraut sich jedes Pferd zu reiten, wie er am Vormittag sagte?“

„Ja.“

„Gut, ich nehme Ihn beim Wort. Leibknecht kann einer eigentlich erst nur nach langen Dienstjahren werden; so ein Mann will erprobt sein. Aber Er gefällt mir, und so will ich Ihm denn ein Generalstückchen aufgeben, das ebensoviel wiegt wie eine lange Dienstzeit. Drunten steht ein Rapphengst, der hat neunundneunzig Teufel im Leib; satteln und aufzäumen läßt er sich, aber damit ist's basta; er hat bisher alle in den Sand geworfen, die sich an ihn gewagt haben, und es waren Kerle darunter, vor denen man Respekt haben muß. Will Er's versuchen?"

„Warum nicht, Durchlaucht? Den wollen wir schon kriegen!"

„Das hat bisher jeder gesagt; aber sitzengeblieben ist die Hauptsache. Komm Er mal mit!"

Einen leichten Überrock umwerfend, schritt er voran hinunter zu den Stallungen.

Sämtliches Personal von dem eben anwesenden Oberstallmeister bis herab zum letzten Jungen betrachtete den Fremden mit neugierigen Blicken, als der Befehl erteilt wurde, den Rappen vorzuführen. Es war ein prachtvolles Tier, dessen Bau einen jeden Kenner und Liebhaber in Entzücken versetzen mußte; aber aus den dunklen Pupillen loderte ungezähmte Wildheit.

Vier starke Reitknechte waren notwendig, es herbeizuführen, und kaum hatten sie mit ihm den Platz betreten, so zogen sich alle andern ängstlich zurück, um bei dem zu erwartenden Schauspiel nicht beschädigt zu werden. Die Hauptperson aber, der Fremde nämlich, schien für das Tier gar keine Aufmerksamkeit zu haben, sondern sein Blick war auf eine Person gerichtet, die an einem der geöffneten Fenster stand und mit unverkennbarer Angst in dem schönen Angesicht dem Vorgang zuschaute.

„Marie!" flüsterte er. „Sie hat mich erkannt. Sie schien vorhin ausgehen zu wollen, und ist doch zurückgeblieben, um zu sehn, was ich bei dem Alten tue. Nur getrost, mein süßes Mädchen — werde ihm das verweigerte Jawort schon noch abzwingen!"

Er wandte sich dem Pferd zu, das abwechselnd vorn und hinten in die Höhe ging und die Knechte von sich abzuschütteln suchte.

„Aufgepaßt!" kommandierte er. „Sobald ich springe, laßt ihr fahren und bringt euch in Sicherheit!"

Eben bäumte sich der Rappe auf den Hinterfüßen hoch empor — ein kühner Sprung — der Reiter saß im Sattel, und die vier Leute flogen nach allen Richtungen davon.

Im ersten Augenblick schien das Tier gar nicht zu wissen, was mit ihm geschah, und stand eine Weile bewegungslos, dann aber schnellte es plötzlich mit allen vieren in die Luft und versuchte durch eine Reihe von Seitensprüngen, sich der Last zu entledigen. Als ihm das nicht gelang, warf es sich nieder, sprang wieder empor, wälzte sich, dazwischen immer wieder von neuem aufspringend und sich zur Erde werfend, nach allen Seiten hin und her, gebrauchte Hufe und Zähne, um sich des Reiters zu erwehren, aber immer blieb dieser über ihm und schien desto größeres Vergnügen zu empfinden, je toller es die Bestie unter ihm trieb. Jetzt sauste er im rasenden Galopp dahin, riß das Pferd im halsbrecherischen Schwung auf den Hinterhufen herum, sprengte bis gegenüber der Tür, unter der der Fürst stand, und rief mit lauter Stimme:

„Aufgepaßt jetzt, wer etwas lernen will!"

Mit kräftigem Stoß grub er den Daumen der geballten Hand zwischen Hals- und Rückenwirbel des Pferdes ein; dieses stieß einen Schmerzensschrei aus, der mit dem Klang des gewöhnlichen Wieherns nicht die entfernteste Ähnlichkeit hatte, und versuchte, wieder in die Höhe zu steigen. Aber wie eingemauert steckte sein Leib zwischen den Schenkeln des Reiters, deren gewaltiger Druck ihm trotz der Anstrengung aller Muskeln und Fibern den Atem und die Bewegung raubte. Es war ein Anblick zum Angstwerden. Hier kämpfte nur Körperkraft gegen Körperkraft, und die geistige Überlegenheit des Menschen war für den Augenblick ausgeschaltet. Die Stirnadern des muskelstarken Mannes traten blau und angeschwollen hervor; blutrot lag die Anstrengung auf seinem Gesicht, und groß und schwer fielen die Tropfen des Schweißes ihm von den Wangen herab. Bewegungslos waren seine Züge, starr richtete er die Augen auf den Kopf des Pferdes, und die Zügel spannten sich zum Zerreißen. Der Atem des Rappen drang pfeifend durch die Nüstern; die Beißkette knirschte unter den vor Angst zusammengepreßten Zähnen; die Hufe hoben sich unter den krampfhaft zuckenden Beinen und suchten doch sofort wieder den Boden. So hielten Roß und Reiter eine kleine Ewigkeit an derselben Stelle, bis endlich jenes lautlos zusammenbrach.

Ein allgemeines „Ah" der Bewunderung und Erleichterung entfuhr den Lippen aller, die Zeugen dieses Meisterstückes gewesen waren; über alle Rufe hinweg aber ertönte die Stimme des Fürsten:

„Mensch! Kerl! Wo hat Er nur um aller Welt willen diese heidenmäßige Stärke her? Er hat mir ja den Rappen zusammengedrückt, daß er nach Luft schnappt wie ein Karpfen! Hör Er, ist Er denn auf dem Wagen auch so zu Haus wie auf dem Pferd?"

„Ich denke, Durchlaucht."

„So! Nun, wenn Er es denkt, so wird es auch schon wahr sein; ich hab es Ihm gleich angesehn und auch gesagt, daß Er das Flunkern nicht gelernt hat. Er soll die Stelle haben. Dort steht der Herr Oberstallmeister, der wird Ihm Seine Anweisung geben! Über Seine früheren Verhältnisse werden wir schon noch reden!"

Langsam entfernte sich der Fürst. Die Knechte zogen das bis aufs äußerste ermattete Pferd, das sich unterdes wieder aufgerichtet hatte, in den Stall, und der Vorgesetzte, an den der Pferdebändiger gewiesen worden war, unterwies diesen in seinen Obliegenheiten, und zwar in einer Weise, die deutlich erkennen ließ, daß dabei das Wohlwollen des Fürsten bedeutend mit in Betracht gezogen werde.

Als er das Schloß verließ, um zu Mutter Röse zu gehen, wo er seit seiner gestrigen Ankunft in Dessau gewohnt und also sein Gepäck liegen hatte, hörte er das Rauschen einer seidenen Robe hinter sich und vernahm zugleich die Worte:

„Kurt, du hier? Was soll diese Maskerade?"

„Grüß dich Gott, mein Herzensschatz! Ich nahm Urlaub, um auf den leidigen abschlägigen Bescheid hin unerkannt die Verhältnisse zu untersuchen. Im Gasthaus traf ich auf den Fürsten und bin durch die Macht der Umstände in seinen Dienst geraten, obgleich das gar nicht in meiner ursprünglichen Absicht lag. Nun mag's laufen, wie es läuft."

„Ich geh nach Beyersdorf. Sehn wir uns dort?"

„Ja, wenn es möglich zu machen ist. War das vorhin der Polenz?"

„Ja", hörte er noch, dann hatte sie ihn so weit überholt, daß keine weiteren Bemerkungen ausgetauscht werden konnten.

Bei Mutter Röse angekommen, trat er zunächst noch einmal in die allgemeine Gaststube, um sich nach der gehabten Anstrengung an einem Krug guten Bieres zu erquicken. Obgleich er anfänglich nicht daran dachte, die Anwesenden zu beobachten, wurde seine Aufmerksamkeit doch bald durch zwei Männer in Anspruch genommen, die am benachbarten Tisch saßen.

Der eine, lang und hager, aber starkknochig gebaut, trug einen schwarzen Knebelbart; seine kleinen, stechenden Augen blickten listig unter den buschigen Brauen hervor, und jeder Zug seines von der Sonne verbrannten Gesichts verriet den schlau berechnenden Egoisten, dessen höchster Lebenszweck der Gewinn ist. Der andere und jüngere war, wie aus der Ähnlichkeit zwischen beiden sich schließen ließ, jedenfalls sein Sohn und schien auch in geistiger Beziehung ganz das Ebenbild seines Vaters zu sein.

„Was sagst du da, Junge? Du hättest zum Beispiel eine Gelegenheit gefunden?“ fragte der letztere.

„Ja, und was für eine!“

„Wo denn, zum Beispiel?“

„In Bitterfeld.“

„In Bitterfeld? Wie bist du denn dahin gekommen? Dort gibt's ja fast nur lauter Tuchmacher, Töpfer und Schuster.“

„Oho, es gibt auch ganz bedeutenden Getreidebau dort, den die Fläminger betreiben, die ihr eigenes Recht haben. Aber diese Leute sind so zäh, daß unsereiner an ein Geschäft mit ihnen gar nicht denken kann. Ich wollte es versuchen, deshalb ging ich hin, aber umsonst. Der einzige, mit dem sich ein Wörtchen reden läßt, ist der Bäcker Wolstraaten; das ist ein Kerl, mit dem sich etwas machen läßt, aber es fehlt ihm eben auch am Besten!“

Dabei machte der Sprecher die Gebärde des Geldzählens.

„So! Was zum Beispiel läßt sich denn mit ihm machen?“

„Hm, ich denke, so ziemlich alles, wenn's nur was einbringt.“

„Junge, du bist ein Schlauberger, und wenn du von jemand so etwas sagst, so hast du auch deine Gründe dazu. Hab ich recht?“

„Möglich.“

„Ja, ja, bist ganz nach mir geraten, ganz nach mir. Also, was ist's zum Beispiel mit dem Bäcker?“

Der Gefragte sah sich scheu um; da aber unser Lauscher in seinen Bierkrug vertieft zu sein schien und die anderen Gäste zu entfernt saßen, um Zeugen des Gespräches sein zu können, so antwortete er, wenn auch in etwas gedämpfterem Ton:

„Der fragt bei allem, was ihm vorkommt, nur, ob es

ihm was einbringt, und je mehr es trägt, desto weniger bekümmert er sich darum, wie man es nennt. Er hat in einem Umkreis von mehreren Meilen die Hauptniederlage für den Elbschmuggel, steht mit allen Langfingern in leidlicher Freundschaft und weiß vielleicht auch von den Seelenverkäufern und Werbern zu reden, die dort herum die Gegend so unsicher machen."

„Das ist ja ein ganz gefährlicher Kerl! Mit dem mag ich zum Beispiel gar nichts zu tun haben."

„Ja, das wäre wohl auch meine Meinung, aber der Mann hat auch eine ganz vortreffliche Seite."

„Welche denn?"

„Die, daß er Vormund ist."

„Vormund? Von wem denn zum Beispiel?"

„Na, von der, die ich vorhin meinte!"

„Ach so! Aber mach mir die Sache doch etwas deutlicher!"

„Du weißt, die Fläminger sind eigne Leute, die so ihre altherkömmlichen Gebräuche haben und sich den Teufel um unsre Gesetze und Regeln kümmern. Bei ihnen hat ein Vormund eine ungewöhnliche Macht über sein Mündel und darf mit dessen Person und Habe schalten und walten fast nach Belieben. Und da wäre denn mit dem Wolstraaten ein Geschäft zu machen."

„Wieso?"

„Sein Mündel, ein blitzsaubres Mädel, soll eine Erbschaft gemacht haben in Haarlem oder so da herum; die wird jetzt ausgezahlt und —"

„Da hast du dich an das Mädel gemacht?"

„Ja, noch mehr aber an den Vormund."

„Höre, du bist ein ganzer Junge! Bei den schweren Kriegsläuften zum Beispiel haben wir im Geschäft mehr zugesetzt als verdient, und da könnte man so eine Zubuße schon gebrauchen. Wie ist's denn gegangen mit der Sache?"

„Gut und schlecht, je nachdem man es nimmt. Das

Sofje, wie die Flamländer statt Sophie sagen, hat einen Liebsten, und ich hab also nicht viel ausrichten können; den Bäcker aber hab ich auf meiner Seite, und das ist doch immer die Hauptsache."

„Wie hast denn das zuwege gebracht?"

„Das ist doch so einfach wie nur was: ich laß ihn mit erben!"

„Das war gescheit! Politisch muß man sein, und du bist bei mir zum Beispiel in eine gute Schule gegangen. Ihr seid also einig geworden?"

„Ja; es fehlt nichts weiter, als daß Ihr nach Bitterfeld fahrt und die Sache mit ihm vollends in Ordnung bringt. Das schöne Geld sticht einem in die Augen, und wenn man erst das Mädel sieht, da möchte man gleich mit beiden Beinen dreinspringen."

„Ich glaube, du bist gar verliebt! Da wird man ja selbst ordentlich neugierig. Weißt du was? Ich werde gleich morgen oder übermorgen hinauffahren. Da darf man keine Zeit verlieren. Also einen Liebsten hat sie? Was ist es denn für ein Mensch?"

„Er heißt Nauheimer, und ist Korporal."

„Also ein Buntrock ist er? Da ist es mir gar nicht angst, denn diese Sorte darf zum Beispiel gar nicht so leicht ans Heiraten denken, und das Mädel wird, wenn es etwas auf sich hält, sich bedanken, einen solchen Bruder Leichtfuß zu nehmen."

„Verrechnet Euch nur nicht! Ein bildschöner Kerl ist er, das muß ich sagen, und das Sofje ist auch ganz vernarrt in ihn. Außerdem soll der Alte Dessauer große Stücke auf ihn halten, und wo sein Herr dahintersteckt, da weiß man nicht, wie es werden kann."

„Dieser Punkt darf dir keine große Sorge machen! Du bist ja auch ein Kerl, der sich sehn lassen kann, und wenn der Nauheimer sich etwa gar zu breit macht, so hast du ja ein Paar gute und gesunde Fäuste, mit denen sich zum Beispiel schon etwas machen läßt. So ein Korporal hat seinen Rücken auch nicht von ungefähr und fühlt eine Tracht Prügel ebensogut wie jeder andre. Als ich zu deiner Mutter auf die Freite ging, hab ich gar manchen herzhaften Puff austeilen müssen, eh ich sie den andern wegschnappte, aber das sag ich dir, Püffe, die tun manchmal Wunder, besonders wenn sie nicht gar zu zart sind!"

„Hört, Vater, Euer Wort in Ehren, da kommt Ihr bei dem Nauheimer an den Unrechten. Ich hab's auch ohne Euch gewußt, was eine derbe Faust zustand bringt, aber bei dem mag ich's mein Lebtag nicht wieder versuchen."

„Was? Du bist wohl schon mit ihm zusammengeraten?"

„Na, das versteht sich, und wie! Ich hab meine Prügel eingesteckt und das Nachsehn gehabt!"

„Mohrenelement! Du hast dich so ruhig abwalken lassen und bist dann fortgeschlichen? Da muß ich mich als dein Vater wirklich schämen. Das hätte zum Beispiel mir geschehn sollen. Aber so ists jetzt bei euch Dämlingen: ein saubres und reiches Mädchen sticht euch wohl schon in die Augen, aber wenn es gilt, für sie einmal dreinzuschlagen, da schleicht ihr beiseite und reibt euch den Buckel!"

„Oho, da seid Ihr allerdings auf dem Holzweg! Ich bin auch kein Hasenfuß und weiß mich meiner Haut schon zu wehren, aber der Korporal steht für zehn; so einen Goliath hab ich noch gar nicht gesehn. Deshalb hält ja eben der Alte Dessauer so große Stücke auf ihn, denn der Nauheimer und der Rittmeister Platen von den Zietenhusaren, das sind zur Zeit die beiden stärksten Kerle in der ganzen preußischen Armee, das ist ja bekannt. Ich glaube, wenn die zwei mal zusammenkämen, die hauten eine ganze Kompanie kurz und klein!"

„So schlimm ist's doch wohl nicht! Von dem Platen hab ich auch gehört; der soll ein ganz verteufelter Satan sein. Was aber deinen Korporal betrifft, so ist er mir noch mit keinem einzigen Wort vor die Ohren gekommen, und ich glaube, es läßt sich mit ihm schon fertigwerden! Wie ist es denn zum Beispiel eigentlich mit eurer Balgerei gewesen?"

„Das war so: das Sofje wollte am Sonntag abends auf den Tanz gehn; das erfuhr ich von dem alten Wolstraaten. Das Mädel ist eine flotte Tänzerin, und der Bäcker gab mir da einen Wink, mich an sie zu machen, denn, sagte er, ein guter Tänzer und eine flotte Tänzerin geben einen tüchtigen Hopser, und zwei Hopser ein Liebespaar. Ich machte mich also auch auf den Saal und suchte sie auf; aber das Ding war gar nicht so leicht. Um das Mädel war ein Gezerr und Gereiß, als ob es auf der ganzen Welt weiter gar keine gäbe. Einer nahm sie dem andern nur immer so vor der Nase weg, und ich kam nicht einmal dazu, nur ein Wörtchen mit ihr zu reden. So mußte ich die ganze Zeit nur immer so von weitem stehn, und Ihr könnt Euch wohl denken, daß es mir darüber ganz kollerig und grimmig zumut wurde. Am liebsten hätte ich schon jetzt dreinschlagen mögen; aber es hatte mir ja eigentlich noch gar niemand etwas getan, und so mußte ich meinen Ärger im stillen hinunterkauen. — Da auf einmal geht die Tür auf, und es tritt ein Kerl herein, so lang und breitschultrig, daß er oben, hüben und drüben fast anstößt, und dabei quirlt er sich den Schnurrbart und reißt ein Gesicht wie ein General."

„Du, das war wohl zum Beispiel der Nauheimer?"

„Freilich war er's, aber ich wußt es noch nicht und hatte auch noch gar nichts von ihm gehört. Als ihn die Sophie sieht, läßt sie ihren Tänzer grad mitten auf dem Saal stehn, lacht vor Freude bis hinter die Ohren und drängt sich durch das Gewühl bis hin zum Korporal. Und der packt sie auch ganz ungeniert unter den Armen, hebt sie in die Höhe und klebt vor allen Leuten seinen

Schnurrbart unter ihr Näschen, als ob er dort vierzehn Tage hängenbleiben sollte. Als er sie wieder freigibt, gucken sie sich einander in die Augen, als hätten sie sich seit Abrahams Zeiten nicht gesehn, und dann packt er sie plötzlich um den Leib und — heidi, geht's los, rundherum, daß die andern Paare auseinanderfliegen und es einem ganz wirblig wird. Und die Burschen hatten solchen Respekt vor ihm, daß sich keiner von jetzt an mehr an das Mädchen wagte. Das war gradso, als wär er ganz allein Hahn im Korb, und auch die Musikanten spielten bloß die Tänze auf, die er bestellte."

„Aha, es schwant mir schon, und jetzt zum Beispiel geht der Teufel los!"

„Ihr habt's erraten! Die Geschichte wurmte mich natürlich ungemein, und da ich mich nun von den andern nicht mehr zurückgedrängt sah, so wartete ich erst noch ein Weilchen und steuerte dann auf sie zu, um sie zum Tanz wegzunehmen. Das Mädel lachte mich an und meinte:

‚Warum denn nicht, wenn's mein Liebster da erlaubt!'

Jetzt mußte ich ihn fragen, aber er antwortete mir gar nicht, sondern drehte sich ihr zu:

‚Du weißt ja, wie ich es gehalten haben will: wenn ich nicht da bin, so kannst du meinetwegen mit jedem anständigen Burschen tanzen, wenn ich aber komme, so hat's damit ein Ende. Wer ist denn der?'

‚Das ist ein Getreidehändlerssohn aus Dessau, der mit dem Vormund Geschäfte macht.'

‚So, dagegen kann ich nichts haben, aber mit dir soll er keine Geschäfte machen!' Und darauf wandte er sich herum und sagte: ‚Hat Er's gehört? Marsch ab!"

„Alle Hagel, grad als hätte er einen Rekruten vor sich. Was zum Beispiel hast du denn dazu gesagt?"

„Das Kommandieren fuhr mir in die Nase. Der soll sich verrechnet haben, dachte ich, und deshalb antwortete ich grad in demselben Ton wie seiner gewesen war:

‚Hör Er mal, hier ist ein öffentlicher Ort, und ein Mädchen, das hierher kommt, muß mit jedem tanzen, der sie wegnimmt, wenn sie noch nicht versprochen ist. Mein Geld ist auch kein Blech, und wenn ich bezahle, so tanze ich, mit wem ich will!‘“

„Da hast du es ihm aber zum Beispiel tüchtig gesteckt! Und was sagte er dazu?“

„Erst gar nichts; er blinzelte mich nur so verdächtig vom Kopf bis zum Fuß an; nachher stand er auf, stellte sich groß und breit vor mich hin und meinte ganz freundlich: ‚So ist's recht, mein Junge, so gefällst du mir! Aber mach, daß du fortkommst, sonst könnte ich dir nicht gefallen!‘“

„Da bist du doch nicht etwa fortgelaufen?“

„Freilich bin ich gegangen! Ich weiß selber nicht, wie das gewesen ist, das war so eine sonderbare Freundlichkeit, daß es mir ordentlich in die Beine gefahren ist, und eh ich zur rechten Überlegung gekommen bin, hab ich wieder in meiner Ecke gestanden. Die dabei gewesen sind, haben mich ausgelacht, und da ist eine wirkliche Wut über mich gekommen. Als der nächste Tanz losging, bin ich wieder auf die beiden zugetreten und hab den Korporal gefragt:

‚Ist Seine Liebste jetzt versprochen?‘

‚Nein‘, antwortete er.

‚Und Er tanzt auch nicht mit ihr?‘

‚Nein, diesmal nicht.‘

‚So werde ich's einmal mit ihr versuchen.‘

‚Das laß Er ja bleiben. Es könnte Ihm am Ende einen Schnupfen eintragen!‘

‚Oho, glaubt Er etwa, die Mädels seien alle nur für Ihn gewachsen?‘ Dabei hab ich sie beim Arm ergriffen; aber eh ich's mir nur versehn konnte, bin ich durch das Gedränge hindurch bis grad vor die Tür geflogen, so daß ich rechts und links ein halbes Dutzend von den im Weg Stehenden mit niedergerissen hab, und da ist er auch schon wieder bei mir gewesen, hat mich angefaßt, so daß ich mich gar nicht rühren konnte, und mich die Treppe hinunter bis vor das Haus getragen. Da ist drüben über der Straße ein langer, hölzerner Wassertrog gestanden, in den hat er mich der Länge nach hineingelegt, so daß mir das Wasser aus dem Rohr grad über die Nase gelaufen ist."

„Und du hast dir das so ruhig gefallen lassen? Das hätte er zum Beispiel einmal mit mir probieren sollen!"

„Ihr hättet auch nichts machen können! Der Mensch ist ja so stark, daß mir nicht nur der Atem, sondern auch Hören und Sehen vergangen ist. Und so hab ich mich denn aus dem kalten Bottich herausgekrabbelt und bin meiner Wege gegangen. Als ich so pudelnaß zum Bäcker kam, ist er fuchsteufelswild über das Mädchen gewesen, und ich hätte die Predigt nicht anhören mögen, die sie später jedenfalls bekommen hat. Ich bin in andre Kleider gefahren, hab einen warmen Schluck zu mir genommen, und dann sind wir noch lange beisammen gesessen, um unsre Heiratsgeschichte in Ordnung zu bringen. Als ich am frühen Morgen fortging, hat er mir noch einen schönen Gruß an Euch aufgetragen, und Ihr solltet nur recht bald kommen, um Euch die Gelegenheit einmal anzusehn."

„Na, das ist ja ein ganz abscheuliches Abenteuer gewesen, und hier ist zum Beispiel gar nicht viel Zeit zu verlieren! Ich werde, wie gesagt, schon morgen fahren, und es müßte nicht mit rechten Dingen zugehn, wenn ich den Handel nicht zustande brächte. Ich bin schon noch der Mann, so einem nichtsnutzigen Korporal den Braten zu verderben! Komm, trink aus; wir müssen das Geschirr putzen, daß morgen alles recht hübsch sauber ist." —

Bei der Erwähnung des Rittmeisters Platen hatte sich unser schweigsamer Zuhörer vorhin eines leisen Lächelns nicht erwehren können; jetzt blickte er den beiden sich entfernenden Männern mit ironischem Ausdruck nach und winkte dann die Wirtin herbei.

„Kennt Ihr die zwei, die hier an diesem Tisch saßen, Mutter Röse?"

„Ei freilich werde ich sie kennen. Es war der Getreidehändler Habermann mit seinem Sohn."

„Habermann? So so! Das sind wohl reiche Leute?"

„Steinreich, wie die Leute sagen. Der Alte ist ein Pfiffikus, aber auch ein sonderbarer Kauz. Bei jedem Satz sagt er ‚zum Beispiel'. Wollt Ihr Geschäfte mit ihm machen?"

„Nein. Ein fürstlicher Bediensteter darf keine Geschäfte in Getreide oder Mehl unternehmen."

„Ach so, Ihr seid in die Dienste der Durchlaucht getreten! Deshalb wart Ihr wohl auf dem Schloß?"

„Ja."

„Und nun wißt Ihr auch, mit wem Ihr heut vormittag gesprochen habt?"

„Es war der Fürst selber."

„Ja, der macht sich gern den Spaß, einmal in einem alten Rock nachzuschauen, wie es unter den Bürgern zugeht. Morgen fährt er wieder nach Halle. Da müßt Ihr wohl auch mit?"

Der Gefragte nickte bejahend und erhob sich dann, um nach seinen Reisehabseligkeiten zu sehen, die noch oben im Zimmer lagen.

In den frühen Morgenstunden des nächsten Tages hielt ein leichter Jagdwagen, an den zwei feurige Braune gespannt waren, die ungeduldig mit den Hufen scharrten und an den Zügeln zerrten, vor dem Schloß zu Dessau. Auf dem Bock saß der neue Leibknecht, der heute seinen Herrn zum erstenmal fahren sollte.

Endlich erschien dieser unter dem Torgang und trat zu den Pferden.

„Das sind zwei heillose Kanaillen, hör Er. Die Probe, die Er heut im Fahren ablegen soll, wird Ihm nicht leicht werden."

„Durchlaucht sollen zufrieden sein!"

„Hoff es auch!" antwortete der Fürst, zum Wagenschlag tretend, den ein Diener öffnete. „In Radegast wird Mittag gemacht und abgefüttert. Weiß Er den Weg?"

„Werde ihn schon finden, Durchlaucht."

„Na, dann vorwärts!"

Ohne eine Bedienung aufzunehmen, rollte das Gefährt davon, zum Leipziger Tor hinaus und schlug dann die Straße ein, die über Hinsdorf, Radegast und Zörbig nach Halle führte. Am zweitgenannten Ort wurde, wie der Befehl gelautet hatte, ein längerer Aufenthalt genommen, und dann ging es wieder in scharfem Trab weiter.

Der Fürst schien mit der vorzüglichen Führung seines mutigen Gespanns sehr zufrieden zu sein. Er hatte sich in den weiten Überrock gehüllt und lag behaglich in einer Ecke des Wagens, mit munterem Auge die Umgegend musternd, obgleich er diese infolge des öfteren Hin- und Herfahrens genau kannte. Längst schon war man über Zörbig hinausgekommen und näherte sich eben der Stelle, an der das Geschirr in die von Brehna kommende Straße einbiegen mußte, als sich der Fürst plötzlich mit dem Oberkörper aus dem Wagen beugte, um einen

Mann zu beobachten, der mit langen und eiligen Schritten vor ihnen herwanderte.

Es war eine hochgewachsene, breite Gestalt, durch deren Haltung und Bewegung sich der Mann als Militär gekennzeichnet hätte, auch wenn seine Kleidung nicht eine soldatische gewesen wäre.

„Alle Teufel, wenn das nicht der Korporal Nauheimer ist, der desertiert sein soll, so ist meinen Augen nicht mehr zu trauen. He, fahr Er mal zu, daß wir an den Kerl kommen, der da vorn läuft!"

Bei dem Namen Nauheimer hatte der Kutscher rasch aufgeblickt und brachte die Pferde in raschere Bewegung, ehe noch der Befehl dazu vollständig ausgesprochen war. Den Mann erwartungsvoll im Auge behaltend, murmelte er vor sich hin:

„Da wird man ja den Riesen kennenlernen, mit dem man mich zusammenstellt. Und desertiert soll er sein? Bin doch neugierig!"

Der Voranschreitende vernahm jetzt das Rollen des Wagens und drehte sich um. Kaum hatte er dessen Insassen erblickt, so machte er Front und streckte sich in die zum Gruß vorgeschriebene Stellung. Der Kutscher zügelte die Pferde, der Fürst legte sein Gesicht in die grimmigste Miene und fragte barsch und kurz:

„Korporal Nauheimer, wie kommt Er hierher?"

„Zurück vom Urlaub, Exzellenz."

„Wie lange hat man ihm Urlaub gegeben?"

„Drei Tage, Exzellenz."

„Und wie lange ist Er fort?"

„Sechs Tage, Exzellenz."

„Er ist somit Deserteur!"

„Zu Befehl, Exzellenz", ertönte die Antwort, während das Gesicht des Soldaten nicht die mindeste Spur von Angst oder Bestürzung zeigte.

„Er ist also mein Gefangner und wird in Halle Seine Strafe bekommen. Will Ihn, der als Unteroffizier ein gutes Beispiel geben sollte, lehren, so ganz nach Belieben vom Regiment wegzubleiben. Setz Er sich neben den Kutscher, und dann vorwärts!"

„Mit Erlaubnis, Exzellenz, habe, bevor ich aufsteige, erst meinen Rapport abzustatten!"

„Seinen Rapport? Alle Teufel, ist Er etwa in dienstlichen Angelegenheiten desertiert? Wenn Er vielleicht meint, mir etwas vorfaseln zu können, so laß ich Ihm das Fell noch extra gerben!"

„Exzellenz, allerdings waren es dienstliche Angelegenheiten, die mich verhinderten, zur rechten Zeit beim Regiment einzutreffen."

„Will Er wohl sein Maul halten. Er Erzflunkerer! Steig Er auf, sonst werde ich ihm eigenhändig auf den Bock helfen!"

„Zu Befehl, Exzellenz!" Dabei machte er Miene, dem Gebot Folge zu leisten. „Aber dann werden wir sie auch nicht fangen!"

„Fangen? Wen denn?"

„Na, die Sachsen!"

„Die Sachsen? Halt! Stehngeblieben und Rede und Antwort gegeben! Was für Sachsen sollen wir fangen?"

„Die Werber, die Exzellenz so gern haben wollen, und die uns doch immer entgangen sind."

„Die Werber?" Bei dieser Frage blitzten die Augen des Fürsten auf. „Hat Er vielleicht einen ihrer Schlupfwinkel entdeckt?"

„Zu Befehl, ja!"

„Wo denn?"

„In Bitterfeld."

„Da? Diese Himmelhunde wagen sich sogar nach Bitterfeld! Na, ich werde ihnen die Suppe so versalzen, daß sie die Mäuler von Leipzig bis Merseburg verziehen sollen! Wo ist denn das Loch, in dem Er sie getroffen hat?"

„Bei dem Bäcker Wolstraaten."

„Hat der Schwerenöter eine Trinkwirtschaft?"

„Ja, und sein Mündel ist meine Geliebte."

Der Fürst blickte ihn überrascht an.

„So? Da geht es aber doch einem Mann an den Kragen, den Er sich warm halten sollte!"

„Der Dienst geht vor, Exzellenz!"

„Er ist ein braver Kerl, Nauheimer, und Seinen Schaden soll Er bei der Geschichte nicht haben. Wie viele sind es denn?"

„Es sind zehn Mann, die im verborgenen die Gegend absuchen und ihren Fang zum Bäcker bringen. Dort werden die Angeworbenen in den Keller gebracht, wo sie bis zu einer passenden Gelegenheit versteckt bleiben."

„Gut, den Keller wollen wir einmal leer machen. Wie lange Zeit hat es noch?"

„Bloß bis heut abend."

„Alle Hagel, das ist verteufelt wenig. Bevor man nach Halle oder wenigstens bis in das nächste Quartier kommt, vergeht ja schon eine ganze Ewigkeit, und eine von dort abgesandte Abteilung kann dann unmöglich noch zur rechten Zeit in Bitterfeld eintreffen. Und etwas andres gibt's ja nicht. Hm, hm! Wie sollen die Leute denn fortgeschafft werden?"

„Jedenfalls geht ein kleines Kommando Bedeckungsmannschaften einzeln und verkleidet über die Grenze. Bei Wolstraaten treffen sie sich, und dann werden die Rekruten bei Nacht und Nebel und auf Schleichwegen hinübergeschafft."

„Hm! Wie viele sitzen denn auf dem Leim?"

„Sechzehn Mann; ich hab's von meinem Mädchen. Die soll zwar von der Sache nichts wissen, aber Weiberaugen sehn durch die dickste Mauer. Ich hab meinen Urlaub nur überschritten, Exzellenz, um durch die Sophie der Geschichte richtig auf die Spur zu kommen!"

„Na, da will ich einmal Sein Beichtvater sein, Korporal Nauheimer, und Ihm Absolution erteilen. Jetzt aber wollen wir die Zeit nicht mit vergeblichem Grübeln verschwenden. Also aufgestiegen, und dann fort, was die Pferde laufen können! Es wird unterwegs schon noch der richtige Gedanke kommen. — Nein", fügte er hinzu, als der Korporal sich anschickte, neben dem Kutscher Platz zu nehmen, „setz Er sich herein zu mir! Er soll mir einen ausführlichen Bericht erstatten!"

Diesem letzten Gebot wurde, während die Pferde trotz des schlechten Weges im raschesten Lauf dahinflogen, Folge geleistet, und bald war der Fürst nicht nur mit den letzten Erlebnissen, sondern auch mit allen Verhältnissen und Wünschen des Unteroffiziers bekannt. Da das Gespräch in lautem Ton geführt wurde, so vernahm auch der Wagenlenker jedes Wort, obwohl er seit einiger Zeit ein Fuhrwerk, dem sie sich näherten, scharf in die Augen genommen hatte, und als jetzt Leopold nachdenklich brummte: „So, also der junge Habermann aus Dessau will Ihm das Mädel wegfischen? Das wird Er sich doch nicht gefallen lassen!" wandte er sich zu dem Sprecher zurück und bemerkte nach vorwärts deutend: „Durchlaucht, da vorn fährt er, der Habermann!"

„Was? Hat den der Teufel auch schon hier? Wohin mag der nur wollen?"

„Nach Bitterfeld, zum Bäcker Wolstraaten, Durchlaucht."

„Wie kommt Er auf diesen Gedanken? Der wird wohl nicht acht Stunden umfahren; der gerade Weg geht doch über Raguhn und Jeßnitz, und überdies hätte er da unten links einbiegen müssen!"

„Vielleicht hat er hier herum ein Geschäft abzumachen und richtet es so ein, daß er des Nachts bei dem Bäcker bleibt. Ich weiß ganz gewiß, daß er zu ihm will."

„Woher denn?"

„Er sprach gestern bei Mutter Röse mit seinem Sohn davon, daß er heut die Heiratsgeschichte in Ordnung bringen will."

„So so, hm, hm! Alle Wetter, da kommt mir ein Gedanke. Laß Er die Pferde ausgreifen, daß wir den Kerl schnell einholen!“

Das Gespann sauste im gestreckten Galopp dahin, fuhr an dem Getreidehändler vorüber und hielt dann mitten auf der Straße, sich quer über den Weg stellend, so daß Habermann nicht vorbei konnte. Dieser ließ auch halten, zog ehrfurchtsvoll die Mütze und grüßte, indem er sich erhob.

„Hör Er, Habermann, was hat Er denn hier in der Welt herumzufahren? Wo will Er hin?“

„Nach Landsberg, Durchlaucht.“

„Was hat Er da zu tun?“

„Eine Partie Roggen kaufen. Soll ein gutes Geschäft sein zum Beispiel; hab's unterwegs erst gehört!“

„Unterwegs? So hat Er also gar nicht nach Landsberg gewollt und wird wohl auch über die Nacht nicht dortbleiben?“

„Nein, Durchlaucht.“

„Wo soll's denn hingehn?“

„Nach Bitterfeld.“

„Da hat Er noch verteufelt weit. Was hat Er denn dort zu suchen? Gibt's auch Roggen zu kaufen?“

„Familienangelegenheiten, Durchlaucht.“

„So, da hat Er also keine Verluste, wenn Er heut nicht hinkommt. Hör Er mal, Habermann, will Er mir wohl 'nen Gefallen tun?“

„Wenn ich zum Beispiel kann, mit tausend Freuden!“

„Das ist schön von ihm. Viel Hudelei wird's Ihm nicht machen; wollen bloß mal unsre Wagen umtauschen.“

„Die Wagen? Umtauschen? Wie käme ich denn zum Beispiel — —“

„Halt Er das Maul mit Seinem Beispiel und gehorche Er! Also ausgestiegen!“

Während der Getreidehändler vom Wagen sprang, verließ auch der Fürst den seinen.

„So! Komm Er mal näher! Ich glaube, wir haben eine Länge miteinander, und über allzu großes Fett kann Er sich ebensowenig beklagen wie ich."

„Durchlaucht —" ertönte die verlegene Antwort, da der Sprecher nicht wußte, wo das alles hinaus sollte.

„Da wird mir also Sein Rock nicht ganz schlecht sitzen, und in dem meinen braucht Er sich auch nicht zu schämen."

„Durchlaucht, wenn ich fragen dürfte, warum zum Beispiel —"

„Will Er wohl auf der Stelle Sein albernes Beispiel weglassen! Werde Ihm schon sagen, was Er zu tun hat! — Muß heut noch einen kleinen Abstecher machen, aber ohne daß mich jemand kennt. Weil nun mein Wappen an dem Wagen ist, so soll Er mir den Seinen geben; Seine Mähren kann Er aber behalten. Und mit dem Anzug machen wir es ebenso. Da in den Sträuchern können wir umwechseln, ohne daß wir einander anzugaffen brauchen!"

Habermann stand vor Erstaunen da wie vom Blitz getroffen und zog dabei ein so verdutztes Gesicht, daß der Fürst laut auflachen mußte, während er sich an den Kutscher wandte:

„Und Er gibt hier dem da Seine Livree! Der Nauheimer wird derweil bei den Pferden bleiben. Verstanden?"

„Sehr wohl, Durchlaucht!" antwortete der neue Leibknecht mit einer Miene, in der sich das Vergnügen widerspiegelte, das er an dem ungewöhnlichen Abenteuer empfand.

Er zog, während der Korporal zurückblieb, den Knecht Habermanns mit sich fort, und bald war nur noch die scheltende Stimme Leopolds zu hören, der sich in der unbequemen Arbeit nur schwer zurechtfinden konnte.

Die beiden Rosselenker waren am ersten mit der Umänderung ihres äußeren Adams fertig; schon hatten sie die Pferde umgeschirrt und saßen wartend auf ihrem Platz, als endlich die beiden anderen erschienen. Es war wirklich auffallend, welche Ähnlichkeit Habermann jetzt mit dem Fürsten hatte, und der Fürst sah in der Kleidung des Händlers ganz wie ein alter, ehrsamer Spießbürger aus.

„So, das wär gemacht! Denk Er nicht etwa, daß ich nur aus reinem Übermut in Seine alten Hosen gefahren bin. Es geht diesmal nicht anders, weil mir keine Zeit übrigbleibt. Und daß Er Seinen Schnabel hält über die ganze Geschichte, das sag ich Ihm, sonst hat Er's mit mir zu tun!"

Er zog seine Brieftasche hervor, riß ein Blatt heraus und kritzelte einige Augenblicke darauf herum.

„Nun paß Er auf, was ich Ihm jetzt befehlen werde. Er fährt jetzt, so sehr Seine Ziegenböcke laufen können, nach Halle; dem Wachtkommandanten am Tor gibt Er diesen Zettel, und das übrige wird sich finden. Hat Er's kapiert, he?"

„Ja."

„Na, so steig Er auf! Morgen sehn wir uns wieder. Korporal Nauheimer, Er kann sich wieder zu mir in den Wagen setzen! Vorwärts jetzt!"

Der Leibkutscher lenkte um, und in fliegender Eile ging es erst zurück und dann auf der Straße nach Brehna weiter. Als sie das Städtchen erreichten, war es bereits dunkel, und die engen Gassen wurden nur von einigen Laternen erleuchtet, die hier und da vor der Tür eines Gast- oder Wirtshauses brannten. Eben fuhren sie an einer Schänke vorüber, als sich der Korporal zurückbog, um einen Mann schärfer anzusehen, der unter dem Tor gestanden hatte; aber die Entfernung war schon zu bedeutend, um dessen Gesichtszüge zu erkennen.

„Was war's denn, Nauheimer?"

„Es war mir gradso, Exzellenz, als ob der Wolstraaten dort gestanden hätte."

„Da hat Er sich sicher geirrt. Der wird sich hüten, heut abend aus dem Haus zu gehn, wo solcher Besuch zu erwarten ist."

„Er weiß doch nicht —"

„Papperlapapp, ich meine die Sachsen. Wollen sie aber schon kriegen, die Schurken! Ich bin der Getreidehändler Habermann — na, das geht ja jetzt so toll bei mir her, daß ich zuletzt selbst nicht mehr weiß, wer oder was ich bin! Gestern war ich ein Zwiebelhändler, heut spiele ich den Getreidewurm — hahahaha — und wer weiß, was alles noch bis morgen aus mir werden kann. Also ich bin der Getreidehändler Habermann und komme, um die Heiratsgeschichte in Ordnung zu bringen; der Leibkutscher ist mein Knecht — hört Er's?" fragte er, sich zu dem Erwähnten vorbeugend — „und Er, na Er hat keine Rolle, sondern Er soll uns nur führen, und dann Seine Augen offenhalten." — — —

Der Jagdwagen mit dem fürstlichen Wappen und den beiden Kleppern bewegte sich zögernd nach Halle zu. Hans, dem Knecht ging das jüngste Erlebnis wie mit Windmühlenflügeln im Kopf herum, so daß es ihm ganz gleichgültig war, ob die Pferde überhaupt liefen oder sich in den Straßengraben legten, und Habermann konnte ebensowenig aus dem Ereignis klug werden. Er grübelte und grübelte, was dies alles wohl zu bedeuten habe, aber es wollte ihm lange nicht das rechte Licht kommen, bis ihm endlich ein einziges Wort den Verstand zurückbrachte.

„‚Korporal Nauheimer, Er kann sich wieder zu mir in den Wagen setzen!' hat der Alte gesagt, und so hieß ja zum Beispiel der infame Bengel, der meinen Jungen in den Wassertrog gelegt hat! Hier steckt etwas dahinter. Ob die nicht vielleicht nach Bitterfeld fahren? Der Kerl soll gut beim Fürsten stehn, und da weiß man nicht, was es geben kann. Ich muß mir nur einmal den Zettel ansehn, den ich am Tor abgeben soll!'"

Er zog ihn aus der Tasche und versuchte, seinen Inhalt kennenzulernen; aber das war ein Unternehmen, das seine hier ohnehin schwachen Kräfte überstieg, und so steckte er ihn denn unbefriedigt wieder zu sich.

„Hm, das ist ja eine ganz verwickelte Geschichte! Da soll ich zum Beispiel nach Halle fahren, versäume dabei aber meinen Handel in Landsberg, und in Bitterfeld wird mir unterdessen vielleicht gar der Braten vor der Nase weggefischt. Den Handel möchte immerhin der Kuckuck holen, aber die Heirat zum Beispiel, die Heirat, die darf ich mir nicht entgehn lassen. Die Erbschaft aus Haarlem oder so da herum, das ist die Hauptsache; aus dem Fürsten brauche ich mir nichts zu machen, und den Zettel kann ich ja bei Gelegenheit nach Halle besorgen! — Hans, kehr um! Wir fahren nach Bitterfeld!"

Der Angerufene schrak aus seinem tiefen Sinnen auf, nahm die zwei Gedanken, die ihm noch geblieben waren, zusammen und zog die müden Tiere herum.

„Nach Bitterfeld? Ohne erst noch mal einzukehren? Ja, beim Schimmel ginge es wohl, aber es geht nicht, weil's der Fuchs nicht aushält; dem liegt's schon seit langem in den Gliedern!"

„Fahr nur zu! Zum Ausruhen ist's zum Beispiel in Brehna oder weiter unten noch Zeit!"

Es wurde dunkel. Kurz vor Brehna begegnete ihnen ein einzelner Fußgänger.

„He, guter Freund, wo soll denn der Weg hingehn?" fragte Habermann.

„Nach Halle will ich; aber die Tore werden wohl schon geschlossen sein, wenn ich hinkomme."

„Na, da will ich Euch durch die Tore helfen. Gebt zum Beispiel einmal diesen Zettel an den Wachtkommandanten ab! Es steht eine Nachricht für ihn darauf, und bei dieser Gelegenheit kommt Ihr ungehindert in die Stadt."

Der Fremde trat an den Wagen, um das Papier in

Empfang zu nehmen. In dieser unmittelbaren Nähe war es ihm möglich, die Uniform zu erkennen, und achtungsvoll zog er die Mütze.

„Schönen Dank, Herr Offizier, das soll gut besorgt werden!"

„Das will ich hoffen! Es wird auch Euer Schaden nicht sein, denn Ihr werdet zum Beispiel ein schönes Trinkgeld bekommen!"

Mit diesem Versprechen beabsichtigte Habermann, den Diensteifer des Mannes anzuspornen; dieser grüßte noch einmal und schritt dann eilig davon.

„Das paßt gut!" flüsterte er vor sich hin. „Wenn die Sachsen kommen, mache ich mich allemal aus dem Staub, damit es mir nicht an den Kragen geht, wenn sie einmal erwischt werden. Das Geld hab ich voraus, und sie kennen die Schliche im Haus so gut, daß sie ihre Leute auch ohne mich finden. Und übrigens ist ja die Rosine da; auf die kann ich mich verlassen. Die Hauptsache ist ein — ein — ein Alibi, wie's die Juristen nennen, der Beweis, daß ich nicht zu Haus, sondern anderswo gewesen bin, und in Halle hol ich mir diesen Beweis am sichersten, denn was einer vom Militär sagt und bezeugt, das gilt in solchen Dingen mehr, als was ein gewöhnlicher Mann behauptet, der keine bunten Fetzen trägt."

Er verbarg das Papier gut in seinem Rock, ohne dessen Inhalt zu ahnen, der also lautete:

„Riettmeißter von Gallwitz sofohrt mit Seyner Eskadron nach Bitterfeld. Ist eylig! Mich beym Bäcker Wollstraden trehffen. Ueberbrynger ist der Getreydehändler Hawermann aus Dessau. Ihm feßthalden und mietbryngen. Leopold."

Während der Bote vertrauensvoll seinen Weg fortsetzte, näherte sich der Wagen Habermanns dem Städtchen und durchfuhr es, ohne anzuhalten. Die Pferde wollten, von der zurückgelegten weiten Tour ungewöhnlich angestrengt, nicht mehr recht weiter, die Finsternis wurde immer dichter, und es fröstelte die beiden Männer, die so unerwartet zu Ehren und Würden gekommen waren.

„Wir könnten doch unsre armen Tiere eine halbe Stunde verschnaufen lassen!“ schimpfte Hans.

„Das geht nicht! Das muß doch zum Beispiel ein jedes Kind einsehn, daß wir uns in unsern Kleidern hier nicht sehn lassen dürfen. Bei mir hätte es zwar keine Not, aber du zum Beispiel, du —“

„Was denn ich?“ fiel ihm der Knecht ärgerlich in die Rede. „Denkt Ihr denn etwa, daß ich den Kammerjäger oder den Leibhusar, oder was ich jetzt vorstellen soll, nicht spielen kann? Das ist mir Wurst wie Schale, warum also nicht einkehren? Es ginge schon, aber es geht nicht, weil Euch der Offizier zu schwerfällt!“

„Was? Der Offizier? Mir schwerfallen? Wenn du das noch einmal sagst, so jag ich dich auf der Stelle fort, und dann kannst du zum Beispiel leibjägern oder kammerhusaren, wo und wie es dir beliebt; aber jetzt bist du m e i n Husarenjäger, und da hast du vor allen Dingen Respekt zu haben. Verstehst du mich?“

„Na, warum denn nicht? Da mögen die Pferde meinetwegen hungern, daß die Schwarte knackt, aber warum ich als Stallmeister auch mithungern soll, das möchte ich wissen, Herr Generalrittmeister!“

„Hunger hast du?“ erwiderte Habermann, durch diesen unmöglichen Titel geschmeichelt. „Ja, das ist ein miserables Gefühl, und so wollen wir zum Beispiel bei der nächsten Gelegenheit mal einkehren und sehn, ob etwas zu beißen zu bekommen ist. Aber da werde ich dir auch beweisen, daß ich aufzutreten verstehe wie ein Feldmarschall.“

Er fuhr sich mit den beiden Händen ins Gesicht, versuchte seinem Schnurrbart eine kriegerische Biegung nach oben zu geben und zog die Stirn in so bedrohliche

Falten, daß die Augenbrauen fast auf die Nase zu liegen kamen.

„So, das ist die richtige und wahrhafte Generalstabsmiene. Fahr zu, Hans, wir werden schon noch an ein Wirtshaus kommen, wo du dich zum Beispiel über mich wundern sollst!"

„Na, ich hab heut schon mein blaues Wunder vor Augen gehabt. Wenn ichs nur auch begreifen könnte, was der Fürst eigentlich vorhat. Es ginge wohl, denn ich bin all mein Lebtag nicht dumm gewesen, aber es geht nicht, weil mir das Nachdenken noch niemals nicht etwas geholfen hat! Ahü, Schimmel, ahü, Fuchs, sonst sollt ihr sehn, daß ich Stallhusar geworden bin!"

Unter Werbern

Es klingelte am Tor. Die Glocke wurde von einem schlank gewachsenen jungen Mann gezogen, der die Kleidung gewöhnlicher Landleute trug, zu der aber ein gewisses Etwas in seiner Haltung nicht recht passen wollte.

Bald ließen sich langsame, schlürfende Schritte vernehmen, die sich dem Eingang näherten.

„Nunununuhhh!" machte eine tiefe Baßstimme hinter der Mauer. „Wo brennt's denn hier in Beyersdorf? Soll ich etwa löschen helfen?"

„Macht keine dummen Witze und zieht lieber den Riegel weg, damit man eintreten kann!" schimpfte der Außenstehende.

„Dumme Witze? Könnt Ihr sie vielleicht besser machen? Riegel wegziehen? Der ist bloß bei Nacht vorgeschoben; das Schloß ist schuld, daß Ihr draußen steht und ich drinnen. Eintreten kann? Damit hat's noch gute Weile! Wer seid Ihr denn?"

„Das kann Euch gleich sein. Macht nur auf!"

„Auch gut. Da mag Er also draußen stehnbleiben."

Die Schritte entfernten sich wieder. Das war dem Harrenden zu viel; er schnellte sich an der Mauer empor, ergriff deren obere Kante, zog sich mit einem kräftigen Schwung hinauf und machte Anstalt, auf der anderen Seite hinunterzuspringen, als ein lauter Pfiff ertönte.

„Hektor, allons: da fällt es einem ein, auf unsre Festung Sturm zu laufen. Zeig ihm deine Zähne!"

Der große, zottige Wolfshund, der auf den Ruf herbeigesprungen war, nahm unter dem Obensitzenden Platz und fletschte grimmig knurrend das scharfe, elfenbeinweiße Gebiß.

„So! Wenn die Leute jetzt anfangen, über die Mauern hereinzuspazieren, da brauchen wir das Tor gar nicht mehr zu verschließen!"

Bei diesen Worten steckte er den Schlüssel in das Schloß und zog dann die Torflügel weit auseinander.

„Jetzt, Hektor, kannst du hinaus und herein. So ein Tier will auch mal sein Vergnügen haben!“

Mit breitem Lachen wandte er sich ab und schritt langsam der Scheune zu, aus der eine Anzahl von Knechten und Mägden den Mauerreiter unter schallendem Gelächter beobachteten. Da das Tor jetzt von dem schlauen Alten geöffnet worden war, so konnte der Fremde weder hüben noch drüben herunter, denn nach welcher Seite er sich auch wandte, immer stand der Hund unten, der mit einigen raschen Sätzen durch das Tor dem Gefangenen zuvorkam. Er erkannte das Mißliche seiner Lage und die Notwendigkeit, sich aufs Bitten zu legen.

„So ruf Er doch nur Seinen Köter zurück! Er soll ja erfahren, wer ich bin!“

Der Angeredete drehte sich um und kam wieder näher. Sein dickes, rotes Gesicht grinste von einem Ohr bis zum anderen vor Vergnügen.

„Das ist ganz gescheit von Ihm, denn ich hätte Ihn sonst meinetwegen bis zum Jüngsten Tag da oben sitzenlassen. Also zum zweitenmal: wer ist Er denn?“

„Ich bin ein guter Freund von Seiner Herrin, mit der ich etwas zu besprechen hab“, antwortete der unglückliche Turner, indem er seinen besorgten Blick über die zwei Fensterreihen des Wohngebäudes gleiten ließ. Welch ungeheure Blamage, wenn sie ihn in seiner gegenwärtigen Lage bemerkte!

„Ein Freund von meiner Herrin? — Von Fräulein von Naubitz? Das mach Er nur getrost einem andern weis, aber mir nicht! Ein Freund von unserm gnädigen Fräulein hat nicht nötig, über die Mauern zu springen und sich dabei die Hosen aufzuschlitzen!“

Erst auf diese Äußerung hin bemerkte der junge Mann mit Schrecken, daß seine Beinkleider weniger glücklich nach oben gekommen waren als ihr Besitzer. Mit einer raschen Bewegung zog er die Ränder des weitklaffenden Risses übereinander und fuhr dann kleinlaut fort:

„Weiß Er vielleicht, was inkognito ist?“

„Natürlich weiß ich das. Wenn ich dort der Karoline ihren Wattrock anziehe und ihre Bänderhaube aufsetze, so bin ich inkognito.“

„Richtig, und ich bin auch inkognito. Versteht Er mich?“

„Ja. Er ist irgendein vornehmer Herr und reist zu Seiner Unterhaltung jetzt als Mauerläufer. Viel Vorteil scheint Er aber dabei nicht zu haben!“

„Daran ist niemand weiter schuld als Er. Ruf Er den Hund zurück, daß ich herunter kann!“

„Nicht eher, als bis Er Seinen Namen nennt!“

„Den wird Er schon noch zur rechten Zeit erfahren, und dann wird Er wohl einsehn, was für ein Esel Er gewesen ist!“

„Ganz wie Er will! Wenn ich der Esel bin, so mag Er als Affe droben hocken bleiben, bis das gnädige Fräulein zurückkehrt. Dann wird sich's wohl finden, was für ein guter Freund Er von ihr ist!“

„Fräulein von Naubitz ist verreist? — Wohin?“

„Nach Bitterfeld.“

„Wann kommt sie zurück?“

„Spät abends oder gar erst morgen.“

„Erst gestern in der Nacht hier angekommen, und heut schon wieder fort? Das muß ja etwas ganz Notwendiges sein.“

„Woher weiß Er denn, daß sie gestern hier eingetroffen ist?“

„Weil ich gestern früh noch mit ihr in Dessau gesprochen hab.“

„So so, da scheint doch etwas Wahres dran zu sein, daß Ihr sie kennt. Aber warum sagt Ihr auch nicht, wer

Ihr seid und was Ihr wollt? Hektor, kusch dich! Da springt meinetwegen jetzt herunter. Die Karoline mag Euch den Riß zuflicken, und dann könnt Ihr warten, bis das Fräulein kommt."

Der aus seiner Drangsal Erlöste wagte den nicht ganz leichten Sprung und antwortete dann, tief aufatmend:

„Das Warten ist eine langweilige Sache; ich werde ihr lieber entgegengehn und sie also unterwegs oder in Bitterfeld treffen. Wo ist sie dort zu finden?"

„Ja, das weiß ich nicht! Ich glaube, es handelt sich um einen Prozeß, und da könnt Ihr einmal, wenn Ihr ihr nicht begegnet, bei ihrem Sachwalter nachfragen. Er heißt Uhlmann und wohnt beim Bäcker Wolstraaten. Sie kennt die Familie gut und ist schon früher mehrmals dort geblieben, wenn's zur Heimfahrt zu spät wurde."

Die Karoline wurde gerufen, und folgte den beiden Männern in die Stube. Während hier ein Imbiß genommen wurde, heilte sie mit kräftigen Nadelstichen den Hosenriß zusammen, und dann nahm der Held der verunglückten Mauerattacke, der niemand anders als der Oberleutnant von Polenz war, Abschied.

Es war doch nicht mehr so früh am Tag, wie er gemeint hatte, und da er den Weg noch nicht gegangen war, so mußte er ihn mit der Beschreibung, die er sich hatte geben lassen, so oft vergleichen, daß er nicht mit der erwünschten Schnelligkeit vorwärts kam. Dazu verursachte ihm das genossene Vesperbrot einen Durst, der sich mit jedem Schritt steigerte, und deshalb beschloß er, obgleich es schon zu dunkeln begann, in ein Wirtshaus einzutreten, das er jetzt einsam an der Straße liegend erblickte.

An einem der eichenen Tische, die in der niedrigen Gaststube standen, saßen drei Männer, die sich durch den Neuangekommenen nicht im geringsten stören ließen, sondern ihr Gespräch über Krieg und Frieden, Handel und Wandel unbekümmert fortsetzten. Doch glitten ihre Blicke beobachtend über seine schlanke, biegsame Gestalt, und als er sich einen Krug Bier bestellte und der Wirt ihnen einen fragenden Blick zuwarf, neigte der eine von ihnen bejahend und mit pfiffigem Augenblinzeln seinen Kopf.

Der Wirt holte den Trunk aus dem Keller, brachte ihn aber nicht sofort in die Stube, sondern ging erst in die Küche, wo er ein Fläschchen aus dem Schrank nahm, um einige Tropfen daraus in das Bier zu gießen.

„Möchte doch nur wissen, was das für ein Teufelszeug ist! Wers bekommt, der verliert den Verstand und die Besinnung so vollständig, daß man alles mögliche mit ihm machen könnte. Na, mich gehts nichts an; ich bekomme mein Geld für jeden Vogel, den sie fangen, und damit holla!"

Er trug den Krug in das Zimmer und stellte ihn vor Polenz hin. Dieser, durstig wie er war, leerte ihn bis auf die Nagelprobe und ließ sich einen zweiten kommen. Das Getränk schien ihm Kühlung zu bringen, aber der Durst wollte nicht weichen, wurde vielmehr immer heftiger. Er trank und trank; das Blut pulsierte ihm heiß durch die Adern; es war, als müsse er aufspringen und hinauseilen in die feuchte Abendluft, aber ihm fehlte nicht nur die Kraft, sondern auch der Wille dazu.

Und trotz alledem bemächtigte sich seiner eine Heiterkeit, die ihn bewog, auf das Anerbieten der drei Männer, sich zu ihnen zu setzen, willig einzugehn.

Bald war eine launige Unterhaltung im Gang; die Rede kam auf das Soldatenwesen, auf die Schlachten und Gefechte der letzten Feldzüge, auf die Vorzüge der verschiedenen Armeen und endlich auch auf die Anwerbung. Der eine von ihnen war kürzlich erst den sächsischen Werbern mit samt dem Draufgeld durchgebrannt und erzählte unter Scherz und Lachen, wie es dabei zugegangen sei. Polenz fand Gefallen an den munteren Burschen und gab nach besten Kräften seinen Teil zum

Gespräch, obgleich ihm die Zunge immer schwerer wurde und seine Sinne sich zu umnebeln begannen.

„Also, so war's", fuhr der Erzähler fort, sich an Polenz wendend: „Ich saß so, wie Ihr hier sitzt, und hier, hier und hier saßen die vier Kerls, die mich haben wollten. Mir war's bloß um das Handgeld zu tun, denn mein Beutel hatte das Bauchgrimmen, und so tat ich als ob ich nichts merkte. Hab sie auch schön geleimt, die Halunken; da liegt er noch, der kurfürstlich sächsische Soldatenhut, den ich mir zum Andenken mitnahm, als ich ihnen durchging. Hab ichs etwa nicht klug gemacht?"

„Doch, doch!" nickte Polenz.

„Gut! Nun denkt Euch einmal, Ihr wärt an meiner Stelle! Mit dem Zutrinken ging's natürlich los, und der Wein wurde nicht geschont. Prosit, Kamerad!"

„Prosit!" antwortete Polenz, das Glas leerend. Wenn ihn jetzt jemand nach seinem Namen gefragt hätte, so wäre er kaum imstand gewesen, sich auf ihn zu besinnen.

„Der Soldatenrock soll leben, Kamerad. Prosit!"

„Prosit!" klang es von neuem, und wieder war das Glas leer.

„Da hält er mir drei goldne Füchse hin, so ungefähr, wie ich sie jetzt Euch hinhalte, und dabei fragt er mich: ‚Willst du's immer so lustig haben wie heut? Greif zu!' Was hättet Ihr an meiner Stelle getan, wenn es bei Euch im Beutel so ausgesehn hätte wie bei mir?"

„Greif zu!" antwortete Polenz, das Geld einsteckend, ohne zu wissen, was er tat. Er kannte alle Kunstkniffe dieser Leute, aber er war seiner nicht im geringsten mehr mächtig und wäre am liebsten unter den Tisch gesunken, um sich gründlich auszuschlafen.

„So ist's recht! Darauf hat er den Hut genommen, ihn mir auf den Kopf gesetzt, so wie ich es jetzt mit Euch tue, und gesagt: ‚Basta, abgemacht, jetzt bist du des Kurfürsten Soldat und hast von nun an Order zu parieren. Komm mit in deine Kammer und träume, was dein Herz begehrt! Morgen wird's von selber anders. Hahahaha!'"

Die drei Männer erhoben sich und trugen den vollständig Besinnungslosen hinaus. Als sie zurückkehrten, meinte der Wirt: „Hab euch heut die Arbeit leicht gemacht; er hat in jeden Krug sein Teil bekommen."

„Kerl, bist du verrückt? Das kann ihn ja um den Verstand bringen! Einmal ist schon leidlich; zweimal ist's genug. Aber gewöhnlicher Leute Kind ist der nicht, das hat man ihm angesehn. Wenn er nur nicht etwa eine Frau Liebste hat und was noch Kleines drum und dran zu hängen pflegt, sonst heult er uns die Ohren voll und — na, mit heut ist ohnehin alles vorüber!"

Der Sprecher suchte sein schmutziges Spiel Karten hervor, und bald saßen die drei Kumpane beim Spiel, das erst eine Störung erlitt, als draußen Pferdegetrappel und das Rollen eines Wagens hörbar wurde.

Der Wirt zündete eine Laterne an, um nachzusehen, was es gäbe. Die Zurückbleibenden horchten gespannt.

„Hierher leuchten", tönte eine barsche Stimme, „damit man weiß, wohin man tritt! Gibt's bei Ihm zum Beispiel was zu essen und zu trinken?"

„Jawohl, Herr Leutnant!"

„Und Futter für die Pferde?"

„Jawohl, Herr Hauptmann!"

„Und Tabak? Meine Pfeife ist mir zum Beispiel ausgegangen."

„Jawohl, Herr Major!"

„So führt mich hinein in die Budike!"

„Jawohl, Herr Oberst!"

Der Wirt sah, daß er einen Offizier vor sich hatte, doch konnte er sich in der Dunkelheit über seinen Rang nicht klar werden. Je näher er ihm aber mit der Laterne kam, desto höher wuchs sein Respekt vor der mächtigen Gestalt, die vor ihm stand; mit kriechender Höflichkeit öffnete er die Stubentür, und als er nun beim hellen Schein der Lampe den Gast genauer in das Auge fassen konnte, sprang er schnell zu einem Stuhl, wischte ihn eilig ab und rief, denselben herbeirückend:

„Wollt Ihr nicht Platz nehmen, Herr General?"

Habermann — denn dieser war es — warf sich mit seiner hochmütigsten Miene in den Sessel, richtete den herabgesunkenen Bart wieder in die Höhe, streckte die langen Beine würdevoll von sich und ließ sein Auge so funkelnd wie möglich im Raum umherschweifen.

Von den Gästen waren zwei verschwunden, und der dritte lehnte schnarchend in der Ecke hinter dem Ofen.

„Weck Er mal dort den Menschen auf. Ich bin zum Beispiel nicht gewohnt, mich anschnarchen zu lassen! So! Und nun bring Er zunächst einen Krug Bier. Den für meinen Leibhusaren setz Er dort an die Ecke bei der Tür!"

Währenddessen schlüpfte einer von den zwei Verschwundenen auf die Straße und trat zum Kutscher.

„Schöne Pferde das!"

„Hm, ja! Mit dem Schimmel ginge es wohl, aber es geht nicht, denn dem Fuchs liegt es schon lange in den Gliedern."

„Und ein sauberer Wagen. Sapperlot, da muß man wie ein Prinz drinsitzen!"

„Hm, ja! Vielleicht gar wie ein Fürst."

„Da habt Ihr ja ein Wappen dran! Laßt mich's doch mal sehn!"

Hans leuchtete gutmütig hin.

„Donnerwetter, das ist ja — — unsereiner", setzte er, sich rasch unterbrechend, hinzu, „kennt sich mit solchen vornehmen Bildern nicht aus. Wer ist denn eigentlich der Herr, der da drinnen sitzt?"

„Das ist — das ist — ja, das darf ich nicht sagen. Es ginge wohl, denn ich weiß ganz genau, wer er ist, aber es geht nicht, weil ich's sonst verrate!"

„Aber wer Ihr seid, das dürft Ihr wohl sagen?"

„Ich bin der Stalloberhusar vom Alten Dessauer!"

„Und wer der da drin ist, das wollt Ihr mir nicht sagen?"

„Bewahre. Ich werde doch meinen eignen Herrn nicht etwa verraten!"

„Wo soll denn die Reise so spät noch hingehn?"

„Nach Trippstrille", antwortete Hans ärgerlich über das viele Fragen. „Pack Er sich fort, sonst komm ich vor Weihnachten nicht zu meinem Bier!"

Nachdem er mit Hilfe des Wirtes die Pferde versorgt hatte, trat er in die Stube. Habermann saß jetzt ganz allein darin und kaute an dem Abendbrot, das er sich hatte geben lassen. Verwundert guckte der Knecht auf die Ecke, wo sein Teil stand.

„Wo ist denn mein Bier?"

„Dort."

„Grad wie die Leichenfrau! Die muß sich auch an die Ecke bei der Tür setzen. Das ginge wohl, denn ich hab Hunger, aber es geht nicht, denn ich bin keine Leichenfrau, sondern fürstlicher Kammermeister!"

„Maul gehalten — hingesetzt — eingehauen!" donnerte ihn da Habermann an. „Wart, ich werde dir zeigen, daß ich den Offizier spielen kann! Kammermeister! Da bist du zum Beispiel gar nichts gegen mich!"

„Na ja", antwortete Hans kleinlaut und vollständig eingeschüchtert. „Der Fürst konnte auch meinen Rock anziehn und Ihr dem Kutscher seinen; das wär's grad umgedreht gewesen: ich wär Regimentsmarschall und Ihr wärt Stallakai, und da könnte ich Euch auch in die Wicken donnern!"

„Will Er nun wohl dort zum Beispiel anbeißen, oder soll ich Ihm räsonieren helfen, Er Schwerenöter?"

„Ich esse ja schon!" ertönte die Antwort zwischen den kauenden Zähnen hervor. „Es geht so leidlich, denn ich hab Hunger!" —

Drüben auf der anderen Seite des Flusses saßen in einer kleinen, modrigen Hauskammer die drei, die sich aus dem Staub gemacht hatten, und steckten, leise flüsternd, die Köpfe zusammen. Im hinteren Winkel des Raums lag Polenz auf der Erde und merkte nicht das mindeste von dem, was um ihn vorging.

„Ja, das wär ein Fang, wie er uns im ganzen Leben nicht wieder vorkommt!"

„Und was der uns einbringen würde, wenn's der Alte Dessauer wirklich ist!"

„Freilich ist er's; darüber gibt's ja gar keinen Zweifel!"

„Aber wie wollen wir ihn denn so kriegen, daß wir sicher mit ihm durchkommen?"

„Das ist allerdings das Schwierige. Betrunken machen können wir so einen nicht, und selbst wenn wir ihn schon fest hätten, so will ein Fürst und Feldmarschall doch anders behandelt sein, als so ein Grünschnabel, wie sie uns zu Dutzenden ins Garn laufen."

„Ich denke, wenn wir ihn nur erst in Bitterfeld hätten, so wäre das weiter nicht schwer. Bei solcher Bedekkung, wie sie heut nacht zu uns stößt, ist nichts mehr zu befürchten."

„Der Kutscher scheint ein noch sonderbarerer Kauz zu sein wie sein Alter. Vor dem brauchen wir keine Angst zu haben! Der spricht: ‚Es ginge wohl, aber es geht nicht!' und dabei knicken wir ihn zusammen und schnallen ihn über das Schmutzleder."

„Wenn sie keine Waffen haben, so ist die Sache ja doch nicht schwer! Mit dem Kutscher wird gar kein Kram gemacht, und der Alte muß uns sein Ehrenwort geben, daß er sich ruhig fügen will."

„Aber wenn er es nun nicht gibt?"

„Nicht gibt? Ein Pistolenlauf ist eine kitzliche Sache. Versuchen können wir es wenigstens."

„Aber der da? Den können wir doch nicht im Stich lassen!"

„Das wird sich schon machen; der wird einfach hinten aufgebunden. Zuerst müssen wir den Kutscher nehmen, um in den Besitz des Wagens zu kommen. Das ist eure Sache; den Fürsten nehm ich auf mich allein."

Während in der dunklen Kammer über das Schicksal des Feldmarschalls des Heiligen Römischen Reichs Deutscher Nation und des Königreichs Preußen solche außergewöhnlichen Bestimmungen getroffen wurden, schob Seine Durchlaucht Habermann den leer gewordenen Teller von sich, schnalzte mit der Zunge und meinte:

„Das war nicht schlecht gegessen in diesem alten Nest. Wie steht es zum Beispiel mit den Pferden, Wirt?"

„Die sind wieder frisch und munter."

„Da bring Er noch ein Bier, und dann mag's weitergehn!"

Hans erhob sich, während der Wirt nach dem Keller schritt.

„'s ist nicht so prächtig mit dem Essen! Im Käse waren Maden, und das Brot — —"

„Mach, daß du raus kommst zu den Pferden, sonst will ich dich bemaden!"

„Herr Brigadewebel, ich laß mich nicht ‚du' schimpfen, solange ich Kammerhusarenjäger bin!"

„Pack Er sich fort, sonst werfe ich Ihm zum Beispiel dort den Bierkrug an den Kopf!"

„Gut, so 'ne Rede laß ich mir eher gefallen; das ‚Er' und ‚Ihm' macht sich doch gleich ansehnlicher!"

Mit dieser Belobigung trollte er sich von dannen.

Nachdem er das Riemenzeug der Pferde einer kurzen Besichtigung unterworfen hatte, nahm er auf dem Bock Platz und gewahrte also nicht, daß auf dem am Hinterteil des Wagens angebrachten Bedienentritt ein Mann saß, der durch Stricke in seiner sitzenden Lage festgehalten wurde. Ebensowenig hörte er die leise geflüsterten Worte: „Gut, der macht's uns leicht! Da können wir den Alten ruhig einsteigen lassen, dann aber heißt's rasch drauf — ich den Fürsten, du den Kutscher, und du greifst da zu, wo es zuerst notwendig wird. Aufgepaßt, jetzt kommt er!" —

„So, da leucht Er nur wieder; das ist ja eine Finsternis, daß man zum Beispiel die Hand nicht vor den Augen sehn kann — na, da löscht Ihm noch dazu der Luftzug Seine alte Funzel aus — nun ist's rabenschwarz! 's ist gut; Er braucht nicht erst wieder anzubrennen. Finde mich schon zurecht. So jetzt vorwärts. Hans!"

„Hü —" wollte dieser den Pferden zurufen, aber die Laute blieben ihm vor heller Verwunderung im Hals stecken, denn in diesem Augenblick saß neben ihm ein Mann, der ihm die Zügel und die Peitsche aus der Hand nahm und drauflos kutschierte, als ob das Fuhrwerk ihm gehöre. Das war dem Hans noch nicht passiert, solange er lebte, und deshalb wußte er auch gar nicht, wie er sich zu verhalten habe. Das Ereignis ging ihm so über alle Begriffe, daß er schluckte und schluckte und doch kein Wort hervorbrachte, obwohl ihm das Erstaunen den Mund sperrangelweit aufgerissen hatte.

Und dazu kam, daß auch hinter ihm etwas Ungewöhnliches vorging, denn grad als ihm sein „Hü" steckengeblieben war, hatte auch Habermann gerufen „Donnerwet — —" und das Wort nicht ganz herausgebracht. Wäre es Tag gewesen, so hätte der gute Hans sehen können, daß sein Herr mit noch viel weiter geöffnetem Mund ebenso vergeblich nach Worten schnappte wie er selbst. Da ertönte eine halblaute, befehlende Stimme:

„Kein Wort, Durchlaucht, außer wenn ich frage! Es soll Euch nichts geschehn; aber wenn Ihr Lärm macht, so haben wir scharf geladen!"

Hans drehte sich nach dem Sprecher um und sah trotz der Dunkelheit drei Männer im Wagen sitzen statt einem, und in den Händen von zweien blitzten Pistolenläufe. Das gab ihm die verlorene Sprache wieder.

„Lärm machen? Bewahre, wir sind ja die zwei ruhigsten Leute in der ganzen Umgegend!“

Dieses angstvolle Geständnis löste auch die Zunge des Getreidehändlers, der zwar weniger Furcht besaß, aber den Waffen gegenüber sich doch eingeschüchtert fühlte.

„Alle Wetter, was wollt ihr Strolche hier in meinem Wagen?“ rief er mit halber Stimme. „Hans, willst du wohl gleich anhalten!“

„Ja, das ginge wohl, wenn ich allein wäre, aber es geht nicht, weil bei mir auch einer sitzt!“

„So wirf ihn zum Beispiel hinunter auf die Straße!“

„Oder er mich! Fangt nur Ihr erst mit Euren beiden an! Ich als Leibstalljäger muß warten, bis der Herr Divisionskorporal — —“

Die Fahrt ging jetzt über steiniges Gelände, und die ferneren Worte des Sprechers wurden von dem lauten Rollen des Wagens verschlungen.

Mamsell Rosine saß in der Laube. Das war nun jedenfalls kein großes weltgeschichtliches Ereignis, doch wer Mamsell Rosine gekannt und gewußt hätte, was für eine außerordentliche Wirtschaftslast auf ihren spitzen Schultern ruhte, und daß sie selbst in den schönsten Tagen den Garten fast nie betrat, den hätte es doch wohl wundergenommen, sie in der Dämmerstunde dieses unfreundlichen Novembertags in der Laube sitzen zu sehen.

Aber sie hatte gar wohl einen Grund, heute hier zu sein, nur daß dieser nicht im Wetter lag, sondern viel tiefer, nämlich in ihrem pietätvollen, jungfräulichen Herzen. Heute war ihr Geburtstag, und heute war es auch grade neununddreißig Jahre, daß er — ach er — nämlich ihr Erster und leider auch ihr Letzter — hier in dieser Laube vor ihr auf den Knien — auf allen beiden Knien gelegen und ausgerufen hatte:

„Röse — Röschen — Rosa — Rosina — ich liebe dich — küsse mich, oder ich sterbe!"

Das war ihr weithinein in die Seele gedrungen. Sterben, nein, sterben sollte, durfte er nicht; sie mußte ihn retten! Und so hatte sie sich denn freundlich zu ihm herabgeneigt, den Geliebten zärtlich umfangen, und dann — ach, ja, ja, das war in dieser Laube gewesen, grade in derselben hier, nur daß sie damals drüben in der anderen Ecke gestanden hatte und dann später vollständig neu hierher gesetzt worden war — die halb verfaulten Bretter und Latten von der alten hatte man verbrannt.

War es also etwa ein Wunder zu nennen, daß Mamsell Rosine wie alljährlich, so auch am heutigen Datum die traute Stätte aufsuchte, die den ersten Kuß ihrer einzigen Liebe gehört hatte? — Ihrer einzigen, weil er Schneider gewesen und ihr nur vierzehn Tage treu geblieben war. Sie aber hatte ihm ihre Treue bewahrt die ganze Zeit ihres Lebens hindurch, denn so oft die Versuchung an sie herangetreten war, keiner hatte sie gewollt, keiner hatte sie gemocht — und so haßte sie alle, alle, außer diesem einzigen, der doch wenigstens zwei Wochen bei ihr ausgehalten hatte.

Die Liebe, verschmäht und gekränkt, war aus ihrem Herzen gewichen und die Rache dafür eingezogen. Sie hatte sich gerächt an dieser verhaßten Männerbrut — und wie oft! Wie viele waren da unten in den Kellern eingeschlossen worden, die das Handgeld von Vater und Mutter — von der Braut hinweggelockt hatte, und die, wenn der Rausch verflogen war, alle Qualen der Reue zu kosten bekamen! An dieser Reue, an ihren Klagen und Tränen hatte sie sich erquickt und bei jedem neuen Opfer neue Freude empfunden.

Nur der heutige Tag hatte sie stets versöhnlich gestimmt. — Wenn das Herz das ganze Jahr hindurch nur Rache kocht, einen Tag muß es doch haben für die Liebe, und wenn kein Fisch mehr anbeißen will, so geht man in die Vergangenheit zurück zu dem einzigen, der angebissen hatte.

Sie senkte das Gesicht tief auf den Strickstrumpf und blies einen Seufzer nach dem anderen in die Maschen, dabei ihres einsamen Lebens gedenkend und des trüben Schicksals, es nicht weiter bringen zu können als bis zur — Haushälterin.

Ach, Haushälterin! Sie war's gewesen, wie lange, wie lange, und war's geblieben — auch bei dem vorigen Besitzer des vor der Stadt gelegenen Hauses. Dann hatte Wolstraaten es gekauft und seine Bäckerei an den Nagel gehängt, aber obgleich er Witwer war und sie glaubte, einige Hoffnungen hegen zu dürfen — sie war Haushälterin geblieben.

Und dieses dumme, unerfahrene Ding, das Sofchen, um die war das Gereiße, und seit nun gar die Haarlemer Erbschaft spukte, war's erst recht nicht mehr zum Aushalten! Wenn sie doch nur recht bald fort wäre aus dem Haus! Vielleicht hat der Dessauer Getreidehändler ein Einsehen und kommt bald zur Brautschau. Sobald ein Mädchen ein nur einigermaßen hübsches Lärvchen hat, bildet es sich gleich wer weiß was für Wunderdinge ein — gradeso wie die Fremde, die heute wieder einmal bei Anwalts auf Besuch ist, und die immer an einem vorüberrauscht, als wäre sie von Seide und andere aus Papier. Und dort — ja, ja, man darf nur den Teufel an die Wand malen, da kommt er sicher gleich — das ist sie; ich möchte nur wissen, was die im Garten hier zu suchen hat, jetzt im November! Mit der mag ich gar nicht zusammentreffen. Ich gehe!

Mamsell Rosine konnte nicht begreifen, was die jugendliche Spaziergängerin in den Garten trieb, und doch war es dieselbe Gewalt, von der sie selbst hergeführt worden war: die Liebe. Der Liebende, sei seine Liebe nun glücklich oder unglücklich, er sucht die Einsamkeit, er liebt die abendliche Stille, in der er denken, sinnen und träumen kann.

Und was gab es für Maria von Naubitz nicht alles zu denken!

Der Geliebte hatte Urlaub genommen und war trotz der abschlägigen Antwort des Fürsten nach Dessau gekommen, war gegen seine ursprüngliche Absicht in dessen Dienst geraten — was sollte daraus werden! Der Sachwalter war verreist; seine Frau liebte es nicht, ihrem Besuch mit zudringlichen Aufmerksamkeiten beschwerlich zu fallen; so konnte sie, ohne die Gastfreundin zu beleidigen, sich in den Garten zurückziehen, um den Regungen ihres Inneren Gehör zu schenken. Längst war es dunkler Abend, und noch immer saß sie, das Köpfchen nachdenklich in die Hand gestützt, in der Laube, an die sich die süßen Erinnerungen der Mamsell Rosine knüpften.

Diese befand sich jetzt in der Stube und gab sich ihrer Lieblingsbeschäftigung hin, ihrer intimen Feindin, dem Sofchen, das Leben sauer zu machen. Das Zanken, Keifen und Sticheln wollte kein Ende nehmen, und es war zu verwundern, mit welcher Geduld und Selbstbeherrschung das hübsche und zugleich verständige Mädchen dieses Krakeelen ertrug.

Da näherte sich das Rollen eines Wagens, der dann vor dem Haus haltenblieb. Das kräftige Klatschen einer Peitsche forderte die Bewohner zur Aufmerksamkeit auf.

„Na, wird's bald, du alte Schlenderliese", rief Mamsell Rosine dem Mädchen zu, „oder soll ich etwa selbst hinausgehn?"

Ohne ein Wort der Erwiderung verließ die Gescholtene das Zimmer.

„Wohnt hier der Bäcker Wolstraaten?" fragte eine tiefe Männerstimme vom Wagen herab.

„Ja!"

„Kann man hier die Pferde unterstellen?"

„Im Stall nicht mehr; da stehn schon zwei. Aber dort in dem Schuppen ist noch Platz."

„Schön. Da mögen die zwei aus dem Stall in den Schuppen gebracht werden. Meine sind gewohnt, auf Flaumfedern zu schlafen!"

„Das wird das Fräulein von Naubitz nicht zugeben!"

„Von Naubitz? Was hat denn das Wettermädel hier zu suchen, he?"

„Sie ist beim Sachwalter, der hier im Haus wohnt."

„Das hätte ich wissen sollen, da hätte der Polenz mit gemußt."

Es war so finster, daß der Fürst die Aufmerksamkeit, die sein Kutscher diesem Gespräch schenkte, nicht bemerken konnte.

„Na, gegen das Weibsvolk muß man galant sein; da mögen die Braunen also in die Budike kommen. Aber hör Er, reib Er sie erst tüchtig ab, laß sie gehörig verschnaufen und wickle sie dann gut in Decken ein, damit sie mir nicht etwa verschlagen! Wer ist Sie denn, Sie kleines Geschöpf?"

„Ich heiße Sophie und bin das Mündel vom Wirt."

„So! Da ist also Sie die Wetterhexe, das Sofchen, wegen der die Leute in den Wasserbottichen herumkrabbeln müssen? Ich werde Sie mir einmal gehörig angucken!"

Damit sprang er aus dem Wagen und trat in das Haus.

Sophie wollte ihm folgen, wurde aber noch vor der Tür von zwei starken Armen umschlungen und fühlte einen langen, herzhaften Kuß auf den Lippen. Die besondere Art und Weise dieser Liebkosung schien ihr sehr bekannt vorzukommen, denn, sich rasch von ihrem augenblicklichen Schreck erholend, rief sie, ohne den Mann erst genau betrachtet zu haben:

„Fritz, du? Ich denke, du bist längst über alle Berge!"

„Ich dachte auch nicht, daß ich so rasch wiederkäme; aber die Umstände haben's notwendig gemacht."

„Wer ist denn das, mit dem du gekommen bist?"

„Das — das ist der Getreidehändler Habermann aus Dessau mit seinem Knecht."

„Der Getreidehändler! Der kommt wohl schon meinetwegen?"

„Freilich."

„Und du — wie kommst du denn mit ihm zusammen?"

„Unterwegs. Aber geh jetzt hinein; ich muß nun verschwinden. Sobald du Zeit hast, kommst du hinüber an den Holunderbusch; ich werde auf dich warten."

Er schob sie durch die Tür, obgleich sie noch hundert Fragen auf der Zunge hatte. Als sie in die Stube trat, fand sie den Fremden in voller Verhandlung mit Mamsell Rosine.

„Und der Wolstraaten, wo steckt er denn?"

„Der ist nach Halle."

„Nach Halle — heut? So so — hm, da hat der Teufelskerl doch recht gehabt, der Nauh — ja so, hm, hm. Und Sie, wer ist Sie denn?"

„Ich heiße Mamsell Rosine Fransenhuberin und halte hier die Wirtschaft in Ordnung."

„Das ist ja recht schön von Ihr! Also, Mamsell Rosine Fransenhuberin, ich hab einen verteufelten Durst; hat Sie vielleicht einen guten Schluck, der dagegen hilft? Auch für etwas zu essen kann Sie sorgen, denn ich werde hierbleiben, bis der Wolstraaten wiederkommt!"

Das gebieterische Wesen dieses Mannes machte auf sie großen Eindruck; sie versuchte einen Knicks zustande zu bringen, und eilte dann zur Küche, wo sie mit Sophie zusammentraf, die sich in der Stube gar nicht verweilt hatte.

„Schnell einen Krug Bier hinein! Das kann kein gewöhnlicher Mann sein!"

„Ich bleibe da. Sie kann ihm das Bier auch hineintragen!"

„Ich? Warum denn ich?"

„Weil ich nicht mag. Mit dem Habermann hab ich nichts zu tun!"

„Der Habermann ists? Woher weißt du denn das?"

„Hab's draußen gehört."

„So so — das ist ja ein recht ansehnlicher Herr — zwar nicht mehr der jüngste, aber er hat so eine Art und Weise — war er nicht Witwer?"

„Ja."

„Wenn du nicht anders willst, so kann ich ihm das Bier schon selbst hineintragen!"

Sie füllte den Krug und eilte in die Stube, wo sie ihn mit dem gewinnendsten Lächeln vor den Gast hinsetzte.

„So, ich danke Euch! Hättet Ihr denn wohl ein Bett, wenn man die Nacht hierbleiben müßte?"

„Wir sind nicht auf Nachtgäste eingerichtet; aber ich würde Euch — ja", fuhr sie errötend fort — „ich würde Euch — wenn Ihr — —"

„Na, heraus damit! Was würdet Ihr?"

„Ich würde Euch — — meine Kammer abtreten!" brachte sie endlich züchtig und verschämt die Blicke senkend heraus. Und in ihrem Innern jubelte es: „Erst sagte er ‚Sie', jetzt spricht er schon ‚Ihr'; oh ich weiß, was das zu bedeuten hat!"

„Und wo wollt Ihr denn schlafen, he?"

„Für mich wird sich schon ein andres Plätzchen finden. Ich tu es Euch gern zu Gefallen!"

„Zu Gefallen?" fragte er, während seine Augen sie ganz eigentümlich anblitzten. „Höre Sie mal, Mamsell Rosine Fransenhuberin, Sie ist doch ein ganz heilloses Weibsen! Erstens sagt ein Frauenzimmer so etwas gar nicht, und zweitens kann es mir in meinem ganzen Leben nicht einfallen, mich auf so einer alten Schachtel ihre Schnarchmaschine zu legen. Es war übrigens auch nur so eine Frage für den Notfall."

Wenn eine Bombe in das Zimmer gefahren wäre, sie hätte kein größeres Unheil in dem Innern von Mamsell Rosine anrichten können als die Worte. Zuerst stand sie unbeweglich wie eine Bildsäule da; es schien ihr die Luft vollständig ausgegangen zu sein. Dann aber fuhren ihre Arme topfhenkelartig in die Seiten, die Augen öffneten sich groß und drohend, ihr weit geöffneter Mund ließ anderthalb Paar lange, gelbe Wolfszähne erblicken, und nun brach die Sturmflut los:

„Was? Was wäre ich? Eine alte Schachtel? Und mein Bett, mein Bett eine Schnarchmaschine? Weiß Er denn, Er unverschämter —"

Weiter freilich kam sie nicht; denn ihr Gegner fuhr mit donnernder Stimme dazwischen:

„Rrrraus, sag ich!"

„Er — —"

Jetzt konnte sie beim besten Willen nicht weiter; denn er hatte den Bierkrug ergriffen und schleuderte ihr dessen Inhalt ins Gesicht. So einen Mordanfall hatte man noch niemals auf sie versucht; alle ihre Nerven waren, als hätte sie der Schlag getroffen, vom Schreck gelähmt, und wie angeleimt lagen die schützenden Hände vor dem triefenden Gesicht. Da endlich ging ein krampfhaftes Zittern durch ihren Körper; der in die Nase gedrungene Gerstensaft begann seine Tätigkeit: die Züge legten sich in jene unausbleibliche Stellung, die bei Nichtschnupfern die unausbleibliche Folge einer guten Prise ist, und nun entrang sich dem jungfräulichen Busen von Mamsell Rosine Fransenhuberin ein markerschütterndes:

„A—a—a—a—azzz—i—i—iiiihhh!"

„Wohl bekomm es Ihr, Sie alte Regimentskneifzange, Sie!" lachte höflich der Bierkrugschütze und schob, während sie immer wieder von neuem zum Niesen ausholte, die alles Widerstreben Vergessende über die Stube hinüber und in die Küche hinaus. Sophie hatte alles vernommen und konnte sich beim Anblick der Mamsell des Lachens nicht enthalten.

„Komme Sie doch einmal herein zu mir!" befahl der Fürst.

Sie folgte ihm.

„So! Hierher muß Sie treten, daß ich Sie bei der Lampe deutlich sehn kann. Hm, hm, der Korporal scheint keinen so ganz schlechten Geschmack zu haben! Höre Sie mal, Sie mag wohl den Namen Habermann gar nicht gern leiden!"

Sie vermochte vor Verlegenheit nicht zu antworten.

„Na, ich meine es ja ebensogut mit Ihr wie der Nauheimer, und Sie wird schon noch einsehn, daß ich auf Ihr Glück bedacht bin! Jetzt sorge Sie aber zunächst für ein Abendbrot, und dann wollen wir einmal weiter miteinander reden!"

Da trat der Kutscher ein und machte Anstalt, an einem der Tische Platz zu nehmen.

„Hör Er, aus dem Hersetzen wird jetzt nichts. Er wird bei der Sache Sein Teil jedenfalls auch mit zu tun bekommen, und da ist es ganz besonders notwendig, daß Er die gehörige Ortskenntnis besitzt. Geh Er also einmal kundschaften, damit Er sich später zurechtfinden kann, wenn's nötig ist."

Der Angeredete entfernte sich, obgleich er ganz aus eigenem Antrieb die Umgebung des Hauses schon abgesucht hatte. Nur allein im Garten war er noch nicht gewesen und daher richtete er jetzt seine Schritte nach diesem. Ganz sicher hatte das Haus gewisse Schlupfwinkel und wohl auch verborgene Gelegenheiten zum Ein- und Ausgehen, die bei dem heutigen Rekrutentransport jedenfalls benutzt wurden. Leicht konnte man mit einer der eingeweihten Personen zusammentreffen und Verdacht erregen, und so schlich der Kutscher geräuschlos und mit einer Umsicht weiter, die ihm nicht das geringste entgehen ließ, ihn selbst aber gegen jede Entdeckung schützte.

So kam er auch an die Laube. Er lauschte mit angestrengten Sinnen, ob sie leer oder besetzt sei. Leise Atemzüge ließen sich vernehmen — es war jemand drin. Wer war es? Er mußte Gewißheit haben und machte schon Anstalt, sich niederzulegen, um näherzukriechen, als ein leichtes Räuspern ertönte, das Rauschen eines weiblichen Gewandes sich vernehmen ließ und eine dunkle Gestalt hervortrat.

Sie blieb einige Augenblicke vor dem Eingang stehen und wollte sodann sich nach dem Haus wenden, als sie dicht neben sich den leisen Ruf vernahm:

„Marie!"

„Wer ist da?" fragte sie mit halblauter Stimme.

„Wahrhaftig, du bist's, und ich hab mich nicht geirrt!" ertönte es mit gewaltsam unterdrückter Freude; zwei

Arme legten sich um sie und zogen sie an eine breite Männerbrust.

„Kurt! Welche Überraschung! Wie kommst du, den ich in Halle glaubte, hierher?“

„Das sollst du erfahren. Komm, setz dich!“

Er trat mit ihr in die Laube, zog sie auf seinen Schoß, und bald waren sie in lebhafter, wenn auch fast unhörbarer Unterhaltung begriffen. — —

Währenddessen setzte Sophie das Essen auf den Tisch und schlüpfte dann auf ein kurzes Weilchen hinüber zu dem Holunderbusch. —

Der Fürst ließ sich das Mahl wohlschmecken und war damit grade fertig geworden, als der Kutscher wieder eintrat.

„Hat Er etwas Verdächtiges gespürt?“

„Nein.“

„So esse Er! Ich werde mir den Ort jetzt auch einmal besehn!“

Er erhob sich und schritt hinaus. Als er um die Ecke des Hauses bog, sah er die zurückkehrende Sophie auf sich zukommen. Da er sie in der Dunkelheit nicht sofort erkannte, so hielt er sie beim Arm:

„Halt, was trippelt denn da im Gras herum?“

„Ich bin's — —“

„Ach, das kleine Jungferchen! Kann mir's denken, was Sie hier herumzusuchen hat.“

„Durchlaucht!“

„Durchlaucht? Aha, so hat also der Schwerenöter, der Nauheimer, das ganze Geheimnis ausgeplaudert! Na, den werd ich bei der Parabel nehmen!“

„O nein, Durchlaucht, verzeiht ihm! Er hat's ja gut gemeint, und ich will Euch dafür auch in allem gern behilflich sein.“

„So, will Sie das? Na, da steh Sie mir erst mal aufrichtig Red und Antwort! Ist's wahr, daß da unten in den Kellern — —?“

„Ja."
„Darf Sie in die Keller?"
„Nein; ich soll gar nichts davon wissen."
„Und heut soll es fortgehn?"
„Ja."
„Woher weiß Sie das?"
„Ich hörte den Vormund mit der Mamsell davon sprechen."
„Ach so! Da ist die alte verliebte Kachel auch mit bei der Verschwörung!"
„Die führt eigentlich das ganze Geschäft. Der Vormund entfernt sich allemal, wenn ein Transport kommt oder geht."
„Weshalb?"
„Aus Klugheit, damit er sich herausreden kann, wenn einmal was passiert."
„Sind die Keller groß?"
„Groß und klein. Es sind mehrere, wie man sie eben braucht."
„Sie war trotz des Verbots doch wohl schon unten!"
„Zuweilen —" klang die zögernde Antwort.
„Ja, euch Weibsbilder kennt man schon! Könnte Sie mich nicht vielleicht mal runterführen?"
„Das wird schwer halten. Die Mamsell hat die Schlüssel."
„Kann Sie die nicht auf einen Augenblick fortstibitzen?"
„Ich will's versuchen, Durchlaucht! Aber wenn Ihr weiter nichts wollt, als Euch bloß die Leute ansehn, die da unten sind, so brauche ich gar keinen Schlüssel. Wir steigen in den Bierkeller; der steht auf, und da hab ich ein Loch entdeckt, durch das man die Gesellschaft gut belauschen kann."
„So führe Sie mich hinunter."
„Soll ich nicht den Korporal holen? Es ist besser, man ist bei solchen Dingen vorsichtig."

„Nicht notwendig. Der mag auf seinem Posten bleiben, um zu sehn, was außer dem Haus passiert. Komme Sie nur!"

Sie schritten miteinander um die zweite Ecke des Hauses und kamen in den Hofraum. Sophie schob den Riegel von einer schmalen Tür, hinter der eine Stufenreihe abwärts führte.

„Wartet einen Augenblick, Durchlaucht; ich will Licht machen."

Sie griff in eine kleine Nische, zog Stahl, Stein und Zunder hervor, und bald brannte das Licht der Laterne, die hier aufgestellt war, damit man beim Holen des Bieres eine Lampe nicht über den ganzen Hof zu tragen habe. Nachdem sie noch einmal nachgesehen hatte, daß die Tür völlig herangezogen sei, stieg sie, ihm voran, die Stufen hinab. — —

„Heda, ist denn alles ausgerissen?" rief der Kutscher, vom Essen aufblickend, und klopfte mit dem leeren Krug auf den Tisch.

Die Küchentür öffnete sich und ließ die spitze Nase der Mamsell Rosine erscheinen.

„Was hat Er denn zu spektakeln? Bei Ihm heißt's wohl auch: Wie der Herr, so der Diener."

„Nein, sondern: Wie die Liebe, so die Hiebe! Kommt Sie mit Grobheiten, so kann Sie was erleben! Hier, noch einen Krug!"

Der Gebrannte scheut das Feuer, darum hütete sich Rosine auch, ihrem Zorn freien Lauf zu lassen. Sie nahm den Krug, um ihn aus der in der Küche befindlichen Blechkanne zu füllen; aber diese enthielt nicht mehr die nötige Menge des braunen Getränks. Nun mußte sie wegen dieser groben Menschen auch noch in den Keller steigen; das erhöhte ihren Ärger um ein Bedeutendes. Sie eilte über den Hof, fand die Kellertür nur angelehnt, und wohl das Feuerzeug, nicht aber die Laterne an ihrem Platz.

Sie stutzte. Es mußte jemand im Keller sein, und zwar in einer geheimen Absicht. Leise schlich sie die Stufen hinab und bemerkte, unten angekommen, im Hintergrund einen schmalen Lichtstreifen. Er fiel aus einem der Nebenräume, der durch eine starke, eisenbeschlagene Tür vom Bierkeller getrennt wurde. Mit lautlosen, katzenartigen Schritten näherte sie sich der Tür und erkannte nun deutlich den Fremden, der auf einem herbeigerollten leeren Faß stand und durch ein in der Mauer angebrachtes Luftloch in das nebenan liegende Gewölbe blickte, aus dem sich verschiedene Stimmen vernehmen ließen. Sophie stand mit der Laterne in seiner Nähe.

Es flimmerte vor den Augen der Lauscherin. Das war ja Verrat, und diese Heuchlerin steckte mit dem unverschämten Grobsack unter einer Decke! Welch ein Glück, daß sie zur rechten Zeit gekommen war! Hier mußte rasch gehandelt und das lauschende Paar unschädlich gemacht werden. Aber die Genugtuung mußte sie dabei haben, die beiden wissen zu lassen, von wem ihnen der Streich gespielt wurde. Sie trat deshalb unter den Eingang.

„Was hat Er denn hier in meinem Keller zu suchen, Er alter, neugieriger Zyperkater, Er? Ich werde euch zweien das Horchen anstreichen, daß ihr wer weiß wie lange an die ‚alte Schachtel‘ denken sollt!“

Ehe er noch vom Faß steigen oder die erschrockene Sophie herbeieilen konnte, hatte sie die Tür zugeschlagen und schob die Riegel vor.

„Will Sie wohl gleich aufmachen, Sie verwünschte Wetterhexe, Sie?“ donnerte der Fürst und trat mit kräftigem Fußstoß gegen die Tür. Aber es war weder eine Antwort zu hören, noch gab die Tür nach. Sie waren gefangen.

Allerdings tobte der alte „Knasterbart“ wie ein angeschossener Eber in dem engen Raum herum. Er, der Sieger in so vielen Schlachten, der — na — er sollte sich von so einer — na — übertölpeln und in solch schandbaren „Prison" nehmen lassen! Und was würde die Welt dazu sagen, wenn es hieß, daß er, der Fürst — Tod und Teufel, nein — lieber wollte er die Mauer mit seinem Kopf einrennen und — horch, was ist denn das da drüben für ein schallendes Gelächter?

Er stieg auf das Faß und lugte durch die Öffnung. Drüben hatte man einen Kreis geschlossen, inmitten dessen einer stand, der mit lauter Stimme erzählte. Eben schien er mit dem Bericht fertig zu sein, denn es erhob sich ein rauschender Beifallssturm, aus dem der Ruf zu unterscheiden war:

„Hurra, der Alte Dessauer gefangen — Bier her, Wein her, das muß angefeuchtet werden!"

Zitternd vor Grimm sprang er von seinem hölzernen Sockel.

„Da sollen doch gleich fünfunddreißigtausend Bomben und Granaten dreinschlagen — diese Hundsfötter wissen wahrhaftig, wer ich bin! Na, laßt mich nur hinüberkommen — ich werde euch den ‚Alten Dessauer' um die Ohren schlagen, daß ihr den Himmel für einen Osterfladen halten sollt!"

„Jetzt bringen sie ihn!" schallte es gedämpft durch die Wand.

„Bringen — wen denn?" knurrte er zornig, stieg wieder auf das Faß und steckte die Nase in das Mauerloch. Kaum aber hatte er einen Blick hinübergeworfen, so fuhr er zurück, daß er fast das Gleichgewicht verloren hätte.

„Das ist ja der Habermann, der Schwerenöter! Der Kerl ist ja gar nicht nach Halle gefahren, und ich kann jetzt bis zum Jüngsten Tag auf meine Dragoner warten? Und dazu hat er meinen Rock an und blamiert ihn jetzt und in alle Ewigkeit, Amen. Na, komm ich nur hinüber, ich werde ihm eine Salbe einreiben, nach der es ihn am ganzen Leib jucken soll!"

„Aber ich bin ja nicht der Fürst, für den ihr mich zum Beispiel haltet!“ wurde drüben eine ärgerliche Stimme laut.

„Nicht? Wer seid Ihr denn, wenn man fragen darf?“

„Ich bin der Getreidehändler Habermann aus Dessau und —“

„Schon gut, Durchlaucht, wir kennen das! Ihr sollt das beste Plätzchen, was wir hier haben, als Gewahrsam bekommen und auch einen guten Schluck zu trinken. Das übrige mag nachher der Hauptmann bestimmen, sobald er eingetroffen ist!“

„Aber ich sag euch zum Beispiel — —“

„Wissen alles, wissen alles! Der Getreidehändler Habermann hat sicher weder einen Jagdwagen noch ein fürstlich Wappen daran, und Eure Uniform —“

„Ich hab ja mit dem Fürsten tauschen müssen!“

„Allen Respekt vor Euch, Durchlaucht, aber Ihr werdet uns auf diese Weise nur zum Lachen zwingen. Tretet hier herein!“

„Und Er“, ertönte eine andere Stimme, „kann sich einstweilen dort in jene Ecke setzen.“

„Wohin? Soll ich mich etwa immer nur von einer Ecke auf die andre drücken — erst beim Bataillonsmarschall, und nun auch hier? Ich bin Oberstallbereiter und setz mich hin, wo mirs beliebt. Gebt mir was zu trinken!“

„Heut ist die ganze Welt nicht recht bei Sinnen“, murmelte der Fürst; „doch der Mensch von einem Pferdeknecht ist ganz und gar verrückt geworden. Aber da bringen sie wahrhaftig noch einen geschleppt, und da kommt auch die gute Mamsell Schachtelmeierin oder Kachelhuberin, oder wie sie heißt, dahinter hergestiegen. Die wird wohl melden wollen, daß sie hier zwei Vögel eingesperrt hat.“

„So!“ klang es drüben. „Stecken die denn fest?“

„Ja, ich hab sie eingeriegelt.“

„Da machts uns keinen Schaden; wir marschieren ja heut ab. Tut nachher mit ihnen, was Ihr wollt!“

„Das ist gut!“ bemerkte der Fürst. „Sie fragen nicht, wer ich bin, sonst hätten sie mich wahrhaftig mit dem Habermann zusammengeführt. Aber wer ist denn das, den sie dahin gelehnt haben? Seh ich verkehrt, oder ist es doch der Polenz? Wie kommt denn der von Halle her nach Bitterfeld — und in dieses Loch? Der Tausendelementer macht doch nichts als dumme Streiche, und einen immer schlimmer als den andern. Betrunken ist er zum Erbarmen, und — Schwerebrett, einen sächsischen Dreispitz hat er auf dem Kopf. Ich glaube gar, den haben sie um den Verstand gebracht und angeworben! Na, komm ich nur hinüber, mein guter Polenz, ich werde ihn in die Wäsche nehmen, daß ihm die Lust zum Heiraten vergehn soll.“

Nach Beendigung des Abendbrotes begab sich der Kutscher wieder hinaus in den Garten. Er glaubte den Fürsten auf Erkundung; vor Eintreffen der Dragoner war jedenfalls nichts zu tun, und so hatte er mit der Geliebten Verabredung getroffen, sich noch auf ein Viertelstündchen in der Laube zu sprechen.

Als er das stille Plätzchen betrat, fand er sie schon seiner wartend und nahm dicht an ihrer Seite Platz. Schon vorhin hatte er über den Grund seiner und des Fürsten Anwesenheit einige kurze Mitteilungen gemacht; jetzt vervollständigte er diese und war gerade bei der Bemerkung, daß Leopold auch um ihr Hiersein wisse, als er unter seinen Füßen ein Geräusch wahrzunehmen glaubte. Auch Marie hatte es gehört, und beide lauschten mit angehaltenem Atem, ob es vielleicht wiederkehren werde.

Da plötzlich bewegte sich ihr Sitz, und zwar nicht allein dieser, sondern mit ihm die ganze Laube. Der Darinsitzende ergriff das Mädchen und stand mit einem raschen Sprung auf festem Boden. Nur die kurzen Worte: „Schnell hinter jenen Baum!" raunte er ihr zu und lag dann auch schon platt auf der Erde, von der er bei der Dunkelheit nicht zu unterscheiden war.

Ein leiser Lichtschein schimmerte aus der Tiefe und ließ die Mündung eines Ganges erkennen, die von dem hölzernen Boden der Laube verdeckt gewesen war. Ein einziger Blick genügte, um die einfache Vorrichtung zu begreifen. Im Balkenfuß des kleinen Bauwerks steckte ein senkrechter Riegel, der die Laube festhielt; zog man ihn aber heraus, was sowohl von oben als auch von unten geschehen konnte, so ließ sie sich drehen und gab den Eingang frei.

Leise, vorsichtige Schritte stiegen empor; ein Kopf tauchte aus der Tiefe hervor und spähte in die schwarze

Nacht hinaus, ob er unbeobachtet sei. Dann stieg der Mann vollends herauf und schob, während das Licht unten fortbrannte, die Laube wieder in ihre vorige Stellung, und den Riegel in seine ursprüngliche Lage.

Voller Angst harrte Marie des nun Kommenden; aber es blieb alles ruhig, bis nach einigen Augenblicken eine leise Stimme rief: „Marie, komm!“

Voll Freude eilte sie herbei. Er kniete auf einem menschlichen Körper.

„Hier, mein Messer! Schneide die Waschleine von diesen zwei Bäumen ab; ich muß ihn binden, eh ihm die Besinnung wiederkehrt.“

Sie folgte der Weisung, und bald lag der Betäubte geknebelt und gebunden in einem Winkel des Gartens.

„Ich muß hierbleiben, um den neuentdeckten Eingang zu bewachen. Willst du nicht einmal auf die Straße spähen, ob du den Korporal entdeckst? Er soll herkommen; ich muß mit dem Fürsten sprechen.“

Sie eilte von dannen. Leichten Schritts flog sie durch den Hausflur, so daß ihr Kommen von einem Mann, der auf der Straße lauschend am Fenster stand, gar nicht gehört wurde. Seine hohe, breite Gestalt ließ sie in ihm den Gesuchten ahnen.

„Seid Ihr der Korporal Nauheimer?“

„Ja, der bin ich.“

„Ihr sollt schnell zum Kutscher des Fürsten in den Garten kommen; er hat eine wichtige Entdeckung gemacht.“

Er folgte ihr und erfuhr, bei der Laube angekommen, das Vorgefallene und die Absicht des Kutschers, zum Fürsten zu gehen.

„Ja, das weiß der Kuckuck, wo der sich jetzt herumtreibt, und auch die Sophie ist nicht zu finden; ich hab schon eine ganze Zeit vergebens nach ihnen gesucht. Drin in der Stube sitzt die alte Mamsell allein und fängt Grillen, und — weiß Er was Neues? Der Habermann ist da! Vorhin brachten sie ihn im fürstlichen Jagdwagen; jedenfalls denken sie, sie haben die Durchlaucht gefangen. Es waren sechs Personen: der Habermann, sein Knecht, und einer, den ich nicht wegbekommen konnte, war hintenauf geschnallt."

„Und wo sind sie jetzt?"

„Jedenfalls im Keller."

„Weiß es der Fürst?"

„Wohl nicht; er wird doch nicht etwa zu weit fortgegangen und den Werbern in die Hände gefallen sein? Die können jeden Augenblick kommen!"

„Das wär 'ne schöne Geschichte! Muß mal suchen. Zunächst aber wollen wir doch einmal nachsehn, wo der Gang hinführt, der hier unter der Laube mündet. Jetzt sind wir zu zweien und können eher etwas wagen."

Der Korporal war bereit, obgleich Marie bat, von dem gefährlichen Unternehmen abzustehen. Der Riegel wurde entfernt, die Laube gedreht; dann stiegen beide in die noch immer erleuchtete Öffnung, die sie nicht verschlossen, um sich für alle Fälle einen schnellen Rückzug zu sichern. Der Gang war sehr einfach und schleusenartig ausgeführt, erstreckte sich immer in grader Richtung vorwärts und endete vor einer Tür, die nur angelehnt war.

Vorsichtig öffneten sie diese und betraten einen kleinen, leeren Kellerraum; hier aber tönten ihnen aus einem Nebengewölbe laute Stimmen und schallendes Gelächter entgegen. Sie befanden sich, ohne daß sie es wußten, unmittelbar neben dem Keller, in dem der Fürst mit Sophie eingeschlossen war, nur daß dessen Tür auf der entgegengesetzten Seite angebracht war.

Der Kutscher blies das Licht aus und huschte an die ihnen gegenüberliegende Tür; auch sie war nur angelehnt, so daß er fast das ganze Gewölbe überblicken konnte. Nach wenigen Augenblicken kehrte er zurück.

„Kommt! Wir wollen uns nicht unnötigerweise in Gefahr begeben, aber vor den paar Leuten wäre mir auch nicht bange."

Wieder im Garten angekommen, wurde die Öffnung verschlossen, und während der Korporal nun Wache hielt, ging der andere, den Fürsten zu suchen. Er fand ihn weder in der Nähe des Hauses noch in der Gaststube, die vollständig leer war. Auch in der Küche war weder Sophie noch die Wirtschafterin zu erblicken. Schon wollte er durch den Hausflur in den Garten zurückkehren, als ein dumpfes Geräusch wie von unterdrückten menschlichen Stimmen an sein Ohr schlug.

Er blieb lauschend stehen; die Töne drangen durch die Seitenwand und schienen von unten zu kommen. Er näherte sich der Wand, deren eine Hälfte ein großer, breiter Schrank einnahm, dessen Tür nur angelehnt war. Sein Inhalt bestand in Kleidern, die den Raum von oben bis herab zum Boden ausfüllten. Das dumpfe Gemurmel war hier vernehmlicher als vorher. Die alten Röcke und Hosen auseinanderziehend, erblickte er hinter ihnen eine dunkle Öffnung, die jedenfalls mittels einer Treppe nach abwärts führte. Der Schrank hatte keine Hinterwand.

Er zog die Pistole und kroch in die Öffnung, fühlte Stufen unter seinen Füßen und stieg leise und vorsichtig hinunter. Nach einer Weile berührte er mit der tastenden Hand eine Tür. Diese war jetzt nur durch eine einfache Klinkvorrichtung geschlossen. Behutsam öffnete er und gewahrte, daß er außerhalb desselben Gewölbes stehe, das er vorhin von der entgegengesetzten Seite überblickt hatte, und in dem sich eine zahlreiche Gesellschaft von Männern befand. Soeben setzte, wie er durch die schmale Spalte bemerken konnte, die Mamsell einen Krug vor den Knecht des Getreidehändlers.

„Wohl bekomm's Ihm!" sagte sie dabei in höflichem Ton. „Er kann von Glück reden, daß man Ihn mit dem Fürsten aufgegriffen hat. Herrendienst ist ein schlimmer

Dienst, und so ein schmucker Gesell wie Er wird bei den Soldaten sicher sein Glück machen. Da gibt's ein lustigeres Leben als in Dessau, wo Er nur böse Tage hat, wenn Er nicht zu scharwenzeln versteht!"

„Soldat? Ich geh nicht unter die Soldaten!"

„Nicht? Da wird Er wohl gar nicht viel gefragt werden. Mitgegangen, mitgefangen, mitgehangen!"

„Fällt mir gar nicht ein, den bunten Rock anzuziehen! Ja, es ginge wohl, wenn ich wollte, aber es geht nicht, weil ich mich nicht gern totschießen lassen mag!"

Der Lauscher wußte genug. Leise schlich er wieder zurück und begab sich nun eiligen Schritts zur Laube zurück.

„Der Fürst ist nirgends zu sehen, auch das Mädchen nicht. Entweder sind beide in eine Falle geraten, oder es droht der Durchlaucht von außen her eine Gefahr. Wir müssen uns in den Besitz des Nestes setzen und die Kerls da unten unschädlich machen. Ich hab soeben noch einen Eingang zu den Kellern entdeckt; er geht von der Küche aus hinunter. Nun könnten wir zwar die Leute von beiden Seiten einschließen, aber es wäre ihnen doch möglich auszubrechen; es sind ihrer viele, und so eine Tür ist bald zertrümmert; dann wäre uns das ganze Spiel verdorben. Und was am meisten zählt, sie blieben alle im Besitz ihrer Waffen. Diese muß man ihnen nehmen und sodann entweder sie in ganz sicheren Gewahrsam bringen oder nach Befinden ihnen mit noch energischeren Maßregeln auf den Leib rücken."

„Hör Er, Seine Ansichten sind nicht schlecht! Aber wie soll das alles angefangen werden?"

„Nun, Ihr schleicht Euch durch den Laubengang bis an die zweite Tür; ich gehe durch die Küche, und sobald Ihr merkt, daß ich Euch brauche, tretet Ihr in das Gewölbe."

„Gut. Hat Er denn Waffen?"

„Ja, Ihr doch wohl auch?"

„Zur Genüge."

„Und welchen Platz weist du mir an?" fragte Marie.

„Einen sehr wichtigen. Die Transportmannschaft wird bald eintreffen, denn jedenfalls war der, den ich vorhin überrumpelte, abgeschickt, um ihnen den Weg zu zeigen. Ich glaube annehmen zu können, daß sie schon jetzt da drüben in dem Hölzchen auf diesen Boten warten, da sich in der Nähe keine andre Deckung für sie befindet. Da sollst du nun hier Wache stehn. Sobald du etwas Verdächtiges bemerkst, eilst du zur Küche, steigst durch den Kleiderschrank, hinter dem eine Treppe in den Keller führt, und gibst mir Nachricht. Doch denke ich, daß wir fertig sein werden, ehe du Veranlassung zu einer solchen Warnung bekommst."

„Aber sag Er mir doch einmal", platzte da endlich Nauheimer los, „wie kommt Er denn zu dieser Bekanntschaft mit — —"

„Laßt das jetzt gut sein", fiel ihm der andre schnell ins Wort, „Ihr werdet schon noch das Nötige erfahren. Jetzt macht, daß Ihr in den Gang kommt! Ich muß ihn von außen verschließen, damit Ihr nicht vielleicht von hinten überfallen werdet; man muß sich hier alles überlegen."

„Hör Er, ich bekomme nach und nach einen ganz gehörigen Respekt vor Ihm!"

„So? Na, da tut dazu, daß ich auch vor Euch Respekt bekomme!"

Als der Korporal in dem Gang verschwunden und die Laube wieder vorgerückt worden war, sah der Kutscher noch einmal nach dem in der Gartenecke Liegenden und überzeugte sich, daß von diesem nichts zu befürchten sei. Dann empfahl er der Geliebten die nötige Vorsicht und begab sich zunächst in den Stall. Hier versah er sich mit einer beträchtlichen Anzahl von Schnüren und Stricken, die an den alten, verwitterten Wänden herumhingen.

„So, die werden wir vielleicht gebrauchen können. Wenn der Korporal wirklich so ein Kerl ist, wie der junge Habermann gestern sagte, so wird alles gutgehn, trotzdem es ein verteufeltes Wagestück ist!"

Jetzt schritt er nach der Gaststube, in der er Mamsell Rosine traf.

„Will Sie mir wohl einen Gefallen tun, Jungfer Rosine?"

„Er ist eigentlich zu unmanierlich, als daß man Ihm viel Gefallen erweisen möchte; aber was will Er denn, und wozu sind die Stricke da?"

„Das soll Sie gleich sehn", antwortete er, indem er die Tür verriegelte und die Pistole hervorzog. „Setz Sie sich einmal hier auf diesen Stuhl!"

„Herrjemine, was soll —" wollte sie beim Anblick der Waffe aufkreischen; er aber fiel ihr schnell in das Wort:

„Kein Wort weiter! Wenn Sie nur im geringsten muckst, so schlag ich Ihr mit dem Ding da die Schmachtlocken auseinander, denn einen Schuß Pulver ist so eine alte Trine wie Sie doch nicht wert!"

Sie zitterte an allen Gliedern und konnte vor Angst kein Wort mehr hervorbringen.

„Was für eine saubere Wirtschaft da unten in den Kellern herrscht, das weiß ich, und wir werden das Nest auch nachher ausnehmen; jetzt aber frag ich Sie nur, wo mein Herr, der Habermann aus Dessau, steckt!"

„Sau—be—re Wirt—schaft?" stammelte sie. „Habermann—? Ich weiß von alledem nichts, gar nichts!"

„So, na, da hat eben Ihre letzte Stunde geschlagen!" Er faßte sie beim Hals und holte aus, als wolle er ihr mit dem Griff der Pistole einen Schlag versetzen.

„Halt!" röchelte sie in Todesangst, „ich will's gestehn!"

„Nun, wo ist er?"

„Unten eingeschlossen."

„Und die Sophie?"

„Auch mit eingeschlossen."

„Wer hat es getan?"

„Die Sachsen", antwortete sie aus Angst, daß es ihr ans Leben gehen könne, wenn sie die Wahrheit sagte.

„Gut, jetzt weiß ich genug! Jetzt lege Sie Ihre Hände hinter die Lehne und die Füße hier an die Stuhlbeine! Ich werde Sie anknüpfen. Wenn Sie sich ruhig verhält, geschieht Ihr nichts, wenn Sie aber einen Versuch macht loszukommen, so ist's um Sie geschehn!"

Widerstandslos ließ sie sich fesseln; dann band er ihr die Schürze vor den Mund und trat in die Küche.

Helles Gelächter tönte ihm entgegen, als er die Stufen hinunterschritt. Ihm war allerdings nicht sehr lächerlich zumute. Von dem Gelingen des Streiches hing vieles ab; besonders da der Fürst sich selbst unter den Gefangenen befand. Geräuschlos öffnete er die Tür ein wenig und horchte.

„Ich kann nicht begreifen", klang eine Stimme, „warum Müller nicht zurückkommt. Um bloß zu sehn, ob sie da sind, braucht es doch nicht eine so lange Zeit. Ich muß einmal nachschauen, was er draußen treibt!"

Das galt jedenfalls dem gefesselt im Garten Liegenden. Hier war keine Zeit zu verlieren, und der Sprecher hatte kaum den Fuß erhoben, um sich zu entfernen, so ertönte von der Tür her ein kraftvolles „Halt" in seine Ohren.

Er fuhr herum und erblickte den am Eingang Stehenden, der in jeder Hand eine gespannte Pistole hielt.

„Verrat! Zu den Waffen!" rief der Überrumpelte und eilte zum Ecktisch, wo er und seine Kameraden ihre Waffen abgelegt hatten. Aber mit einigen raschen Schritten hatte ihn der Eindringling vom Tisch abgeschnitten.

„Keinen Schritt weiter. Wer sich von seiner Stelle rührt, ist verloren!" erscholl es ihm entgegen.

Da riß er ein Messer hervor und wollte sich mit erhobener Faust auf den Fremden stürzen. Ein Schuß krachte, und der Arm sank zerschmettert herab. Zu gleicher Zeit öffnete sich die andere Tür; Nauheimer trat ein und warf sich mit seiner mächtigen Gestalt den Werbern entgegen, die aufgesprungen waren, ihren Kameraden zu rächen. — — —

Währenddessen stand Marie von Naubitz draußen in der finsteren Nacht auf ihrem Posten, um Wache zu halten. Sie war eine würdige Patin des alten Knasterbarts und kannte weder Furcht noch Unentschlossenheit. Es schien ihr ratsam, sich einmal nach dem Gehölz zu schleichen, und schon legte sie die Hand an die kleine Gartenpforte, die ins Freie führte, als sie einen Schritt zurücktrat und sich schnell niederbeugte.

Zwei dunkle Gestalten kamen längs des Zaunes herbeigeschlichen und blieben jenseits gerade vor ihr stehen.

„Das muß das Haus sein, Hauptmann!" flüsterte eine leise Stimme.

„Natürlich! Und hier steht auch die Laube, in die der Gang münden soll."

„Warum nur keiner von den Kerls sich beim Treffpunkt einfindet! Sie müssen doch wissen, daß wir nicht ewig warten können, weil wir die Nacht zum Transport benutzen wollen."

„Wer weiß, was sie noch zu verrichten haben. Eintreten können wir nicht, so bleibt uns also nichts übrig, als uns in Geduld zu fügen."

Die beiden Männer entfernten sich langsamen Schritts, und auch Marie erhob sich wieder, um das Gehörte zu melden. Als sie an die Kellertür kam, glaubte sie ein polterndes Geräusch zu vernehmen, das die Stufen heraufdrang.

Sie öffnete und lauschte hinunter. Jetzt hörte sie ganz deutlich ein lautes Krachen und dazwischen den unterdrückten Schall einer tiefen Baßstimme.

„Himmelmohrenelement, ob wohl das alte Ding nachgeben wird, daß man aus der Bude herauskommt!“

Das war der Fürst; sie kannte diese Stimme zu deutlich und hörte aus den vernommenen Worten, daß er eingeschlossen sei. Ohne sich lange zu besinnen, eilte sie, so schnell es ihr die Dunkelheit gestattete, die Treppe hinab, und je weiter sie hinunter kam, desto deutlicher bemerkte sie, daß man eine Tür mit mächtigen Fußtritten bearbeitete. Sie tappte sich dem Schall nach, bis sie die Tür erreicht hatte, und zog mit Anstrengung aller ihrer Kräfte die Riegel zurück. Der Schein des Lichtes fiel auf ihre Gestalt.

„Alle Wetter! Mädel, wie kommst denn du in dieses vermaledeite Loch? Na, davon später; jetzt muß ich machen, daß ich den beiden Teufelskerlen da drüben zu Hilfe komme, denn da scheint es bunt herzugehn!“

Er eilte nach oben und stand in kurzer Zeit vor dem Kleiderschrank.

„Dahinein soll ich kriechen? Na, jetzt komm ich endlich, ihr Schwerenöter, und nun sollt ihr alle euern Zahlaus haben!“

So rasch wie möglich stieg er nach unten, stieß die angelehnte Tür auf und — blieb erstaunt stehen.

Im Hintergrund des Gewölbes lagen sämtliche Werber gebunden auf der Erde; der Korporal war eben beschäftigt, dem letzten eine Schlinge um die Beine zu legen, während der Kutscher mit drohenden Pistolen immer noch an dem Tisch stand, auf dem die Waffen der Gefangenen lagen. Es war augenscheinlich, daß die Angeworbenen bei deren Überwältigung geholfen hatten, und auch Hans schien nicht ganz müßig gewesen zu sein, denn er stand vor einem der Gefesselten und hielt ihm eben die erbauliche Rede:

„Sieht Er's nun ein, he? Wie du mir, so ich dir! Wir wollen Ihn schon lehren, bei nächtlicher Weile ehrlichen Leuten auf den Wagen zu springen, um sie unters

Militär zu stecken! Das ginge wohl, wenn's bloß hieße: Wie du mir ... Aber es geht nicht, weil's auch heißt: ... so ich dir!"

Die Arbeit war also hier vollständig getan, und Leopold konnte sich nicht enthalten, in die anerkennenden Worte auszubrechen:

„Kerls, habt ihr denn den leibhaftigen Satan im Leib, daß ihr zu zweien euch in diese Räuberhöhle wagt? Das ist doch ein Stück, wie's nur so im Buch steht. Na, es soll euch auch angerechnet werden! Nauheimer, Er mag einmal hier zur Wache zurückbleiben; Er aber" — damit wandte er sich an den Kutscher — „Er aber bringe mir einmal den Habermann herauf in die Stube und auch den — den — na, den Menschen, der dort an der Wand lehnt. Muß einmal ein Wörtchen mit ihnen reden, und die andern werden schon auch noch an die Reihe kommen!"

Als er in die Küche trat, fand er die beiden Mädchen vor, die mit Spannung auf den Ausgang des Abenteuers gewartet hatten. Marie trat zu ihm heran.

„Verzeihung, Durchlaucht, daß ich vorhin keine Zeit fand zu melden, daß sächsisches Militär das Wäldchen unweit des Dorfes besetzt hält."

„Woher weißt du das?"

„Ich stand Wache und hörte dem Gespräch zweier Offiziere zu."

„Wache gestanden? Blitzmädel, an dir ist ein Grenadier verdorben, und der Herrgott mag's einmal bei mir verantworten, wenn ich hinaufkomme, daß er dich in den Unterrock gesteckt hat. Und zwei Offiziere waren es, sagst du? Da ist die Mannschaft zahlreich, und wir müssen die Ohren spitzen. Was sprachen sie?"

Sie teilte die belauschte Unterredung mit.

„Da wären wir wenigstens einen Augenblick vor der Überrumpelung sicher und —"

Er hielt mitten im Satz inne und eilte in die Stube,

denn draußen vor dem Haus hatte sich Pferdegetrappel hören lassen. Noch hatte er die in den Flur führende Tür nicht erreicht, als diese hastig geöffnet wurde und ein Dragoneroffizier eintrat, hinter dem noch mehrere Uniformen zu erblicken waren. Den Fürst erkennend, grüßte er: „Eingetroffen nach Befehl, Exzellenz!"

„Gut, gut, schön, schön! Aber wo ist denn der Gallwitz?"

„Ist mit der Eskadron noch etwas zurück; schickte mich nur vor, um zu rekognoszieren; mußte vorsichtig sein, wußte nicht, um was es sich handle."

„Ja, der Gallwitz ist ein verständiger und umsichtiger Soldat. Mach Er sich's einstweilen bequem hier, schick aber vorher einen Seiner Leute zurück, den Gallwitz zu führen. Alles Geräusch vermeiden; fünfhundert Schritt entfernt vom Haus halten!"

Schon seit einigen Minuten war der Kutscher mit Habermann und Polenz aus dem Keller gestiegen. Marie hatte ihm sofort die dem Fürsten gemachte Mitteilung wiederholt, und als er jetzt dessen letzte Worte vernahm, trat er vor.

„Erlaubt, Durchlaucht, daß ich gehe; kenne mich hier besser aus als diese Leute, die soeben erst hier angekommen sind!"

„Da hat Er recht. Melde Er mir's sofort, wenn die Blauen eingetroffen sind!"

Der Kutscher ging; aber anstatt sich geradewegs nach der Straße zu wenden, trat er zu dem fürstlichen Jagdwagen, auf dem der Getreidehändler gekommen war, hob den Sitz in die Höhe und entnahm dem darunter befindlichen Kasten ein Paket.

„Es war doch gut, daß ich für alle Fälle meine Uniform einpackte. Jetzt mag vorerst der Kutscher in den Kasten gehen, und dann — ja dann wollen wir den Sachsen auf den Hals, ohne daß wir den Alten erst lange um guten Rat fragen!" murmelte er leise. — — —

Erst als die Tür sich hinter dem Fortgehenden geschlossen hatte, bemerkte Leopold die Mamsell, die noch immer gefesselt und geknebelt auf ihrem Stuhl saß.

„Alle guten Geister", rief er, „das ist ja die alte Meerkatze, die mich — na, das ist nicht für jedermanns Ohren! Nehmt ihr doch mal die Schürze von der Nase und bindet den Drachen los!"

Als diesem Befehl Folge geleistet war, fragte er:

„Jetzt sage Sie mal, wer Sie hier so vortrefflich festgenagelt hat; aber mache Sie's kurz!"

„Wer denn anders als Euer Kutscher!" antwortete sie, ihren Ingrimm bemeisternd, da sie sehr wohl bemerkte, daß hinter dem Getreidehändler doch wohl etwas anderes stecke. Zudem fühlte sie sich nur gar zu wohl schuldig, und dieses Gefühl machte sie gefügiger, als sie es sonst gewesen wäre.

„Das ist doch ein ganz verteufelter Himmelhund!" rief er wohlgefällig. „Jetzt bleibe Sie ruhig sitzen; wir werden nachher schon sehen, was für Fett sich noch aus Ihrem Körper braten läßt. Ah, da ist ja auch der Habermann! Komm Er doch mal näher, mein Lieber!"

Diese Worte waren mit jener eigentümlichen Freundlichkeit gesprochen, hinter der sich immer ein Gewitter verbarg. Der Handelsmann trat zögernd herbei.

„Warum ist Er niederträchtiger Millionenschwede — ach, alle Wetter!" unterbrach er sich hier, indem ihm erst jetzt das Eintreffen der Dragoner wunderbar vorkam, da Habermann doch jedenfalls nicht nach Halle gekommen war. Mit Spannung fuhr er deshalb fort: „Wie kommt Er denn hierher nach Bitterfeld?"

„Weil mich die Werber gefangennahmen, Durchlaucht."

„So. Schämt Er sich denn nicht bis über die Waden hinunter, daß Er sich von solchem Gelichter hat übertölpeln lassen — und noch dazu in meinem Rock, Er Halunke? Eigentlich sollte ich Ihn ganz gewaltig durchfuchteln lassen, versteht Er mich, he? Aber Er wird Seine Strafe auch so schon haben. Und was hat Er denn mit meinem Zettel angefangen?“

„Den hab ich einem Mann gegeben, der mir unterwegs begegnete. Er ging nach Halle.“

„Was? Einem Mann? Hat Er ihn denn gekannt?“

„Nein.“

„Nicht? Also dem ersten besten übergibt Er so mir nichts, dir nichts eine Order von mir — — —!“

Da kam ihm plötzlich ein Gedanke. Konnte das wohl vielleicht gar der Wolstraaten gewesen sein? Wahrscheinlich war er es, und bei dieser Vorstellung lachte er ingrimmig in sich hinein; dann meinte er:

„Wenn der Zettel nicht abgegeben worden ist, so hat Er's mit mir zu tun und wird sehen, was es Ihm einbringt! Was hat Er denn eigentlich in Bitterfeld zu suchen gehabt?“

Der Gefragte schwieg, an allen Gliedern zitternd.

„Er mag immer schweigen! Weiß doch, daß Er dort das Goldfischchen hat wegangeln wollen für seinen albernen Burschen, aber da wird ihm der Henker was braten. Das Mädchen ist versehen, und der Nauheimer ist ein Kerl, der Verdienste hat und mein Wohlwollen obendrein. Setz Er sich! Die Angst ist Ihm ja in die Beine gefahren wie einem alten Kettenhund das Zipperlein.“

Polenz lehnte während dieser Szene auf einem Stuhl. Die Besinnung war ihm wenigstens so weit zurückgekehrt, daß er das um ihn Vorgehende wie im Traum sah und hörte. Die Stimme des Fürsten klang ihm wie die Posaune des Jüngsten Gerichts in die Ohren, und als dieser befahl: „Jetzt bringt mir nun den Menschen dort einmal her!“ war es ihm grade, als sei er an eine Kanone gebunden und erwarte in furchtbarer Todesangst den vernichtenden Schuß. Je näher er wankenden Schritts herbeitaumelte, desto grimmiger wurde das

Gesicht Leopolds. Dieser schien den Angeklagten mit dem Auge durchbohren zu wollen und vor Zorn nach Worten ringen zu müssen, bis er endlich, ganz gegen seine Gewohnheit, kurz und kalt befahl:

„Schafft mir das Jammerbild aus den Augen! Aber den Hut mag er auf dem Hirnkasten behalten, bis man ihm das Standrecht hält!"

Eine ganze Weile schritt er, mit seiner Aufregung kämpfend, in der Stube auf und ab. Endlich wurden seine Züge milder und milder, und mit einer kurzen Schwenkung blieb er vor Marie von Naubitz stehen.

„Höre, Mädel, da hätte ich alter Isegrim bald einen dummen Streich gemacht und dich an einen Mann gehängt, der — na, ich will mich nicht wieder ärgern! Wir wollen uns die Sache mit dem Platen noch einmal überlegen. Hab viel von ihm gehört, sehr viel Gutes und Schönes — soll ein ganz wahrhaftiger Ausbund von allen Offizierstugenden sein! Und du selbst bist ja heut auf dem Damm gewesen trotz eines Pulverfressers und hast mich aus der Teufelshöhle herausgeholt, in die mich dort das alte Schüreisen — na, warte nur", unterbrach er sich, wieder zornig werdend, „nennt mich dieses traurige Weibsbild einen alten Zyperkater! Ich werde Sie, Mamsell Rosine Kachelmüllerin oder Schachtelbergerin, bezypern, daß Sie bis an Ihr seliges Ende an dem Kater herumkauen soll!"

Vielleicht hätte er der alten Jungfer eine etwas längere Rede gehalten, wäre jetzt nicht zum zweitenmal draußen das Stampfen von zahlreichen Roßhufen laut geworden.

Wütend eilte der Fürst nach der Tür.

„Wahrhaftig, da bringt mir der Kerl die ganze Truppe bis an die Nase hergeschleppt, und dabei machen die Leute einen Skandal, daß die Kurfürstlichen taub sein müßten, wenn sie es nicht hörten. Das wird uns den ganzen Streich verderben!"

Er befand sich wieder in vollem Zorn und herrschte, als jetzt der Eingang sich öffnete, dem einen der beiden Eintretenden zu:

„Alle Tod und Teufel, Rittmeister, was fällt Euch denn ein, mir mit solchem Spektakel ins Haus zu fallen, wenn ich befohlen hab, daß Ihr fünfhundert Schritt von hier Posto fassen sollt? Nun sind uns die Sachsen futsch, die ich haben wollte!"

„Exzellenz erlauben zunächst, diesen Mann abzuliefern!" erwiderte der Angeredete, indem er seinen Begleiter vorschob. Es war ein Mann in Zivil, in dessen Mienen die Angst mit größter Deutlichkeit zu lesen war.

„Wer ists?"

„Der Bäcker Wolstraaten."

„Aha, ist er von seinem Spaziergang nach Halle zurück? Hab jetzt aber keine Zeit, mich mit dem Landesverräter zu befassen. Setzt ihn dorthin neben seine alte Mamsell Schatulle!"

„Sodann hab ich Exzellenz diese Allerhöchste Zuschrift zu überreichen. Kam aus Berlin und ist so dringlich, daß sie mir sogar für den gegenwärtigen Ritt anvertraut wurde, um baldigst in Eure Hände zu gelangen."

„Na, da gebt mal Licht her!"

Er trat zum Tisch, brach das königliche Siegel auf, entfaltete das Schreiben und versuchte, sich dessen Inhalt anzueignen. Lange wollte es ihm nicht gelingen; endlich aber legte er es mit einer Miene des Triumphs wieder zusammen.

„So, da ist der Alte Dessauer wieder mal gescheiter gewesen als all die hochgelehrten Herren Federfuchser. Kinder, morgen marschieren wir; der Teufel geht wieder los. Mein guter Freund, der liebe Brühl, hat wieder mal 'nen Affen in die Welt gesetzt, der ihn in die eignen Augen kratzen wird. Der alte Blutsauger kann das Schlabbermaul nicht halten und hat sich selbst verraten.

Also morgen geht's auf Leipzig los, und der Herrgott mag seine Englein trommeln und pfeifen lassen, daß es uns nicht am Sieg fehlt! Es wird ja doch wohl die letzte Kampagne sein, die euer alter Leopold mit euch unternimmt", setzte er in milder werdendem Ton hinzu, „und da wollen wir denn noch einmal zeigen, daß wir noch Mark in den Knochen haben! Was nun das Neueste dabei ist, der Ritter Kurt von Platen wird mir als Adjutant beigegeben. Der Fritz in Berlin will's so, und mir kann's auch recht und lieb sein! Aber nun hinaus zu den Sachsen, wenn sie uns, wie gesagt, nicht futsch sein sollen!"

„Exzellenz, die Sachsen sind uns nicht futsch; wir haben sie schon!"

„Ihr habt sie? — — Wo denn, he?"

„Draußen vor dem Haus."

„Vor dem Haus? Gefangen? Alle Hagel, wie ist denn das zugegangen?"

„Der Rittmeister von Platen, den uns Exzellenz entgegenschickten —"

„Platen? — Entgegenschickten? Bei Euch rappelt's wohl?"

Der Gefragte wurde der Antwort überhoben, denn es öffnete sich wieder die Tür, und ein Offizier in der kleidsamen Tracht der Zietenhusaren trat ein, nahm drei Schritt vor dem Fürsten Stellung und meldete:

„Fertig mit den Kurfürstlichen, Durchlaucht. Alle gefangen!"

„Potz Schwe — — —"

Das Kraftwort blieb dem alten Helden im Mund stecken. Aufs höchste erstaunt, trat er einige Schritte zurück und beguckte sich mit aufgerissenen Augen den Mann, der sich so vorzustellen wußte.

„Ist denn heut die ganze Welt aus Rand und Band gefahren, daß Er Himmelsackermenter es wagen darf, als Leibkutscher sich — —"

Wieder hielt er vor erneutem Erstaunen mitten in seiner Strafpredigt inne, denn Marie von Naubitz trat zu dem Husaren, legte ihre Hand auf seinen Arm und sprach:

„Der Herr Rittmeister von Platen, Exzellenz!"

„Wa—wa—wa—was? Das ist ja heut eine förmliche Revolution gegen mich! Also Er ist der Tausendschwerebretter, der so viele schöne dumme Streiche gemacht hat und nun jetzt gar dieses Mädel da zur Frau nehmen will? Und da hat Er sich gestern wohl nur deshalb bei Mutter Röse eingeschlichen, um mir so hintenherum zu kommen und mich auf Seine Seite zu kriegen? Und den Kutscherrock hat Er angezogen, Er, ein Offizier, der doch Ehre im Leib haben sollte! Da schlag doch der Teufel drein! Daraus wird nichts, rein gar nichts. Na, wartet nur, ihr Heidenvolk, ihr sollt mir alle samt und sonders, wie ihr dasteht — und auch die da unten in den Kellerlöchern — mit nach Halle, und da wird ein jeder das bekommen, was er verdient hat, nämlich —"

„Der Nauheimer seine Sophie!" ertönte es herzhaft aus dem Hintergrund, wo der Korporal auf einen kurzen Augenblick erschienen war, um sein Mädchen beim Hals zu nehmen. Er hatte es unten bei den Gefangenen doch nicht länger aushalten können und war nach oben gestiegen, wo es ihm vielleicht möglich war, ein kleines Wörtchen für sein Glück einzulegen.

„Maul gehalten, Er vorwitziger — — ja so, Er war's wohl selber, Korporal? Da will ich nichts dagegen haben; also, der Nauheimer seine Sophie, und — und —"

„Der Platen — —" lachte mutig der Husarenrittmeister.

„Seine Marie!" ergänzte die Patin des Fürsten, bittend zu dem Alten aufblickend.

„Ja ja, da darf man nur sagen: und — und —"

„Der Habermann seinen Hans!" machte sich eine halblaute Stimme bemerklich. „Das ginge wohl, denn Habermann bleibt Habermann, und das geht auch, denn der Hans bleibt auch der Hans!“

„Will Er dahinten wohl gleich Seinen Schnabel zumachen! Glaubt Er wohl, Er dummer Hans, daß ich mich nur wegen Ihm herstelle und dreimal ‚und — und — und‘ schreie? Na“ — wandte er sich wieder an die beiden jungen Leute, die erwartungsvoll vor ihm standen — „da greift meinetwegen zu! Aber zur Beichte sollt ihr mir noch sitzen, und zwar ganz gehörig, denn ich muß alles wissen, was ich jetzt noch nicht erfahren hab, und wenn ich dann zufrieden bin mit dem Herrn Rittmeister, so wird er sich auch nicht zu beklagen haben über — hahahaha über den Zwie — wie — hahahaha — wie—wie—wiebelhändler von gestern!“

NACHWORT

Fürst Leopold von Anhalt-Dessau wurde am 3. Juli 1676 als Sohn Johann Georgs II. und der Prinzessin Henriette Katharina von Oranien geboren. Er war nach Naturanlage und Neigung zum Soldaten bestimmt, und schon den Zwölfjährigen ernannte Kaiser Leopold zum Obersten eines Reiterregiments. Nachdem er fünf Jahre in brandenburgischen Diensten gestanden hatte, wo er den Gleichschritt und den eisernen Ladestock im Heer einführte, übernahm er 1698 die Regierung seines Landes. Er führte ein strenges und mitunter hartes Regiment, doch war er bei seinen Untertanen ebenso beliebt wie gefürchtet, und durch Verbesserungen in der Verwaltung und Landwirtschaft erwarb er sich manche Verdienste. In der Folge nahm er an zahlreichen Kriegszügen teil, so dem Spanischen Erbfolgekrieg und dem Krieg gegen Schweden, deren Hauptsiege ihm zu verdanken waren. Auch Friedrich der Große schätzte seine einmalige militärische Begabung und teilte ihm wichtige Aufgaben zu. Im Zweiten Schlesischen Krieg erfocht Fürst Leopold im Dezember 1745 den Sieg bei Kesselsdorf. Gebeugt durch den Tod seiner Gattin Anne Luise Föse (der „Anneliese“), einer einfachen Apothekerstochter, die er gegen den Widerstand seiner Mutter 1698 geheiratet hatte, zog er sich 1745 in sein Land zurück, wo er zwei Jahre später im Alter von 71 Jahren starb.

*

Dieser ‚Alte Dessauer‘, Held ungezählter Anekdoten, ist schon zu seinen Lebzeiten eine legendäre Gestalt gewesen und hat als solche im Bewußtsein des Volkes lange fortgelebt. Wie Karl May fanden viele Schriftsteller des vorigen Jahrhunderts in den mündlichen und schriftlichen

Überlieferungen seines Lebens Stoff zu immer neuen Humoresken und Erzählungen, doch sind sie alle längst in Vergessenheit geraten — wie der Alte Dessauer selbst: Er mußte einer neuen Zeit weichen, die sich andere Vorbilder und Helden suchte als die knorrigen Haudegen der friderizianischen Epoche. Nur Karl Mays Werk hat alle Zeitwirren und -wandlungen überdauert, und mit ihm auch die liebenswürdige Gestalt des alten Volkshelden, die ihn in der Frühzeit seines Schaffens so nachhaltig beschäftigte.

Unter der Literatur über den Alten Dessauer ragt besonders die Darstellung Varnhagen von Enses hervor (Biographische Denkmale Band 2, Hamburg 1824 — 30). Karl May hat dieses Werk mit Wahrscheinlichkeit gekannt und benutzt, auch wenn das erhaltene Exemplar seiner Bibliothek eine spätere Auflage darstellt und, da die Broschüre unaufgeschnitten blieb, ihm nicht als Unterlage gedient haben kann. An weiteren Werken über den Fürsten besaß Karl May „Des alten Dessauers Leben und Thaten" von H. Würdig (Berlin o. J.), „Fürst Leopold von Anhalt-Dessau" des Freiherrn von Schroetter (Berlin 1895) und „Der alte Dessauer. Ein Thatenleben" von Friedrich Streißler (Stuttgart o. J. — erschienen übrigens im Verlag Bardtenschlager, für den auch Karl May selbst in seiner frühen Zeit gearbeitet hat). Es wäre eine gewiß reizvolle Arbeit, einmal all den kleinen Stoffen und Anregungen nachzuspüren, die der Dichter vielleicht aus diesen und anderen Werken gewann.

*

Dr. E. A. Schmid, der verdienstvolle Gründer des Karl-May-Verlags, schrieb im Jahre 1918 für das erste Karl-May-Jahrbuch, als er damit begonnen hatte, die literarische Hinterlassenschaft Karl Mays zu sichern und für eine Angliederung an die Gesammelten Werke vorzubereiten:

„Wie kam es, daß May, der Sachse, gerade dem Fürsten Leopold von Anhalt-Dessau und seiner Anneliese soviel Liebe und Bewunderung entgegenbrachte? Das läßt sich leider nicht mehr ermitteln, doch müssen hierbei sicherlich, ebenso wie bei den Erzgebirgischen Dorfgeschichten, Jugenderinnerungen besonderer Art mitsprechen. Ich vermute, daß der Dichter in jungen Jahren, vielleicht schon auf der Schulbank, eine alte Chronik oder auch ein Anekdotenbuch über den Alten Dessauer gelesen hat und daß sich aus diesen jugendlichen Eindrücken heraus das Stoffgebiet für eine Reihe von Humoresken bildete. Nur so läßt es sich wohl auch erklären, daß gerade der Alte Dessauer noch bis in Mays späteres Alter eine große Rolle spielte in seinem Gedankenkreis. Denn als der Dichter bereits im Alter von fünfzig Jahren stand und schon den Gipfel zu der vielleicht übergroßen Berühmtheit erklomm, von dem er später so furchtbar herabgeschleudert wurde, trug er sich noch mit dem Plan, einen Schwank über den Fürsten Leopold zu schreiben, worüber uns ein Brief vom 16. 10. 1892 an seinen Verleger Friedrich Ernst Fehsenfeld Mitteilung gibt. ‚Es ist alles anders gekommen', heißt es im Lied, und es geht ja auch uns sterblicheren Erdenmenschen mit vielen Plänen ebenso, nur daß wir diese Erfahrungen in unseres Herzens Kämmerlein verschließen, während des Dichters Werke, Schriftstücke und Briefe später zu Urkunden werden ..."

Der früheste Abdruck einer Dessauer-Erzählung, der uns bekannt ist, wurde 1875 im ‚Deutschen Familienblatt', Dresden, veröffentlicht: „Ein Stücklein vom Alten Dessauer", und der Titel scheint zu beweisen, daß es auch die erste Erzählung des Stoffkreises war, die Karl May schrieb (ihr heutiger Titel in diesem Band „Der Pflaumendieb" stammt von einem Wiederabdruck 1879 in ‚All-Deutschland', Stuttgart). Im Jahre 1878 erschienen dann zwei weitere Humoresken: im ‚Weltspiegel', Dresden, die „Drei Feldmarschalls" und in ‚All-Deutschland', Stuttgart, „Fürst und Reitknecht" (auch: ‚Unter den Werbern', heute „Seelenverkäufer"). 1879 folgte in der ‚Volksbibliothek des „Lahrer Hinkenden Boten"' die Erzählung „Fürst und Leiermann", 1880 in ‚Für alle Welt', Stuttgart, „Der Scherenschleifer" und 1881 schließlich in der ‚Deutschen Gewerbeschau', Dresden, „Ein Fürst-Marschall als Bäcker". Gleichfalls in der ‚Deutschen Gewerbeschau', Dresden, kam 1883 als letzte Dessauer-Geschichte die Humoreske „Pandur und Grenadier" zum Abdruck.

Wir wissen nicht, welche Absichten Karl May hatte, als er sich zwei Jahrzehnte nach diesen frühen Erzählungen noch einmal der Gestalt des Alten Dessauers zu widmen begann, denn aus dem oben erwähnten, für die Bühne geplanten Schwank Karl Mays ist nichts geworden, und außer dem Hinweis auf eine humoristische Szene (der Alte Dessauer besucht ein Stift für adlige Damen, die ihm ein ‚zwerchfellerschütterndes Ständchen' bringen) in dem erwähnten Brief an Fehsenfeld enthielt sein Nachlaß keinerlei Aufzeichnungen, die ein Bild von Karl Mays Absichten vermitteln könnten. Wohl aber hat sich der Plan, erneut über den Alten Dessauer zu schreiben, noch jahrelang gehalten; etwa 1898 machte sich May Aufzeichnungen über die Lebensgeschichte des Fürsten, wahrscheinlich Auszüge aus einem Geschichtswerk, und er unternahm eigens eine Studienreise nach Gartow im Hannoverschen, um sich in den Schauplatz der Geschehnisse einzufühlen, die er beschreiben wollte. In Gartow hatte er dann ein Erlebnis, das ihn wahrscheinlich bewog, die Studien Studien sein zu lassen und wieder abzureisen. Denn dieses an sich recht harmlose Abenteuer muß in May erstmals wieder die längst überwunden gewähnte Vergangenheit heraufbeschworen haben (noch dazu in einer Zeit, als in der Presse erste Angriffe gegen den Dichter auftauchten). Über diese Begebenheit möge ein Augenzeugenbericht folgen, der zugleich ein bezeichnendes Bild von Karl Mays Wesensart bietet.

EINE STUDIENREISE KARL MAYS (1898)

Von Kantor Fr. Hinnrichs[1]

Wer May persönlich kannte, ihn, den Vielgelesenen, vermag es kaum zu verstehen, daß Haß und Neid, Bosheit und Verleumdung ihn so verfolgen konnten, ihm so manches Jahr seines Lebens verbittern konnten, diesen Mann, von dem seinerzeit Bertha von Suttner schrieb: „... in dessen Seele das Feuer der Güte loderte."

Wahrhaftig, das Feuer der Güte! Wie treffend, wie wahr! Immer und immer wieder fällt mir ein Erlebnis ein aus jener Zeit, da ich ihn persönlich kennen und schätzen lernte, da ich wochenlang um ihn sein und ihn begleiten durfte auf seinen Gängen und Fahrten, die er unternahm, um Land und Leute kennenzulernen. Noch heute, nach 25 Jahren, bin ich stolz darauf, daß er, der Berühmte, damals 56jährige, mich, den 26jährigen seinen „Freund" in des Wortes tiefster Bedeutung nannte. Es war in dem Flecken Gartow im Hannoverland. Wie schon oft hatten wir beide eine Wagenfahrt unternommen, die ausgefüllt wurde mit ernsten Gesprächen aller Art, die mich das gewaltige Wissen dieses Mannes bewundern ließen, zugleich mir aber auch Einblick gewährten in sein tiefes Gemüt. Diesmal sollte die Fahrt nach dem Städtchen Schnackenburg gehen; unterwegs kamen wir durch das Dorf Capern. Da es, wie schon gesagt, meinem Begleiter darauf ankam, Land und Leute kennenzulernen, so wurde vor dem einfachen Dorfwirtshaus, mit dem ein kleiner Kramladen verbunden war, haltgemacht. Wir stiegen aus, gingen hinein, und bald war Karl May in lebhaftem Gespräch mit der dörflichen Wirtin. Die Gaststube war sonst leer. Da öffnet sich die Tür und herein

[1] Dieser Aufsatz wurde erstmals 1924 im 7. Jahrgang des ‚Karl-May-Jahrbuchs' abgedruckt.

tritt ein kleines Mädchen, barfuß in ärmlicher Kleidung, um für ein paar Pfennig von diesem und von jenem zu kaufen. „Lieber Freund, sehen Sie doch die wunderbaren Kinderaugen, bis auf den Grund der Seele kann man schauen. Das Kind hat Hunger und Kummer." Das zu mir sagen und sich dann voll Freundlichkeit zu dem Kinde wenden, war eins. Und bald öffnete sich der schüchterne Mund der Kleinen, und was Karl May wissen wollte und was er geahnt hatte, erfuhr er. Die ärmlichsten Verhältnisse, die Mutter schwer krank, so sah es bei dem Mädchen zu Hause aus. Die hellen Tränen liefen dem Weitgereisten über die Wangen. „Ach, wie erinnert es mich an meine Kindheit, wo ich auch Hunger und Kummer kennengelernt habe! Doch das erzähle ich Ihnen nachher. Jetzt beobachten Sie das Kindchen, was es nun für ein Gesicht machen wird! — Frau Wirtin, was haben Sie denn alles zu verkaufen? Packen Sie ein!" Und so geschah es. Immer größer wurden die Augen des Kindes, immer heller der Blick, und Freude und Lachen kamen, nicht nur beim Kinde, sondern auch bei dem Geber. „Ach, eine selige Stunde!" meinte er. Nachdem wir dem Kind aufgetragen hatten, am Abend, wenn wir zurückkämen, den Vater zu schicken, stiegen wir ein und fuhren weiter. Wieder konnte ich einen tiefen Blick tun in das wahrhaft religiöse Gemüt Karl Mays, als er mir von seiner Jugend und seinem Elend erzählte, wie es ihm jetzt aber auch Freude mache, zu helfen, wo er Not sähe. Auf unserer Rückreise trafen wir dann den Vater. Mehrere Goldstücke glitten in die Hand des Überglücklichen, der nun in der Lage war, seinem kranken Weib Stärkung und Pflege zukommen zu lassen.

Es läßt sich nicht mit Worten wiedergeben — man müßte sonst schon ein Karl May sein —, wie tief die ganze Begebenheit auf mich einwirkte, wie sehr mein hochgeschätzter Freund eben der „Mann mit dem Herzen voll Güte" war.

Und was war die Folge? Wie es doch so kommt! Nicht jeden Tag findet sich einer, der aus lauter Mitleid 100 Mark und noch mehr verschenkt. So etwas verbreitet sich schnell, und des andern Tages war es auch in Gartow bekannt. Am übernächsten Morgen, fast bei Tagesgrauen, klopft es mit kräftiger Hand an die Tür, hinter der Karl May noch der Ruhe pflegt. „Im Namen des Gesetzes!“ Erschrocken fährt unser Freund aus dem Bett, und als er, notdürftig angekleidet, die Tür öffnet, sieht er davor nicht einen, nein gleich zwei Wachtmeister, die ihn fragen nach Nam' und Art und ihn prüfen auf Herz und Nieren. Scheckbuch und sonstige Papiere genügen nicht. „Ja, meine Herren, einen Auslandspaß habe ich nicht!“ — „Dann dürfen Sie das Haus nicht verlassen, bis wir Antwort haben!“ — Eine Depesche wird nach Dresden geschickt. Und was antwortet der Radebeuler Gemeindevorstand? „Karl May hier wohnhaft, übt sehr gern Wohltätigkeit.“ Das genügte den beiden Hütern des Gesetzes und — Karl May war wieder frei . . .

Kartenskizze zu den Erzählungen vom „Alten Dessauer“

KARL MAY

GESAMMELTE WERKE

1 Durch die Wüste
2 Durchs wilde Kurdistan
3 Von Bagdad nach Stambul
4 In den Schluchten des Balkan
5 Durch das Land der Skipetaren
6 Der Schut

7 Winnetou I
8 Winnetou II
9 Winnetou III

10 Sand des Verderbens

11 Am Stillen Ozean

12 Am Rio de la Plata
13 In den Kordilleren

14 Old Surehand I
15 Old Surehand II

16 Menschenjäger
17 Der Mahdi
18 Im Sudan

19 Kapitän Kaiman

20 Die Felsenburg
21 Krüger Bei
22 Satan und Ischariot

23 Auf fremden Pfaden

24 Weihnacht

25 Am Jenseits

26 Der Löwe der Blutrache

27 Bei den Trümmern von Babylon

28 Im Reiche des silbernen Löwen
29 Das versteinerte Gebet

30 Und Friede auf Erden

31 Ardistan
32 Der Mir von Dschinnistan

33 Winnetous Erben

34 „ICH"

35 Unter Geiern

36 Der Schatz im Silbersee

37 Der Ölprinz

38 Halbblut

39 Das Vermächtnis des Inka

40 Der blaurote Methusalem

41 Die Sklavenkarawane

42 Der alte Dessauer

43 Aus dunklem Tann

44 Der Waldschwarze

45 Zepter und Hammer
46 Die Juweleninsel

47 Professor Vitzliputzli

48 Das Zauberwasser

49 Lichte Höhen

50 In Mekka

51 Schloß Rodriganda
52 Die Pyramide des Sonnengottes
53 Benito Juarez
54 Trapper Geierschnabel
55 Der sterbende Kaiser

56 Der Weg nach Waterloo
57 Das Geheimnis des Marabut
58 Der Spion von Ortry
59 Die Herren von Greifenklau

60 Allah il Allah!

61 Der Derwisch
62 Im Tal des Todes
63 Zobeljäger und Kosak

64 Das Buschgespenst

65 Der Fremde aus Indien

66 Der Peitschenmüller
67 Der Silberbauer

68 Der Wurzelsepp

69 Ritter und Rebellen

70 Der Waldläufer

71 Old Firehand

72 Schacht und Hütte

73 Der Habicht

KARL-MAY-VERLAG BAMBERG

NORD-
SEE
OSTSEE
Schles
wig
Holstein
Ost
friesl.
Bremen
Oldenbg.
Hoya
ster
Ravensb.
Lauen-
bg.
Mecklenburg
Schwerin
Vor
pommern
Strelitz
Ucker-
mark
Hannover
Prignitz
Altmark
Brandenburg
schw.
Magdeburg